THOMAS THIEMEYER

Thriller

Weltbild

Besuchen Sie uns im Internet:
www.weltbild.de

Genehmigte Lizenzausgabe für Verlagsgruppe Weltbild GmbH,
Steinerne Furt, 86167 Augsburg
Copyright der Originalausgabe © 2009 by Knaur Verlag.
Ein Unternehmen der Droemerschen Verlagsanstalt
Th. Knaur Nachf. GmbH & Co. KG, München
Umschlaggestaltung: JARZINA Kommunikations-Design, Holzkirchen
Umschlagmotiv: Corbis GmbH, Düsseldorf (© L. Clarke und © Atlantide Phototravel)
Gesamtherstellung: GGP Media GmbH, Pößneck
Printed in the EU
ISBN 978-3-8289-9484-3

2012 2011 2010 2009
Die letzte Jahreszahl gibt die aktuelle Lizenzausgabe an.

Vorbemerkung

Während die Ereignisse und Personen des Romans reine Erfindung sind, entsprechen die Deutungen der Himmelsscheibe in weiten Teilen dem aktuellen Wissensstand. Mit Rücksicht auf die noch nicht abgeschlossenen Forschungen wurden alle Orte, Namen und Daten von mir bewusst verfremdet. Die hier geäußerten Vermutungen sind in dieser Form noch nirgendwo publiziert worden und beruhen auf der Verknüpfung scheinbar widersprüchlicher Theorien.

Stuttgart, im August 2008 Thomas Thiemeyer

Wenn das Gestirn der Plejaden, der
Atlastöchter, emporsteigt,
Dann beginne die Ernte, doch pflüge, wenn sie
Hinabgehen;
Sie sind vierzig Nächte und vierzig Tage
Beisammen
Eingehüllt, doch wenn sie wieder im
Kreisenden Jahre
Leuchtend erscheinen, erst dann beginne die
Sichel zu wetzen.

Hesiod, 700 v. Chr.

Dichte Wolken, die die Finsternis des Himmels
herbeiführen, sind sie. Gegen den Menschen wüten sie,
essen das Fleisch, lassen das Blut sich ergießen,
trinken die Adern. Unablässige Blutsäufer sind sie.
Asakku und Namtaru nahen sich dem Kopf,
der böse Utukku naht sich dem Hals, der böse Alu
naht sich seiner Brust, der böse Etmmu naht sich seiner
Leibesmitte, der böse Gallu naht sich seiner Hand,
der böse Ilu naht sich seinem Fuß.

*Babylonisches Beschwörungsrelief,
etwa 2000 v. Chr.*

1

Samstag, 30. April 1988

Ein seltsames Geräusch drang durch die Dunkelheit zu ihm herauf. Erst von fern, dann stetig näher kommend. Ein dumpfes Schlagen, das durch die Gänge hallte, sich an den Felsen brach und den Boden unter seinen Füßen erzittern ließ. Kein natürliches Geräusch, dafür war es zu rhythmisch. Trommeln vielleicht oder Pauken, begleitet von einem Pfeifen, das wie das Heulen des Windes klang. Waren das Hörner? Aber welches Horn war in der Lage, solche Misstöne zu erzeugen?
Was immer sich da in den Eingeweiden der Welt regte, es kam näher.
Trotz seines Alters – er war immerhin schon siebzehn – weigerte sich der Junge, die Augen zu öffnen. Am liebsten hätte er sich die Ohren zugehalten, doch das war nicht möglich. Die ledernen Riemen, mit denen seine Hände hinter dem Rücken an einem Pflock festgebunden waren, schnitten ihm ins Fleisch. Alle Bemühungen, sie mit seinen tauben Fingern zu öffnen, hatte er längst aufgegeben. Er saß da, vornübergebeugt, das Kinn auf die Brust gesenkt und mühsam nach Luft ringend.
Hier unten war es mörderisch heiß. Der Schweiß rann ihm in Strömen vom Gesicht. Durch seine geschlossenen Lider hindurch drang das Flackern eines Feuers. Brandig riechende Luft strich über sein schweißgebadetes Gesicht. Zu schwach, um

sich aufzurichten, zu verängstigt, um sich dem Anblick seiner Entführer zu stellen, saß er da, hielt die Augenlider fest zusammengepresst und erwartete das Unheil, das da aus den Tiefen des Berges zu ihm emporstieg.
Der Lärm war mittlerweile zu einem ohrenbetäubenden Crescendo angeschwollen. Stimmen mischten sich in das Heulen und Trommeln, Stimmen, denen etwas Fremdartiges innewohnte. Sie sangen in einer Sprache, die er nicht verstand. Die Silben wehten durcheinander, während aus dem Klangteppich eine einzelne klare Stimme emporstieg. Wie ein Vogel schwebte sie über dem atonalen Chor und sang in einer Schwermut, die überirdisch schön war.
Unter den geschlossenen Lidern spürte der Junge Tränen hervorquellen. Wie in Trance bewegte er seinen Oberkörper vor und zurück, während er die Melodie aufgriff und mitzusummen begann. Die Musik trug seine Gedanken an einen weit entfernten Ort. Einen Ort, wo ihm der Schrecken und die Verzweiflung nichts anhaben konnten.
Monoton sang er mit, immer dieselbe Strophe, immer dasselbe Lied.
»Wach auf!«
Eine Stimme drang zu ihm durch, flüsterte ihm etwas ins Ohr.
»Jetzt mach schon. Ich glaub, ich hab es geschafft. Die Fesseln lockern sich.« Die Stimme war jetzt merklich lauter. Sie drängte, forderte, zischte.
»Verdammt noch mal, wach endlich auf!«
Es hatte keinen Sinn. Er konnte die Stimme nicht länger ignorieren. Widerstrebend schlug er die Augen auf.
Zunächst erkannte er nur Farbschleier, doch dann begann sich ein Bild zu formen. Er wandte den Kopf zur Seite und blickte in das Antlitz eines Mädchens. Ihr hübsches Gesicht war schweißüberströmt. An ihrer Schläfe klaffte eine Wunde, ihr pechschwarzes Haar war blutverkrustet.

»Ich glaub, ich krieg die Fesseln los«, flüsterte sie, sichtlich erleichtert darüber, dass er endlich wieder bei Bewusstsein war. Der Junge schüttelte den Kopf. Er fühlte sich, als würde etwas mit seinem Gleichgewichtsorgan nicht stimmen. »Alles dreht sich in mir«, stammelte er. »Außerdem habe ich einen Riesendurst. Mir klebt die Zunge am Gaumen.« Er versuchte etwas Speichel zu sammeln, aber es ging nicht, sein Mund war völlig ausgetrocknet.

»Das ist das Zeug, das sie uns gegeben haben«, erwiderte das Mädchen. »Ich habe nur einen kleinen Schluck von dem Gesöff genommen und den Rest ausgespuckt, als sie nicht hingesehen haben. Du scheinst eine ordentliche Ladung abbekommen zu haben, so wie du umgekippt bist. Genau wie die beiden anderen.« Das Mädchen machte eine Bewegung mit dem Kopf und deutete auf die rechte Seite. Dort waren zwei weitere Pflöcke, an denen die ohnmächtigen Gestalten eines Mädchens und eines Jungen hingen. Beide aus ihrer Jahrgangsstufe.

Er nickte. Langsam fiel ihm alles wieder ein. Die Klassenfahrt – das Hexenfest in Thale – die nachmittägliche Wanderung. Hatten sie nicht eine Höhle gefunden? Doch, so war es gewesen. Sie wollten sie noch schnell erkunden, ehe der Bus losfuhr. Hatten sie nicht gewartet, bis der Rest der Klasse samt Lehrern lärmend und palavernd im Wald verschwunden war? Und hatten sie dann nicht kehrtgemacht und waren in die Finsternis des Berges eingetaucht? Zwei Jungen und zwei Mädchen – die beste Kombination für eine Mutprobe.

Nun ja, manche Fehler machte man nur einmal im Leben.

Etwa fünfzig Meter weit waren sie in die Höhle eingedrungen, ehe sie das Ende erreicht hatten. Die Blonde hatte zum Aufbruch gedrängt. Was, wenn der Bus ohne sie losfahren würde? Die werden schon auf uns warten, hatte er erwidert, während er dem anderen Mädchen – dem mit den schwarzen Haaren – aufmunternde Blicke zugeworfen hatte. Wenn wir uns beeilen, haben wir sie eingeholt, noch ehe sie unsere Abwesenheit bemerken. Zum krönenden Abschluss und zum Beweis seiner Unerschrockenheit hatte er seine Taschenlampe ausgemacht. Er erinnerte sich, wie vollkommene Dunkelheit sie einhüllte – eine so allumfassende Dunkelheit, dass sie buchstäblich die Hand vor Augen nicht sehen konnten. Und dann hatte die Schwarzhaarige seine Finger berührt. Lächelnd hatte er sie zu sich herangezogen und sie geküsst. Und sie hatte seinen Kuss erwidert. Ein schöner Zustand, den er gern länger ausgekostet hätte. Doch in diesem Moment war ihm ein schmaler Lichtstreifen aufgefallen, der aus einer Öffnung knapp über dem Boden schimmerte. Er hatte seine Taschenlampe wieder eingeschaltet und tatsächlich, da war ein Spalt, gerade breit genug, dass man sich auf dem Bauch liegend hindurchzwängen konnte. Lass uns nachsehen, hatte er vorgeschlagen. Wo mag wohl das Licht herkommen? Nur noch ein kurzer Blick, dann gehen wir zurück. Die anderen hatten zugestimmt. Hätten sie ihn doch zurückgehalten. Der Spalt war verdammt eng. Sie waren weitergekrochen, bis sich die Decke so weit hob, dass sie auf allen vieren weiterrobben konnten. Dann endlich hatten sie es geschafft. Ihre krummen Rücken aufrichtend, hatten sie sich umgesehen. Niemals würde er diesen Anblick vergessen. Er erinnerte sich, wie sie mit offenen Mündern dagestanden hatten und nicht fassen konnten, was sie da entdeckt hatten. Es war, als hätten sie Ali Babas Höhle betreten. Stäbe, Schwerter, Kelche, selbst ein schimmernder Wagen war zu sehen gewesen, gezogen von einem goldenen Pferd. Ein Schiff hatte dort gestanden, mit gebogenem Rumpf und goldenen Segeln. Beleuchtet wurde die Höhle von Fackeln, die ihr Licht verschwenderisch auf die unermesslichen Reichtümer ergossen. Und dann dieser riesige Stein. Ein Monolith, in dessen feuchter Schwärze sich das Licht der Flammen auf widernatürliche Art spiegelte. An seinen Seiten befanden sich Vertiefungen, in die wertvoll aussehende Scheiben eingelassen waren. Eine Art Kultstein oder Altar?

So geblendet waren die Jugendlichen von der Pracht und dem Glanz, dass sie die beiden merkwürdigen schmutzigen Haufen in der Ecke des Raumes gar nicht bemerkt hatten. Bis zu dem Augenblick, als diese sich bewegten ...

»*Wach auf!*«

Sein Kopf ruckte aus dem Halbschlaf hoch. Wie es schien, pulsierte immer noch genug von dem Schlafmittel durch seine Venen, um damit eine Herde Elefanten zu betäuben. Verwundert blickte er sich um. Der hintere Teil der Höhle hatte sich während seiner Ohnmacht mit Menschen gefüllt. Sie waren in seltsame Kostüme gehüllt. Wie heidnische Priester sahen sie aus, wie Relikte einer längst vergangenen Zeit. Sein Blick blieb an einer halbnackten Frau hängen, die vor die Menge getreten war und langsam zu tanzen begann. Die Haare hochgesteckt und die Augen schwarz geschminkt, sah sie aus wie eine Hexe. Die Menge wiegte sich im Takt der Musik, während der Tanz sich langsam steigerte. Die Bewegungen der Frau hatten eine beinahe hypnotische Wirkung. Der Junge spürte, wie ihm die Augen wieder zufielen.

»Verdammt, reiß dich zusammen!«, flüsterte das Mädchen. »Untersteh dich, wieder einzuschlafen.«

Den Protest seines schlaftrunkenen Körpers ignorierend, schlug er die Augen auf. Diesmal, so schwor er sich, würde er nicht mehr einschlafen.

»Schau dir das an.« Das Mädchen lenkte seinen Blick auf ihre zusammengebundenen Hände – ihre *ehemals* zusammengebundenen Hände. Im Schatten des Pfostens sah der Junge einen etwa einen Meter langen Lederstreifen liegen. Das Mädchen bewegte die Arme, um ihm zu zeigen, dass sie sich befreit hatte. Er runzelte die Stirn. Wie war ihr das nur gelungen? Beim zweiten Hinsehen bemerkte er, wie etwas in ihren Händen aufblitzte.

Ein Taschenmesser. Er hob den Kopf und nickte. Respekt blitzte in seinen Augen.

In diesem Moment endete der Tanz der seltsamen Frau. Ein großer hagerer Mann betrat die Höhle. In Tierfelle gehüllt und mit den Hörnern eines Rehbocks auf der Stirn, sah er aus wie der leibhaftige Teufel. Sein Körper, sein Gesicht, ja selbst seine Haare und sein Bart waren mit roter und schwarzer Farbe bemalt. Die darunterliegende Haut wirkte, als wäre sie mit einer Schicht Lehm bedeckt. Seine Erscheinung glich eher einem Tier als einem Menschen. An seiner Seite krochen zwei große grauschwarze Gestalten. Mit ihrem zotteligen Fell, ihren vorgereckten Schnauzen und den langen dreckverkrusteten Klauen erinnerten sie an Wölfe. Doch es waren keine Wölfe, dessen war er sich sicher.

Ein Raunen ging durch die Höhle, während die Anwesenden respektvoll vor den Neuankömmlingen zurückwichen. In vielen Gesichtern stand Furcht. Der Junge hielt den Atem an. Er kannte diese Wesen. Es handelte sich um dieselben widerwärtigen Kreaturen, die er beim Betreten der Höhle für schmutzige Haufen gehalten hatte. Er konnte sich noch erinnern, wie schnell sie sich bewegt hatten, welch ungeheure Kraft sie befähigt hatte, aus dem Stand mehrere Meter weit zu springen. Und er erinnerte sich an ihren Geruch. Auch jetzt meinte er wieder diesen modrigen Gestank nach Walderde und Pilzen wahrzunehmen.

Der Teufelsmensch durchschritt die Höhle und trat auf die Hexe zu. In einer Art ritueller Geste berührte er sie an den Brüsten und zwischen den Beinen. Dann ging er zum Feuer hinüber und zog einen Metallstab aus den Flammen. Er hob ihn hoch und warf einen Blick auf dessen glühende Spitze.

Der Junge hatte kaum Zeit zum Nachdenken, da wurde er von der schmutzigen Hand des Mannes am Genick gepackt und nach vorn gebeugt. Ein widerwärtiges Zischen war zu hören, verbunden mit einem kurzen, heftigen Stechen in der Wirbelsäule. Der Gestank von verbranntem Fleisch stieg ihm in die Nase. Ebenso schnell, wie er gepackt wurde, ließ man ihn wieder frei. Der Junge rang nach Atem, als der Schmerz einsetzte. Er war vor Angst so gelähmt, dass er kaum mitbekam, wie der Teufel das Mädchen packte und ihr den Stab ins Genick drückte. Der Junge hörte ihren Schrei, bemerkte aber, dass sie ihre Hände hinter dem Rücken behielt. Ohne einen Funken Mitleid fuhr der Peiniger fort. Zweimal noch hob sich das Eisen, zweimal war das widerwärtige Zischen zu hören, dann waren die vier Eindringlinge gebrandmarkt. Der Mann kehrte zum Feuer zurück und legte das Eisen wieder in die Glut. Die Luft war zum Schneiden dick. Den allgegenwärtigen Schweißgeruch überlagerte der Gestank nach verbranntem Fleisch. *Ihrem* Fleisch. Der Junge spürte, wie ihm schlecht wurde.

»Was wollt ihr bloß von uns?«, wimmerte er. »Warum könnt ihr uns nicht einfach laufen lassen. Wir haben doch nichts verbrochen.« Seine Stimme verebbte.

»Zwecklos«, keuchte seine Freundin. »Ich glaube nicht, dass sie uns verstehen.«

»Was redest du da?«, stammelte er. »Wieso denn nicht?«

»Ich habe sie beobachtet. Sie unterhalten sich in einer völlig fremden Sprache«, zischte das Mädchen. »Aber still jetzt. Wer weiß, was ihnen sonst noch einfällt.«

Panik stieg in dem Jungen auf. Der Schmerz, ihre Gefangennahme, diese seltsamen Menschen – es war einfach zu viel für ihn. Er wollte seine Angst unterdrücken, aber er konnte nicht.

»Warum redet ihr nicht mit uns?«, stieß er hervor. »Was seid ihr für Typen? Was wollt ihr von uns?«

Wie ein Verrückter begann er an seinen Fesseln zu zerren.

»Lasst uns frei! Ich will hier weg. Bitte, wir haben doch nichts getan.«

»Hör auf«, flüsterte das Mädchen. »Du machst alles nur noch

schlimmer.« Zu spät. Der Teufelsmensch war auf ihn aufmerksam geworden. Mit einem finsteren Gesichtsausdruck kam er zu ihnen herüber. Ohne zu zögern, hob er seinen Arm, ließ seinen Knüppel durch die Luft sausen und schlug dem Jungen mitten ins Gesicht.

Sterne zerplatzten. Rote Sprenkel spritzten über die Erde. Er spürte, dass irgendetwas unterhalb seines rechten Auges zerbrochen war. Blut füllte seinen Mund, während eine ekelhafte Taubheit sich über seine rechte Gesichtshälfte ausbreitete. So rasend waren die Schmerzen, dass der Junge nicht einmal die Kraft fand, laut aufzuschreien.

Es dauerte eine ganze Weile, ehe er wieder atmen konnte. Tastend fuhr er sich mit der Zunge über die Innenseite seiner Lippen und zuckte zusammen. Eine Platzwunde hatte einen tiefen Riss hinterlassen. Auch schien sich einer seiner Zähne gelockert zu haben.

»Du Schwein«, stammelte er. Es klang so verzerrt, dass er sein eigenes Wort nicht verstand. Sein Mund war geschwollen, seine Lippen blutig. »Du verdammtes feiges Schwein.« Er spuckte einen roten Fleck in den Sand.

Der Teufel warf ihm einen vernichtenden Blick zu, dann ging er an ihm vorbei. Bei dem blonden Mädchen rechts außen blieb er stehen. Sie war die Einzige aus der Gruppe, die noch nicht zur Besinnung gekommen war. Ihr Körper hing vornübergebeugt an dem Pflock. Der Teufel stieß seinen Stab kraftvoll auf den Boden und deutete mit dem Finger auf sie. Wie aus dem Boden gewachsen erschienen die beiden Wolfskreaturen an seiner Seite. Mit schnellen, geschickten Bewegungen nahmen sie dem Mädchen die Fesseln ab. Dann schleiften sie sie zum Altar und legten sie rücklings darauf, das Gesicht zur Decke gerichtet. Als ihre Hände und Füße mit den Ketten verbunden und straff gezogen wurden, kehrte langsam das Leben in ihren Körper zurück. Mit schwachen

Bewegungen versuchte sie sich zu befreien. Aus blutunterlaufenen Augen sah der Junge zu dem Altar hinüber ... und erstarrte. Auf einmal schien alles einen Sinn zu ergeben. Die Ketten, die Rinnen am Stein und die dunklen Flecken auf dem sandigen Untergrund. Urplötzlich erschien eine blitzende Klinge in der Hand des Teufelsmenschen. »Nein«, stieß er aus. »Nein, nein, nein.« Es fühlte sich alles so unwirklich an, als stünde er immer noch unter Drogen, als würde er das alles nur träumen. Aber es war kein Traum, das spürte er mit jeder Faser seines Körpers. Das Trommeln und die Gesänge hatten wieder eingesetzt. Dunkel und unheilvoll erhoben sich die Stimmen. Die Bewegungen des Opfers wurden lebhafter. Der Teufel durchschnitt den Stoff des Pullovers und des Büstenhalters, so dass die nackte Haut darunter sichtbar wurde. Schrecklich bleich und mager sah das Mädchen aus, beinahe durchscheinend. Die Arme und Beine ausgestreckt, wirkte sie wie ein Schmetterling, der bereit war, davonzufliegen. Der Teufel umrundete sein Opfer. Immer wieder erhob er seine Hände zur Höhlendecke, dann wieder breitete er die Arme in Richtung des Bodens aus, als wollte er etwas aussäen. Mit einer Bewegung, die aussah, als würde er das Mädchen streicheln, zog er die Klinge über ihr rechtes Schlüsselbein. Ein schwacher Schrei löste sich von ihren Lippen. Sie wehrte sich, doch die Ketten hielten sie zurück. Blut trat aus der Wunde, lief ihren Arm entlang und benetzte den Stein. Mit einer ebenso gewandten Bewegung wiederholte der Teufelsmensch den Vorgang auf der linken Seite. Die Wolfskreaturen rückten näher. In ihren Augen leuchtete Gier. Ohne sie zu beachten, brachte ihr Meister zwei weitere Schnitte kurz oberhalb des rechten und linken Fußgelenks an. Dunkles Blut quoll aus den Wunden. Es lief in die

steinernen Kanäle und sammelte sich in den runden Vertiefungen.
Der Junge war wie erstarrt. Er konnte nicht glauben, was er da sah. Er zog und zerrte an seinen Fesseln. Seine Wut und seine Verzweiflung kannten keine Grenzen. Er riss an den Schlaufen, doch das Leder gab keinen Millimeter nach. Seine Machtlosigkeit trieb ihm die Tränen in die Augen.
Der Teufelsmensch hatte die Vorbereitungen beendet. Mit einem triumphierenden Ausdruck im Gesicht reckte er den Dolch in die Höhe, als ein schwacher Schrei ertönte.
Das Mädchen auf dem Opferblock war jetzt hellwach. Ihr Gesicht war aschfahl, ihre Augen hatten einen fiebrigen Glanz. Hilfesuchend blickte sie zu ihren Freunden hinüber. Ihr Blick war ein einziges Flehen. Auf ihren trockenen Lippen formten sich Worte, die jedoch in den Gesängen und dem infernalischen Trommeln untergingen. Die Zeremonie hatte ihren Höhepunkt erreicht. Der Teufelsmensch verdrehte die Augen, hob die Klinge und rammte sie dem Mädchen mit einer kraftvollen Bewegung in die Brust. Ihr bleicher Leib bäumte sich auf, als das Messer bis zum Heft durch sie hindurch fuhr. Die Ketten spannten sich, dann erschlaffte ihr Körper.
Die Kreaturen kamen zu dem Altarstein gekrochen und fingen an, das Blut vom Sockel zu lecken. Der Teufel vertrieb sie mit Fußtritten. Der Junge hatte das Gefühl, der Himmel würde über ihm zusammenstürzen. Tränen rannen über sein Gesicht, während er sich in den Staub vor seinen Füßen erbrach.
In diesem Moment geschah etwas Seltsames. Zuerst war es nur ein Schimmern am Rande seines Gesichtsfeldes, doch mit der Zeit wurde es immer deutlicher. Von den Scheiben, die in den Altarstein eingelassen waren, begann ein Leuchten auszugehen. Schwach erst, dann mit stetig zunehmender Helligkeit. Die Formen der Scheiben schienen zu verschwimmen. Auch die Konturen des Steinblocks lösten sich auf. Immer durchschei-

nender wurde das Material, während die Scheiben an ihren Flanken wie diffuse Sonnen erstrahlten, wie Räder eines feurigen Wagens. In der Höhle war es taghell geworden. Der Junge sah seine Umgebung mit unnatürlicher Schärfe. Es schien fast so, als könne er durch die versammelten Menschen hindurchsehen, so geisterhaft klar stand alles vor seinen Augen. Doch irgendetwas ging schief. Von der einen auf die andere Sekunde erlosch das Licht. Es gab einen Knall, gefolgt von einem tiefen Rumpeln. Ein plötzlicher Windstoß fuhr durch die Höhle und blies den Großteil der Ölfeuer aus. Nur eine einzige Fackel in einem weiter entfernten Gang blieb verschont und spendete weiterhin kümmerliches Licht. Steine lösten sich von der Decke und prasselten herab. Die Kaverne füllte sich mit Staub und Rauch. Schreie ertönten. Durch den Staub hindurch sah der Junge die Silhouetten rennender Menschen, die bei dem Versuch, sich vor den herabfallenden Brocken in Sicherheit zu bringen, panisch durcheinanderrannten. Der Junge spürte einen scharfen Schmerz im Genick, genau dort, wo der Teufel ihm das Brandzeichen gesetzt hatte. Zuerst dachte er, dass ihn vielleicht ein Stein getroffen habe. In einer reflexartigen Bewegung griff er an seinen Nacken – und bemerkte, dass er frei war. Seine Hände waren nicht länger an den Pflock gebunden. Ungläubig hielt er sie vors Gesicht und betrachtete sie im ersterbenden Schein der Fackel.

»Komm schon«, hörte er ein Zischen an seiner Seite. »Das ist unsere Chance – jetzt oder nie!« Seine Freundin war aufgesprungen und befreite ihren Schulkameraden. Dieser war zwar schwach, schien aber wenigstens bei Bewusstsein zu sein. Sie packte ihn unter der Schulter und half ihm auf die Beine, während sie herüberrief: »Beeil dich! Da drüben, der Gang mit der Fackel. Wir treffen uns dort.«

Mehr war nicht nötig, um den Jungen wieder zur Besinnung zu bringen. In einem Anflug von Hoffnung sprang er hoch und bahnte sich den Weg durch die taumelnde Menge. Immer noch prasselten Steine von oben herab. Schreie erfüllten die Höhle. Etliche der Anwesenden waren bereits zu Boden gestürzt. Verletzt oder tot, er konnte es nicht erkennen – es war ihm auch egal. Wenn es nach ihm ging, sollten sie doch alle verrecken. Leichtfüßig sprang er über die gekrümmt daliegenden Körper und lief in Richtung des Ganges. Sein Ziel war die Fackel, das letzte Licht in dieser Finsternis. Ohne sie war ihre Flucht zum Scheitern verurteilt.

Gerade hatte er den Gang erreicht und seine Hand nach der Fackel ausgestreckt, als sich eine haarige Pranke auf seine Schulter legte. Er wirbelte herum und erstarrte vor Entsetzen. Aus einem lehmverschmierten Gesicht funkelten ihn zwei hasserfüllte Augen an.

Mit übermenschlicher Kraft hielt der Teufelsmensch seinen Arm gepackt und drückte ihn gegen die Wand. Lange schmutzige Fingernägel bohrten sich in sein Fleisch. Einen Schmerzensschrei unterdrückend, griff der Junge mit der anderen Hand nach der Fackel, riss sie aus ihrer Verankerung und schlug damit nach seinem Peiniger. Dumpf krachte das Holz gegen die behaarte Brust. Funken stoben. Der Schlag war so kraftvoll, dass der Teufel einige Schritte zurücktaumelte. Ungläubig blickte er an sich herab. Der Bart und Teile seiner Fellbekleidung hatten Feuer gefangen. Offenbar waren sie mit Wachs oder Öl behandelt worden. Panik leuchtete in den Augen des Teufelsmenschen auf. Mit hektischen Bewegungen versuchte er, die Flammen zu löschen, aber es war sinnlos. Der Junge erkannte seine Chance, sprang vor und drückte die Fackel gegen die Brust seines Widersachers. Im Nu sprang das Feuer vom Oberkörper über auf die Schultern und von dort in Richtung Kopf. Nur wenige Sekunden später, und der ganze Mann stand lichterloh in Flammen. Brennend und unmenschliche Schreie ausstoßend, rannte er zurück in die Höhle, vor-

bei an den beiden Schülern, die gerade noch ausweichen konnten. Als der Junge sah, wie schwer das Mädchen zu tragen hatte, sagte er: »Überlass ihn mir.« Er drückte dem Mädchen die Fackel in die Hand und stützte seinen Freund. »Lauf du voraus und such den Ausgang«, sagte er zu ihr. »Wenn sie kein Licht mehr haben, verschafft uns das vielleicht einen Vorsprung.«
Das Mädchen nickte und rannte mit hocherhobener Fackel in den Gang. Die beiden Jungen versuchten ihr zu folgen, so schnell es eben ging. Nur weg von den Schreien, den Flüchen und dem Gestank. Nichts wie weg aus diesem Alptraum.
Instinktiv folgten die drei dem sich verzweigenden Höhlensystem, immer weiter und weiter. Die Zeit schien endlos, doch schließlich spürten sie einen frischen Luftzug auf der Haut. Der Ausgang! Nur noch wenige Meter, und sie waren im Freien. Nach Luft ringend, taumelten sie auf eine Lichtung. Über ihnen waren Sterne zu sehen. Der Vollmond warf ein fahles Licht über das Land.
»Wohin?«, keuchte das Mädchen.
»Egal«, antwortete der Junge. »Hauptsache, weg.«
Hals über Kopf stolperten die drei den Berghang hinab. Die Zweige schlugen ihnen ins Gesicht, und mehr als einmal stolperten sie über eine Wurzel. Sie fielen hin, rappelten sich wieder auf und hasteten weiter. Die Fackel erlosch, doch das war nicht mehr wichtig. Der Mond gab ihnen mehr als genug Licht. Eine halbe Stunde später erreichten sie die Straße, die zum Berg hinaufführte. Erschöpft und zerschunden versuchten sie, sich zu orientieren. Der Mond begann gerade hinter dem Berg zu versinken. Ein geisterhaftes Licht lag über dem Wald. Nebelschwaden waren aufgestiegen, die wie die Seelen verstorbener Bergwanderer zwischen den Baumwipfeln hingen. Der Gipfel war in ein geheimnisvolles Licht getaucht.
Es war Walpurgisnacht.

**Zwanzig Jahre später.
Deir el-Bahari, Ägypten**

Der Wüstensand knirschte unter Hannahs Schuhen, als sie den gewundenen Pfad emporstieg. Ein kühler Wind strich vom Nil herauf und fuhr raschelnd durch das Schilf, das rechts und links des Weges stand. Einige ausgefranste Wolken hingen träge am Himmel, der zu dieser frühen Stunde von unzähligen Mauerseglern bevölkert wurde. Hier unten im Tal war es noch dunkel, aber das Morgenlicht streifte bereits die Ränder des Plateaus, hinter dem die Wüste begann. Von irgendwo wehte der Gesang des Muezzins herüber.

Es würde wieder ein heißer Tag werden.

Die Archäologin blieb kurz stehen. Sie fuhr sich mit den Händen durch die Haare und band ihre widerspenstige rotbraune Lockenpracht mit einem Gummi zu einem Pferdeschwanz zusammen. Man hatte ihr schon oft Komplimente wegen ihres Aussehens gemacht, aber sie gab nichts auf solche Äußerlichkeiten. Hier in der Wüste war gutes Aussehen völlig bedeutungslos. Viel wichtiger waren ein scharfer Verstand und eine ausgeprägte Beobachtungsgabe. Sie wusste, dass man früh aufstehen musste, wenn man nicht in die Mittagsglut geraten wollte. Es war eine alte Angewohnheit von ihr, kurz vor Sonnenaufgang aufzustehen. Sowohl die Morgenstunden als auch die Zeit, wenn die Sonne wieder hinter dem Horizont verschwand, waren für Hannah die schönste Zeit des Tages. Für sie, die sich seit annähernd fünfundzwanzig Jahren mit den Schätzen vergangener Kulturen beschäftigte, hatte die Vergänglichkeit ihren eigenen Reiz. Die Vergänglichkeit des Tages ebenso wie die von Kulturen, ja ganzer Epochen. Es waren diese Momente, die sie den unablässigen Strom der Zeit am deutlichsten spüren ließen.

Sie ging in die Hocke, nahm eine Handvoll Sand und ließ ihn durch ihre Finger rieseln. Die feinen Körner glitzerten in der Sonne. Hannah spürte die Jahrtausende, die in diesen Kristallen lagen. Was hatten diese Körner schon alles gesehen! Den Aufstieg und Fall von Imperien, von Kulturen, die immer mächtiger wurden, ehe sie wieder im Nebel der Zeit verschwanden. Was sie hier mit der Hand fühlte, war pure, unverfälschte Geschichte, und sie spürte das Geheimnis, das in jedem einzelnen dieser Kristalle lag.

Man hatte ihr immer nachgesagt, dass sie über eine besondere Gabe verfüge, eine Gabe, die es ihr ermöglichte, zum Kern der Dinge vorzustoßen – die Wahrheit darin zu erkennen. Ob das stimmte, wusste sie bis zum heutigen Tage nicht. Klar war nur, dass sie nicht wie andere Menschen war.

Sie blies den Sand von ihren Fingern und hob den Kopf. Die Luft war erfüllt von Modergeruch, ein Geruch, der ihr selbst nach einer Woche Ägypten immer noch fremd war. Der Nil *roch*, man konnte es nicht anders ausdrücken. Er überzog das Land mit einer Duftglocke, die nur an kühleren Tagen etwas an Intensität verlor. Das Wasser stank, die bewachsenen Uferzonen stanken, die Bewässerungsgräben stanken, ja selbst die Felder verströmten diesen unangenehmen Fäulnisgeruch. Andererseits – dies war der Geruch der Fruchtbarkeit. Ohne das träge dahinfließende Wasser, ohne den fruchtbaren Schlamm, der in jüngerer Zeit immer mehr durch Düngemittel ersetzt wurde, hätte es niemals das Reich der Pharaonen gegeben, wären niemals die gewaltigen Bauwerke entstanden, die sich, einer Perlenkette gleich, den Fluss entlangzogen. Der Nil. Längster Fluss der Erde. Ein breites Band aus schlammigem Grün, das sich über sechstausend Kilometer quer durch den Kontinent zog. Sein Geruch war der Preis für den Wohlstand, den er brachte. Auch heute noch garantierte er reiche Erträge und einen nicht abreißenden Strom bildungswütiger Pauschaltouristen. Der Nil war das Leben, die Quelle, die Hauptschlagader inmitten dieses trockenen und unfruchtbaren Landes. Ohne ihn gäbe es hier nichts. Dafür konnte man den Gestank schon fast wieder lieben.

Hannah überquerte eine kleine Kuppe und sah unvermittelt ihr Ziel vor sich liegen. Ein Hügel, der sich, einer Burganlage gleich, vor die steile Abbruchkante geschoben hatte und das Flussbett von der dahinterliegenden Wüste trennte. Hier endete jegliche Vegetation. Die wenigen Felder oberhalb des Plateaus waren nicht der Rede wert. In Hannahs Augen wirkte ihre Anwesenheit ohnehin unpassend. Sie waren Teil eines Projekts zur Neuerschließung von Land, das jedoch aus Kostengründen nur halbherzig verfolgt wurde. Pumpen kosteten Geld, und wenn man sie abschaltete, war es nur eine Frage der Zeit, bis die Wüste sich ihr Territorium zurückeroberte. Der Felsen, der sich wie eine Nase vorwölbte, beherbergte eine der schönsten ägyptischen Tempelanlagen überhaupt. Eine Anlage, deren Geheimnisse erst in den sechziger Jahren vollständig entschlüsselt wurden. Es war die Zeit, in der das gesamte obere Niltal dem Assuanstaudamm zum Opfer fiel. Weniger eine Zeit der Archäologen denn eine Zeit der Architekten und Ingenieure. Immerhin ging es darum, einige der bedeutendsten Baudenkmäler der Welt zu versetzen. Die Verlegung von Abu Simbel oder Sakkara verschlang Unsummen und erforderte den Sachverstand eines ganzen Heeres von Technikern. Es war nur natürlich, dass sich das Interesse der Weltöffentlichkeit auf diese Mammutprojekte richtete und dabei übersah, dass nebenan weiterhin interessante Neuentdeckungen gemacht wurden. Eine dieser Entdeckungen betraf den Tempel der Hatschepsut in Deir el-Bahari. Die gewaltige Anlage lag im Westteil von Theben, das dem berühmten Tal der Könige vorgelagert ist. Für Hannah war dieser Tempel so interessant, weil er einige Darstellungen enthielt, die ihr bei der Lösung eines aktuellen Problems helfen sollten. Ein Problem, das nur am Rande mit Ägypten oder der Wüste zu tun hatte. Ein Problem, bei dem sie Hilfe brauchte.

John Evans erwartete sie am obersten Absatz der Tempelanlage. Der Wind zauste seine Haare, während er da stand, die Hände in die Hosentaschen gesteckt, und beobachtete, wie sie die zweimal einhundertzwanzig Stufen zu ihm hinaufstieg. Sein Gesicht lag im Schatten, doch sie konnte erkennen, dass er lächelte. Die Monate in der Wüste hatten ihm gutgetan. Braun und schlank war er. Welch ein Gegensatz zu ihr, die sie das letzte Jahr in Deutschland verbracht hatte. Wehmütig dachte sie an die Zeit zurück, als sie selbst in der Sahara geforscht hatte, auf der Suche nach urzeitlichen Felsmalereien.

»Guten Morgen«, sagte er, als sie nur noch wenige Meter entfernt war. Er streckte ihr seine Hand entgegen, die sie nur kurz ergriff und schnell wieder losließ. Wenn er enttäuscht war, ließ er es sich nicht anmerken.

»Ist das nicht herrlich hier, zu so früher Stunde?«, fragte er, die Hände wieder in den Hosentaschen vergrabend. »Wie du siehst, habe ich eine Sondergenehmigung zum Betreten der Anlage bekommen. Keine Touristen, keine Fremdenführer, kein Gerenne, kein Geschrei – nur wir beide. Nicht schlecht, oder?« In seinen mandelbraunen Augen blitzte es auf. »Fast wie in alten Zeiten.«

Hannah überging den Kommentar mit einem kurzen Lächeln. Sie hatte nicht vor, sich von ihrem ehemaligen Lebensgefährten aus der Reserve locken zu lassen. John und sie hatten sich vor über einem Jahr während einer Expedition in der Sahara kennengelernt. Damals hieß er noch Chris Carter, doch das war nur ein Deckname gewesen. John gehörte zu jenem Menschenschlag, der nichts dem Zufall überließ, nicht mal seine Identität. Er war ein Allroundtalent. Promovierter Klimatologe, Spezialist für Astroarchäologie und bewandert in sämtlichen Naturwissenschaften. Vor allem aber war er Jäger. Ein moderner Schatzsucher, der sich fortwährend auf der Jagd nach archäologischen Relikten befand. Sein Chef war der Milliardär Norman Stromberg, eine Größe in der internationalen Wirtschaft und ein Mann, dessen Ruf ebenso legendär war wie der des berühmten Howard Hughes. Strombergs Gespür für seltene Funde war beinahe ebenso phänomenal wie sein Riecher für gute Geschäfte. Er war nicht nur einer der wohlhabendsten und einflussreichsten Männer der Welt, sondern auch einer der bedeutendsten Kunstsammler. Und genau darum ging es bei Johns Arbeit, um das Aufspüren von Kunstschätzen. Er war Strombergs Spürhund, sein *Scout*, wie man diese Leute in der Branche auch nannte.

Stromberg hatte seine Leute rund um den Erdball im Einsatz. Wo immer Gerüchte von neuen Funden die Runde machten, waren sie zuerst da. Manchmal sogar, ehe die zuständigen Behörden davon Wind bekamen. Sie waren autorisiert, Kunstwerke aufzukaufen oder sich auf irgendeine andere Art die Besitzrechte zu sichern. Und ihre Mittel waren unerschöpflich. Inzwischen gehörten dem Milliardär Höhlen in Südfrankreich, Paläste in Indien, Tempel in Japan sowie Schiffe, die mitsamt ihren Schätzen in den Tiefen des Meeres versunken waren. Sein Hunger auf Relikte mit geheimnisvoller Vergangenheit war ebenso groß wie sein Bankkonto, und das wollte bei diesen Dimensionen schon etwas heißen.

Hannah war fest entschlossen, sich von Johns Charme und

seinem guten Aussehen nicht einwickeln zu lassen. »Es ist viel geschehen im letzten Jahr«, sagte sie. »Ich stecke bis über beide Ohren in Arbeit und werde deshalb nicht lange bleiben können. Nur eine schnelle Information, dann bin ich auch schon wieder weg.« Sie merkte, dass ihr Ton ein wenig zu schroff war, und fügte etwas milder hinzu: »Danke, dass du gekommen bist. Ich weiß das wirklich zu schätzen.«
»Ich bin es, der zu danken hat«, sagte John, und Hannah meinte einen rosigen Schimmer über seine Wangen huschen zu sehen. »Du weißt gar nicht, wie sehr ich mich auf diesen Moment gefreut habe. Tausend Dinge wollte ich dir sagen, tausend Fragen stellen. Aber kaum stehst du vor mir, ist alles wie weggeblasen. Verrückt, oder? Ich hatte gehofft, dass wir vielleicht reden könnten ...«
»Tun wir das nicht gerade?« Hannah wusste genau, worauf er hinauswollte. Seit einem Jahr herrschte Funkstille zwischen ihnen. Er war damals von Washington aus in die Sahara gereist, um für Stromberg Ausgrabungen im nigerianischen Aïr-Gebirge zu leiten, sie hingegen war – nach einer kurzen Phase, in der sie feststellen musste, wie sehr sich die USA in den Jahren nach dem elften September verändert hatten – nach Deutschland zurückgekehrt. Sie folgte damit einer Einladung des Museums für Ur- und Frühgeschichte des Landes Sachsen-Anhalt, dessen Direktor Hannahs Verdienste um die außergewöhnlichen Saharafunde zu Ohren gekommen waren. Kaum in Halle angekommen, hatte er ihr ein Projekt angeboten, das sie unmöglich ausschlagen konnte. Ein Projekt, das so einzigartig war, dass die Forschung sich über dessen wahre Dimensionen immer noch nicht im Klaren war. Die Himmelsscheibe von Nebra. Der aufregendste Fund der letzten hundert Jahre für die europäische Frühgeschichte.
Welcher Archäologe bekam keine glänzenden Augen, wenn die Sprache auf dieses annähernd viertausend Jahre alte Fund-

stück kam? Wer hätte bei einem solchen Angebot nicht gleich zugegriffen? Doch hätte sie jemals ahnen können, dass sich die Entschlüsselung dieses kleinen Blechtellers als dermaßen schwierig erweisen würde. Ein Dreivierteljahr zäher Forschung lag hinter ihr. Verbittert hatte sie irgendwann einsehen müssen, dass sie allein nicht weiterkam. Sie brauchte Hilfe. Und der Einzige, der über das nötige Fachwissen verfügte und verfügbar war, war John.

Ausgerechnet!

Sie musste daran denken, wie sie sich kennengelernt hatten, gar nicht weit von hier, in Algerien. Die Erinnerung tat weh.

»Ich habe bis heute nicht verstanden, warum du damals so sang- und klanglos gepackt hast und abgereist bist«, sagte John, als habe er ihre Gedanken erraten. »Es gab nicht den geringsten Grund dafür.«

Hannah verdrehte die Augen. Ihr hätte klar sein müssen, dass er nicht aufgeben würde. Nicht John. »Ich habe es dir doch erklärt«, sagte sie. »In E-Mails, in Briefen und am Telefon. Über Seiten hinweg habe ich dir meine Beweggründe zu erklären versucht. Wenn dir das immer noch nicht reicht, kann ich dir auch nicht helfen.« Sie spürte, wie das schlechte Gewissen sich in ihr meldete.

»Nein, du hast recht«, sagte er, und seine Stimme bekam einen traurigen Tonfall. »Ich habe es wirklich nicht verstanden. Aber nur, weil du nie über Gefühle gesprochen hast. Du hast mir erklärt, dass wir zu verschieden seien, um eine dauerhafte Beziehung zu haben. Du sagtest, du würdest mein Verlangen spüren, nach Afrika zurückzukehren, und wärst der Meinung, ich würde nur dir zuliebe in Washington bleiben. Ein Almosen sozusagen, ein Opfer aus Mitgefühl. Und du hast gesagt, dass du unter diesem Druck keine Beziehung führen könntest. Das alles hast du mir mitgeteilt, ohne mir eine Chance zu einer Erwiderung zu geben. Du hast diese Dinge in mich hineininter-

pretiert, ohne mich jemals zu fragen, wie ich dazu stehe. Wahrscheinlich hast du davor zurückgescheut, weil du genau wusstest, wie meine Antwort ausfallen würde.«
»Ich wollte dir nicht weh tun«, sagte Hannah. Sie hasste es, von John durchschaut zu werden. Er war einer der wenigen, die das konnten. »Ich kannte dich gut genug, um zu wissen, dass du liebend gerne Strombergs Angebot, die Ausgrabungen im Niger zu leiten, angenommen hättest. Du bist nur meinetwegen geblieben.«
»Es war nicht fair, einfach so zu gehen, und das weißt du«, sagte John mit gepresster Stimme. »Du hast nie offen mit mir darüber gesprochen. Du hast für dich die Karten ausgelegt und danach gehandelt. Mich in den Entscheidungsprozess mit einzubeziehen, dieser Gedanke ist dir wohl nicht gekommen. Wenn du mich fragst, warst du zu lange in der Wüste.«
Hannahs Augen funkelten. »Was soll denn das wieder heißen?«
»Das heißt, dass du über Jahre hinweg darauf angewiesen warst, eigene Entscheidungen zu treffen. Und genau das hast du wieder getan. Vielleicht war dir das Leben mit mir zu eng, zu klein, zu bürgerlich – wer weiß? Was immer der Grund war, du hast entschieden, dass du so nicht leben möchtest, und danach gehandelt. Einsam und allein, wie du es immer getan hast. Aber du warst nicht allein, du warst mit mir zusammen. Ich habe dich geliebt, Hannah, und das tue ich immer noch. Was du getan hast, war einfach nicht fair.«
Die Worte verhallten im Wind, der um die steinernen Pfeiler strich und kleine Staubwolken vor sich herwehte. Von irgendwoher erklang der klagende Schrei eines Falken.
»Können wir jetzt bitte zur Sache kommen?« Sie hatte einen Kloß im Hals. Ihr war klar, dass er die alte Geschichte aufkochen würde – das war der Preis, den sie für seine Hilfe zahlen musste. Sie hatte nur nicht gewusst, dass es so weh tun würde.

John zuckte die Schultern und sagte mit einem Seufzen: »Na schön. Du hast mir geschrieben, es ginge um Sterne und dass du meine Hilfe brauchst. Also, hier bin ich. Was genau willst du?«

Hannah zog eine Abbildung der Sternenkarte aus ihrer Umhängetasche und reichte sie John. Das Foto hatte zwar ein paar Eselsohren abbekommen, aber das Motiv war immer noch beeindruckend schön.

John stieß einen Pfiff aus. »Ich will verdammt sein. Darum geht es also. Willst du mir etwa erzählen, dass du gerade daran arbeitest?«

»Ich bin die Projektleiterin«, sagte Hannah, nicht ohne Stolz.

»Wow!« John warf ihr einen anerkennenden Blick zu. »Du mischst gleich ganz oben mit. Respekt. Und wie geht die Arbeit voran? Ich hoffe, es ist nicht zu einfach für dich.«

»Du kennst mich doch. *Einfach* ist nicht mein Stil.«

»Wohl wahr«, grinste John. »Die Himmelsscheibe ist frühe Bronzezeit, richtig?«

Hannah nickte. »Eine Kultur, über die wir so gut wie nichts wissen, nicht mal ihren Namen.«

»Und sie haben nichts Schriftliches hinterlassen.«

»Der Kandidat hat hundert Punkte.« Hannah war froh, endlich das leidige Trennungsthema hinter sich zu lassen und mit ihrer Arbeit fortzufahren. »Wenn wir wenigstens Tontafeln oder etwas Ähnliches hätten. Aber bisher Fehlanzeige. Wenn in dieser Zeit überhaupt etwas geschrieben wurde, dann auf Material, das die Zeit nicht überdauert hat.«

»Das Problem haben wir heute auch«, ergänzte John mit einem ironischen Lächeln. »Bücher, CDs, Zeitungen, nichts davon wird in tausend Jahren noch existieren. Wir werden eine Kultur sein, über die sich kommende Generationen gehörig den Kopf zerbrechen werden – wenn es dann überhaupt noch Menschen gibt.«

»Alles, was wir über sie wissen, müssen wir uns anhand von Grabbeigaben wie Kelchen, Schwertern und Schmuckstücken zusammenreimen. Reichlich wenig, wenn man nicht weiß, wie man diese Objekte interpretieren soll. Stell dir mal vor, in tausend Jahren fände jemand ein Kruzifix. Das Abbild eines Menschen, den man an ein Kreuz genagelt hat. Wahrscheinlich würde man davon ausgehen, einen Verbrecher vor sich zu haben. Warum sonst würde man einen Menschen so leiden lassen? Wer käme schon auf die Idee, dass es sich dabei um Gottes Sohn handelt? Genauso ist es auch bei bronzezeitlichen Abbildungen. Wir können nur raten.«

Seufzend blickte sie auf die Fotografie. Die etwa dreißig Zentimeter große Himmelsscheibe bestand aus grün oxidiertem Kupfer, und ihre Vorderseite stellte einen stilisierten Sternenhimmel aus Blattgold dar. Die Ränder waren punktiert und an manchen Stellen ausgefranst. Insgesamt ließen sich zweiunddreißig Sterne zählen, die ungeordnet über die gesamte Fläche verteilt waren. Hinzu kamen ein sichelförmiger Mond und eine großflächige Scheibe, bei der es sich möglicherweise um die Sonne handelte.

Zwei deutlich abgesetzte Begrenzungsstreifen auf der rechten und linken Hälfte der Scheibe legten die Vermutung nahe, dass dieses Instrument seinerzeit zu Himmelsbeobachtungen benutzt wurde. Am richtigen Standort eingesetzt, markierten sie den Sonnenaufgang beziehungsweise -untergang während der Sonnenwende. Es konnte sich also durchaus um eine Art Kalender handeln, der es ermöglichte, die exakten Jahreszeiten und somit die günstigsten Termine für Aussaat und Ernte festzulegen. Er markierte den Wechsel der Jahreszeiten, der Monate, des Vergangenen und des Künftigen. Ein unermesslicher Schatz für ein Volk, das ohne Uhren und Kalender lebte. Dass es dabei nicht um eine primitive Art von Bauernkalender ging, ließ sich daran ermessen, dass jegliche Form von Kulti-

vierung und Bepflanzung in der frühmenschlichen Mythologie eine tiefe religiöse Bedeutung hatte. Befruchtung, Wachstum, Tod. Der ewige Kreislauf des Lebens. Es war diese Verbindung zwischen Mensch und Kosmos, die in der Himmelsscheibe ihre bildliche Darstellung fand. Und somit stand sie, wie auch derjenige, der sie zu lesen vermochte, in direktem Kontakt mit den Göttern.
»Was ist das?« John deutete auf ein längliches, gebogenes Symbol, das mit den Symbolen für Sonne und Mond ein gleichschenkliges Dreieck bildete. Das Blattgold wurde an dieser Stelle durch parallele Linien strukturiert.
»Das ist einer der Gründe, warum ich hier bin.« Hannah strich sich eine Locke aus dem Gesicht. »Dieses Zeichen hat mich überhaupt auf die Ägypter gebracht. Siehst du, wie dieses gekrümmte Ding zwischen der Sonne und dem Mond hin- und herzufahren scheint?«
John nahm ihr die Fotografie aus der Hand und betrachtete sie aufmerksam. »Könnte eine Sonnenbarke sein. Ein Schiff, das vom Morgengrauen bis zum Sonnenuntergang über den Himmel kreuzt«, flüsterte er.
»Genau mein Gedanke«, sagte Hannah. »Sieh mal: Die angedeutete Maserung auf der Seite. Sie unterstreicht den Eindruck von Holz in der Schiffsbeplankung.«
Seine Augen wanderten über jeden Zentimeter der Abbildung. »Hol mich der Teufel«, murmelte er. »Du könntest tatsächlich recht haben. Die Sonnenbarke ist eines der wichtigsten Symbole in der altägyptischen Mythologie. Sollte es wirklich eine Verbindung zwischen den Ägyptern und den Schöpfern der Himmelsscheibe gegeben haben? Aber dazwischen liegen dreitausend Kilometer. Luftlinie, wohlgemerkt.«
»Unvorstellbar, ich weiß.« Hannah lächelte. »Trotzdem. Es müssen irgendwelche Handelsbeziehungen bestanden haben. Eine Theorie, über die schon seit Jahren spekuliert wird. Mit

dem Symbol der Sonnenbarke hätten wir den ersten wirklich schlagenden Beweis.«

In Johns Augen begann es zu leuchten. »Deshalb der Tempel der Hatschepsut. Jetzt beginne ich zu verstehen.« Er packte Hannahs Hand und zog sie mit sich fort. »Das, wonach du suchst, ist gleich hier drüben«, sagte er. »Komm.«

3

Ein sanfter Wind strich um die steinernen Pfeiler des alten Tempels. Die Sonne zauberte markante Linien in die staubige Luft, die sich wie Finger in die verborgenen Ecken und Winkel des Heiligtums vortasteten und die steinernen Wände wie etwas Lebendiges erscheinen ließen – wie ein uraltes Fabelwesen, das langsam zu erwachen begann. John spürte die Spannung, die in der Luft lag. Eine jahrtausendealte Kultstätte bei Sonnenaufgang zu erkunden, das war ein unvergleichliches Erlebnis.

»Wie gut kennst du dich in altägyptischer Geschichte aus?«, wandte er sich an Hannah, während er sie tiefer in das Heiligtum führte. »Genauer gesagt: Was weißt du über Hatschepsut?«

»Nicht viel«, erwiderte sie. »Nur dass sie in der achtzehnten Dynastie lebte, vor etwas weniger als dreitausendfünfhundert Jahren also, und dass diese Zeit durch blühenden Wohlstand gekennzeichnet war. Hatschepsut war die einzige Frau, die jemals die Herrschaft als Pharao innehatte.«

»Bemerkenswert, nicht wahr?«, sagte John. »Kurz nach Antritt ihrer Regentschaft ergriff sie die traditionellen Herrschaftsinsignien, darunter den sogenannten Zeremonialbart. Wahrscheinlich auf Druck ihrer Untergebenen, die die Tatsache, dass sie von einer Frau regiert wurden, als untragbar erachteten. In späteren Bildnissen ließ sie sich deshalb nur noch als

Mann darstellen.« Er deutete auf die umliegenden Säulenarkaden. »Das hier ist übrigens das bedeutendste Bauwerk, das in ihrer zweiundzwanzigjährigen Herrschaftszeit entstanden ist. Ihr eigener Totentempel.«

Hannah schlang die Arme um sich. Sie schien sich unwohl zu fühlen bei der Vorstellung, wie viele Jahre die Ägypter damals mit dem Gedanken an den eigenen Tod verbracht hatten. Andererseits war der Tempel zu einer Zeit entstanden, als die Menschen den Tod als etwas Willkommenes erachteten, als etwas, vor dem man keine Angst zu haben brauchte. Doch er konnte sie verstehen. Irgendwie hatten Totenkulte immer etwas Beängstigendes.

»Was muss ich noch über sie wissen?«, fragte sie.

»Hatschepsut führte eine für ihre Zeit ungewöhnliche Expedition durch«, sagte John. »Eine Expedition *über Land*. Dass sie sich auf diesem Weg in eine unbekannte Gegend vorwagten, war außergewöhnlich. Die Ägypter waren ein Volk von Seefahrern und Schiffsbauern. Trotzdem hat die Pharaonin eine solche Expedition ins Leben gerufen. Ein gewaltiges Unterfangen in jener Zeit.«

»Und wohin führte die Reise?«

»Ins Land Punt, vermutlich das heutige Somalia. Von dort brachte die Expedition neben Gold und Edelsteinen auch Weihrauch, Ebenholz sowie eine Fülle exotischer Pflanzen mit. Die Puntreise gilt als die erste botanische Expedition überhaupt.« Er blieb stehen. »Sieh mal dort hinüber.« Er deutete in Richtung Südwesten, auf eine Halle, die ein Stockwerk unter der ihren lag. »Dort drüben findest du Fresken, die ausschließlich von dieser Expedition handeln. Sehr interessant übrigens die Darstellung der Herrscherin von Punt. Sie ist so überdimensioniert und fett dargestellt, dass die Gelehrten heute noch darüber streiten, ob dies eine natürliche Darstellung sein soll.«

»Und nach zweiundzwanzig Jahren Herrschaft starb sie? Einfach so?«
John warf Hannah einen vielsagenden Blick zu. »Natürlich nicht *einfach so*. Wir reden hier von den Ägyptern.« Er zuckte mit den Schultern. »Nein, vermutlich wurde sie umgebracht. Sie war zu mächtig geworden, und obendrein war sie ja eine Frau. Das passte vielen Leuten nicht in den Kram. Noch Jahrhunderte später wurden viele ihrer Abbildungen ausradiert. Gelöscht, zerstört, vernichtet, wie du willst.«
»Charmant.«
Sie waren jetzt weit genug in den hinteren Teil des Allerheiligsten vorgedrungen. An diesen Ort fiel kaum noch Tageslicht. John drehte den Kopf, dann nickte er zufrieden.
»Hier sind wir richtig«, sagte er. »Es ist gleich hier drüben, komm.«
Er kramte in seiner Umhängetasche und holte eine Taschenlampe hervor, durch deren abgewetzte Lackschicht das blanke Metall schimmerte. Der Lichtstrahl schnitt wie ein Skalpell durch die Dämmerung. John schritt die linke der hinteren Begrenzungsmauern entlang, während er seine Hand über den Sandstein gleiten ließ. Seine Finger tasteten über Wölbungen und Einbuchtungen, die in jahrelanger Arbeit kunstvoll aus dem Stein geschlagen worden waren. Hatschepsut galt als Gründerin der rundplastischen Abbildung, einer Reliefform, die besonders weich und naturalistisch anmutete. Die Szenen zwischen Menschen und Göttern wirkten wie aus einem Bilderbuch.
»Hier.« Er blieb stehen und deutete auf eine Darstellung, die den Wechsel der Jahreszeiten darstellte. Zu sehen waren der Nil bei Hoch- und bei Niedrigwasser, Aussaat und Ernte, die Wanderung von Sonne und Mond sowie der Wandel der Gestirne. Dazwischen war die Abbildung eines Schiffes zu sehen: einer Sonnenbarke.

Hannahs Augen glänzten, als sie das Relief bestaunte. Die Darstellung zeugte von besonderem Können. Selbst die feine Holzmaserung war zu erkennen.
Hannah holte ihre Fotografie hervor und hielt sie neben den Stein.
»Sie ist kleiner, als ich sie mir vorgestellt habe.«
»Trotzdem ist sie eines der wichtigsten Symbole des alten Ägyptens«, erläuterte John. »Auf ihr tritt der Sonnengott seine tägliche Fahrt über den Himmel an. Er beginnt seine Fahrt als Chepre, das Kind, setzt sie mittags, zum Mann gereift, als Re fort und beendet sie abends als Atum, der Greis – nur, um sich am folgenden Tag wieder zu erneuern, in einem immerwährenden Kreislauf. Übertragen auf die Lebensspanne eines Menschen, gewinnt diese Vorstellung eine tiefe Symbolik, findest du nicht?« Er beobachtete Hannah aus dem Augenwinkel heraus. »Verrätst du mir jetzt, was es damit auf sich hat?«
»Weiß ich noch nicht.« Sie schien irgendwie abgelenkt. Ihre Augen huschten hin und her, als suchten sie etwas.
»Nicht?« John blickte sie verwundert an. »Wolltest du nicht den Beweis für die Verbindung zwischen Ägyptern und Nordeuropäern haben? Hier ist er. Dasselbe Symbol. Sogar die Linien auf der Schiffsseite sind identisch. Hier drüben sind Sonne und Mond dargestellt, hier die Scheibe, da die Sichel, genau wie auf der Himmelsscheibe.«
»Stimmt.«
John runzelte die Stirn. »Ich habe den Eindruck, du suchst gar nicht nach der Sonnenbarke.«
Ein schmales Lächeln huschte über ihren Mund. »Du kennst mich viel zu gut.«
John stemmte die Hände in die Hüften. »Raus mit der Sprache: Was ist es?«
Hannah tippte mit dem Finger auf den Sandstein. »Das hier.«
John trat näher. Er blickte auf eine seltsame Gruppe von Punk-

ten am steinernen Himmel, die wie der Pfotenabdruck eines kleinen Tieres wirkte.

Hannah blies etwas Staub fort, der sich dort angesammelt hatte. »Darf ich mal deine Taschenlampe haben?«

Er reichte sie ihr, und sie ließ den Lichtstrahl über die betreffende Stelle wandern. Dabei blickte sie immer wieder auf die Fotografie. »Sieben«, sagte sie leise. »Es sind genau sieben.«

John nickte. »Die Plejaden? Ist es das, was du gesucht hast?«

Hannah nickte. »Tu einfach so, als hättest du es mit einem total Ahnungslosen zu tun, und erzähl mir mal, was du darüber weißt. Immerhin bist du ja Astroarchäologe.«

Täuschte er sich, oder lag da ein Hauch Ironie in ihrer Stimme? Lächelnd wandte er sich der Felsdarstellung zu. Dann sagte er: »Na gut: Preisfrage. Was haben die Plejaden mit japanischen Autos gemeinsam?«

Hannah runzelte die Stirn. »Willst du mich auf den Arm nehmen?«

»Keine Idee?« Sein Lächeln wurde breiter.

»John, bitte.«

»Na gut. *Subaru.* Schon mal gehört? Der japanische Ausdruck für das Siebengestirn.«

Hannahs Gesicht blieb ausdruckslos.

»Die Automarke.«

»*John.*«

Enttäuscht zuckte er mit den Schultern. Es war unübersehbar, dass sein Humor auf unfruchtbaren Boden gefallen war. »Also schön. Was willst du wissen?«

»Alles. Nur nichts über japanische Autos.«

»Trockene Fakten also«, sagte er. »Ganz wie du willst.« Er musste kurz in seinem Gedächtnis kramen, um die Fakten abzurufen. »Die Plejaden sind ein offener Sternenhaufen im Sternbild des Stiers. Sie umfassen etwa fünfhundert relativ junge Sterne, die in einen blau leuchtenden Nebel eingebettet

sind. Die Entfernung zur Erde beträgt etwa vierhundert Lichtjahre. Astronomisch gesprochen, liegen sie also in unmittelbarer Nachbarschaft. In der griechischen Mythologie waren die Plejaden die sieben Töchter des Atlas, die von Zeus an den Himmel versetzt worden sind, zum Schutz vor dem Jäger Orion. Gemeinsam mit den Hyaden bilden sie das Goldene Tor der Ekliptik. Dieser Name rührt zum einen daher, dass sie in ihrer Mitte von der scheinbaren Sonnenbahn durchzogen werden, und zum anderen vom Umstand eines sich verschiebenden Frühlingspunktes. Noch bis etwa zweitausend vor Christus lag dieser Punkt, den man seit jeher mit Wachstum und Fruchtbarkeit gleichsetzte, im Sternbild des Stiers. Im Laufe der Jahrhunderte ist er jedoch nach Nordwesten gewandert.«
»Aha.« Hannahs ratlosem Gesichtsausdruck nach zu schließen, hatte sie nur die Hälfte verstanden. »Würdest du sagen, die umliegenden Sternenbilder hier an der Wand entsprechen in etwa dem Nachthimmel, wie er vor dreitausendfünfhundert Jahren über dem Nil zu sehen war?«
John nahm Hannah die Taschenlampe aus der Hand und trat einen Schritt zurück. »Also hier im Norden ist Auriga, der Fuhrmann, zu sehen, Lepus, der Hase, im Süden, im Osten Gemini, die Zwillinge. Aries, der Widder, im Westen. Ja, alles da, soweit ich das beurteilen kann.«
»Wie würde sich der Himmel einige tausend Kilometer weiter nördlich darstellen?«
»Du meinst dort, wo die Scheibe gefunden wurde?«
»Ja.« Hannah warf ihm einen gespannten Blick zu.
»Genauso. Nur alles in Richtung Süden verschoben.«
»Etwa in dieser Art?« Sie hob die Fotografie in den Lichtkegel.
John verglich die Darstellung der Himmelsscheibe mit dem Relief und runzelte die Stirn. Hier stimmte gar nichts. Nicht ein einziger Stern war da, wo er hingehörte. Während auf der

ägyptischen Darstellung die Sternbilder genau rekonstruiert worden waren, herrschte auf der Himmelsscheibe ein einziges Durcheinander, ein beinahe willkürlich anmutendes Chaos. Das war in der Tat höchst ungewöhnlich.
»Jetzt siehst du, vor welchem Problem ich stehe«, sagte Hannah.
»Seltsam«, sagte John. »Man dürfte doch annehmen, dass die Erbauer, wenn sie sich schon die Mühe machen, eine Scheibe zu konstruieren, mit der sich der Lauf der Gestirne und der Jahreszeiten festlegen lässt, auch die umgebenden Sternbilder halbwegs korrekt abbilden würden. So schwierig ist das nicht. Die betreffenden Sterne sind mühelos mit bloßem Auge zu erkennen.«
»Nicht nur das«, sagte Hannah, während sie auf das Foto blickte. »Die Erbauer scheinen jegliche Übereinstimmung tunlichst vermieden zu haben. Wir haben das Muster wieder und wieder durch den Computer laufen lassen, vergeblich. Danach haben wir das Programm umgeschrieben, in der Hoffnung, vielleicht irgendwelche Muster zu erkennen. Fehlanzeige. Die Verteilung erscheint völlig willkürlich.«
John legte die Stirn in Falten. »Vielleicht ist genau das beabsichtigt gewesen, auch wenn es keinen Sinn ergibt.«
»Nein.« Hannah schüttelte entschieden den Kopf. »Nichts an dieser Scheibe ist willkürlich. Sie ist bis ins Kleinste durchdacht und gearbeitet. Warum sollten ihre Erbauer ausgerechnet an diesem Punkt schlampig werden? Es gibt ein Muster, das spüre ich. Wir haben es nur noch nicht gefunden.« Sie ließ die Schultern hängen, und mit einem Seufzen sagte sie: »Seit einem Dreivierteljahr sitze ich vor diesem Problem und bin noch keinen Schritt weitergekommen. Es ist zum Verzweifeln.«
»Was hat dir dann die Reise nach Ägypten überhaupt gebracht? Ich meine, abgesehen von der Gelegenheit, mich wie-

derzusehen.« Er setzte sein charmantestes Lächeln auf. Doch Hannah schien nicht nach Flirten zumute zu sein. »Ich weiß nicht«, sagte sie, und ihre Stimme war durchzogen von tiefer Resignation. »Irgendwie hatte ich gehofft, eine Spur zu finden. Hätten die Ägypter ihren Sternenhimmel ebenfalls als chaotisches Muster dargestellt, so hätte man daraus schließen können, dass diese Art der Darstellung für diese Epoche eben üblich gewesen ist. Jetzt aber muss ich mir eingestehen, dass es, bei aller Ähnlichkeit, eben doch bedeutende Unterschiede gibt. Unterschiede, die das Rätsel um die Scheibe noch größer machen.« Enttäuscht rollte sie die Fotografie zusammen und packte sie zurück in ihre Umhängetasche. »Ich fürchte, ich habe dich völlig umsonst herbestellt. Bitte verzeih mir.«
»Für mich hat sich der kleine Ausflug auf jeden Fall gelohnt. Immerhin durfte ich dich wiedersehen.« Er musterte sie aufmerksam. »Was wirst du jetzt tun?«
Hannah seufzte. »Keine Ahnung. Wie es scheint, werde ich nach meiner Heimkehr wieder bei null anfangen müssen. Ich weiß noch gar nicht, wie ich das meinem Chef beibringen soll.« Ungehalten klemmte sie sich die Tasche unter ihren Arm und wandte sich zum Gehen. »Zerbrich dir nicht den Kopf meinetwegen. Ich komme schon klar. Auf jeden Fall bin ich dir über alle Maßen dankbar, dass du dir die Zeit genommen hast.«
»Du wirst mich doch auf dem Laufenden halten, oder?«, fragte John. »Wenn du ein Problem hast, melde dich bitte. Ich würde dir gerne helfen, wo immer ich kann.«
Hannah zögerte. Tausend Gedanken schienen ihr im Kopf herumzuschwirren, tausend Worte, die unausgesprochen waren. Für einen kurzen Moment glaubte John, es käme doch noch zu der erhofften Aussprache. Doch dann entschied sie sich für die kurze Fassung.
»Danke«, sagte sie. »Danke für alles, und lebe wohl.«

John beobachtete, wie sie den Tempel verließ und auf der großen Prachttreppe in Richtung Fluss ging. Immer kleiner und kleiner wurde sie, während ihr Schatten sich langsam in der unendlichen Weite der Wüste verlor. Eine unerwartete Traurigkeit überfiel ihn. Auf einmal erinnerte er sich an alles, was er ihr noch hatte sagen wollen, all die Fragen, die er noch hatte stellen wollen. Zu spät.
Als sie nur mehr stecknadelkopfgroß war, drehte er sich um und ging in Richtung des Ostflügels. Nicht mehr lange, und die Touristen würden wie die Heuschrecken einfallen, schwatzend, lärmend und von dem Geräusch unentwegt klickender Fotoapparate umgeben. Seinen Schritt beschleunigend, durchquerte er die Ruhmes- und die Krönungshalle, schritt vorbei an dem Brunnen des Lebens und der Pforte des Sonnengottes. Als er die Statue von Thutmosis erreicht hatte, blieb er stehen. Obwohl niemand zu sehen war, wusste er, dass er nicht allein war.
»Ist sie fort?«
Die Stimme kam hinter der nächsten Säule hervor. Eine kräftige dunkle Männerstimme mit einem seltsamen Akzent. John bemerkte eine Bewegung im Sand. Einer der Schatten hatte seine Position verändert. Für einen kurzen Moment war er versucht, zu dem Besucher hinüberzugehen, verwarf den Gedanken aber wieder. Es gab sicher einen Grund, warum er unentdeckt bleiben wollte.
»Ja«, entgegnete John. »Sie ist gegangen.«
»Gut. Es ist besser, wenn sie von meiner Anwesenheit nichts erfährt. Haben Sie das Gespräch aufgezeichnet?«
John tastete nach dem verborgenen Aufnahmegerät. »Ja. Müsste geklappt haben.«
»Sehr gut. Und die Fotografien?«
John überprüfte den Sitz der Mikrokamera an seinem Kragenknopf. Der Auslöser war mit seiner Armbanduhr gekoppelt.

»Ich habe getan, was Sie mir gesagt haben. Das Relief, die Fotografie und natürlich Hannah selbst. Alles drauf, vorausgesetzt, Ihre Technik hat funktioniert.«

»Seien Sie unbesorgt.« Der Mann gab ein Lachen von sich, das wie ein Räuspern klang. »Die Geräte haben noch nie versagt.«

Eine Pause entstand, und dann sagte John: »Wenn Sie mich fragen, ich glaube, Hannah ist da auf eine hochinteressante Sache gestoßen.«

»Die Verteilung der Sterne?«

»Allerdings«, sagte John. »Hannah hat recht. Ich glaube auch nicht, dass das Zufall ist. Wenn ich zurück bin, würde ich die Sache gern überprüfen.«

»Tun Sie das. Nehmen Sie sich ein ganzes Team, wenn es nötig ist. Und wenn Sie recht haben, zögern Sie nicht, Frau Peters die Informationen zuzuspielen. Vermutlich genügt ein kleiner Hinweis, um die Sache ins Rollen zu bringen.«

John nickte. »Ich hoffe nur, dass wir sie damit nicht in Gefahr bringen. Ehrlich gesagt, mir ist nicht ganz wohl dabei. Wenn es stimmt, was Sie mir an Informationen gegeben haben, ist an der Scheibe mehr dran, als wir ahnen.«

»Lassen Sie das meine Sorge sein. Wenn ich recht habe – und ich irre mich selten –, dann könnte das einer der bedeutendsten Funde werden, an dem Sie und ich, und vor allem Frau Peters, jemals beteiligt waren. Und ich glaube, sie kann einen Erfolg in der jetzigen Situation gut brauchen.«

4

Donnerstag, 17. April

Die Frau schritt in Begleitung einer kräftig gebauten Beamtin durch den mit grünem PVC ausgelegten Gang der Landesvollzugsanstalt Halle an der Saale. Sie trug keine Handschellen oder vergleichbare Fesseln. Auch ihre Kleidung ließ nicht darauf schließen, dass sie bereits viele Jahre hinter Gittern verbracht hatte. In Trainingshose und Sweatshirt gekleidet, die Füße in abgewetzten Sportschuhen steckend, hätte man sie nie für eine Mörderin gehalten. Doch genau das war sie. Eine Killerin. Sie hatte jemanden umgebracht. Kalt, geplant und mit tiefer innerer Überzeugung.

Ihr Stiefvater war ein Schwein gewesen. Ein Säufer und Choleriker, wie er im Buche stand, mit einem Hang, sich vorzugsweise an Wehrlosen zu vergreifen. In diesem Fall an einer Mutter und ihren beiden Töchtern. Cynthia war zum Zeitpunkt der Tat gerade vierundzwanzig geworden und somit dem vollen Strafmaß ausgesetzt gewesen. Fünfzehn Jahre, so hatte das Urteil gelautet. Es hätte genauso gut siebenhundert Jahre lauten können, ihr wäre es egal gewesen. Damals hätte sie den Schlüssel am liebsten für immer fortgeworfen, hätte sich am liebsten für immer hinter Beton, Glas und Stahl versteckt. Nie wieder wollte sie in die normale Welt zurückkehren, das hatte sie sich geschworen.

Die Frau, die an diesem Donnerstagmorgen durch den Gang schritt, hatte mit der Cynthia von einst nichts mehr gemeinsam. Die ersten Jahre im geschlossenen, später im offenen Vollzug hatten aus ihr einen neuen Menschen gemacht. Nicht unbedingt einen besseren, nur einen anderen. Schritt für Schritt war sie wieder ins Leben zurückgekehrt, hatte Personen getroffen, die sie mochte und denen sie etwas bedeutete, hatte eine Ausbildung zur Pflegerin gemacht und seit kurzem damit begonnen, schwerstbehinderte Kinder zu betreuen – eine Aufgabe, die sie mit tiefer innerer Zufriedenheit erfüllte. Zwischen acht und achtzehn Uhr leitete sie eine Gruppe, die sie liebevoll »Downies« nannte, Kinder, die unter Trisomie-21 litten. Sie spielte mit ihnen, bastelte, machte Ausflüge, ging mit ihnen zum Essen, brachte sie auf die Toilette – kurzum, sie war wie eine Mutter zu ihnen. Dass man ihr eine solch verantwortungsvolle Stelle angeboten hatte, zeigte, für wie vertrauenswürdig man sie hielt. Die Tatsache, dass sie über Nacht wieder zurück in den Bau musste, änderte nichts daran. Cynthia hatte sich in all den Jahren nicht das Geringste zuschulden kommen lassen, galt als intelligent, aufmerksam und zurückhaltend. Dass sie nebenher ihren ersten Dan im Taekwondo abgelegt hatte, bereitete niemandem Kopfzerbrechen. Es unterstrich ihren Ehrgeiz, ins normale Leben zurückkehren zu wollen. Noch drei Jahre, dann hatte sie es geschafft, dann war sie wieder ein freier Mensch.

»Cynthia Rode?« Der Wachhabende, der vor dem Besucherraum stand, war neu hier. Ein junger, gutaussehender Bursche von vielleicht fünfundzwanzig Jahren und, wie es schien, noch grün hinter den Ohren.

»So ist es.«

Der Mann nickte und zeichnete auf seinem Klemmbrett etwas ab. »Sie dürfen eintreten. Man erwartet Sie bereits.«

Sie verabschiedete sich von der Beamtin, die sie begleitet hatte, und betrat den Besucherraum. Es war ein spartanisch eingerichtetes Zimmer, das jedoch geradezu anheimelnd wirkte, verglichen mit den Besucherzellen im geschlossenen Vollzug. Hier standen ein Tisch mit vier Stühlen, ein paar Bücherregale sowie eine modern wirkende Ledercouch, die das Zimmer von der rechten Seite aus dominierte. Ein Mann saß darauf. Knappe vierzig, hochgewachsen, das dunkle Haar ordentlich gescheitelt. Er trug eine teuer aussehende Brille mit dunklem Rand und musterte sie eingehend. Sein markantes Gesicht wurde von einer Narbe dominiert, die sich von seiner Oberlippe bis kurz unter das rechte Auge zog. Er erhob sich, als die Frau das Zimmer betrat.

»Cyn.« Er ging auf sie zu, die Hand zum Gruß ausgestreckt. »Es tut mir leid, dass ich einfach so hier hereinplatze, aber ich muss für ein paar Tage verreisen und wollte dir vorher die frohe Botschaft unbedingt persönlich mitteilen.«

Die Hand ignorierend, schlang die Frau ihre Arme um ihn und drückte sich an ihn. Der Mann, irritiert über so viel stürmische Wiedersehensfreude, zögerte kurz, erwiderte dann aber die Umarmung.

Als er Tränen an seinem Hals spürte, löste er sich wieder von ihr. »Was ist denn los?«, fragte er. »Warum so emotional heute?«

Sie wischte sich über die Augen. »Ach nichts. Irgendetwas liegt in der Luft. Ist vielleicht der Mond. Ich heule heute wegen jeder Kleinigkeit. Und dich wiederzusehen ... es ist so unerwartet.«

»Ja, ich weiß, ich hätte mich viel früher blicken lassen sollen, aber der Job frisst mich momentan auf. Das vergangene Jahr war die Hölle. Ein Termin jagte den anderen. Ständig musste ich zwischen den USA und Deutschland hin- und herreisen. Aber was erzähle ich? Bitte entschuldige, du bist hier drin und ich draußen. Jammern auf hohem Niveau nennt man das, glaube ich. Das war wirklich blöd von mir.« Er bemühte sich um ein aufmunterndes Lächeln.

Cynthia kramte in ihrer Trainingshose und förderte ein benutztes Taschentuch zutage. Nachdem sie sich ausgiebig die Nase geputzt hatte, sagte sie: »Sie behandeln mich gut hier, wirklich. Essen ist okay, ich habe eine Arbeit, und an den Resozialisierungsseminaren nehme ich mittlerweile mit viel Humor teil. Also alles im grünen Bereich.«
Der Mann setzte sich wieder und klopfte neben sich auf das Polster. »Die Arbeit mit den Kindern gefällt dir, oder?«
»Oh ja. Es gibt nichts, was ich lieber täte.« Cynthia wischte sich die letzte Träne aus dem Augenwinkel und setzte sich neben ihn. »Es ist wirklich ein ganz besonderer Job. Sie sind so ... so ehrlich, verstehst du? Ich habe noch nie so aufrichtige und herzliche Menschen kennengelernt. Keine Falschheit, keine Lügen, keine niederen Absichten. Nur offene Gesichter. Wenn sie Angst haben, suchen sie Schutz, und wenn sie jemanden nicht mögen, dann sagen und zeigen sie das sofort. Klar muss man aufpassen, manchmal gibt es Streit, und wenn sie in die Pubertät kommen, kann es schon mal schwieriger werden. Manche von ihnen haben dann nur noch Sex im Kopf, aber das habe ich im Griff. Wir machen ein paar Witze oder unternehmen etwas, das bringt sie auf andere Gedanken. Außerdem ist nichts Verwerfliches dran. Wir reden drüber und lachen, und es ist in Ordnung so.« Sie faltete ihre Hände zwischen den Knien. »Danke, dass du mir diesen Job besorgt hast. Ich wüsste nicht, was ich ohne dich getan hätte.«
»Wenn dir an dem Job so viel liegt, habe ich eine gute Nachricht für dich. Die Heimleitung hat sich bereit erklärt, die Probezeit in eine unbefristete Anstellung umzuwandeln.«
»Was?« Cynthia hob die Augenbrauen. »Dazu müsste ich im Heim wohnen, und das ist, wie du weißt, unmöglich. Wenn ich nicht pünktlich um neunzehn Uhr hier wieder auf der Matte stehe, bekomme ich mächtigen Ärger.«
»Das wird künftig anders sein«, sagte der Mann, und ein feines

Lächeln umspielte seinen Mund. Er griff in die Tasche und förderte einen Stapel sehr amtlich aussehender Dokumente zutage. »Die Berufungsverhandlung war erfolgreich. Deinem Antrag auf vorzeitige Entlassung wegen guter Führung wurde stattgegeben. Am Montag kommst du hier raus. Auf Bewährung, versteht sich.«
»Eine Berufung? Was für ein Antrag?«
Sein Lächeln wurde breiter. »Habe ich dir nicht davon erzählt? Wie unachtsam von mir.« Er schüttelte den Kopf in gespielter Selbstzerknirschung. »Nein, im Ernst: Ich habe das für dich geregelt. Wäre es schiefgegangen, hättest du davon nichts erfahren. Aber wir hatten Glück. Sie haben dem Antrag stattgegeben. In vier Tagen bist du hier raus. Wie findest du das?«
»Wie ich das finde ...? Mein Gott.« Cynthia glaubte, ihr Herz würde aussetzen. Sie schlug die Hände vor den Mund. Sie würde rauskommen. Drei Jahre früher als erwartet.
»Ich kann das nicht glauben. Seit wann weißt du es?«
»Die Dokumente kamen Mittwoch mit dem Kurier. Da ich aber ab Montag unterwegs war und mich keiner aus der Kanzlei benachrichtigt hat, habe ich sie erst gestern Abend gelesen. Zu spät, um dich noch anzurufen. Aber ich dachte, es wäre ohnehin besser, dir diese Nachricht persönlich mitzuteilen.«
Sie sprang auf und schlang erneut ihre Arme um ihn. Diesmal war er vorbereitet. Er erwiderte die Umarmung.
»Danke.« Das war alles, was Cynthia in diesem Moment über die Lippen kam.

5

Auf einem Felsplateau, hoch über den Wipfeln eines Fichtenwaldes gelegen, stand ein seltsamer Mann. An die zwei Meter groß und breit wie eine Eiche, wirkte er, als würde er den letzten Rest des Tageslichts förmlich aufsaugen. Mit der rechten Hand auf einen mannshohen Stab gestützt, links eine Keule haltend, die aus dem Oberschenkelknochen eines Bären geschnitzt war, verharrte er völlig regungslos am Rande eines Abgrunds und blickte in die Ferne. Eine Krone aus Wurzeln, aus der die Hörner eines Rehbocks ragten, zierte seinen Kopf. Seine Arme und Hände waren mit Streifen aus Leder und gewalkten Pflanzenfasern umwickelt. Das Haar war zu fettigen Strähnen verflochten und klebte an seinem Kopf. Sein Gesicht, das mit einer dicken Schicht aus Lehm und Asche bedeckt war, verlieh ihm das Aussehen eines wilden Tieres. Das einzig Menschliche an ihm waren seine Augen. Ein Hauch von Wehmut lag in ihnen, als er beobachtete, wie die Landschaft unter seinen Füßen in der Dunkelheit versank.
Der Mann war ein Priester, ein heiliger Mann, ein Schamane. Ein Relikt aus einer Zeit, in der es in dieser Gegend noch Wölfe, Bären und Eulen gegeben hatte. Ein Überbleibsel einer längst vergangenen Epoche.
Wie in den meisten Teilen der Welt hatte der Fortschritt auch in seinem Land Einzug gehalten, hatte die alten Werte und Traditionen verdrängt und durch Wissenschaft und Fortschritt er-

setzt. Nur der Schamane war geblieben. Wie ein Fels in der Brandung stand er da und trotzte den Veränderungen der Welt. Im blassen Licht des Abends flammten nach und nach Lichtpunkte auf. Erst langsam, dann mit zunehmender Geschwindigkeit wurde das Land von einem Netz aus Helligkeit überzogen. Lichterketten zeigten an, wo sich eine Straße befand, leuchtende Haufen kündeten von einer Ortschaft. Kaum ein Fleck, der nicht besiedelt war. Es dauerte nicht lange, da war das ganze Land unter ihm ein Meer aus leuchtenden Punkten. Als abzusehen war, dass es nicht dunkler werden würde, wandte er sich um. Der Mond war als beinahe vollständige Scheibe über die Bergkuppe gestiegen, bereit, seinen Weg über das nächtliche Firmament anzutreten. Das Licht, das er spendete, genügte dem Schamanen, um den Weg zu finden. Er hätte ihn auch in vollkommener Dunkelheit nicht verfehlt, kannte er doch jeden Stein und jeden Grashalm dieses geweihten Landes. Ein kühler Wind kam auf und vertrieb die letzten Wolkenfetzen vom Haupt des heiligen Berges. Die ersten Sterne kamen zum Vorschein, flackernd und blinkend wie die Lagerfeuer der Götter. Eine Nacht, wie geschaffen für eine Anrufung.

Der Schamane verließ den Pfad und wandte sich nach rechts. Nicht weit entfernt lag eine Höhle, dorthin wollte er gehen. Er musste jetzt vorsichtig sein, denn seine Schuhe aus Birkenrinde waren ungeeignet, um damit auf rutschigem Geröll zu gehen. Schon von weitem konnte er sehen, dass jemand in der Höhle ein Feuer entzündet hatte. Ein heller Schein drang aus einer Öffnung in der Felswand und tauchte den unteren Bereich der Böschung in gelbes Licht. Der Geruch von frisch verbrannten Zweigen stieg ihm in die Nase. Sie war also bereits vor ihm angekommen. Das wunderte ihn nicht. Sie nahm die Anrufungen ernst, mehr noch als er selbst. Hätte man

Glaube und Hingabe in eine Waagschale legen könnten, so wäre das Pendel zu ihrer Seite ausgeschlagen. Doch er empfand keinen Neid. Sein eigener Glaube war immer noch stark genug, um den meisten Versuchungen zu trotzen. Doch wer hätte ermessen können, dass es so lange dauern würde. Zwanzig Jahre waren seit dem letzten Beschwörungsversuch vergangen. Zwanzig Jahre auf der Suche nach Antworten. Zwanzig Jahre des Fastens, der Entbehrung und der Selbstaufgabe. Eine unvorstellbar lange Zeit, wenn man im Verborgenen leben und das Dasein eines Schattens führen musste.

Doch damit war es nun vorbei. Wenn die Runen nicht trogen, so stand ihnen in den kommenden Tagen ein neues Fenster offen. Alles, was sie jetzt noch benötigten, war ein Zeichen.

Als er die Höhle erreichte, sah er die zwei Wächter, die rechts und links des Eingangs kauerten. Fast hätte er sie nicht bemerkt, so sehr verschmolz die Farbe ihres Fells mit dem Grau der Felswand. Reglos hockten sie da und starrten ihn aus ihren kalten Augen an. Ihn schauderte. Die Hand um seinen Stab gekrallt, senkte er den Kopf und schob die Matte aus Gras und Zweigen, die den Höhleneingang versperrte, beiseite. Die Augen vor der plötzlichen Helligkeit schließend, trat er ein.

Der schwere Geruch verbrannter Kräuter schlug ihm entgegen. Ein rot flackerndes Feuer warf zuckende Schatten an die Wände.

»Du bist da.«

Es klang eher wie eine Frage denn wie eine Feststellung. Die Frau, die mit weit ausgebreiteten Armen vor dem Feuer kniete, hob ihren Kopf.

»Ich habe dich erwartet.«

Die Seherin bot wie immer einen erstaunlichen Anblick. Obwohl sie dieses heilige Amt schon viel länger innehatte als er, war sie wie immer bestrebt, sich zu jeder Zeremonie ein anderes Aussehen zu verleihen. Heute war sie als Vogel gekommen. Schwarze Federn klebten auf ihren nackten Schultern und zogen sich über den gesamten Rücken hinab. Ihre sonst grauen Haare waren schwarz gefärbt und mit Lederbändern zu Dutzenden von kleinen Zöpfen geflochten. Bronzene Glöckchen klingelten in ihnen bei jeder Bewegung ihres Kopfes. Auf ihr Gesicht hatte sie mit Hennafarbe Eulenfedern gemalt, die sie wie einen Vogel aussehen ließen. Auf ihrem Kopf thronte eine Tiara aus Laub und Beeren, das Zeichen ihrer Priesterwürde. Die messerscharfen Zähne, die ihr mit fünfzehn, während des Initiationsritus, zugespitzt worden waren, unterstrichen ihr raubtierhaftes Aussehen.

»Der Mond ist eben erst aufgegangen«, sagte er.

Die Erklärung schien der Seherin zu genügen. Sie nickte knapp und winkte ihn zu sich heran.

Der Mann trat ans Feuer und ließ seinen Blick in die Runde schweifen. Ganz in der Tradition der Ahnen war die Höhle von oben bis unten geschmückt. Geweihe, Felle und Knochen verdeckten große Teile der kargen Felswände. Viele der Knochen waren geschnitzt oder zu kostbaren kleinen Schmuckgegenständen verarbeitet worden. Bronzene Teller, Kelche und Schalen standen in Vertiefungen, die in die Felswände geschlagen worden waren. In manchen von ihnen befanden sich getrocknete Kräuter, andere waren mit dem Blut frisch erlegter Tiere gefüllt. Der Mann nickte. Es schien alles in Ordnung zu sein. Wie immer hatte die Seherin die Zeremonie mit größter Gewissenhaftigkeit vorbereitet.

»Wie lange noch?«

»Die Vorbereitungen sind abgeschlossen«, sagte sie und sah ihm dabei tief in die Augen. »Wir können mit der Anrufung beginnen.«

Der Mann runzelte die Stirn. War da etwa ein Anflug von Furcht in ihrem Blick? Er schüttelte innerlich den Kopf. Un-

möglich. Die Seherin hatte sich noch nie vor etwas geängstigt. An ihrer Seite hatte er die dunkelsten Abgründe durchschritten, war in die verborgensten Winkel der menschlichen Seele vorgedrungen. Und immer war sie vorausgegangen. Was war es, das sie zurückschrecken ließ? Er wusste, dass sie die Gabe der Vorsehung hatte. Hatte sie etwa in die Zukunft geblickt? Er wollte sie schon danach fragen, besann sich dann aber eines Besseren. Es war gefährlich, sie mit Fragen zu belästigen, wenn sie in diesem Zustand war. Gefährlich für ihn, gefährlich aber auch für das Gelingen der Anrufung.
»Gut.«
Zu einer längeren Erwiderung konnte er sich nicht durchringen. Er ließ sich ihr gegenüber auf der anderen Seite des Feuers nieder. Die Flammen waren mittlerweile in sich zusammengefallen und hatten einen Haufen roter Glut zurückgelassen. Hitze stieg empor. Der Mann merkte, wie ihm unter seiner Kleidung der Schweiß ausbrach. Die Seherin griff in eine der Schalen zu ihrer Rechten, nahm eine Handvoll Pulver und warf es in die Glut. Ein bläulicher Flammenstoß schoss empor, dann eine Wolke von betäubendem Geruch. Mit weit ausholenden Armbewegungen verteilte sie den Dampf, während sie uralte Beschwörungsformeln rezitierte. Der Mann fühlte, wie ihm der Geruch zu Kopf stieg. Nicht nur der Geruch der Kräuter, auch der ihrer Körper. Mit einem Mal schien sich die Fähigkeit seiner Nase um das Tausendfache gesteigert zu haben. Er wusste, dass die Zutaten, die während der Anrufung verwendet wurden, bewusstseinsverändernde Substanzen enthielten. Trotzdem war er jedes Mal aufs Neue von ihrer Wirkung fasziniert. Er atmete tief ein und ließ die Droge auf sich wirken.
Die Seherin wiederholte den Vorgang mit einem anderen Pulver. Diesmal leuchtete die Flamme in einem kränklichen Gelb, ehe sie in ein Grün umschlug. Der Gestank war atemberau-

bend. Der Mann konnte nur mit Mühe einen Hustenanfall unterdrücken. Tränen schossen ihm in die Augen. Ein stechender Schmerz breitete sich in seiner Lunge aus. Eine riesige Hand schien seinen Brustkorb zusammenzuquetschen. Für einen Moment lang glaubte er, er müsse ersticken – was, wenn man es genau betrachtete, auch beabsichtigt war. Dieser Teil der Anrufung war der schwerste. Er wurde der *schwarze Tod* genannt, ein Ausdruck, der eigentlich alles sagte. Es ging darum, zu sterben, wenn auch nur im Geiste. Ein Vorgang, der es dem Sterbenden ermöglichte, mit der Unterwelt in Kontakt zu treten. Keuchend und nach Luft ringend saß er da, hoffend, flehend, dass der Augenblick bald vorübergehen möge. Der Seherin schien es nicht besserzugehen. Tränen strömten aus ihren Augen, verwischten die Farbe auf ihrem Gesicht und ließen sie in Schlieren über ihre Wangen rinnen. Sie griff sich an den Hals, während sie nach Atem rang. Ihre Haut glänzte fiebrig im Schein des Feuers. Mit übermenschlicher Anstrengung und scheinbar unter großen Schmerzen ergriff sie eine weitere Schale und schleuderte ihren Inhalt in die Glut. Dabei stieß sie einen Schrei aus, der einem das Blut in den Adern gefrieren lassen konnte. Es gab eine Explosion aus roter Helligkeit, dann wurde es dunkel. Sämtliche Lichter bis auf die glühende Holzkohle verloschen.

Der Mann richtete sich auf. Der Schmerz war verschwunden, so als habe es ihn nie gegeben. Was blieb, war ein Zustand innerer Kälte. Oder war es um ihn herum tatsächlich kälter geworden? Sein Atem ging stoßweise. Vor dem schwachen Widerschein der Holzkohle bemerkte er, dass sich kleine Wolken vor seinem Mund bildeten. Er stutzte. Dann war der Temperatursturz also keine Einbildung? Ratsuchend blickte er zu der Seherin. Sie schien die Veränderung ebenfalls bemerkt zu haben. Im Schein der Kohlen glühte ihr Gesicht vor Erregung.

In diesem Augenblick geschah etwas Seltsames. Ein tiefes Grollen erklang. Der Boden unter ihren Füßen begann sich zu bewegen. Staub rieselte von der Decke, ließ sich als feiner Schleier auf Haut und Haaren nieder. Dem Staub folgten kleine Steine, die sich aus der Höhlendecke lösten und auf sie herabfielen. Schützend hielt der Schamane sich die Hände über den Kopf. Das Grollen schwoll an zu einem Donnern. Es klang, als ob sich tief unter ihren Füßen irgendwo eine Pforte geöffnet hätte. Irgendetwas schien sich Eintritt in die Welt der Lebenden verschaffen zu wollen.
Hin- und hergerissen zwischen einem Gefühl unbändiger Freude und einem alles verzehrenden Grauen, blickte er sich um. Die Schalen und Krüge in ihren Vertiefungen klirrten, manche von ihnen fielen heraus und zerbrachen beim Aufschlagen in unzählige Scherben. Geweihe lösten sich von den Wänden und stürzten herab, wobei sie einige der wertvollen Knochenskulpturen mit sich rissen. Eine Wolke aus Staub und Dreck raubte ihm die Sicht.
Es dauerte einige Augenblicke, dann war der Spuk vorbei. Die Staubschleier sanken zu Boden, die Erde beruhigte sich. Selbst die Temperatur kletterte wieder auf ein erträgliches Maß.
Stille breitete sich aus.
Der Mann und die Frau sahen sich an und nickten einvernehmlich. Es war gelungen. Zum ersten Mal seit über zwanzig Jahren hatten sie eine Antwort erhalten.
»Ein Zeichen«, murmelte die Seherin. »Genau wie es in den alten Schriften steht. Er hat uns geantwortet.«
»Was hat er gesagt?«
»Jemand wird kommen. Jemand, der uns das letzte Siegel bringen wird.« Sie schloss die Augen, drückte ihre Fingerspitzen an die Schläfen und sagte: »Eine Frau. Sie wird uns das letzte Siegel überreichen.«
Der Schamane spürte eine neue Kraft in sich. Eine Kraft, an

die er schon fast nicht mehr geglaubt hatte. »Er hat geantwortet«, wiederholte er. »Die Runen haben nicht gelogen. Es ist alles *wahr*. Nicht mehr lange, dann erscheint sein Zeichen über dem Berg.«
Er stand auf und reichte der Seherin seine Hand. »Komm«, sagte er, immer noch ganz überwältigt von dem unerhofften Erfolg. »Wir müssen die Frau willkommen heißen. Uns bleiben nur noch vierzehn Monde, um das Ritual vorzubereiten. Es wird Zeit.«

6

Montag, 21. April

Deutschland präsentierte sich an diesem Morgen von seiner hässlichsten Seite. Strömender Regen, mürrische Gesichter und eisige Temperaturen empfingen Hannah, kaum dass sie den Bahnhof von Halle verlassen hatte und auf die gegenüberliegende Straßenseite geeilt war. Ihr kleiner, hoffnungslos mit Büchern und Arbeitsunterlagen überfrachteter Polo, den sie vor einer Woche dort abgestellt hatte, war, verglichen mit der Stimmung, die draußen herrschte, geradezu ein Hort des Friedens und der Behaglichkeit. Sie konnte es kaum erwarten, einzusteigen und endlich die Tür hinter sich zu schließen. Endlich war sie in ihrer eigenen kleinen Oase des Wohlbefindens, während der Regen auf die Scheiben klatschte. Sie lehnte sich nach rechts und öffnete das Handschuhfach. Eine Flut von Parkscheinen, Stiften und Taschentüchern kam ihr entgegen. Nach einer Weile fand sie, wonach sie gesucht hatte: ein angebrochenes Päckchen mit Schokoriegeln. Sie nahm sie heraus, schloss das Handschuhfach und riss die Verpackung auf. Der erste Bissen schmeckte wunderbar. Mit geschlossenen Augen wartete sie eine Weile, bis die Schokolade ihre Wirkung zu entfalten begann. Lautstarkes Gezanke weckte sie aus ihrem Tagtraum. Vor ihr stritten sich zwei Autofahrer um einen Parkplatz. Hannah startete den Motor, schaltete den Scheibenwischer an und fuhr los.

Die Büros des Landesmuseums für Vorgeschichte lagen im Innenstadtbereich, etwa zwei Kilometer vom eigentlichen Haupt-

gebäude entfernt. Gemessen an Afrika oder den USA, waren die Entfernungen hier in Deutschland geradezu lachhaft. Alles wirkte so klein, so gedrängt, fast wie in einem Land, das von lauter Wichteln bevölkert wurde. Hannah hatte einige Zeit gebraucht, um sich an die Enge zu gewöhnen. Immer wieder gab es Momente, in denen sie von der Endlosigkeit der afrikanischen Wüste träumte, von den Felsen, den Oasen und der Weite des Himmels.
Sie schaltete den Blinker ein und bog in Richtung Marktplatz ab. Ihr war klar, dass John sich nicht abhalten lassen würde, weiter um sie zu kämpfen. Er war einer der stursten Menschen, denen sie je begegnet war. Er würde auch diesmal keine Ruhe geben. Das spürte sie, als sie ins Parkhaus fuhr und ihren Wagen in einer der für Mitarbeiter reservierten Haltebuchten abstellte. Sie spürte es, als sie, zwei Stufen auf einmal nehmend, die Treppen in den ersten Stock hinaufstürmte und die Tür mittels Magnetkarte öffnete, und sie spürte es immer noch, als sie in ihrem Büro ankam, ihre Unterlagen auf den Tisch fallen ließ und den Computer hochfuhr. Tatsächlich: Kaum hatte sie ihre E-Mails geöffnet und einen ersten Wust an Spam-Mails gelöscht, entdeckte sie seine Nachricht.

»*Hallo Hannah,*
hoffentlich bist du wohlbehalten zu Hause angekommen. Ich kann dir gar nicht sagen, wie sehr es mich gefreut hat, dich endlich einmal wiederzusehen, und ich möchte mich noch mal herzlich für deinen Besuch bedanken. Fast kam es mir vor, als hätten wir tatsächlich für einen Augenblick die Zeit zurückgedreht – als wäre zwischen uns alles wieder wie früher ...«

Sie schüttelte den Kopf und überflog den Rest des Textes, der mehr oder weniger in demselben Stil geschrieben war. Sie war geradezu erleichtert, als er am Ende der Mail doch noch auf die Himmelsscheibe zu sprechen kam.

»*Ich habe noch eine Weile über das scheinbar zufällige Sternenmuster nachgedacht und bin auf eine Idee gekommen*«, schrieb er. »*Bitte schick mir doch eine hochauflösende Bilddatei von der Scheibe, damit ich meine Theorie überprüfen kann.*
Alles Liebe, John.«

Seufzend klickte Hannah auf die Antworttaste und fügte ein Bild aus ihrer Datenbank hinzu. Mit einem kurzen Kommentar schickte sie die Mail an den Absender zurück. Sollte er wirklich auf etwas gestoßen sein? Unwahrscheinlich. Vermutlich suchte er nur nach einem Vorwand, um sie wieder kontaktieren zu können. Andererseits ... John war immer für eine Überraschung gut.

Die restlichen Mails waren eher uninteressant. Sie schloss das Programm und wendete sich dem beeindruckend hohen Poststapel zu. Briefe aus aller Welt, Ausstellungsanfragen, Anfragen über Abdruckrechte, spezielle Informationen über die Himmelsscheibe, sogar die Anfrage eines Romanautors bezüglich Recherchearbeiten befanden sich darunter. Es schien, als gäbe es in der Welt der Archäologie kein anderes Thema mehr als diese Scheibe. Was war mit all den anderen interessanten Funden, die es in diesem Museum zu bewundern galt? Dem Menhir von Langeneichstädt, dem Reiterstein von Hornhausen, dem Grab von Unseburg und den Münzen aus Dorndorf. War das etwa nichts? Und warum landeten die ganzen Anfragen immer auf ihrem Tisch? Sie bündelte die Post, sortierte sie und teilte sie in kleine Stapel, die sie geordnet nach Themen in den nächsten Tagen abarbeiten würde. Dabei fiel ihr ein Brief in die Hände, auf dem kein Absender vermerkt

war. Fast war sie geneigt, ihn auf den Abfallstapel zu legen, als ihr Auge über das Adressfeld glitt. Die Anschrift mit ihrem Namen war minutiös mit Füllfederhalter geschrieben worden. Keine weibliche Schrift, dafür war sie zu kantig. Die Buchstaben lehnten ausgewogen nebeneinander, Ober- und Unterkante exakt einhaltend. Eine Schrift mit Charakter und Ausdrucksstärke.
Neugierig öffnete Hannah den gefütterten Umschlag und entnahm ihm ein einzelnes Blatt Büttenpapier mit Prägedruck. Wieder kein Absender. Nur ein einziger Satz, geschrieben in derselben markanten Handschrift.

»*Sehr geehrte Frau Dr. Peters, haben Sie sich einmal die Frage gestellt, ob es vielleicht mehr als nur eine Scheibe gegeben hat? Hochachtungsvoll, ein Freund.*«

Hannah runzelte die Stirn. Ein Freund? Warum stand da kein Name drunter? Sie drehte das Blatt um und schaute noch einmal in den Umschlag, doch da war nichts. Nur dieser eine Satz.
Die Scheibe, damit konnte nur die Himmelsscheibe gemeint sein. 1999, das war das Jahr gewesen, in dem zwei Raubgräber nur etwa achtzig Kilometer entfernt, auf dem Mittelberg nahe der Ortschaft Wangen bei Nebra, auf etwas gestoßen waren. Ein Depot, in dem sich neben der Scheibe zwei Schwerter, ein Beil, Meißel und Armspiralen befunden hatten. Kein menschliches Grab, wohlgemerkt, sondern ein Ort, an dem besagte Gegenstände versteckt worden waren. Die Scheibe hielten die Raubgräber ursprünglich für einen Eimerdeckel und beschädigten sie durch ihre unsachgemäße Bergungsaktion schwer. Erst später wurden sie sich des Wertes bewusst. Drei Jahre lang versuchten die Hintermänner, das wertvolle Kunstobjekt auf dem Schwarzmarkt zu verkaufen. Der Preis stieg

dabei auf immer höhere Summen. Erst durch den beherzten Einsatz eines Archäologen konnte die Scheibe bei einer fingierten Übergabeaktion mit Hilfe der Schweizer Polizei sichergestellt werden.

Nach heutigem Kenntnisstand musste man davon ausgehen, dass die Himmelsscheibe als tragbares Observatorium zur genauen Bestimmung der Sonnenwenden verwendet wurde. Mangelnde Zweitfunde ließen aber den Verdacht entstehen, dass es sich um ein Einzelstück handelte. Man vermutete, dass die Scheibe genau dort zum Einsatz gekommen war, wo man sie auch gefunden hatte, am Mittelberg.

Spekulierte der Schreiber dieser Zeilen etwa mit dem Gedanken, dass es an anderen Orten noch andere Scheiben gab? Versteckt, in Depots, so wie diese hier? Aber wo? Und warum gab er sich nicht zu erkennen? Fragen über Fragen.

Hannah entschied, dass es sich um einen Scherz handeln musste. Vielleicht sogar von ihrem Chef selbst, um ihr auf die Sprünge zu helfen. Obwohl das eigentlich gar nicht zu seinem Charakter passte. Dr. Feldmann war ein gebranntes Kind. Lange Zeit hatte man ihm vorgeworfen, mit der Scheibe eine Fälschung in seinem Museum zu beherbergen oder diese vielleicht sogar persönlich in Auftrag gegeben zu haben. Zu unglaublich erschien vielen Kollegen der Fund. So hatte zum Beispiel ein Bronzezeitspezialist der Universität Regensburg behauptet, die Scheibe sei ein Produkt zweifelhafter Herkunft – verziert mit Sternen wie Schrotschüsse und einem Sonnenschiff, das wie ein Pantoffeltierchen aussehe. Er hatte ferner behauptet, die Scheibe sei das Werk neuzeitlicher Fälscher, die das Objekt innerhalb von drei Wochen aus mehr als hundert Jahre altem Metall mit Hilfe von Säure, Zangen und Fräsen auf alt getrimmt hätten. Eine Behauptung, der schwer beizukommen war. Das Alter eines archäologischen Fundes galt erst dann als hundertprozentig gesichert, wenn sich an ihm organische Reste befanden, die sich mittels C-14-Radiokarbonmethode datieren ließen. Die Scheibe hingegen bestand durchweg aus Metall. Zudem ließ sie sich nicht in eine Reihe gleichartiger Werke einordnen. Erst ausgiebige Analysen am Oxidationsgrad der Bronze sowie die zeitliche Zuordnung der Beifunde hatten zu Klarheit geführt und die meisten Zweifler verstummen lassen. Heute gab es kaum noch jemanden, der die Scheibe nicht für echt hielt. Irgendetwas riet Hannah, den Brief noch eine Weile aufzubewahren. Sie konnte es selbst nicht recht erklären, aber sie spürte, dass vielleicht doch mehr an der Sache dran war, als sie zunächst dachte.

Sie legte ihn in ihr Fach mit den privaten Mitteilungen. Dann stand sie auf und beschloss, ihrem Chef einen Besuch abzustatten.

Es war Zeit, den Stier bei den Hörnern zu packen.

7

Das Büro von Dr. Moritz Feldmann lag ein Stockwerk höher, am Ende des Gangs. Hinter einem gewaltigen Schreibtisch, auf dem bis an die Grenze der Belastbarkeit Bücher, Zeitschriften und sonstige Dokumente gestapelt waren, saß ein drahtiger älterer Mann, dessen graue, ruhelose Augen hinter einer edlen Brille mit halbrunden Gläsern hervorstachen. Seine Haare waren ebenfalls grau und kurzgeschoren, und sein modisch gestutzter Dreitagebart ließ die Konturen seines Gesichts unnatürlich hart hervortreten. Salopp in Jeans und ein weißes Hemd gekleidet, hätte man ihn durchaus für einen Mann aus der Werbebranche halten können, wäre da nicht diese straffe Haltung und die unnahbare Aura gewesen, die ihn wie der Geruch eines zu scharfen Aftershave umgab. Sein Gesichtsausdruck verriet, dass er auf Hannahs Besuch gewartet hatte.

»Treten Sie ein«, sagte Feldmann, ohne von seiner Arbeit aufzusehen. »Und schließen Sie bitte die Tür.«

Hannah begann sich unwohl zu fühlen. Wieso nur hatte sie in Feldmanns Gegenwart immer das Gefühl, wieder eine Studentin zu sein?

»Nehmen Sie Platz, und bedienen Sie sich mit Kaffee, wenn Sie mögen.«

Hannah ging auf die andere Seite des Raumes, der mit Büchern geradezu überfrachtet war. In den Regalen reihten sich

Ordner neben Kunstbänden und verstaubte Dissertationen neben Hochglanzbroschüren seltener Antiquitäten. Am Fenster, von dem aus man den Marktplatz überblicken konnte, stand eine Kaffeemaschine. Ein uraltes Gerät, das in dem neuen Büro wie ein Fremdkörper wirkte. Während sie sich eine Tasse Kaffee einschenkte, riskierte sie einen Blick über Feldmanns Schulter. Ihr war bisher noch nie aufgefallen, dass er mit der Hand schrieb. Noch dazu mit einem Füllfederhalter. Sehr ungewöhnlich. Ein Verdacht keimte in ihr auf. Sie trat näher, um sich die Handschrift anzusehen. Es war eine andere als auf dem anonymen Brief. Nicht so markant. Aber das wollte nichts heißen. Handschriften konnte man imitieren, wenn man über das nötige Talent verfügte.

In diesem Moment drehte Dr. Feldmann sich um. Fragend blickte er sie an. Sie schrak zurück. »Bitte entschuldigen Sie, ich wollte nicht spionieren«, murmelte sie. Mit hochrotem Kopf begab sie sich an ihren Platz zurück.

»Ich muss nur noch diesen Brief zu Ende schreiben«, sagte er. Ihn schien ihre Neugier nicht im Geringsten zu stören. »Ich bin gleich fertig. Ein Dankesschreiben an den Kulturdezernenten von Basel für seine aufopferungsvolle Arbeit während der Ausstellung. Für den Einsatz seiner Mitarbeiter, die Sicherheitsmaßnahmen sowie den Rücktransport der Leihgaben.« Er wedelte mit der Hand in der Luft herum. »Die üblichen Honneurs, Sie wissen schon.«

Hannah tat so, als wüsste sie, und nahm einen Schluck Kaffee. Das alles schien mehr mit Politik zu tun zu haben als mit Archäologie. Sollte das der Weg sein, den man einschlug, wenn man die Karriereleiter emporstieg? Es war jedenfalls nicht ihr Weg. Politik war nichts für sie. Sie war in ihren Augen ein schmutziges Geschäft. Voller Fallen, die sich vor einem auftaten und in die man unweigerlich hineinstolperte, wenn man nicht aufpasste.

»So.« Schwungvoll unterschrieb Feldmann den Brief, faltete ihn und steckte ihn in ein Kuvert. »Das war's. Die Ausstellung war ein großer Erfolg, wie Sie sicher wissen. Da ist ein kleines Dankeschön angebracht. Es war sicher nicht die letzte Ausstellung dieser Art. Die Schweizer sind ein wohlhabendes Volk und gerne bereit, für Wissenschaft und Kultur ein paar Franken auszugeben. Und damit sie das weiterhin tun, bin ich bereit, Klinken zu putzen. Geben und nehmen, verstehen Sie?«

Er lehnte sich zurück und faltete die Hände hinter dem Kopf. »Aber nun zu Ihnen. Ich hatte gestern Abend noch Zeit, Ihren Bericht zu lesen, den Sie mir per E-Mail zugeschickt haben. Bevor ich etwas dazu sage, wüsste ich gern, wie Sie selbst über die Reise denken.«

Hannah zögerte. Sie spürte, dass dies eine Fangfrage war. Jetzt war Vorsicht geboten.

»Es ist noch zu früh für eine abschließende Bewertung«, begann sie zaghaft. »Dazu müsste ich erst die Fotografien auswerten. Sie wissen schon, Vermessung, Winkelstellungen, Alter, Herkunft, das ganze Programm. Die Parallelen zwischen der Bildsprache der Ägypter und den Erbauern der Himmelsscheibe sind nicht zu übersehen. Eindeutig ein Beleg für die kulturellen Kontakte, die zwischen den Kontinenten bestanden haben. Es gibt allerdings auch Unterschiede. Bedeutende Unterschiede, zum Beispiel bei der Darstellung des Sternenhimmels. Trotzdem würde ich die Reise als Erfolg werten.« Sie machte eine Pause. Sie fühlte, dass ihr der Abgang nicht gelungen war. Ein Wort wie *trotzdem* zu benutzen, war immer ungeschickt, es klang nach Beschönigung. Feldmann hatte keine Miene verzogen. Er wartete, lauernd, wie ein Kater, ehe er seine Krallen ausfuhr.

»Haben Sie irgendwelche Abbildungen der Himmelsscheibe gefunden?«

»Nein.«
»Irgendwelche Antworten auf unser Sternenproblem?«
Sie schüttelte den Kopf. »Es muss aber Verbindungen gegeben haben«, gab sie zu bedenken. »Die Sonnenbarke, die Plejaden. Das kann unmöglich ein Zufall sein.«
»Dann werten Sie die Reise also als Erfolg?«
Sie reckte das Kinn vor. »Das tue ich.«
Feldmann beugte sich vor. »Wollen Sie wissen, was ich davon halte?«
Hannahs Blick verdüsterte sich. »Sie scheinen höchst begierig zu sein, es mir mitzuteilen.«
»Ich halte sie für rausgeworfenes Geld. Ich habe es Ihnen vorher gesagt, und ich bin immer noch dieser Meinung. Gewiss, manche werden fragen, warum ich mich so aufrege. Was sind schon zweitausend Euro für Reisekosten, Spesen und Bestechungsgelder, wenn man über einen Forschungsetat von fünf Millionen verfügt. Aber Sie wissen ja, wie das ist. Ein bisschen hier, ein bisschen da, und auf einmal ist alles weg. Dann hat man plötzlich nicht mehr genug Geld, um sich die paar Briefmarken für ein Bewerbungsschreiben zu leisten. Hinzu kommt, dass die fünf Millionen mit der Erwartung verbunden sind, dass dieses Geld in den nächsten Jahren seinen Weg wieder zurück in die Kassen des Landes findet. Der Kulturhaushalt des Landes Sachsen-Anhalt ist äußerst knapp bemessen, und die Himmelsscheibe von Nebra ist einer der wenigen Publikumsmagnete in diesem Land. Aber ein Magnet kann an Kraft verlieren. Mir sitzen immer noch die Zweifler im Nacken. Diese ewigen Nörgler, die behaupten, es handle sich vielleicht doch um eine Fälschung. Immer wieder liest man die Behauptung, es gäbe Möglichkeiten, das Material künstlich altern zu lassen. Natürlich gibt es die, das wissen Sie genauso gut wie ich.«
»Aber nicht auf die Art und Weise, wie es bei der Himmels-

scheibe der Fall ist«, erwiderte Hannah. »Allein der Kristallisationsgrad der oxidierten Bronze ...«
Feldmann winkte ab. »Diese Leute werden nicht schweigen, ehe ich ihnen nicht Funde präsentiere, die in unmittelbarem Zusammenhang mit der Scheibe stehen. Irgendetwas, auf dem die Scheibe abgebildet ist. Wenn wir unsere Theorien nicht bald untermauern können, wird unsere Entdeckung in Vergessenheit geraten, und die Geldquellen werden versiegen.«
Hannah verdrehte im Geiste die Augen. Feldmann war mal wieder bei seinem Lieblingsthema angelangt – dem lieben Geld. Mit gerötetem Gesicht stand er auf und begann mit einem Vortrag, den Hannah so oder so ähnlich schon mindestens dreimal gehört hatte.

»Sie wissen doch, wie das ist mit dem Gedächtnis der Menschen«, fuhr er fort. »Es ist löchrig wie ein Sieb. Muss ständig gefüttert werden. Die Halbwertszeit von Nachrichten beträgt nicht mal einen Monat. Wer redet heute noch von BSE, Vogelgrippe oder Aids? Heute regt sich alle Welt darüber auf, doch schon morgen kann sich kein Mensch mehr daran erinnern. Und genauso ist es auch mit Funden wie unserem. Was meinen Sie, warum ich so bestrebt bin, die Scheibe dauernd in Umlauf zu halten, warum ich den Aufwand auf mich nehme, ständig neue Ausstellungen zu organisieren? Das Interesse der Öffentlichkeit bleibt nur bestehen, wenn wir es weiterhin mit neuen Erkenntnissen füttern. Am besten mit Erkenntnissen, die geeignet sind, es auf die Titelseiten des *Spiegel* oder des *Stern* zu bringen. Können Sie mir die liefern? Nein. Hat Ihre Reise dazu beigetragen, dass wir diesem Ziel ein Stück näher kommen? Nein.« Feldmann hob die Hand, als Hannah Widerspruch einlegen wollte. »Und kommen Sie mir bitte nicht mit Ihren angeblich so neuen Erkenntnissen über die Plejaden und die Sonnenbarke. All das haben wir schon lange vorher gewusst – oder zumindest vermutet. Es ist so viel im Vorfeld darüber geschrieben und berichtet worden, dass der Beweis unserer These bestenfalls noch dazu taugt, bei einigen Fachleuten ein Anheben der Augenbraue zu bewirken.« Er setzte sich wieder und schüttelte den Kopf. »Es fällt mir schwer, Ihnen das zu sagen, aber Ihre Anstellung hat sich für mich bisher noch nicht ausgezahlt.«

»Ich weiß nicht, was Sie wollen«, protestierte Hannah. »Ich habe die Materialanalyse für Sie abgeschlossen. Die metallurgischen Gutachten liegen vor, ebenso die Bewertungen über Alter, Ursprung und Funktionsweise der Scheibe. Ich habe bewiesen, dass die Scheibe kein Importprodukt ist, sondern tatsächlich hier gefertigt wurde. Dass die spezielle Lage und Größe der Horizontbögen nur den Schluss zulässt, dass die Scheibe in unseren Breiten eingesetzt wurde. Sie ist praktisch eine Miniaturausgabe der jungsteinzeitlichen Kreisgrabenanlage von Goseck, ein tragbares Sonnenobservatorium. Vor diesem Hintergrund dürften die Ergebnisse auch den letzten Kritiker zum Schweigen gebracht haben.«

»Leider nicht. Sie wissen doch selbst, wie das ist: Den endgültigen Beweis für die Echtheit können wir nur erbringen, wenn wir es schaffen, die Scheibe in eine Reihe von Funden einzuordnen, die in einem Bezug dazu stehen. Parallelfunde – Münzen, Tontafeln, Stanzungen, Ritzungen oder Reliefe – irgendetwas, auf denen das verdammte Ding zu sehen ist.« Er zuckte die Schultern. »Segen und Fluch zugleich, dass wir es hier mit einem Unikat zu tun haben.«

»Aber wenn es überhaupt Abbildungen gibt, so kann es Jahre dauern, sie zu finden. Ich kann keine Wunder vollbringen.«

»Das ist schade, denn genaugenommen war das der Grund, warum ich Sie eingestellt habe.« Er lehnte sich zurück. »Ihr Ruf im Aufspüren ungewöhnlicher Funde ist Ihnen vorausgeeilt. Ich habe nie einen Hehl daraus gemacht, dass Ihre Anstellung an bestimmte Bedingungen geknüpft ist. Wenn Sie mir nicht liefern können, was ich von Ihnen erwarte, werden sich unsere Wege wieder trennen.«

Hannah stand wie vom Donner gerührt.

»Sie wollen mir das Projekt entziehen?«

»So leid es mir tut.«

»Aber ...«

»Frau Dr. Peters, ich verstehe Ihren Unmut, aber Sie müssen sich in meine Lage versetzen. Sie haben gute wissenschaftliche Basisarbeit geleistet, gewiss. Aber das hätte auch jemand anderer vollbringen können. Jemand aus meinem Stab. Das wäre bei weitem billiger gewesen. Ihre Anstellung hat mich einen Haufen Geld gekostet, und dafür möchte ich Resultate sehen.«

Hannah ballte die Fäuste. Sie konnte vor Wut kaum atmen. Sie hatte so viel herausgefunden, und jetzt wollte Feldmann jemand anderen engagieren, der sich ins gemachte Nest setzte? Jemanden, der von ihrer Forschungsarbeit profitierte und womöglich den ganzen Ruhm für sich erntete? Ausgeschlossen.

Obwohl sie innerlich kochte, zwang sie sich zur Ruhe. Mit Feldmann einen Streit vom Zaun zu brechen brachte nichts. Er saß am längeren Hebel. Ihr Vertrag lief am ersten Juni aus. Ihr blieben also noch knappe sechs Wochen, um ein kleines Wunder zu vollbringen. Verdammt wenig Zeit. Sollte es ihr nicht gelingen, irgendetwas auszugraben, das ihre Weiterbeschäftigung in seinen Augen rechtfertigte, so würde sie alles verlieren: Die versprochene Prämie und ihr Forschungsauftrag wären dahin. Sie würde die Himmelsscheibe höchstens noch wie ein ganz gewöhnlicher Museumsbesucher hinter Panzerglas zu sehen bekommen.

Hannah sah Feldmann direkt in die Augen. Wie immer hatte er sein Pokerface aufgelegt. Hannah drehte sich um und schickte sich an, das Büro zu verlassen. An der geöffneten Tür hielt sie

noch einmal kurz inne. »Haben Sie schon mal etwas von der Theorie gehört, dass es vielleicht mehr als nur eine Scheibe gegeben haben könnte?«
Feldmann hob die Augenbrauen. »Was sagen Sie da?«
»Nicht so wichtig. Nur so ein Gedanke.«
Sie ließ die Tür hinter sich zufallen.

8

Ohne sich bei ihren anderen Kollegen zurückzumelden, lief sie die Treppen hinunter und zur Vordertür hinaus. Die Hände in ihren Taschen geballt, überquerte sie den Marktplatz, vorbei an der Universität, immer weiter. Egal wohin, Hauptsache, raus. Die frische Luft half ihr, klare Gedanken zu fassen. Der Regen war mittlerweile in feinen Niesel übergegangen, der ihr Gesicht benetzte und ihre Haare durchdrang. Das schlechte Wetter war wie ein Spiegel ihrer Seele. Konnte Feldmann seine Drohung wirklich wahr machen? Natürlich konnte er. Die Frage war nur: würde er auch? Oder wollte er sie nur antreiben? Bei jemandem wie ihm konnte man nie genau sagen, was er beabsichtigte. Er war in dieser Hinsicht so undurchschaubar wie eine Sphinx. Was sollte sie tun, wenn er sie wirklich auf die Straße setzte? Gewiss, bei ihrer Reputation würde sie schnell einen neuen Job bekommen, aber keinen wie diesen. Die Himmelsscheibe von Nebra war etwas, wovon so ziemlich jeder Archäologe auf der Welt träumte. Sie repräsentierte alles, warum ein Mensch sich jemals mit Archäologie beschäftigt hatte.

Mit energischen Schritten eilte sie durch die Stadt, immer Richtung Norden. Sie tat dies nicht bewusst, es passierte von ganz allein. Irgendetwas zog sie magisch an. Als sie von der Magdeburger- in die Ludwig-Wucherer-Straße einbog, legte der Regen noch einmal an Heftigkeit zu.

Nach etwa zwei Kilometern tauchte vor ihr das Gebäude des Landesmuseums auf. Mit seinem quadratischen Grundriss, der an den südlichen Ecken von Rundtürmen flankiert wurde, wirkte es wie eine trutzige Burg. Wieder standen etliche Busse vor dem Haupteingang, Zeichen dafür, dass sich geschichtsinteressierte Reisegruppen und Schulklassen ins warme Innere des Museums geflüchtet hatten. Die Menschen kamen, um den Fund zu besichtigen, nachdem er von seiner langen Reise nach Spanien, Österreich und der Schweiz endlich nach Hause zurückgekehrt war. Der Fund, der Deutschland urplötzlich ins Blickfeld der Archäologie gerückt hatte. Man durfte sich keinen Illusionen hingeben: Die Himmelsscheibe von Nebra war und blieb der Angelpunkt der Ausstellung. Ohne sie war dies nur ein ganz gewöhnliches Museum.

Patschnass stieg sie die breite Prachttreppe zum Haupteingang empor. Der Pförtner winkte ihr zu.

»Was für ein Wetter«, sagte er mit einem Blick in den bleigrauen Himmel. »Da möchte man nicht mal seinen Hund vor die Tür scheuchen.« Er blickte auf Hannah, die wie ein begossener Pudel vor ihm stand. »Na, Mädel, du machst ja ein Gesicht, gegen das sich das Wetter wie ein Sommertag ausnimmt.«

»Nimm's mir nicht übel, Herbert, aber ich bin gerade nicht zum Plaudern aufgelegt. Ein andermal, in Ordnung?«

»Ärger mit dem Chef, hm? Ich verstehe. Na denn immer 'rin in die gute Stube.« Er öffnete die Tür. Hannah ließ ein dankbares Lächeln über ihr Gesicht huschen, dann drückte sie sich an der Loge vorbei in den Ausstellungsbereich. Hier war es wenigstens warm. Das Museum war vor kurzem umgebaut worden, eine Maßnahme, die erst durch den überwältigenden Erfolg der Himmelsscheibe möglich geworden war. Dreihunderttausend Besucher, das war eine Zahl, die im Landtag für Aufsehen gesorgt hatte. In Dreierreihen hatten die Zuschauer um den Museumsklotz herum angestanden, um einen Blick auf das rätselhafte Objekt zu werfen. Der Landesregierung von Sachsen-Anhalt, der schlagartig klargeworden war, dass Archäologie nicht zwangsläufig ein Zuschussgeschäft sein musste, hatte etliche Millionen lockergemacht, um dem ältesten frühgeschichtlichen Museum Deutschlands eine Verjüngungskur zu spendieren. Im Klartext hieß das, dass sämtliche Büros und Labors ausgelagert und das Museum in den Zustand zurückgeführt worden war, für den es im Jahre 1911 erbaut worden war. Als reines Ausstellungsgebäude. So alt und ehrwürdig es von außen auch wirken mochte, innen war es luftig, hell und vor allem modern. Nach neuesten pädagogischen Prinzipien konzipiert, führte die Ausstellung den Besucher von der frühen Menschwerdung bis zum Ende des Mittelalters. Angereichert mit lebensecht wirkenden Rekonstruktionen, Landschaftsmodellen, farbigen Schautafeln und interaktiven Elementen, konnte das Museum durchaus mit vergleichbaren Ausstellungen in London oder Paris mithalten. Ein Vorzug, den vor allem Kinder zu schätzen wussten. Lachend und quiekend rannten einige von ihnen um den »Denker«, einen Vorfahren des Neandertalers, der so versonnen in die Ferne blickte, dass man ihn ungern dabei stören mochte.

Immer noch in Gedanken versunken, stieg Hannah die Treppe zum zweiten Stock empor. Dort, im Südwestflügel, lag die Abteilung Bronzezeit. Das Herzstück der Sammlung. Hier waren die schönsten Stücke versammelt, die in den letzten hundert Jahren in dieser Region gefunden worden waren. Und das waren nicht eben wenige. Schwerter, Schmuck, Kleidung und Musikinstrumente reihten sich neben Töpferwaren und Kunstgegenständen. Auch eine Replik des Sonnenwagens von Trundholm war hier ausgestellt, ein Objekt, das so schön war, dass es im museumseigenen Shop in einer Miniaturausführung bereits hundertfach verkauft worden war.

Die Himmelsscheibe von Nebra befand sich nur noch eine Armlänge von ihr entfernt. Auf eine spezielle Art beleuchtet, sah sie aus wie ein Zeuge aus einer anderen Welt. Der Fotograf, der gleichzeitig Lichtkünstler war und für die Beleuchtung des gesamten Museums verantwortlich war, hatte dem Herz der Sammlung besondere Aufmerksamkeit gewidmet. Streiflichter ließen jedes Detail hervortreten. Man glaubte das Metall durch eine Lupe zu sehen, so überdeutlich zeichneten sich Linien, Falten und Oberflächenstrukturen ab. Hannah war die Scheibe inzwischen so vertraut, dass sie die Unebenheiten beinahe mit den Fingern spüren konnte. Das rauhe korrodierte Kupfer, die scharfkantigen Blattgoldbeschläge, die runden Stanzlöcher. Was für ein Meisterstück handwerklicher Metallverarbeitungskunst. Was mochte dieses Objekt für ein Geheimnis bergen, dass es so anziehend auf die Menschen wirkte? Welchen tieferen Sinn hatten seine Schöpfer verfolgt?

Hannah schrak auf. Ihr Handy klingelte. Mit einem Blick auf das Display ging sie ein paar Schritte, bis sie an der Balustrade stand, von der aus man in den überdachten Innenhof blicken konnte, dann drückte sie den grünen Hörer.

»Ja? Hallo?«
»Hannah?«
Es war John.
Sie hätte nicht damit gerechnet, seine Stimme so bald wieder zu hören. Seine Stimme kam mit beträchtlicher Verzögerung und zudem ziemlich verrauscht. Sie musste sich das linke Ohr zuhalten, um ihn zu verstehen.
»Hast du einen Moment Zeit?«
Sie seufzte. »Was ist denn? Es ist gerade ein ungünstiger Moment.«
»Verstehe.« Die Verbindung wurde kurzzeitig durch ein heftiges Knacken unterbrochen, dann war seine Stimme wieder zu hören.

»... habe dir eine Mail geschickt. Das Bild solltest du dir mal ansehen ... könnte für deine Arbeit ganz interessant sein.«
»Ein Bild? Was für ein Bild?«
Sie glaubte ein Lachen am anderen Ende der Leitung zu hören.
»Lass dich überraschen.«
Hannah legte auf, verließ das Museumsgebäude durch den Hintereingang und ging über den Hof. Die Labors und Werkstätten lagen in einem Neubau, der an den nordwestlichen Flügel des Museums angrenzte. Sie überquerte einen Parkplatz und ging auf einen flachen, zweistöckigen Neubau zu, zu dem das Schild *Technische Labors der Universität Halle* wies. Sie griff in die Brusttasche, entnahm eine Magnetkarte und zog sie durch das Lesegerät rechts neben dem Eingang. Dann durchschritt sie die elektronisch gesteuerte Sicherheitstür und betrat das Innere. An der Decke befanden sich Videokameras. Die Fenster waren mit Wärmesensoren gesichert. Kleine Öffnungen, zehn Zentimeter über dem Boden, deuteten auf lasergestützte Bewegungsmelder hin. So unscheinbar dieses Gebäude auch aussah, es war in Wahrheit ein einziger Safe. Immer noch hing der Geruch nach frischer Farbe in der Luft. Rechts vom Gang lag der große Werkraum. Hier wurden Fundstücke von Schmutz und Ablagerungen befreit, präpariert und haltbar gemacht. Hier wurden aber auch Abgüsse gemacht, die danach an Museen rund um die Welt gingen. Hannah mochte diesen Raum am liebsten. In Regalen entlang der Wände reihten sich Abdampfschalen, Erlenmeyerkolben und Titrationsgeräte jedweder Größe und Form. Daneben standen Flaschen mit Salz- und Salpetersäure. Die Mitte des Raumes wurde von sechs großen Arbeitstischen dominiert, die randvoll mit Werkstücken, Abgussformen, Bunsenbrennern und einer unüberschaubaren Anzahl von Werkzeugen bedeckt waren. Überall wurde gearbeitet. An einem Tisch wurden mit-

tels chemischer Analyse Farbreste an einer Keramik analysiert, während am Nachbartisch eine bronzene Sichel mit Werkzeugen repariert wurde, wie sie vor dreitausend Jahren benutzt wurden. Verhaltenes Gemurmel lag in der Luft, Ausdruck der angespannten und konzentrierten Atmosphäre, die hier herrschte.
»Entschuldigung«, sagte Hannah. »Ist Bartels hier?«
Neugierig hoben einige der Mitarbeiter ihre Köpfe.
»Ist in seinem Büro«, sagte eine der Frauen und deutete über den Gang. Hannah bedankte sich und verließ das Labor.
Dr. Stefan Bartels, Chefrestaurator und Leiter der Werkstätten, war diplomierter Chemiker. Ein kleiner gedrungener Mann mittleren Alters mit einer roten großporigen Nase, die von seiner Vorliebe für Hochprozentiges zeugte. Er war ein überzeugter Junggeselle mit einigen ziemlich merkwürdigen Marotten. Trotzdem war er ein netter Kerl, ganz abgesehen davon, dass er eine Koryphäe auf seinem Gebiet war. Ein Mann mit goldenen Händen. Sein Büro lag gleich um die Ecke.
Hannah klopfte an und trat ein. Sie hörte, wie ein Wasserhahn abgestellt wurde. Dann öffnete sich die Tür. Ein Schopf grauer Haare tauchte auf.
»Hannah!« Ein Lächeln breitete sich unter der roten Nase aus.
»Wie schön, dich zu sehen. Seit wann bist du zurück?«
Er schnappte sich ein Handtuch und begann umständlich, seine Hände zu trocknen.
»Heute Morgen angekommen.«
Er sah sie über den Rand seiner Brille hinweg an. »Und? Hast du die Totenruhe der Ägypter mit deinen Fragen gestört?«
»Mir ist leider kein einbalsamierter Pharao begegnet, wenn du das meinst.«
Bartels wartete einen Moment, dann fragte er: »Nun lass dir doch nicht alles aus der Nase ziehen. Sag schon: Wie ist es gelaufen?«

Sie suchte nach den richtigen Worten, fand sie aber nicht. Bartels nickte. »So schlecht also.«
Hannah entgegnete mit einem Schulterzucken: »Nein, es ist halb so wild. Der Flug steckt mir noch in den Knochen.«
Der Chemiker blickte sie tadelnd an. »Mein Schatz, du redest, als wärst du um die halbe Welt gejettet. Kairo ist gerade mal drei Flugstunden von hier entfernt, mit einem Zeitunterschied von einer Stunde. Ein Jetlag kann es also nicht sein. Was ist passiert?«
Hannah überlegte kurz, ob sie Bartels ihr Herz ausschütten sollte, entschied sich dann aber, sich zurückzuhalten. Bevor sie anderen von ihrem Problem erzählte, musste sie erst mal versuchen, festen Boden unter die Füße zu bekommen. Bartels, der sensibel genug war, um zu bemerken, dass ihr der Sinn nicht nach Plauderei stand, wechselte das Thema. »Du bist etwas blass um die Nase«, sagte er. »Scheint der Kreislauf zu sein. Vielleicht versuchst du es mal mit Sport. Dreimal in der Woche zehn Kilometer laufen, und du bleibst ewig jung. Außerdem hilft es, Stress abzubauen und persönliche Probleme besser zu verarbeiten – habe ich mir sagen lassen.«
Jetzt konnte Hannah sogar wieder lächeln. Bartels war bekennender Nichtsportler. Er rauchte, und es war kein Geheimnis, dass er gern und reichlich dem Alkohol zusprach. Seine ganze knittrige Erscheinung zeugte von einem höchst ungesunden Lebenswandel.
»Schieß los«, sagte er. »Was kann ich für dich tun?«
»Ich müsste mal kurz eine Mail abrufen. Darf ich an deinen Rechner?«
»Bitte ...« Er wies auf seinen Stuhl.
Hannah zog ihre Jacke aus, hängte sie über die Lehne und setzte sich. Dann loggte sie sich in ihren E-Mail-Account ein. Johns Mail stand an oberster Stelle. Das Datenpaket war knappe drei Megabyte groß.

»Was Interessantes?« Bartels' rote Wange war nur Zentimeter von ihrer entfernt. Der schwache Geruch von Alkohol wehte ihr um die Nase. »Kann ich noch nicht sagen. Irgendetwas mit der Himmelsscheibe.«

»Aha. Na ja, ich werde mal wieder rübergehen und mich um meine Studenten kümmern. Es behagt mir nicht, sie so lange allein zu lassen. Außerdem ist da gerade eine verdammt hübsche Gastdozentin von der Uni Tübingen. Ich glaube, da werde ich mal mein Glück versuchen. Lass den Rechner einfach laufen, wenn du fertig bist.«

Hannah wartete, bis er draußen war, ehe sie sich der Mail widmete. Bartels war wirklich ein netter Kerl, aber im Moment war sie lieber allein. John hatte ihr die Nachricht ohne jeden Kommentar geschickt. Sie bestand aus einer einzigen Bilddatei. Hoffentlich war es kein Erinnerungsfoto vom Tempel der Hatschepsut. Wie denn auch, sie hatte keine Kamera bei ihm bemerkt.

Sie öffnete die Datei. Verwundert beobachtete sie, wie sich das Bild Zeile für Zeile aufbaute. Es war eine Satellitenaufnahme. Vermutlich mit einem Programm wie *Google Earth* erstellt. Der Ausschnitt einer Landschaft im Maßstab eins zu fünfzigtausend. Der Harz. Hannah runzelte die Stirn. Wenn das ein Scherz sein sollte, so war es kein guter. Warum schickte John ihr eine Karte von einer Gegend, die direkt vor ihrer eigenen Haustür lag? Der Harz war nur knappe hundert Kilometer entfernt. Was sollte das? Es waren keine Besonderheiten hervorgehoben – nichts, was darauf hindeutete, was er ihr zu sagen versuchte. Warum hatte er ihr nicht wenigstens ein paar Zeilen geschrieben?

Ratlos blickte sie auf die Ebenenfunktion des Programms. Plötzlich bemerkte sie, dass es noch eine zweite Bildebene gab. Sie hatte sie nur deshalb nicht erkannt, weil sie auf *transparent* geschaltet worden war. Hannah klickte auf einen

Schieberegler und änderte die Deckkraft. Ein Foto der Himmelsscheibe erschien. Zweifelsfrei das Foto, das sie ihm geschickt hatte. Er hatte die Aufnahme passgerecht über den Kartenausschnitt gelegt. So weit, so gut. Sie zog den Regler erst nach links, bis die Karte von der Scheibe restlos verdeckt wurde, dann wieder nach rechts. Die Scheibe verblasste, und die Karte tauchte wieder auf. Ratlos wiederholte Hannah den Vorgang. Sie begriff immer noch nicht, worauf er eigentlich hinauswollte. Ihr Blick fiel auf die Plejaden. John hatte die Scheibe so über die Karte gelegt, dass sich das Siebengestirn mit der höchsten Erhebung des Harzes, dem Brocken, deckte. Sterne ... Erhebungen?
»Das ist es«, flüsterte Hannah. Noch einmal zog sie den Regler. Jedes der Goldplättchen auf der Scheibe deckte sich mit einer Erhebung des Harzes, einem Berg, einem Hügel oder einem Buckel. Zunächst hielt sie das für eine optische Täuschung, doch als sie den Vorgang wiederholte, war sie sich sicher. Jedem der kleinen Goldplättchen auf der Scheibe entsprach ein Berg – beziehungsweise ein Hügel – auf dem Satellitenbild.
»Du meine Güte«, flüsterte sie. »Wie genial ist das denn?«
Es war, als wäre die Scheibe eine Art Karte, eine Luftbildaufnahme des Harzes, mit dem Brocken als zentralem Element. Ein paarmal noch zog sie den Regler hin und her, so begeistert war sie von dieser ungewöhnlichen Bilddatei. Doch nach einer Weile meldete sich der Verstand wieder zu Wort. So faszinierend die Idee auch sein mochte, sie war natürlich ein Ding der Unmöglichkeit. Wie hätten die Bewohner dieser Gegend vor viertausend Jahren Luftbildaufnahmen anfertigen sollen? Völlig ausgeschlossen. Blieb natürlich noch die Möglichkeit, dass sie das Land mittels Triangulation vermessen hätten. Aber waren die damaligen Menschen dazu überhaupt in der Lage gewesen? Immerhin ging es dabei um die großräumige Vermessung der Erdoberfläche mittels Winkelberechnung.

Und dann noch mit solcher Präzision? Man durfte nicht vergessen, die Gegend war damals dicht bewaldet gewesen. Selbst auf Hügeln dürfte kaum genügend Fernsicht geherrscht haben, um präzise Landvermessung zu betreiben. Dann war die Übereinstimmung der Sterne mit den Hügeln also nur ein Zufall? Fünfundzwanzig Sterne und die Plejaden als sechsundzwanzigstes Element? Ein ziemlich großer Zufall.

9

Das Metall begann von den Rändern her zu glühen. Funken stoben in alle Richtungen und brannten kleine Löcher in den Boden. Sein muskelbepackter Körper glänzte vor Schweiß. Die Luft begann zu kochen. Brennend heißer Dampf strich über sein Gesicht und verbrannte die Haarspitzen. Der Geruch trieb ihm die Tränen in die Augen. Er justierte seine schief sitzende Brille, bis sie wieder sauber abdichtete. Die Gase, die bei seiner Arbeit entstanden, waren gesundheitsschädlich, aber das kümmerte ihn nicht. Hauptsache, er erreichte die Temperatur, die dem Metall jenen unverwechselbaren Schimmer gab, den seine Skulptur verlangte. Als er glaubte, dass das Metall nicht mehr heißer werden würde, packte er es mit der Zange und tauchte es in einen Eimer mit Wasser. Kochend und zischend entwich die Hitze ins kühlende Nass, wobei sich schuppenartig Partikel von der Metalloberfläche lösten. Eine Wolke von Dampf schoss in die Höhe und raubte ihm die Sicht.
Als sich der Nebel etwas verzogen hatte, nahm er das Metallstück heraus und betrachtete es eingehend. Zufrieden nickend ging er hinüber auf die andere Seite der Werkstatt. Dort stand ein riesiger Tisch, auf dem bereits weitere Metallteile darauf warteten, zusammengeschweißt zu werden.
Karl Wolf lebte und arbeitete als freier Künstler in Leipzig. Er hatte sich diese Stadt ausgesucht, weil sie jung war und lebendig. Eine Stadt, in der Kunst und Kultur nicht nur als Aushän-

geschilder fungierten, sondern ein zentraler Bestandteil des täglichen Lebens waren. Genaugenommen hatte sich Leipzig in den letzten Jahren zu *der* Kunstmetropole Deutschlands gemausert. Kein Wunder, dass ein Weltklassekünstler wie Neo Rauch, dessen Werke in Amerika zu unglaublichen Summen gehandelt wurden, ausgerechnet hier seine Werkstätten hatte, gar nicht weit von Karls eigener Lagerhalle entfernt. Auch wenn es für die meisten Künstler trotzdem bedeutete, weiter am Existenzminimum zu leben, so arbeiteten sie hier doch am Puls der Zeit. Obendrein waren die Mieten einigermaßen niedrig. Die Halle, in der er arbeitete und die meiste Zeit des Jahres wohnte, kostete weniger als vierhundert Euro im Monat. Für einen wie ihn ein stolzer Preis. Es hatte Zeiten gegeben, da hatte er nur überlebt, weil ihm ein Freund unter die Arme gegriffen hatte. Doch in anderen Städten war es auch nicht besser. Seinen Kollegen in Berlin ging es teilweise noch schlechter. Nicht wenige von ihnen nagten am Hungertuch, was sie aber nicht davon abhielt, die Hauptstadt immer noch als Nabel der Welt zu propagieren. Über solchen Unfug konnte Karl nur lächeln. Wenn schon arm, dann wenigstens in Leipzig und in dem Wissen, dass das, was man tat, registriert wurde – und vielleicht sogar für irgendjemanden von Bedeutung war.

Doch nun schien sich das Blatt zu wenden. Ein Angebot der Stadt hatte ihm einen unerwarteten Geldsegen beschert. Die nächsten Monate würde er ohne die Finanzspritzen seines Freundes überstehen. Und wer weiß: Vielleicht konnte er sogar einen Teil des Darlehens wieder zurückzahlen.

Er nahm seine Schutzbrille ab und trank einen Schluck Wasser, als ein lautes Pochen am Tor ertönte.

»Ist offen«, rief er und stellte die Flasche ab. »Einfach drücken, die Tür klemmt ein bisschen!« Er warf einen Blick auf die Uhr. Zwanzig vor zehn. Wer mochte ihn so früh am Tag besuchen? Dass es einer von seinen Freunden war, hielt er für unwahrscheinlich. Die meisten krochen erst ab Mittag aus ihren Löchern. Ein zahlungskräftiger Kunde? Auch wenn er zurzeit bis über beide Ohren in Arbeit steckte, gegen einen zusätzlichen Job hätte er nichts einzuwenden.

Karl griff nach einem verschmierten Lappen und wischte sich die Hände ab, während er zur Tür ging. Er war noch nicht weit gekommen, als der Besucher von dem bockigen Tor offenbar die Nase voll hatte und es mit einem herzhaften Tritt öffnete. Es trat eine gutaussehende Frau ein, Mitte dreißig, mit breiten Schultern und kurzgeschnittenen Haaren. Sie trug eine schwarze Lederjacke, schwarze Jeans und schwarze Springerstiefel. Einzig ihr T-Shirt, auf dem *The Cult* zu lesen stand, leuchtete in knalligem Pink.

Karl blieb wie angewurzelt stehen. Damit hatte er am wenigsten gerechnet. Ein Strahlen ging über sein Gesicht.

»Cynthia?«

Die Frau blickte auf seinen nackten, verschwitzten Oberkörper und erwiderte sein Lächeln.»Komme ich ungelegen?«

»Ob ...? Natürlich nicht.« Er pfefferte den Lappen in eine Ecke, eilte auf sie zu und schloss sie in seine Arme. Nach anfänglichem Zögern erwiderte sie die Umarmung. Beinahe eine Minute standen sie so da, engumschlungen. Er hätte nie für möglich gehalten, seine alte Freundin so bald schon wieder in die Arme schließen zu dürfen. Er fühlte ein leichtes Zittern ihrer Arme und meinte sogar ihren Herzschlag zu spüren. Als er sie wieder freigab und sie zu Atem kommen ließ, trat er einen Schritt zurück.»Lass dich anschauen, Cyn. Mein Gott, du siehst phantastisch aus.« Er verschwieg, wie gut sie sich *anfühlte*.

Cynthia nahm das Kompliment mit einem Lächeln entgegen. »Was tust du hier?«, platzte er heraus.»Müsstest du nicht eigentlich ...?«

»... im Knast sitzen?«, beendete sie die Frage.»Nein. Ich bin raus, Karl. Sie haben mich rausgelassen.«

Die Nachricht raubte ihm den Atem. »Du bist *frei?* Ich dachte, du müsstest noch drei Jahre brummen. Komm her, setz dich. Erzähl mir alles, von Anfang an.«
Er griff nach seinem schwarzen Pullover und zog ihn über. Dann suchte er im Chaos seiner Werkstatt nach einem halbwegs sauberen Stuhl für sie. »Tut mir wirklich leid, dass ich mich in letzter Zeit so wenig bei dir gemeldet habe«, sagte er. »Es ist wie verhext. Jahrelang habe ich praktisch am Hungertuch genagt, doch plötzlich interessiert sich alle Welt für meine Arbeiten. Ich habe so viel zu tun, dass ich nicht mehr weiß, wo mir der Kopf steht.«
Cynthia winkte ab. »Kein Grund, sich zu entschuldigen. Ich glaube, wir brauchten alle mal etwas Abstand voneinander. Schon allein, um diese alte Geschichte endlich zu vergessen.«
Karl wusste genau, wovon sie sprach. Endlich fand er einen Stuhl, der noch halbwegs sauber war. »Du bist raus. Verdammt noch mal, das muss gefeiert werden. Lass uns anstoßen. Hier, setz dich. Ist zwar noch früh am Tag, aber ich muss hier noch irgendwo eine Flasche Wodka rumliegen haben. Warte einen Moment, ich bin gleich wieder da.« Er rannte die Eisentreppe zu seinem Zimmer empor, griff sich zwei Gläser, spülte sie aus und trocknete sie ab. Dann schnappte er sich die halbvolle Wodkaflasche und kehrte zu ihr zurück.
»Du warst fleißig«, stellte Cynthia fest, die sich immer noch nicht gesetzt hatte, sondern seine Skulpturen musterte.
»Was? Oh, das ist noch gar nichts«, erwiderte er. Mit Freude bemerkte er, dass seine Skulpturen sie zu interessieren schienen. »Die meisten befinden sich gerade als Leihgaben in Ausstellungen quer durch die Stadt verteilt. Dies sind die letzten, und ich habe nur noch zwei Wochen Zeit, um sie fertigzumachen.«
»Sieht zum Fürchten aus«, sagte Cynthia mit Blick auf seine letzte Installation. Der Körper des Wesens bestand aus zusam-

mengeschweißten Messerklingen – der fleischgewordene Alptraum eines psychopathischen Serienkillers. Aus Augen und Ohren des Wesens entsprangen, Wurzeln gleich, silberne Fäden und Fasern, die Zunge war aus Nato-Stacheldraht geformt.
»Keine Skulptur, die sich für Kinderspielplätze eignet«, bemerkte sie mit einem Augenzwinkern. »Sie könnte allzu leicht als Klettergerüst missverstanden werden.«
»Stimmt. Tatsächlich durften einige meiner Plastiken nur unter der Auflage aufgestellt werden, dass man einen Schutzzaun darum errichtete. Und die waren deutlich ungefährlicher. Nein, das hier ist für eine Bank.«
Cynthia ging um die Figur herum. »Beängstigend«, sagte sie, während sie mit ihren Fingern über das scharfkantige Metall strich. »Würde ich dich nicht besser kennen, würde ich behaupten, dass du nicht ganz klar im Kopf bist.«
»Ich befolge nur den Rat meines Psychologen. Er meinte, ich solle alles rauslassen. Und genau das tue ich.«
Cynthia ging weiter zur nächsten Skulptur. *Die Liebenden.* Ein Arrangement aus sich durchbohrenden Messerklingen. Die scharfkantigen Metallflächen gaben den Figuren ein bizarres Aussehen. Sie strich über das aufgerichtete Glied des Mannes. Plötzlich zog sie ihren Finger zurück.
Karl blickte besorgt. »Hast du dich verletzt?«
Cynthia schüttelte den Kopf, während sie sich den Finger in den Mund steckte. Der Blick, den sie ihm zuwarf, erzeugte wohlige Schauer auf seinem Rücken. Karl spürte, wie sehr er sie immer noch begehrte.
»Scharfe Sache«, nuschelte sie.
»Soll ich dir ein Pflaster holen?«
»Lass nur. Hört sicher gleich wieder auf. Gib mal den Wodka.«
Sie tauchte ihren Finger in den hochprozentigen Alkohol und leckte ihn ab. »Siehst du? Schon vorbei.«
»Auf dich«, sagte er, »und darauf, dass du dich wieder frei be-

wegen kannst.« Sie stießen an und nahmen einen Schluck. Cynthia hob anerkennend die Augenbrauen. »Der ist gut.« »Ich habe mich in den letzten Jahren zu einem Fachmann für Hochprozentiges entwickelt«, erwiderte Karl lächelnd. »Natürlich nichts Teures. Große Sprünge konnte ich mir in der Vergangenheit nicht erlauben. Im Sortiment von Lidl und Aldi kenne ich mich jedoch ganz gut aus. Es ist so ziemlich die einzige Freude, die ich mir von Zeit zu Zeit gönne. Aber jetzt erzähl mal. Wie ist es dir ergangen? Und wie kommt es, dass sie dich schon entlassen haben?«

Cynthia ergriff den wackeligen Holzstuhl, den Karl ihr hingestellt hatte, setzte sich rittlings darauf und begann zu erzählen. Von ihrem Knastaufenthalt, von ihrer Arbeit, ihren Kindern, bis hin zu ihrer wundersamen Entlassung.

Karl hing an ihren Lippen. Als sie fertig war, stieß er einen Pfiff aus. »Soso. Unser alter Wohltäter hat das also bewerkstelligt.« Er schüttelte den Kopf. »Kaum zu glauben, aber er hat seine Finger mittlerweile wohl überall drin.«

Cynthia hielt den Kopf schief. »Warum so zynisch? Du hast ihm schließlich auch einiges zu verdanken. Hat er dir nicht diese Werkstatt vermittelt?«

Karl trank den Rest und stellte das Glas umgedreht auf den Werktisch. »Oh ja. Diese Werkstatt, meine monatlichen Finanzspritzen und die Ausstellungen. Er hat sogar dafür gesorgt, dass ich demnächst ins Stiftungsprogramm für Kulturförderung aufgenommen werde. Das würde bedeuten, ich wäre finanziell unabhängig und könnte mich endlich mal an größere Objekte wagen. Davon träume ich schon lange.«

»Aber das ist doch großartig«, sagte Cynthia. »Das wäre dein Durchbruch. Nichts könnte dich dann noch aufhalten.«

Karl zögerte. Sosehr er es genoss, Cynthias Bewunderung zu erfahren, so sehr war er sich der tatsächlichen Situation bewusst. Langsam schüttelte er den Kopf. »Ich wünschte, es wäre so.«

Cynthia blickte ihn fragend an. »Warum bist du nur so pessimistisch? Es gibt doch keinen Grund dazu.«
Karl seufzte. »Es muss schrecklich unfair klingen, aber ich hätte es gerne allein geschafft, verstehst du? Aber so ist es nicht. Ohne ihn säße ich wahrscheinlich immer noch auf der Straße – und du noch im Knast.«
»Da hast du verdammt noch mal recht«, sagte sie. »Aber statt ihm Vorwürfe zu machen, solltest du ihm dankbar sein. Soweit es mich betrifft, hat er nie irgendwelche Forderungen gestellt.«
»Bei mir auch nicht. Aber ich wünschte, er hätte. Vielleicht würde ich mich dann nicht ganz so beschissen fühlen.«
»Ich bin jedenfalls froh, wieder draußen zu sein«, sagte Cynthia. »Du ahnst nicht, wie es ist, wenn man wie ein Tier hinter Gittern lebt. Es ist mir scheißegal, wie er es gedeichselt hat. Ich bin frei, das ist alles, was zählt. Und ich finde es nicht in Ordnung, dass du ihm das anlastest. Und wenn er schon keine Forderungen stellt, so sind wir ihm doch einigen Dank schuldig, verstehst du?«
Brummig trank er noch einen Schluck aus seinem Glas. »Hast ja recht. Ich wünschte bloß, wir bekämen mal eine Gelegenheit, uns bei ihm zu revanchieren. Ich glaube, dann würde ich mich besser fühlen.«
»Nur keine Eile«, sagte Cynthia. »Irgendwann ist es so weit. Glaub mir.« Sie stand auf, legte ihre Jacke ab und streckte sich. Karl konnte die Augen nicht von ihr lassen. Sie sah einfach zum Anbeißen aus.
»Hast du eigentlich gerade eine Freundin oder einen Freund?«, fragte sie mit schelmischem Blick.
»'ne Menge«, antwortete er. »Sie werden dir gefallen, sind echt schräge Typen dabei. Wenn du willst, stelle ich sie dir bei Gelegenheit vor.«
Cynthia lächelte geheimnisvoll. »Du hast mich missverstanden. Ich meine nicht *solche* Freunde.«

Karl runzelte die Stirn. »Meinst du, ob ich mit jemandem zusammen bin?« Er schüttelte den Kopf. »Momentan nicht. Mit mir hält es niemand lange aus.«
»Gut.«
»Wieso?«
»Zwölf Jahre sind eine verdammt lange Zeit ... so ganz ohne Lover ...«
Karl war froh, dass er sein Glas inzwischen abgestellt hatte, er hätte es sonst vielleicht fallen lassen.
Ihm begann warm zu werden unter seinem Pullover. »Du hast doch nicht etwa vor, mich zu verführen?«
Cynthia stellte sich vor ihn, nahm seine Brille ab und küsste ihn auf den Mund. Ihre Hand wanderte hinab zum Gürtel seiner Jeans. Er fühlte, dass ihm der Alkohol zu Kopf stieg. Oder war es etwas anderes?
»Langsam, langsam«, sagte er und trat einen Schritt zurück.
»Nicht, dass ich keine Lust hätte, aber wie lange kennen wir uns jetzt? Fünfundzwanzig Jahre? Eine halbe Ewigkeit. In der ganzen Zeit hatte ich nie den Eindruck, dass du dich sonderlich für mich interessierst.«
»Vielleicht hast du nur die Signale nicht erkannt.« Mit einem Lächeln setzte sie sich auf die Tischkante und begann, die Stiefel aufzuschnüren. »Du bist ein guter Freund. Wir sind beide frei und ungebunden, können tun und lassen, was wir wollen.« In ihren Augen war ein aufreizendes Glitzern zu erkennen. »Wie sieht's aus: Hast du da oben ein Bett?«
Karl hielt den Kopf schief. »Klar.«
»Gut.«
»Nur noch eine Frage: Habe ich eine Wahl?«
Sie grinste. »Nein.«

10

Kurz hinter Halle, auf der A 14 Richtung Norden fahrend, sah Hannah bereits die ersten Ausläufer des Harzes am Horizont auftauchen. Die Buckel wuchsen aus dem dunstigen Blau des Mittags wie eine Kette riesiger Maulwurfshügel, eingebettet in die endlosen Ebenen des Norddeutschen Tieflandes. Die Berge wirkten seltsam fremd in diesem Meer aus Rapsfeldern, Äckern und Windkraftanlagen, deren Rotoren den nie enden wollenden Wind verwirbelten.
Höher und höher wuchsen die Hügel, als Hannah die Autobahn verließ und auf der B 6 Richtung Westen abbog. Ihr Ziel war Wernigerode, eine lauschige Kleinstadt am Fuße des Brockens, der höchsten Erhebung im Harz. Der Ort war genau richtig gelegen, um von dort aus zu Streifzügen ins Umland aufzubrechen. Sie hatte beschlossen, die Arbeit in Halle erst mal ruhen zu lassen, ein paar Tage Auszeit zu nehmen und der Spur zu folgen, die John ihr gewiesen hatte. Sie war sich zwar sicher, dass sie nichts finden würde, aber in ihrer jetzigen Situation war alles besser, als daheimzusitzen und Trübsal zu blasen.
Ein Lächeln stahl sich auf ihr Gesicht, als sie an all die kleinen Geschichten und Anekdoten dachte, die sich um dieses deutscheste aller deutschen Mittelgebirge rankten. Natürlich fielen einem sofort die Hexen ein, die angeblich bis auf den heutigen Tag auf dem Blocksberg ihr Unwesen trieben. Es gab Ge-

schichten von Bergwerksstollen, in denen sich Grubenunholde herumtrieben, während nächtens die Nebelfrau aus dem Moor emporstieg, unschuldige Wanderer packte und in ihr feuchtes Grab zog. Die Kornmuhme war hier ebenso zu Hause wie die Feen und Kobolde, die in den tiefen Schluchten zwischen Moosen und Farnen darauf warteten, Unheil zu stiften. Es gab wohl kein Gebirge, um das sich so viele Mythen und Legenden rankten wie um den Harz. Und keines, das so von Dichtern und Denkern heimgesucht worden war. Goethe war hier gewesen, Heine und Eichendorff, Andersen und Klopstock, Löns, Novalis, und wie sie alle hießen, und sie alle hatten es als ihre Pflicht angesehen, der Nachwelt von all dem zu berichten, was es hier an Geheimnisvollem gab. Ziemlich viel Literatur über einen Landstrich, der nicht mehr als viertausend Quadratkilometer umfasste. Seinen Reiz als Ausflugsziel hatte der Harz erst mit der Errichtung der innerdeutschen Grenze verloren, die das Gebirge wie eine Festtagstorte sauber zerteilt hatte. Danach wurde es still am Brocken, ganz im Sinne der Grenztruppen der DDR, die hier oben auf elfhundert Metern Höhe einen Horchposten errichteten und ihm den bezeichnenden Namen *Urian* gaben. Frei nach dem Teufel im Faust, der ja hier oben sein Unwesen getrieben haben sollte.

Urian – das war eine Verbindung von Sendemast und überkuppeltem Hauptgebäude und erinnerte entfernt an ein muslimisches Gotteshaus. Ein Grund, warum der Volksmund das Gebäude *Brocken-Moschee* nannte. Wie groß musste die Enttäuschung einiger muslimischer Besucher gewesen sein, die hier anreisten, in froher Erwartung, auf dem höchsten Berg Norddeutschlands ihre Gebete verrichten zu dürfen? Heute war das Gebäude zu einem Hotel und einem Museum mit moderner Multimediatechnik umfunktioniert worden. Von dort aus konnte man den Nationalpark Hochharz auf elektronischem Weg erkunden und sich anschließend bei einem gutbürgerlichen Mittagstisch mit Schlachtplatte und Schwarzbier den Magen verderben. Besonders Mutige genehmigten sich anschließend einen *Schierker Feuerstein*, einen Kräuterschnaps, den der Apotheker Willy Drube Ende des neunzehnten Jahrhunderts in dem kleinen Örtchen Schierke erfunden hatte, um die Verdauungsprobleme der dort ansässigen Kurgäste zu lösen.

Hannah hatte sich geschworen, um all das einen weiten Bogen zu machen. Sie wollte die Geheimnisse des Harzes auf herkömmlichem Wege erkunden. Zu Fuß und mit einer Karte in der Hand.

Das Hotel in Wernigerode war klein, gemütlich und bezahlbar. Nur wenige Gehminuten vom Marktplatz, dem Herzen der Stadt, entfernt, bot es einfache Zimmer und einen umso schöneren Blick auf die umliegenden Gartenanlagen und die Burg. Die Zinnen und Türme, die weithin sichtbar über die Bäume und schiefen Dächer der alten Fachwerkhäuser Wernigerodes ragten, gaben dem Gemäuer den Anstrich eines Märchenschlosses. Amerikaner, deren Deutschlandbild von Heidelberg und Neuschwanstein geprägt war, hätten sich hier sofort heimisch gefühlt. Für Hannah war der Anblick einfach nur unwirklich. Zu viele rote Schindeln, zu viel Kopfsteinpflaster und zu viel Fachwerk. Kaum zu glauben. So sollte Deutschland ausgesehen haben, ehe es von den alliierten Bombenteppichen zu Staub zermahlen worden war? Eine Heimstatt für Zwerge und Wichtel? Wie sollte man sich da als moderner Mensch des einundzwanzigsten Jahrhunderts zurechtfinden? Kaum hatte sie ihren Koffer abgelegt und das Fenster geöffnet, drangen milde Frühlingsluft und Vogelgezwitscher in ihr Zimmer. Die Wolken waren aufgerissen und ließen den blauen Himmel durchscheinen, ganz wie auf einem Gemälde von Spitzweg. Erste Sonnenstrahlen bahnten sich ihren Weg und zauberten einen warmen, hellen Fleck auf ihr Bett. Ob sie es wollte oder nicht, der Harz begann einiges von seiner Düsternis zu verlieren. Hannah fühlte, wie sich der Frust vom Vormittag verflüchtigte. Ihre innere Anspannung begann sich langsam aufzulösen. Hier ließ es sich ein paar Tage aushalten.

Während sie ihren Waschbeutel in das winzige, wenn auch tadellos saubere Bad räumte und die Sachen aus dem Koffer in den Eichenschrank hängte, fragte sie sich, mit welchen Vorstellungen sie eigentlich angereist war. Mit der Hoffnung, dass die Scheibe wirklich eine Art Karte war, die auf einen bestimmten Ort mitten im Harz deutete? Das war bei näherer Betrachtung doch reichlich absurd. Genaugenommen war es Wahnsinn. Eine Region wie diese, durchwandert und durchforstet von Myriaden wanderfreudiger Touristen, war längst aller Geheimnisse beraubt. Kein Baum, der nicht schon fotografiert, kein Stein, auf dem nicht schon ein Picknick abgehalten worden war. Es war, als würde man in einem Museum anfangen, nach Schätzen zu suchen. Gäbe es hier tatsächlich ein bronzezeitliches Grabmal, so wie das auf dem Mittelberg, man hätte es längst entdeckt. Steine mit seltsamen Ritzungen, so wie der aus Trundholm, wären mittlerweile in jedem Reiseführer erwähnt worden und hätten sich zu einem beliebten Wanderziel entwickelt.

Nein, entschied Hannah, die Aussicht, hier tatsächlich etwas zu finden, war so gering wie die sprichwörtliche Suche nach der Nadel im Heuhaufen. Sie durfte sich keiner falschen Hoffnung hingeben. Finden würde sie sicher nichts. Sich aber ein paar Tage die Füße zu vertreten, sich in der sonnigen Spießeridylle wie eine Bratwurst auf Sauerkraut betten und dabei einen klaren Kopf bekommen, das war etwas anderes. Sie spürte, dass sie sich nach dem letzten Dreivierteljahr harter und unfruchtbarer Arbeit etwas Ruhe verdient hatte.

Sie schloss den Schrank, stellte sich kurz vor den Spiegel, ordnete ihre Haare und verließ dann das Hotel. Ihr erstes Ziel war eine Buchhandlung. Sie benötigte dringend Lesestoff und wollte sich mit Wanderkarten und einem Reiseführer ausstatten. Häufig war vor Ort das bessere Material vorhanden, und obendrein gab es Auskünfte und Tipps von Ortskundigen. Derlei Mundpropaganda hatte sich bei vielen ihrer Expeditionen als wertvollstes Gut erwiesen. *Expeditionen.* Schon bei dem Gedanken an das Wort musste sie lächeln. Was für eine Art Expedition mochte das hier wohl werden? Eine Forschungsreise ins Land des Rehrückens und Wildschweinbratens? Auf ihren Reisen in der Sahara hatte sie immer ein Kribbeln im Bauch gespürt, wenn sie eine verborgene Schlucht oder eine abgelegene Höhle betreten hatte. Ein Kribbeln, das meist ein Vorbote für das Jagdfieber war, das sich kurz darauf einstellte. Doch hier kribbelte nichts. Ihr Bauch fühlte sich an wie ein Murmeltier im Winterschlaf.

Das blaue Schild mit der weißen Schrift leuchtete ihr von der anderen Straßenseite entgegen: Buchhandlung Kempowski. Hannah beschleunigte ihren Schritt und betrat den kleinen, aber auffällig modernen Laden. Dafür, dass dies eine Kleinstadt war, war das Geschäft erstaunlich gut besucht. Etwa sechs oder sieben Personen standen vor den Regalen oder saßen auf einladend aussehenden Sofas, während sie in Büchern blätterten.
Hannah ging direkt zum Regal mit den Reiseführern.
Der Buchhändler war ein gutaussehender Mann Mitte dreißig mit randloser Brille und einer scharf geschnittenen Nase. Seine mittellangen, pechschwarzen Haare waren verstrubbelt und ließen ihn etwas verschlafen wirken. Im Kontrast dazu stand eine Narbe, die sich von der Oberlippe bis knapp unter das rechte Auge zog und seinem Gesicht etwas Draufgängeri-

sches verlieh. Gerade als sie sich fragte, was für eine Art von Unfall das wohl gewesen sein mochte, hob der Mann seinen Kopf und blickte sie an. Hannah fühlte sich ertappt.
»Entschuldigen Sie«, sagte sie, ihre Gedanken sortierend. »Ich bin auf der Suche nach einer brauchbaren Wanderkarte und einem Reiseführer. Haben Sie da etwas Passendes?«
Der Mann wirkte für einen Moment überrascht. »Wandern, hm?« Er wandte sich dem Bücherregal zu. »Zum ersten Mal im Harz?«
»Das nicht, aber mein letzter Besuch liegt etwa dreißig Jahre zurück. Westseite natürlich, damals verlief hier ja noch die Zonengrenze.«
»Verstehe.« Seine lebhaften Augen glitten über die verschiedenen Titel, dann zog er ein Buch und eine Karte heraus und drückte Hannah beides in die Hände. »Ich rate Ihnen zu diesen beiden Werken. Sowohl Karte als auch Führer stammen aus demselben Verlag, sind also aufeinander abgestimmt. Bei dem Buch handelt es sich um eine aktualisierte Neuauflage. Darin finden Sie alle Sehenswürdigkeiten und Gastwirtschaften. Übersichtlich aufgelistet und mit den wichtigsten Informationen versehen. Damit können Sie nichts falsch machen.«
Mit einem beinahe schüchternen Lächeln fragte er: »Kann ich sonst noch etwas für Sie tun?«
»Danke, nein. Ich denke, damit bin ich erst mal eine Weile beschäftigt.« Sein Lächeln verwirrte sie. Oder war es sein Aftershave? Was auch immer geschehen mochte, in dieser Buchhandlung war sie sicher nicht zum letzten Mal.
»Danke für Ihre Hilfe«, sagte sie und hob ihre Neuerwerbungen in die Höhe. »Ich denke, ich zahl dann mal.«
»Viel Spaß bei Ihren Ausflügen.«
An der Kasse glitt ihr dann erst mal das Portemonnaie aus der Hand. Zwei Euro und einige Cent rollten lautstark über den Parkettboden, und es dauerte eine Weile, ehe sie die Ausreißer

eingefangen hatte. Mit hochrotem Kopf tauchte sie hinter der Kasse auf und steckte das Geld zurück. Die Mitarbeiterin des Buchhändlers, eine ältere Frau mit scharfen Linien um den Mund, wartete geduldig. »Siebzehn Euro achtzig bitte.« Ihre Stimme klang so ganz anders als die des Buchhändlers. Hart und gläsern und mit unverwechselbarem sächsischen Akzent. Sie schien von der humorlosen Sorte zu sein. Hannah war das ganz recht. Was ihr jetzt noch gefehlt hätte, waren irgendwelche peinlichen Kommentare. Sie zahlte und verließ die Buchhandlung in Richtung Marktplatz.

Das *Café am Markt* bot genau das richtige Ambiente: große Tische, Sonnenschein, Blick auf den Brunnen und das Rathaus. Die Schritte der Passanten hallten über das Kopfsteinpflaster und wurden von mittelalterlich anmutenden Holzfassaden zurückgeworfen. Es gab hier überraschend wenig junge Menschen. Die meisten hatten die fünfzig schon weit überschritten und zogen im kleidsamen Rentnerbeige, weißlockig und mit Baedeker bewaffnet, durch die Gegend. Nun ja, jedem das Seine.

Hannah setzte sich, bestellte Kaffee und einen Apfelkuchen und begann die Karte auszubreiten. Wo sollte sie anfangen? Vielleicht an den Punkten, die mit den Sternen aus Blattgold übereinstimmten. Rund um den Brocken gab es davon gleich sieben. Da waren zum Beispiel der große und der kleine Brocken, die Heinrichshöhe, der Königsberg und die Brockenkinder, alle gut zu Fuß erreichbar. Bei der Gelegenheit bot sich vielleicht ein schöner Blick über das Land. Laut Wetterbericht sollten die kommenden Tage sonnig werden. Höchstens etwas Frühnebel, der sich im Laufe des Vormittags aber verflüchtigen würde. Danach stand Fernsicht auf dem Programm. Das Glück war auf ihrer Seite. Der Brocken war bekannt dafür, sein Haupt dreihundert Tage im Jahr mit Nebel und Wolken zu verhüllen.

Als ihre Bestellung kam, faltete Hannah die Karte zusammen. Sie nippte gerade an ihrem Kaffee, als ihr Blick auf einen unrasierten, dicklichen Mann mit kurzgeschorenen Haaren und speckiger Lederjacke fiel, der vom Brunnen aus ganz unverhohlen zu ihr herüberstarrte. Zuerst dachte sie, er würde vielleicht das Café betrachten, immerhin war es ein hübsches und traditionsreiches Gebäude. Aber ihr wurde schnell klar, dass er sie meinte. Hannah tat das, was sie in solchen Situationen immer tat: Sie starrte zurück. Die meisten Männer ertrugen es nicht, wenn sie zu einem Blickduell herausgefordert wurden. Meistens schwirrten sie ab, noch ehe ein unfreundliches Wort gefallen war. Nicht so dieser Typ. Geduldig hielt er ihrem Blick stand. Mehr noch, er nahm seine Kamera und fing an, sie zu fotografieren. Hannah griff nach der *Harzer Volksstimme*, die auf dem Nachbartisch lag, und hielt sie sich demonstrativ vors Gesicht. Interesse heuchelnd, blätterte Hannah zuerst durch den Mantel, dann durch den Wernigeroder Lokalteil. Als sie bei den Todesanzeigen angekommen war, wagte sie einen Blick über den Rand. Der Typ war verschwunden. Erleichtert ließ sie die Zeitung sinken und widmete sich ihrem Gedeck. Komische Person. Eine Unverschämtheit, sie so dreist zu fotografieren. Es hätte nicht viel gefehlt, dann wäre sie zu ihm rübergegangen und hätte ihm ihre Meinung gesagt. Sein Glück, dass er so schnell verschwunden war. Na ja, es gab immer ein paar Verrückte, hüben wie drüben. Kaffee und Kuchen mundeten vorzüglich und füllten auf angenehme Weise ihren Magen. Als sie zahlte und ihre Neuerwerbungen zurück in die Tasche steckte, hatte sie den Mann schon fast wieder vergessen. Ihr fiel ein, dass sie sich ja noch mit seichter Lektüre versorgen wollte. Die Begegnung mit dem attraktiven Buchhändler hatte sie ziemlich verwirrt.

Es war kurz vor achtzehn Uhr, als sie wieder vor der Tür des Buchladens stand. Die kleine spröde Frau, bei der sie gezahlt hatte, schickte sich gerade an, die Tür abzuschließen. Mit einem entschuldigenden Lächeln und einem freundlichen Augenaufschlag schlängelte sich Hannah an ihr vorbei. »Es geht ganz schnell«, gab sie ihr zu verstehen. »Nur noch etwas zu lesen für die Nacht.«

»Einen Roman?« Im Licht des Ladens wirkte die Frau deutlich älter. Sie betrachtete Hannah mit kleinen Augen über den Rand ihrer Brille hinweg, ohne dabei ihren Posten neben der Tür aufzugeben. Man konnte ihr ansehen, dass sie Feierabend machen wollte.

»Einen Roman, ja.« Hannah blickte sich um. »Irgendetwas Leichtes, Humorvolles.«

»Taschenbuch oder gebunden?«

»Taschenbuch, bitte.«

Seufzend gab die Frau die Tür frei und kam auf Hannah zu. »Hier drüben haben wir die aktuelle Bestsellerliste. Da ist auch meist etwas Lustiges dabei.«

Hannah bekreuzigte sich innerlich. Ob ihr Humor mit dem der Buchhändlerin kompatibel war, war mehr als fraglich. Sie gab sich einen Ruck und stellte die Frage, die sie längst hatte stellen wollen: »Wo ist denn eigentlich Ihr Kollege?«

Die Augen hinter den Brillengläsern wurden noch eine Spur kleiner. »Kollege?«

»Ja, der große, gutaussehende.«

»Ich arbeite hier allein.«

»Sind Sie die Inhaberin?«

»So ist es. Kempowski mein Name.«

»Aber wer war dann der Mann, der mich vor etwa zwei Stunden bedient hat? Dunkelhaarig, Brille, markante Narbe unter dem rechten Auge.«

Die Buchhändlerin zuckte die Schultern. »Kenne ich nicht. Ein Kunde vielleicht. Ich müsste dann jetzt schließen.«

Völlig verwirrt griff Hannah ins Regal und zog ein Buch her-

aus, dessen Titel und Umschlag eine einigermaßen unterhaltsame Lektüre verhießen.
»Dieses hier?« Frau Kempowski nahm ihr das Buch aus der Hand und eilte an die Kasse. Sichtlich erleichtert darüber, die aufdringliche Kundin endlich loszuwerden, kassierte sie und entließ Hannah mit einem ungeduldigen Kopfnicken.
Draußen vor der Tür warf Hannah einen letzten Blick zurück in den Laden. Wer mochte der Unbekannte gewesen sein? Sie konnte nur hoffen, dass sich ihre Wege noch einmal kreuzten.

11

Den Dienstag hatte Hannah als Ausflugstag vorgesehen. Gewiss, sie stand unter Zeitdruck, aber auf einen Tag mehr oder weniger kam es nicht an. Es war wichtig, dass sie den Kopf wieder frei bekam. Was also konnte sinnvoller sein, als das herrliche Wetter zu nutzen und eine Wanderung auf den Brocken zu machen? Vielleicht bekam sie auf der höchsten Spitze Norddeutschlands ja eine plötzliche Eingebung?

Sie fuhr mit dem Auto nach Schierke, beschloss, den Wagen dort abzustellen und den nahen Wanderweg zur Spitze des Brockens zu nehmen. Die Strecke war ebenso schön wie einfach. Genau das Richtige, um abzuschalten. Teils asphaltiert, teils sich über Felsen und Wurzeln schlängelnd, mäanderte dieser wohl bekannteste Wanderweg des Harzes über zehn Kilometer hinweg bis zum Gipfel. Er führte durch moorige Abschnitte und einen märchenhaft anmutenden Fichtenhochwald, vorbei an Bergbächen und Granitfelsen. Hannah spürte, wie sie in der merklich kühler werdenden Luft zu keuchen begann. Damals, als sie noch in der Sahara gelebt und gearbeitet hatte und jeden Tag auf irgendwelche Felsen geklettert war, hätte sie ein solcher Spaziergang nicht aus der Puste gebracht. Jetzt aber musste sie ihre Wanderung mehr als einmal unterbrechen, um sich auf eine Bank oder einen Stein zu setzen, zu verschnaufen und etwas zu trinken beziehungsweise etwas von ihrem Proviant zu verzehren. Zum Glück hatte sie großzügig gepackt, denn als sie nach etwa drei Stunden oben auf der Kuppe anlangte, war von ihrem Vorrat nichts mehr übrig. Der Wind zerrte an ihrem leeren Rucksack, als sie die letzten Meter bis zu der Metalltafel zurücklegte, auf der der höchste Punkt des Berges vermerkt war. Elfhundertzweiundvierzig Meter. Kurioserweise hatte sich bei einer Neuvermessung 1990 herausgestellt, dass der Brocken in Wirklichkeit nur knappe elfhunderteinundvierzig Meter hoch war. Eine alarmierende Nachricht, mit der schrecklichen Konsequenz behaftet, unzählige Landkarten neu drucken zu müssen. Man entschied sich dann aber für die kostengünstigere Alternative und spendierte der Kuppe fünf Granitblöcke, die das Niveau anhoben und an denen sich die betreffende Bronzetafel befestigen ließ. So gesehen, war der Brocken ein naher Verwandter des Garth Mountain in Wales, einem Berg, dem englische Kartographen im Jahre 1917 bescheinigt hatten, mit seinen neunhundertfünfundachtzig Fuß nur ein Hügel zu sein. Ein Sakrileg in den Augen der landestreuen Waliser. Ihm fehlten ganze fünfzehn Fuß, um per Definition als Berg durchzugehen. Unter Einbeziehung der Einwohner eines nahe gelegenen Dorfes wurde ein Erdhügel aufgeschüttet, der dem Garth wieder zu seinem Gardemaß verhalf. Eine Initiative, die vom ortsansässigen Pfarrer und dem Bürgermeister ins Leben gerufen worden war.

Hannah schüttelte im Geiste den Kopf. Männer und ihr Faible für Maße, das war nun wirklich eine unendliche Geschichte. Interessant in diesem Zusammenhang war jedoch, dass der Garth einige sehr interessante Grabstätten aus der frühen bis mittleren Bronzezeit beherbergte, Gräber, die viertausend Jahre alt waren. Ob es wohl um den Brocken ähnlich bestellt war? So abwegig war der Gedanke nicht. Kelten und andere bronzezeitliche Kulturen hatten sich seit jeher exponierte Orte für ihre Kultstätten ausgesucht. Was wäre das für eine Sensation, wenn sich hier ebenfalls Grabanlagen befänden. Grabanlagen, die vielleicht sogar in irgendeinem Zusammenhang mit der Himmelsscheibe standen. Das wäre genau das, was ihren Hals aus der Schlinge retten könnte.

Sie war so in Gedanken vertieft, dass sie erst nach einer Weile bemerkte, wie kalt es hier oben war. Das Thermometer in Wernigerode hatte an diesem Morgen fünfzehn Grad in der Sonne angezeigt, hier oben mussten sich die Temperaturen um den Gefrierpunkt bewegen. Trotz ihrer Jacke zitterte sie wie Espenlaub. Solange sie sich bewegt hatte, war die Temperatur kein Problem gewesen, doch jetzt, beim Herumstehen, bohrte sich der Wind durch das Kleidungsstück. Sie beschloss, ihren Aufenthalt hier oben so kurz und so effektiv wie möglich zu gestalten. Ein Blick in jede Himmelsrichtung, ein kurzer Vergleich mit der Karte, ein letzter Gruß an den rotgestreiften Urian, und dann ging es wieder talabwärts. Keinen Moment zu früh, wie Hannah feststellte, denn je weiter sie abstieg, desto mehr Menschen begegneten ihr. Getrieben vom Hunger und in der Hoffnung, in der Brockenherberge noch einen freien Tisch zu ergattern, schoben sich die Massen nach oben. Es begann voll zu werden auf Deutschlands nördlichstem Berg.

Hannah gönnte sich einen kleinen Abstecher entlang der Heinrichshöhe und der Brockenkinder, einigen sehr malerisch anmutenden Granittürmen. Vom Tal her schnaufte ihr die Brockenbahn entgegen, beladen mit älteren Leuten und Kindern. Die kleine Lokomotive hatte schwer zu tun, denn die Waggons waren gut besetzt. Die ersten schönen Tage in diesem Frühling trieben die Leute in Scharen auf die Spitze. Wohin man sah, überall nur fröhliche, gerötete Gesichter. Alle schienen sich zu amüsieren – alle außer Hannah. Obwohl sie sich fest vorgenommen hatte, am heutigen Tag einfach nur auszuspannen, ließ sich der Gedanke, in kurzer Zeit etwas

finden zu müssen, das Feldmanns hohen Ansprüchen genügte, einfach nicht abstellen.
Wenn sie bloß eine Ahnung gehabt hätte, wo sie anfangen sollte.
Resigniert startete sie den Motor und überließ ihren Parkplatz einem gestresst wirkenden Familienvater und seinen quengelnden Kindern.

12

Der Abend begann mit einem Meer aus Flammen. Entlang des steilen Anstiegs zum Wernigeroder Schloss waren Fackeln entzündet worden, die das alte Gemäuer und die umliegenden Parkanlagen in ein magisches Licht tauchten. Auf Anraten ihrer Wirtin hatte Hannah sich entschieden, den Abend mit einem Konzert ausklingen zu lassen. Russische Romantik: Borodin, Glinka und Mussorgski. Genau das Richtige für eine sagenumwobene Gegend wie diese.

Als sie schwer atmend auf der großen Freiterrasse vor dem Schloss ankam und über die Stadt hinweg zum Brocken blickte, bemerkte sie ein merkwürdiges Leuchten, als würde hoch oben ein Feuerwerk abgebrannt. Es sah wunderschön und bedrohlich zugleich aus.

Hannah wandte ihre Aufmerksamkeit wieder dem bevorstehenden Konzert zu. Sie passierte einen schmalen Durchgang, kaufte sich eine Karte und betrat das Schloss. Das Konzert selbst fand im Innenhof unter freiem Himmel statt. Der bewegliche Baldachin, eine Konstruktion, die Musiker und Zuhörer gleichermaßen vor den Tücken des Wetters schützen konnte, war zusammengefaltet und erlaubte einen freien Blick in den Himmel. Die Nacht war so klar, dass man die Sterne funkeln sehen konnte. Der Innenhof quoll bereits über von Menschen. Vor dem Hauptturm war eine Bühne errichtet worden, die bequem Platz für das vierzigköpfige Orchester des

Nordharzer Städtebundtheaters bot. Fackeln und Wärmestrahler entlang der Innenmauern sorgten für Behaglichkeit und Atmosphäre in dem komplett bestuhlten Innenhof.

Hannah bemerkte, dass sie zu den zwanzig Prozent meist jugendlicher Zuhörer gehörte, die in Jeans und Pullover gekommen waren. Der überwiegende Anteil war, dem festlichen Anlass angemessen, in Abendgarderobe erschienen. Die Damen in rauschenden Kleidern, die Herren im eleganten Smoking. Hannah schämte sich etwas, dass sie wie Aschenputtel herumlief, aber was hätte sie tun sollen? In ihrem Aufenthalt in Wernigerode war ein Konzertabend nicht vorgesehen gewesen, und für einen Einkauf war es zu spät gewesen. Der enganliegende schwarze Rollkragenpullover, die Jeans und die schwarzen Turnschuhe waren das Beste, was ihr zur Verfügung stand. Immerhin hatte sie daran gedacht, ihr Tuareg-Collier, eine Silberarbeit mit rotem Jaspis und Ebenholz, mitzunehmen. Zusammen mit einem anderen Mitbringsel aus der Sahara, ihren Ohrringen aus Silber und Lapislazuli, fühlte sie sich zwar nicht passend, aber zumindest halbwegs festlich gekleidet.

Die Wirtin hatte nicht übertrieben. Der Andrang auf die Karten war enorm gewesen, und es hatte keine halbe Stunde gedauert, bis das Konzert ausverkauft war. Hannah bedauerte die vielen Menschen, die enttäuscht heimkehren mussten. Andererseits freute sie sich über das Privileg, zu den etwa dreihundert Zuhörern zu gehören, die an der ungewöhnlichen Veranstaltung teilnehmen durften. Sie wollte sich gerade auf die Suche nach einem geeigneten Sitzplatz begeben, als sie ein Räuspern vernahm.

»Guten Abend«, sagte eine Männerstimme. »Wie schön, Sie wiederzusehen.«

Hannah wandte sich der Stimme zu.

»Der Buchhändler«, entfuhr es ihr. Und dann, nach einer kur-

zen Pause: »Aber nein. Sie sind ja gar kein Buchhändler. Jedenfalls nicht bei Kempowski.«
Ein zaghaftes Lächeln huschte über das Gesicht des Mannes. »Habe ich das je behauptet?«
Hannah musste kurz überlegen. Nein, er hatte recht. Sie war es gewesen, die ihn angesprochen hatte.
»Nicht wirklich«, gestand sie ein. »Aber Sie können sich meine Überraschung vorstellen, als ich in den Laden zurückkehrte und nach Ihnen fragte.«
»Sie haben sich nach mir erkundigt?« Der Mann hob die Augenbrauen. »Warum?«
Hannah spürte, wie ihr das Blut ins Gesicht schoss. Sie wollte zu einer Erklärung ansetzen, doch der Fremde schien ihre Verlegenheit bemerkt zu haben und kam ihr zu Hilfe.
»Ich bin tatsächlich kein Buchhändler«, sagte er. »Nur ein ganz normaler Kunde. Tut mir leid, wenn ich durch mein Auftreten den Eindruck erweckt habe, ich würde zum Personal gehören.«
Hannah warf ihm einen interessierten Blick zu. Seine Kleidung war eine merkwürdige Mischung aus saloppem Sweatshirt, ausgewaschenen Jeans und teuer aussehenden Schuhen. Der Mann fing ihren Blick auf. »Und? Worauf tippen Sie?«
Hannah kräuselte die Lippen. »Keine Ahnung. Freiberufler vielleicht. Grafikdesigner oder in der Werbung tätig. Es sind Ihre teuren Schuhe, die die Sache komplizierter machen.«
Ein geheimnisvolles Lächeln erschien auf seinem Gesicht, dann streckte er die Hand aus. »Mein Name ist Michael. Michael von Stetten.«
»Hannah Peters.« Seine Finger fühlten sich geschmeidig und muskulös an. Ihr gefiel seine zurückhaltende Art.
»Sind Sie in Begleitung?«
»Nein, und Sie?«
»Ebenfalls solo«, sagte er. Er blickte kurz zu den Stuhlreihen hinüber, überlegte kurz, dann sagte er: »Hätten Sie Lust, wenn

wir uns das Konzert gemeinsam anhören? Anschließend könnten wir noch ein Bier trinken und eine Kleinigkeit essen. Es gibt ein nettes Gasthaus, nur fünf Minuten von hier.«
Hannah hatte eigentlich vorgehabt, früh zu Bett zu gehen und morgen zeitig aufzustehen. Doch es war etwas an dem Mann, das ihr gefiel. Um ehrlich zu sein, sie war neugierig, herauszufinden, ob sie mit ihrer Einschätzung, was seinen Beruf betraf, richtiggelegen hatte. »Einverstanden«, sagte sie. »Wenn Sie mir versprechen, dass ich mein Essen selbst bezahlen darf.«
Er sah sie mit großen Augen an, dann lachte er.
»Abgemacht.«

Das Konzert dauerte eine gute Stunde, und als es zu Ende war, fühlte Hannah sich in eine merkwürdige Stimmung versetzt. Besonders die an- und abschwellenden Kaskaden der *Nacht auf dem kahlen Berge* von Modest Mussorgski, einer sinfonischen Dichtung über einen Hexensabbat auf dem Blocksberg, gingen ihr nicht mehr aus dem Kopf. Es war ein finsteres, ein furioses Stück, das einen bleibenden Eindruck hinterließ. Von Stetten schien es ebenso zu ergehen. Während die beiden das flammenhelle Schloss hinter sich ließen und auf das Stadtzentrum zusteuerten, wechselten sie kaum ein Wort. Erst nachdem sie die Wirtschaft betreten, sich an einen Tisch gesetzt und jeder ein Bier und eine Forelle bestellt hatten, fiel das Schweigen von ihnen ab.
»Wie fanden Sie das Konzert?«
»Ziemlich starker Tobak«, sagte Hannah. »Für meinen Geschmack fast ein bisschen zu monumental.«
»Sie sollten sich mal die Opernversion anhören«, sagte er. »Mussorgski hat das Stück später in seinen *Jahrmarkt von Sorotschinzy* eingearbeitet, mit großem Chor. *Das* ist erst unheimlich.«
»Erzählen Sie mir nicht, Sie seien Musikkritiker.«

Er lachte. »Nein. Die Musik in allen Ehren, aber so weit geht die Liebe dann doch nicht. Ich fürchte, Sie werden ziemlich enttäuscht sein. Ich bin Rechtsanwalt. Meine Kanzlei hat ihren Sitz in Berlin. Strafrecht. Hauptsächlich Wirtschaftskriminalität.«

»Ein Anwalt?« Hannahs Blick wanderte unwillkürlich zu der Narbe in seinem Gesicht. Sie hatte kurz zuvor weitere Narben an Händen und Unterarmen entdeckt. Vermutlich doch ein Unfall.

»Und was machen Sie so weit weg von Ihrem Arbeitsplatz?« Er griff in die Schale mit Erdnüssen. »Urlaub. Die letzten Monate waren so angefüllt mit Arbeit, dass ich mir eine Auszeit verordnet habe.«

Hannah musste lächeln. Noch so ein Kandidat.

»Ich war fast ein Jahr lang ununterbrochen unterwegs«, fuhr er fort. »Sie können sich gar nicht vorstellen, wie das an die Substanz geht.«

»Und ob«, sagte sie und nahm einen Schluck. Es war ewig her, dass sie Schwarzbier getrunken hatte.

»Ich besitze ein Haus ganz in der Nähe«, fuhr er fort. »In Bad Harzburg, um genau zu sein. Nichts Großartiges. Nur ein Ort, an dem ich die Seele baumeln lassen kann.«

»Bad Harzburg?« Hannah fiel es schwer, sich vorzustellen, wie jemand, der jung und – wie es schien – erfolgreich war und der obendrein so gut aussah, freiwillig hierherziehen konnte. Als sie ihm das sagte, schmunzelte er. »Sie haben offenbar die falschen Gegenden besucht. Da geht es Ihnen wie Heinrich Heine. Wissen Sie, was er nach seinem ersten Besuch auf dem Brocken gesagt hat? *Große Steine, müde Beine, saure Weine – Aussicht keine.*«

»Ich mochte Heine schon immer«, sagte sie und lächelte. »Und was genau reizt Sie am Harz?«

Er zuckte die Schultern. »Die frische Luft, die dichten Wälder, die mystische Atmosphäre, wer weiß? Wissen Sie, ich bin besessen von Geschichten und Geschichte. Beides findet sich hier in Hülle und Fülle. Vielleicht hätte ich lieber Autor werden sollen. Kein Wunder, dass man mich so oft in Buchhandlungen antrifft.«

»Lassen Sie mich raten: Vermutlich hat Ihren Eltern die Vorstellung vom brotlosen Schriftsteller nicht behagt, habe ich recht?«

»Meine Eltern sind früh gestorben«, sagte er.

»Oh, das tut mir leid.«

Hannah biss sich auf die Unterlippe. Was war sie doch für eine Meisterin darin, immer ein Fettnäpfchen zu finden. Fehlte nur noch, dass er sich jetzt nach *ihrer* Familie erkundigte. Wenn dieses Thema zur Sprache kam, war der Abend so gut wie beendet. Schon der Gedanke an ihre Familie war schmerzhaft. Menschen, mit denen sie seit ewigen Zeiten im Streit lag, die sie seit Jahren nicht gesehen hatte. Hannah duckte sich innerlich. Doch er schien ihre Verkrampfung zu bemerken und umschiffte die Klippe mit dankenswerter Sensibilität. »Haben Sie das Leuchten vorhin über dem Brocken bemerkt?«

Hannah atmete auf. »Allerdings. Sah aus wie ein Feuerwerk. Sehr stimmungsvoll.«

Er schüttelte den Kopf. »Ein Feuerwerk war das gewiss nicht. Die Brockenspitze ist eine Trockenzone, da herrscht ein absolutes Brandverbot. Lagerfeuer, Campinggrills oder Knallkörper – alles strengstens untersagt. Aber egal.« Er hob den Kopf. »Wie war Ihre Wanderung?«

Versonnen drehte sie das Bierglas zwischen ihren Händen. »Sagen wir mal so: Sie war – lehrreich.«

»So schlimm also?«

»Schlimmer. Es war ...«, sie zögerte. »Nein, das werde ich jetzt lieber nicht sagen, schließlich hängt Ihr Herz ja an dieser Gegend.«

»Wo waren Sie denn?«
»Oben auf dem Brocken, wo sonst?«
Michael von Stetten verschluckte sich beinahe an seinem Bier. »Heute? So kurz vor Walpurgis? Sind Sie noch zu retten? Von wo aus sind Sie denn gestartet?«
»Von Schierke.«
»Großer Gott. Sie haben mein vollstes Mitgefühl.«
Hannah kam sich mit einem Mal schrecklich dumm vor. »Hätten Sie einen besseren Vorschlag gehabt?«
»Ob ich ...?« Er wischte sich einen Tropfen aus dem Mundwinkel. »Aber natürlich hätte ich. Wenn mir klar gewesen wäre, was Sie vorhaben, hätte ich Sie gewarnt und Ihnen einen Weg empfohlen, der nicht so überlaufen ist.«
»Also gut, ich gebe es zu, ich habe einen Fehler gemacht. Was hätten Sie mir empfohlen? Vielleicht den Hexenplatz in Thale?«
Das Entsetzen auf seinem Gesicht wirkte nicht gespielt. »Das wird ja immer schlimmer«, sagte er. »Haben Sie denn aus dem heutigen Desaster nichts gelernt?« Er überlegte kurz, dann sagte er: »Ich mache Ihnen einen Vorschlag. Zuerst mal lassen Sie uns zum *Du* wechseln. Ich komme mir mit dem förmlichen *Sie* immer so spießig vor.«
»Sehr gern ... Michael.« Sie hielt den Kopf schief. »Und dann?«
»Dann möchte ich dich zu einer Wanderung einladen. Gleich morgen früh. Es gibt hier eine Menge Orte, an die man als Normalsterblicher nicht so einfach gelangt. Wäre doch gelacht, wenn ich dich nicht vom Zauber dieser Gegend überzeugen könnte.«

Mittwoch, 23. April

Der Nebel ließ die umliegenden Felsbrocken in den frühen Morgenstunden wie gewaltige Trolle erscheinen. Finster und bedrohlich ragten sie rechts und links des Weges in die Höhe. Nass glänzende Moospolster hingen wie zottige Bärte an ihnen herab, und die Flechten wirkten wie Haare an einer Wasserleiche.
Die Feuchtigkeit schien förmlich aus dem Boden zu kriechen. Sie stieg aus jeder Öffnung, jedem Spalt und jedem Loch. Sie strich um die mächtigen Stämme der Buchen und ließ sich auf Blättern, Gräsern und Kräutern nieder wie der kalte Atem eines mächtigen Riesen.
Während Hannah den Pfad erklomm, musste sie darauf achten, nicht auf einen jener glitschigen, von Moos bedeckten Steine zu treten, die ihr immer wieder den Weg versperrten. Sie war bereits einmal abgerutscht und hatte sich trotz ihrer halbhohen Wanderschuhe den Knöchel angeschlagen. Nicht noch einmal. Zudem packte sie der Ehrgeiz, als sie sah, mit welcher Leichtigkeit Michael den Pfad erklomm. Er bewegte sich so geräuschlos und geschmeidig, als wäre er ein Teil dieses Waldes.
Zu Beginn ihrer Wanderung, am Fuß der Steinernen Renne, hatten sie noch ihre Taschenlampen gebraucht. Mittlerweile war es so hell geworden, dass es ohne sie ging. Das Licht war zwar immer noch schummrig, aber es reichte aus, um zu er-

kennen, in was für eine wilde Gegend sie geraten waren. Nach weiteren fünfzehn Minuten blieb sie stehen. »Warte mal einen Augenblick«, schnaufte sie. »Ich glaube, ich brauche eine kleine Pause.« Michael blieb stehen, weiße Dampfschwaden ausstoßend. »Was denn, jetzt schon?« »Ja«, keuchte sie. »Ich bin völlig aus der Puste.« Sie lehnte sich gegen einen mannshohen Felsen. Lächelnd kam er zu ihr herunter. »Von mir aus gern. Gegen einen Kaffee habe ich nichts einzuwenden. Hier. Setz dich da drauf.« Er zog eine Sitzunterlage aus seinem Rucksack und blies etwas Luft hinein. »Damit holt man sich keinen kalten Hintern«, sagte er, während er die Matte auf einen Stein legte. Hannah nahm die Einladung dankbar an. Im Nu hatte er eine Thermoskanne hervorgezaubert und schenkte ihr eine Tasse duftenden Kaffee ein. Hannah nippte daran und blickte sich um.

»Schön ist es hier«, konstatierte sie, als sie fühlte, wie das warme Getränk neue Kraft spendete. »Genau so, wie ich mir den Wald in den Märchen immer vorgestellt habe. Würde mich nicht wundern, wenn hier gleich eine Horde singender Zwerge hinter dem nächsten Baum hervorkommt.«

»Höre ich da etwa Ironie heraus?« Michael schenkte sich ebenfalls eine Tasse ein. »Ich habe mich übrigens mal umgehört wegen des seltsamen Leuchtens gestern Abend. Also ein Feuerwerk war das nicht.«

»Vielleicht ein Hexensabbat«, sagte sie mit einem schiefen Lächeln. »Ein Haufen wilder Weiber, die sich schon mal für den großen Abend warm machen.«

Michael schüttelte den Kopf. »Je länger wir uns unterhalten, umso mehr frage ich mich, warum du eigentlich hergekommen bist. Aus tiefempfundener Liebe zu diesem Landstrich doch wohl eher nicht.« Ein schelmisches Grinsen umspielte seinen Mund.

Hannah lag eine flapsige Antwort auf der Zunge, doch dann entschied sie sich, ihm die Wahrheit zu sagen. Sie hatte noch nie gut lügen können. Außerdem spürte sie das tiefe Bedürfnis, sich jemandem anzuvertrauen. Jemand Außenstehendem, der nichts mit ihrem Job zu tun hatte.
»Ich gebe es zu«, sagte sie. »Dass ich hier Urlaub mache, ist nur die halbe Wahrheit. Ein Stück weit hat es mit meinem Beruf zu tun.«
»Ah.« Michael setzte sich auf den Stein neben ihr. Seine Augen leuchteten. »Ich hatte gleich so einen Verdacht und habe mich schon gefragt, wann du endlich mit der Sprache rausrückst.«
»Du hättest fragen können.«
Er schüttelte den Kopf. »Ich finde, jeder sollte nur das von sich erzählen, was er wirklich preisgeben möchte. Aber dass etwas Besonderes an dir ist, das war mir gleich von Anfang an klar.«
Hannah runzelte die Stirn. »Wieso das?«
»Keine Ahnung. Nennen wir es Intuition. Ich bin ganz gut darin, Menschen einzuschätzen. Ist ein Teil meines Berufes.«
»Jetzt bin ich aber gespannt«, sagte Hannah lächelnd. »Worauf tippst du bei mir?«
Er überlegte kurz, dann sagte er: »Du bist viel herumgekommen. Norddeutscher Akzent und sonnengebräunte Haut, eine ungewöhnliche Mischung. Allerdings keine frische Bräune, sondern eine, die schon länger zurückliegt. Ein längerer Auslandsaufenthalt, würde ich sagen. Dazu der Schmuck, den du gestern getragen hast. Ich habe so etwas schon einmal gesehen. Tuaregkunst, habe ich recht? Das lässt vermuten, dass du mal in der Sahara warst.« Er lehnte sich zurück. »Deine Art, zu sprechen, deine Gesten – all das lässt den Schluss zu, dass du lange Zeit in einer anderen Kultur gelebt hast und dass du erst seit einer gewissen Zeit zurück in Deutschland bist.«

Hannah nickte anerkennend. »Nur weiter.«

»Deine Ausdrucksweise lässt auf einen akademischen Hintergrund schließen, vielleicht aus dem Bereich Naturwissenschaften. Du sagst, dein Besuch im Harz hätte etwas mit deinem Job zu tun. Dass diese Gegend geologisch sehr interessant ist, wissen wir beide. Also tippe ich mal: Du könntest Geologin sein.«

Hannah lächelte geheimnisvoll. »Nicht schlecht, besonders der Anfang. Am Ende hast du dich etwas verrannt. Wenn du es genau wissen willst: Ich bin keine Geologin, sondern Archäologin.«

»Archäologin?«

»Ich arbeite an der Erforschung der Himmelsscheibe von Nebra. Schon mal davon gehört?«

Sein Mund blieb offen stehen.

»Irgendetwas nicht in Ordnung?« Seiner Reaktion nach zu urteilen, war er mehr als nur leicht überrascht. »Es ist ein Beruf wie jeder andere. Na ja, fast«, sagte sie mit einem Schulterzucken.

Er schüttelte den Kopf. »Bitte verzeih mein Erstaunen«, sagte er. »Es kommt nicht oft vor, dass mich eine Nachricht so aus den Schuhen hebt.«

»Aber warum?« Hannah verstand es immer noch nicht. »Zugegeben, es ist kein x-beliebiger Bürojob, obwohl ich das letzte Jahr fast nur in Labors und Büros zugebracht habe. Aber trotzdem ist es *nur ein Job*.«

»Nur ein Job?« Seine Augen leuchteten in der Dunkelheit. »Du behauptest, an der Erforschung des wohl wichtigsten archäologischen Fundes der letzten hundert Jahre beteiligt zu sein, und sagst, es wäre nur ein Job? Tut mir leid, aber das ist die Untertreibung des Jahres.«

»Dann weißt du also etwas darüber?«

»Ich weiß so gut wie *alles* darüber.« Er richtete sich auf. »Je-

denfalls das, was in den Medien darüber zu sehen, zu lesen und zu hören war. Ich bin ein Doku-Freak, um genau zu sein. Ich schaue mir so ziemlich jede Dokumentation im Fernsehen an und lese jeden Artikel in den einschlägigen Zeitschriften. Als ich dir gesagt habe, ich wäre besessen von Geschichten und Geschichte, habe ich keineswegs übertrieben. Ich weiß alles über diese Gegend, über ihre Geschichte, über ihre Geheimnisse. Und jetzt sitze ich einer Frau gegenüber, die behauptet, die sagenumwobene Himmelsscheibe in Händen gehalten zu haben.« Wieder schüttelte er den Kopf. »Ich kann es immer noch nicht glauben.«
»Ich habe sie nicht nur in den Händen gehalten.« Sie grinste. »Ich habe sie gemessen, gewogen, sie erhitzt, verbogen, Späne davon abgerieben und mit Strahlen bombardiert. Alles im Dienste der Wissenschaft, wohlgemerkt. Ich hätte ihr noch viel üblere Sachen angetan, wenn man mich nur gelassen hätte.«
Michaels Blick drückte pures Entsetzen aus. Aber genau diese Reaktion hatte Hannah bezweckt. Lächelnd fuhr sie fort: »Das Problem ist nur: Wir wissen zwar so gut wie alles über die Scheibe, aber leider so gut wie nichts über die Menschen, die sie hergestellt haben. Darüber etwas herauszufinden, das ist meine Aufgabe und der Grund meines Besuches.«
Michael schien seine Überraschung überwunden zu haben. Er war wieder aufgestanden und schulterte seinen Rucksack. »Vielleicht kann ich dir helfen. Ganz bestimmt kann ich das. Du sagst mir, wonach du suchst, und ich führe dich hin.«

Tief in einer Schlucht am Fuße der Heinrichshöhe, dort, wo der Mischwald aus Buchen und Fichten am dichtesten war, war eine schattenhafte Bewegung zu sehen. Etwas Dunkles regte sich. Etwas, das den Tag mied und die Nacht liebte. Es stand im Begriff, aus seiner Felsspalte zu kriechen. Dass ein

Wesen wie dieses zu dieser frühen Morgenstunde noch wach war, hatte einen Grund. Seine feine Nase sandte ihm unmissverständliche Signale. Es konnte jeden Geruch des Waldes identifizieren. Pilze, Beeren, den Modergeruch von verrottendem Holz, den feinen Duft frisch gefallener Blätter, die ätherischen Öle von Harz und Tannennadeln – es war sogar in der Lage, unterschiedliche Tierarten voneinander zu unterscheiden, einzig am Geruch des Blutes. Das von Rehen roch anders als das von Schweinen. Eichhörnchen rochen anders als Mäuse. Lurche rochen überhaupt nicht, und das Blut von Vögeln hatte einen scharfen Unterton. Am besten rochen Kaninchen, weshalb es sie am liebsten fraß. Ihr Fell hatte einen unverwechselbaren Duft nach Erde und Heu. Was gab es Schöneres als ein junges Kaninchen, wenn man Hunger hatte. Und das Wesen hatte immer Hunger. Es war ein Jäger, der sich am Blut seiner Opfer labte. Der Gedanke an eine frisch geöffnete Bauchhöhle und das Geräusch des noch schlagenden Herzens ließ ihm das Wasser im Maul zusammenlaufen.

Aber es war kein Kaninchen, was sich da näherte. Der Geruch, der um diese frühe Morgenstunde vom Tal heraufkam, war fremd. Er gehörte nicht hierher.

Zweibeiner, schoss es dem Wesen durch den Kopf. Nur sie konnten so erbärmlich stinken. Das lag weniger an ihren körpereigenen Düften als an dem Zeug, mit dem sich viele von ihnen einsprühten. Scharfe, alkoholische Essenzen, von denen man Kopfschmerzen bekam. Ausdünstungen in einer Intensität, dass es einem die Eingeweide umdrehen konnte. Nun war es nichts Ungewöhnliches, dass Zweibeiner sich am Brocken herumtrieben. Sie infizierten den Berg wie eine Krankheit, wie ein Schimmelpilz, der sich immer mehr ausbreitete. Ungewöhnlich war nur, dass sie so früh unterwegs waren.

Das Wesen richtete sich auf und hielt die Nase in den Wind. Kein Zweifel: Die Eindringlinge kamen näher. Ihr Weg führte

sie direkt an seiner Schlafstatt vorbei. Eile war geboten. Es schüttelte sein Fell und schabte sich den Buckel seitlich an der Felswand. Mit den Krallen scharrte es die Reste seines Lagers auf einen Haufen, dann trat es hinaus ans Tageslicht.
Der Sonnenaufgang stand unmittelbar bevor, und die Helligkeit stach ihm unangenehm ins Auge. So gut es bei Dunkelheit auch sehen konnte, so empfindlich war es bei Tag. Nur noch eine Stunde, dann würde es hier so hell sein, dass seine Augen ihm unerträgliche Schmerzen bereiten würden. Viel Zeit blieb ihm also nicht.
Ein paar keuchende Atemzüge, dann machte es sich auf den Weg.

14

»Die Himmelsscheibe von Nebra.« Michael führte Hannah höher und höher den steinigen Pfad hinauf. »Wenn das mal keine Sensation ist. Ich habe mich schon lange gefragt, wann endlich mal jemand auf die Idee kommt, dass die Geschichte der Scheibe etwas mit dem Brocken zu tun haben könnte.«

»Was sagst du da?«

Hannah war stehen geblieben und blickte ihren Begleiter verwundert an. Seine letzte Bemerkung war so unvermutet gefallen, dass sie sich ihrer Bedeutung erst langsam bewusst wurde. Michael sprach über etwas, das John und sie nur durch Zufall herausgefunden hatten. Etwas, das so brandneu war, dass es in der Fachpresse noch nie thematisiert worden war. Wie konnte er davon wissen? Schlimmer noch – war ihre Begegnung vor diesem Hintergrund wirklich nur ein Zufall?

»Was meinst du damit?«, wiederholte sie ihre Frage. Eine steile Falte hatte sich zwischen ihren Augenbrauen gebildet.

Michael zuckte die Schultern. »Das liegt doch auf der Hand. Überleg doch mal: Es stand ja überall zu lesen, dass sich die Scheibe die meiste Zeit über auf Wanderschaft befunden hat. Sie war eine Art tragbares Observatorium. Was läge also näher, als ihren Ursprung hier, im Herzen der alten Welt zu suchen.«

Er breitete die Arme aus. »Sieh dich mal um. Der Brocken war seit jeher das exponierte Zentrum jedweder kultischen Hand-

lung. Allein seine schiere Höhe und seine Unwegsamkeit machten ihn zum Mittelpunkt von Mythen und Legenden. Wenn schon nicht als Ort, an dem Menschen siedeln konnten, so doch als Sitz der Götter. Vergleichbar vielleicht mit dem Olymp der alten Griechen.«
Hannah folgte seinem Blick. Sie waren mittlerweile so hoch aufgestiegen, dass sie durch die Lücken im Buchenwald weit über das Land blicken konnten. Die Sonne war aufgegangen und goss ihr goldenes Licht über die Landschaft. Es war ein merkwürdiger Anblick. Als wäre es ihr vergönnt, das Land der Götter zu sehen.
Sie nickte. Es war eine kühne These, die Michael hier verbreitete, aber sie musste eingestehen, dass sie etwas Bestechendes hatte. Wenn es einen Olymp des Nordens gegeben hatte, dann wäre es vermutlich der Brocken gewesen. Sie überkam das Gefühl, dass sie möglicherweise auf geheiligtem Boden standen. Trotzdem: Dass ein Laie wie Michael die Himmelsscheibe mit dem Brocken in Verbindung brachte, war schon sehr ungewöhnlich. Oder hatte sie den Wald vor lauter Bäumen nicht gesehen? War es so offensichtlich? War sie mit ihrer Nase so sehr in die Details eingetaucht, dass sie nicht mehr in der Lage war, das große Bild zu betrachten?
Michael schien ihre Schweigsamkeit gar nicht zu bemerken. Er war ganz und gar in seinem Element. Mit Erregung in der Stimme fuhr er fort: »Die Scheibe ist doch auf dem Mittelberg gefunden worden, nicht wahr? Nur etwa achtzig Kilometer von hier. In der damaligen Zeit waren das wohl zwei Tagesmärsche. Weit, aber nicht unerreichbar. Könnte es nicht sein, dass die Scheibe auch hier auf dem heiligen Berg zum Einsatz gekommen ist? Warum nicht? Sie war von jeher ein heiliges Objekt, und heilige Objekte verlangen nach heiligen Orten.«
»Alles nur Spekulationen«, sagte Hannah, der das alles etwas zu schnell ging. Ihr Körper war die Anstrengung nicht ge-

wohnt, und ihr Verstand arbeitete nur langsam. Sie griff in ihre Tasche und förderte einen Schokoriegel zutage, den sie in Windeseile verspeiste. »Solange wir keine Fakten haben, sind solche Gedanken wertlos«, sagte sie. »Genauso gut könnten wir darüber spekulieren, ob uns die Scheibe von Außerirdischen gebracht wurde. Nein, wir Wissenschaftler denken da anders.« Sie beendete ihre Mahlzeit und stopfte die Verpackung zurück in ihre Tasche.

»Tatsächlich?« Michael hob eine Augenbraue. »Und warum bist du dann hier?«

Für einen Moment war sie sprachlos. Dann musste sie lachen. »Erwischt.«

In ihr Lachen mischte sich eine Spur Erleichterung. Michael mochte sich gut auskennen, aber er war nur ein Hobbyarchäologe. Wäre er vom Fach und hätte er Informationen aus ihr herauskitzeln wollen, dann wäre er mit seiner Theorie nicht so schnell herausgerückt. Kein Wissenschaftler würde freiwillig so offen über eine Idee reden und schon gar nicht mit einem Fremden. Ihre Begegnung war reiner Zufall.

Nicht auszudenken, wenn es anders gewesen wäre.

»Du hast recht«, sagte sie. »Ich versuche tatsächlich, hier eine Spur zu finden.«

Michael bedachte sie mit einem schwer zu deutenden Blick. »Da bin ich aber erleichtert. Für einen Moment dachte ich, ich hätte mich in dir getäuscht. Wie kann es für einen Wissenschaftler wertlos sein, seine Phantasie spielen zu lassen? Sich vorzustellen, welche Geheimnisse dieses Land birgt. Die Geschichten, die Legenden, die irgendwann Wirklichkeit werden könnten. Das ist doch genau, was deinen Beruf so reizvoll macht, habe ich recht?«

»Solange man nicht den Boden der Tatsachen verlässt«, sagte Hannah. »Stimmt. Das Spiel mit den Mythen und die ewige Frage nach dem ›Was wäre wenn?‹ waren der Grund, warum

ich überhaupt angefangen habe zu studieren. Vielleicht bin ich über die Jahre etwas zu nüchtern geworden.«
»Wenn das der Fall wäre, dann wärst du nicht hier. Was suchst du eigentlich genau?«
Hannah hielt den Kopf schief. Vielleicht konnte sie sich Michaels Begeisterung zunutze machen. Mit jemandem an der Seite, der ebenso begeisterungsfähig wie ortskundig war, boten sich ungeahnte Möglichkeiten. Da er so offen zu ihr gewesen war, entschied sie sich, ihn in ihre Theorie einzuweihen.
»Also gut«, sagte sie. »Ich bin hier, um die Möglichkeit zu überprüfen, ob es vielleicht mehr als nur eine Scheibe gegeben hat. Ich gebe zu, es ist bisher nur eine fixe Idee. Ich habe noch nichts gefunden, was diese These in irgendeiner Form bestätigen würde. Ein Kollege machte mich darauf aufmerksam. Er ist Experte für Astroarchäologie und schien in der Anordnung der Sterne auf der Scheibe etwas gesehen zu haben, das den Brocken als Fundort in Frage kommen ließe. Ich vermute aber, dass ich nur einem Hirngespinst hinterherlaufe.«
Ein Lächeln breitete sich auf seinem Gesicht aus. »Jetzt verstehe ich. Du sollst nach weiteren Gräbern suchen.« Er sah angemessen beeindruckt aus. »Clevere Idee.«
»Warum?«
»Nach allem, was ich in den Medien darüber erfahren habe, wurde die Scheibe so gut durchdacht und ausgeführt, dass es einen wundert, warum nicht mehr davon im Umlauf waren. War nicht diese Einzigartigkeit der Grund, warum der Fund so lange als Fälschung angesehen wurde?«
»Und immer noch wird«, sagte Hannah mit einem Nicken. »Du scheinst dich wirklich gut auszukennen.«
»Willst du mich auf die Probe stellen?« Michael öffnete seine Feldflasche, trank einen Schluck und reichte sie weiter. Hannah nahm einen Schluck. »Warum nicht? Ich kenne mich zwar

auch ganz gut aus, aber vielleicht gibt es ja das eine oder andere Detail, das ich übersehen habe. Außerdem halten solche Gespräche den Kopf wach, und ich brauche etwas, was mich von der Kraxelei ablenkt.«
»Was willst du wissen?«
Sie zuckte die Schultern. »Keine Ahnung. Vielleicht etwas über die Ursprünge der Besiedelung?«
Michael nickte. »Von einer intensiven Besiedelung kann man eigentlich erst so ab dem Jahr Tausend nach Christus reden. In dieser Zeit wurden hier etliche Gold- und Silberfunde gemacht, die dazu führten, dass kurz darauf ein reger Bergbaubetrieb einsetzte. Überall wurden Stollen in die umliegenden Hügel getrieben, wie zum Beispiel in den Rammelsberg bei Goslar. In den Brocken selbst natürlich nicht, der ja, wie du sicher weißt, aus purem Granit besteht. Goslar selbst verfügt aber über eine tausendjährige Bergbautradition. Das Abstützen der Gruben und Schächte erforderte natürlich eine enorme Menge Holz, weswegen es in der gesamten Gegend zu umfangreichen Abholzungen kam.«
»Und was ist mit den Hexen? Die sollen doch hier angeblich ihr Hauptquartier gehabt haben.«
Michael griff erneut in seine Tasche. Doch statt seiner Trinkflasche holte er eine kleine aus Hirschhorn geschnitzte Flasche heraus und nahm einen Schluck. Ohne ihr etwas davon anzubieten, steckte er sie wieder ein. »Möchtest du welche sehen?«
»Was ... Hexen?«
Er nickte.
»Du willst mich auf den Arm nehmen.«
»Ich glaube, sie werden es uns nicht übelnehmen, wenn wir ihnen einen kleinen Besuch abstatten. Sie wohnen ganz in der Nähe, in einer Höhle.« Er bedachte sie mit einem schiefen Blick. »Oder hast du etwa Angst?«

Rasselnde Atemlaute ausstoßend, erlaubte sich das Wesen eine kurze Pause. Die Eindringlinge waren nicht mehr weit. Schon bald würde es sie eingeholt haben. Doch so langsam, wie diese beiden den Berg emporkrochen, konnte es sich alle Zeit der Welt lassen, ehe es zuschlug. Die Ohren spitzend, vergewisserte es sich über die Richtung, aus der der Geruch kam.
Ein Rascheln ließ es auffahren. Zwischen den Wurzeln zweier Fichten war eine Bewegung zu erkennen. Zwei längliche Ohren schoben sich vorsichtig aus einer gut versteckten Höhle, gefolgt von einem runden Kopf, zwei schwarzen Knopfaugen und einer schnuppernden Nase. Das Wesen prüfte den Wind. Er stand günstig. Das Kaninchen konnte keine Witterung aufnehmen. Dass es gesehen wurde, schied auch aus, dafür waren die Augen des Nagers zu schlecht. Das Wesen überlegte kurz. Die beiden Wanderer waren langsam und würden sicher eine Weile bis zur Höhle brauchen. Sie würden ihm nicht entkommen. Der Hunger nagte an seinen Eingeweiden. Zeit für eine Zwischenmahlzeit.
Das Kaninchen hatte seinen Bau jetzt so weit verlassen, dass sein gesamter Körper zu sehen war. Die Sicht des Wesens begann sich zu verändern. Das Grün der Bäume wich einem Braunton, dann wurde es schwarz. Dort, wo Sonnenstrahlen den Boden berührten, leuchteten die Farben in einem hellen Gelb. Das Kaninchen selbst leuchtete rot, mit einem kräftigen Orange, dort wo das Herz schlug. Seine Sicht aufs äußerste schärfend, konnte das Wesen jetzt sogar sehen, wie das Blut in den Adern seiner Beute strömte. Es war ein junges Kaninchen. Die Wärme seines Körpers strahlte wie ein Leuchtfeuer in der Nacht. Mit gesenktem Kopf kroch es in Richtung des Baus. Als das Kaninchen nur noch zwei Körperlängen entfernt war, spannte das Wesen seine Muskeln und grub seine Krallen in den Boden. Dann sprang es ab.
Das Kaninchen hatte keine Chance. Ehe es nur den dunklen

Schatten bemerkte, der sich aus der Luft auf ihn herabsenkte, hatten sich die langen Krallen in sein Fleisch gebohrt und zerfetzten das arme Ding bis auf die Knochen. Gierig begann das Wesen, das Blut zu schlürfen. Fleisch mochte es nicht. Seine Nahrung war der warme süße Saft, das rote Lebenselixier. Je mehr es davon bekam, desto besser. Doch ein kleiner Nager wie dieser war schnell ausgesaugt. Als das Wesen seinen Kopf hob, war sein Maul blutverschmiert. Zurück blieben ein eisenhaltiger Geschmack und das Verlangen nach mehr. Die Menge hatte gerade gereicht, um seinen Appetit noch mehr anzufachen.

Es hob den Kopf, bleckte die Zähne und ließ ein Knurren hören. Dann sprintete es weiter den Hang hinauf.

15

Es ging auf zwölf Uhr zu, als die beiden Wanderer ihr Ziel erreichten. Völlig aus der Puste, aber mit einem unbestimmbaren Gefühl von Vorfreude blickte Hannah auf das Felsplateau. Hier oben wuchsen eine Unzahl Gräser, ja sogar erste Blumen und Kräuter, die ihre Blätter dem Licht entgegenstreckten. Wie Honig ergoss sich die Wärme über das Plateau und zauberte einen Garten von paradiesischer Schönheit. Erst jetzt erblickte sie die steil aufragende Felswand. Genau dort lag die Vertiefung, die Michael ihr versprochen hatte. Eine etwa vier Meter hohe Öffnung, die sich in die Wand hinein verjüngte.
»Besonders tief scheint die Höhle ja nicht zu sein«, bemerkte sie. Ein schwaches Gefühl der Erleichterung stellte sich ein. Seit ihrem Abenteuer in der Sahara hatte sie eine gewisse Phobie für Höhlen entwickelt. Wenn sie nicht so in Zeitnot gewesen wäre, hätte sich der Ausflug auch auf ein Picknick im Sonnenschein beschränken können.
»Oh, das täuscht«, sagte Michael. »Sie ist wesentlich tiefer, als es von hier aus den Anschein hat. Eine kurze Verschnaufpause, dann gehen wir hinein. Ich verschwinde mal kurz hinter dem Busch dort drüben.«
Hannah verdrängte das mulmige Gefühl beim Anblick der Höhle und nutzte den Moment von Michaels Abwesenheit, um die Karte vor sich im Gras auszubreiten. Schon bald hatte sie

ihren Standort gefunden und markierte die Stelle mit einem Filzstift. Sie waren ein gutes Stück vom regulären Wanderweg abgewichen. Unter normalen Umständen kein Problem, wären hier nicht überall steile Abbruchfelsen. Aber zum Glück befand sie sich ja in den Händen eines Ortskundigen. Einer plötzlichen Eingebung folgend, zog sie das Bild der Himmelsscheibe heraus. Sie hatte es maßstabsgerecht auf eine transparente Folie kopiert, damit sich die Sterne schneller mit den betreffenden Punkten auf der Karte vergleichen ließen. Als sie die Folie auf die Karte gelegt und die Kanten zur Deckung gebracht hatte, stockte ihr der Atem. Sie befanden sich an einer der Stellen, die mit einem goldenen Stern markiert waren. Wenn sich hier tatsächlich etwas befand, dann wäre dies eine erste Bestätigung von Johns Theorie.

Eine Bewegung hinter dem Busch riss sie aus ihren Gedanken. Blitzschnell rollte sie die Folie zusammen und verstaute sie in ihrer Tasche. Keine Sekunde zu früh, denn in diesem Moment kam Michael aus dem Unterholz. Er sah die Karte auf dem Boden liegen.

»Ich habe nur schnell unseren Standort notiert«, erläuterte Hannah und tippte mit dem Stift auf das Papier. »Nur damit ich hinterher wieder weiß, wo wir waren. Ich bin so schrecklich hilflos ohne Karte.«

Er nickte. »Wie sieht's aus? Lust auf ein kleines Abenteuer?« Im Nu hatte sie die Karte zusammengefaltet und in ihre Tasche gepackt. Sie schluckte ihre Angst hinunter und stand auf. »Abmarschbereit«, sagte sie.

Die Höhle war tatsächlich tiefer, als es von außen den Anschein hatte. Durch einen Riss, der im hinteren Teil des Überhangs entstanden war, hatte sich im Laufe der Jahrmillionen ein Bach gefressen. Die Felsen waren zu einem Schacht von ebenso makelloser wie beängstigender Schönheit erodiert. Derart perfekte Strukturen fanden sich nur selten in der Natur.

Ihnen haftete etwas Magisches, Übernatürliches an. Hannah spürte, wie die mühsam unterdrückten Ängste wieder aufzusteigen begannen. Ein Gefühl der Beklemmung schnürte ihr die Kehle zu. Bilder aus der Vergangenheit tauchten vor ihrem inneren Auge auf, Bilder von seltsamen Skulpturen, einem schwarzen Tempel und einem steinernen Auge.

Sie blieb stehen.

»Alles in Ordnung?« Michael blickte sie fragend an. »Wir müssen da nicht hineingehen, wenn du nicht willst.«

»Scheiß Klaustrophobie«, sagte sie und atmete ein paar Mal kräftig ein und aus. »Ich sollte wirklich mal etwas dagegen unternehmen.«

»Hast du das Problem schon länger?«

Sie schüttelte den Kopf. »Eine alte Geschichte. Nichts, worüber ich im Dunkeln sprechen möchte, wenn du verstehst, was ich meine.«

»Okay, aber ich muss dich warnen: Hier kommt ein ziemlich enger Durchgang. Überlege dir lieber zweimal, ob du da hinein möchtest.«

»Kein Problem, ehrlich«, log sie tapfer. »Ich habe die Sache im Griff. Es geht schon wieder. Komm, zeig mir deine Hexen.«

»Wie du willst.« Er drehte sich um und tauchte in die Tiefen des Berges. Hannah zog den Kopf ein und zwängte sich durch einen Spalt, der eher für Minderjährige denn für ausgewachsene Hexen gemacht zu sein schien. Wie Michael angekündigt hatte, war es ein verdammt kaltes und enges Loch. Noch ein paar Schritte, und vollkommene Dunkelheit hüllte sie ein.

Das Wesen erreichte den Pfad. Die Spur war frisch. An manchen Stellen hatten die Schuhe der Wanderer Abdrücke hinterlassen, in die jetzt langsam Oberflächenwasser einsickerte. Ein sicheres Zeichen dafür, dass die beiden erst vor kurzer Zeit hier entlanggekommen waren. Schnüffelnd, die Nase dicht über dem Boden haltend, kroch es weiter. Sonnenlicht brach durch die Zweige und fiel auf den Boden. Die Helligkeit war qualvoll. Am liebsten wäre es umgekehrt, doch seine Neugier und sein Hunger überwogen die Qualen. Immer im Schatten bleibend und den hellen Flecken am Boden ausweichend, folgte es der Spur. Plötzlich, dort, wo der Wald sich lichtete und den Blick ins Tal freigab, blieb es stehen. Die Wanderer hatten hier eine Rast eingelegt. Der Geruch war an dieser Stelle besonders intensiv. Wie eine Dunstglocke hing er über der Lichtung. Einer der beiden hatte etwas fallen gelassen, ein buntbedrucktes Papier von geradezu ekelerregendem Gestank. Reste irgendeiner süßen, klebrig braunen Substanz befanden sich an seiner Innenseite. Das Wesen schüttelte sich. Angewidert verließ es die Lichtung und folgte dem Weg weiter bergan. Nach einer kurzen Zeit blieb es erneut stehen. Prüfend hielt es die Nase in den Wind, um sich zu vergewissern, dass es sich nicht getäuscht hatte. Nein, kein Zweifel. Die beiden hatten an dieser Stelle den Weg verlassen und sich ins Unterholz geschlagen. Ihr Duft drang klar und unmissverständlich zu ihm hindurch. Vermischt war er mit dem Geruch von Wasser, Felsen und Moos.

Mit einem Mal wusste das Wesen, wohin die beiden wollten. Zu der verborgenen Höhle oberhalb des Felsplateaus. Ein Ort, den nur wenige kannten. Das Wesen entblößte seine Zähne.

Hannah begann sich zu fragen, warum Michael seine Taschenlampe nicht herausholte. Das Licht war so schwach, dass man die Hand vor Augen kaum sehen konnte. Mühsam musste sie sich vortasten, wollte sie nicht Gefahr laufen, an einem der rauhen Felsen entlangzuschrammen. Wasser tropfte von der Decke und auf ihr Haar. Ein einzelner Tropfen verirrte sich in ihren Hemdkragen und lief ihr den Rücken hinab. Schaudernd ging sie weiter. Die Lichtverhältnisse wurden so schlecht, dass sie sich entschied, ihre eigene Lampe herauszuholen. Sie wollte sie gerade einschalten, als sie eine Veränderung bemerkte. Die Höhle wurde im hinteren Teil wieder heller. Vermutlich war das der Grund, warum Michael im Dunkeln gegangen war. Er wollte ihr dieses Schauspiel nicht verderben. Ein schmaler Spalt in der Decke spendete schwaches Tageslicht. Ein einziger Lichtstrahl durchdrang das Felsgewölbe und fiel bis auf den Boden. Hannah blickte verwundert auf die seltsame Erscheinung. Der Lichtstrahl sah aus wie eine Säule aus flüssigem Glas. Wasserpfützen warfen das Licht zurück und erzeugten mannigfaltige Farbspiegelungen, die das umliegende Felsgestein schimmern ließen, als wäre es mit Juwelen besetzt.

»Das war es, was ich dir zeigen wollte«, sagte Michael mit leiser Stimme. »Ich hatte so gehofft, dass wir es rechtzeitig schaffen würden. Dieses Schauspiel kann man nur eine knappe Stunde lang erleben, und auch nur dann, wenn der Himmel klar ist.«

»Atemberaubend.« Hannah streckte ihren Arm aus und tauchte ihre Hände in die Helligkeit. Das Licht hatte beinahe stoffliche Qualitäten. Es fühlte sich an wie ein Strom aus purer Energie.

»Wir nennen die Höhle *Fafnirs Hort*«, sagte Michael. »Eine Anspielung auf die Nibelungensage.«

»Der Ort, an dem der Drache den Schatz aufbewahrt, ich verstehe.« Hannahs Augen wanderten über den funkelnden Granit. Sie konnte sich gar nicht sattsehen an den Lichterscheinungen. Plötzlich hielt sie inne. Irgendetwas war dort im Stein – eine Vertiefung, die nicht natürlich aussah. Sie schaltete ihre Taschenlampe an.

Nein, sie hatte sich nicht getäuscht. Da waren sie – die Hexen, von denen Michael gesprochen hatte. Im Licht der Lampe sahen sie aus, als würden sie in wilden Verrenkungen um ein

Feuer tanzen. Waren das natürliche Vertiefungen, oder hatte jemand sie in den Granit geritzt? Sie trat näher und berührte das rauhe Gestein.

»Du bist gut«, sagte Michael. »Die meisten brauchen länger, um sie zu entdecken.«

Hannah spürte die Erregung in sich emporsteigen. Ihr Bauch fühlte sich an wie ein Ameisenhaufen. Endlich. Neben den Hexen befand sich eine etwa dreißig Zentimeter breite Vertiefung, in deren Mitte das Symbol einer Schlange zu sehen war. Hannah strich mit ihrem Daumen über das Gestein und prüfte den Abrieb. Eine feine glänzende Schicht bedeckte ihre Fingerkuppe. Glimmer. Freigesetzt durch die Jahrhunderte während Erosion. Durch was auch immer diese Darstellungen entstanden waren, sie waren alt.

»Weißt du etwas darüber, wie die entstanden sind?«

Michaels Mund verzog sich zu einem ironischen Lächeln. »Die landläufige Meinung lautet, dass es keine Ritzungen, sondern Erosionsprozesse waren, die zu diesen Formen geführt haben. Auswaschungen in irgendeiner Form. Die Strukturen haben nur zufällig die Gestalt von tanzenden Hexen angenommen, ähnlich wie bei der Rosstrappe, die eben nur zufällig die Form eines riesigen Pferdehufs hat.«

»Und was ist deine Meinung?«

Ein geheimnisvolles Leuchten war in seinen Augen zu sehen, das jedoch ebenso schnell verschwand, wie es aufgetaucht war.

»Ich halte sie für Kunstwerke längst vergangener Zeiten. Aber weder bin ich ein Experte, noch möchte ich, dass sie allzu große Aufmerksamkeit erregen. Ich finde es gut, wenn manche Dinge ihr Geheimnis bewahren.«

»Die Höhle ist sensationell«, sagte Hannah. »Eigentlich müsste sie doch in jedem Reiseführer vermerkt sein. Wie kommt es, dass ich noch nie etwas von ihr gehört habe?«

»Vermutlich, weil sie so abseits gelegen ist«, sagte Michael. »Zu schwer zu erreichen und mit zu vielen Risiken behaftet. Solange die Höhle unbekannt bleibt, brauchen die Behörden sie nicht abzusperren.«
Sie fuhr fort, mit der Hand über den rauhen Stein zu streichen. »Wirklich wunderschön. Danke, dass du mir das gezeigt hast.«
»Das geschah nicht ohne Hintergedanken«, erwiderte er mit einem Lächeln. »Endlich habe ich mal eine Expertin an meiner Seite. Ein Moment, auf den ich lange gewartet habe.«
Hannah bedachte ihn mit einem schiefen Blick. »Was willst du wissen?«
Ein Leuchten erschien auf Michaels Gesicht. »Angenommen, nur mal *angenommen,* die Bilder wären tatsächlich das Werk irgendwelcher altgermanischer Künstler, könnte es dann nicht vielleicht etwas mit den Erbauern der Himmelsscheibe zu tun haben?«
»Nun, möglich wäre es schon. Es könnten aber auch die Hermunduren, die Chatten oder die Cherusker gewesen sein. Schwer zu sagen. Es gibt keinerlei Darstellungen so hoch in den Bergen, dafür waren diese Gegenden einfach zu unwirtlich und zu abgelegen für Menschen.«
»Für Menschen vielleicht, nicht aber für Hexen.«
»Du immer mit deinen Hexen.« Sie schüttelte den Kopf. »Das ganze Land scheint irgendwie von dem Gedanken an buckelige, wunderwirkende Weiblein infiziert zu sein. Dabei ist das Wort an sich schon eine Unsinnigkeit. Wusstest du, dass der Begriff nur durch falsche Aussprache in unseren Wortschatz eingegangen ist?«
»Inwiefern?«
»Die Germanen nannten ihre weisen Frauen Hagszissen: ›die im Hain Sitzenden‹. Der Überlieferung zufolge besaßen diese weisen Frauen magisches Wissen und Heilkräfte. Was aber zu

Beltane, dem keltischen Frühlingsfest, noch viel wichtiger war: Sie beherrschten die Kunst der Weissagung.« Sie lächelte. »Du weißt schon, die heilige Hochzeit des Männlichen und Weiblichen, die Verbindung von Sonne und Erde. Die ewige Frage nach Partnerschaft, Glück und Zufriedenheit. Vermutlich war es eine einzige große Partnervermittlung, bei der diverse Kräuter und Liebestränke als unterstützende Maßnahmen zum Einsatz kamen. Liebesdoping, wenn du so willst. Geblieben sind bis heute der Tanz in den Mai, der Maibaum und die Wahl der Maikönigin. Aber all das weißt du vermutlich schon.«

Michael grinste. »Das meiste. Aber ich wollte dich nicht unterbrechen, du warst gerade so schön in Schwung. Eine Sache aber habe ich nie ganz verstanden: Woher rührt die Vorstellung, dass Hexen immer auf Besen reiten? Litten sie unter einem Putzfimmel oder was?«

»Das hat etwas mit der alten Götterwelt zu tun«, erläuterte Hannah. »In den alten Sagen hatten Göttinnen immer ein Gefährt, auf dem sie reisten. Freya ein Wildschwein, Hyndla einen Wolf, die Walküren ritten auf schwarzen Rössern und die Hexen in unseren Breitengraden eben auf Besen.«

»Bis die Christen kamen.«

»Ja, allerdings.« Hannahs Blick verdüsterte sich. »Plötzlich wurde alles anders. Mit einem Mal gab es so was wie *Zwangsmissionierungen*. Die Anbetung der alten Götter wurde verboten. Von heute auf morgen war es nicht mehr gestattet, sich an den kultischen Plätzen zu treffen und die traditionellen Lieder zu singen. Die Hagszissen wurden zu *Hexen* umbenannt, denen ein frevelhaftes Bündnis mit dem Teufel angedichtet wurde. Ihr Wissen um Verhütung und Heilkunst wurde als Zauberei, Teufelswerk und Ketzerei hingestellt.«

»Religiöser Fanatismus ist also kein Problem der Gegenwart.«

»Nie gewesen.« Hannah stopfte die Hände in die Hosentaschen.

Ihr war auf einmal kalt geworden. »Morde im Namen des Herrn hat es immer gegeben. Mit dem ersten Hexenprozess 1398 begann die Hexenverfolgung, die in Deutschland etwa zwanzigtausend, in ganz Europa sogar sechzigtausend Todesopfer forderte«, sagte sie fröstelnd. »Und ich zitiere nur die offiziellen Quellen. Inoffiziell wird von umgerechnet einer Million Toten geredet.« Hannah schüttelte sich, als sie an die Greuel dachte, die damals stattgefunden hatten. »Wusstest du, dass in Wernigerode an einem einzigen Tag achtzig Frauen verbrannt wurden? *Achtzig.* Man stelle sich das bloß mal vor. Es ist für uns heute unbegreiflich, was sich damals abgespielt hat. Menschen, denen wir täglich begegnet sind, die wir gut kannten und mit denen wir vielleicht sogar befreundet waren, standen plötzlich am Pranger, wurden aufs grausamste gefoltert und dann verbrannt. Ich glaube, wenn wir heute Zeugen eines solchen Verbrechens würden, wir kämen uns vor wie am Tag des Jüngsten Gerichts.« Sie wischte sich mit dem Handrücken über den Mund.

»Wobei es ja heute in vielen Teilen der Welt auch nicht viel friedlicher zugeht«, sagte Michael. »Allein die Auswüchse des fundamentalistischen Islam. Attentate, Selbstverbrennungen, Mord, das ganze Programm. Unfassbar, wozu Menschen in der Lage sind.«

»Wobei wir aufhören sollten, immer nur nach den anderen zu schielen und ihnen Vorwürfe zu machen«, sagte Hannah. »Wusstest du, dass es die heilige Inquisition immer noch gibt?«

»Du machst Witze.«

Sie schüttelte den Kopf. »*Glaubenskongregation* ist der neue Ausdruck dafür, und Papst Benedikt der Sechzehnte war lange Jahre ihr Oberhaupt. Es ist leider eine Tatsache, dass die Welt auf dem besten Wege ist, sich wieder in große religiöse Lager zu teilen. Anstatt zusammenzuwachsen, werden die Gräben

immer tiefer. Die Exorzismusschulen schießen wie Pilze aus dem Boden. Christliche Fundamentalisten stürmen die Universitäten und sorgen mit Begriffen wie *Kreationismus* und *Intelligent Design* für gehörigen Wirbel. Die Akademiker müssen mittlerweile spezielle Seminare besuchen, in denen sie lernen, sich gegen die aggressiv vorgetragenen Argumente zur Wehr zu setzen.«
»Willst du mich hochnehmen?«
»Das sind leider Fakten. Wusstest du, dass über die Hälfte aller Amerikaner nicht an die Evolution glauben? Unter republikanischen Wählerschichten sind es sogar zwei Drittel. Sie halten die Vorstellung, dass Affen und Menschen gemeinsame Vorfahren haben, für Blasphemie und verlangen, dass solche Dinge nicht mehr an Schulen gelehrt werden dürfen. Lies mal bei Gelegenheit darüber nach, es ist wirklich beängstigend.« Sie seufzte. »Aber eigentlich ist mein Thema nicht die Gegenwart, sondern die Geschichte.« Hannah spürte einen bitteren Geschmack im Mund. »Was die katholische Kirche in ihrer Vergangenheit alles für Greuel angerichtet hat, ist unvorstellbar. Die letzte amtlich verbriefte Hexenverbrennung in Deutschland fand Mitte des achtzehnten Jahrhunderts statt, beinahe *vierhundert* Jahre später. Von einem Verbrechen an der Menschlichkeit zu sprechen, wäre die Untertreibung des Jahrhunderts. Und sie wurde dafür bis heute nicht bestraft. Aber so ist es ja immer, nicht wahr? Wer die Macht hat, darf bestimmen, was Recht und was Unrecht ist«, sagte sie. »Und wenn du mich fragst: Die großen Kirchen sind auch bloß Sekten, nur dass sie es zu Macht, Wohlstand und Ansehen gebracht haben.«
Michaels Augen glommen in der Dunkelheit. »Ziemlich drastische Ansichten.«
Hannah zuckte die Schultern. »Wenn du, wie ich, durch die Zeiten gereist wärst und gesehen hättest, wie die Weltreligio-

nen kommen und gehen, dann würdest du es genauso sehen. Es war eine *Sünde*, was die katholische Kirche damals veranstaltet hat. Hätte sie nur einen Funken Anstand besessen, hätte sie sich danach selbst aufgelöst. Doch wenn es je Schuldgefühle gegeben hat, so wurden sie derart konsequent unter den Teppich gekehrt, dass man nie etwas davon gehört oder gelesen hat. Tja, und was den ersten Mai betrifft, so hat ihn sich die Kirche mittels eines Tricks einverleibt.«
»Was für ein Trick?« Michael schaute sie verwundert an.
»Das weißt du nicht? Nun, zum Schutz vor den düsteren Mächten und weil dieser heidnische Feiertag einfach nicht totzukriegen war, stülpte man einfach einen eigenen Feiertag darüber. Zu Ehren von Walburga, die zufällig am ersten Mai heiliggesprochen worden war. Nun hat die gute Frau aber rein gar nichts mit dem Festtag zu tun, es ist nur zufällig ihr Namenstag. Genauso gut hätte man die heilige Mechthilde oder die heilige Sieglinde nehmen können. Wie dem auch sei: Nach ihr wurde die Walpurgisnacht benannt. Der Name Beltane geriet in Vergessenheit. Damit war das alte Fruchtbarkeitsfest ein für alle Mal vernichtet.«
Noch ehe Michael darauf antworten konnte, wurde es unerwartet dunkel. Das Licht, das von oben auf sie herabfiel, verlosch. Ein Schatten hatte sich vor den Felsspalt in der Decke geschoben. Ein Schatten, der das herabfallende Tageslicht gänzlich verschluckte.

Hannah presste sich mit dem Rücken gegen die Wand. Ein unerklärlicher Geruch von vermoderten Pilzen stieg ihr in die Nase, während eisige Kälte ihre Arme und Beine entlangkroch.
Sie konnte es nicht erklären, aber sie spürte, dass von diesem Schatten Gefahr ausging.
Das letzte Mal hatte sie sich beim Anblick des Auges der Medusa so gefühlt.
Der Schatten verschwand, nur um im nächsten Moment wieder aufzutauchen. Es schien, als würde etwas das Loch umkreisen. Michael war ebenfalls beunruhigt. Einer Eingebung folgend, löschten beide das Licht ihrer Taschenlampen. Keiner sagte ein Wort. Es war, als spürten beide, dass es mehr als nur eine Wolke war, die sich vor die Sonne geschoben hatte, mehr als nur ein Wanderer, der von oben in den Spalt hinabblickte. Ein tiefsitzender Instinkt sagte ihnen, dass dies etwas anderes war.
Hannah berührte Michael am Ärmel und deutete zum Höhlenausgang. »Was ist das?«, flüsterte sie.
Michael legte seine Hand auf ihren Arm. »Warte hier. Ich seh mal nach.«
Hannah schüttelte den Kopf. »Ich habe ein komisches Gefühl«, sagte sie mit unterdrückter Stimme. »Wir sollten vorsichtig sein.«

»Vielleicht ist es nur ein Wanderer«, flüsterte er. »Ich sollte ihn auf jeden Fall warnen. Es ist recht gefährlich, auf der einsturzgefährdeten Decke herumzulaufen. Ich bin gleich zurück.« Er nahm seine Hand von ihrer Schulter und verschwand in Richtung Ausgang.

Hannah fröstelte. Sie schlang beide Arme um den Körper und hielt ihren Blick weiter hinauf zu der Öffnung gerichtet. Ihr Verstand begann zu arbeiten. Vielleicht war es nur ein Zweig, der im Wind hin- und herwogte, oder der Wipfel eines Baumes, der seinen Schatten genau auf die Erdspalte warf. Sie war fast so weit, ihren eigenen Beschwichtigungsversuchen zu glauben, als sie ein Keuchen hörte. Ein schweres rasselndes Atmen, das sich in der Höhle zu einem unheimlichen Echo verstärkte.

Das war kein Wanderer. Ebenso wenig ein Rehbock oder Wildschwein. Wenn es überhaupt etwas gab, das so ein Geräusch erzeugen konnte, dann war es ein großer Hund oder Bär. Panik befiel Hannah. Ihr gesamtes Denken wurde nur noch von einem Wunsch beherrscht: raus hier, und zwar schnell! Sie hatte sich gerade entschlossen, hinter Michael herzulaufen, als ein tiefes Knurren ertönte, *direkt über ihrem Kopf.*

Das Wesen, das sie belauerte, musste direkt über der Felsspalte stehen, nur etwa drei oder vier Meter entfernt. Es schien ihre Angst zu riechen. Hannahs Kehle entrang sich ein leises Wimmern. Mit geschlossenen Augen stand sie da, Rücken und Hände an den Fels gepresst, den Kopf zur Seite gedreht. Jeden Moment konnte die Kreatur durch den Spalt in der Decke auf sie herabspringen. Doch nichts geschah. Einen Augenblick noch hörte sie ein Schnüffeln und Scharren, dann war das Geräusch von sich rasch entfernenden Pfoten zu hören.

Hannah öffnete die Augen zaghaft. Der Sonnenstrahl war wieder zurückgekehrt. Staub rieselte von der Decke, gleißend und leuchtend wie Sterntaler. Schlagartig wurde ihr klar, wes-

halb das Ding seinen Posten verlassen hatte. Es musste Michael gehört haben.
Sie wollte einen Warnruf ausstoßen, doch ihre Stimme versagte den Dienst. Sie wollte hinter ihm herrennen, doch auch das schlug fehl. Ihre Beine fühlten sich an wie aus Gummi. Sie schaltete ihre Lampe wieder an. Taumelnd, den Lichtstrahl vor sich gerichtet, stolperte sie in Richtung Ausgang. Ihr Kreislauf begann wieder zu spinnen. Der Boden unter ihren Füßen fühlte sich so unwirklich an wie bei einem dieser Träume, in denen man sich kaum von der Stelle rühren kann.
»Michael!«
Endlich ein Laut. Krächzend zwar und schwach, aber immerhin. »Michael.« Diesmal lauter. Ihre Kräfte kehrten zurück. Hannah zwängte sich durch den Spalt. Sie konnte das Tageslicht am Eingang der Höhle sehen. Ihre Augen wurden von der Helligkeit geblendet. Verwundert blieb sie stehen. Was war das? Täuschte sie sich, oder sah sie dort einen Mann und einen Wolf?
Der Mann hielt den Arm ausgestreckt, während das riesige Tier kauernd vor ihm saß, den Schwanz zwischen den Hinterläufen eingeklemmt, den Kopf gesenkt. Der ganze Körper eine Geste der Unterwerfung. Das Bild verschwamm. Hannah rieb sich die Augen. Als sie sie wieder öffnete, war das Tier verschwunden. Taumelnd trat sie ins Licht. Die Hitze traf sie wie ein Keulenschlag. Starke Hände packten sie und ließen sie sanft ins Gras gleiten.
Dann wurde es dunkel.

»Hannah.«
Eine Stimme rief sie aus der Dunkelheit.
»Wach auf.«
Sie spürte etwas Kaltes auf ihrem Gesicht. Feuchtigkeit, die ihren Hals hinunterlief. Sie schlug die Augen auf.

»Hannah.«
Michaels Gesicht wurde von hinten beleuchtet, so dass seine Haare wie ein feuriger Kranz strahlten. Seine grünen Augen schienen sie förmlich aufzusaugen. Sein ganzes Gesicht zog sie magisch an. Seine Lippen waren leicht geöffnet. Dann kehrte die Erinnerung zurück.
»Bist du in Ordnung?«
»Es geht schon.« Sie ließ sich von ihm aufhelfen und blickte sich um. Die beiden standen oben auf dem Plateau. Vögel zwitscherten, während Myriaden kleinster Insekten über die Gräser schwebten. Die Sonne vertrieb das Gefühl von Kälte aus Hannahs Körper. Sie sah an sich herunter. Ihr Hemd und ihre Hose waren nass. Michael hob entschuldigend die Wasserflasche in die Höhe. »Ich wusste nicht, wie ich dich sonst wach bekommen sollte«, sagte er. »Du warst völlig weggetreten.«
Sie griff nach der Flasche und trank mit gierigen Schlucken. Danach ging es besser. »Was ist geschehen?«
»Keine Ahnung. Sag du es mir.«
»Der Wolf ...«
Michaels Augen blickten verwundert. »Wolf?«
»Oder was es auch gewesen sein mag. Du musst es doch gesehen haben. Ein riesiges Vieh.« Hannah strich sich eine Locke aus dem Gesicht. »Es saß genau da.« Sie deutete mit dem Finger zum Eingang der Höhle.
»Aber hier war nichts.« Michael blickte sie ratlos an.
»Und der Schatten? Ich habe Geräusche von oben gehört. Ein Keuchen und ein Schnüffeln. Und dann war da noch dieses Knurren. Hast du das etwa auch nicht gehört?«
Er schüttelte den Kopf. »Kein Laut. Ich bin oben gewesen. Da war nichts, nicht mal Abdrücke von Pfoten. Vermutlich doch nur ein Ast, der sich im Wind bewegt hat. Du kannst dich gern selbst überzeugen.«

Hannah war sprachlos. Sollte sie sich das alles nur eingebildet haben?
»Aber ich ...«
»Beruhige dich, Hannah, iss erst mal eine Kleinigkeit. Vielleicht war die Anstrengung zu viel für dich. Ich glaube, du hattest einen Kreislaufzusammenbruch. Du bist kreideweiß.« Er nahm seinen Rucksack ab. »Die Natur kann einem hier manchmal Streiche spielen. Nicht ohne Grund steht dieses Land im Ruf, von Elfen und Kobolden bevölkert zu sein.« Er griff in seine Tasche und reichte ihr ein Stück Schokolade. »Hier«, sagte er, »das wird dich wieder auf die Beine bringen. Danach sehen wir zu, dass wir wieder ins Tal kommen. Wir müssen uns beeilen. Es wird bald Regen geben.« Er deutete nach Westen auf eine dunkle Wolkenbank, die rasch näher zog.

17

Der Regen prasselte gegen die Scheiben des Hotelzimmers. Michael hatte Hannah mit seinem Auto vor dem Hotel abgeliefert und ihr telefonisch bei einem chinesischen Imbiss schnell etwas zu essen bestellt. Als der Bote mit der gut gefüllten Papiertüte erschienen war, hatte Michael sich verabschiedet. Jedoch nicht, ohne sie zu fragen, ob er sie morgen im Museum besuchen dürfe. Die Frage kam unerwartet, und Hannah hatte einige Minuten gebraucht, um sich zu entscheiden. Eigentlich war es verboten, Außenstehenden Zutritt zu der Himmelsscheibe zu gewähren, aber am heutigen Tag war Michael zu so etwas wie ihrem Mitarbeiter geworden. Immerhin hätte sie diese Höhle ohne seine Hilfe nie gefunden. Durch ihn hatte sie einen ersten konkreten Anhaltspunkt für die Entschlüsselung der Sternenkarte. Die Höhle war ganz unzweifelhaft bewohnt gewesen. Hier hatte jemand vor sehr langer Zeit etwas in den Felsen geritzt, dessen war sie sich sicher. Die Spuren im Fels waren viel zu regelmäßig, um natürlichen Ursprungs zu sein. Außerdem – und das wog vielleicht noch schwerer – konnte sie es kaum abwarten, ihn wiederzusehen. Als die Tür hinter ihm zufiel, durfte sie sich endlich in Ruhe dem Essen widmen. Die gebratene Ente mit Gemüse und Reis war scharf, schmeckte aber ausgezeichnet. Eine Ewigkeit schien vergangen zu sein, seit sie etwas Anständiges zu sich genommen hatte. Gierig futterte sie sich durch die Köstlichkeiten, bis die Pappschachtel leer war. Sie benahm sich wie jemand, der kurz vorm Verhungern war. Wie gut, dass sie in der Abgeschiedenheit ihres Zimmers keinen Wert auf Etikette legen musste. Nicht die kleinste Nudel ließ sie übrig. Zufrieden spülte sie das Festmahl mit einem großen Schluck aus der Bierflasche hinunter. Dann schob sie die Verpackung nebst Plastikgabel und Serviette in den Papierkorb, angelte sich die Fernbedienung des Fernsehers und zappte sich durch die Programme. Irgendetwas Seichtes, das wäre es jetzt gewesen. Nach nicht mal acht Kanälen fielen ihr die Augen zu.

Irgendwann tief in der Nacht erwachte sie. Ein bleicher Vollmond drang durch ihr Fenster und zeichnete ein geisterhaftes Rechteck auf den Teppich. Der Fernseher lief immer noch. Irgendeine blödsinnige Talkshow. Hannah sah sich um und fand die Fernbedienung links neben sich. Ein Knopfdruck, und der Bildschirm wurde schwarz. Hannah sah sich um. Die Uhr auf dem Schreibtisch behauptete, es sei kurz nach drei. Mit schweren Gliedern erhob sie sich und ging zur Minibar. Als sie etwas Mineralwasser getrunken hatte, war sie hellwach. Ihre Müdigkeit war wie weggefegt. Jetzt würde es mindestens eine Stunde dauern, bis sie wieder schlafen konnte. Missmutig stand sie wieder auf, ging zum Tisch, klappte ihr Notebook auf und schaltete es an. Kaum war der Rechner hochgefahren, blinkte auch schon das Symbol für mehrere empfangene E-Mails. Absender: John Evans.

Hannah runzelte die Stirn. Fünf Stück? Wäre es nur die eine Nachricht gewesen, hätte sie es ja verstanden, aber gleich so viele? Was hatte er denn diesmal wieder auf dem Herzen? Schnell erkannte sie, dass nur eine wirklich von Interesse war. Die restlichen vier dienten mehr oder weniger der Ermahnung, doch endlich ihren Account abzurufen. Es war ganz offensichtlich, dass er auf irgendetwas gestoßen war. Obwohl sie es

sich selbst nicht eingestehen wollte, so verspürte sie doch eine gewisse Aufregung beim Öffnen der Mail.
Es war wieder ein Bild. Keine Karte diesmal, auch keine Abbildung der Himmelsscheibe. Diesmal war es etwas gänzlich anderes. Eine einfache Detailaufnahme. Das Foto einer Steintafel.
Genaugenommen war nur die rechte untere Ecke zu sehen, doch eine Streichholzschachtel, die der Fotograf wohlweislich danebengelegt hatte, offenbarte, dass es sich um ein Objekt von beträchtlicher Größe handeln musste. Ein Kalkstein vielleicht. Das helle Material ließ Schlüsse in dieser Richtung zu. Viel interessanter als sein geologischer Hintergrund aber war seine Beschaffenheit. In die Oberfläche war eine Zeichnung eingeritzt. Eine Zeichnung, die beträchtliche Erosionsspuren aufwies. Trotzdem ließ sich erkennen, dass hier eine Art Ritual dargestellt war. Eine Figur, die an einen Priester erinnerte, stand vor einer Säule oder Stele, auf deren Spitze eine vertraute Form zu erkennen war. Hannah spürte, wie ihr das Herz in der Brust schlug. Das kreisrunde Ding da oben konnte nur eine Himmelsscheibe sein. Sie zoomte näher heran. Kein Zweifel, hier war eine Abbildung der Himmelsscheibe zu sehen. Soweit ihr bekannt war, gab es nirgendwo Darstellungen, aus denen sich Verwendung und Zweck des bronzezeitlichen Mysteriums ablesen ließen. Genau dieser Umstand machte die Erforschung ja so verdammt schwierig. Wenn diese Aufnahme wirklich kein Fake war, wäre dies die erste und einzige Darstellung der Himmelsscheibe weltweit.
Hannah konnte ihre Bewunderung nicht verhehlen. John schaffte es doch immer wieder, sie zu überraschen. Woher er dieses Foto hatte, war ihr ein Rätsel. Hannah lehnte sich zurück. Sie spürte, dass hier etwas nicht stimmte. Zwei so wichtige Entdeckungen innerhalb eines so kurzen Zeitraums? Unmöglich. Woher sollte er diese Informationen haben? Und

warum gab er sie so bereitwillig preis? Es schien fast, als wollte er Schnitzeljagd mit ihr spielen. Sie überflog den Text.

»Liebe Hannah, ich schreibe dir diese Zeilen in aller Eile, weil ich glaube, in Sachen Himmelsscheibe auf eine heiße Spur gestoßen zu sein. Sicher wirst du mein Verhalten als aufdringlich empfinden, aber mich hat dein Problem so gefangengenommen, dass ich nicht anders konnte, als meinem Chef, dem Kunstsammler Norman Stromberg, davon zu erzählen. Sei unbesorgt. Obwohl ich weiß, wie gern er die Scheibe in seinem Besitz sähe, so bin ich mir sicher, dass du von ihm nichts zu befürchten hast. Stromberg reizen nur ungelüftete Geheimnisse, und die Eigentumsverhältnisse an dem Objekt sind hinreichend geklärt. Trotzdem weiß er über den Stand deiner Forschungen bestens Bescheid. Es mag dich überraschen, aber er weiß auch, an welchem Punkt du dich gerade befindest. Und deine Schwierigkeiten sind ihm durchaus bewusst. Auf mein Drängen hin hat er sich entschlossen, dir ein wenig Hilfestellung zu geben. Er gab mir eine Fotografie und eine Adresse. Beides findest du in dieser Mail. Ich finde, du solltest dich mit dem Mann in Verbindung setzen. Ich hoffe, du kannst mir verzeihen. Ich weiß, dass ich mich eigentlich nicht einmischen soll, aber mir scheint, dass wir da auf eine ganz heiße Sache gestoßen sind. Wenn du meinen Vorschlag annehmen könntest, würde mich das sehr freuen. Ich stehe dir jederzeit zur Verfügung.*

Alles Liebe, dein John.«

Hannah geriet ins Grübeln. Sie war nun endgültig davon überzeugt, dass etwas nicht stimmte. Der Name Stromberg ließ bei ihr sämtliche Alarmglocken läuten. Jemand wie er würde solche Informationen nicht ohne guten Grund herausgeben. Vielleicht war es tatsächlich nicht seine Absicht, sich die Scheibe unter den Nagel zu reißen, aber dass er etwas beabsichtigte, stand außer Zweifel. Hannah überlegte hin und her, kam aber zu keinem Ergebnis. Dieser Versuch, sich in ihre Forschung zu drängeln, war einfach nur plump. Andererseits schienen John und Stromberg über einige wirklich interessante Informationen zu verfügen.

Sie hatte keine Wahl. Solange sie mit ihrer Forschung nicht weiterkam, so lange konnte sie das Spiel der beiden mitspielen. Schließlich hatte sie nichts zu verlieren. Sie scrollte zu der Adresse am Ende der Mail.

William McClune,
John o'Groats,
Scotland.

Sie schüttelte den Kopf. Was hatten Stromberg und McClune miteinander zu schaffen? Und wo in Gottes Namen lag John o'Groats? Ein schneller Tastendruck, und sie befand sich auf der Oberfläche von Google Earth.

John o'Groats befand sich am nordöstlichsten Zipfel Schottlands, an seiner windumtosten Küste, nur einen Steinwurf von den Orkney-Inseln entfernt. Eine karge Gegend am Ende der Welt. Warum nur zog es diese exzentrischen Sammler immer an solch entlegene Orte? Da John keine Telefonnummer oder gar E-Mail-Adresse angegeben hatte, war wohl davon auszugehen, dass beides nicht vorhanden war. Wollte Hannah also etwas über diesen mysteriösen Stein herausfinden, so musste sie sich wohl oder übel nach Schottland begeben. Eine Reise mit ungewissem Ausgang. Würde dieser William McClune sein Geheimnis mit ihr teilen? Würde er sie überhaupt empfangen? Hannah wusste aus eigener Erfahrung, wie paranoid sich manche Sammler in Bezug auf ihre Errungenschaften verhielten. Und dann waren da natürlich die Kosten. Vor dem Hintergrund der letzten Reise war es höchst fraglich, ob Feldmann ihr eine weitere Fahrt finanzieren würde. Aber selbst wenn er sich weigerte, die Angelegenheit hatte oberste Priorität. Einen Tipp wie diesen, gegeben von Norman Stromberg, einem der bedeutendsten Kunstsammler der Welt, schlug man nicht leichtfertig in den Wind. Hannah hatte sich entschieden. Sie würde der Sache nachgehen, ob mit oder ohne Feldmanns Hilfe. Sie besaß noch ein kleines finanzielles Polster auf ihrem Konto. Ein geringer Einsatz, wenn man bedachte, welche Erkenntnisse am Ende des Weges auf sie warten mochten – abgesehen natürlich von der Verlängerung ihres Vertrages. Der entscheidende Faktor hieß Zeit. Sie musste agieren, solange sie noch Handlungsfreiheit hatte.

Der Flug nach Aberdeen war schnell gebucht. Weiter ging es dann nur noch mit dem Auto. Wenn alles gutging, würde sie Samstagnachmittag bereits in John o'Groats sein.

Sie schaltete das Notebook aus und reckte sich. Nachdenklich blickte sie in die Nacht hinaus. Noch vor wenigen Tagen hatte sie keine Ahnung, wie sie irgendwelche neuen Erkenntnisse aus der Himmelsscheibe herauskitzeln sollte, und jetzt türmten sich die Spuren und Hinweise förmlich vor ihr auf. Gewiss, die Informationen wurden ihr alle von außen zugespielt, aber das war immer noch besser, als sie überhaupt nicht zu haben. Mit gemischten Gefühlen stand sie auf, um es sich noch eine kleine Weile mit ihrem neuen Buch bequem zu machen. Der Geruch einer brennenden Zigarette ließ sie aufmerken. Er kam von der Straße durch das geöffnete Fenster zu ihr herein. Wer außer ihr war denn um diese Zeit noch wach? Ein seltsames Gefühl stieg in ihr auf. Sie löschte das Licht.

Dunkelheit umfing sie. Nach einigen Sekunden schlich sie vorsichtig zum Fenster. Der ganze Himmel war in Aufruhr.

Seltsame Lichter flackerten hinter dem Horizont und tauchten die Nacht in Schattierungen aus Grün und Blau. Besonders über dem Brocken schienen sie sich zu ballen wie ein fernes Gewitter. Eine Weile sah Hannah dem Spektakel zu, dann richtete sie ihren Blick nach unten.

Die Gasse lag verlassen im Licht der Straßenlaternen. Kein Mensch war unterwegs. Am Sonntagabend schienen die Bürgersteige in Wernigerode noch früher als üblich hochgeklappt zu werden. Das Kopfsteinpflaster schimmerte nass.

Hannah wollte sich schon einreden, dass sie sich das Gefühl nur eingebildet hatte, als sie eine Bewegung unter der Platane vor dem Hotel bemerkte. Nur ganz kurz und nur aus dem Augenwinkel. Irgendetwas war dort. Eine menschliche Silhouette zeichnete sich gegen die dahinterliegende Häuserwand ab. Plötzlich hob dieser Mensch seinen Kopf, und zwei Augen waren zu erkennen. Zwei Augen, die genau in ihre Richtung starrten.

Hannah zuckte zurück. Sie wurde beobachtet.

Furcht stieg in ihr auf. Die Erinnerungen an die Begebenheit in der Höhle waren plötzlich wieder da. Es dauerte eine Weile, bis sie sich wieder so weit in den Griff bekam, dass sie einen weiteren Blick aus dem Fenster wagte. Da war er, stand immer noch an derselben Stelle. Und doch – beim zweiten Blick wirkte der Umriss nicht mehr ganz so furchteinflößend. Es war ganz eindeutig ein Mensch. Klein und gedrungen.

Plötzlich fiel es ihr wieder ein: der Typ vom Marktplatz. Je länger sie ihn betrachtete, umso sicherer war sie sich, dass sie recht hatte.

Der Fremde stand da und starrte unverwandt und mit geradezu unverschämter Beharrlichkeit zu ihr hinauf. Hannah spürte, wie sich ihre Furcht in Wut zu wandeln begann. Sie war kurz davor, das Fenster zu öffnen und einige höchst unfreundliche Sachen zu rufen, als sie einen anderen Entschluss fasste.

Sie wollte herausfinden, wer das war und was er vorhatte. Rasch warf sie sich die Jacke über, griff nach den Zimmerschlüsseln und eilte die Treppe hinunter. Sie rannte den Flur entlang und hinaus auf die Straße.

Der Platz unter der Platane war verlassen. Hannah blickte nach links und nach rechts, doch es war niemand zu sehen. Langsam ging sie an die Stelle, an der sie den Fremden gesehen hatte. Mit angestrengtem Blick, immer damit rechnend, dass im nächsten Augenblick jemand hinter dem Baum oder der nächsten Häuserecke auf sie zustürzen konnte, umrundete sie den Baum.

Nichts.

»Das kann doch nicht wahr sein«, murmelte Hannah vor sich hin. »Ist doch nicht möglich, dass ich mir das wieder nur eingebildet habe. Ich glaube, ich verliere allmählich den Verstand.« Sie schwieg betroffen, als sie merkte, dass sie zu allem Überfluss auch noch angefangen hatte, Selbstgespräche zu führen. Sie ging wieder an die Stelle zurück, an der sie den Fremden gesehen hatte. Plötzlich bemerkte sie etwas auf dem Boden. Sie ging in die Knie und hob es auf. Es war eine Zigarettenkippe. Hannah roch daran und berührte die Spitze mit ihrem Finger.

Diese Zigarette hatte vor einer Minute noch gebrannt.

18

Donnerstag, 24. April, Halle

Michael sah Hannah schon von weitem. Ihre zierliche Gestalt und ihre rotbraunen Locken waren unverkennbar. Sie sah etwas verloren aus, wie sie da so ganz allein auf dem obersten Absatz der breiten Freitreppe stand, die zum Haupteingang des Museums führte. Sein schlechtes Gewissen meldete sich wieder, als er von der Richard-Wagner-Straße abbog und seinen Wagen unter den Platanen, die den Rosa-Luxemburg-Platz säumten, abstellte. Er stieg aus, schlug die Tür hinter sich zu und eilte auf Hannah zu.

»Bitte verzeih mir«, sagte er, als er bei ihr eintraf. »Ist sonst nicht meine Art, jemanden warten zu lassen. Ich muss zu meiner Schande gestehen, ich bin gestern zu spät ins Bett gekommen. Heute Morgen hab ich verschlafen und die verlorene Zeit trotz meiner Raserei nicht mehr aufgeholt. Außerdem hab ich mein Handy vergessen und konnte dich nicht informieren. Sorry.«

Doch zu seiner Überraschung reagierte die Archäologin weder enttäuscht noch vorwurfsvoll. Sie empfing ihn mit einem bezaubernden Lächeln und einem höchst angenehmen Wangenkuss. »Mach dir keine Gedanken wegen der paar Minuten. Hauptsache, du bist da.«

Er spürte Wärme in sich aufsteigen. Diese Frau war im höchsten Maße faszinierend. Hannah gehörte zu der Art Menschen, die einen stets überraschen konnten, deren Reaktion man nie-

mals vorausberechnen konnte. Abgesehen davon, dass sie bildhübsch war. Ein Lächeln von ihr konnte die ganze Welt mit Leben und Wärme erfüllen.
Prüfend hob er die Nase. »Hmm. *Allure*, hab ich recht?«
»Respekt. Du hast eine feine Nase.«
Er zuckte mit den Schultern. »Sagen wir lieber, es ist ein Duft, den ich besonders mag.«
»Er wird doch nicht etwa von jemandem benutzt, der dir nahesteht?«
Er neigte den Kopf. Die Frage konnte man so und so verstehen. Sie schien genau zu spüren, dass er sich für sie interessierte. Ihr angeborenes weibliches Geschick für raffinierte Fragen hatte trotz ihres langen Aufenthalts in der Wüste offenbar nicht gelitten.
Er räusperte sich verlegen.
Die Reaktion schien Hannah zufriedenzustellen. Mit einem amüsierten Zug um den Mund ergriff sie seine Hand und zog ihn in Richtung Museum. Natürlich war er schon oft hier gewesen. Aber nicht, seit es von Grund auf renoviert worden war, und noch nie in so angenehmer Begleitung.
»Wie war dein Abend?«, erkundigte er sich. »Hast du dich von dem Ausflug einigermaßen erholt?«
»Dank der chinesischen Ente war ich schnell wieder auf den Beinen. Schön scharf übrigens.« Sie warf ihm einen aufreizenden Blick zu. Irrte er sich, oder spielte sie ein Spiel mit ihm?
»Ich habe gestern die Lichter wieder gesehen«, sagte sie. »Sie waren noch intensiver als am Montag.«
»Die Lokalnachrichten haben darüber berichtet. Nach Expertenmeinung handelt es sich um eine Art Polarlicht, ausgelöst durch heftige Sonnenaktivität. Sie sind sich aber noch nicht ganz einig, was da genau geschieht.«
»Seltsam«, sagte Hannah.
Er blieb stehen. »Es tut mir immer noch fürchterlich leid, dass

der Ausflug so geendet hat«, sagte er. »Es war ziemlich egoistisch von mir, dich den Berg hinaufzuscheuchen. Ich gehe immer davon aus, dass alle so gern wandern wie ich. Das nächste Mal gehen wir Boot fahren.«

»Jetzt hör aber auf!«, entrüstete sich Hannah und stieß ihn in die Seite. »Du tust ja gerade so, als wäre ich eine alte Frau. Dass ich mir zu viel zugemutet habe, ist allein meine Sache. Der steile Anstieg, die dünner werdende Luft – ich bin das einfach nicht mehr gewohnt. Wenn ich aus Schottland zurückkehre, fange ich an, wieder regelmäßig Sport zu treiben. Versprochen.« Sie ging weiter.

»Du willst nach Schottland?«

»Ja, ich ...« Sie zögerte.

»Du musst mir nichts erzählen, wenn du nicht möchtest.«

»Es ist nur ein Kurztrip«, erwiderte sie ausweichend. »Nichts Besonderes. Es hat sich gestern Abend kurzfristig ergeben.«

»Irgendetwas von Interesse?«

»Ach wo. Du würdest es langweilig finden. Ich gehe der Sache nur nach, weil es entfernt mit der Scheibe zu tun hat.«

Er nickte. Was für eine schlechte Lügnerin sie doch war. Sie wollte ihn also nicht einweihen? Na schön. Das war ihr gutes Recht. Was hatte er erwartet? Immerhin hatten sie sich erst vor zwei Tagen kennengelernt. Trotzdem war er natürlich etwas enttäuscht, dass sie ihn nicht ins Vertrauen zog. Was mochte gestern Abend vorgefallen sein, dass sie so spontan aufbrach? Die Frage ließ ihm keine Ruhe.

»Wollen wir?« Sie ergriff seine Hand und zog ihn weiter. Durch die Pforte, vorbei an dem Kassierer, der ihnen neugierig hinterhersah, durch den überdachten Innenhof und hinauf in den zweiten Stock. Dort, inmitten der Abteilung *Bronzezeit*, stand die Glasvitrine, die den wertvollen Schatz enthielt. Wie schön sie war. Er ließ Hannahs Hand los und umrundete das Kleinod.

»Endlich hat sich jemand die Mühe gemacht, sie angemessen zu präsentieren«, sagte er. Die besondere Beleuchtung ließ sie wie einen Teil aus einer anderen Welt aussehen. Seine Augen glitten über die Wölbungen, die Kurven, die Linien und die Risse. Selbst die Beschädigungen, die der Scheibe bei ihrer Bergung zugefügt worden waren, bekamen in diesem Licht etwas Erhabenes.
»Wunderschön«, flüsterte er.
Hannah stand etwas abseits mit verschränkten Armen und blickte lächelnd zu ihm herüber. Irgendetwas an ihrer Haltung irritierte ihn.
»Was ist denn los?«
Sie schüttelte den Kopf. »Nichts, wieso?«
Da war er wieder, dieser amüsierte Unterton. Jetzt war er sich ganz sicher, dass sie ein Spiel spielte. Michael wusste nur noch nicht, welches. »Ich dachte, du wolltest mir die Scheibe zeigen.«
»Natürlich«, sagte Hannah. »Aber ich vermute, dass du doch lieber die echte Scheibe sehen willst, oder?«

19

»Moment.« Verblüfft wandte er sich wieder der Vitrine zu. »Willst du mir erzählen, dass die hier falsch ist?«
»Es ist ein Duplikat. Das Original befindet sich zurzeit drüben im Safe des Labors.«
»Aber ...« Er ging so nahe an die Scheibe, dass seine Nase beinahe das Glas berührte. »Das ist doch nicht möglich. Sie sieht absolut echt aus.«
Hannah nickte. »Selbst für einen Fachmann ist das Original von der Fälschung kaum zu unterscheiden, dazu müsste man sie unters Mikroskop legen. Unsere Duplikate sind absolut einzigartig, sie haben sogar dasselbe Gewicht. Professor Bartels stellt sie unten in einem speziellen Labor aus Originalmaterialien her. Die Metalle lassen wir künstlich altern und verwenden sogar alte Gegenstände, die wir einschmelzen, um einen möglichst hohen Echtheitsgrad zu erzielen.«
Michael konnte es kaum glauben. Unentwegt musste er auf die Scheibe starren. Gut, das Gold war als Edelmetall natürlich kaum Korrosionsprozessen unterworfen und sah daher aus wie neu. Anders das Kupfer. Der Grünspan wirkte, als wäre er Hunderte von Jahren alt. »Scheint ziemlich aufwendig zu sein. Was kostet der Spaß?«
»Jedes einzelne unserer Duplikate besitzt einen Wert von einhunderttausend Euro.«
Michael pfiff durch die Zähne. »Und wie viele gibt es davon?«

»Du wirst dir vorstellen können, dass sich nur wenige eine solche Summe leisten können. Bisher gibt es nur fünf Exemplare, vier in Museen und eine bei einem Privatsammler. Aber genug von den Duplikaten. Lass uns zum Original gehen.«
Michael nickte und ließ sich von Hannah hinunter ins Erdgeschoss und von dort hinaus ins Freie führen. Sie überquerten den Parkplatz und betraten einen flachen, zweistöckigen Bau.
»Willkommen im Allerheiligsten«, sagte Hannah, nachdem sie die Tür geöffnet hatte. »Zuerst mal zeige ich dir den Werkraum, dann sehen wir weiter.«
Michael folgte ihr, während sie den Raum rechts vom Gang betrat.
»Hallo«, rief Hannah. »Ich habe Besuch mitgebracht. Das ist Michael von Stetten. Ich führe ihn ein wenig durchs Haus. Wo ist Stefan?«
»Dr. Bartels ist noch nicht eingetroffen«, kam es zurück. Eine zierliche Asiatin, die gerade ein rotglühendes Metallstück über eine Bunsenbrennerflamme hielt, klärte Hannah auf. »Er ist schon seit einer Stunde überfällig, wird aber sicher bald da sein.« Sie wartete kurz, bis die Kanten rundherum leicht angeschmolzen waren, dann legte sie das Werkstück fort, schloss die Gaszufuhr und nahm die Schweißbrille ab. Als sie ihre Asbesthandschuhe ausgezogen hatte, kam sie herüber und streckte Michael die Hand entgegen. »Hallo, mein Name ist Fu Cheng. Ich bin die stellvertretende Laborleiterin. Was führt Sie zu uns?«
»Er ist Journalist«, fiel Hannah ihm ins Wort. »Arbeitet für *Bild der Wissenschaft*. Sie wollen in einer der nächsten Ausgaben einen kleinen Beitrag über das neue Labor bringen.«
»Lassen Sie sich von uns nicht stören«, ergänzte Michael, dem inzwischen klargeworden war, dass Privatpersonen hier offenbar keinen Zutritt hatten. »Tun Sie einfach so, als wäre ich nicht da.«

»Wie könnte ich.« Fu Cheng musterte ihn lächelnd. »Haben Sie denn keine Kamera dabei?«
»Wie bitte?«
»Eine Kamera. Sie wollen doch sicher ein paar Fotos machen.«
»Leider nein«, sprang Hannah für ihn ein. »Es wird ein reiner Textbeitrag.« Sie signalisierte Fu Cheng mit einem bedeutsamen Augenaufschlag, dass es jetzt besser wäre, mit der Fragerei aufzuhören.
Endlich fiel bei der Asiatin der Groschen. Von einer auf die andere Sekunde änderte sich ihr Verhalten. »Ach so, nur ein Textbeitrag«, sagte sie und zwinkerte Hannah zu. »Na dann will ich euch bei euren Recherchen mal nicht im Weg stehen.« Ein Lächeln umspielte ihren Mund. »Fühlt euch ganz wie zu Hause.«
Als Michael und Hannah sich anschickten weiterzugehen, kam Fu Cheng noch einmal zu ihnen herüber, nahm die Archäologin beim Arm und zog sie zu sich. Offenbar wollte sie ihr etwas Vertrauliches sagen. Michael tat so, als würde er nicht lauschen, und sah sich einige der Reproduktionen auf einem Ausstellungstisch an.
»Bartels macht mir Sorgen«, hörte er Fu Cheng flüstern. »Es wird jeden Tag schlimmer. Gestern ist er erst um elf gekommen, letzte Woche Donnerstag überhaupt nicht. Er wird immer unzuverlässiger. Ich kann den Laden hier allein nicht schmeißen. Irgendwann werde ich Feldmann von seinen Alkoholproblemen erzählen müssen.«
»Lass mich das machen«, flüsterte Hannah. »Ich habe bei ihm momentan sowieso einen schlechten Stand. Kann sein, dass ich nicht mehr lange bei euch bin. Und wenn ich schon gehen muss, dann fällt es auch nicht mehr ins Gewicht, wenn ich als Kollegenschwein gelte.«
»Dann sind die Gerüchte also wahr?«, sagte Fu Cheng.

»Ich fürchte, ja.«
»Das tut mir so leid. Und *er?* Was hat er damit zu tun?«
Michael spitzte die Ohren. Obwohl er den beiden den Rücken zuwandte, war ihm klar, dass gerade über ihn geredet wurde. Er griff nach einer Speerspitze und betrachtete sie, wobei er sich bemühte, völlig unbeteiligt zu wirken.
»Gar nichts«, hörte er Hannah flüstern. »Ist nur jemand, den ich kürzlich kennengelernt habe.«
»Der ist niedlich. Ich wünsche dir viel Glück mit ihm«, hörte er Fu Cheng noch flüstern. »Halt mich auf dem Laufenden, okay?«
Dann verabschiedeten sich die beiden, und Hannah kehrte wieder zu ihm zurück.
»Ah. Du siehst dir unsere Schaustücke an«, bemerkte sie mit gespielt beiläufigem Tonfall, der aber nicht darüber hinwegtäuschen konnte, dass sie leicht gerötete Wangen hatte.
»Die sind fabelhaft«, sagte er und legte die Speerspitze beiseite. »Wenn ich nicht wüsste, dass es Duplikate sind, hätte ich sie für echt gehalten.«
»Wir haben eine riesige Menge Anfragen bezüglich originalgetreuer Reproduktionen, musst du wissen. Museen auf der ganzen Welt melden sich bei uns und wollen Exemplare. Manche sind aber auch zum Verkauf in unserem Shop gedacht. Das Geschäft läuft ganz gut«, ergänzte sie, während sie ihn an den Arbeitstischen vorbeiführte. Als sie am Ende angelangt waren, verabschiedeten sie sich und verließen den Raum. »Und wo ist die Scheibe?«, wollte Michael wissen. »Ich dachte, sie wäre hier in der Werkstatt.«
Hannah lächelte verschwörerisch und legte ihren Finger auf die Lippen. »Nur Geduld. Du glaubst doch nicht im Ernst, dass wir so ein wertvolles Stück dort aufbewahren. Es gibt einen Bereich, der wesentlich besser gesichert ist. Tief unter dem Museum. Dort sind die wahren Schätze.«
»Darfst du mich denn dorthin mitnehmen?«

»Als mein Assistent hast du dir das Recht auf einen kleinen Rundgang erworben«, sagte sie mit einem Augenzwinkern. »Aber lass dir bloß nicht einfallen, hier etwas stehlen zu wollen. Du würdest es ohnehin nicht schaffen. Hier unten gibt es so viele Sicherheitsvorkehrungen, dass ich sie selbst nicht alle kenne.« Sie erreichten einen Aufzug und stiegen ein. Hannah drückte auf einen Knopf, die Tür schloss sich, und der Fahrstuhl – ein schlichter Metallkasten mit geriffeltem Boden – fuhr abwärts. Nach einer Weile wurde er langsamer, kam zum Stillstand, und die Türen öffneten sich.

»Da wären wir«, sagte sie. »Das ist unser Hochsicherheitsbereich.« Sie signalisierte Michael, ihr zu folgen. »Hier werden unsere wertvollsten Fundstücke aufbewahrt«, sagte sie. »Unter anderem befinden sich hier auch Leihgaben von anderen Museen. Da drüben ist der Bereich, der sich ausschließlich mit Musikinstrumenten befasst. Trommeln, Harfen, Luren, alles Originalstücke. Unsere Experten können bei Bedarf sogar voll funktionsfähige Exemplare herstellen. Wir haben sogar einen Mumienraum.« Sie deutete auf eine Tür, über der ein grünes Licht blinkte. »Absolut keimfrei. Wenn du da hineinwillst, musst du dich erst mal einer umständlichen Reinigungsprozedur unterziehen. Nicht angenehm, das kann ich dir versichern.« Sie gingen an weiteren Türen vorbei, bei denen es sich um spezielle Werkstätten handelte. »Hier«, so erläuterte Hannah, »werden unsere Reproduktionen der Himmelsscheibe hergestellt. Aufbewahrt werden sie allerdings hier drüben.« Sie blieb vor der letzten Tür des Korridors stehen und zog ihre Magnetkarte heraus. »Unser begehbarer Tresor. Der sicherste Raum im ganzen Museum. Muss auch so sein, das Ding hinter dieser Stahltür ist schließlich mit zehn Millionen Euro versichert.« Sie zog die Karte durch ein Lesegerät, doch die Tür blieb verschlossen. Stattdessen erschien auf einem Display oberhalb des Türgriffs die Leuchtanzeige *Please insert your*

key. Auf einen fragenden Blick Michaels hin zog Hannah ein Halsband über den Kopf, an dem ein kleiner unscheinbarer Schlüssel hing. Sie steckte ihn ins Schloss und drehte ihn um. Über einem Panel an der Wand öffnete sich eine Abdeckung und enthüllte eine Reihe von numerierten Tasten. Mit verdeckter Hand tippte Hannah einen Nummerncode ein. Es gab ein Klicken, gefolgt von einem Rumpeln, dann öffnete sich die Tür. Ein Luftzug, der nach frischer Farbe roch, strich über sein Gesicht.
»Nach dir«, sagte Hannah.
Michael betrat einen weißgetünchten Raum mit niedriger Deckenhöhe und Leuchtstoffröhren an der Decke. Was diesen Raum deutlich von den anderen unterschied, war seine Sauberkeit. Hier blitzte und blinkte alles. Kein Staub, nicht der kleinste Krümel war zu sehen, als wäre hier vor kurzem noch die Putzfrau durchgegangen. »Absaugvorrichtungen«, erläuterte Hannah und deutete auf die Öffnungen, die sich überall in Bodennähe befanden. »Staub, Keime sowie jedwede Verunreinigungen werden sofort entfernt. Hast du den Luftzug bemerkt, der beim Öffnen der Tür entstanden ist? Dieser Raum wird während der Arbeit unter erhöhten Druck gestellt, damit nichts von außen eindringen kann.« Sie tippte auf das Tastenfeld mit der Bezeichnung *Close.* Die Tür glitt langsam zu. Es gab ein Zischen, und Michael spürte einen Druck auf seinen Ohren. Er musste ein paar Mal schlucken, ehe das befreiende Knacken zu hören war. Hannah ging unterdessen zu der vergitterten Absperrung, die den Raum in der Mitte teilte. Während ihre Hälfte bis auf einen Ablagetisch und zwei Stühle leer war, befanden sich auf der anderen Seite eine Reihe mannshoher Stahlschränke. Noch einmal kam der Schlüssel zum Einsatz, und die schwere Gittertür öffnete sich.
Hannah ging zu dem Stahlschrank, holte einen anderen Schlüssel hervor und zog eine flache, breite Schublade heraus.

»Komm, hilf mir mal«, sagte sie. Michael griff zu und half ihr, die Schublade hinüber zum Tisch zu tragen. Dann zog Hannah sich weiße Stoffhandschuhe über und klappte den Stahlbehälter auf. Darin lag, in weißes Leinen gehüllt, ein Gegenstand, der im Licht der Neonröhren matt schimmerte. Sie hob ihn aus dem Fach und legte ihn auf die Oberseite der Schublade. Michael spürte ein Kribbeln in den Fingerspitzen.
Da lag sie, die sagenumwobene Himmelsscheibe.
Sie sah kleiner aus als das Duplikat oben im Museum, doch das war wohl auf die nüchterne Umgebung und das grelle Licht zurückzuführen. In ihrer Zartheit glich sie einem Schmetterling, den man auf einen Operationstisch gespannt hatte. Die Helligkeit schien geradewegs durch sie hindurchzuleuchten.
»Darf ich sie berühren?«
Hannah lächelte. »Du darfst sie sogar hochnehmen. Allerdings nicht ohne *die* hier.« Sie reichte ihm ein Paar weiße Handschuhe.
Zaghaft berührten seine Finger das Metall, glitten über die Ränder, tasteten über Buckel und Vertiefungen. Als er die Scheibe von allen Seiten betrachtet hatte, nahm er seinen ganzen Mut zusammen und hob sie hoch. Sie wog weniger, als er erwartet hatte. Gewiss, Bronze gehörte nicht gerade zu den schweren Metallen, aber irgendwie war er davon ausgegangen, dass eine Scheibe von derart historischer Bedeutung mehr Gewicht haben müsse. Vielleicht hatte er auch erwartet, dass etwas von dem Metall ausgehen möge, etwas Magisches, Überirdisches, etwas, das die ganze Aufregung erklären konnte. Doch es war das, was es schon immer gewesen war – ein Stück unbelebtes Metall.
Er hielt sie gegen das Licht und versuchte, irgendwelche Spuren zu entdecken. Details, die auf den Fotos vielleicht nicht zu sehen waren. Doch da war nichts. Als er die Stelle betrachtete,

an der die Grabräuber sie mit der Schaufel beschädigt hatten, war ihm, als berühre er eine Wunde.

»Vorsicht, schneide dich nicht«, sagte Hannah. »Die Ränder sind ziemlich scharf.«

Er betrachtete die Scheibe noch eine Weile, dann gab er Hannah das Kleinod zurück. Vorsichtig legte sie es zurück an seinen Platz.

Michael war ein wenig enttäuscht. Irgendwie hatte er mehr erwartet. Aber was? Einen magischen Gegenstand in Händen zu halten? Zeuge eines unerklärlichen Phänomens zu werden? Was für eine absurde Vorstellung.

Hannah schlug die Scheibe wieder in den Stoff, dann schloss sie das Schubfach. Gemeinsam trugen sie es zurück und schoben es in den Schrank.

»Und?«, fragte sie.

»Sie ist wunderschön. Danke, dass du sie mir gezeigt hast. Sie nach so langer Zeit endlich einmal persönlich in Augenschein zu nehmen, macht mich irgendwie ... sprachlos.« Er lächelte entschuldigend.

»Kein Problem«, winkte sie ab. »Möchtest du sonst noch etwas sehen? Die Reproduktion vielleicht, an der Bartels gerade arbeitet?«

Er schüttelte den Kopf. Eine peinliche Stille trat ein.

Hannah blickte auf die Uhr. »Verdammt, schon nach halb zwölf. Ich muss mich dringend wieder an die Arbeit machen. Es gibt noch einen Haufen Dinge zu erledigen, ehe ich nach Schottland fliege.«

»Richtig«, sagte er. »Das hatte ich fast vergessen. Wann geht's los?«

»Morgen Abend. Ich muss mir noch ein paar warme Sachen zum Anziehen kaufen. Ich habe kaum noch was im Schrank.«

»Verstehe.«

Hannah nickte. »Dann wollen wir mal. Übrigens, ich hoffe, es stört dich nicht, dass du jetzt auf unseren internen Videodateien erscheinst.«

Michael hob die Augenbrauen, und Hannah deutete auf einen kleinen grauen Kasten, der beinahe unsichtbar mit der Ecke des Raumes verschmolz. An seinem unteren Ende leuchtete ein grünes Licht.

»Die Kamera beobachtet rund um die Uhr, wer hier ein und aus geht. Jedes Mal, wenn ich hier runterkomme, fühle ich mich wie in einem Agentenfilm. Diese ganzen Schlösser, Kameras und Sicherheitsabfragen ...« Sie schüttelte den Kopf. »Ein beträchtlicher Sicherheitsaufwand für so ein kleines Stück Metall, findest du nicht?«

»Beträchtlich schon, aber meines Erachtens nicht ausreichend«, sagte Michael.

Hannah zog die Stirn kraus. »Ist das dein Ernst? Hast du nicht gesehen, welchen Zirkus ich veranstalten musste, um hier hereinzukommen? Magnetkarte, Tresorschlüssel und Zahlencode. Abgesehen davon, dass dieser Tresorraum rundum aus Massivbeton gefertigt wurde. Ich bekomme jedes Mal klaustrophobische Zustände, wenn ich hier drin bin. Eine Bombe könnte das Gebäude über unseren Köpfen pulverisieren, wir wären trotzdem geschützt. Und du sagst, es würde nicht ausreichen?«

Michael musste lächeln. Hannah verteidigte alles, was mit ihrer Arbeit zu tun hatte, mit der Hartnäckigkeit einer Löwenmutter. Das war umso überraschender, als sie eben noch Fu Cheng gegenüber erwähnt hatte, wie schlecht es bei ihr gerade lief.

»Ich sage es ungern«, entgegnete Michael, »aber eure Sicherheitsabfrage scheint mir unzureichend zu sein.«

»Wieso das?«

»Nun, ich bin kein Experte in diesen Dingen, aber theoretisch

wäre eine einzige Person in der Lage, hier einzudringen und die Scheibe zu entwenden.«
»Vorausgesetzt, sie verfügt über die Magnetkarte, den Schlüssel und den Code. *Und* vorausgesetzt, sie weiß, dass das Original sich nicht im Museum, sondern hier unten befindet«, sagte Hannah.
Michael schüttelte den Kopf. »Selbst der Safe in unserer Kanzlei ist sicherer. Doppelte Personenabfrage, verstehst du?«
Sie öffnete den Mund, um ihm zu widersprechen, aber dann schien sie es sich anders zu überlegen. »Hast ja recht«, lenkte sie ein. »Und zu deiner Beruhigung: Mein Chef sieht das genauso. Als die Versicherungssumme auf zehn Millionen angehoben wurde, hat er eine neue Anlage beantragt. Sie wird im Herbst eingebaut.«
»Wenn das mal reicht.«
Sie verschränkte die Arme vor der Brust. »Kann es sein, dass du ein bisschen paranoid bist? Du tust gerade so, als hättest du Angst, die Scheibe könnte schon morgen gestohlen werden.«
»Vielleicht bin ich nicht paranoid genug.«
»Mir scheint eher, dass es etwas mit deinem Job zu tun hat. Umgeben von zu viel krimineller Energie, wenn du verstehst, was ich meine. Mach dir mal keine Sorgen, bis zum Herbst wird hier schon niemand einbrechen.« Sie wirkte ungeduldig. »Hast du noch andere Fragen?«
Er spürte, wie ihm das Blut zu Kopf stieg. *Allerdings* hatte er noch eine Frage – eine sehr persönliche sogar.
»Ich würde dich gerne heute Abend zum Essen einladen. Bei mir zu Hause. Ich koche«, fügte er noch schnell hinzu.
Hannah bedachte ihn mit einem amüsierten Blick. »Du kochst? Klingt interessant.«
Sie tat so, als müsse sie überlegen. Vermutlich als Strafe, weil er es gewagt hatte, Kritik zu üben. Die Sekunden zogen sich in

die Länge. Michael spürte, wie seine Handflächen feucht wurden.
»Also gut«, sagte sie endlich und mit einem Augenaufschlag, der einen Eisberg zum Schmelzen hätte bringen können. »Überredet. Wenn es dir passt, komme ich so gegen sieben, sobald ich mit meiner Arbeit fertig bin.«

20

Die Abenddämmerung hatte gerade eingesetzt, als zwei Gestalten hinter dem Gipfel der Achtermannshöhe auftauchten. Näher und näher kamen sie und wuchsen langsam empor, bis ihre Körper sich deutlich als schwarze Umrisse vor dem stetig dunkler werdenden Himmel abzeichneten. Zwei Wanderer, eingehüllt in dicke Jacken und dunkle Mützen, die Rückschlüsse weder auf das Alter noch auf das Geschlecht zuließen. Erst als sie näher kamen, wurde deutlich, dass es sich um eine Frau und einen Mann handelte, beide um die vierzig. Sie trugen Umhängetaschen, Wanderschuhe, Handschuhe sowie schwere Ferngläser, die bei jedem Schritt auf ihren Jacken federten.

Die Frau blieb stehen und blickte sich um. Wie schon in den letzten Tagen war auch heute der Himmel wieder in Aufruhr. Der Brocken selbst war zwar von einer dicken Schicht Wolken verhangen, aber das Abendrot strahlte durch einen schmalen Spalt am Horizont und beleuchtete die Unterseite der Wolken, die wie blutrote Säcke am Himmel hingen. Unheilschwanger hingen sie über dem Berg, bereit, ihre nächtliche Regenlast abzuwerfen.

»Wow, sieh dir das an«, flüsterte sie ihrem Begleiter zu. »Wie sie sich bewegen. Ist das nicht phantastisch?«

»Schade, dass ich meine Videokamera nicht dabeihabe«, seufzte der Mann.

»Mach dir nichts vor«, entgegnete die Frau. »Mehr als ein paar verwackelte rote Flecken wirst du kaum bekommen. Das Licht ist einfach zu schwach.«
»Kannst recht haben«, sagte er. »Meinst du, wir bekommen heute das Wetterleuchten wieder zu sehen?«
»In den Nachrichten haben sie gesagt, dass es durchaus noch ein paar Nächte anhalten kann. Scheinbar wissen die Meteorologen immer noch nicht genau, was es ist.«
»Ich tippe auf Polarlichter«, erwiderte er. »Die sind zwar in unseren Breiten recht selten, aber ab und zu sieht man mal welche. Das war gestern ein verdammt beeindruckender Anblick.«
Die Frau nickte und schob ihre Mütze zurecht. Zu dieser Stunde mochte sie die Achtermannshöhe am liebsten. Jetzt, da die Touristen und Wanderer in den warmen Wirtsstuben saßen, kehrte die Einsamkeit wieder zurück. Mit einem letzten Blick auf die roten Wolken schickte sie sich an weiterzugehen. Plötzlich bemerkte sie aus den Augenwinkeln heraus eine Bewegung. Da war eine dunkle Gestalt, kaum hundert Meter entfernt, am unteren Ende des Waldes zu erkennen. Eine ausgesprochen große dunkle Gestalt.
Sie berührte den Mann am Arm und deutete darauf.
»Schau mal«, flüsterte sie. »Was ist das?«
Der Mann hob das Fernglas an seine Augen.
»Und?«
»Keine Ahnung«, sagte er. »Vielleicht eine Holzbank. Bei der schlechten Sicht ist alles möglich.«
»Holzbank, Quatsch, es bewegt sich doch.« Sie suchte nach Orientierungspunkten. Endlich hatte sie einen gefunden. »Siehst du den Zaunpfahl dort drüben? Das Ding ist mindestens genauso groß.« Sie justierte noch ein wenig. Jetzt waren die Details besser zu erkennen. Ihr Unbehagen wuchs. »Ich weiß nicht«, murmelte sie. »Das sieht aus wie ein Wolf oder ein Bär.«

»Ein Bär.« Die Stimme des Mannes triefte vor Hohn. »Wie soll denn hier ein Bär hinkommen? Ein Wolf ist das aber auch nicht. Viel zu massig. Vielleicht ein verwilderter Hund. Sieh doch mal!«
Das Tier hatte sich auf die Hinterbeine erhoben und hielt prüfend seine Nase in den Wind. Es war riesig. Der Frau verschlug es die Sprache. Auf einmal kam ihr die Idee mit dem Bären nicht mehr ganz so absurd vor.
»Ich habe kein gutes Gefühl bei der Sache.«
»Hast du dein Pfefferspray dabei?«, flüsterte der Mann.
Sie griff in ihre Seitentasche, dann nickte sie.
»Trotzdem«, sagte er, »lass uns lieber umkehren. Wir wollen es nicht unnötig provozieren. Vielleicht ist es hungrig.«
»Was kann das sein?« Die Frau hatte wieder das Glas gehoben und blickte mit einer Mischung aus Grauen und Neugierde hindurch. »Vielleicht ein Vielfraß«, sagte der Mann.
Die Frau wusste, dass das Unsinn war. Vielfraße lebten in Skandinavien und Sibirien, nicht in Deutschland. Abgesehen davon, hatte sie noch nie von solch großen Exemplaren gehört. Aber zu dieser Stunde, an diesem Ort war ihr jede Erklärung recht.
In diesem Moment stieß das Wesen einen Laut aus. Ein schauerliches schrilles Jaulen. Einmal, zweimal, dreimal, dann ließ es sich wieder auf die Vorderpfoten fallen. Die Frau sah mit Schrecken, dass das Wesen jetzt genau zu ihnen herüberblickte.
»Es kann uns riechen«, zischte sie. Mit einem Mal spürte sie das unbändige Verlangen, schnell von hier zu verschwinden.
In diesem Moment ertönte ein zweites Jaulen von weiter links. Genauso laut, genauso schrill. Eine schwarze Silhouette schob sich aus dem Wald.
»Scheiße«, murmelte der Mann und zog seine Frau zurück. Langsam, ganz langsam, wichen sie vor den Angreifern zu-

rück, Schritt für Schritt, ohne dabei die beiden Ungetüme aus den Augen zu lassen. Fest in die Augen blicken und langsam zurückweichen, so machte man es bei Bären – jedenfalls hatte die Frau das schon mal irgendwo gelesen. Sie musste ihre ganze Kraft zusammennehmen, um nicht in Panik zu verfallen. Das Grauen umfing sie wie ein kaltes Handtuch. Ihr Atem ging stoßweise, als sie bemerkte, dass die beiden Wesen sich in Bewegung gesetzt hatten. Sie folgten ihnen.
»Gib mir das Spray«, sagte der Mann und streckte ungeduldig seine Hand aus. »Schnell!«
Die Frau fummelte in ihrer Tasche und reichte ihm dann die Dose, die mit einem Mal sehr klein und wirkungslos schien.
»Jetzt renn«, sagte der Mann. »Lauf zurück zum Forsthaus und hol Hilfe. Ich werde versuchen, sie eine Weile in Schach zu halten. Die meisten Hunde geben auf, wenn sie eine Ladung von dem Zeug auf die Nase bekommen. Nun mach schon, *mach*.«
Die Frau versuchte, ihre Angst hinunterzuschlucken, dann gab sie sich einen Ruck und rannte los.
Die Reaktion der beiden Wesen ließ nicht lange auf sich warten. Mit weiten Sprüngen begannen sie über das Gras zu hetzen, genau in ihre Richtung. Die Frau drehte sich kurz um und erschrak. Sie hatte so etwas noch nie zuvor gesehen.
»Hierher!«, rief ihr Mann. »Kommt hierher! Ich bin hier. Ich warte auf euch!« Er schien sie ablenken zu wollen, doch die Verfolger ließen sich von seinem Geschrei nicht beirren. Ihre Nasen zuckten nicht einmal in seine Richtung. Als ob sie das Ablenkungsmanöver durchschaut hätten, preschten sie in einer auseinandergezogenen Zangenbewegung an ihm vorbei.
Panik stieg in der Frau auf, schnürte ihr den Hals zu. Sie wollte noch einen Gang zulegen, aber das Fernglas schlug ihr hart vor die Brust. Sie trug zu viel Ballast am Körper. Mit einer

abrupten Bewegung riss sie sich die Lederschlaufe über den Kopf und warf das Fernglas seitlich ins hohe Gras, gefolgt von der Umhängetasche. Auch der Parka war nur hinderlich. Also weg damit! Nun ging es besser. Der Boden flog nur so unter ihren Füßen dahin. Keuchend legte sie Meter um Meter zurück, die ganze Strecke über die grasbedeckte Kuppe hinweg. Für ihre einundvierzig Jahre war sie gut in Form. Ein kurzer Blick zurück zeigte ihr jedoch, dass sie ihren Vorsprung nur für kurze Zeit würde halten können. Ihre Verfolger waren viel zu schnell. Was tun? Das Forsthaus schied wegen der zu großen Entfernung aus. Geistesgegenwärtig änderte sie die Richtung. Ihr Ziel war die kleine Waldhütte, die einen halben Kilometer hangabwärts lag. Sie stand das ganze Jahr über offen und ließ sich, wenn sie sich recht erinnerte, von innen mit einem Holzbalken verriegeln. Aber war sie stabil genug, um den zwei Verfolgern den Zugang zu verwehren? Als Erstes musste sie sie überhaupt mal erreichen. Wenn sie Glück hatte und lange genug aushielt, konnte sie ihrem Mann die nötige Zeit verschaffen, das Forsthaus zu erreichen und Hilfe zu holen.

Von neuem Mut beflügelt, sprang sie über einen niedrigen Stacheldrahtzaun, vorbei an mannshohen Felsen und über Wurzeln hinweg, die sich aderngleich quer über den Weg zogen. Sie kannte die Strecke gut genug, um im schwachen Licht der Dämmerung den Weg zu finden. Jeder Fehltritt, jeder Sturz konnte zum Verhängnis werden. In der Ferne sah sie bereits das Dach der Waldhütte aus dem Dickicht auftauchen. Schon konnte sie die soliden Holzstämme erkennen, aus denen sie gezimmert war. Plötzlich hörte sie, wie etwas hinter ihr über den Kiesweg preschte. Sie hörte das Peitschen von Zweigen und ein schauerliches Keuchen. *Nicht umdrehen*, zwang sie sich. *Bloß nicht stolpern. Bloß nicht vom Weg abkommen.* Sie spürte, wie ihre Kräfte nachließen, wie ihre Beine schwä-

cher wurden. Nur noch ein paar Meter. Mit dem letzten Funken Überlebenswillen erreichte sie die Hütte. Die Tür stand offen. Gott sei Dank! Sie stürmte hinein und schlug sie krachend zu. Mit einer letzten verzweifelten Anstrengung warf sie den hölzernen Riegel vor die Tür und verschloss die Fensterläden.
Dann erwartete sie den Angriff.
Im Inneren der Hütte war es stockfinster. Nur durch die Ritzen im Holz fiel noch etwas Licht. Schwer atmend und betend, dass der Riegel halten möge, wich sie zurück. Wie knapp ihr Vorsprung gewesen war, wurde ihr erst bewusst, als die Hütte von einem ohrenbetäubenden Krachen erfüllt wurde. Einmal, zweimal. Der Stapel Brennholz, den der Förster neben der Tür aufgerichtet hatte, fiel unter dem Ansturm in sich zusammen. So heftig waren die Schläge, dass sich ein Balken aus dem Dachstuhl löste. Dreck, Staub und einen letzten schwachen Schimmer Tageslicht mit sich führend, fiel er polternd neben der Frau zu Boden. Mit vor Angst zitternden Händen hob sie ihn auf. Er war viel zu groß und zu schwer, um ihn als Waffe zu benutzen, aber sie hatte nichts anderes. »Geht weg«, wimmerte sie, während sie das Holz ungelenk hin und her schwang. »Geht doch einfach weg.«
Als hätten sie ihr Flehen gehört, stellten die Angreifer ihre wütenden Attacken ein. Stattdessen verlegten sie sich darauf, das Haus nach Schwachstellen zu untersuchen. Immer wieder umrundeten sie die Hütte, schnüffelten hier, scharrten dort und stießen dabei Laute aus, die man mit viel Phantasie als Sprache hätte bezeichnen können. Der Frau wurde immer deutlicher bewusst, dass diese Wesen sich überhaupt nicht wie Tiere verhielten. Dieses vorausplanende Handeln, dieses ausgeklügelte Teamwork und jetzt noch diese Laute – es passte einfach nicht zusammen. Nichts an ihrem Verhalten deutete auf Tiere hin. Es war, als habe sich der Geist eines Menschen

in den Körper eines Tieres geflüchtet, um eine Kreatur von abgrundtiefer Bösartigkeit hervorzubringen.
Das Scharren hörte abrupt auf.
Die Frau lauschte.
Einige bange Sekunden lang glaubte sie Schritte zu hören, die sich entfernten. Hoffnung keimte in ihr auf. Vielleicht hatten die beiden die Jagd aufgegeben. Vielleicht hatten sie eingesehen, dass es sinnlos war, mit dem Kopf gegen die Bretterwand zu rennen. Doch die Hoffnung war nur von kurzer Dauer. Ein Schlag, mächtiger noch als alles Vorangegangene, erschütterte die Hütte in ihren Grundfesten. Der Riegel ächzte und stöhnte unter dem Angriff. Wie es schien, warfen sich jetzt beide Angreifer gleichzeitig gegen die Tür. Einem solchen Ansturm hatte die Barriere nichts entgegenzusetzen. Mit einem trockenen Knacken brach der Riegel entzwei und fiel zu Boden. Die Tür schwang auf. Der Geruch von verrotteten Pilzen breitete sich in der Hütte aus. Licht fiel auf die gekrümmten Gestalten, die sich langsam in die Hütte schoben. Der Anblick der beiden wolfsartigen Kreaturen mit ihren geifernden Mäulern und ihren menschlich anmutenden Extremitäten war zu viel für die Frau. Der Balken entglitt ihren kraftlosen Händen und fiel zu Boden. Ihre Blase entleerte sich mit plötzlicher Heftigkeit.
Als die Kreaturen endlich zuschlugen, spürte sie einen Anflug von Erlösung. Ein einzelner langer Schrei entrang sich ihrer Kehle, stieg auf und verhallte über den Baumwipfeln, während die Sonne mit einem letzten blutroten Aufleuchten hinter den Hügeln versank.

21

Michael hatte bei der Beschreibung seines Hauses keinesfalls übertrieben. Umgeben von einem weitläufigen Grundstück, stand es am Rande des Naturschutzgebietes Butterberg, in unmittelbarer Nähe zur Kurstadt Bad Harzburg. Soweit sie das in der Dämmerung erkennen konnte, begann direkt dahinter ein dichter Buchenwald, der das Grundstück auf mehreren Seiten umrahmte. Das Haus selbst war ein weiß-, gestrichener zweistöckiger Holzbau mit Dutzenden von Fenstern, etlichen kleinen Erkern und einem anheimelnden graugrünen Schieferdach, alles stimmungsvoll beleuchtet.

Hannah hatte Schwierigkeiten, das einfache Sweatshirt und die verwaschene Jeans vom Konzertabend zuvor mit diesem Haus in Übereinstimmung zu bringen. Um sich ein solches Anwesen leisten zu können, bedurfte es mehr als nur eines gewonnenen Prozesses.

Während sie auf das Haus zufuhr, fiel ihr auf, dass sie ihn noch nie mit Erfolgen hatte prahlen hören. Es schien, als wisse er Geschäftliches von Privatem sehr wohl zu trennen – eine Eigenschaft, über die nur wenige Männer verfügten.

Michael erwartete sie bereits vor der Haustür. Sie verließ die Straße und stellte ihren Wagen seitlich auf der kiesbestreuten Auffahrt ab. Das kleine Auto wirkte wie ein Fremdkörper inmitten dieser edlen Wohngegend mit seinen Luxuskarossen. Sie griff nach hinten und holte die beiden Mitbringsel vom

Rücksitz, die sie in aller Eile bei einem Feinkosthändler in Halle erworben hatte, und ging dann zu ihm hinüber.
Zur Begrüßung bekam sie einen schüchternen Kuss auf die Wange. »Wie schön, dass du kommen konntest«, sagte er. »Darf ich dir etwas abnehmen?«
»Oh ... ja. Ich habe ein bisschen was mitgebracht. Ich dachte, vielleicht zum Aperitif?«
Michael nahm die Flasche und ein mit einer goldenen Schleife versehenes Einmachglas in Empfang und schaute prüfend auf das Etikett. »*Sauternes* und Gänseleberpastete. Fabelhaft. Deine Wahl?«
Hannah lächelte verhalten. »Um ehrlich zu sein, es war der Vorschlag des Feinkosthändlers. Er meinte, damit könne ich nichts falsch machen. Magst du das etwa nicht?«
Michael grinste. »Ich könnte dafür zum Mörder werden.«
»Na, dann bin ich ja erleichtert.«
Michael hielt ihr die Tür auf. »Bitte komm herein. Ich habe mich mit dem Essen leider etwas verspätet. Ich hoffe, du hast es nicht eilig.«
Hannah wollte schon verneinen, als ihr der Duft nach gebratenen Zwiebeln, Knoblauch und einer Vielzahl Gewürze in die Nase stieg. Angesichts dieses Duftes verschlug es ihr die Sprache. »Du hast wirklich selbst gekocht.«
»Natürlich. Dich zum Essen einzuladen und dir dann eine Tiefkühlpizza vorzusetzen, empfände ich als ziemlich beschämend«, sagte Michael, nahm ihr die Jacke ab und deutete geradeaus. »Du kannst ja schon mal ins Wohnzimmer gehen und es dir gemütlich machen. Ich hänge nur schnell deine Jacke auf.«
Seinen Rat ignorierend, wandte Hannah sich nach links, dem verführerischen Duft entgegen. Küchen übten seit jeher eine magische Anziehungskraft auf sie aus. Der Raum war klein und gemütlich. Viel poliertes Holz, Gewürzregale und ein Knoblauchzopf. Sie fühlte sich sofort wohl.

In diesem Moment kam Michael herein. »Ach da steckst du«, sagte er. »Ich habe schon befürchtet, du hättest dich verlaufen. Das Haus ist ziemlich unübersichtlich.«
»Entschuldige bitte«, sagte sie lächelnd. »Ich war noch nie gut im Befolgen von Anweisungen. Außerdem musste ich einfach sehen, woher der köstliche Duft kommt.«
Michael nahm einen Topflappen und öffnete die Backofentür. »Der Lammbraten müsste bald fertig sein. Ich hoffe, du magst das.« Ein pechschwarzer Römertopf stand darin, in dem es mächtig brutzelte.
»Ich liebe Lamm«, gestand Hannah, während sie beobachtete, wie Michael den Deckel hob, um das Fleisch zu prüfen. »Ich habe während meiner Zeit in der Sahara kaum etwas anderes gegessen.«
»Das Fleisch stammt von einem Türken hier in der Stadt. Er verkauft das zarteste Fleisch weit und breit. Das Ganze serviert auf einem provenzalischen Gemüsebett mit Ofenkartoffeln. Noch etwa zehn Minuten. Darf ich uns in der Zwischenzeit den Süßwein und die Gänseleberpastete öffnen?«
Hannah nickte dankbar. Sie hatte ein Nudelgericht erwartet, vielleicht einen Zwiebelkuchen mit Salat, aber gewiss keinen selbstgemachten Lammbraten.

Eine Stunde später lehnte sie sich, auf eine angenehme Weise gesättigt, zurück.
Michael hatte vor wenigen Minuten einen neuen Rotwein geöffnet, dessen Etikett er aber vor Hannah verborgen hielt. Die letzte halbe Stunde hatte er sich bemüht, ihr die Grundlagen der Weinverkostung beizubringen, eine Wissenschaft, die an Hannah bisher spurlos vorübergegangen war. Natürlich wusste sie, dass es nicht wirklich darum ging, aus ihr einen Weinkenner zu machen. Er versuchte sie zu beeindrucken, und das gelang ihm ganz ausgezeichnet.

Er schenkte ein Glas ein und beobachtete sie aufmerksam. Sie streckte ihren Arm aus und versuchte, sich an die einzelnen Lektionen zu erinnern. Die Augen geschlossen haltend, kostete sie den ersten Schluck. Auch ein Laie hätte erkannt, dass dies ein Juwel war.
»Der ist umwerfend. Was ist das?«
Er drehte das Etikett zu ihr herum. »Ein Siebenundneunziger Shiraz aus Australien. Achtundneunzig Parker-Punkte. Leider nicht ganz billig.«
»Was auch immer dieser Tropfen gekostet hat, er ist jeden Cent wert. Einfach umwerfend«, wiederholte sie. »Wie übrigens das ganze Essen.« Sie nahm einen weiteren Schluck. Samtig weich, wie flüssiges Gold, glitt er ihre Kehle hinab. Ihre Sinne begannen sich auf angenehme Art zu verwirren. Lag das am Wein oder an ihrem Gastgeber? Sie sah über den Rand des Glases zu ihm hinüber. Ihre Blicke trafen sich.
Er wollte sie, und sie wollte ihn, so viel war klar. Die Frage war nur, wie und wann es geschehen würde.
Sie schenkte ihm ein verführerisches Lächeln, dann erhob sie sich von ihrem Stuhl. »Ich müsste mir mal kurz die Nase pudern.«
Michael winkte mit der Hand zur Diele. »Da raus und gleich rechts. Kannst du gar nicht verfehlen. Ich mache uns in der Zwischenzeit einen Espresso.«

Wenige Minuten später stand sie neben ihm im Wohnzimmer, nippte an ihrem Espresso und blickte nach draußen. Es war kurz nach Mitternacht. Das Wetterleuchten hatte wieder eingesetzt. Blitze zuckten durch die Nacht, während der Regen gegen die großen Panoramascheiben klatschte.
»Was für eine Nacht«, sagte sie mit einem Schaudern. »Da möchte man keinen Hund vor die Tür scheuchen.«
»Du musst nicht zurück ins Hotel – wenn du nicht willst.«

Dann fügte er hinzu: »Ich würde mich freuen, wenn du bleiben könntest.«

Sie versank einen Moment in Gedanken. »Weißt du, was ich mich die ganze Zeit frage?«

»Was denn?«

»Wieso hat ein Mann wie du, der so erfolgreich in seinem Job ist, der so kultiviert und so belesen ist und der obendrein so gut kochen kann – wieso hat solch ein Mann keine Frau und einen Stall voll Kinder?«

Michael verzog keine Miene. »Vielleicht gehöre ich nicht zu den Menschen, die eine Familie haben sollten.«

»Was soll das heißen?«

Er zögerte. Die Worte schienen ihm nicht leichtzufallen. »Es hat etwas mit meiner Vergangenheit zu tun«, sagte er endlich. »Etwas Unschönes. Wenn es dir nichts ausmacht, würde ich lieber nicht darüber reden.« Er blickte hinaus in den Regen.

Was mochte er damit meinen? Hatte es etwas mit seinen Narben zu tun? Sie traute sich nicht, noch weiter in ihn zu dringen. Sie war ohnehin schon drauf und dran, mit ihrer Neugier alles zu verderben. John hatte schon recht. Sie hatte viel zu lange in der Einsamkeit gelebt. Eine Frage konnte sie sich aber doch nicht verkneifen. »Und was ist mit Frauen? Ich könnte mir vorstellen ...«

Er lächelte versonnen. »Nun, die eine oder andere hat es schon gegeben, aber es war nichts von Dauer dabei. Vielleicht bin ich ein bisschen konservativ, aber ich glaube an Liebe auf den ersten Blick.« Er blickte ihr tief in die Augen. »Es mag dir vielleicht nicht bewusst sein, Hannah, aber du bist etwas ganz Besonderes. Dich umgibt ein Geheimnis, und ich würde mir nichts sehnlicher wünschen, als es ergründen zu dürfen.« Er streckte seine Hand aus und strich mit seinen Fingern über ihren Nacken. Die Wärme seiner Hand löste wohlige Schauer

bei ihr aus. Sie schloss die Augen und genoss die Berührung. Michael fasste sie bei den Schultern und drehte sie zu sich. Ihre Gesichter waren nur wenige Zentimeter voneinander entfernt. Seine Hand strich über ihre Wangen und dann sanft ihren Hals hinab. Mit langsamen Bewegungen begann er, die obersten Knöpfe ihrer Bluse zu lösen. Dann zog er den Stoff sanft über ihre Schulter. Hannah konnte seinen Atem spüren. Über sein Gesicht huschte das Licht aufzuckender Blitze. Der Schimmer ließ es gleichsam anziehend und bedrohlich wirken. Ein Hauch von Gefahr lag in ihm, und Gefahr war für sie schon immer unwiderstehlich gewesen.
Sie spürte dieses überwältigende Bedürfnis, ihre Lippen auf seinen Mund zu legen. Genau wie bei dem Ausflug auf den Berg, als sie im Gras gelegen und er sich über sie gebeugt hatte. Als ihre Lippen nur noch wenige Millimeter voneinander entfernt waren, konnte sie sich nicht mehr zurückhalten. Mit den Händen fuhr sie durch seine Haare und zog ihn zu sich heran.
Der Kuss war stürmisch und leidenschaftlich. Sekunden wurden zu Ewigkeiten. Hannah hatte das Gefühl, als würde ein starker elektrischer Strom durch sie hindurchfließen, als würden zwei unterschiedlich geladene Pole aufeinandertreffen und einen Funkenregen aus gleißender Elektrizität erzeugen. Seine Hände umschlangen sie und zogen sie heran. Leidenschaftlich drückte er sie gegen die Wand. Die eine Hand unter ihrem Po, hob er ihren linken Schenkel hoch und drängte sich zwischen ihre geöffneten Beine. Sie erwiderte die Geste, indem sie mit ihrer Zunge in seinen geöffneten Mund fuhr. Er schmeckte wie ein guter Wein, stark und samtig.
Michael fuhr fort, ihre Bluse zu öffnen. Fünf Knöpfe hatte er geschafft, als er die Geduld verlor und ihr die Bluse einfach über den Kopf zog. Mit seinem Pullover verfuhr er ebenso, ehe er sich daranmachte, Hannah die Jeans auszuziehen. Im Nu

waren sie beide nackt. Hannah ließ ihre Finger über seinen durchtrainierten Körper gleiten. Michael umschlang ihre Taille und ließ danach seine Hände über ihre Brüste gleiten. Seine Finger fühlten sich warm und kraftvoll an. Dann griff er unter ihren Po, diesmal mit beiden Händen. Hannah fühlte sich hochgehoben und gegen die Wand gedrängt. Als er in sie eindrang, geschah dies mit einer Entschlossenheit, dass sie einen Schrei nicht unterdrücken konnte. Sein Becken vollführte harte, kontrollierte Stöße, die in ihrer Intensität beinahe schmerzhaft waren. Hannah konnte sich nicht erinnern, jemals derartig genommen worden zu sein. Alle Kontrolliertheit fiel von ihr ab. Sie spürte, dass die Mauer, die sie über so viele Jahre aufgebaut hatte, zu bröckeln begann. Niemand konnte sie hier beobachten, niemand würde sie stören. Sie war mit ihm ganz allein und konnte ihrer Lust freien Lauf lassen – Dinge tun, die sie noch nie getan hatte, und Worte benutzen, die sie noch nie benutzt hatte. Die Leidenschaft durchströmte sie mit einer Kraft, die sie zu überwältigen drohte. Sie waren wie die erste Frau und der erste Mann am Tage der Schöpfung – unschuldig und sündig zugleich, während sie sich im Schein der Blitze liebten.

Freitag, 25. April, Magdeburg

Der Morgen begann früh für Kriminalhauptkommissarin Ida Benrath. *Zu* früh. Genaugenommen war es noch mitten in der Nacht, als das Telefon sie aus dem Tiefschlaf riss. Vier Uhr dreiundzwanzig zeigten die Leuchtziffern ihres Radioweckers. Eine Zeit, zu der friedliebende Menschen meist in den schönsten Träumen steckten.
Sie drückte die Empfangstaste. »Ja?« Mehr brachte sie zu so früher Stunde nicht heraus. Die Zeitspanne zwischen Schlaf und Wachsein war immer die schlimmste. Nicht wissend, in welcher Realität sie sich gerade befand, den Kopf voller schattenhafter Erinnerungen. Es dauerte eine Weile, bis sie sich orientiert hatte. Es war jedes Mal eine Tortur, bis sie sich aufgerichtet und den Körper bis ins Bad geschleppt hatte. Die Informationen, die durchs Telefon zu ihr herübergeschickt wurden, bewirkten jedoch, dass sie schneller als üblich in die Gänge kam. Anscheinend eine Vermisstenmeldung. Die Begleitumstände klangen allerdings sehr dubios. Sie ließ sich die wichtigsten Daten durchgeben, machte sich rasch ein paar Notizen, dann legte sie auf. Mit einem Seufzen ließ sie sich zurück ins Bett sinken. Ihr Lebensgefährte schlief noch tief und fest. Er schien von dem Anruf nichts mitbekommen zu haben. Der Glückliche. Die Verführung, sich an ihn zu kuscheln und ihren Kopf in das nach Wärme und Schlaf riechende Kopfkissen zu drücken, war enorm. Aber es half nichts. Sie musste raus, und zwar schnell. Also Füße auf den Boden, die paar Schritte in

die Küche, Kaffee aufsetzen, anschließend ins Bad, anziehen, Kaffee trinken, Nachricht hinterlassen, kurzer Blick in den Spiegel und dann raus. Alles schon tausendmal gemacht, alles tausendfach erprobt. Jeder Handgriff saß, jede Bewegung war exakt vorausberechnet. Die Routine hatte sie wieder. Als sie ihren BMW X5 aus der Garage fuhr, war sie hellwach.

Knapp zehn Minuten später hatte sie ihr Auto auf dem Parkplatz des Landeskriminalamtes in der Lübecker Straße abgestellt und lief die Treppen zu ihrem Büro hoch. Da dieses im sechsten Stock lag und sie die Strecke mehrmals täglich zurücklegte, sparte sie sich das allmorgendliche Joggingtraining, das viele ihrer Kollegen so gewissenhaft absolvierten. Soweit ihr bekannt war, war sie die Einzige im ganzen Haus, die niemals einen der Aufzüge benutze. Diese Eigenheit und ihre zierliche Körpergröße von eins fünfundfünfzig hatten ihr den Spitznamen *der laufende Meter* eingebracht, ein Name, der noch aus ihrer Ausbildungszeit stammte und den sie mittlerweile mit Humor nahm.

Für diese frühe Morgenstunde herrschte in der Zentrale bereits rege Betriebsamkeit. Tastaturen klackerten, Telefone klingelten, und die Kaffeemaschinen brummten auf Hochtouren. Kommissar Steffen Werner, dem sie es zu verdanken hatte, dass sie so früh aus den Federn gerissen worden war, erwartete sie bereits.

»Moin, Ida«, begrüßte er sie – eine Eigenart, die er aus seiner Heimatstadt Oldenburg mitgebracht hatte. »Kaffee gefällig?«
Steffen war vor zwei Jahren hierher versetzt worden und war seitdem Idas engster Begleiter. Ein netter Kerl mit strohblonden Haaren, durch die man die rosige Kopfhaut schimmern sehen konnte. Ein Talent in Sachen Verhören und einer der besten Schützen in ihrer Abteilung.
»Klar. Und das Wichtigste in Kürze.«

»Tut mir leid, dass ich dich so früh rausholen musste. Anweisung vom Chef«, sagte Steffen, während er ihr eine Tasse Kaffee eingoss. »Ist 'ne komische Sache. Die Meldung kam heute Nacht über das Kommissariat Braunlage rein. Zwei Wanderer wurden gestern Abend angeblich in der Nähe des Brockens von Hunden angefallen. Einer der beiden – eine Frau, einundvierzig Jahre alt – wird seitdem vermisst.«
Ida schlürfte an ihrem Kaffee. »Und wieso landet das auf meinem Tisch? Das klingt mir eher nach einem Fall für den städtischen Tierfänger.«
»Ja, weißt du, es wurde bereits eine Suchmannschaft zu der besagten Stelle geschickt. Keine Spur bisher.«
»Ich verstehe nicht, was das mit uns zu tun hat. Im schlimmsten Fall haben die Hunde die Frau getötet und ins Gebüsch gezerrt. Die sollen einfach noch mal los und den Ort bei Tageslicht untersuchen, statt uns hier auf die Nerven zu gehen. Ist doch nicht unser Ressort.«
Steffen hatte sich ebenfalls eine Tasse Kaffee geholt und ließ sich in seinen Stuhl fallen. »Ganz so einfach ist es nicht. Es gibt da nämlich noch die Aussage des Mannes, der steif und fest behauptet, die zwei Hunde deutlich gesehen zu haben. Was in dem Bericht steht, liest sich sehr merkwürdig. Wenn du möchtest, kannst du ja mal einen Blick reinwerfen.« Er deutete auf ein paar Ausdrucke, die mit einer Büroklammer zusammengehalten wurden.
Ida, deren Laune bei ihrer Anfahrt schon nicht die beste gewesen war und die sich während der letzten Minute noch mal um einige Grad abgekühlt hatte, griff nach den Blättern und begann sie zu überfliegen. Schon nach dem ersten Absatz wurde sie langsamer und stockte schließlich ganz. Die Stirn in Falten gelegt, blickte sie auf.
»Das ist doch ein Witz, oder?«
»Der Chef meint, es sei was Ernstes.«

Sie begann noch einmal von vorne, diesmal langsam und gründlich. Als sie das zweieinhalb Seiten lange Protokoll durchhatte, legte sie das Papier zurück auf den Tisch. »Reden wir jetzt von Hunden oder was?«
Steffen richtete sich auf. »Das herauszufinden ist unsere Aufgabe. Der Mann behauptet, es seien keine Caniden gewesen. Er ist Biologe, verstehst du? Benutzt gern Fachausdrücke.«
»Ich weiß, was Caniden sind.«
Steffen räusperte sich. »Ja also ... jedenfalls sagt er, es sei etwas gewesen, das er noch nie zuvor gesehen hat. Er hat die Viecher als eine seltsame Mischung aus Mensch und Tier beschrieben. Er machte allerdings einen ziemlich verwirrten Eindruck. Tatsache ist, dass die Hütte, in die die Frau sich geflüchtet hat, gewaltsam aufgebrochen wurde. Die Leute vom Einsatzteam behaupten, dass kein Hund dazu in der Lage gewesen wäre. Wir müssen wohl davon ausgehen, dass vielleicht doch menschliche Einwirkung vorliegt und wir es hier mit einer Entführung oder Schlimmerem zu tun haben.«
»Wo ist der Mann jetzt?«
»Im städtischen Krankenhaus in Braunlage. Sie haben ihn ruhiggestellt, er ist aber, wie der Arzt mir bestätigte, eingeschränkt vernehmungsfähig.«
Ida trank den Rest ihres Kaffees leer. »Wenn es wirklich ein Vermisstenfall ist, dann wäre das in diesem Monat bereits der dritte. Und dann wäre klar, warum das auf unserem Tisch gelandet ist.« Als sie auf das Papier blickte, musste sie den Kopf schütteln. »Mann, wie ich diese Walpurgiszeit hasse. Irgendwie scheinen da immer alle durchzudrehen. Stell mir ein Spurensicherungsteam zusammen. Die sollen schon mal zu der besagten Stelle fahren und ohne uns anfangen. Hoffentlich hat dieser Suchtrupp nicht bereits alle Spuren verwischt. Wir beide machen uns zunächst mal auf den Weg ins Krankenhaus. Ich will den Mann sprechen.«

23

Hannah wälzte sich im Halbschlaf hin und her. Sie wusste, dass sie träumte, doch das machte die Sache nicht angenehmer. Sie sah einen Raum, der nur von Feuer erhellt war. Ihr Kopf schmerzte vom Dröhnen irgendwelcher Pauken, die abseits ihres Sichtfeldes geschlagen wurden. Laut war es hier drin, laut und stickig. Der Raum war bis zu den Wänden angefüllt mit Menschen in seltsamer Verkleidung. Manche trugen lange Gewänder, andere wiederum steckten in einer Art Rüstung. Die Frauen trugen zumeist eine helle Toga aus dünnem Stoff, die an Hüften und Brüsten anlagen und die Haut durchschimmern ließen. Fast alle hatten Masken auf, einige waren geschminkt. Viele trugen einen seltsamen Kopfputz, und alle, ausnahmslos alle, waren mit wertvollem Schmuck behängt. Die Gesichter waren von gespannter Erwartung erfüllt. Manche freudig, manche ängstlich, blickten sie alle in ihre Richtung. Räucherwerk wurde abgebrannt und erfüllte die Höhle mit zähem Nebel, der nach Amber und Myrrhe roch und die Atemwege reizte. Hannah bemerkte, dass sie auf dem Rücken lag, während alle anderen um sie herumstanden. Dieser Umstand war umso bemerkenswerter, als sie die Einzige zu sein schien, die unbekleidet war. Sie versuchte sich aufzurichten, doch es ging nicht. Irgendetwas hielt sie zurück. Sie blickte an sich hinab und erkannte, dass ihre Arme und Beine an einen schwarzen, glänzenden Stein gefesselt waren. Jetzt näherte sich von vorn eine Gestalt, gehüllt in Felle, Blätter und getrocknete Farnwedel. Hannah dachte zuerst, es würde sich um einen Troll oder einen Waldgeist handeln, doch dann erkannte sie, dass es ein Mann war. Seltsame Hörner standen von seinem Kopf ab, die ihn wie ein Tier wirken ließen. Ein überwältigender Geruch nach Walderde und Pilzen breitete sich aus. Der Mann hob seine Arme, und der Lärm in der Höhle erstarb. In der einen Hand hielt er einen geschnitzten Knochen, in der anderen einen langen Dolch. Die Art, wie er sich bewegte, ließ ihr das Blut in den Adern gefrieren. Sie musste sich wieder besinnen, dass dies ein Traum war – sie spürte es. Schon oft hatte sie Ähnliches geträumt, und immer hatte der Spuk aufgehört, sobald sie sich klargemacht hatte, dass sie nur schlief. Nicht so heute. Wie es schien, hatte dieses Wesen Macht über sie. Selbst über den Zustand des Schlafens hinaus. Hannah wehrte sich. Sie wälzte sich hin und her. Sie wollte erwachen, aber es gelang ihr nicht. Der Mann hielt sie fest, zerrte sie zurück ins Reich der Träume, während er langsam das Messer hob. Ein bösartiges Totengrinsen breitete sich auf seinem Gesicht aus. Die Klinge glänzte blutrot im Schein der Fackeln. Wie aus dem Nichts erhob sich plötzlich im Hintergrund ein weiteres rätselhaftes Wesen. Es hatte ein doppeltes Paar Flügel und spie Flammen. Ein infernalisches Rauschen erfüllte die Höhle, während das Wesen mit feurigem Atem näher und näher kam. Hannah wollte schreien, aber sie bekam keinen Ton heraus. In einer letzten verzweifelten Anstrengung riss sie sich los, rollte sich seitlich vom Stein – und erwachte.

Die Bettdecke bis zur Nasenspitze hochgezogen, lag sie da und lauschte. Irgendwo klapperten Teller.

Großer Gott, dachte sie, *was für ein Traum*. Sie konnte sich nicht erinnern, jemals solche Ängste durchlitten zu haben. Schwer atmend setzte sie sich auf. Bildete sie sich das ein, oder stank es hier nach vermoderten Pilzen? Sie sah sich um

und versuchte sich zu orientieren. Tageslicht fiel durch die Jalousien und bildete helle Streifen auf dem Bett. Sie stand auf, zog den Rollladen hoch und blickte über eine weiße, von Rauhreif überzogene Landschaft.
Mit einem Mal fiel ihr alles wieder ein. Sie war bei Michael. Sie hatte die Nacht bei ihm verbracht. Ein Lächeln strich über ihr Gesicht. Sie hatten sich geliebt – und wie. Hannah konnte ihn immer noch spüren und riechen. Sein Duft hüllte sie ganz und gar ein. Wie von selbst glitten ihre Hände an sich herab, ein Echo seiner Hände, seiner Liebkosungen. Wenn nur nicht dieser seltsame Traum wäre. Was hatte er zu bedeuten? Die Bilder in ihrem Kopf wollten einfach nicht weichen. Sie verdrängte den Gedanken, verschwand im Bad und genehmigte sich eine ausgiebige Dusche.
Als sie nach unten ging, war der Traum nur noch ein Schatten.
Michael war bereits auf und hantierte in der Küche.
Sie lächelte, als sie ihn sah. Was für ein kluger, aufmerksamer und intelligenter Mann. *Und* was für ein verdammt guter Liebhaber. Dass er sie begehrte, schien außer Frage.
Eigentlich sollte sie jetzt zu ihm hinübergehen und ihn umarmen, doch sie tat es nicht. Was hielt sie zurück? Und warum musste sie gerade jetzt an John denken?
Unschlüssig stand sie in der Tür und sah ihm zu. Vermutlich ging ihr die Sache zu schnell. Die Zeit ihrer Bekanntschaft ließ sich in Stunden bemessen. Gewiss, sie fühlte sich zu ihm hingezogen, doch wie konnte man annehmen, in dieser kurzen Zeit jemanden wirklich zu kennen? Seine Worte von gestern kamen ihr in den Sinn: *Du bist etwas ganz Besonderes.*
Sie war immer noch ganz in Gedanken versunken, als er sich umdrehte. »Hallo Hannah. Wie schön, dich zu sehen. Du kommst gerade richtig.«
Er stellte die Pfanne ab und gab ihr einen zarten Kuss auf die

Wange. »Setz dich doch«, sagte er. »Was magst du? Rührei, Speck, Orangensaft?«
»Ich glaube, ich brauche erst mal eine starke Dosis Koffein«, sagte sie und setzte sich an den Tisch. Sie griff nach der Kanne und schenkte ihnen beiden ein. Die Hände um die große Tontasse geschlossen, nippte sie an dem heißen Kaffee.
»Ich hoffe, du hast gut geschlafen«, sagte Michael. »Hast du das Gewitter gehört letzte Nacht? Es ist direkt über unsere Köpfe gezogen. Das war vielleicht ein Lärm. Der Sturm hat einige Blumenkübel auf der Terrasse umgeweht. Ich musste noch mal aufstehen und einige Fenster schließen.« Er redete wie ein Wasserfall, und es wurde immer deutlicher, dass ihn die letzte Nacht genauso aufgewühlt hatte wie sie. So schwer es ihr auch fiel, aber sie musste seinen Eifer bremsen.
»Ich muss fort«, unterbrach sie ihn. »Gleich nach dem Frühstück.«
Er stand da, die Pfanne mit dem Rührei in der Hand, und sagte kein Wort. Nach einer Weile nickte er. »Ja, ich weiß«, sagte er. Er stellte die Pfanne auf dem Tisch ab und legte einige frisch geröstete Scheiben Brot daneben. »Obwohl ich es sehr bedauere. Die letzte Nacht war wunderschön.« Er gab ihr etwas Ei und Toastbrot auf den Teller und schenkte ihr Orangensaft ein.
»Das war sie.« Hannah begann zu essen. Während sie kaute und den Bissen mit einem Schluck Saft herunterspülte, überlegte sie krampfhaft, wie sie weiter vorgehen sollte. Sollte sie freundlich sein oder abweisend? Sollte sie warten, bis er etwas sagte, oder das Gespräch selbst in die Hand nehmen? Das Ticken der Küchenuhr drang unangenehm laut in ihre Ohren. Ab einem bestimmten Punkt meinte sie, das Schweigen nicht mehr ertragen zu können.
»Ich brauche Zeit, Michael. Ich muss mir über einige Sachen klarwerden – wo ich stehe, wo ich hinwill. Außerdem wartet

mein Job auf mich. Wenn ich nicht binnen weniger Wochen weiterkomme, bin ich ihn los. So schön die letzten Tage mit dir auch waren, aber es gibt andere Dinge, die im Moment Vorrang haben.« Sie hob den Kopf und blickte ihm in die dunkelgrünen Augen. »Hab einfach ein bisschen Geduld mit mir, in Ordnung?«

Er nickte wie ein Schuljunge, der gerade getadelt worden war. »Geduld gehört nicht gerade zu meinen Stärken.« Er stand auf und kam auf sie zu. Langsam ging er um sie herum und küsste ihren Nacken. Sein Atem strich über ihren Haaransatz und erzeugte eine Gänsehaut, die sich über ihren gesamten Rücken zog.

»Bitte nicht«, flüsterte sie. Seine Küsse brachten sie um den Verstand. »Das macht alles noch komplizierter.«

»Ich weiß«, sagte er. Weitere Küsse bedeckten ihren Hals und ihre Schultern. »Aber was soll ich machen?« Seine Stimme war nur mehr ein Flüstern. »Ich bin dir nun mal hoffnungslos verfallen.«

Mit diesen Worten begann er, ihr das Hemd aufzuknöpfen.

24

Es war kurz vor elf, als Ida Benrath mit ihrem Assistenten am Krankenhaus in Braunlage eintraf. Schwungvoll stellte sie den X5 auf dem Parkplatz ab. Als sie ausstieg, bemerkte Ida, dass es ihrem Kollegen offenbar schlecht war.
»Was ist los?«, fragte die Kommissarin. »Kann es sein, dass du etwas grün um die Nase bist?«
»Möglich«, murmelte der junge Mann. »Muss wohl was Falsches gefrühstückt haben. Ich sollte morgens besser die Croissants weglassen, die liegen mir zu schwer im Magen. Vielleicht reagiere ich auch nur allergisch auf die frische Harzer Luft.«
»Soll ich dir ein Bett kommen lassen? Wir könnten dich dann ins Zimmer von diesem ... wie hieß er doch gleich? ... rollen.«
»Hoffmann. Günther Hoffmann.«
»*Rooming-in* nennt man das, glaube ich. Du könntest die Befragung dann im Liegen vornehmen.« Sie liebte es, Steffen zu hänseln. Doch wenn er sich darüber ärgerte, so ließ er sich nichts anmerken. Er war ihren trockenen Humor schon gewohnt.
»Es wird schon gehen«, sagte er und zwang sich ein Lächeln aufs Gesicht. »Ist ja nicht das erste Mal, dass ich mit dir fahre. Zehn Minuten, und ich bin wieder ganz der Alte.«
Ida musste lächeln. Steffen war einer von den Typen, die lieber schweigend litten, als sich eine Blöße zu geben und sich zu beklagen. Wie schlecht es ihm wirklich ging, merkte man

immer erst hinterher, wenn er den Wagen verließ. Sie hingegen war nach solchen Fahrten – hundert Kilometer in einer guten Stunde – immer wie euphorisiert. Das Adrenalin erhöhte die Konzentration und ließ sie aufschnappen wie ein Springmesser.

Über Funk hatte sie gehört, dass das Team von der Spurensicherung inzwischen auf der Achtermannshöhe eingetroffen war und den Schauplatz großräumig abgesperrt hatte. Die Frau war zwar immer noch nicht gefunden worden, aber was bisher an Details zu ihr durchgesickert war, hatte Ida neugierig werden lassen.

»So, da wären wir«, sagte sie, als sie den Eingangsbereich durchquerten. Sie zeigte der Dame am Empfang ihren Dienstausweis und nannte ihren Namen. Keine zwei Minuten später wurden sie von einem älteren grauhaarigen Mann empfangen, dessen müdes Gesicht in merkwürdigem Kontrast zu der schnellen, präzisen Art stand, mit der er sich bewegte. »Ah, die Kollegen vom LKA«, sagte er und reichte ihnen die Hand. »Freut mich, Sie kennenzulernen.« Er stellte sich als Chef der psychiatrischen Abteilung vor. »Bitte folgen Sie mir«, sagte er und wandte sich Richtung Ostflügel.

»Unser Patient ist vor wenigen Stunden erwacht und so weit in guter Verfassung«, fuhr er fort. »Er steht zwar unter Beruhigungsmitteln, es dürfte aber kein Problem sein, ihm ein paar Fragen zu stellen. Natürlich nur, solange er sich nicht aufregt.«

»Das kann ich leider nicht garantieren«, antwortete Ida. »Wie es scheint, handelt es sich um einen Fall von Entführung oder Kidnapping. Aber keine Sorge, wir sind solche Fälle gewohnt.«

Er zögerte kurz, dann sagte er: »Na schön. Aber ich sage Ihnen gleich, dass Sie einen Fall wie diesen vermutlich noch nicht hatten.«

»Was können Sie uns über seinen Zustand sagen.«
»Nun, er hat Schreckliches erlebt, so viel ist klar«, erwiderte der Arzt. Er hielt Ida und Steffen eine Tür auf, über der auf einem Schild das Wort Trauma-Ambulanz zu lesen war. »Ich rede hier von tatsächlichen Erlebnissen, nicht von eingebildeten.« Er warf Ida einen prüfenden Blick zu. »Was wissen Sie über die medizinischen Hintergründe von Traumata?«
»Nicht viel, fürchte ich. Nur, dass es Erlebnisse gibt, die sich dauerhaft im Gedächtnis eines Menschen einprägen.«
»So ist es«, sagte der Arzt. »Erlebnisse, die mit großer Angst oder Schrecken verbunden sind, hinterlassen in bestimmten Regionen des Gehirns so etwas wie einen Fingerabdruck. Sie brennen sich regelrecht ein und führen dazu, dass der Betroffene das Ereignis wie bei einem Horrorfilm wieder und wieder erlebt. Verantwortlich dafür sind sogenannte Stresshormone, die in lebensbedrohlichen Situationen ausgeschüttet werden. Es findet eine körperliche Veränderung statt, die sich mit neuartigen Messmethoden wie der Magnet-Enzephalographie nachweisen lässt. Diese Veränderung bleibt so lange im Gehirn, bis das Trauma aufgearbeitet und überwunden wurde. Das Sprichwort *Die Zeit heilt alle Wunden* trifft also nur bedingt zu.«
»Im Protokoll war von einer Begegnung mit Hunden die Rede«, brachte Ida das Gespräch zurück auf den Punkt.
Der Chefarzt blieb stehen. »Hunde? Nein, davon weiß ich nichts. Aber das ist ja auch Ihr Gebiet. Sobald Ihre Ermittlungen abgeschlossen sind, würde es mich natürlich sehr interessieren, von Ihnen zu hören. So, da wären wir.« Er warf Ida und Steffen einen Blick über den Rand seiner Brille zu. »Möchten Sie mit dem Patienten allein sein, oder soll ich lieber dabeibleiben?«
»Besteht denn Gefahr, dass er handgreiflich wird?«
»Nein. Wie gesagt, er steht unter Beruhigungsmitteln, aber

manchmal ist es besser, wenn ein vertrautes Gesicht mit im Raum ist.«

»Ich denke, wir schaffen das allein. Vielen Dank.«

»Wie Sie wollen.« Er öffnete die Tür und führte sie in ein helles, lichtdurchflutetes Zimmer. Es roch nach Desinfektions- und Reinigungsmitteln. Ein großzügiges Bett, das augenscheinlich frisch gemacht worden war, dominierte den Raum. Das Fenster war leicht geöffnet, und ein leiser Wind spielte mit den Vorhängen.

Das einzig Störende an dieser Krankenhausidylle war der graugesichtige Mann mit schütterem Haar und rotgeränderten Augen, der halb aufgerichtet aus dem Bett zu ihnen herübersah.

»Guten Morgen, Herr Hoffmann«, sagte der Arzt, während er ans Bett trat und einen Blick auf die Karteikarte seines Patienten warf. »Wie fühlen Sie sich denn an diesem wunderschönen Morgen?«

»Haben Sie Neuigkeiten von meiner Frau?«, kam die Antwort. Die Stimme war kaum mehr als ein Keuchen.

»Ich habe Ihnen hier jemanden mitgebracht, der das besser beantworten kann«, sagte der Chefarzt. »Das sind Kriminalhauptkommissarin Benrath und Kommissar Werner, zwei Herrschaften vom Landeskriminalamt. Ich werde Sie nur für einen kurzen Moment allein lassen. Aber keine Sorge; sollte irgendetwas sein, drücken Sie einfach den Knopf, es kommt dann sofort jemand zu Ihnen.« Mit einem Händedruck verabschiedete er sich von allen, dann zog er die Tür hinter sich zu.

Ida wandte sich der grauen Gestalt zu. Mitgefühl überkam sie. Wenn es dem Mann, wie der Arzt behauptet hatte, jetzt schon besserging, wie schlimm musste er dann bei seiner Einlieferung ausgesehen haben?

»Guten Tag, Herr Hoffmann«, begann sie das Gespräch. Sie bemühte sich, so viel Aufmunterung in ihre Stimme zu legen,

wie sie nur konnte. »Ehe ich und mein Kollege Ihnen einige Fragen stellen, möchte ich Ihnen versichern, dass wir das Bestmögliche tun, um etwas über den Verbleib Ihrer Frau herauszufinden. Das Spurensicherungsteam ist seit heute Morgen im Einsatz und hat das ganze Gelände großräumig abgesperrt. Wenn es etwas zu finden gibt, werden sie es finden, darauf können Sie sich verlassen. Was wir benötigen, sind Informationen. Je mehr, desto besser. Selbst scheinbare Nebensächlichkeiten können sehr wichtig sein. Denken Sie bitte daran: Wir alle möchten, dass Sie Ihre Frau baldmöglichst wiedersehen.«
Sie zog sich einen Stuhl heran und setzte sich neben das Bett. Dann entnahm sie ihrer Aktentasche den Bericht und blätterte ihn mit dem Finger durch. »Ich denke, den Anfang können wir uns sparen«, sagte sie. »Wie Sie auf die Achtermannshöhe gelangt sind und was Sie dort taten, kann ich alles hieraus entnehmen. Wenn Sie keine Einwände haben, kommen wir gleich zu dem Augenblick, als Sie den Caniden zum ersten Mal sahen. Woran erinnern Sie sich?«
Hoffmann schloss die Augen und schwieg. Zuerst dachte Ida, er wäre eingeschlafen, dann aber wurde ihr bewusst, dass er offenbar versuchte, die vergangenen Ereignisse vor seinem inneren Auge auferstehen zu lassen.
»Es waren zwei«, murmelte er.
»Zwei«, wiederholte Ida mit sanfter Stimme.
Der Mann nickte. »Einer war direkt vor uns und einer weiter links. Meine Frau hat sie zuerst entdeckt. Sie waren groß, zu groß für normale Hunde, und sie standen direkt vor dem Wald. Ihr Fell war dunkel und hatte die Farbe der Bäume. Daher haben wir sie auch erst so spät entdeckt.«
»Besteht die Möglichkeit, dass es Wölfe gewesen sind?« Ida tippte auf eine Stelle im Protokoll. »Sie erwähnten das Wort Caniden. Darunter fallen, soweit ich informiert bin, neben den Hunden auch Füchse, Kojoten und Wölfe.«

Hoffmann schüttelte den Kopf. »Zu groß, viel zu groß. Der eine maß aufgerichtet knapp zwei Meter.«

»Er stellte sich auf die Hinterbeine?« Steffen zog sich ebenfalls einen Stuhl heran, auf dem er sich breitbeinig niederließ. »Wie konnten Sie seine Größe so genau bestimmen? War es nicht ziemlich dämmerig?«

»Neben ihm war ein Zaunpfahl«, entgegnete Hoffmann. »Die Art, wie sie zur Einzäunung von Kuhweiden verwendet wird. Als Biologe lernt man, wie man bekannte Objekte zur Größenreferenz heranzieht.« Er öffnete seine Augen einen Spalt. »Sie zum Beispiel sind etwa eins fünfundsiebzig groß, verglichen mit dem Stuhl, auf dem Sie sitzen.«

»Eins *sieben*undsiebzig«, protestierte Steffen und fügte dann mit einem zerknirschten Lächeln hinzu: »Mit Schuhen.«

»Sehr beeindruckend«, sagte Ida an Hoffmann gewandt. »Gehen wir mal davon aus, Sie haben richtig geschätzt, so haben wir es also mit hundeartigen Lebewesen zu tun, die riesengroß sind und frei auf den Hinterbeinen stehen können. Ist das nicht ziemlich eigenartig?«

»Ich sagte meiner Frau, dass wir verschwinden sollten, doch sie hatten uns bereits bemerkt. Der eine rief dem anderen etwas zu, dann kamen sie uns entgegen.«

»Was genau meinen Sie mit *zurufen?* War das ein Knurren oder ein Bellen? Wie sollen wir uns das vorstellen?«

»Nichts von beidem.« Hoffmann schlang die Arme um sich. Er begann vor und zurück zu wippen, wie jemand, der unter höchster Anspannung steht. »Ich kann das nicht beschreiben. Es klang wie artikulierte Laute, eine Art Sprache, wenn Sie so wollen. Diese beiden Viecher haben miteinander *geredet.*« Seine Stimme bekam einen schrillen Klang.

»Was geschah dann?«

»Das steht doch alles da drin, verdammt noch mal.« Er wedelte mit der Hand in Richtung des Protokolls. »Ich sagte meiner

Frau, sie solle zum Forsthaus laufen, Hilfe holen. Ich wollte die Viecher aufhalten, mit so einem ... so einem ...«, er rang nach Worten.
»Pfefferspray«, half ihm Ida. »Sie blieben also zurück und lenkten die Aufmerksamkeit auf sich. Was geschah dann?«
Hoffmanns Augen bekamen einen glasigen Ausdruck. Schweißperlen hatten sich auf seiner Stirn gebildet. »Sie reagierten überhaupt nicht auf mich – so als hätten sie unseren Plan durchschaut. Sie liefen einfach an mir vorbei, der eine links, der andere rechts. Sie waren schnell, das kann ich Ihnen sagen. Dabei machten sie Sprünge, die jeden von uns vor Neid erblassen lassen würden. Sie liefen in einer Art Zangenformation, als wüssten sie genau, welches Ziel meine Frau hatte. Sie wollten ihr den Weg abschneiden, verstehen Sie?«
»Und was taten Sie?«
»Ja, können Sie denn nicht lesen? Es steht doch alles in dem Bericht. Als ich zu der Hütte kam, war sie aufgebrochen. Sylvia war nicht da, und dann sah ich das ganze Blut ...« In seinem Gesicht erschien ein Ausdruck tiefster Verzweiflung. Seine Stimme war während der letzten Sätze immer schriller geworden.
»Ich verspreche Ihnen, dass wir alles Menschenmögliche tun werden, um Ihre Frau zu finden.« Ida legte beruhigend ihre Hand auf seinen Arm. »In der Zwischenzeit sollten Sie sich ausruhen und sich erholen. Sie sind hier in guten Händen.« Hoffmann schüttelte den Kopf, während er sich mit dem Ärmel seines Schlafanzugs über die tränennassen Augen wischte. »Sie haben ja keine Ahnung«, stieß er hervor. »Sie wissen ja gar nicht, womit Sie es hier zu tun haben.« Hoffmann hielt Idas Hand umklammert. Er drückte so fest zu, dass es schmerzte. »Ich konnte sie *sehen*, verstehen Sie? Als meine Frau die Richtung geändert hatte, hielten die Kreaturen für einen Moment inne, ehe sie ebenfalls die Richtung wechselten. Einer

von ihnen kam so dicht an mir vorbei, dass ich sein Gesicht erkennen konnte. Er war nicht weiter entfernt als der Tisch dort drüben.« Mit flatternder Hand deutete er quer durch den Raum. »Ich konnte alles erkennen. Sein Fell, seine Pranken, seine Muskeln, seine Zähne – und seine Augen. Großer Gott, diese Augen werde ich mein Lebtag nicht mehr vergessen.«
»Was war mit diesen Augen? Sagen Sie es uns! Was haben Sie gesehen?«
Hoffmanns Fingernägel bohrten sich in ihr Fleisch. Ida musste sich zwingen, nicht zu schreien. Sie versuchte, seine Hand abzuschütteln, aber die Kräfte des Mannes waren enorm. Steffen war aufgesprungen und versuchte die Hände des Mannes zu lösen. Als das nicht klappte, drückte er den Notfallknopf.
»Es waren die Augen eines Menschen, verstehen Sie«, kreischte Hoffmann. »*Die Augen eines Menschen im Gesicht eines Tieres.*«

25

Zwei Stunden später erreichten Ida und Steffen die Achtermannshöhe. Die Kommissarin stellte ihren BMW auf dem Parkplatz ab, wo ein hagerer, hochgewachsener Mann sie bereits erwartete. Er war Mitte fünfzig und hatte dünnes graues Haar, das er mit einer Menge Haarwasser in Form gebracht hatte. Seine blassblauen Augen sowie sein grauer Arbeitsanzug unterstrichen den Eindruck eines kühlen, humorlosen Beamten. Dabei gehörte Gaspar Kaminski zu den warmherzigsten und humorvollsten Menschen, denen Ida während ihrer Jahre als Kriminalbeamtin begegnet war. Der Leiter der Spurensicherung war privat ein eher stiller Zeitgenosse, doch hatte er sich in den letzten Jahren als überaus hilfsbereit und entgegenkommend erwiesen, wenn sie mit irgendwelchen Fragen in sein Labor gekommen war. Und das war häufig der Fall gewesen. Die Spurensicherung war der Ort, an dem sie sich am zweithäufigsten aufhielt, gleich nach ihrem eigenen Büro. Kaminski war jemand, der sich nicht aus der Ruhe bringen ließ, mochte die Kommissarin noch so hektisch und ungeduldig sein. Selbst während der wirklich schlimmen Fälle, wenn sie nur noch ein Nervenbündel war, hatte er immer ein freundliches Wort und ein Lächeln für sie übrig gehabt.
Doch nicht heute.
Ida spürte sofort, dass etwas nicht in Ordnung war.
»Was ist los, Gaspar?«, fragte sie.

»Da sind Sie ja endlich«, sagte Kaminski. »Dachte, Sie kommen überhaupt nicht mehr.« Er sprach mit einem kräftigen polnischen Akzent. Eine Eigenheit, die er über die Jahre bewahrt und gepflegt hatte, als hätte er Angst, mit seinem Dialekt einen Teil seiner Identität zu verlieren. Ida mochte den weichen Ton seiner Stimme und die Art, wie er die einzelnen Silben dehnte.
»Die Straße von Braunlage war wegen Waldarbeiten unpassierbar«, sagte sie.
Kaminski nickte. »Wie war's im Krankenhaus?«
Ida hob die Hand und zeigte ihm die Verletzung, die der Patient ihr beigebracht hatte. Vier halbmondartige und dunkelblau angelaufene Druckstellen. Auf seinen fragenden Blick hin erläuterte sie: »Dieser Mann muss etwas gesehen haben, das ihn zutiefst erschreckt hat. Schwere traumatische Störung. Ehrlich gesagt, ich habe nur die Hälfte von seinem Gestammel verstanden.«
»Hat er identifizieren können, was ihn da angegriffen hat?«
Ida blickte verwundert. Diese Neugier war für Kaminski ungewöhnlich. Normalerweise war er derjenige, der andere mit Neuigkeiten versorgte.
»Nichts wirklich Konkretes«, sagte sie. »Hat etwas von Menschen in Tiergestalt gefaselt. Ich fürchte, ich muss auf die Ergebnisse warten, die Sie mir liefern können.«
Kaminski bedeutete Ida und Steffen, ihm zu folgen, sagte aber kein Wort. Sein Schweigen konnte nichts Gutes bedeuten.
Überall auf der mit Heide bewachsenen Kuppe der Achtermannshöhe waren Markierungsleinen gespannt. Die Kollegen der Spurensicherung hockten in ihren weißen keimfreien Anzügen am Boden, Pinzette und Plastikbeutel in der Hand, auf der Suche nach der sprichwörtlichen Nadel im Heuhaufen. Während Kaminski sie zum Tatort führte, musste Ida immer wieder Felsbrocken ausweichen, die in kreisförmigen Mustern verteilt lagen, als wären sie wie Pilze aus dem Boden gewach-

sen. Ein kräftiger Wind blies aus Westen, der dunkle Wolken mit sich führte, Vorboten für das neuerliche Gewitter, das die Meteorologen für heute Nacht angekündigt hatten. Schon komisch, dachte sie, wie sich die letzten Abende vor dem ersten Mai ähnelten. Immer neue Gewitter, gepaart mit diesem seltsamen Wetterleuchten – und immer pünktlich um Mitternacht. Wäre sie abergläubisch veranlagt, so wie einige ihrer Kollegen, sie wäre an diesen Fall mit großen Vorbehalten gegangen. Doch Esoterik interessierte sie nicht. Horoskope, Astrologie, Tarotkarten und Kaffeesatzlesen, all das fiel bei ihr auf unfruchtbaren Boden. Das betraf im Übrigen auch den ganzen Hexenquatsch, der in dieser Gegend zu Walpurgis abgehalten wurde. Das Gerede über Kobolde, Dämonen und Erdgeister war in ihren Augen nichts weiter als eine neue Idee, den Leuten das Geld aus der Tasche zu ziehen. Eine raffinierte, als Folklore getarnte Abzocke.

Der Weg führte talwärts, in Richtung Waldhütte. Kaminski hatte offenbar nicht vor, sie mit der ganzen Vorgeschichte zu langweilen, sondern führte sie direkt zum Corpus Delicti. Umso besser. Ida vergrub ihre Hände in den Taschen. Sie konnte es kaum erwarten, den Schauplatz des Verbrechens endlich in Augenschein zu nehmen.

Es dauerte nicht lange, da erblickte sie zwischen den Fichtenstämmen das hellerleuchtete Waldhaus. Der Leiter der Spurensicherung deutete auf einen mit Teerpappe gedeckten Dachfirst, der zwischen den Zweigen hervorlugte. Die Ermittlungen waren in vollem Gange. Etwa zehn Beamte in weißen Plastikanzügen tummelten sich rund um das Haus. Sie untersuchten Büsche und Bäume, maßen Strecken ab, schossen Fotos und sprachen mit leisen Stimmen in Diktiergeräte. Überall standen Halogenscheinwerfer, die den Wald in eine unnatürliche Helligkeit tauchten. Rot-weiß gestreifte Flatterbänder umgrenzten das Areal. Niemand, der nicht zur Spurensicherung gehörte, durfte diesen Bereich betreten. Eine Aura gespannter Erwartung hing über allem.

»Da wären wir«, sagte Kaminski. »Dann werde ich mich mal wieder an die Arbeit machen.«

»Werden Sie uns denn nicht begleiten?« Ida hob die Augenbrauen. »Ich hatte gehofft, von Ihnen einen Bericht über den Tathergang zu bekommen.«

»Dafür ist jemand anderer zuständig.« Kaminski deutete in Richtung der Hütte. »Befehl von oben.« Er schüttelte Ida und Steffen die Hände, nicht ohne zu betonen, wie sehr es ihn gefreut hatte, sie mal wiederzusehen, dann kehrte er zu seinem Team zurück.

Ida und Steffen tauschten einen vielsagenden Blick, dann wandten sie sich der Waldhütte zu. Die schwere Tür hing krumm und schief an einem Scharnier. Was mochte es wohl für Kraft gekostet haben, eine solche Tür aus den Angeln zu heben? Gerade als Ida sich diese Frage stellte, trat ein stämmig wirkender Mann aus dem Haus. Das Gesicht unrasiert, wirkte er ein bisschen wie ein Obdachloser, den man bei seinem Mittagsschläfchen gestört hatte.

Hannah blickte verwundert auf die Erscheinung. Dann brach es aus ihr heraus: »Ludwig.«

Der Mann hob seinen Arm zum Gruß und kam zu ihnen herüber.

Kriminalhauptkommissar a. D. Ludwig Pechstein war Idas ehemaliger Vorgesetzter – ihr Lehrer, ihr Mentor, ihr Freund und ihr Vorbild. Zumindest über lange Jahre hinweg. Ein Mann, der eine beinahe legendäre Quote in Sachen Verbrechensaufklärung vorzuweisen hatte. Ida konnte sich an keinen Fall erinnern, den er nicht zum Abschluss gebracht hatte, ausgenommen die spektakuläre Entführung von vier Jugendlichen während der Walpurgisnacht am Brocken. Der Fall lag zwanzig Jahre zurück, doch Pechstein hatte nie aufgehört,

sich dafür zu interessieren. Sein Aktenschrank war voll von Zeitungsartikeln und Berichten über sämtliche Entführungsfälle, die in den letzten Jahren rund um den Brocken herum stattgefunden hatten. Und das waren nicht eben wenige. Die Region Hochharz galt als eines der Gebiete Deutschlands, in denen unerklärlich viele Menschen verschwanden.
»Was tust du hier?« Sie war immer noch völlig perplex.
»Sonderermittlung«, lautete die knappe Antwort, die Pechstein ihr mit einem knappen Grinsen servierte.
»Auf wessen Anordnung?«
»Treptow.«
»Der Polizeipräsident persönlich? Ich verstehe nicht ...«
»Brauchst nicht beunruhigt zu sein«, sagte er und legte ihr die Hand auf die Schulter. »Er und ich sind befreundet, wie dir ja bekannt sein dürfte. Ihm sind ein paar Dinge zu Ohren gekommen, und er hat mich beauftragt, dir etwas unter die Arme zu greifen. Du weißt ja, dass ich mich in der Gegend ganz gut auskenne. Die Sache könnte vielleicht was mit der alten Geschichte zu tun haben.«
Ida spürte, wie es ihr vor Empörung die Luft abschnürte. Was hatte der Polizeipräsident sich nur dabei gedacht? Er hatte es nicht mal für nötig befunden, sie vorher zu informieren. Das roch nach alter Kumpanei.
»Ludwig, bei aller Freundschaft: *nein*«, sagte sie. »Du bist im Ruhestand. Und ich habe hier ein perfekt aufeinander eingestimmtes Team. Jede Einmischung würde da nur stören.«
»Ach komm schon, Ida«, sagte Pechstein. »Ich weiß doch, wie hoffnungslos unterbesetzt ihr seid. Außerdem langweile ich mich zu Tode. Es würde mir guttun, wieder an so einem Fall zu arbeiten. Ich verspreche dir, mich nicht in die laufenden Ermittlungen einzuschalten und dir nicht im Weg zu stehen.«
Er machte eine kurze Pause, dann sagte er: »Es ist ziemlich einsam, seit Hilde tot ist. Ich brauche eine Beschäftigung.

Vielleicht wirst du das verstehen, wenn du mal in mein Alter kommst. Es fühlt sich schrecklich an, nicht mehr gebraucht zu werden.«

Ida zögerte. Seine Worte hatten bei ihr eine Saite zum Klingen gebracht. Sie warf ihm aus dem Augenwinkel einen Blick zu. Über ein Jahr hatte sie ihn jetzt schon nicht mehr gesehen. Sie war erschrocken darüber, wie sehr er in dieser kurzen Zeit gealtert war. Mitleid stieg in ihr auf.

»Na schön«, seufzte sie. Ihre innere Stimme ignorierend, gab sie ihren Gefühlen nach. Was sollte sie tun? Sie war schließlich nicht aus Stein.

»Aber nur als Berater und nur in meiner Nähe. Keine Alleingänge, einverstanden?«

»Versprochen.«

Sie blickte ihm in die Augen und versuchte, das schlechte Gefühl, das sie bei dieser Sache hatte, zu unterdrücken.

»Also gut. Wie es aussieht, hast du dich ja schon mit dem Fall vertraut gemacht. Kannst du uns kurz einweisen?«

»Nichts lieber als das.« Der alte Mann lächelte grimmig. »Ein schöner Schlamassel ist das hier. Überall Fußabdrücke und verwischte Spuren. So etwas habe ich während meiner gesamten Dienstzeit noch nicht erlebt. Eine Gruppe von Dilettanten, die da gestern Nacht zugange war. Die haben wirklich ganze Arbeit geleistet. Hoffen wir, dass die Spurensicherung noch was Brauchbares findet. Apropos: Hat eure Befragung irgendetwas ergeben?«

»Nicht viel, fürchte ich«, sagte sie. »Ich habe es Kaminski bereits erzählt. Das meiste war sehr vage und unzusammenhängend. Der Mann stand unter starker Medikamenteneinwirkung. Na, du wirst den Bericht ja lesen.«

Pechstein gab ein Grunzen von sich. Er griff in die Innentasche seiner Jacke und holte eine Packung Lucky Strike heraus. »Möchte jemand?«

Alle lehnten dankend ab, und so zog er sich selbst eine heraus und zündete sie an. Ida lächelte verhalten. Ludwig wirkte ziemlich selbstzufrieden. So, als hätte er vorausgesehen, dass sie ihre Zustimmung geben würde. Er benahm sich schon wieder, als wäre er hier der Chef. An ihrem Verhältnis würde sich wohl niemals etwas ändern. Meister und Lehrling, das war es, worauf es hinauslief, man hätte auch sagen können: Vater und Tochter. Aber damit konnte Ida leben. Ludwig war der Einzige, der sich ihr gegenüber so benehmen durfte. Solange er den Bogen nicht überspannte.

»Die Forensiker sind so gut wie fertig«, sagte er. »Es wird noch ein paar Tage dauern, bis wir die Ergebnisse erhalten.«

»Schon irgendwelche Neuigkeiten von der Frau?«, fragte sie, während sie den Hang hinunterliefen.

Er schüttelte den Kopf. »Nichts. Die Leute vom Einsatzteam sind zwar noch nicht zurück, aber soweit ich mitbekommen habe, verläuft sich die Spur irgendwo im Wald. Hört einfach auf. Alles in allem sehr mysteriös.«

»Verdammt.« Ida blickte zerknirscht. »Ich frage mich, wie man eine verletzte Frau aus dem Wald schaffen kann, ohne irgendwelche Spuren zu hinterlassen. Eigentlich ein Ding der Unmöglichkeit.«

»Stimmt«, sagte Pechstein. »Einfach ist der Fall wirklich nicht. Da muss man mit 'nem kühlen Kopf rangehen. Also: Die Frau kam von dort oben«, er deutete auf einen Pfad, der aus südlicher Richtung von der Achtermannshöhe herabführte. »Sie lief mit hohem Tempo. Wie ihr seht, ist der Boden an einigen Stellen sehr uneben und der Weg recht schmal. Es gibt hier viele matschige Stellen. Ein Wunder, dass sie die Hütte ohne Sturz erreicht hat. Leider hat der aufquellende Boden beinahe alle Trittsiegel verwischt. Daher ist die Hütte der Ort, an dem wir die meisten brauchbaren Spuren finden.«

Er ging auf das Haus zu. »Die Frau ist hier hinein und hat

dann von innen die Tür verbarrikadiert.« Er deutete auf einen zersplitterten Holzriegel, der etwa die Stärke von Idas Unterarm hatte. »Ihren Vorsprung hat sie genutzt, den Riegel vorzulegen und alle Fensterläden zu schließen. Als die Verfolger hier eintrafen und die Tür verschlossen vorfanden, haben sie angefangen, mit den Pfoten zu scharren, seht ihr?« Er deutete auf die frischen Kratzspuren im Holz. Drei tiefe Kerben, die sich deutlich als helle Einkerbungen abzeichneten.
Er führte sie um die Hütte herum. »Als die Verfolger merkten, dass sie da nicht hineinkommen würden, fingen sie an, um das Haus zu schleichen. Hier sind noch einige Abdrücke von Pfoten, seht ihr? Ihrer unterschiedlichen Form nach zu urteilen, handelt es sich tatsächlich um zwei Angreifer. In dieser Beziehung hat euer Zeuge also recht. Wir haben den Förster befragt, doch der schwört, solche Spuren noch niemals gesehen zu haben. Sie ähneln offenbar keiner hier beheimateten Tierart. Vermutlich was Exotisches. Leider können wir auch hier mit den Ergebnissen der Spurensicherung erst morgen rechnen. Wie dem auch sei: Als die Angreifer merkten, dass die Frau sich verbarrikadiert hatte, gingen sie zum Frontalangriff über. Mit vereinten Kräften warfen sie sich gegen die Tür. So lange, bis der Riegel brach.«
»Komisches Verhalten für Hunde«, warf Steffen ein.
Pechstein nickte. »Das sagen auch unsere Experten für Tierverhalten. Diese Vorgehensweise setzt exakte Koordination voraus. Hunde sind zwar Rudeltiere, aber das hier passt überhaupt nicht ins Schema. Außerdem müssen sie recht schwer gewesen sein. Selbst ausgewachsene Rottweiler würden nicht genug Gewicht aufbringen, um diese Tür aus den Angeln zu heben.« Er strich sich mit der Hand über die Stoppelhaare. »Dann wollen wir mal reingehen. Übrigens ...«, er berührte Ida am Arm, »... da drinnen sieht es nicht besonders schön aus. Ich wollte euch nur warnen.«

Ida bemerkte einen fauligen Geruch, der aus dem Inneren zu kommen schien. Sie machte sich auf einiges gefasst, als sie die Hütte betrat. Der Gestank schlug ihr wie eine Wand entgegen. Es war schlimmer als in einem städtischen Hundezwinger. Steffen hielt sich die Hand vor die Nase. Den bestialischen Geruch ignorierend, trat Ida in die Mitte des Raumes und blickte sich um. Mit kühler Sachlichkeit erfasste sie die Details und verschaffte sich einen Eindruck. Sie hatte früh gelernt, dass man menschliche Abgründe nicht an sich heranlassen durfte, wenn man als leitende Kommissarin einen guten Job machen wollte. Genauso wenig, wie ein Chirurg Muskeln, Knochen und Blut als beseelte Materie betrachten durfte, war es einem Kriminalisten gestattet, eine emotionale Beziehung zu der Straftat aufzubauen. Eine zerstörte Hüfte war nur ein Mechanismus, eine Leiche nur ein toter Körper – nicht mehr als ein kaputter Toaster oder eine Kaffeemaschine. Hätte sich Ida all das Leid und das Elend, das sie in den vergangenen Jahren gesehen hatte, zu Herzen genommen, sie wäre mit ziemlicher Wahrscheinlichkeit daran zerbrochen. Natürlich war diese Form der Abschottung nicht immer leicht, besonders dann nicht, wenn die Opfer Kinder waren.
Sie blickte sich um. Das Entsetzen schien wie in einem Kühlschrank konserviert worden zu sein. Die zerstörte Tür wirkte von innen betrachtet wie ein offener Mund mit ausgeschlagenen Zähnen. Der zerbrochene Riegel lag auf dem Boden, genau neben einem Balken, der sich aus dem Dachstuhl gelöst hatte. Überall waren Schleif- und Kratzspuren am Boden, die von einem heftigen Kampf zeugten. Die Wände waren mit etwas beschmiert, das wie eine Mischung aus Blut und Kot aussah und auch genauso roch. Ein zerfetztes Hemd, an dem ebenfalls Spuren von Blut zu sehen waren, lag neben einem dunklen Fleck auf dem Boden, bei dem es sich laut Aussage

von Sachverständigen um menschlichen Urin handelte. Steffen Werner verließ mit einem würgenden Geräusch die Hütte. Auch Ida spürte, wie es ihr trotz ihres Schutzschildes die Kehle zuschnürte.

»So etwas habe ich überhaupt noch nicht gesehen«, sagte sie mit dumpfer Stimme. »Waren das Menschen oder Tiere?«

»Diese Frage beschäftigt auch die Spurensicherung«, sagte Pechstein. »Wir haben zwar überall Proben entnommen und sie an das Labor geschickt, aber du kennst ja die Abläufe. Bis die Ergebnisse vorliegen, tappen wir im Dunkeln. Eine verdammte Schweinerei ist das hier.«

»Ich will, dass die Ermittlung beschleunigt wird«, sagte Ida und hielt sich ein Taschentuch vor den Mund. »Ich werde mich noch heute mit dem Kriminaldirektor in Verbindung setzen. Der Fall hat absolute Priorität. Bis dahin müssen wir hier allein klarkommen.« Sie blickte ihrem ehemaligen Chef in die Augen, dann sagte sie: »Ich bin froh, dass du mit an Bord bist, Ludwig.«

»Danke.« Sein Lächeln war in der Dunkelheit kaum zu sehen. »Ich wünschte, ich hätte dir mehr sagen können. Eine Sache haben wir jedoch herausgefunden. Der Förster hat uns darauf gebracht.« Er hielt ein durchsichtiges Plastiktütchen zwischen den Fingern. Darin befand sich ein Büschel grauer, verfilzter Haare. Ida nahm die Tüte und hielt sie gegen den schmalen Lichtstreifen, den der herausgefallene Dachbalken hinterlassen hatte.

»Was ist das?«, fragte Ida. »Teppich? Haare? Vielleicht von einem Tier?«

»Nicht schlecht«, entgegnete Pechstein. »Es sind Haare – *Fell*, um genau zu sein. Unser Laborant hier vor Ort hat sie unter sein Mikroskop gelegt. Und jetzt halt dich fest: Die Wurzeln sind abgestorben. Diese Haare stammen von einem Wolf. Einem *toten* Wolf.«

26

Samstag, 26. April

Schottland präsentierte sich in diesen letzten Tagen des April von einer ungewohnt schönen Seite. Das Licht des späten Nachmittags tauchte die schroffe Felsküste der Grafschaft Caithness in ein verwirrendes Spiel aus Licht und Farben. Zwischen den schnell ziehenden Wolken schimmerte der blaue Himmel hervor, während die tiefstehende Sonne reinstes Licht auf die beweideten Ebenen und das angrenzende Meer goss. Ein steifer Wind blies über das Land und zerzauste das hohe Gras rechts und links der Straße zu immer neuen Formen.

Hannah hatte mit ihrem Mietwagen vor einer halben Stunde die kleine Stadt Wick passiert und seitdem keine einzige menschliche Behausung mehr zu Gesicht bekommen. Keine Tankstelle, keinen Gasthof, kein Bauernhaus, nichts. Lediglich ein paar Schafe standen hier und da herum, die mit ihrem dicken wuscheligen Fell zwischen den Heidebüschen hervorlugten wie Findlinge, die ein eiszeitlicher Gletscher zurückgelassen hatte. Wäre nicht vor wenigen Minuten ein Auto entgegengekommen, sie hätte vermutet, in einen völlig menschenleeren Landstrich geraten zu sein – ein Eindruck, der nichts Bedrohliches hatte, sondern sie mit einem Gefühl von Freiheit erfüllte. Es war, als würde sie endlich wieder frei atmen können.

Doch so schön der Anblick auch sein mochte, Hannah freute sich auf die Ankunft. Erst der Abflug vom Dresdner Flughafen am Freitagabend, die Übernachtung in Gatwick und das Warten auf den Anschlussflug, dann weiter nach Inverness – der Hauptstadt der schottischen Highlands – und jetzt noch die lange Autofahrt entlang der kurvigen Küstenstraße, die zur nordöstlichen Spitze der britischen Insel führte – all das forderte seinen Tribut. Sie war jetzt seit annähernd zehn Stunden unterwegs, und so langsam spürte sie jede einzelne Minute.

Als hätten die Götter des Nordens ihren Wunsch erraten, tauchten am Horizont einige weiße Häuser auf, die eine kleine Ortschaft ankündigten. Dicht zusammengedrängt wie eine Schafherde standen sie an den turmhohen Klippen von John o'Groats. Dahinter begann das große Nichts, das Nordmeer, das sich bis Island und dahinter noch weiter bis Grönland erstreckte. Dies war der nordöstlichste Zipfel Englands, eintausendvierhundert Kilometer entfernt von Land's End, der Südspitze Cornwalls. Hannah hatte ihr Ziel erreicht.

Einquartiert war sie im größten Gebäude des Ortes, dem neu renovierten und kürzlich wieder eröffneten John o'Groats House Hotel. Ein spitzgiebeliges, schlossähnliches Gebäude, das seine Existenz dem Umstand verdankte, dass unweit von hier die Fähre zu den Orkney-Inseln ablegte.

Der Ort war benannt nach dem Holländer Jan de Groot, einem Seemann, dem König James der Vierte im Jahre des Herrn 1496 das Recht zum Fährbetrieb zu den Orkneys eingeräumt hatte – nur vier Jahre, nachdem Kolumbus die Neue Welt entdeckt hatte. Die windgepeitschte Inselgruppe lag nur zwölf Kilometer entfernt und war bei schönem Wetter mit bloßem Auge sichtbar.

Hannah stellte den Wagen auf den hoteleigenen Parkplatz, stieg mit steifen Bewegungen aus und schnappte sich ihren Koffer. Hier pfiff ein eisiger Wind.

Das Hotel, das sie betrat, war liebevoll in spätviktorianischem Stil eingerichtet. Tische, Anrichten und Sitzmöbel, die mit barocken Schnitzereien versehen waren, daneben Vasen und Porzellan aus Fernost, an den Wänden einige Jugendstilbilder. Alles in allem eine bunte Mischung, in der Hannah sich sofort wohl fühlte.

Nachdem sie von einem jungen Burschen auf ihr Zimmer geführt worden war und sie sich dort etwas frisch gemacht hatte, ging sie hinunter an die Bar.

Der Mann hinter dem Tresen war ein typischer *Guv* oder Governor, wie die Barkeeper in Schottland genannt werden – groß, bärtig, dickbäuchig und mit einer Nase ausgestattet, die Zeugnis von seiner Liebe zum Hochprozentigen ablegte. Ein Mann, dessen einzige Aufgabe darin zu bestehen schien, alles und jeden zu kennen. Vermutlich der beste Informant im Umkreis von mehreren hundert Quadratkilometern. Hannah blickte sich um und konnte sich das Lächeln kaum verkneifen.

In der Bar versammelte sich eine bunte Mischung aus Einheimischen und Reisenden, die hier, unter den Augen zahlreicher ausgestopfter Seevögel, auf ihre Fähre warteten. *Frag Aidan Dunbar* stand auf einem Messingschild auf dem Tresen, das von der salzhaltigen Luft schwarz angelaufen war. Sie hatte vor, genau das zu tun.

»Was kann ich dir bringen, meine Süße?«, fragte Aidan, während er mit einem Lappen die Porzellanknäufe der Zapfhähne abwischte.

Hannah, die nicht wusste, was man hier so trank, aber unter schrecklichem Durst litt, bestellte einen Cider. Ihr Englisch war ein wenig eingerostet.

»Cider, hm?«

»Und einen Whisky«, fügte sie mit Blick auf die beeindruckende Ansammlung von Flaschen hinter seinem Rücken hinzu.

»Ah.« Die schattigen Augenbrauen hoben sich. »Das ist mal ein vernünftiges Wort.« Mit ausgebreiteten Armen wandte er sich dem gläsernen Heiligtum zu. »Was darf's denn sein?«

»Keine Ahnung. Was haben Sie denn so?«
»Alles, Schätzchen, alles. Wir haben Whiskys aus ganz Schottland, streng geographisch getrennt. Hier drüben die Highlander aus den Central, den Western, Eastern und Northern Highlands. Hier drüben stehen die Tropfen aus der Region Speyside, dann haben wir die Lowlands, Whiskys aus Stonehaven und Dumbarton und natürlich die Exoten von den Inseln Islay, Arran, Mull, Jura, Skye und Orkney.«
»Tja ...« Hannah war ratlos. Sie hatte noch nie viel für Whisky übriggehabt. Genaugenommen hatte sie ihn nur bestellt, um mit dem Wirt ins Gespräch zu kommen. »Keine Ahnung. Irgendwas Weiches am liebsten.«
»Kommt sofort.« Der Wirt griff nach einer Flasche mit einer ungewöhnlichen Verdickung am Hals.
»Und schenken Sie sich bitte auch einen ein. Ich trinke so ungern allein.«
Der Wirt sah sie für einen Moment erstaunt an, dann breitete sich ein Lächeln auf seinem Gesicht aus. »He, Jamie«, brüllte er über die Köpfe der Gäste hinweg in Richtung eines Ecktisches, an dem ein zerknitterter alter Mann über seinem Guinness brütete. »Kannst du dir das vorstellen? Ich habe immer noch Chancen bei den jungen Dingern. Die hier hat mich gerade zu einem Talisker eingeladen.«
Der Alte winkte fröhlich zurück und entblößte dabei eine Reihe schwärzlicher Zahnstümpfe.
»Ich nehm deine Einladung an, Süße«, sagte der Wirt an Hannah gewandt, »aber nur unter einer Bedingung.«
»Und die wäre?«
»Dass du mich Aidan nennst. Alle tun das hier.«
»In Ordnung. Mein Name ist Hannah ...« Sie wollte mit ihm anstoßen, doch sein Glas verharrte in der Luft.
»*Du* bist das also.«
»Ich? Was meinst du damit?«

»Will hat angekündigt, dass du kommen würdest. Aus Deutschland, nicht wahr?«
»Stimmt. Aber ...«
»Herzlich willkommen am Ende der Welt. Gute Reise gehabt?«
»Schon, aber um ehrlich zu sein, stehe ich gerade ziemlich auf dem Schlauch.«
»Dann ist ein Talisker genau das Richtige. Cheers.«
»Cheers.«
Der Whisky schmeckte überraschend gut. Er wärmte Hannahs Kehle und entzündete ein kleines Feuer in ihrem Bauch. Überraschenderweise half er auch gegen die aufkommende Müdigkeit.
Hannah stellte das Glas neben sich ab. »Du sagtest eben *Will*. Ist das eine Abkürzung für William?«
Aidan nickte. »William McClune. Eine unserer Berühmtheiten hier im Ort. Die halbe Stadt gehört ihm, einschließlich dieses Hotels. Aber er is 'n feiner Kerl. Hält sich ziemlich im Hintergrund. Kommt ab und zu mal auf einen Whisky vorbei. Hat immer viel zu tun. Ölgeschäfte, du weißt schon.« Er wedelte mit der Hand in der Luft herum und tat so, als wären Ölgeschäfte die natürlichste Sache der Welt. »Er kommt eigentlich nur hierher, um abzuschalten. Männer brauchen das von Zeit zu Zeit, weißt du, und er ist ja auch nicht mehr der Jüngste.«
»Er sammelt Antiquitäten, habe ich gehört.«
»So sagt man. Kein Mensch weiß, was er da in seinem Haus eigentlich treibt. Ich kenne niemanden, der jemals eine Einladung erhalten hätte. Niemanden außer dir.« Aidan unterbrach seinen Wortschwall. Offenbar in der Hoffnung, eine nähere Erläuterung zu erhalten, die jedoch nicht erfolgte. Als er merkte, dass Hannah nicht gewillt war, ihr Geheimnis preiszugeben, fuhr er fort: »Ist schon ein komischer Kauz, dieser Will. Kein Telefon, kein E-Mail. Wenn er hier ist, merkt man das eigentlich

nur daran, dass er vorbeikommt, um einen zu trinken – und natürlich, dass sein Helikopter auf dem Landeplatz steht.«

Hannah runzelte die Stirn. Ein Antiquitäten sammelnder Ölbaron mit Hubschrauber? William McClune schien wirklich eine exzentrische Persönlichkeit zu sein.

»Und er wohnt ganz allein, hier in John o'Groats?«

»Nun, *allein* würde ich das nicht unbedingt nennen«, sagte Aidan. »Er hat immer mindestens zwei oder drei Leute bei sich. Pilot, Chauffeur, Dienstpersonal, was man halt so braucht. Aber wie ich schon sagte, Will hält sich sehr bedeckt.«

»Ich würde ihn gern heute noch besuchen«, sagte Hannah.

Aidan lachte. »Herzchen, du wirst bereits erwartet. Geh einfach die Küstenstraße runter in Richtung Duncansby Head. Keine zehn Minuten von hier, das große Steinhaus direkt an der Klippe.«

»Und du meinst, er lässt mich einfach so rein?«

Aidan zuckte die Schultern. »Probieren geht über studieren, würd ich sagen.« Mit diesen Worten fuhr er fort, Hähne zu polieren und die Gläser seiner Gäste zu füllen. Hannah bedankte sich, trank ihren Cider leer, zahlte und verließ das Hotel.

Draußen blies ein stürmischer Wind. Die Sonne war mittlerweile verschwunden und hatte einer dunklen Wolkenbank Platz gemacht. Den Kragen ihrer Jacke hochgeschlagen, marschierte sie in die Richtung, die Aidan ihr gewiesen hatte. Die Bewegung tat ihr gut und half ihr, den Kopf wieder freizubekommen. Mit großen Schritten folgte sie dem Trampelpfad nach Duncansby Head und füllte ihre Lungen mit wohlriechender salzgeschwängerter Seeluft. Wer war dieser William McClune? In welcher Beziehung stand er zu der Himmelsscheibe? Würde er sein Geheimnis mit ihr teilen? Und was erwartete er im Gegenzug von ihr? Alles Fragen, auf die sie vermutlich bald eine Antwort bekam.

Hinter einer heidebewachsenen Kuppe tauchte ein einzelnes Haus auf. *Gehöft* hätte es wohl besser getroffen, denn tatsächlich handelte es sich um eine Ansammlung kleinerer Gebäude, die sich um das zweistöckige Haupthaus scharten. Lichter brannten im Inneren und verströmten eine warme, einladende Atmosphäre. Das Gebäude wirkte, als stamme es aus dem vorigen Jahrhundert. Nirgendwo waren Autos oder sonstige Errungenschaften der technisierten Zivilisation zu sehen, dafür aber eine mannshohe, archaisch anmutende Steinmauer, die das gesamte Gelände festungsartig umgab.

Sie gelangte an eine hölzerne Pforte und sah sich um. Kein Namensschild, keine Klingel, kein Türklopfer. Nur ein schmiedeeiserner Knauf, der vom vielen Salzwasser ganz zerfressen war. Ohne große Hoffnung ergriff sie ihn und drückte dagegen. Die Tür war verschlossen. Und nun? Sie überlegte, ob sie mit der Faust gegen die Tür schlagen sollte, als sie einen Summton vernahm. Einer plötzlichen Eingebung folgend drückte sie gegen die Pforte, und siehe da, sie schwang auf.

Sie wurde also beobachtet. Nun gut, das machte alles einfacher. Mit zügigem Schritt durchquerte sie den Innenhof und ging direkt auf das Haupthaus zu. Durch die erleuchteten Fenster konnte sie einen Blick auf Gemälde, Schiffsmodelle und Bücherregale erhaschen. McClune schien ein belesener Mann zu sein.

Diesmal zögerte sie nicht, sondern klopfte direkt an. Aus dem Inneren des Hauses hörte sie schwere Schritte, dann wurde die Tür geöffnet. Ein Lichtstrahl fiel auf die Türschwelle. Vor dem hellen Hintergrund zeichnete sich der Umriss eines Mannes ab. Klein, korpulent und augenscheinlich recht haarlos.

Für einen Moment glaubte Hannah, ihr Herz würde aussetzen. Sie kannte diesen Mann. Sie brauchte nicht mal eine hellere Beleuchtung, um zu erkennen, mit wem sie es zu tun hatte. Zwar war sie ihm noch nicht persönlich begegnet, kannte ihn aber von Fotos und Videoaufzeichnungen. John hatte sie ihr bei Gelegenheit unter dem Siegel der Verschwiegenheit gezeigt. Dies war also der Mann, der so gut wie niemals öffentlich in Erscheinung trat. Einer der reichsten Männer der Erde und jemand, mit dem sich Hannah seit ihrem Abenteuer in der afrikanischen Wüste irgendwie verbunden fühlte. Norman Stromberg.

27

»Guten Abend, Frau Dr. Peters«, empfing Stromberg sie mit tiefer Stimme und annähernd flüssigem Deutsch. »Sie sind zwar etwas zu früh für das Abendessen, aber treten Sie doch ein.«
Hannah, die sich bemühte, sich ihre Überraschung nicht anmerken zu lassen, fasste sich ein Herz und ging an ihm vorbei ins hellerleuchtete Innere des Herrenhauses. Im Kamin prasselte ein wärmendes Feuer, dessen Flammen sich auf dem glänzenden schwarzen Parkett spiegelten. Die weiß verputzten Wände wurden ebenso wie die niedrig hängende Decke von schwarzen Holzbalken im Fachwerkstil durchzogen, die dem Gebäude Würde und Stabilität verliehen.
»Ich war gerade dabei, etwas zu trinken zu holen, als Sie geklopft haben«, sagte der Hausherr. »Wenn Sie mich kurz entschuldigen würden. Ich bin gleich zurück. Sehen Sie sich in der Zwischenzeit ruhig um. Fühlen Sie sich wie zu Hause. Sagt man nicht so in Deutschland?« Er warf ihr einen aufmunternden Blick zu, dann entschwand er durch einen Seitengang. Hannah sah ihm verblüfft hinterher. Erst ließ er sie herein, nur um sie dann hier warten zu lassen? Merkwürdig. Die Situation hatte etwas von absurdem Theater. Aber jetzt, da sie schon mal da war, konnte sie seiner Aufforderung auch genauso gut nachkommen.
Wohin sie auch blickte, überall Bücherregale, die mit antiqua-

rischen Werken gefüllt waren. In gläsernen Vitrinen sah sie steinerne Schrifttafeln, die augenscheinlich aus keltischer Zeit stammten. Es war verblüffend. Ihr Gastgeber hatte allein auf diesen wenigen Quadratmetern Schätze angehäuft, die so manchem Museum zur Ehre gereichen würden. Hannah seufzte. Für einen Moment hätte sie fast vergessen, wem sie hier gegenüberstand. Norman Stromberg war ein Aasgeier, ein Kunsträuber mit weißer Weste, ein Krimineller der neuen Generation. Alle seine Transaktionen liefen völlig legal ab. Niemand hätte ihm jemals irgendwelche kriminellen Machenschaften nachweisen können, dazu war er viel zu gerissen. Tatsache war aber, dass ganze Wagenladungen von Kunstgegenständen, die eigentlich zum Kulturerbe der Menschheit gehörten, aufgrund seines Einflusses für immer von der Bildfläche verschwanden. Schlimmer noch: Ganze Landstriche wurden von ihm aufgekauft und zu Privateigentum erklärt. Höhlen, Täler oder Wüstenebenen, auf denen sich wichtige Fundstätten befanden, wurden mit Hochsicherheitszäunen und Alarmanlagen gespickt und durften nur noch gegen Bezahlung betreten werden. Stromberg gehörte zu einer Handvoll machtbesessener Männer, die es sich zur Aufgabe gemacht hatten, die Geschichte der Menschheit zu privatisieren und zu monopolisieren. Dass er jetzt persönlich in Erscheinung trat, konnte nur bedeuten, dass er seine Finger nach einem neuen Ziel ausstreckte.

Sie war etwa bis zur Mitte des Raumes gekommen, als sich eine Seitentür öffnete und eine weitere Person den Raum betrat.

John!

»Hallo Hannah«, sagte er. »Du bist früh dran.«

Hannah konnte es nicht fassen, als sie den braungebrannten, gutaussehenden Mann vor sich stehen sah. Die Hände in den Hosentaschen vergraben, ein breites Lächeln im Gesicht, wirk-

te er so entspannt wie ein Urlaubsgast. Sie musste zweimal hinsehen, um sich zu vergewissern, dass sie sich nicht getäuscht hatte. Zu perplex, um eine vernünftige Antwort zu geben, sagte sie: »Allerdings. Der Flieger hatte Rückenwind.« John lachte und bot ihr einen Platz an. »Ich freue mich, dass du gekommen bist. Um ehrlich zu sein, ich wusste bis zum letzten Moment nicht, ob du dich auf das Spiel einlassen würdest.«
»Ich auch nicht«, erwiderte sie und setzte sich mit einem skeptischen Lächeln. Mochte John auch noch so charmant sein, es war nicht zu leugnen, dass er ein doppeltes Spiel spielte. In diesem Augenblick kehrte Stromberg zurück. Er trug ein Tablett mit einem Champagnerkühler und einigen Gläsern und stellte es vorsichtig auf einen Tisch in ihrer Nähe. Dann kam er zu ihnen herüber. »Wie ich sehe, hat John Sie bereits empfangen«, sagte er. »Es war seine Idee, sich erst mal im Hintergrund zu halten. Er dachte, wenn wir beide an der Tür stünden, würden Sie vielleicht wieder auf dem Absatz kehrtmachen.« Freudestrahlend ergriff er ihre Hand. »Tut mir leid, dass ich Sie eben so habe stehen lassen. Das ist gemeinhin nicht meine Art. Ich freue mich, dass wir uns endlich kennenlernen. Sie ahnen gar nicht, wie sehr ich diesen Augenblick herbeigesehnt habe.«
»Die Freude ist ganz meinerseits«, gab Hannah zurück. »Die Umstände sind zwar ungewöhnlich, aber damit komme ich klar.«
»Davon bin ich überzeugt«, sagte ihr Gastgeber. »Champagner?«
»Gern, *Mister McClune*.«
Stromberg lachte herzlich. »Bitte nehmen Sie mir mein kleines Versteckspiel nicht übel.« Er zog eine Flasche Dom Pérignon aus dem Kühler und machte sich daran, sie zu entkorken. »Eine schreckliche Unsitte von mir, ich weiß. Was soll ich ma-

chen? Ich bin nun mal notorisch paranoid. Die meisten Menschen kennen mich nur unter falschem Namen. Ein Luxus, den ich mit zunehmendem Alter mehr und mehr zu schätzen weiß. Ich hoffe, Sie werden mein kleines Geheimnis nicht ausplaudern?«

»Wie käme ich dazu«, sagte Hannah. »Die Bewohner von John o'Groats mögen ihren Patron. Besonders natürlich, weil er vorgibt, ein Einheimischer zu sein. Hierzulande scheint man Sie als trinkfreudigen Wohltäter zu kennen.«

Mit einem Knall zog Stromberg den Korken aus der Flasche. »Ich sehe, Sie haben mit Aidan geplaudert. Das hätte ich mir denken können. Fabelhafter Bursche, wenn auch ein bisschen schwatzhaft. Ein Guv von echtem Schrot und Korn. Ohne ihn hätte ich das House Hotel wahrscheinlich nicht gekauft.« Er schenkte ein und reichte jedem von ihnen ein Glas.

»Auf alte Werte und Tugenden«, sagte er und erhob sein Glas.

Hannah, die nicht wusste, was sie von dem Trinkspruch halten sollte, erwiderte den Gruß und stieß mit beiden an.

»Ah, schon besser«, sagte Stromberg und leckte sich die Lippen. »Möchten Sie etwas essen? Sie sehen aus, als könnten Sie eine kleine Stärkung gebrauchen. Mein Koch zaubert gern einige exzellente *Amuse-bouches*.«

»Nein danke«, erwiderte Hannah, deren Appetit momentan von dem viel dringenderen Hunger nach Informationen überdeckt wurde.

»Nun gut.« Er setzte sich zu ihnen und faltete die Hände. »Reden wir nicht lange um den heißen Brei herum. Sie möchten wissen, warum Sie hier sind.«

»Allerdings.«

»Nun, das ist Ihr gutes Recht. Immerhin habe ich Sie unter falschem Namen auf eine lange und anstrengende Reise gelockt. Um es gleich vorweg zu sagen: Ich möchte Ihr Vertrauen gewinnen. Mir ist bewusst, dass es nicht ganz einfach werden wird, aber es ist unumgänglich. Um zu erklären, warum Sie hier sind, muss ich ein wenig ausholen.« Er lehnte sich zurück. »Wie Sie wissen, habe ich mich mit Haut und Haaren der Archäologie verschrieben.« Lächelnd strich er mit der Hand über seinen kahlen Kopf. »Der Vergleich hinkt zwar etwas, aber es ist in der Szene längst ein geflügeltes Wort geworden, dass ich für ein seltenes Objekt meine Seele verpfänden würde. Das Auge der Medusa war ein solches Objekt, aber Ihre damalige Entscheidung scheint sich im Nachhinein als richtig erwiesen zu haben. Wie man mir berichtete, waren nur wenige Menschen stark genug, um es mit seinen Kräften aufzunehmen.«

Bei Hannah löste die Erinnerung daran eine gewisse Unruhe aus. Eine Reaktion, die Stromberg möglicherweise beabsichtigt hatte.

»Eigentlich dachte ich, dass sich unsere Wege nach diesem Erlebnis nicht mehr kreuzen würden«, fuhr der Hausherr fort, »aber ich fürchte, das Schicksal hat uns einen anderen Weg vorherbestimmt. Dass ausgerechnet Sie an einem Projekt arbeiten würden, das ich seit Jahren mit Argusaugen verfolge, daran hätte ich in meinen kühnsten Träumen nicht zu denken gewagt. Und ich habe *sehr* kühne Träume, wie Sie sich vorstellen können.«

»Sie sprechen von der Himmelsscheibe.«

»Seit ihrer Entdeckung vor neun Jahren bin ich von dem Fund fasziniert«, gab er zu. »Er repräsentiert so ziemlich alles, was an der Archäologie spannend ist. Eine versunkene Kultur, ein ungelöstes Rätsel und ein Geheimnis, das weit größer ist, als wir uns das zum jetzigen Zeitpunkt vorstellen können.«

Hannah runzelte die Stirn, sagte aber nichts.

»Nach einer Phase interessanter Erkenntnisse begann die Forschung an der Scheibe einzuschlafen. Scheinbar hatte man alles Wissenswerte herausgefunden.«

Hannah wollte zu einer Erwiderung ansetzen, doch Stromberg

hob die Hand. »Ich sagte: *scheinbar*. Ich weiß, dass sie noch viele Geheimnisse birgt, aber man hatte zum damaligen Zeitpunkt genug Informationen gesammelt, um auch die letzten hartnäckigen Querulanten zum Schweigen zu bringen. Dann kam es aber zu dem glücklichen Zufall, dass man mit Dr. Feldmann einen Mann an die Spitze der Landesarchäologie setzte, der sich nicht mit Bekanntem und Bewährtem zufriedengeben wollte.« Hannah musste ihm in Gedanken recht geben. Feldmann mochte nicht unbedingt sympathisch rüberkommen, aber er war ein Mann, der bereit war, ausgetretene Pfade zu verlassen und Risiken einzugehen.

»Eine Einstellung, wohlgemerkt, die ich sehr zu schätzen weiß«, fuhr Stromberg fort. »Immerhin hat er Sie zur Projektleiterin ernannt. Allein dafür gebührt ihm mein Dank. Leider erfuhr ich von Ihrer Ernennung erst zu einem recht späten Zeitpunkt, sonst hätte ich Ihnen eher helfen können.«

Hannah blickte auf. »Sie wissen von meinen Schwierigkeiten?«

Auf Strombergs Gesicht zeichnete sich ein mildes Lächeln ab. »Schwierigkeiten sind gar kein Ausdruck, meine Liebe. Ich weiß, dass Sie inzwischen nach dem letzten Strohhalm greifen, um sich über Wasser zu halten.«

»Woher ...? Ach ja, natürlich. John hat Ihnen alles erzählt, nicht wahr?« Ihr Blick wanderte zu ihrem Ex-Lebensgefährten.

»Meine Liebe, das war gar nicht nötig. Ich wusste es schon vorher. Wenn ich mich in eine Sache vergrabe, dann richtig. Meine Frau hat früher immer behauptet, ich hätte den Biss eines Terriers, und damit hatte sie vermutlich nicht ganz unrecht. Ja, ich weiß von Ihren Problemen, aber ich kann Sie beruhigen. Ich halte Sie für die Art Mensch, die erst dann zur Höchstform auflaufen, wenn sie mit dem Rücken zur Wand stehen.« Er lehnte sich nach vorne. »Ihre Bemerkung, dass die Anordnung der Sterne mehr als nur ein zufälliges Muster bildet, war genial. Sie hat zu einem wahren Ideensturm in meinem Team geführt. Und ehe Sie mich danach fragen – ja, ich war in Ägypten. Ich war dabei, als Sie die Hieroglyphen der Hatschepsut untersuchten. Sie können sich nicht vorstellen, wie viel Überwindung es mich gekostet hat, im Hintergrund zu bleiben. Aber ich war mir nicht sicher, ob Sie wirklich bereit wären, den Gedanken auch konsequent weiterzuverfolgen. Darum habe ich angefangen, Angelhaken auszuwerfen.«

»Der Brief«, platzte Hannah heraus.

Stromberg lächelte. »Darf ich Ihnen noch etwas Champagner nachfüllen?« Ohne eine Antwort abzuwarten, goss er Hannahs Glas voll. Dann schenkte er sich selbst auch noch einmal ein.

»Wie kommen Sie auf die Idee, dass es noch mehr Scheiben geben könnte? Dieser Gedanke ist nach dem jetzigen Stand der Forschung völlig abwegig. Haben Sie etwa Informationen ...?« Stromberg legte seinen Finger an die Lippen. »Das ist etwas, über das ich gerne zu einem späteren Zeitpunkt mit Ihnen reden möchte. Zunächst möchte ich mich dem zweiten Genie in dieser Runde zuwenden.« Er deutete auf John. »Seine Idee war es, dass es sich bei der Scheibe um eine Art Karte handeln könne. Mir wäre so etwas nicht im Traum eingefallen. Aber die Theorie hat etwas Bestechendes, finden Sie nicht?«

Hannah neigte den Kopf. Sollte sie ihnen erzählen, dass sie die Theorie überprüft und tatsächlich eine Spur gefunden hatte? Nein. Die beiden mochten einiges wissen, aber es war beruhigend, zu erfahren, dass sie nicht alles wussten. Sie entschied sich dafür, die Ahnungslose zu spielen.

»Die Theorie ist nicht bestechend, sie ist verrückt«, sagte sie. »Sie sollten das möglichst schnell wieder vergessen. Kein ernsthafter Archäologe würde bei so etwas anbeißen.«

»Sind Sie ein ernsthafter Archäologe?« Stromberg warf ihr einen schwer zu deutenden Blick zu.

»Nun, ich ...«
Stromberg, dem Hannahs Zögern nicht entgangen war, winkte ab. »Lassen Sie nur. Wir drei sind uns in unseren Ansichten vermutlich ähnlicher, als man vermuten könnte. Geschwister im Geiste, wenn man so will. Alle ein bisschen verrückt und besessen von alten Mysterien.«
»Unsere Motivation könnte gegensätzlicher nicht sein«, sagte Hannah und lächelte kühl. »Im Gegensatz zu Ihnen möchte ich die Welt an unseren Erkenntnissen teilhaben lassen. Sie hingegen ziehen es vor, alles in einem Geldspeicher zu vergraben und Ihren Schatz zu hüten wie die Henne das Ei.«
»Hannah!« John blickte sie erschrocken an.
»Nein, nein, lassen Sie nur.« Stromberg legte John die Hand auf den Arm. »Sie hat ja recht. Ich habe tatsächlich etwas von einer Henne, oder sagen wir besser von einer Glucke, die eifersüchtig über ihre Küken wacht. Nur unterstellen Sie mir bitte keine niederen Instinkte. Damit täten Sie mir wirklich Unrecht. Lassen Sie mich eines klarstellen: Mein Hang zur Inbesitznahme hat nichts mit Materialismus oder Sammelwut zu tun. Einzig und allein die Sorge um unsere Kulturschätze treibt mich an.« Hannah gab ein abfälliges Schnauben von sich.
»Unsinn, meinen Sie? Wissen Sie eigentlich, wie viele Kunstobjekte jedes Jahr durch unsachgemäße Ausgrabungsmethoden zerstört werden? Wie viele Artefakte von Grabräubern in Nacht- und Nebelaktionen ausgegraben und auf dem Schwarzmarkt verschachert werden? Ganz zu schweigen von der Menge an Objekten, die auf den Tauschbörsen und Bazaren dieser Welt aufs schwerste beschädigt werden. Die Geschichte der Himmelsscheibe ist ein Paradebeispiel dafür. Ohne das Eingreifen eines einzigen mutigen Mannes wäre sie für immer in irgendeiner Vitrine verschwunden. Wir hätten nie von ihr erfahren. Mein Ziel ist es, diese Schätze zu sichern und zu

bewahren, auf dass zukünftige Generationen auch an diesem Erbe teilhaben können. Natürlich abgesehen davon, dass ich an den Tantiemen und Nutzungsrechten ein wenig nebenher verdiene.« Er faltete die Hände über dem Bauch und setzte ein unschuldiges Lächeln auf.
Hannah erwiderte seinen Blick. »Die Frage, ob Sie nun ein Haifisch oder ein Heiliger sind, werden wir heute Abend wohl nicht mehr klären, oder?«
»Vermutlich nicht«, entgegnete Stromberg. »Daher würde ich vorschlagen, wir kehren zu meinem Angelhaken zurück. Ungeachtet dessen, was Sie von meiner Person und Johns Theorie halten mögen, eines haben wir jedenfalls erreicht: Sie haben endlich wieder angefangen, das zu tun, was Sie am besten können.«
Hannah hielt den Kopf schief. »Und das wäre?«
»Ich bitte Sie, Hannah – wir alle wissen, dass Sie nicht für die Arbeit im Labor geschaffen sind. Ihre Welt ist die Feldforschung. Sie gehören nach draußen, unter freien Himmel oder in enge Höhlen, Hauptsache, weg von staubigen Archiven und sterilen Depots. Seit Sie das tun, bewegen Sie auch wieder etwas.«
»Woher wollen Sie das wissen?«
»Das haben mir die vielen kleinen Stimmen gesagt, die mir rund um die Uhr ins Ohr flüstern.« Wieder erschien dieses breite Lächeln auf seinem Gesicht, das Hannah unangenehm an die Cheshire-Katze aus Alice im Wunderland erinnerte. »Informationen sind mein tägliches Brot« sagte er. »Ohne sie wäre ich ein kleiner, glatzköpfiger alter Mann ohne den geringsten Einfluss. Dass dem nicht so ist, verdanke ich meinen vielen Helfern und Informanten.« Er klopfte John auf die Schulter, der das Kompliment mit einem leichten Anflug von Röte auf seinen Wangen zur Kenntnis nahm.
»Tatsache ist, dass Sie einen Punkt in Ihrer Forschung erreicht

haben, an dem Sie allein nicht weiterkommen. Sie benötigen Hilfe.«

»Und an was für eine Art von Hilfe dachten Sie?«

Stromberg griff seitlich hinter seinen Sessel und zog einen Hartschalenkoffer hervor, dessen Oberfläche matt schimmerte. Er schien aus einer besonderen Art von gehärtetem Stahl zu bestehen. Drei Sicherheitsschlösser umspannten einen Riegel, der sich nur durch Eingabe einer besonderen Kombination in Verbindung mit einem Schlüssel öffnen ließ. Hannahs Interesse war geweckt. Sie kannte diese Art von Koffern. Hochsicherheitskoffer, die nur zum Transport wertvoller Dokumente oder Schmuckstücke verwendet wurden. Was immer ihr Gastgeber darin aufbewahrte, es musste einen beträchtlichen Wert besitzen. Stromberg gab den Zahlencode ein, steckte den Schlüssel in das Schloss und ließ den Riegel aufschnappen. Dann hob er den Deckel und drehte den Koffer, so dass Hannah sehen konnte, was sich darin befand.

Es verschlug ihr die Sprache. Das konnte doch unmöglich wahr sein.

Vor ihr lag die Himmelsscheibe. Grünlich schimmernd und perfekt bis ins letzte Detail. Das Licht des Kaminfeuers schimmerte weich auf dem Metall. Kaum zwei Tage waren vergangen, als sie sie das letzte Mal berührt hatte, im Safe, tief im Sicherheitstrakt des Museums. Und jetzt sollte sie hier sein, mehr als tausend Kilometer davon entfernt, an Schottlands rauher Nordküste? Unmöglich.

»Es ist ein Duplikat«, flüsterte sie.

Strombergs Grinsen wurde noch ein wenig breiter.

»Das einzige Duplikat, das jemals für einen Privatsammler angefertigt wurde. Das waren *Sie?*«

»Überrascht Sie das?«

Hannah löste ihren Blick von der Scheibe. »Jetzt, wo Sie fragen – nein. Mittlerweile kenne ich Sie gut genug, um zu wissen, dass nur Sie so verrückt sein können, für ein Duplikat einhunderttausend Euro auszugeben.«

»Das Original war leider nicht mehr verfügbar«, sagte er mit einem Achselzucken. »Hätte es zum Verkauf gestanden, ich hätte es genommen, zu jedem Preis der Welt.«

Hannah hatte das Versteckspiel satt. Sie war müde und hungrig, und sie hatte das Gefühl, immer noch nichts Konkretes erfahren zu haben. »Sagen Sie mir jetzt endlich, was Sie für ein Interesse an der Scheibe haben? Und was das Ganze mit der Fotografie zu tun hat, die John mir geschickt hat? Meine Geduld geht langsam dem Ende zu.«

»Wissen Sie es denn immer noch nicht?« Stromberg schob sein Gesicht so nah an ihres, dass sie seinen Atem auf der Wange spüren konnte. Als er sprach, war seine Stimme kaum mehr als ein Flüstern.

»Die Scheibe in Ihrem Museum ist viel mehr als nur ein Kalender oder eine Karte. Es ist etwas unendlich viel Geheimnisvolleres: Sie ist ein Tor zu einer anderen Dimension.«

28

Der Abend kam und mit ihm die Lichter. Rings um den Brocken flammten Kaskaden leuchtender Punkte auf. Straßenlaternen, Neonröhren, Hinweistafeln und Werbeschilder, dazwischen unruhig hin- und herhuschende Autoscheinwerfer. Sie alle ließen den Berg wie einen finsteren Ozeandampfer erscheinen, der durch einen Teppich leuchtendes Plankton pflügte. Auf den Straßen und in den Dörfern und Städten pulsierte das Leben. Die Menschen waren auf dem Weg in ihren Feierabend. Sie kehrten in ihre Wohnungen zurück oder nutzten die verbleibende Zeit für einige schnelle Einkäufe. Alle waren in Bewegung, und niemand achtete auf den Berg, der mit kaltem Auge auf sie herabblickte. Still und dunkel lag er da. Ein Haufen lebloses Gestein, so könnte man meinen.

Doch der Eindruck trog.

Tief in seinem Inneren rumorte es. Eine Kraft, älter als dieses Land, älter als die Menschen, die es bewohnten, stand in Begriff, sich ihren Weg an die Oberfläche zu bahnen. Eine Kraft, die seit Tausenden von Jahren geschlafen hatte und die nun geweckt worden war. Über dem Haupt des Berges brodelte die Atmosphäre. Aufgeheizte warme Luftmassen prallten auf eine sich rasch zusammenbrauende Kaltfront und begannen, in einem infernalischen Tanz, umeinanderzukreisen. Wassertröpfchen, so klein, dass sie dem bloßen Auge nur als Nebel erschienen, rieben gegeneinander und bauten ein enormes Feld an elektrischer Energie auf. Die pechschwarzen Wolken begannen von innen heraus zu leuchten, flackerten, erloschen und erwachten von Neuem zum Leben. Nicht lange danach verließ der erste Blitz die brodelnde Hexenküche und schlug mit einem markerschütternden Knall in den aufgeweichten Boden. Das allabendliche Spektakel hatte begonnen. Doch diesmal war es heftiger als je zuvor.

Bertram Renz, der Manager des renommierten *Brockenhotels*, blickte sorgenvoll in den rasch dunkler werdenden Himmel. Der Wetterbericht klang nicht gut. Ein Sturmtief braute sich über dem Harz zusammen und führte kalte Luft aus den oberen Schichten der Atmosphäre herab. Niemand konnte genau sagen, ob es sich um ein natürliches Phänomen handelte und ob es irgendwie im Zusammenhang mit diesem seltsamen Wetterleuchten stand, das seit einigen Tagen zu Unruhe unter seinen Gästen geführt hatte. Die Stimmung war aufgeladen, in jeder Hinsicht.

Dabei hatte bis vor kurzem alles so gut ausgesehen. Sein Hotel war ausgebucht, und zwar für eine ganze Woche. Unter den Gästen befanden sich bekannte Persönlichkeiten des öffentlichen Lebens, Politiker, Künstler, Stars aus Film und Fernsehen. Das hatte es noch nie gegeben, nicht einmal während der Jahrtausendwende, nicht während der grandiosen Skisaison vor fünf Jahren. Nicht, seit er hier das Sagen hatte. Es war, als habe sich sein langgehegter Wunsch endlich erfüllt.

Das Brockenhotel hatte es verdient. Das am höchsten gelegene Hotel Norddeutschlands war erst vor drei Jahren von Grund auf modernisiert worden. Die Zimmer im ältesten Fernsehturm Deutschlands waren alle auf internationalen Standard angehoben worden, die Aufzüge ersetzt und die Elektrik erneuert worden. Zimmer und Gastronomie befanden sich auf insgesamt acht Stockwerken. Per Satellit konnten sich die Gäste die neuesten Kinofilme ansehen. Das gesamte Untergeschoss war zu einem Wellness-Bereich umfunktioniert worden, mit Saunalandschaft, Whirlpools, Fitness-Bereich und Schwimmanlage. Auch das Restaurant genügte gehobenen Ansprüchen. Der Umbau hatte etliche Millionen verschlungen, und die Banken warteten immer noch auf ihr Geld. Zwar hatte der Harz in den vergangenen Jahren in Sachen Tourismus beachtlich zugelegt, aber die Einnahmen reichten nicht mal annähernd, um die Zinsen zu tilgen. Hätte er nicht den Bundeszuschuss bekommen, er hätte den Laden dichtmachen können. Doch mit einem Schlag schien sich das zu ändern. Die frische Brise, die in Form der fünfhundertsten Walpurgisnacht über den Berg gefegt kam, spülte unzählige Gäste und Schaulustige heran. Noch niemals zuvor waren so viele Hotels so früh ausgebucht gewesen. Die Nachricht hatte sich wie ein Lauffeuer unter Veranstaltern herumgesprochen, die kurzerhand sämtliche Bühnen und Auftrittsorte vorbereiten ließen und ihre lokalen Künstler gegen Stars von internationalem Rang austauschten. Das Programmheft las sich wie ein *Who is Who* der Musikszene. Funk, Fernsehen und Presse berichteten über die anstehenden Veranstaltungen und lösten einen Schneeballeffekt aus. Die Buchungszahlen schossen in die Höhe, und es dauerte keine vierundzwanzig Stunden, da waren die meisten Hotels in der Gegend belegt. Viele der Gäste hatten zeitig geplant und nutzten die Gelegenheit für einen kleinen Zwischenurlaub. Manche brachten ihre Kinder mit, auch wenn sie deswegen für ein oder zwei Tage die Schule schwänzen mussten. Der Trend, Walpurgis als zweites Faschings- oder Halloweenfest auszurufen, war wie ein Ozeandampfer, der sich nicht mehr stoppen ließ. Renz hatte das Brockenhotel entsprechend dekorieren lassen. Das Restaurant bot Hexenmenüs an, es gab eine Gruseldisco speziell für Kin-

der, und erfahrene Bergführer waren engagiert worden, um ein kindgerechtes Ausflugsprogramm mit Höhlenwanderung und Hexensichtung zusammenzustellen, abschließende Einkehr im Souvenirshop inbegriffen. Die Brockenbahn machte Überstunden und fuhr nun alle touristischen Sehenswürdigkeiten in doppelten Schichten an. Alles deutete auf ein spektakuläres und einträgliches Wochenende hin. Wäre da nur nicht dieses merkwürdige Wetter.
Ein Lichtstrahl schreckte ihn auf. Durch sein Fenster sah er eine Wolkenbank, die von innen heraus zu leuchten schien. Ein Blitz fuhr aus ihrer Unterseite und schlug krachend in die Bergspitze. Das Licht enthüllte eine tief hängende Wolkendecke, in der es nur so brodelte und kochte. Zu allem Überfluss begannen jetzt noch kleine Flocken vor seinem Fenster hin und her zu tanzen. Das Gesicht von Bertram Renz verdüsterte sich. Es hatte zu schneien begonnen.

Ein Erdstoß erschütterte das Innere des Berges. Nur ein leichtes Beben, kaum der Rede wert, aber ein deutliches Signal. Ein Zeichen für den erfolgreichen Abschluss der Rituale. Im Inneren der Höhle spendeten einige Fackeln trübes Licht. Der Schamane schlurfte vom einen Ende der Höhle zum anderen, bemüht, die Schale mit gereinigtem Wasser nicht fallen zu lassen. Seine gebeugte Haltung ließ darauf schließen, dass er am Ende seiner Kräfte war. Ein nicht enden wollender Tag lag hinter ihm, ein Tag des Bangens und Hoffens. Alle zweiunddreißig Energiepunkte hatte er aufgesucht, um dort die notwendigen Opfer zu bringen. Die sieben wichtigsten Punkte, die Plejaden, diejenigen, die direkt auf dem heiligen Berg lagen, hatte er sich bis zuletzt aufgehoben. Hier befanden sich die stärksten Quellen. Zentren von solch reiner Energie, dass es eines wahren Meisters bedurfte, um ihre Kraft zu bändigen. Sie entsprachen den sieben Chakren des Menschen. Das Kronenchakra, das Stirn-, Hals- und Herzchakra, das Chakra des Solarplexus, das Sakral- und das Wurzelchakra. Der Berg war wie ein lebendes, atmendes Wesen mit einer Seele, dessen vier Energiekörper durch spezielle Pforten markiert wurden, eine in jede Himmelsrichtung.

Er stellte die Schale ab und vollführte ein letztes Ritual. Einmal noch sang er die Beschwörungsformel, einmal noch faltete er die Hände und verbeugte sich in die vier Himmelsrichtungen, ein letztes Mal noch schnitt er sich ins Fleisch und ließ ein paar Tropfen Blut auf das schwarze Gestein tropfen. Dann war es vollbracht. Der Altar war präpariert, die Vorbereitungen, soweit sie ihn betrafen, vollendet.

Fehlte nur noch das letzte Siegel.

Ein weiteres schwaches Beben erschütterte die Höhle. Der Schamane spitzte die Ohren. Was immer sich aus den Tiefen der Welt seinen Weg nach oben ans Licht bahnte, es wurde langsam ungeduldig.

Jetzt hing alles von der Seherin ab. Würde sie die Wächter dazu bringen können, ihren Auftrag auszuführen? Dies war die letzte und entscheidende Hürde. Ohne das vierte Siegel würde sich der Gepriesene nicht vollständig erwecken lassen. Ohne das fehlende Symbol würde die Zeremonie scheitern, wie so viele Male zuvor.

Der Schamane ging in den hinteren Teil der Höhle, dorthin, wo sich die Wächter versammelt hatten. Ein Schauer fuhr ihm über den Rücken. Er hasste diese Kreaturen, sie waren ihm zutiefst zuwider. Der Gestank, der von ihnen ausging, war kaum auszuhalten. Die Biester hatten die unangenehme Eigenschaft, alles mit ihrem Kot zu beschmieren. Damit markierten sie ihr Territorium. Hinzu kam, dass sie sich von einer Substanz ernährten, die den Gestank noch verschlimmerte. Eine Art Höhlenpilz, der in bestimmten Regionen des Berges an den Wänden wucherte. Dieser Pilz war es, der ihnen ihre

enormen Kräfte verlieh. Er war es, der sie zu dem hatte werden lassen, was sie waren. Seit ihrer Geburt lebten sie hier unten, an der Seite der Seherin. Er hasste die Art, wie sie sich bewegten, wie sie fraßen und wie sie ihn ansahen. Alles an ihnen war unnatürlich, als wäre dem Schöpfer bei seinem Werk ein Fehler unterlaufen. Durch und durch bösartige Geschöpfe, die nur durch Stärke und Willenskraft zu kontrollieren waren.
Der Schamane hatte die Absperrung erreicht. Ein Teil der Höhle war mit kräftigen Fichtenstämmen abgeteilt worden. Eine Tür mit einem starken Schloss war der einzige Zugang. Nicht, dass die Wächter diese Barrikade nicht einreißen könnten, aber sie akzeptierten ihren Platz und wagten nicht, den heiligen Bereich mit ihrer Unreinheit zu beschmutzen. Sie wussten, welche Strafen auf sie warteten, wenn sie sich nicht unterordneten. Die Seherin war in der Lage, Flüche auszusprechen, die so mächtig waren, dass sie selbst den verderbtesten Kreaturen die Angst in den Pelz trieben. Die Wächter wussten um die Macht dieser Flüche und senkten, kaum dass ihre Meisterin sich näherte, ihre Köpfe. Winselnd krochen sie vor ihr am Boden.
Die Seherin legte ihre Hände auf die Köpfe der Wächter, wiegte sich vor und zurück und begann, einen alten Text zu rezitieren. Ein uraltes Lied, gesprochen in der Sprache des Gepriesenen. Der Schamane sah sich im hinteren Teil der Höhle um. Überall lagen Knochen verstreut. Zwischen Fellfetzen und blutigen Fleischresten sah er große Platten mit Resten des merkwürdigen Pilzes liegen. Die Wächter hatten sich also bereits satt gefressen.
Mit einigen abschließenden Worten, die wie das Kratzen von Fingernägeln auf einer Steinplatte klangen, beendete die Seherin das Gebet und nahm ihre Hände von den Köpfen der Wächter. Unter dem strähnigen Fell begann es zu zucken. Muskeln bewegten sich, Gelenke wurden gedehnt. Die erste

der Kreaturen stand auf und hob ihren Kopf. Böse funkelnde Augen betrachteten ihn. Der Schamane hielt dem Blick stand. Auch als das Wesen seine Zähne entblößte, wich er nicht zurück. *Stärke*, redete er sich ein, *Stärke ist die einzige Sprache, die sie verstehen. Du darfst jetzt nicht nachgeben*, sagte er sich. *Du darfst keine Angst haben. Sie können deine Angst riechen ...*
Jetzt hob auch der zweite Wächter den Kopf. Die beiden richteten sich auf und hielten witternd die Nasen in die Luft. Ein tiefes Knurren entrang sich ihren Kehlen. Der Schamane wich keinen Schritt zurück. Mit strengem Blick sah er auf die Kreaturen hinab und richtete seinen Stab auf sie. Der Kopf der Frau neigte sich unmerklich zur Seite. Ein zischendes Wort, und die Kreaturen verstummten augenblicklich.
Mühsam erhob sich die Seherin und klopfte sich den Staub aus ihrer Kleidung. Die Rituale hatten auch bei ihr Spuren hinterlassen. Mit einem Anflug von Bedauern musste der Schamane feststellen, wie alt sie mit den Jahren geworden war. Ihre Zeit war gekommen. Schon bald würde er ausziehen und sich eine neue Gefährtin suchen müssen. Die Seherin wusste das. Sie hatte es immer gewusst.
Aber noch war sie das Oberhaupt ihres Ordens.
Ohne den Schamanen eines Blickes zu würdigen, ging sie an ihm vorbei und öffnete die Tür des Verschlages. »Du kannst sie jetzt zum Siegel bringen«, sagte sie mit leiser Stimme. »Wenn du dich beeilst, kannst du die Strecke in knapp zwei Stunden zurücklegen. Ich werde so lange die anderen informieren. Vergiss nicht, uns bleiben nur noch vier Tage.«
Der Schamane nickte. Die entscheidende Phase hatte begonnen.

29

Die Wände des Zimmers schienen ein Stück enger zusammenzurücken. Das Feuer, das eben noch hell gebrannt hatte, spendete plötzlich keine Wärme mehr.
»Was sagen Sie da?« Hannah konnte es nicht glauben.
»Wir vermuten, die Scheibe ist ein Schlüssel, der eine Art Tor oder Portal öffnet«, sagte John mit leiser Stimme.
»Wir haben Hinweise, dass sie in einer Art Ritual eingesetzt wurde«, fuhr Stromberg fort. »Ein Ritual, das dazu dient, mit einer anderen Sphäre der Existenz in Verbindung zu treten. Einer parallelen Dimension, wenn Sie so wollen.«
»Das ist doch ein Ammenmärchen, oder?«
»Meinen Sie?« Er lächelte geheimnisvoll. »Ich möchte Ihnen etwas zeigen. Es dürfte Sie interessieren. Kommen Sie.« Er reichte ihr die Hand und zog sie aus dem bequemen Sessel. Kaum stand sie auf den Beinen, als sie ein leichter Schwindel überkam. Der Alkohol hatte sich wie eine warme Decke über ihre Nervenenden gelegt.
»Alles in Ordnung?« John griff ihr stützend unter den Arm, doch Hannah entzog sich mit einer unwirschen Bewegung.
»Danke. Es geht schon. Kommen Sie, zeigen Sie mir Ihr großes Geheimnis.«
»Mit Vergnügen.« Ihr Gastgeber führte sie aus dem Wohnraum hinaus, wandte sich dann nach rechts und ging eine gemauerte Treppe hinab. Aus den grobgefugten Steinmauern kroch

die Kälte und vertrieb die kuschelige Wärme. Hannah schlang die Arme um sich, während sie darauf achtete, sich auf den schmalen Stiegen nicht den Fuß zu vertreten. Als sie eine graue Stahltür erreichten, zog Stromberg einen Schlüsselbund aus der Hosentasche und schloss auf. Ein Schwall warmer, abgestandener Luft empfing sie.

»Willkommen im Wunderland«, sagte er und hielt ihnen die Tür auf. Hannah trat ein und sah sich um. Sie stand in einem gemauerten Gewölbe, wie es in früheren Zeiten zur Aufbewahrung von Nahrungsmitteln gedient haben mochte. Die Steine wirkten, als wären sie Hunderte von Jahren alt. Schwarze Rauchspuren verrieten, dass hier früher Fackeln gebrannt hatten. Mit seinem gestampften Lehmboden hätte das Gewölbe jeden Weinliebhaber in Verzückung versetzt. Eine elektrische Heizanlage sorgte für angenehme Temperaturen, während eine Leiste mit Halogenstrahlern wohltuende Helligkeit verbreitete. Hannah brauchte nur den Bruchteil einer Sekunde, um festzustellen, dass der Raum leer war. Wozu auch immer er genutzt wurde, ein Weinkeller war es sicher nicht.

»Verwundert?« Stromberg war Hannahs ratloser Gesichtsausdruck nicht entgangen.

»Allerdings. Was ist das für ein Raum? Sieht alt aus.«

»Sehr alt. *Piktisch*, um genau zu sein. Meine Experten haben ihn auf etwa dreihundert vor Christus datiert. Wir vermuten, es war eine Art geheimer Versammlungsort, vielleicht ein Tempel. Leider wissen wir viel zu wenig über die Pikten. Vom Baustil her können wir ihn jedoch mit den Brochs gleichsetzen, die hier in Caithness und auf den Orkneys weit verbreitet sind.«

»Sie meinen diese eisenzeitlichen Turmanlagen, für die der Norden Schottlands so berühmt ist?«

»Ganz recht. Wenn Sie interessiert sind, zeige ich Ihnen morgen eine davon. Sie befindet sich ganz in der Nähe und ist wirklich sehenswert.«

»Sehr gern.«
»Abgemacht. Wie auch immer: Diese Anlage hier ist anders. Ohne diesen Raum hätte ich das Haus und das Grundstück überhaupt nicht gekauft.«
»Was ist so besonders daran? Er ist doch leer.«
»Nicht ganz, meine Liebe, nicht ganz. Folgen Sie mir.«
Er führte sie in den hinteren Teil des Raumes, dorthin, wo der Lehmboden mit dem Mauerwerk abschloss. Kurz davor, also an der Stelle, wo in einer Kirche üblicherweise der Altar stehen würde, war eine Steintafel in den Boden eingelassen. Hannah hielt den Atem an. Kein Zweifel, dies war der Stein, den sie auf der Fotografie gesehen hatte. Allerdings nur einen kleinen Teil davon, wie sie jetzt feststellte.
»Dies ist der Duncansby Head«, entgegnete Stromberg auf ihren fragenden Blick. »Der Kopfstein von Duncansby. Einer der wertvollsten und geheimnisumwittertsten Steine Englands. Die meisten halten ihn für einen Mythos. Nur wenige wissen, dass er tatsächlich existiert.«
»Der Duncansby Head? Ich dachte, das sei der Name einer benachbarten Küstenformation?«
»Das denken die meisten. Ehrlich gesagt, wundert es mich nicht, dass Sie davon noch nie etwas gehört haben. Es gibt nur eine Handvoll Menschen, die diesen Stein kennen. Besessene wie ich, die ihr Geheimnis gut bewahren.« Er lächelte versonnen. »Mich würde brennend interessieren, was Sie davon halten.«
Hannah ging neben der Steinplatte in die Hocke und betrachtete die reliefartigen Strukturen. Kein Zweifel, diese Platte war alt. Älter als alles, was sie bisher an Steinarbeiten in Großbritannien gesehen hatte. Vielleicht sogar älter als die weltberühmten Felsbilder von Backa oder Löckeberg in Westschweden.
»Von der Art der Darstellung her würde ich sagen, es handelt

sich um eine Steintafel aus der frühen bis mittleren Bronzezeit.« Sie strich mit dem Finger über die rauhe Oberfläche.
»Kalkstein, nicht wahr?«
»Ganz recht. Meine Experten haben die Tafel auf ein Alter von etwa tausendfünfhundert vor Christus datiert. Der Beginn der mittleren Bronzezeit hier auf den Britischen Inseln. Lang vor den Pikten und den Kelten. Über diese Epoche ist in England so gut wie nichts bekannt. Interessanterweise gibt es diese Art von Kalkstein auf den Britischen Inseln nicht. Er wurde importiert – und zwar aus Deutschland.«
Hannah hob die Augenbrauen. »Sie wollen mich verschaukeln.«
»Meine Gesteinskundler haben durch vergleichende Analysen festgestellt, dass es sich um eine Sorte von Kalkstein handelt, wie sie im Harz vorkommt. Ähnlich dem Iberger Kalk aus dem Bereich von Bad Grund oder dem Elbingeröder Komplex.«
»Erstaunlich.« Hannahs Blick strich über die Gravuren. An einem kleinen Detail blieb er hängen. Einige kleine geritzte Zeichen an der Ober- und Unterkante der Steinplatte.
»Hallo, was ist denn das?« Sie fuhr mit den Fingern darüber. Kein Zweifel, die Zeichen waren eingeritzt worden. Sie hob den Kopf.
»Das ist doch unmöglich.«
Stromberg sah lächelnd zu ihr herab. »Sagte ich nicht: Willkommen im Wunderland? Und ehe Sie mich danach fragen: Die Tafel ist echt. Sie liegt seit über dreitausend Jahren an diesem Ort. Die umgebenden Bodenschichten sind mit den Mineralien aus dem Kalkstein gesättigt.«
»Aber das sieht aus wie Keilschrift.«
»So ist es.«
»Keilschrift, auf einem Stein aus dem Harz, in einem bronzezeitlichen Bau in England, das ist doch unmöglich.«
Stromberg lächelte. »Meine Sprachforscher haben die Schrift

analysiert. Es handelt sich um eine Form, wie sie in der Gegend um Ninive Verbreitung fand.«
»Aber wenn der Kalkstein aus dem Harz stammt, dann hieße das ja ...«
»... dass die Gravuren vermutlich auch dort angefertigt wurden. Oder aber danach – nachdem der Stein nach England transportiert wurde. Wie man es auch dreht und wendet, es bleibt ein außergewöhnlicher Fund.« Ein schelmisches Grinsen trat auf sein Gesicht. »Können Sie sich vorstellen, was das für die britische Nation bedeuten würde, die so sehr auf Geschichte und Traditionen fußt?«
»Es würde alles auf den Kopf stellen«, sagte Hannah. »Es wäre fast so schlimm wie die Geschichte mit dem König von Stonehenge.«
John runzelte die Stirn. »Der *König von Stonehenge?* Wer ist das denn?«
»Sie kennen den *Archer* nicht?« Stromberg hob tadelnd die Augenbraue. »John, das ist wirklich unverzeihlich. Es handelt sich dabei um das zweitausendfünfhundert Jahre alte Skelett eines Mannes, das man nur fünf Kilometer von Stonehenge entfernt fand. Damals glaubte man, man habe den Erbauer von Stonehenge vor sich. Der erste Brite – eine Sensation. Bis sich dann herausstellte, dass der Mann in den Alpen, vermutlich in der Schweiz oder Österreich, geboren und aufgewachsen war. Ein herber Schlag für den englischen Nationalstolz.« Hannah nickte. »Um wie viel schlimmer muss sie dann dieser Fund treffen. Die frühesten Briten Iraker? Ich glaube, wenn das rauskommt, befiehlt der Premierminister, den Stöpsel zu ziehen und die Insel im Meer zu versenken.« Ihre Augen glänzten vor Vergnügen. »Den Sumerern gelang vor etwa siebentausend Jahren erstmals der Sprung vom Dorf zur Stadt: In der Hauptstadt Uruk haben damals Tausende von Menschen gelebt. Sie wurde von einer beinahe zehn Kilometer langen

Mauer umgeben. Hier erfand man vor über fünftausend Jahren das Rad, das Segel und den Pflug. Die Pyramiden in Ägypten waren noch nicht gebaut, da gelang den Sumerern die großartigste Erfindung von allen: die Schrift.« Sie blickte Stromberg an. »Ich verstehe nicht, wie Sie so einen wichtigen Fund zurückhalten können.«

»Ich habe meine Gründe«, erwiderte er. »Einer davon ist, dass ich zuerst die Lücke zwischen dieser Tafel und der Himmelsscheibe schließen möchte. Es gibt eine Verbindung, und mein Gespür sagt mir, dass Sie allein fähig sind, diese Aufgabe zu bewältigen.«

Hannah nahm das Kompliment nur nebenbei zur Kenntnis. Ihre Aufmerksamkeit wurde von der Tafel beansprucht. Ihr Versuch, eine Ordnung in die Bilder zu bekommen, endete mit der Feststellung, dass der Teil, den man ihr als Foto geschickt hatte, der Ausgangspunkt einer Art Bildergeschichte war, und Bildergeschichten übten schon seit jeher eine große Faszination auf sie aus.

»Dieser Mann hier ...«, sagte sie und tippte dabei auf eine der Figuren, »... scheint eine Art Schamane zu sein. Eine typische bronzezeitliche Erscheinung – zu erkennen an dem Fell und den Hörnern auf seiner Stirn. Daneben ist sein weibliches Pendant, die Hohepriesterin. Sie ist beinahe unbekleidet, bis auf eine seltsame Tiara auf ihrem Kopf. So weit, so gut. Aber jetzt kommt das Seltsame: Im Hintergrund stehen Menschen, die nach Art der Mesopotamier gekleidet sind. Nach Art der Sumerer, Babylonier, Akkadier und Assyrer. Lange Gewänder, aufwendiger Schmuck und konische Kopfbedeckungen.« Sie schüttelte den Kopf. »Eine wirklich interessante Kombination nordischer und orientalischer Symbolik. So etwas habe ich zuvor noch nie gesehen.«

»Nur weiter«, ermunterte sie Stromberg. »Es gibt noch mehr zu entdecken.«

»Ich erkenne die Himmelsscheibe«, fuhr Hannah fort. »Sie steht auf einer Art Stele. Ringförmig um sie herum sind Kunstgegenstände verteilt. Teller, Krüge, Statuen und einige Musikinstrumente wie Harfen und Luren. Auch hier wieder die Verbindung zum alten Persien. Dort waren diese Musikinstrumente unter dem Namen Schneckenhörner bekannt.« Ihr Finger glitt über den rauhen Stein. »Der Schamane nimmt die Scheibe herab und trägt sie in Richtung eines Felsens. Es scheint sich um einen Block von beträchtlichen Ausmaßen zu handeln. Vielleicht ein Altar- oder Opferstein. Dort lässt er die Scheibe in eine Vertiefung ein.« Sie zögerte einen Moment. »Ich erkenne noch weitere Vertiefungen. Vier, um genau zu sein. Eine für jede Himmelsrichtung. Das Ganze sieht aus wie ein himmlischer Wagen.«

»So haben wir das auch interpretiert«, ergänzte Stromberg. »Vermutlich ein Sonnenwagen – ein Lastkarren, der die Sonnenscheibe über das Firmament transportiert.«

Hannah lächelte versonnen. »Vier Räder, *vier Scheiben*. Daher also die Anspielung in Ihrem Brief.«

Stromberg nickte. »Sie machen das gut. Nur weiter so.«

Sie tippte auf den Kalkstein. »Hier drüben erkenne ich vier Halterungen oder Gestelle, an denen sich Menschen befinden. Sehen aus, als wären sie gefesselt.«

»Was sagt Ihnen Ihr Instinkt?«

»Ein Menschenopfer.«

Stromberg antwortete mit einem Nicken. Seine Augen schimmerten geheimnisvoll.

»Das ist ja sensationell«, sagte sie. »Damit hätten wir die erste verbriefte Darstellung eines Menschenopfers. Unvorstellbar, was für einen Aufruhr das in der Welt der Archäologie auslösen würde. Sie wissen vermutlich, dass die Theorie von Menschenopfern immer noch höchst umstritten ist?«

»Natürlich.« Stromberg bereitete Hannahs Verblüffung offensichtlich höchstes Vergnügen. »Aber Sie haben längst noch nicht alles gesehen.«

Mit einem Kribbeln im Bauch setzte Hannah die Betrachtung fort. Sie spürte, dass dieser Stein ein Fund war, der weit über die Grenzen der Archäologie hinaus von sich reden machen würde.

»Der Schamane nimmt eine rituelle Klinge und rammt sie seinem Opfer in die Brust«, sagte sie. »Das Blut strömt in Kanälen entlang des Opfersteins bis zu den Vertiefungen, in die der Schamane die Himmelsscheiben eingelassen hat.« Instinktiv zog sie ihre Finger zurück. Die Bilder ließen an Deutlichkeit nichts zu wünschen übrig.

»Was danach folgt, kann ich nur schwer erkennen. Lichtstrahlen scheinen von dem Block auszugehen. Oder sind es Blitze? Sie formen einen Bogen. Ein Bogen aus Licht. Ein *Portal*.«

Überrascht sah sie zu Stromberg auf. »War es nicht das, wovon Sie sprachen – ein Portal?«

Ihr Gastgeber deutete voller Erregung auf die Steinplatte. »Weiter«, sagte er. »Sehen Sie sich das nächste Bild an.«

Hannah wandte sich dem letzten Bild auf der Tafel zu. »Durch das Tor bewegt sich ein überdimensioniertes Geschöpf, eine Art Gottheit oder Dämon. Hundeartige Wesen springen um ihn herum, scheinen vor ihm auf die Knie zu gehen und ihn anzubeten. Lassen Sie mich sehen: Der Dämon hat einen viereckigen, hündischen Schädel, einen schuppigen männlichen Oberkörper, einen Skorpionschwanz und einen schlangenköpfigen Penis, Krallen wie die eines Adlers, Hörner wie ein Ziegenbock und dazu zwei Paar Flügel. Mein Gott, dieses Wesen sieht aus wie der leibhaftige Satan.«

Sie griff sich an die Brust. Aus den verschütteten Erinnerungen ihres Unterbewusstseins stieg ein Bild auf. Das Fragment eines Traumes.

Michael. In seinem Haus hatte sie genau diese Szene gesehen.

Den Schamanen mit der blutgetränkten Klinge in der Hand und dem geflügelten Teufel im Hintergrund. Was um Himmels willen mochte das bedeuten?
»Nun sagen Sie schon – was denken Sie?« Strombergs Ungeduld war mit den Händen zu greifen.
»Wüsste ich es nicht besser, ich würde behaupten, es handelt sich bei dieser Figur um den obersten aller Winddämonen im alten Babylon. Um *Pašušu*.«

30

John sah Stromberg mit einem triumphierenden Gesichtsausdruck an. »Ich habe es Ihnen gesagt: Sie ist die Beste.«
»Scheint so«, entgegnete ihr Gastgeber mit einem gequälten Lächeln. »Es sieht tatsächlich so aus, als hätten Sie, liebe Frau Peters, herausgefunden, wofür meine Experten zwei Jahre gebraucht haben. Ich ziehe meinen Hut vor Ihnen.«
Hannah schüttelte verwirrt den Kopf. »Aber ich verstehe nicht ... Pašušu, Mesopotamien, Nordeuropa. Was bedeutet das?«
»Das bedeutet, dass wir hier den ersten handfesten Beweis haben, dass die Bronze aus dem Zweistromland in unsere Breiten kam. Nicht aus Griechenland, nicht aus Ägypten, aus dem Zweistromland. *Aus Babylon.*« John tippte auf den Iberger Kalk. »Deutschland befand sich zu dieser Zeit noch auf spätem Steinzeitniveau. Zwar hatten die Menschen gelernt, Ackerbau und Viehzucht zu betreiben, aber sie taten dies mit Werkzeugen aus Stein und Holz. Stell dir vor, Hannah, wie erregend es gewesen sein muss, als die ersten dunkelhäutigen Händler hier eintrafen, in ihren Händen ein seltsames goldglänzendes Metall, das härter und widerstandsfähiger war als alles, was man bisher zu Gesicht bekommen hatte. Ein Metall, das sich gießen und schmieden ließ und dem man jede erdenkliche Form geben konnte. Die Männer, die dieses Handwerk beherrschten, waren heilige Männer, Götter beinahe. Vermutlich dauerte es

nicht lange und sie wurden in den Stand von Priestern erhoben, mit Macht über Hunderte von Menschen.«
Hannah war wie vor den Kopf geschlagen. Die Mesopotamier? Konnte das wirklich sein? »Aber wie ...?«
»Sie sind über die alten Handelswege nach Deutschland gelangt«, sagte John. »Entlang der Donau, des Rheins oder der Elbe, oder entlang der Alpen, über die alten Bernstein- und Zinnstraßen.«
Hannah nickte. Möglich wäre es schon. Bernstein – die Tränen der Götter, wie er auch genannt wurde – war erwiesenermaßen von der Ostsee nach Griechenland transportiert worden und wurde dort zu Schmuckstücken verarbeitet. Zinn gab es im Mittelmeerraum nicht. Es stammte aus Cornwall und der Bretagne. Ein Metall, das zur Herstellung von Bronze unverzichtbar war.
Konnte es wirklich sein, dass Händler und Handwerker aus Mesopotamien auf diesen Straßen nach Deutschland gelangt waren? Und wenn ja, was für seltsame Götter und Rituale hatten sie mitgebracht?
»Dieser Pašušu sieht unserem Bild vom Teufel verdammt ähnlich«, sagte sie. »Meinst du, es könnte da eine Verbindung geben?«
»Warum nicht?« John war ganz in seinem Element. »Stell dir vor, wie das auf die nordeuropäische Bevölkerung gewirkt haben muss. Da kommen dunkelhäutige Händler mit einem magischen Metall in ihren Händen aus dem Süden. Sie beteten fremde Götter an. Dämonen mit Pferdefüßen, einem Schwanz, Flügeln und Hörnern. Wie würde es dir dabei gehen? Meinst du nicht, du würdest vor Furcht erzittern? Glaubst du nicht, dass sich eine solche Geschichte über Generationen weiterverbreiten würde? Was läge näher, als dass wir es mit dem Ursprung unserer Vorstellung vom Teufel zu tun haben?«

Hannah spürte, wie es sich in ihrem Kopf zu drehen begann. So viele Informationen, so viele Spuren.
»Alles in Ordnung?« John sah sie besorgt an. »Geht es dir gut?«
»Wie? Oh ja ... danke, es geht schon.« Mit einem entwaffnenden Lächeln erhob sie sich. Ihre Beine fühlten sich etwas matt und kraftlos an. »Das war vielleicht ein bisschen viel auf einmal. Vielleicht hätte ich vorher doch etwas essen sollen.« Sie klopfte sich den Staub von der Hose. Sie atmete ein paar Mal tief durch, dann fühlte sie sich wieder besser. »Eine bemerkenswerte Tafel haben Sie da, Mister Stromberg, wirklich bemerkenswert. Eine echte Sensation. Könnte ich Sie vielleicht überreden, mir den Stein für das Museum zu überlassen? Sie würden mir damit einen großen Dienst erweisen. Es muss ja nicht das Original sein. Wir haben Spezialisten, die hervorragende Abgüsse machen ...«
Das Lächeln auf Strombergs Gesicht ließ ihren Mut sinken. Offenbar hatte er auf genau diese Frage gewartet.
»Sie scherzen«, bemerkte er.
»Warum weihen Sie mich in Ihre Geheimnisse ein, wenn Sie nicht wollen, dass ich sie weiterverwerte?« Hannah war ratlos.
»Ist das so schwer zu verstehen?« Er tippte auf die Steinplatte. »Ich will natürlich, dass Sie die restlichen drei Scheiben finden. Ich will, dass Sie den Tempel finden und mit ihm all die Kunstschätze, die dort gelagert sind. Und ich will, dass Sie herausfinden, ob es ein Portal gibt und ob es sich tatsächlich öffnen lässt.«

Eine Pause entstand. Die Stille hallte wie Kanonendonner in Hannahs Ohren. »Das Portal öffnen? Was reden Sie da? Wir bewegen uns hier auf dem Boden von Mythen und Legenden. Wir sprechen von Religion, von Aberglaube. Kein Mensch ist so verrückt, an etwas zu glauben, was irgendjemand vor Urzeiten in eine Steintafel geritzt hat. Wie kommen Sie nur darauf, dass dieser Tempel tatsächlich existiert, geschweige denn, dass es ein Portal gibt, das sich öffnen ließe?«

»Darf ich Sie an das erinnern, was Sie in der Sahara erlebt haben?«

Hannah zögerte. »Das hier ist eine andere Kategorie. Rückblickend betrachtet, lassen sich die Ereignisse im Aïr rational erklären.«

»Sie enttäuschen mich«, sagte Stromberg mit sanfter Stimme. »Ich dachte, Sie hätten sich etwas mehr Weitblick bewahrt. Ihnen muss doch bewusst sein, dass unsere Realität nur ein winziger Ausschnitt der allumfassenden Schöpfung ist. Alle Kulturen unserer Welt sind sich in dieser Beziehung einig. Sie alle glauben an eine Vielzahl von metaphysischen Ebenen. Die Welt der Götter, die Welt der Verstorbenen, die Welt der Lebenden, die Welt der Tiere und der Pflanzen, die Welt der Geister. Sie alle existieren getrennt voneinander. Selbst unsere moderne Wissenschaft geht von parallelen Universen und Existenzebenen aus. Sagt Ihnen der Begriff vierdimensionale Raumzeit etwas? Ein sehr interessanter Aspekt, finden Sie nicht? Nur ab und zu trifft man auf Menschen – Menschen mit besonderen Fähigkeiten –, die diese Ebenen zu durchdringen vermögen. Sie fungieren als eine Art Mittler oder Wanderer zwischen den Welten. Sie allein sind in der Lage, uns zu berichten, was auf der anderen Seite ist. Die bronzezeitlichen Kulturen hatten ihre Schamanen und Geisterseher. Die australischen Aborigines haben sie heutzutage noch. Nehmen Sie die südamerikanischen Indianer oder die arktischen Inuit. Egal in welcher Zeit, egal an welchem Ort, wir finden diese Vorstellung überall, selbst in dem so wohlgeordneten Christentum. Oder meinen Sie, der Glaube an einen Himmel und eine Hölle sei etwas anderes als der Glaube an parallele Universen?«

Stromberg stemmte die Hände in die Hüften. »Wenn also dieser Glaube im kollektiven Bewusstsein sämtlicher Menschen verankert ist, meinen Sie nicht, es sollte Aufgabe der Wissenschaft sein, nach den gemeinsamen Wurzeln zu suchen? Dürfen wir uns wirklich aufs hohe Ross setzen und behaupten, das Ganze sei nichts weiter als eine Form artübergreifenden Wahnsinns? Eine Art zerebrale Störung im Gehirn? Ein genetischer Defekt?«
»Hannah schüttelte den Kopf. »Ich halte es eher für den Wunsch vieler nach Antworten, gekoppelt mit dem Machtstreben einiger weniger. Sekten, Kirchen, Religionen, all das dient nur dazu, Erklärungen für etwas zu finden, was nicht erklärbar ist: die Schöpfung. Sie sollten vorsichtig damit sein, Fakten und Fiktion so ungehemmt zu vermischen. Damit spielen Sie nur den Fanatikern, den Machtbesessenen in die Hände. Und was die, von der Vergangenheit bis in die Gegenwart reichend, angerichtet haben, das können Sie in den Medien erfahren.«
Er hob den Kopf. »Was, wenn ich behaupte, es gibt eine solche Parallelwelt?«
Hannah wollte ihm antworten, dann habe er nicht alle Tassen im Schrank, zog es aber vor, zu schweigen.
»Kommen Sie«, beharrte Stromberg. »Ich sehe es Ihnen an. Sie stehen auf dem Standpunkt, das sei nicht von Bedeutung, da wir es ja ohnehin nicht beweisen können. Geben Sie es ruhig zu.«
»Das habe ich nie behauptet.«
Um Strombergs Mund spielte ein amüsierter Zug. »Lassen wir doch die Spielchen. Wir beide wissen, dass wir in einer Zeit leben, in der wir nur das glauben, was wir sehen. Wir wollen Beweise, harte unwiderlegbare Fakten. Fakten, wie sie uns die Medien angeblich Tag für Tag präsentieren. Wir lauschen ihren Worten, beginnend am Morgen, wenn sich der Radiowecker einschaltet, bis zur Spätausgabe der Nachrichten. Die

Medien sind unsere neuen Priester, unsere neuen Schamanen und Geisterseher. Sie sind es, von denen wir uns leiten lassen, egal ob sie die Wahrheit sagen oder das Blaue vom Himmel herunterlügen. Das Tragische ist nur, dass wir darüber die alten Werte und Traditionen vergessen haben, den Glauben an die Götter, an die Geister und an die Parallelwelten. Wir haben vergessen, wo wir stehen, wo unsere Mitte ist und dass wir nur Teil eines sehr komplexen Mechanismus sind, den wir *Leben* nennen. Wir haben unsere Erdung verloren.« Ein schmales Lächeln durchschnitt sein Gesicht. »Ich weiß, das alles muss in Ihren Ohren wie esoterisches Geschwafel klingen, aber ich sage Ihnen: Unsere Ahnen wussten noch um die Mysterien der Schöpfung. Für sie gehörte der Kontakt zu den Geistern zum Normalsten auf der Welt.«

»Mag sein«, gab Hannah zu. »Mag sein, dass viele von uns glücklicher wären, wenn sie sich wieder mit dem Kosmos vereinen, sich *erden* würden, wie Sie es nennen. Ich verstehe nur nicht, was das alles mit der Himmelsscheibe zu tun hat.«

»*Alles.*« Strombergs Stimme wurde hart und unnachgiebig. Das Lächeln war verschwunden. Auf einmal stand vor Hannah der Mann, der es gewohnt war, auf der obersten Sprosse der Erfolgsleiter zu stehen. An der Spitze eines Unternehmens, so groß, dass niemand seine wahren Dimensionen auch nur erahnen konnte. Hannah spürte, dass sie jetzt dem anderen Stromberg gegenüberstand, dem wahren Stromberg. Einem Mann, der es gewohnt war, zu führen, und der keine Rückschläge duldete.

»Stellen Sie sich vor, man könnte ein Tor zu einer solchen Parallelwelt errichten«, fuhr er fort, und seine Augen leuchteten vor Gier. »Ein dauerhaftes Tor, das selbst dann bestehen bliebe, wenn Wissenschaftler und Fernsehteams aus aller Welt anreisten und ihre Mikrofone, Objektive und Messinstrumente hineinhalten würden. Wenn die ganze Welt live an den

Geräten mitverfolgen könnte, wie jemand ein solches Tor betritt und womöglich durchschreitet. Meinen Sie nicht, es könnte helfen, der Menschheit ihre Erdung wiederzugeben?« Hannah blickte verwundert zwischen Stromberg und John hin und her. Augenscheinlich meinten die beiden es völlig ernst. Sie schüttelte den Kopf. »Sie sind ja verrückt«, sagte sie. »Vollkommen verrückt.«

31

Dr. Stefan Bartels blickte auf die Uhr über dem Werktisch. Der Zeiger auf dem Zifferblatt rückte auf Mitternacht zu. Das Museum für Ur- und Frühgeschichte hatte seit neunzehn Uhr geschlossen. Weil Samstag war, arbeitete auch in der Werkstatt seit Stunden niemand mehr. Abgesehen von ihm, war das gesamte Museumsgelände verwaist. Eine Oase der Ruhe und des Friedens inmitten der belebten Stadt. Bartels liebte diese Stunden. Erst jetzt konnte er völlig ungestört seiner Arbeit nachgehen, dabei Tschaikowsky hören und sich dann und wann einen kleinen Schluck genehmigen. Es hatte bereits Gerede wegen seiner ungewöhnlichen Arbeitszeiten gegeben. Aber Studenten hatten doch immer etwas zu tuscheln und zu mauscheln. Sollte er sich jetzt Gedanken machen, nur weil sie sich über ihn das Maul zerrissen? Wohl kaum. Er war nun mal ein Nachtmensch. Es war doch bekannt, dass der Lebensstil von Nachtmenschen keine Störung der Schlafgewohnheiten, sondern nur eine Verschiebung des Schlaf-wach-Rhythmus darstellte. Er barg nicht die geringsten gesundheitlichen Risiken. Wenn es in der Arbeitswelt einen Platz für Nachteulen wie ihn gab, dann doch wohl in der Forschung. Nirgendwo sonst war es so egal, wann jemand zur Arbeit erschien. Hauptsache, er kam überhaupt. Feldmann hatte ihm vor Urzeiten mal eine Abmahnung deswegen verpasst, die Sache aber dann auf sich beruhen lassen. Offenbar hatte er eingesehen, dass es sinnlos war, ihn ändern zu wollen. Nur seine Neigung zum Alkohol war etwas, das er unter Kontrolle behalten musste. Wenn bekannt wurde, wie viel und wie regelmäßig er trank, konnte sich das zu einem echten Problem ausweiten. Er griff zur Flasche und schenkte sich noch mal ein Reagenzglas voll ein. Für ihn als Chemiker lag ein schon beinahe beruflicher Ethos darin, aus Reagenzgläsern zu trinken. Die schmale Öffnung brachte das Aroma wunderbar zur Geltung, und außerdem war so ein dünnes Röhrchen sehr viel unverfänglicher als ein irgendwo herumstehendes Grappaglas. Er durfte nur nicht den Fehler machen, versehentlich aus einem der anderen zu trinken, die teilweise gesundheitsschädliche Substanzen enthielten.

Er nahm einen Schluck des ausgezeichneten Tresters und schloss genussvoll die Augen. Zeit, die Arbeit zum Abschluss zu bringen.

Eine halbe Stunde später hatte Stefan Bartels sein Fundstück gereinigt und für die Einlagerung im Depot vorbereitet. Er entschied, es damit für heute gut sein zu lassen. Die Archivkarten konnte er genauso gut morgen ausfüllen, er hatte ohnehin nicht vor, heute Nacht noch in den Keller hinunterzusteigen.

Er streckte sich. Zeit, den Laden dichtzumachen. Nur noch schnell die Werkstoffe zusammenräumen, die Porzellanschalen reinigen und das Licht ausmachen. Zu Hause warteten ein weiches Bett und ein gutes Buch auf ihn. Außerdem hatte er sich vorgenommen, heute etwas zeitiger schlafen zu gehen.

Er war gerade dabei, seine Schleifwerkzeuge mit der Stahlbürste von Steinstaub zu befreien, als er ein merkwürdiges schlurfendes Geräusch aus Richtung des Hofes vernahm. War vielleicht doch noch jemand im Haus? Hastig strich er sich die Finger am Arbeitskittel ab und ließ die Grappaflasche verschwinden. Sicher ist sicher, dachte er sich und stellte das Reagenzglas zu den Porzellanschalen in die Spüle. Dann ging er zum Fenster und blickte hinaus. Waren das etwa Schneeflocken, die da draußen tanzten? Tatsächlich. Eine durchgehende Schneedecke bedeckte den Hof. Jetzt spielte das Wetter total verrückt. Eine Weile stand er so da, konnte jedoch niemanden entdecken. Langsam ging er zurück. Mit gespitzten Ohren setzte er die Reinigung des Fundstücks fort, doch nun blieb es still. Wahrscheinlich nur eine Katze, die sich da an den Mülltonnen herumgetrieben hatte. Er beendete die Arbeit, räumte auf, trug die Flasche in sein Büro und stellte sie an ihren angestammten Platz hinten im Bücherregal. Beschwingt zog er seine Jacke an, schnappte seine Tasche und löschte das Licht.

Durch den hellerleuchteten Flur schritt er Richtung Ausgang, die Melodie von Tschaikowskys *Die Nacht* auf den Lippen. Er zog den Hauptschlüssel am Kettchen aus der Hose, öffnete die Außentür und wollte gerade das Licht hinter sich ausmachen, da sah er es. Zuerst dachte er, jemand habe ihm einen Haufen Unrat vor die Tür geladen, bis er die gelben Augen sah, die aus den Tiefen des Fells zu ihm heraufleuchteten.

»Großer Gott, was ...«

Weiße Flocken bedeckten Kopf und Schultern des Wesens. Es war groß und haarig und schien auf ihn zu warten.

Bartels stolperte zurück, wollte die Tür wieder zuschlagen, doch das Ding auf der Schwelle fing mit einem Mal an, höchst lebendig zu werden. Eine Schnauze reckte sich vor, und ein tiefes Grollen ertönte. Dann machte es einen Satz und sprang ihm entgegen. Bartels glaubte, ein Güterzug habe ihn erwischt. Der Aufprall war so hart, dass es ihn nach hinten schleuderte. Er strauchelte und schlug auf den harten Fliesenboden. Ein keuchender Laut drang aus seiner Kehle. Das Wesen kam über ihn, richtete sich drohend auf und stemmte seine Vorderpfoten auf seine Brust. Das Gewicht presste ihm die Luft aus der Lunge. Bartels versuchte, seinen linken Arm zu befreien, aber das verfluchte Mistvieh schien seine Gedanken erraten zu haben. Mit einer blitzschnellen Bewegung packte es seine Schulter und drückte sie zurück auf den Boden. Messerscharfe Krallen bohrten sich in sein Fleisch und ließen ihn aufschreien. Rote Schleier vernebelten seinen Blick. Seine Augen tränten, ließen alles um ihn herum in einer Welt aus Schmerz und Angst verschwimmen. In diesem Moment trat eine zweite Kreatur ins Licht. Mindestens ebenso bösartig aussehend, überragte der Neuankömmling seinen Artgenossen beinahe um Haupteslänge. Die Krallen erzeugten beim Näherkommen ein klapperndes Geräusch auf den Fliesen. Bartels stockte der Atem. Die beiden packten ihn und schleiften ihn ins Innere des Gebäudes. Der Gestank nach vergammeltem Fleisch und Pilzen drang ihm in die Nase und ließ ihn würgen. Hustend und wimmernd wand er sich auf dem Boden, versuchte sich zu befreien, aber vergebens. In diesem Augenblick hörte er, wie jemand die Tür zuschlug. Er hob den Kopf. Eine dunkle, hochgewachsene Gestalt hatte das Labor betreten und kam gemessenen Schrittes auf ihn zu.

Bartels verstummte. Er glaubte seinen Augen nicht zu trauen. Was er da vor sich sah, war ein Schamane. Deutlich zu erkennen an den traditionellen Fellen, dem Rehgeweih auf dem Kopf und dem Stab in der Hand. Riesenhaft sah er aus, breit wie ein Bär und so schwarz, dass er das Licht zu schlucken schien. Inmitten der elektrischen Beleuchtung, des glänzenden Fußbodens und der weißen Wände wirkte er wie ein Urzeitwesen, das sich in die Gegenwart verirrt hatte.

»Wer seid ihr?«, hörte Bartels seine eigene Stimme. Sie klang dünn und schien von weit her zu kommen. »*Was* seid ihr?«

Statt einer Antwort gab der Schamane ein Zeichen mit der Hand. Das größere der beiden Wesen packte Bartels am Kragen und schleifte ihn den Gang entlang. Die Bewegung war so

kraftvoll und brutal, dass es ihm die Luft abschnürte. Panik stieg in ihm auf. Was waren das für Gestalten? Wohin wollten sie ihn bringen? Was hatten sie vor? Für einen kurzen Moment war er versucht zu schreien, doch er verwarf den Gedanken gleich wieder. Wer sollte ihn schon hören? Sie schleiften ihn weiter bis zum Aufzug. Der Schamane hob seine Faust und ließ sie mit einer abfälligen Bewegung gegen den Fahrstuhlknopf krachen, so als würde er die Errungenschaften der Technik aus tiefstem Herzen verabscheuen. Das Warten auf den Lift verschaffte dem Chemiker Zeit, die Eindringlinge in Augenschein zu nehmen. Je länger er sie betrachtete, desto verwirrter war er. Waren das Hunde oder Wölfe? Doch welch grausame Laune der Natur brachte solche Wölfe zustande? Was da durch die Korridore schlich, konnte man nur als eine schreckliche Entgleisung der Natur bezeichnen. Nein, er musste sich irren. Das alles existierte bestimmt nur in seiner Einbildung. Für einen kurzen Moment huschte der Gedanke durch seinen Kopf, dass er vielleicht doch ein falsches Glas erwischt hatte, irgendeine Substanz, die bewusstseinsverändernde Wirkung hatte. Doch dann fiel sein Blick auf seinen schmerzenden Arm. Er betrachtete seine Hände, seine Füße und den Raum um sich herum. Alles war so wie immer. Regale, Türen, Lampen, alles wie gewohnt. Mit Ausnahme der Eindringlinge. Waren sie also doch real? Er musste sich zwingen, nicht in Panik zu fallen. Angst erzeugte Unsicherheit, und Unsicherheit wurde zu Aggression. Und um nichts in der Welt wollte er die Kraft dieser Wesen zu spüren bekommen. Ein Blick auf ihre schrecklichen gelben Zähne und die blauen aufgeplatzten Lippen ließ ihn vor Entsetzen die Augen schließen.
In diesem Augenblick ertönte ein Glockenton. Der Fahrstuhl war da. Der Schamane stieß die Tür auf, während der größere der beiden Angreifer Bartels packte und in die Kabine zerrte.

Er wurde unsanft gegen die stählernen Wände geschleudert. Blut tropfte von seiner Stirn auf das verschrammte Metall. Der Schamane blickte aus seinen unergründlichen Augen auf ihn herab.

Was wollte dieser Typ von ihm? Warum der Keller? Anscheinend wusste er genau, wohin er wollte. Bartels war sich im Klaren darüber, dass er den dreien körperlich nichts entgegenzusetzen hatte. Diese Wölfe waren stark, verdammt stark. Sie würden ihn töten, sollte er Widerstand leisten.

Der Fahrstuhl hielt mit einem Ruck. Die Türen öffneten sich. Die Etage mit den Sicherheitslabors. Wieder wurde er von den Wesen gepackt und den Gang entlanggezerrt, vorbei an den Werkstätten und Depots. So plötzlich, wie sie begonnen hatte, endete die Rutschpartie. Sie waren an der hintersten Tür des Ganges angelangt.

Auf einmal wusste er, warum sie hier waren.

»Die Scheibe«, stammelte er. »Das ist es, was ihr wollt. Es ist die verdammte Himmelsscheibe.«

Der Schamane knurrte etwas, das man mit viel Phantasie als *Ja* deuten konnte. Donnernd schlug er mit seiner Hand gegen die Wand neben dem Magnetlesegerät.

Zitternd erhob sich Bartels. Er glaubte zu verstehen, was man von ihm wollte. Mit unsicherem Griff nahm er die Magnetkarte aus seiner Hemdtasche und hielt sie dem Schamanen entgegen. Doch statt sie an sich zu nehmen, trat dieser einen Schritt zurück und deutete in Richtung Tür. Der Befehl war eindeutig.

Bartels nickte. Wenn nur seine Beine nicht so zittern würden. Er spürte, dass er kurz vor einem Nervenzusammenbruch stand. Bartels steckte die Karte ins Lesegerät und zog sie durch. Er brauchte zwei Versuche, bis die Elektronik ansprach. *Please insert your key* leuchtete auf dem Display auf. Bartels fischte seinen Schlüssel aus der Hosentasche. Das gestaltete sich schwieriger, als er dachte. Seine linke Schulter war von den

Attacken des Wesens beinahe wie gelähmt. Doch endlich hatte er ihn und steckte ihn in die Öffnung. Der Schlüssel drehte sich im Schloss, und über dem Panel öffnete sich zischend das Ziffernfeld – die letzte Sicherheitshürde. Unter Aufbietung seiner ganzen Konzentration tippte er die siebenstellige Nummer ein und wartete. Nichts geschah.

Noch einmal tippte er den Code ein. Diesmal drückte er die Tasten kräftiger. Immer noch keine Reaktion. Bartels spürte, wie ihm der Schweiß ausbrach. Der Schamane begann unruhig zu werden. Er spürte wohl, dass etwas nicht stimmte. Ein scharfes Knurren aus den Kehlen der Wolfswesen erinnerte Bartels daran, dass sie nicht gewillt waren, noch länger zu warten.

Noch einmal versuchte er es, wieder ohne Erfolg. Bartels' Gedanken rasten zeitgleich in verschiedene Richtungen. Warum funktionierte die verdammte Sicherheitsabfrage nicht? Er hatte doch den aktuellen Code eingegeben. Ein schrecklicher Gedanke fuhr ihm durch den Kopf. Was, wenn man während seiner Abwesenheit die Sicherheitsabfrage geändert hatte? War das möglich? Aber warum hätte man das tun sollen, ohne ihn zu informieren? Noch einmal hämmerte er auf die Tasten, doch das Ergebnis blieb das gleiche.

Langsam und mit einem ganz miesen Gefühl im Magen drehte er sich um. »Es geht nicht«, sagte er. »Der Zahlencode muss geändert worden sein. Ich kann nichts dafür«, fügte er völlig überflüssigerweise hinzu. Schon bei seinen ersten Worten war das Knurren der Wölfe um einige Grade schärfer geworden. Der Schamane kam auf ihn zu. Mit der Hand schlug er Bartels vor die Brust, während er drohend seinen Stab auf ihn richtete.

»Ja, ich verstehe, aber es geht nicht«, schrie Bartels. »Können Sie das nicht erkennen? Hier ...!« Noch einmal tippte er die Zahlen ein. »Drei, zwei, neun, sieben, sieben, vier, zwei. Sehen

Sie? Diese Zahlen habe ich vorgestern noch selbst verwendet. Eigentlich müssten sie stimmen. Aber sie stimmen nicht. Sie stimmen verdammt noch mal nicht.«

Nur um dem Mann vor Augen zu führen, dass ihn keine Schuld traf, gab er die Ziffernfolge ein weiteres Mal ein. Seine Bewegungen waren matt und kraftlos. Tränen der Verzweiflung rannen ihm über die Wangen. Tief in seinem Inneren spürte er, dass er jetzt sterben würde.

Der Schamane reagierte anders als erwartet. Statt loszubrüllen, wie Bartels vermutet hatte, gab er erneut ein Handzeichen. Die beiden Wölfe entblößten ihre Zähne, dann stürzten sie sich auf ihn.

Das Letzte, was Stefan Bartels sah, ehe er das Bewusstsein verlor, war das kalte Auge der Videokamera unter der Decke.

32

Sonntag, 27. April

Hannah erwachte aus tiefem Schlaf. Fahles schottisches Morgenlicht fiel durch die halb geschlossenen Vorhänge und warf einen milchigen Streifen auf ihr Kopfkissen.
Sie stöhnte.
Der gestrige Abend war lang gewesen. Ein Abend voller dunkler Andeutungen und geheimnisvoller Offenbarungen. Und sie hatte definitiv zu viel getrunken, wie sie jetzt an ihrem dröhnenden Schädel spürte. Lange nach zwei Uhr hatte John sie über den stockfinsteren Pfad zurück zu ihrem Hotel geführt und sie dort wohlbehalten abgeliefert.
Sie wälzte sich auf die andere Seite, drückte ihren Kopf tiefer ins Kissen und versuchte wieder einzuschlafen.
Unangenehm laut drang das Ticken der Wanduhr in ihr Bewusstsein. Bilder trieben durch ihre Gedanken. Bilder von Steinplatten, bronzenen Statuen mit schwirrenden Flügeln, Priestern mit konischen Kopfbedeckungen und langen, ornamentgeschmückten Dolchen. Und immer wieder tauchte ein Name auf: *Pašušu*.
Mühsam richtete sie sich auf. Es hatte keinen Sinn. Sie würde ja doch nicht wieder einschlafen. Völlig erschlagen rieb sie sich die Augen. Norman Stromberg hatte nichts unversucht gelassen, um sie zu beeindrucken, und Hannah musste sich eingestehen, dass ihm das gelungen war. Hinter der Scheibe verbarg sich weitaus mehr, als ihr anfänglich bewusst gewe-

sen war. Allein diese Erkenntnis hatte den weiten Weg nach Schottland gerechtfertigt. Sie stellte sich auf die Füße, schlurfte ins Bad und begann umständlich mit der Morgentoilette. Ein Stunde später, nach einer ausgiebigen Dusche und einem ebensolchen Frühstück, fühlte sie sich wieder lebendiger. Draußen vor dem Fenster kreischten die Möwen, und der Himmel versprach einen sonnigen Tag. Sie verließ das Hotel und trat auf den Vorplatz. Die salzgeschwängerte Seeluft wirkte belebend und tat ihrem schweren Kopf gut. Sie wollte bei klarem Verstand sein, wenn sie mit Stromberg redete. Insgeheim hoffte sie immer noch, ihn zu einer Herausgabe der Steinplatte bewegen zu können. Sie wollte gerade zu seinem Anwesen hinübergehen, als ein Auto auf der gegenüberliegenden Straßenseite die Scheinwerfer aufblitzen ließ. Wie angewurzelt blieb sie stehen. Sie hörte, wie der Motor angeworfen wurde, dann sah sie den silbermatten Mercedes auf sich zurollen. Hinter der dunkel getönten Windschutzscheibe erkannte sie John, der breit lächelnd hinter dem Lenkrad saß. Als der Wagen neben ihr stand, lehnte er sich herüber und öffnete ihr die Tür. »Guten Morgen, Hannah, so früh schon auf den hübschen Beinen? Komm, steig ein.«
Hannahs Zunge war zu schwer, um mit einer frechen Bemerkung zu kontern. Außerdem wollte sie John auf Abstand halten. Jeder Strohhalm, den sie ihm reichte, würde ihn anstacheln, weiter um sie zu buhlen. Die Sache war ohnehin schon völlig außer Kontrolle geraten. Sie setzte sich in den sündhaft weichen Ledersitz und schnallte sich an. »Wohin fahren wir?«
»Erinnerst du dich nicht?« John trat aufs Gas. »Norman hat dich für heute Morgen eingeladen.«
»Tatsächlich?« Hannah fiel beim besten Willen nicht ein, was sie gestern besprochen hatten. »Es ist eindeutig noch zu früh für mich. Hilf mir auf die Sprünge.«

»Lass dich einfach überraschen.« John schaltete hoch und beschleunigte zügig. Sie fuhren Richtung Westen. Die kurvige Küstenstraße flog nur so unter ihnen hinweg.

»Ich war ziemlich überrascht, dich hier anzutreffen«, sagte Hannah nach einer Weile. »Du hättest mich ruhig vorwarnen können.«

»Dann wäre es doch nur der halbe Spaß gewesen.«

»Ansichtssache.« Sie überlegte kurz, dann sagte sie: »Eigentlich ist es ganz gut, wenn wir beide uns mal allein unterhalten. Vielleicht bekomme ich ja so heraus, was du von der Sache hältst. Traust du Stromberg?«

»Hundertprozentig«, sagte John, ohne für einen Moment den Fuß vom Gas zu nehmen. »Er ist mein Chef, und ich stehe voll hinter ihm.«

»Diesen Fehler hast du schon einmal gemacht«, erwiderte Hannah gereizt. »Damals hätte er dich beinahe ins offene Messer laufen lassen. Die Risiken, denen er uns ausgesetzt hat, waren unkalkulierbar.«

John schüttelte den Kopf. »Er hat mir gegenüber immer mit offenen Karten gespielt. Risiken gehören nun mal zu meinem Job.«

»Dein Job ist es also, für ihn den Kopf hinzuhalten und ihm die heißen Kastanien aus dem Feuer zu holen? Himmel, John, wann fängst du endlich an nachzudenken? Er ist viel zu gerissen. Er benutzt dich, genau wie er mich benutzt. Wer weiß, was wirklich hinter seinem Interesse an der Himmelsscheibe steckt? Weder du noch ich werden jemals die ganze Wahrheit erfahren.«

John ging für einen Moment vom Gas und warf Hannah einen kurzen Blick zu. »Das mag sein«, sagte er. »Aber wenigstens *kennt* er die ganze Wahrheit. Ich kann mir nicht vorstellen, dass er sie einsetzen würde, um Schaden damit anzurichten.«

Hannah verdrehte die Augen. »Es mangelt dir offenbar an

Phantasie.« Sie seufzte. »Du bist ein Idealist – ganz im Gegensatz zu ihm. Er wird keinen Moment zögern, dich zu opfern, wenn es seinen Plänen förderlich ist.«
»Niemals«, sagte John entschieden. »Wenn du das glaubst, täuschst du dich ganz gewaltig. Gib ihm eine Chance.«
Hannah schüttelte den Kopf und blickte zum Fenster hinaus. Sie spürte, dass sie John nicht mit Worten überzeugen würde. Mit ihm war einfach nicht zu reden.
Den Rest der Fahrt schwiegen sie. Hannah sah die Wolken vorüberziehen und beobachtete die Kormorane, Möwen und Papageientaucher, die hier zu Tausenden in den steilen Felsen nisteten. Die Klippen waren praktisch von der obersten Stufe bis hinunter zu den billigen Plätzen bewohnt. Ständig stürzten sich die Vögel aus großer Höhe hinab ins Wasser, um nach Fischen zu tauchen. Manche hatten Erfolg, doch viele mussten unverrichteter Dinge wieder emporsteigen, um einen neuen Angriff zu wagen. Es war ein Naturschauspiel sondergleichen. Wäre Hannah nicht so sehr daran interessiert gewesen, mehr über den Duncansby Head herauszufinden, sie hätte diesen Tag sicher genossen. Doch sie durfte nicht vergessen, warum sie hier war. Es ging um ihren Job, und der knappe Zeitplan saß ihr unbarmherzig im Genick.
Hinter der nächsten Biegung tauchte ein merkwürdiges Bauwerk auf. Es erinnerte an die verkleinerte Version eines Kühlturms. Unten breit, oben schmal, schraubte es sich bis auf eine Höhe von etwa fünfzehn Metern in den Himmel. Das Trockenmauerwerk wirkte aus der Entfernung wie die Haut eines urzeitlichen Reptils. Schuppig, wettergegerbt und augenscheinlich sehr alt. Die konische Form des Turms erinnerte Hannah an die seltsamen Hüte der mesopotamischen Priester, die sie gestern noch auf der Kalksteinplatte abgebildet gesehen hatte. Es war ein Broch.
Als sie auf das Gebäude blickte, fiel ihr mit einem Mal Strom-

bergs Einladung wieder ein. Natürlich, davon hatte er gesprochen.

»Da wären wir«, sagte John und bog in einen Feldweg ein.

Am Fuße des Turms standen bereits zwei weitere Fahrzeuge, schwarze Range Rover mit langen Antennen auf dem Dach. John stellte den Mercedes ab, stieg aus und öffnete Hannah die Tür. Man merkte ihm an, dass er immer noch verstimmt war wegen ihrer offenen Worte. Hannah lächelte im Stillen. Obwohl sie mit John nur ein gutes halbes Jahr zusammengelebt hatte, konnte sie in ihm lesen wie in einem offenen Buch. Mochte er in seinem Job auch noch so ein guter Schauspieler sein, im Privatleben war er völlig unfähig, sich zu verstellen. Eine Eigenschaft, die sie an ihm sehr mochte.

Norman Stromberg erwartete sie auf der anderen Seite des Turms. Er hatte sich eine Stelle ausgesucht, von der aus man einen wunderbaren Blick aufs Meer hatte. Ein Büfett war aufgebaut worden, auf dem ein opulentes Frühstück auf sie wartete. In einiger Entfernung konnte Hannah die Sicherheitsleute entdecken, die es sich am Rande der heidebewachsenen Klippen bequem gemacht hatten. Stromberg selbst saß bei dem Büfett, eine Schale mit Obstsalat in der Hand, und blickte in die Ferne. Als er sie kommen sah, stellte er seine Schale zur Seite, stand auf und kam ihr entgegen.

»Guten Morgen, meine Teuerste«, sagte er mit vollem Mund. »Ich hoffe, Sie nehmen es mir nicht übel, aber ich konnte mich nicht beherrschen. Der Obstsalat ist köstlich. Sie müssen ihn probieren. Wie haben Sie geschlafen?«

»Ausgezeichnet«, entgegnete Hannah. »Ich hoffe, ich habe Sie nicht zu lange warten lassen.«

Stromberg winkte ab. »Ich könnte hier den ganzen Tag verbringen, ohne mich zu langweilen. Haben Sie die riesigen Kolonien von Wasservögeln bemerkt? Es ist so ein wunderschöner Platz. An fast keinem Ort der Welt kann ich mich so

entspannen wie hier. Und im Gegensatz zu Ihnen habe ich ja Urlaub.« In seinem Gesicht blitzte der Schalk auf. »Kommen Sie, ich möchte Ihnen etwas zeigen.«
Er nahm sie bei der Hand und zog sie in Richtung eines schmalen, tunnelähnlichen Eingangs am Fuße des Turms. Sie mussten den Kopf einziehen, so niedrig war der Gang. Durch eine dicke doppelwandige Mauer hindurch betraten sie einen Innenraum, auf dessen Boden sich die Grundmauern einiger radial angeordneter Kammern erkennen ließen. In einiger Höhe sah Hannah Mauerabsätze und herausragende Stützpfosten. Vermutlich hatte man den Turm früher mit hölzernen Zwischenebenen unterteilt. Nur noch eine schmale Wendeltreppe und eine ebenso kleine Aussichtsplattform waren davon übrig geblieben. Nach oben hin war das Gebäude offen. Hannah konnte die Wolken darüber hinwegziehen sehen.

»Dies war früher mal die Fluchtburg eines Keltenfürsten«, sagte Stromberg, und seine Stimme hallte von den Wänden wider. Die Akustik hier drin war fabelhaft. Sie hätte jedem Konzertsaal zur Ehre gereicht. »Dieses Gebäude verfügt sogar über eine eigene Wasserversorgung und Abwasserleitungen. Wenn man wollte, könnte man sich hier häuslich einrichten. Ein gebührender Altersruhesitz für mich, finden Sie nicht? Aber ich sehe schon, ich langweile Sie mit meinem Geschwätz. Ich hatte Ihnen eine Überraschung versprochen. Hier ist sie.« Er beugte sich nach unten, griff hinter eine Steinplatte und hielt einen Koffer in die Höhe. Im schummerigen Licht des Brochs erkannte Hannah die Sicherheitsschlösser.
Sie runzelte die Stirn.
»Ganz recht«, sagte Stromberg und drückte ihn ihr in die Hand. »Ich möchte, dass Sie ihn bekommen.«

33

Hannah wusste nicht, was sie dazu sagen sollte. Nach einer Weile schüttelte sie den Kopf. »Das kann ich nicht annehmen. Die Scheibe ist viel zu wertvoll.«
»Ich bestehe darauf«, sagte Stromberg. Sein Gesicht drückte aus, dass er in dieser Hinsicht nicht mit sich diskutieren lassen würde.
»Sie brauchen sie viel dringender als ich.«
»Brauchen? Wofür?«
»Das will ich Ihnen erklären. Lassen Sie den Koffer ruhig hier unten stehen und folgen Sie mir.«
Hannah sah, wie Stromberg die ersten Stufen erklomm. Sie stellte den Koffer seitlich ab, dann kletterte sie ihm nach. Die Treppe war nur einen knappen Meter breit und knarrte bedenklich, während sie emporstieg. Einen besorgten Blick nach unten werfend, überlegte sie, was wohl passieren würde, wenn eine der dünnen Stufen brach. Sie würde tief fallen, so viel war gewiss. Nach einigen Umrundungen erreichte sie die Spitze des Turms. Eine hölzerne Plattform war dort angebracht, die etwa vier Quadratmeter maß. Erleichtert legte Hannah ihre Hände auf die Mauerkrone.
»Ist das nicht ein Anblick?«, fragte Stromberg. Hannah musste ihm zustimmen. Die Aussicht von hier oben war wirklich atemberaubend. Im Süden sah sie die Gipfel der Highlands, die wie geisterhafte Burgen aus dem Nebel ragten. Im Osten

und Westen erstreckte sich die wild ausgefranste Küstenlinie. Felder und Weiden, die wie ein Flickenteppich ausgebreitet lagen, endeten an den Klippen, als wären sie abgeschnitten worden. Hier begann das Meer. Tiefblau und mit weißen Schaumkronen gesprenkelt, zog es sich bis zum Horizont. Irgendwo in der Ferne waren schwach die Umrisse der Orkney-Inseln zu erkennen. Etwa fünfzig Meter unter ihnen donnerten die Wellen gegen die Steilküste. Schwärme von Seevögeln erfüllten die Luft mit ihrem Kreischen und tanzten in der steifen Brise.

»Also gut«, sagte Hannah. »Schießen Sie los.«

Stromberg wartete einen Moment, dann sagte er: »Ich fürchte, Sie werden mich gleich noch weniger leiden können, aber es ist wichtig, dass Sie mir genau zuhören. Sie werden die Originalscheibe für eine Weile aus dem Tresorraum fortschaffen müssen. Sie ist dort nicht mehr sicher. Ersetzen Sie sie durch das Duplikat.«

Es dauerte eine Weile, bis Hannah die Bedeutung seiner Worte erfasste. »Die Scheibe stehlen? Sind Sie noch bei Trost? Warum sollte ich so etwas tun?«

Stromberg schüttelte den Kopf. »Nicht stehlen, Frau Peters, *schützen*. Mir sind aus gutunterrichteter Quelle Gerüchte zu Ohren gekommen, dass es Pläne gibt, die Himmelsscheibe zu rauben. Eine machtvolle Organisation hat es sich zum Ziel gesetzt, die Scheibe zu entwenden und für ihre Zwecke zu missbrauchen. Sie darf auf keinen Fall erfolgreich sein – in unser aller Interesse.«

»Organisation? Was für Leute sollen das sein?«

»Es gibt eine Gruppe von Menschen – nennen wir sie der Einfachheit halber eine geheime Sekte, obwohl es weit mehr ist als das –, die alles dafür tun würde, diese Scheibe in ihren Besitz zu bringen. Es geht um ein Ritual. Der Tempel, von dem aus sie operieren, liegt irgendwo in der Nähe des Brockens.

Genau wie ich sind diese Leute überzeugt, dass sich mittels der Scheibe eine Pforte öffnen lässt. Und es ist ihnen verdammt ernst damit. Sie haben bereits begonnen, ein Loch in unser Raum-Zeit-Gefüge zu stoßen. Die Auswirkungen müssten Sie längst zu spüren bekommen haben.«

»Wovon sprechen Sie?«

Er wandte sich ihr zu. »Erinnern Sie sich an die Schriftzeichen an der Ober- und Unterkante des Kopfsteins? Wir haben sie übersetzen lassen. Der Text spricht von merkwürdigen Wetterphänomenen. Gewittern, starken Sturmwinden und einem seltsamen Leuchten, das pünktlich um Mitternacht einsetzt und sich bis in die Morgenstunden zieht. Haben Sie davon etwas mitbekommen?«

Hannah war zu erstaunt, um antworten zu können.

Stromberg nickte. »Nun, das ist erst der Anfang. Die Rede ist von einer plötzlichen Kälte, die das Land überziehen wird. Schnee und Hagel werden den Ort des Rituals in eine Welt aus Eis verwandeln. Und jetzt raten Sie mal, was ich heute Morgen erfahren habe? Während überall in Deutschland frühlingshafte Temperaturen herrschen, sind auf dem Brocken in der letzten Nacht zehn Zentimeter Neuschnee gefallen.« Er senkte seine Stimme. »Glauben Sie mir, Hannah, die Dinge fangen an, sich zuzuspitzen. Alles deutet darauf hin, dass den Leuten nur noch diese letzte Scheibe fehlt, um ihr Ritual durchzuführen. Sie werden nicht ruhen, ehe sie sie in ihren Besitz gebracht haben.«

»Warum sollten sie das tun? Was ist so wichtig an dieser letzten Scheibe? Und was hat das Ganze mit der mesopotamischen Kultur zu tun?«

»Wie es scheint, hat es vor zwanzig Jahren schon einmal einen Beschwörungsversuch gegeben. Irgendetwas ist damals schiefgelaufen. Es hat einen Haufen Verletzte gegeben. Bei den Untersuchungen zu diesem Fall ist nichts Brauchbares

herausgekommen. Offenbar verstehen es diese Leute hervorragend, ihre Spuren zu verwischen. Wie auch immer: Dass das Ritual gescheitert ist, könnte daran liegen, dass ihnen damals die vierte Scheibe gefehlt hat. Sie war damals schlichtweg noch nicht gefunden worden. Diesmal liegt der Fall anders.«
»Und warum diese Eile?«
»Offenbar hat das Ritual etwas mit der bevorstehenden Walpurgisnacht zu tun. Es ist, wie Sie wissen, seit jeher eine bedeutsame Zeit für heidnische Kulte, seien sie nun keltisch, babylonisch oder sumerisch.«
Hannah schüttelte den Kopf. »Sind das alles nur Vermutungen, oder haben Sie Beweise?«
Stromberg verschränkte die Arme vor der Brust. »Es gibt jemanden, der für mich seit Jahren an diesem Fall arbeitet. Ein Informant aus dem allernächsten Umfeld, wenn Sie so wollen. Er war es, der mich auf die Gefahr aufmerksam machte. Wenn das eintritt, was er vorhersagt, sehen wir uns einer Gefahr ausgesetzt, die Sie und ich uns kaum vorstellen können.«
»Sie meinen Pašušu?« Hannah schüttelte den Kopf. »Aber das ist doch alles nur Aberglaube. Heidnischer Hokuspokus.«
»Wir sprechen hier von der Religion einer ganzen Hochkultur.«
Hannah gab ein abfälliges Schnauben von sich. »Sekten, Kirchen, Religionen, das ist doch alles derselbe Mummenschanz. Ich habe Ihnen gesagt, was ich davon halte.«
»Und die Möglichkeit, dass in manchen Fällen doch ein wahrer Kern darin steckt, schließen Sie völlig aus? Na, Ihre Überzeugung möchte ich haben.«
Hannah schüttelte den Kopf. »Ich werde nie verstehen, dass ein intelligenter Mann wie Sie an so etwas glauben kann.« Nach einem kurzen Zögern sagte sie: »Wollen Sie wissen, was ich wirklich denke?«
»Ich bitte darum.«

»Ich denke, Sie wollen die Scheibe immer noch in Ihren Besitz bringen. Sie haben mich kommen lassen und mir diese Schauergeschichten aufgetischt, weil ich die Einzige bin, die Zugang hat. Sie wollen, dass ich die Scheibe aus dem Tresor entwende, damit Sie sie mir abknöpfen können. Das ist es, was ich glaube.«
»Sie sind ziemlich direkt.«
»Hatten wir uns nicht völlige Offenheit versprochen?« Ihre Augen glänzten wie Stahlkugeln. »Also, was sagen Sie dazu?«
Stromberg seufzte. »Wenn es doch nur so wäre. Tatsache ist jedoch, dass ich Ihnen die volle Wahrheit gesagt habe. Sie müssen mir in dieser Sache vertrauen, Hannah. Diese Leute haben Mittel und Wege, unerkannt zu bleiben. Tagsüber verhalten sie sich wie normale Menschen. Sie haben Berufe, manche von ihnen sogar Familien. Ihre Nachbarn mögen sie, und wenn das Wetter schön ist, sieht man sie grillend im Garten. Aber wehe, es ist Vollmond. Dann werden aus diesen Leuten Monster, die sich an abgelegenen Orten treffen, bizarre Rituale vollziehen und Menschenopfer bringen. Ja, Sie haben richtig gehört: *Menschenopfer*. Mein Informant war als Jugendlicher in der Gewalt dieser Leute. Er musste mit ansehen, wie ein Mädchen aus seiner Gruppe brutal ermordet wurde. Nur um Haaresbreite konnten er und zwei seiner Mitschüler damals entkommen. Was er mir berichtete, ließ mich zu dem Schluss kommen, dass wir es mit einer ausgesprochen grausamen Organisation zu tun haben. Menschen, die bestens organisiert sind und die vor nichts zurückschrecken. Mein Informant ist überzeugt, dass ihnen nur noch diese letzte Scheibe fehlt, um das Ritual zu vollenden.«
»Wer ist dieser Informant? Kenne ich ihn? Ich würde mich gern mit ihm unterhalten.«
Das Gesicht des Multimillionärs blieb ausdruckslos.
Hannahs Augen verengten sich. »Sehen Sie? Wie soll ich Ih-

nen vertrauen, wenn Sie mir solche wichtigen Informationen vorenthalten? Nennen Sie mir seinen Namen, damit ich persönlich mit ihm reden kann, dann werde ich mir die Sache vielleicht noch mal überlegen.«

Stromberg zuckte die Achseln. »Tut mir leid. Von allen Dingen ist dies das einzige, was ich Ihnen nicht geben kann. Ich habe mich mit meinem Wort verpflichtet, den Namen meines Informanten aus Sicherheitsgründen vertraulich zu behandeln. Ich kann Ihnen nur in Aussicht stellen, dass Sie ihn kennenlernen, wenn er es möchte.«

Hannah schüttelte den Kopf. »Sie verlangen zu viel, bedaure. Solange Sie mich nicht voll und ganz einweihen, bleibe ich bei meiner Version der Geschichte.«

In diesem Moment meldete sich ihr Handy. Ein elektronisches Dudeln, das in der Einsamkeit dieser Landschaft seltsam fehl am Platze wirkte. Hannah ignorierte das Klingeln eine ganze Weile, doch es wollte einfach nicht aufhören.

»Wollen Sie nicht rangehen?«

Mit einer unwirschen Bewegung holte Hannah das Handy aus der Hosentasche und nahm das Gespräch an. »Hallo?«

»Spreche ich mit Frau Dr. Hannah Peters?« Die Stimme am anderen Ende war schwach. Es war eindeutig eine Frau.

»Am Apparat.«

»Entschuldigen Sie die Störung, aber ich habe Ihre Nummer von Dr. Moritz Feldmann erhalten. Ich bin Kriminalhauptkommissarin Ida Benrath, LKA Sachsen-Anhalt. Ist es richtig, dass ich Sie gerade in Schottland erreiche?«

»Ja, das stimmt.«

»Frau Dr. Peters, ich habe leider keine guten Nachrichten. Ich muss Sie bitten, Ihre Reise abzubrechen und umgehend zurück nach Halle zu kommen.«

34

»Schlechte Nachrichten?«
»Ich kann es nicht glauben«, sagte Hannah mit leiser Stimme. »Es wurde eingebrochen. Letzte Nacht in einem der Nebengebäude des Museums.«
Stromberg fuhr auf. »Die Scheibe?«
»Das ist ja das Merkwürdige«, sagte sie, während sie versuchte, ihre Gedanken zu ordnen. »Die Scheibe im Hauptgebäude ist ein Duplikat. Das Original liegt in einem Safe, drei Stockwerke unter diesem Nebengebäude. Wer auch immer diesen Einbruch begangen hat, er hat genau gewusst, wo sich das Original befindet.«
Stromberg war das Entsetzen ins Gesicht geschrieben. »Was ist geschehen?«
»Glücklicherweise sind die Einbrecher an der Sicherheitsabfrage gescheitert. Es hätte aber nicht viel gefehlt und sie hätten ihr Ziel erreicht.«
»Das ist ja furchtbar.«
»Was noch schlimmer wiegt: Es hat eine Entführung gegeben. Stefan Bartels, der Leiter des Labors, ist verschwunden.« Sie hob den Kopf. »Ich muss umgehend zurück. Die Polizei hat mich um meine Mitarbeit gebeten. Können Sie mir dabei helfen, einen schnellen Rückflug zu organisieren?«
»Den schnellsten, den es gibt«, sagte Stromberg und holte sein kleines Funkgerät aus der Tasche. Er drückte die Sendetaste.

»Macht den Helikopter startbereit«, sagte er. »Und schickt einen Mann ins Hotel, die Sachen von Dr. Peters abzuholen. Ich erwarte euch hier in einer Viertelstunde. Stromberg Ende.«
Während er das Gerät wegsteckte, sagte er zu Hannah: »Mein Hubschrauber wird Sie zu meinem Privatjet nach Aberdeen bringen. Von dort aus sind Sie im Nu in Leipzig oder wo immer Sie hinwollen. Kommen Sie, gehen wir. Wir haben nicht viel Zeit.«
Gemeinsam stiegen sie die schmale Treppe hinunter.
Unten angekommen, bückte er sich, hob den Koffer auf und hielt ihn Hannah hin. »Ich hoffe, Sie verstehen jetzt, wie verzweifelt unsere Lage ist. Die Himmelsscheibe darf nicht länger im Museum bleiben. Sie müssen sie dort rausschaffen, egal wie.«
Hannah starrte eine Weile betroffen auf den Koffer. Dann griff sie danach. »Ich werde es mir überlegen.«

Auf der Wiese vor dem Turm wurden sie von John begrüßt.
»Was ist hier los?«, rief er ihnen zu, während er mit großen Schritten auf sie zueilte. »Ich habe gehört, der Hubschrauber ist auf dem Weg zu uns?«
»So ist es«, erwiderte Stromberg. »Dr. Peters wird uns früher als geplant verlassen.«
»Was ist geschehen?«
»Im Museum wurde eingebrochen«, sagte Hannah. »Es ist einiger Schaden entstanden. Ein Kollege wird seither vermisst. Ich muss sofort zurück.«
»Hat man bereits einen Hinweis, wer es getan hat?«
Hannah schüttelte den Kopf. »Das Landeskriminalamt ist an der Sache dran. Offenbar ist die Tat auf Video aufgezeichnet worden. Die zuständige Kommissarin wollte mir aber nichts darüber am Telefon verraten. Sie klang sehr beunruhigt.«
»Das bin *ich* auch.« John trat näher und berührte ihre Hand.

»Wenn du möchtest, begleite ich dich zurück nach Deutschland.« Mit einem Blick zu seinem Chef fügte er hinzu: »Mit Ihrer Erlaubnis natürlich.«
»Das muss Frau Dr. Peters entscheiden«, sagte Stromberg. »Von mir aus gern.«
Hannah zögerte, dann schüttelte sie den Kopf. »Nein. Diese Sache muss ich allein durchziehen. Ich muss mir auf dem Weg nach Deutschland über einige Dinge klarwerden. Trotzdem, danke für das Angebot.« Sie schenkte John ein kleines Lächeln.
Fünf Minuten später hörten sie ein Dröhnen. Keine zwei Sekunden später tauchte die schlanke, dunkelblaue Silhouette eines Helikopters hinter der Klippe auf. Der Pilot flog die Maschine um den Turm herum und landete auf der dem Wind abgewandten Seite.
»Kommen Sie«, sagte Stromberg zu der Archäologin und ging mit ihr zum Landepunkt. Der Druck der Rotoren war so stark, dass er das Gras im Umkreis von dreißig Metern platt drückte. Er verwirbelte Hannahs Haare, und sie musste sie zu einem Pferdeschwanz zusammenbinden. Die Schiebetür wurde geöffnet, und einer der Piloten kletterte heraus, ein junger athletischer Bursche von vielleicht fünfundzwanzig Jahren, der eine indigofarbene Uniform mit der knallroten Aufschrift MCE, *McClune-Enterprises* trug. Als er Hannah sah, lächelte er und half ihr charmant ins Innere des Helikopters. Er begleitete sie bis auf ihren Platz und half ihr, den Sicherheitsgurt anzulegen. Den Sicherheitskoffer verstaute er in einem speziellen Haltenetz über ihrem Kopf.
»Haben Sie ihr Gepäck aus dem Hotel geholt?«, fragte Stromberg.
»Selbstverständlich, Sir. Alles an Bord.«
Der kleine Mann hob die Hand zum Abschied. »Alles Gute, Hannah. Ich wünsche Ihnen einen angenehmen Flug. Und denken Sie daran, was ich Ihnen gesagt habe: Vertrauen Sie

niemandem. Melden Sie sich, sobald Sie Näheres erfahren haben. Ich erwarte Ihren Anruf.«
John hob ebenfalls die Hand zum Abschied. Hannah winkte kurz zurück, dann schloss sich die Kabinentür. Mit einem Aufbrausen der Turbinen hob der Helikopter ab und flog in südlicher Richtung davon.

Stromberg und John standen noch eine ganze Weile reglos auf der Wiese, während sie den immer kleiner werdenden Helikopter beobachteten. Als er hinter einer Wolkenbank verschwunden war, drehte John sich um. »Glauben Sie, es war richtig, sie allein gehen zu lassen?«
»Sie hat es so gewollt. Hannah ist eine erwachsene Frau. Sie weiß, was sie tut. Im Übrigen glaube ich nicht, dass sie von Ihnen irgendeine Hilfe annehmen würde.«
»Warum nicht?«, fragte John.
Stromberg blickte ihn lange und durchdringend an. »Meine Frau ist vor fünf Jahren gestorben. Ich habe mich seitdem nur noch in der Arbeit verkrochen. Ich mag kein Experte in Sachen Liebe sein, aber ich denke, dass es noch Gefühle zwischen Ihnen beiden gibt.«
»Ich liebe sie, wenn Sie das meinen.«
Stromberg lächelte. »Das ist nicht, was ich gesagt habe.«
»Aber ...«, John hob den Kopf. »Dann sind Sie der Meinung, Hannah empfindet auch noch etwas für mich?«
»Sie versucht es zu verbergen. Vielleicht will sie es sich selbst nicht eingestehen, aber ja. Ich müsste mich sehr täuschen, wenn es nicht so wäre.«
Johns Augen begannen zu leuchten. Die Worte seines Chefs hatten ihm wieder Mut gemacht. Er überlegte kurz, dann traf er eine Entscheidung. »Ich werde ihr nachreisen«, sagte er mit Bestimmtheit. »Ich glaube, sie begibt sich in größere Gefahr, als ihr bewusst ist. Ich muss ihr helfen.«

Norman Stromberg legte ihm die Hand auf die Schulter. Kopfschüttelnd sagte er: »Ich weiß nicht, ob ich Sie beneiden oder bedauern soll, mein junger Freund. Was Sie da vorhaben, widerspricht jeglicher Vernunft. Ich kann Ihnen prophezeien, dass Sie sich dabei mehr als nur ein blaues Auge holen werden. Aber vielleicht tröstet es Sie ja, wenn ich Ihnen sage, dass ich Ihre Einstellung bewundere. Glauben Sie mir: Wäre ich ein paar Jahre jünger und so verliebt wie Sie, ich würde genauso handeln.«

35

Ida Benrath fühlte sich immer noch etwas wackelig auf den Beinen. Sie konnte nur hoffen, dass der Kaffee und die Schokolade das Gefühl von Taubheit vertreiben würden. Sie ging ein paar Schritte auf und ab, machte Fußübungen und versuchte, das Blut wieder in Zirkulation zu bringen. Viel zu lange schon hatte sie mit ihren vier Kollegen in dem kleinen, sechs Quadratmeter großen Überwachungsraum im Keller des Museums gesessen und sich die Bilder der Überwachungskameras angesehen. Sie massierte ihre Stirn. Ihre Augen brannten. Ihr Kopf fühlte sich an wie vernagelt. Sie spürte, dass mehr nötig war als nur Kaffee und Schokolade, um wieder in die Spur zu kommen.
Sie stellte ihre Tasse ab und klopfte ihrem Kollegen Pechstein auf die Schulter. »Leute, ich brauche mal ein paar Minuten frische Luft. Wenn ihr mich sucht, ich bin auf dem Parkplatz.«
Mit großen Schritten eilte sie die Stufen zum Erdgeschoss hinauf, öffnete die Tür und trat hinaus in die Kälte. Der Himmel war an diesem Sonntagnachmittag ein stumpfes Grau, aus dem unablässig weiße Flocken fielen. Bei jedem Schritt knirschte es unter ihren Schuhen.
Sie bückte sich, nahm eine Handvoll Schnee, verteilte ihn auf ihrer Hand und rieb sich etwas davon aufs Gesicht. Die Kälte tat ihr gut. Sie half, den Kopf wieder klarzubekommen und die bösen Geister zu vertreiben.

Obwohl sie die Videobänder wieder und wieder hatte durchlaufen lassen, war sie immer noch unfähig, zu begreifen, was sie da eigentlich gesehen hatte. Es war, als würde ihr Verstand sich weigern, das Gesehene zu verarbeiten. Der Inhalt der Videos widersprach allem, was sie bisher gelernt hatte – allem, woran sie geglaubt hatte.
Ihren Kollegen war es ähnlich ergangen. Es gab niemanden unter ihnen, den die Aufnahmen nicht in einen Zustand tiefer Besorgnis versetzt hatten. Angefangen vom Verhaltenspsychologen bis hinunter zum einfachen Streifenpolizisten. Literweise Kaffee hatten sie getrunken und dabei mehrere Schachteln Zigaretten geleert. Nicht auszudenken, wäre Alkohol am Arbeitsplatz gestattet gewesen. Ida, die sich normalerweise nichts aus Hochprozentigem machte, hätte in diesen Stunden ihre Großmutter für einen Doppelkorn verpfändet. Dabei waren die Aufnahmen von ihrer Art her nicht mal besonders aufregend. Was genau hatte sie eigentlich so schockiert? Aufgenommen aus einer erhöhten Deckenposition, ohne Schnitte, ohne dramatische Musikunterlegung, waren die Bilder körnig, unscharf und taghell ausgeleuchtet. Der Grund für das Grauen war, dass sie wusste, dass alles echt war. Es war die Realität. Ungeschönt und in voller Länge. So nüchtern und klar, als würde man sich das Video einer Überwachungskamera auf einem Parkplatz ansehen. Genauso hatte es sich vor etwa zwölf Stunden abgespielt. Zwei wolfartige Kreaturen waren in Begleitung eines seltsam gekleideten Mannes in den Laborbereich des Museums eingedrungen, hatten einen Mitarbeiter angefallen, ihn überwältigt und versucht, ihn zum Öffnen des Hochsicherheitsbereichs zu zwingen. Als das nicht gelang, war der Mann misshandelt und verschleppt worden. Punkt.
Auf dem Papier las sich das wie eine schlechte Gruselgeschichte. Doch den Tathergang auf den Bändern aus mehreren Perspektiven zu sehen, war ein anderes Kaliber. Außerdem – und

das machte die Sache so bedenklich – schien dieser Fall in direktem Zusammenhang mit der Entführung auf der Achtermannshöhe zu stehen. Als sie sich dessen bewusst geworden war, hatte Ida umgehend eine Ermittlungskommission ins Leben gerufen, deren Erkenntnisse unter dem nüchternen Titel Aktenzeichen 34219/08 archiviert werden würden. Ab jetzt arbeitete eine Hundertschaft von Beamten an dem Fall, der inoffiziell den Titel »Brockengeist« trug. Ida hatte die Ergebnisse der Spurensicherung noch nicht vorliegen, würde aber ihre Hand ins Feuer legen, dass die Haare, die man gestern bei der Hütte gefunden hatte, mit denen im Museum identisch waren. Haare eines toten Wolfs, wie ihr Kollege Pechstein ihr erklärt hatte. Hinzu kam der Bericht des Augenzeugen Günther Hoffmann, den sie gestern allzu leichtfertig als traumatisch bedingte Halluzination abgetan hatte. Nach dem heutigen Vormittag fühlte sie sich selbst reif für eine psychotherapeutische Behandlung.

Eines war klar: Das, womit sie es hier zu tun hatten, waren keine bekannten Tiere. Keine Wölfe – lebende oder tote –, keine Bären, keine Hunde und keine Primaten. Ida hatte zwei Sachverständige aus dem Leipziger Zoo kommen lassen, um auf Nummer sicher zu gehen. Beides weitgereiste Zoologen mit langjähriger Erfahrung und einem geradezu enzyklopädischen Wissen über seltene und unerforschte Tierarten. Keiner von ihnen traute sich zu, die beiden Angreifer taxonomisch einzuordnen. Mittels Ausschlussverfahren hatte man schließlich festgestellt, dass diese Art noch nirgendwo beschrieben worden war. Die Frage, die im Raum stand, lautete: Waren es überhaupt Tiere? Konnte es sich nicht um Menschen handeln? Ein Spezialist von der pathologischen Rekonstruktion hatte sich die Mühe gemacht, einige Standbilder auszudrucken, anhand derer er feststellen wollte, wie diese Wesen wirklich aussahen. Er arbeitete mit einem Computerprogramm, das eigens

entwickelt worden war, um Leichen von Unbekannten zu rekonstruieren und so die Suche nach Angehörigen zu erleichtern. Gerade im Zustand fortgeschrittener Verwesung war von den Gesichtern häufig kaum noch etwas zu erkennen. Das Programm ging von den Knochen aus, addierte Muskelgruppen, Fett und Haut. Nach einigen Stunden lieferte es Bilder, die so gut waren, dass man sie als Fahndungsfotos verwenden konnte. Das Programm konnte auch andersherum arbeiten, also Fell und Haare subtrahieren, um zu sehen, was sich darunter befand. Es wäre spannend, zu erfahren, was sich unter all den Schichten aus totem Fell befand. Solange das Programm lief, konnte Ida sich gezielt mit dem dritten Täter befassen. Nach Dr. Feldmanns Aussage handelte es sich bei dem Mann in der seltsamen Kostümierung um einen Schamanen. Ein Schamane? Waren die nicht längst ausgestorben? Andererseits: Man las immer wieder von Menschen, die ihr bürgerliches Leben aufgaben und freiwillig wie im tiefsten Mittelalter lebten. Aussteiger, Hippies, Freaks. Ob der Schamane auch bei dem Angriff auf der Achtermannshöhe zugegen war, würde sich noch zeigen. Die Ermittlungen liefen noch.
Sie stieß einen leisen Fluch aus, nahm eine Handvoll Schnee, formte daraus einen Ball und warf ihn gegen die Hauswand.
Sie wollte gerade wieder zurück ins Haus gehen, als ihr Handy klingelte.
»Hier Hauptwachtmeister Volkmann«, meldete sich eine schleppende Stimme. »Ich stehe hier vor dem Haupteingang des Museums. Eine Frau Dr. Peters ist gerade eingetroffen. Sie hat gesagt, sie solle sich bei Ihnen melden.«
»Peters? Wow, die war aber schnell«, entfuhr es Ida. Sie hatte mit der Archäologin eigentlich nicht vor Montagmorgen gerechnet. Na, umso besser. »Sagen Sie ihr, sie soll warten. Ich bin gleich da.«
Das war mal eine erfreuliche Nachricht. Da sah man mal, wie

man sich in diesen Akademikern täuschen konnte. Sie steckte das Telefon weg und eilte zum Haupteingang.

Die Frau auf der Treppe war einen halben Kopf größer als sie. Sie hatte rotbraune Haare und sah ein wenig blass aus. Vermutlich waren die Temperaturen in Schottland frühlingshafter gewesen als hier in Halle. Neben ihr standen zwei Koffer, einer davon ein hartschaliger Sicherheitskoffer. Mit ausgestreckter Hand ging Ida auf sie zu.

»Hallo Frau Dr. Peters«, sagte sie. »Freut mich, dass Sie so schnell kommen konnten.«

»Ich habe alles stehen und liegen lassen, nachdem ich von dem Einbruch und der Entführung gehört habe«, sagte die Frau und schüttelte ihr die Hand. »Wissen Sie schon etwas darüber, wer die Tat verübt hat?«

»Leider nein«, sagte Ida. »Um ehrlich zu sein, wir tappen ziemlich im Dunkeln. Ich hatte gehofft, dass Sie uns weiterhelfen können.«

»Ich bin ziemlich erschüttert.«

»Kann ich mir vorstellen. Für uns ist dieser Fall auch nicht alltäglich, das können Sie mir glauben.« Ida winkte einen Beamten zu sich. »Bitte verwahren Sie das Gepäck von Frau Peters in der Garderobe des Museums. Sie wird es nachher dort abholen.«

Als der Wachmann zum Sicherheitskoffer greifen wollte, bückte sich die Archäologin schnell, nahm ihn hoch und presste ihn an die Brust. »Den möchte ich lieber selbst tragen«, sagte sie mit einem entschuldigenden Blick. »Er enthält wichtige Dokumente, die ich nur ungern aus der Hand gebe.«

Interessant, dachte Ida. Dann nickte sie, und der Wachmann entfernte sich mit dem anderen Koffer.

»Ich habe Sie eigentlich nicht vor morgen früh erwartet«, sagte Ida. »Wie sind Sie so schnell hierhergekommen?«

»Ein Bekannter hat mir seinen Hubschrauber und sein Privatflugzeug zur Verfügung gestellt«, sagte die Archäologin mit einem Augenzwinkern. »Es war die kürzeste Anreise meines Lebens.«

»Solche Freunde hätte ich auch gerne«, sagte die Kommissarin. »Scheinbar habe ich den falschen Beruf gewählt.«

Die Archäologin lächelte kurz, dann schlug sie den Kragen ihrer Jacke hoch und schlang die Arme um sich. »Verdammt, ist es hier kalt geworden. Schnee Ende April, das hat es noch nie gegeben, oder?«

»Nicht dass ich wüsste«, sagte Ida. »Aber das Wetter macht ohnehin, was es will. Und Sie arbeiten an der Himmelsscheibe von Nebra? Dr. Feldmann hat es mir erzählt«, fügte sie schnell hinzu.

Hannah nickte. »Das war der Grund meines Besuchs in Schottland. Wir sind da auf einige interessante Fakten gestoßen. Die Erforschung der Scheibe ist noch lange nicht abgeschlossen.«

»Ich habe Ihnen ja berichtet, dass man versucht hat, die Scheibe zu stehlen. Haben Sie eine Erklärung dafür?«

»Ehrlich gesagt, wundert es mich nicht«, sagte die Archäologin. »Sie ist der wertvollste Besitz des Museums. Es hat schon öfter Einbruchsversuche gegeben.«

»Nur mit dem Unterschied, dass die Einbrecher diesmal genau wussten, dass sich das Original nicht im Museum befindet. Und sie wussten offenbar Bescheid über die Sicherheitsabfrage, über den Schlüssel und über den Zahlencode. Vermutlich war das der Grund, warum sie es auf Bartels abgesehen hatten. Er war das perfekte Opfer. Labil, Einzelgänger und nachtaktiv. Es ist nur einem unerhörten Zufall zu verdanken, dass die Einbrecher keinen Erfolg hatten. Irgendjemand muss kurz zuvor den Zahlencode erneuert haben. Stefan Bartels wusste davon offenbar nichts und hat versucht, die Tür mit dem alten Code zu öffnen.«

»... und ist daran gescheitert.« Alles Leben war aus dem Gesicht der Archäologin gewichen.
»So ist es.«
»Ich habe den Code kurz vor meiner Abreise geändert. Es ist meine Aufgabe, dafür zu sorgen, dass er regelmäßig erneuert wird.«
»Haben Sie Stefan Bartels den neuen Code geschickt?«
»Ich ... nein.« Hannah zögerte. »Er war in letzter Zeit etwas unzuverlässig. Dr. Feldmann hat mich gebeten, den Code nicht an Bartels weiterzugeben. Er hat ein ...«, die Archäologin verstummte.
»... ein Alkoholproblem?«, führte Ida den Satz zu Ende. »Sie brauchen deswegen kein schlechtes Gewissen zu haben. Ihre Mitarbeiter haben alle mehr oder weniger bestätigt, dass Stefan Bartels Alkoholiker war. Wir wissen von der Abmahnung, die er deswegen von Dr. Feldmann erhalten hat. So gesehen, war es eine glückliche Fügung, dass er den Code nicht kannte. Für ihn selbst war es allerdings nicht so glücklich.« Ida öffnete Hannah die Tür, die zum Parkplatz hinausführte. Seite an Seite schritten die beiden durch den Schnee Richtung Labor.
»Ich möchte Sie jemandem vorstellen«, sagte die Kommissarin.
»Jemandem, der bereits sehr lange an dem Fall dran ist und der über die Jahre eine Menge Fakten zusammengetragen hat. Er war mal mein Vorgesetzter, befindet sich jedoch seit einiger Zeit im Ruhestand. Ich glaube, dass er uns mit seinem Wissen unschätzbare Dienste erweisen kann.« Sie klopfte an die Tür. Es dauerte eine Weile, dann wurde sie geöffnet. Pechsteins gedrungen wirkende Gestalt erschien auf der Türschwelle. Wie immer trug er seine speckige Lederjacke, und in seinem Mund steckte ein Kaugummi, auf dem er genüsslich herumkaute. Die Arbeit an dem Fall tat ihm sichtlich gut.
»Frau Dr. Peters.« Er streckte ihr seine Pranke entgegen. »Welch eine Freude, Sie endlich kennenzulernen.«

Die Archäologin rührte sich nicht. Mit weit aufgerissenen Augen stand sie da und starrte ihn an. Atemlose Sekunden vergingen. Man hätte glauben können, sie habe ein Gespenst gesehen. Nach einer Weile öffnete sie den Mund. Heraus kam nur ein einziges Wort:
»*Sie?*«

36

Hannah konnte nicht fassen, wen sie da vor sich hatte. Es war der Mann vom Marktplatz, der sie bei ihrem Eintreffen in Wernigerode so unverhohlen angestarrt und fotografiert hatte. Der Mann mit der Halbglatze und der hässlichen Lederjacke. Der Mann, den sie im Verdacht hatte, ihr nachts vor dem Hotel aufgelauert zu haben.
»Sie?«, wiederholte sie mit gepresster Stimme.
»Pechstein mein Name, Ludwig Pechstein.« Ein unverschämtes Grinsen zerteilte sein Gesicht. Immer noch hielt er ihr seine Hand hin. Sie ignorierte den Gruß und sagte kein Wort. Als dem Mann klarwurde, dass Hannah seine Hand nicht ergreifen würde, zog er sie zurück.
»Sie beide kennen sich?« Die Kommissarin blickte verwundert zwischen den beiden hin und her.
»Von *kennen* kann keine Rede sein«, sagte Hannah. »Wir sind uns begegnet – wann war das? – am Montag vor sechs Tagen, nicht wahr? Am Brunnen in Wernigerode. Ich habe im Café gesessen und Sie ...«
»Ich habe ermittelt.« Pechsteins Grinsen wollte einfach nicht verschwinden.
Die Kommissarin blickte ihn misstrauisch an. »Gibt es etwas, das du mir sagen möchtest, Ludwig?«
»Eine alte Angewohnheit«, sagte der Mann. »Einmal Polizist, immer Polizist, sagt man nicht so?«

»Mag sein, dass man das so sagt«, erwiderte die Archäologin. »Sie wissen schon, dass Sie mir einen Riesenschrecken eingejagt haben. Besonders dieses Herumlungern vor meinem Fenster mitten in der Nacht. Was wollten Sie von mir?«

»Von Ihnen? Nichts.« Pechstein zog eine Schachtel *Lucky Strike* aus der Jacke und reichte sie herum. Hannah zuckte zusammen. Dieselbe Marke wie die Kippe, die sie unter der Platane gefunden hatte. Als er sah, dass niemand sein Angebot annehmen wollte, zündete er sich selbst eine an und steckte den Rest wieder ein. »Jetzt schaut mich nicht so an. Ich erkläre euch das gern ein andermal. Es wird sich alles aufklären, versprochen. Aber jetzt haben wir Wichtigeres zu tun. Ich sollte Frau Peters doch begleiten, damit sie sich etwas ansieht, nicht wahr?«

»Die Aufnahmen einer Überwachungskamera?«

»Schlaues Mädchen. Kommen Sie.« Pechstein wandte sich um, doch Hannah blieb stehen.

»Mit Ihnen gehe ich nirgendwohin.«

»Was soll das denn jetzt?«

»*Nein.*«

Der Dicke wandte sich hilfesuchend an die Kommissarin. Ida blickte zwischen den beiden hin und her. »Ich weiß zwar nicht, was da vorgefallen ist«, sagte sie, »aber es ist unerlässlich, dass Sie zusammenarbeiten. Ich habe keine Zeit, mich um Sie zu kümmern, Frau Dr. Peters. Mir wächst die Arbeit gerade über den Kopf. Ich kann Sie nur bitten, Herrn Pechstein zu vertrauen, auch wenn es schwerfällt.« Mit einem strafenden Blick auf ihn fügte sie hinzu: »Er ist nicht so hart, wie er tut. Und du, reiß dich zusammen, Ludwig. Es ist wichtig, dass wir weiterkommen. Wir stehen unter Druck! Und über die Sache eben sprechen wir noch.«

Hannah warf Pechstein einen kurzen, grimmigen Blick zu, dann sagte sie: »Na gut. Aber nur unter der Bedingung, dass Sie mich nicht noch einmal *Mädchen* nennen.«

»Abgemacht.« Pechsteins Lächeln wirkte eine Spur freundlicher.

»Danke, Frau Dr. Peters«, sagte Ida und wandte sich zum Gehen. »Sie halten sich bitte für weitere Befragungen zu meiner Verfügung, einverstanden?«

»Sie erreichen mich übers Handy.«

»Gut. Ich bin dann mal weg.« Sie hob die Hand und ging hinüber zu dem wartenden Streifenwagen.

»Wollen wir?«, fragte Pechstein.

»Gehen Sie ruhig voran«, sagte Hannah.

»Ich muss Sie vorwarnen«, sagte er, während er die Treppe zum Keller einschlug. »Die Bilder sind nichts für schwache Nerven. Ich werde mit Ihnen in den Überwachungsraum gehen. Wenn Sie Fragen haben oder sich unwohl fühlen, immer heraus damit. Ich kann jederzeit unterbrechen.«

Eine knappe halbe Stunde später kam Hannah aus dem Überwachungszimmer, ging die Treppe hinauf und in den ersten Raum rechts vom Gang. Sie konnte die Toilette gerade noch erreichen, ehe sie sich übergab. Mit zitternden Knien ging sie zum Waschbecken, spülte den Mund aus und schöpfte sich Wasser ins Gesicht. Ein Blick in den Spiegel bestätigte ihr, dass sie furchtbar aussah. Ihr Kajal war verlaufen und zeichnete dunkle Streifen auf ihre blasse Haut. Ihre Lippen waren farblos und rissig.

Hannah nahm ein Papiertuch und entfernte die Schminke. Dann rubbelte sie sich das Gesicht trocken und fuhr mit einem Fettstift über die Lippen. Langsam kehrte wieder Farbe auf ihre Wangen zurück. Als sie die Toilette verließ, sah sie Pechstein draußen vor der Tür stehen, diesmal nicht mit einem Grinsen, sondern mit einem Ausdruck von Mitgefühl. »Wieder besser?«

Hannah nickte und strich ihre Kleidung glatt. »Bitte verzeihen

Sie«, sagte sie und fuhr sich noch einmal kurz durch die Locken. »Ist nicht meine Art, einfach so zu verschwinden.«

»Sie haben es vergleichsweise gut weggesteckt«, sagte der pensionierte Kriminalbeamte und bot ihr einen Kaugummi an. Diesmal griff Hannah mit Freuden zu. »Die meisten meiner Kollegen haben bereits nach einer Viertelstunde das Handtuch geworfen. Einer hat sogar einen Kreislaufzusammenbruch erlitten.«

Hannah schüttelte den Kopf. »Als diese Wesen anfingen, die Wände mit Kot zu beschmieren, dachte ich, ich würde es nicht mehr aushalten. Es hat nicht viel gefehlt und ich hätte mich an Ort und Stelle übergeben.«

Pechstein lächelte. »Danke, dass Sie es nicht getan haben. Von allen Kriminalbeamten hat nur Ida es geschafft, sich das ganze Band anzusehen. Sie dürfen ihr nicht böse sein, dass sie so plötzlich verschwunden ist. Als Leiterin der Ermittlungskommission obliegt ihr die gesamte Koordination.«

»Sie war Ihre Schülerin, nicht wahr?«

»Die beste, die ich je hatte. Wissen Sie, als Frau muss man bei der Polizei doppelt so hart arbeiten wie die männlichen Kollegen. Das ist nicht immer leicht.«

»Nicht nur bei der Polizei«, ergänzte Hannah.

»Ida ist einer der zähesten Menschen, denen ich je begegnet bin«, fuhr Pechstein fort. »Eine fabelhafte Person.«

Hannahs Magen hatte sich wieder einigermaßen beruhigt. Die Bilder ließen sich zwar nicht so einfach verdrängen, aber sie fühlte sich kräftig genug für ein paar Fragen, die ihr auf den Nägeln brannten. Pechstein bemerkte ihre Unruhe. »Kommen Sie«, sagte er. »Lassen Sie uns ins Museumseck gehen. Bei einer Tasse Kaffee lässt es sich besser reden.«

Es brauchte mehr als nur einen Kaffee, bis Hannah überzeugt war, dass das, was der Kommissar ihr erzählte, keine Münch-

hausiade war. Die Schilderung der beiden Entführungsfälle war gleichermaßen schrecklich wie faszinierend. Alles schien auf einmal einen Sinn zu ergeben. Strombergs Warnung, die Darstellung des Schamanenkultes, das Menschenopfer, die Entführungen, die Wölfe, ja sogar das Wetterleuchten und der plötzliche Kälteeinbruch. Fakten und Fiktion fügten sich auf einmal zusammen wie ein Puzzle. Hannah trommelte mit ihren Fingern auf dem Koffer herum, während sie Pechstein durch das Fenster beobachtete. Er hatte einen Anruf auf seinem Handy erhalten und sich kurz entschuldigt. Sie sah, wie er draußen auf und ab patrouillierte, den Kopf gesenkt und mit einem ernsten Gesichtsausdruck. Als er wieder zu ihr kam, war er tief in Gedanken versunken. Er ging an den Tresen und kehrte mit einem Schnaps und einem Bier zurück.
»Schlechte Nachrichten?«
Er schüttelte den Kopf. »Es war Ida. Sie hat mir das Ergebnis der genetischen Tests mitgeteilt.«
»Dürfen Sie es mir sagen?«
»Ich wüsste nicht, was dagegen spricht. Ich bin in diesem Fall nur als ziviler Berater tätig. Erinnern Sie sich an den Kot, mit dem die Wände beschmiert wurden? Denselben Kot hat man auch in der Berghütte gefunden, zusammen mit Haaren, Resten von Fingernägeln und sonstigem organischen Material. Zwischen den beiden Funden gibt es klare Übereinstimmungen. Die Genanalyse hat festgestellt, mit was für einer Art von Wesen wir es hier zu tun haben. Hat zwar einige Stunden gedauert, aber das Ergebnis ist eindeutig.«
»Und?«
Er nahm das Schnapsglas und kippte den gesamten Inhalt auf einen Zug hinunter.
»Es sind Menschen.«

37

»*M*enschen?« Hannah schüttelte den Kopf. »Also ich habe Tiere gesehen.«
Ist das nicht merkwürdig? Und es kommt noch besser.« Pechstein rückte näher an Hannah heran und senkte seine Stimme. »Wir haben anhand der Videoaufzeichnungen ein Bewegungsmuster anfertigen lassen. Nicht nur, dass diese Wesen ohne Probleme auf allen vieren laufen können, sie sind auch in der Lage, aus dem Stand Sprünge von drei oder vier Metern zu machen. Haben Sie bemerkt, wie eine dieser Kreaturen den Laborleiter mehrere Meter nach hinten geschleudert hat? Mit einer einzigen Bewegung seiner Pranke. Kein Mensch kann unter normalen Umständen so viel Kraft entwickeln.«
»Vielleicht hat sich das Labor geirrt«, warf Hannah ein. »Vielleicht haben sie die Proben verwechselt, oder es ist ihnen absichtlich falsches Material untergeschoben worden. Vielleicht hat man den Tatort präpariert, um eine falsche Spur zu hinterlassen. Vielleicht wurde das alles *inszeniert*, um uns an der Nase herumzuführen.«
Pechstein schüttelte den Kopf. »Wir sollten eher davon ausgehen, dass es echt war. Je länger ich darüber nachdenke, umso logischer erscheint es mir.«
»Was meinen Sie?«
»Wir müssen uns darüber im Klaren sein, dass wir es nicht mit normalen Menschen zu tun haben. Diese Wesen sind völlig

entartet. Ich sage bewusst *Wesen*. Sie bilden sich vermutlich ein, Tiere zu sein, und leben völlig abseits jeglicher menschlicher Verhaltensregel. Sie kennen keine Gesetze, keine Moral und keine Gnade. Es hat derlei Fälle schon früher gegeben: Menschen, die unter Tieren aufgewachsen sind, die von Affen oder Hunden großgezogen wurden und deren Verhaltensweisen übernommen haben. Lange Zeit hat man diese Geschichten als Unfug abgetan, sie ins Reich der Legenden und Parawissenschaften verbannt, doch moderne Studien haben belegt, dass es diese Fälle wirklich gegeben hat und immer noch gibt. Natürlich brauchen sie immer jemanden, der sie führt. In diesem Fall der Schamane. Er ist die Schlüsselfigur.«
»Und was ist mit ihrer enormen Kraft? Wie erklären Sie die?«
»Als ich sagte, unter normalen Umständen könne man nicht so viel Kraft entwickeln, so meinte ich, dass es unter besonderen Umständen durchaus möglich wäre.«
»Wie denn?«
»Durch Einnahme von Drogen. Bestimmte Substanzen wie etwa Steroide können zu einem enormen, wenn auch kurzzeitigen Kraftzuwachs führen. Es gibt bestimmte Pflanzen, die solche Substanzen auf natürlichem Wege produzieren, Pilze zum Beispiel. Aber natürlich lassen sie sich auch chemisch synthetisieren.«
»Dann haben wir es also hier mit Leuten zu tun, die sich als Wölfe und Schamanen verkleiden, Einbrüche begehen und Menschen entführen? Ich bitte Sie, viel absurder geht es ja kaum noch.«
Pechstein lehnte sich zurück. »Religionen haben bei den Menschen schon immer zu absurden Handlungsweisen geführt. Kasteiungen, Selbstverstümmelungen und sogar Menschenopfer.«
»Das ist allerdings wahr«, gab Hannah kleinlaut zu. Sie erinnerte sich nur zu gut an ihre Gespräche mit Michael und

Stromberg. Irgendwie schien sich in letzter Zeit alles um religiöse Kulte und deren bizarren Auswüchse zu drehen.

»Haben Sie sich schon einmal überlegt, dass diese Wolfsmenschen vielleicht einer Sekte angehören, einer uralten Religion?« Der Ex-Kommissar sah sie prüfend an. »Es könnte sich um eine Art Tierkult handeln, einen Glauben, der hier beheimatet war, lange ehe die Menschen Ackerbau und Viehzucht betrieben haben. Der Schamane gibt uns einen Hinweis darauf. Eine Religion, die es trotz der Ausbreitung des Christentums geschafft hat, in irgendeinem verborgenen Winkel zu überleben. Ein Kult, der den Schamanismus genauso aktiv pflegt wie die Anbetung der Himmelsscheibe. Wissen Sie, was ich glaube?«

Hannah sah ihn aufmerksam an.

Seine Stimme wurde leiser. »Ich glaube, dass wir es hier mit einer Gruppe von Menschen zu tun haben, denen das eigene Leben genauso wenig bedeutet wie das Leben anderer, und die gewillt ist, alles zu tun, um ihren abscheulichen Plan in die Tat umzusetzen.«

Hannah spürte den wahren Kern in seinen Worten. Wer immer dieser Ex-Kommissar sein mochte, er wusste viel mehr über den Fall, als er ihr gegenüber zugeben mochte.

»Hören Sie, Herr Pechstein, ich habe Ihnen alles gesagt, was ich weiß. Bei dem Einbruch kann ich Ihnen nicht weiterhelfen, und schon gar nicht bei der Suche nach irgendwelchen Verrückten, die sich Drogen reinziehen und sich für Wölfe ausgeben. Das übersteigt meine Fähigkeiten. Ich habe eine lange Reise hinter mir und einen Haufen Arbeit. Am liebsten würde ich in meine Wohnung zurückkehren und mich etwas entspannen.«

»Sie sind nicht gerade ein Teamplayer, oder?«

»Nein, bin ich nicht«, entgegnete Hannah in einem Tonfall, der eine Spur zu scharf war. »Ich betrachte es nicht als meine Aufgabe, Ihren Job zu erledigen. Das müssen Sie schon selbst machen.«

»Dann wollen Sie gar nicht wissen, warum ich Sie beschattet habe?«

Da war es wieder: Dieses unverschämte Lächeln. Der Mann schien es wirklich darauf anzulegen, sie herauszufordern. Na gut, das konnte er haben. »Da bin ich ja mal gespannt«, sagte sie mit einem grimmigen Augenaufschlag. »Dafür bin ich sogar bereit, noch ein paar Minuten länger zu bleiben.«

»Sehr gut.« Pechstein lehnte sich zurück und verschränkte die Arme hinter dem Kopf. »Wussten Sie, dass es in dieser Gegend schon mal einen solchen Fall gegeben hat? Eine Entführung von Jugendlichen – ziemlich spektakulär.«

»Muss mir entgangen sein.«

»Sie waren vermutlich noch zu jung damals«, sagte er, während er sich über sein Stoppelhaar strich. »Der Fall liegt zwanzig Jahre zurück. Er ging seinerzeit durch die gesamte Presse. Vier Jugendliche verschwanden am Abend des 30. April 1988. Zwei Schulklassen aus Dresden waren nach Thale gereist, um dort am traditionellen Hexenfest teilzunehmen. Den Nachmittag hatte die Gruppe mit einer Wanderung am Brocken verbracht, in froher Erwartung der abendlichen Feierlichkeiten. Es war kurz nach achtzehn Uhr, als die Lehrer zum Aufbruch drängten und die Gruppe sich talwärts zum Bus bewegte. Unten am Parkplatz stellte man fest, dass vier Schüler fehlten. Zuerst wartete man eine Viertelstunde, doch als sich nichts rührte, lief einer der Lehrer mit einer handverlesenen Gruppe von Schülern zurück. Die Suche verlief ergebnislos, die Schüler blieben verschwunden. Nach zwei Stunden – es ging inzwischen auf zwanzig Uhr zu – entschied man sich, die Polizei einzuschalten. Der zuständige Beamte riet den aufgebrachten Lehrern, sich zu beruhigen und erst mal nichts zu unternehmen. Es sei Walpurgis, sagte er, da kämen die jungen Leute schon mal auf dumme Ideen. Vielleicht hätten sie Alkohol getrunken und sich verlaufen, vielleicht wollten sie den anderen nur einen Schrecken einjagen, man wisse ja nie, was diesen Siebzehnjährigen so alles einfalle.

Wahrscheinlich seien sie per Anhalter unterwegs, spekulierte er weiter, und befänden sich längst auf dem Weg nach Thale. Er riet dazu, erst den Morgen abzuwarten, ehe man etwas unternehme und alles in Aufruhr versetze. In der Zwischenzeit würde er sich darum kümmern, dass alle nahe liegenden Polizeistationen informiert wären und sich bei ihm meldeten, sobald sie etwas hörten.

Der Anruf erreichte den Lehrer kurz nach sieben Uhr am nächsten Morgen. Drei Jugendliche seien auf der Straße nach Elbingerode aufgegriffen worden, völlig zerlumpt, die Kleidung in Fetzen, an Kopf und Körper blutend. Keiner von ihnen sei fähig oder willens, zu berichten, was in der Nacht geschehen war. Auch über den Verbleib des vierten Gruppenmitglieds, eines Mädchens, wollten sie nichts sagen. Aus dem vermeintlichen Scherz wurde ein Fall für die Kriminalpolizei. Als ich den drei Jugendlichen zum ersten Mal begegnete, war ich fassungslos. Ich war damals knapp fünfzig und hatte bereits einiges erlebt, aber was ich hier sah, verschlug selbst mir die Sprache. An Händen und Füßen der Opfer waren dunkle Striemen zu erkennen, wie sie von Fesseln herrührten. Alle drei hatten Brandzeichen im Nacken, und einem war sogar die Nase gebrochen worden. Ihre Körper waren übersät mit Prellungen, Platzwunden, Abschürfungen und Verbrennungen. Hinzu kam, dass alle unter Schock standen. Anfangs konnten wir noch einzelne Worte aufschnappen, später redeten sie überhaupt nicht mehr. Zurück in Leipzig, wurden sie ins Hospital gebracht und dort von einem Team aus Ärzten und Psychologen betreut, während wir von der Polizei weiter nach dem Mädchen fahndeten.

Um es kurz zu machen, wir fanden nichts. Weder die erwähnte Höhle noch den Ort, von dem aus die drei angeblich ihre Flucht angetreten hatten. Es war ein Desaster. Als dann klarwurde, dass die drei Jugendlichen sich auch weiterhin hartnäckig weigern würden, über den Fall zu sprechen, begann sich eine Gruppe innerhalb der Polizei zu bilden, die behauptete, die drei hätten in jugendlichem Übermut den Tod des Mädchens selbst verschuldet und sich, um ihre Geschichte glaubhaft zu machen, die Verletzungen selbst zugefügt.
Ich hielt diese Theorie für Quatsch, aber nach einer Weile stand ich mit meiner Meinung ziemlich allein. Es wurde Anklage erhoben vonseiten des Staates. Die Jugendlichen wurden in Verwahrung genommen, einzeln in Zellen gesperrt und wieder und wieder befragt, so lange, bis wir sie nicht mehr guten Gewissens festhalten konnten. Ohne die Leiche des Mädchens gab es keine Beweise, ergo keinen Anklagepunkt. Das Verfahren geriet ins Stocken.
Die drei wurden vorläufig freigesprochen und durften zu ihren Familien zurückkehren. Aber sie waren gezeichnet. Gemieden und verachtet von den restlichen Schülern, fielen ihre Leistungen rapide ab. Alle drei verließen die Schule und schlugen sich irgendwie durch. Das Mädchen versuchte, eine Stelle als Erzieherin zu bekommen, scheiterte aber immer wieder an ihrer Vergangenheit. Schließlich, mit vierundzwanzig, entlud sich ihr Hass gegen ihren alkoholsüchtigen Stiefvater, der die Familie tyrannisierte. Bei einem Streit erstach sie ihn mit einem Küchenmesser und wanderte in die Strafvollzugsanstalt Halle.
Der eine Junge, ein schmächtiges Kerlchen mit Brille, verlor ebenfalls den Boden unter den Füßen. Auch er entfremdete sich von seiner Familie, schlug sich eine Weile lang mit Hilfsarbeiterjobs durch, ehe er eine Lehre als Kfz-Mechaniker begann und sie mit Erfolg abschloss. Anstatt diesen Beruf aber

auszuüben, ließ er sich als freier Künstler in Leipzig nieder, wo er noch heute lebt. Sein Spezialgebiet sind Metallskulpturen. Sehr bizarre Figuren, das kann ich Ihnen sagen. Die können einem die Angst in die Glieder treiben – vermutlich ein Versuch, seine Vergangenheit zu verarbeiten. Jahrelang lebte er am Existenzminimum, dann kamen die ersten Aufträge. Erst von Privatsammlern, und jetzt sogar von der Stadt. Wie man so hört, wendet sich sein Stern gerade zum Besseren. In der Kunstszene wird er als einer der kommenden Shooting-Stars gehandelt.«
Pechstein machte eine kurze Pause und nahm einen Schluck aus seinem Bierglas. Hannah hatte bis jetzt geduldig und aufmerksam zugehört. Doch hatte sie nicht die geringste Ahnung, warum er ihr das alles erzählte. Abgesehen davon, dass auch hier jemand vermisst wurde, schienen die Fälle nichts miteinander zu tun zu haben. Und noch immer wusste sie nicht, warum Pechstein sie an diesem Tag in Wernigerode observiert hatte.
»Sie haben mir immer noch keine Erklärung für meine Beschattung geliefert.«
»Ich habe mich schon gefragt, wie lange Sie meiner ausschweifenden Einleitung wohl noch folgen. Haben Sie noch ein wenig Geduld. Wir kommen jetzt zu dem letzten Jungen, und der ist besonders interessant. Jahrelang habe ich versucht, seiner Spur zu folgen, aber das war außerordentlich schwierig. Wissen Sie, im Gegensatz zu meinen Kollegen war dieser Fall für mich niemals richtig abgeschlossen. Ich habe immer gespürt, dass diese Jugendlichen etwas erlebt hatten, was weit über unser Vorstellungsvermögen hinausging. Aber dann kam die Wende – man wollte die unaufgeklärten Fälle möglichst schnell unter Dach und Fach bringen. Eine unglückliche Fügung. Ich spürte, dass die Jugendlichen kurz davorgestanden hatten, uns alles zu sagen. Aber der Versuch, ihnen die Schuld

am Tod des Mädchens in die Schuhe schieben zu wollen, machte alles zunichte.

Wie auch immer, die Akte wurde geschlossen und nie wieder geöffnet – bis heute. Ich habe beantragt, den Fall wieder aufzurollen. Er steht meines Erachtens in direktem Zusammenhang mit der Entführung von Sylvia Hoffmann und Stefan Bartels. Wenn ich Ihnen die Namen der drei Jugendlichen nenne, die damals verschwanden, werden Sie verstehen.«

Hannah beugte sich vor. »Und?«

»Sie heißen Cynthia Rode, Karl Wolf und *Michael von Stetten*.«

38

Hannah hatte das Gefühl, jemand würde ihr den Boden unter den Füßen wegziehen. Der Raum schien zu kippen, als ob sich irgendwo eine Verankerung gelöst habe.
»Michael von Stetten war einer der verschwundenen Jugendlichen?«
»Er ist der Grund, warum ich ein solches Interesse an Ihnen habe«, sagte Pechstein. »Von Stetten ist ein geheimnisvoller Mann – einer, der sich nicht gern in die Karten schauen lässt.« Mit einem Lächeln fügte er hinzu: »Ein gefundenes Fressen für einen Schnüffler wie mich.«
Hannah wollte ihn unterbrechen, doch Pechstein hob die Hand. »Lassen Sie mich noch kurz erzählen, was ich über ihn herausgefunden habe. Es könnte Ihnen helfen, Ihr Bild zu vervollständigen.«
Er leerte sein Bierglas zur Hälfte und wischte sich mit einem Papiertuch über den Mund.
»Michael von Stetten, Jahrgang 1971, geboren in Dresden, keine Geschwister. Ein Einzelkind mit hellem Verstand und ausgeprägtem Interesse an Naturwissenschaften und Geschichte. Sein Vater war Chefarzt an der *Carl Gustav Carus Poliklinik*, ein Mann von nicht geringem Einfluss. Mit seinen Beziehungen und seinen ausgezeichneten schulischen Leistungen war klar, dass dem jungen Michael eine große Karriere bevorstand. Es folgte der Besuch der polytechnischen Ober-

schule, der anschließende Wechsel auf die erweiterte Oberschule und der Endspurt zum Abitur. Alles lief wie am Schnürchen, nichts schien ihn noch aufhalten zu können. Bis zur elften Klasse. Bis zu dem Tag am Brocken, der alles veränderte. Michaels Leistungen fielen ab, er isolierte sich, wurde schweigsam und aggressiv. Wie die beiden anderen verlor auch er den Kontakt zu seinen Mitschülern und brach die Schule ab. Im Gegensatz zu seinen Leidensgenossen fiel er jedoch auf ein weiches finanzielles Polster. Seine Eltern spürten, dass es besser war, ihn nicht zu drängen, ließen ihm den nötigen Freiraum. Offenbar hegten sie die Hoffnung, dass er sich wieder fangen würde. Doch es kam anders. Eines Tages, kurz vor dem Mauerfall, verschwand er, tauchte einfach ab. Seine Spur verlor sich so plötzlich, dass nicht mal seine Eltern sich vorstellen konnten, was geschehen sein mochte. Sie vermuteten, dass er in den Westen gegangen war, doch sicher waren sie sich nicht. Es war eine Zeit des Hoffens und Bangens. Dann, nach etwa einem Vierteljahr, kamen erste Briefe. Zuerst aus Südafrika, später aus Neuseeland, dann folgten Argentinien und die USA. Es schien, als ob der junge Michael seinen Dämonen auf Reisen rund um die Welt zu entkommen suchte. Für seine Eltern schien das in Ordnung zu sein. Sie waren glücklich über das Lebenszeichen, schickten ihm sogar etwas Geld. Genug zum Überleben, doch zu wenig, um davon ein Leben im Luxus führen zu können. Schließlich wollten sie ihn ja zurückhaben. Nach etwa einem Jahr kam ein langer Brief. Er habe jemanden kennengelernt, schrieb er und bat darum, die Zahlungen einzustellen. Es ginge ihm gut, er wisse jetzt, was er mit seinem Leben anfangen wolle, man solle sich keine Sorgen machen, und so weiter. Dann kam nichts mehr. Vollkommene Funkstille. Niemand wusste, wo er war oder was er tat.
1998, beinahe auf den Tag genau zehn Jahre nach dem Ereig-

nis am Berg, tauchte er wieder auf. Er hatte sich in den USA niedergelassen, hatte sein Abitur nachgeholt und studiert – Kunstgeschichte und Rechtswissenschaften –, hatte promoviert und seinen Doktortitel *magna cum laude* in Rekordzeit geholt. Ein Mann, der in der Politik oder der Wirtschaft eine glänzende Karriere hingelegt hätte. Doch statt zu bleiben, wo er war, kam er zurück nach Deutschland. Sein Vater war inzwischen an den Folgen einer Leberzirrhose gestorben. Die Taschen voller Geld, ließ er sich in Berlin nieder und gründete eine Anwaltskanzlei mit Schwerpunkt Wirtschaftskriminalität. Die Geschäfte liefen blendend, besonders in Hinblick auf die Wiedervereinigung mit all ihren Fehlspekulationen, Schmiergeldaffären und Betrügereien. Schon bald lief der Laden so gut, dass von Stetten die Geschäfte seinem Partner überantworten konnte und sich fortan nur noch um repräsentative Aufgaben kümmerte. Er konnte sich voll und ganz seiner wahren Leidenschaft widmen: der Erforschung der Vergangenheit. Besonders die Geschichte des Harzes hatte es ihm angetan. Kaum verwunderlich, nach dem, was er erlebt hatte. Ich verfolgte seine Karriere nur am Rande. Ich konnte verstehen, dass er mehr über das herausfinden wollte, was damals mit ihm geschehen war. Jeder von uns hätte das getan. Aber dann geschah etwas Merkwürdiges.«

»Jetzt bin ich aber gespannt.«

»Er verschwand ein zweites Mal von der Bildfläche. Ich erfuhr davon aus der Zeitung. Es gab eine Vermisstenanzeige seines Geschäftspartners. Michael war über Wochen hinweg nicht auffindbar. Er hatte keine Nachricht hinterlassen, keinen Brief, nicht mal einen kurzen Anruf. Er war einfach weg. Ich wurde neugierig. Hatte er tatsächlich etwas gefunden? War er seinen Entführern auf die Spur gekommen? Aber warum war er dann nicht mehr auffindbar? Mit Sorge wartete ich auf weitere Informationen. Immerhin bestand ja die Möglichkeit, dass man

ihn beseitigt hatte, um sich vor einer eventuellen Entdeckung zu schützen. Ich stand kurz davor, selbst in den Fall einzugreifen, als der Kerl wieder auftauchte. Über einen Monat nach seinem Verschwinden. Natürlich wurde er befragt. Ich selbst nahm ihn ins Verhör. Er sagte, er habe an einer Art von Burnout-Syndrom gelitten, habe sich für eine Weile aus dem Staub machen müssen, um sich zu erholen. Wenn Sie mich fragen: alles Ausflüchte.«
»Sie haben ihm nicht geglaubt?«
»Das hätten Sie auch nicht, wenn Sie ihn gesehen hätten. Er war völlig verschlossen, ja geradezu weggetreten. Schien sich überhaupt nicht dafür zu interessieren, dass er viele Menschen in Sorge versetzt hatte. Und dann diese Narben.«
»Was für Narben.«
»Na die an seinen Händen. Sind Ihnen die nicht aufgefallen? Sehen aus, als wären seine Hände durchlöchert worden.«
»Überbleibsel seiner Verletzungen von der Entführung?«, fragte Hannah.
Pechstein schüttelte den Kopf. »Nein. Die Verletzungen der Jugendlichen waren damals genau dokumentiert worden. Ich habe mir die Fotos noch einmal angesehen. Die Narben waren frisch. Aber egal. Lassen Sie mich erzählen, was weiter geschehen ist. Er kaufte sich ein Haus, legte sich eine umfangreiche Bibliothek zu und nahm an so ziemlich jedem regionalen Kunst- und Kulturförderprogramm teil, das es im Umkreis von hundert Kilometern gab.«
Hannah hob ihr Kinn. »Gibt es daran irgendetwas auszusetzen?«
»Im Gegenteil.« Pechsteins Stimme triefte vor Ironie. »Kann es etwas Schöneres geben, als wenn ein Mensch mit seinem Geld sinnvolle Dinge tut? Nicht nur war aus Michael von Stetten über Nacht ein großer Förderer des Naturschutzes und der kulturellen Eigenständigkeit dieser Region geworden, er war

außerordentlich wohltätig. Förderte seinen Freund Karl Wolf, indem er ihm Ausstellungsmöglichkeiten und Förderprogramme zuschob, und erwirkte die vorzeitige Entlassung Cynthia Rodes aus der Haftanstalt Halle. Beliebt und bekannt – ein angesehener Mann mit erheblichem Einfluss. Und das mit noch nicht mal vierzig Jahren.«

»Ich mag Ihren Ton nicht«, sagte Hannah. »Es gibt solche Menschen, na und? Sie sind ehrgeizig, zielstrebig, und sie wissen genau, was sie wollen.«

»Sie treffen den Nagel auf den Kopf«, sagte Pechstein, und ein geheimnisvolles Lächeln umspielte seinen Mund. »Besser hätte ich es selbst nicht formulieren können.«

Hannah zögerte. Pechstein wollte sie in eine bestimmte Ecke treiben. Wie auf einem Schachbrett.

»Was wollen Sie damit andeuten?«

Pechsteins Lederjacke gab ein knarrendes Geräusch von sich, als er sich mit verschränkten Armen zurücklehnte. Hannah kannte seine Körpersprache mittlerweile gut genug, um zu wissen, dass das dicke Ende erst noch kam.

»Was ich damit andeuten möchte, meine Teuerste, ist, dass die Begegnung in der Buchhandlung kein Zufall war. Ein Mann wie Michael von Stetten überlässt nichts dem Zufall. Er *wollte* Ihnen begegnen, an genau diesem Ort, zu genau dieser Uhrzeit. Ich kenne ihn lange genug, um zu wissen, wie er vorgeht.«

»Das ist doch Unsinn. Es war ein Zufall, und das wissen Sie genau.«

»Dann war es also auch ein Zufall, dass er genau wusste, in welchem Hotel Sie einchecken würden? Ein Zufall, dass er Ihnen durch die halbe Stadt folgte, nur um schnell vor Ihnen in die Buchhandlung zu schlüpfen? Ein Zufall, dass er sich ausgerechnet vor den Wanderführern und Karten postierte? Ich habe mir die ganze Scharade aus gebührender Distanz angeschaut, und Sie können mir glauben: Ein Zufall war das nicht.«

Hannah bekam einen trockenen Mund. Sie hatte geahnt, dass es schlimm werden würde, aber nicht *so* schlimm. Ungerührt fuhr der Kriminalbeamte fort: »Nachdem ich also Zeuge dieser *zufälligen* Begegnung wurde, machte es mich neugierig, warum er sich so für Sie interessierte«, fuhr Pechstein unbeirrt fort. »Die Schnappschüsse, die ich von Ihnen auf dem Marktplatz gemacht habe, ließ ich durch den Computer laufen. Es hat nicht lange gedauert, um herauszufinden, dass Sie an der Himmelsscheibe von Nebra arbeiten, für die sich Michael von Stetten seit sehr langer Zeit interessiert.« Er lächelte sie an.
»Darf ich Ihnen noch etwas zu trinken bestellen?«
»Wie ...? Ja gern.« Hannah wusste nicht, was sie sagen sollte. Also schwieg sie. Pechstein ließ ihr Zeit und bestellte unterdessen eine Apfelsaftschorle. Es dauerte eine Weile, bis sie die Tragweite seiner Behauptung erfasst hatte. Nach einer Weile stieß sie hervor: »Wenn es wirklich so ist, wie Sie behaupten, dann hieße das ja, er wollte mich nur kennenlernen, um an die Scheibe zu kommen.«
»An diesen Gedanken sollten Sie sich gewöhnen. Auch wenn es bitter ist.«
Hannah spürte, dass ihre Finger zitterten.
»Haben Sie eine Zigarette für mich?«
Der Kommissar griff in seine Jackentasche und hielt ihr die Schachtel Lucky Strike entgegen. »Ich dachte, Sie rauchen nicht.«
Hannah griff zu und ließ sich Feuer geben. »Ist seit zwanzig Jahren die erste.« Sie nahm einen tiefen Zug, inhalierte den Rauch und behielt ihn in der Lunge. Die ersten Sekunden waren schmerzhaft, doch dann war es, als würden sich ihre Lungenbläschen an das Gefühl erinnern. Die Synapsen öffneten sich und ließen das Nikotin andocken. Sie spürte einen leich-

ten Anfall von Schwindel.»Sind das alles nur Vermutungen, oder haben Sie Beweise? Haben Sie Ihre Kollegin Ida Benrath bereits darüber informiert?«

Pechstein lächelte.»Sie sind die Erste, mit der ich darüber so offen rede. Aber im Zuge der Ermittlungen werde ich Ida meine Unterlagen natürlich zur Verfügung stellen. Ida hat keine Ahnung, was ich in all den Jahren zusammengetragen habe. Das wird eine Bombe, darauf können Sie wetten.«

Hannah schüttelte den Kopf.»Ihre Theorie hat ein Loch.«

»Ich habe doch noch gar keine Theorie geäußert.«

»Es ist doch klar, worauf Sie hinauswollen. Sie verdächtigen Michael von Stetten des Einbruchs. Sie behaupten, er hätte mit dem Fall etwas zu tun, stünde vielleicht sogar in Verbindung mit diesen Sektierern, mit diesem ... diesem durchgeknallten Wolfspack.«

Pechstein hielt den Kopf schief.»Interessant, dass Sie von selbst darauf kommen. Ist es wirklich so offensichtlich?«

»Es ist trotzdem unmöglich«, sagte Hannah mit leiser Stimme.

»Er hatte die Gelegenheit zum Diebstahl bereits. *Ich* habe sie ihm gegeben.«

Pechstein steckte sich ebenfalls eine Zigarette an.»Sie meinen, als Sie ihn ins Allerheiligste mitgenommen haben? Das war in der Tat höchst leichtsinnig von Ihnen. Er hätte Sie niederschlagen und sich die Scheibe aneignen können, in dem Augenblick, in dem Sie die Tresortür geöffnet haben.«

»Was er aber nicht getan hat.«

»Was er nicht getan hat, richtig.« Pechstein stieß eine Qualmwolke aus.»Hätte ich es auf die Scheibe abgesehen, das wäre der Moment gewesen, an dem ich zugeschlagen hätte.«

»Da ist noch mehr. Aber das wissen Sie vermutlich, wo Sie doch so ein guter Schnüffler sind.« Hannah schnippte die Asche in den Becher.

»Dass Sie an diesem Abend bei ihm waren? Dass Sie bei ihm

übernachtet haben? Ja, allerdings.« Pechsteins Lächeln war verschwunden. Stattdessen war ein Ausdruck von Sorge auf seinem Gesicht erschienen. Er legte seine Hand auf ihren Arm, und sie spürte seine rauhen, rissigen Finger. Obwohl ihr das Gefühl unangenehm war, brachte sie nicht die Kraft auf, ihn wegzuschieben. Es war, als habe eine plötzliche Taubheit von ihr Besitz ergriffen. »Wir haben uns geliebt in dieser Nacht«, sagte sie in einem Anflug von Offenheit. Der Ex-Kommissar schien ohnehin alles zu wissen, da machte es keinen Unterschied. »Ich war ihm so nah, wie man einem Menschen nur sein kann. Ich hätte gespürt, wenn er mich nur ausgenutzt hätte. Mag sein, dass ich nicht die große Menschenkennerin bin. Mag sein, dass meine Umgangsformen in den Jahren der Einsamkeit etwas eingerostet sind, aber ich schwöre, ich hätte gemerkt, wenn es Michael von Stetten nur um die Scheibe gegangen wäre. Kein Mensch kann in so einer Situation sein Pokerface wahren. Niemals. Ich hätte es gemerkt.«

Pechstein nickte und zog seine Hand zurück. »Wissen Sie was? Das glaube ich Ihnen sogar. Und zu Ihrer Erleichterung kann ich Ihnen mitteilen, dass es Argumente gibt, die für Sie sprechen. Ich habe von Stettens Alibi überprüfen lassen. Es scheint wasserdicht. Er hat zum Zeitpunkt der Tat einen Empfang gegeben für seinen Kulturförderverein. Es gibt Dutzende Zeugenaussagen, die seine Anwesenheit bestätigen.« Er kratzte nachdenklich mit dem Fingernagel über das bierfleckige Holz. »Es ist natürlich möglich, dass diese Leute allesamt zum Kreis der Verschwörer gehören, doch so etwas nachzuweisen, dürfte schwierig werden.«

»Könnte es nicht auch sein, dass die jahrelange Beschäftigung mit diesem Fall Ihr Urteilsvermögen getrübt hat?«, fragte Hannah. »Möglich«, sagte Pechstein. »Vielleicht habe ich mich in diesen Fall tatsächlich zu sehr hineingesteigert. Vielleicht habe ich mich diesmal schlicht und ergreifend geirrt.«

Hannah beobachtete ihn genau. Sie wartete förmlich darauf, wieder diesen ironischen Ausdruck in seinem Gesicht zu sehen, doch Pechsteins Gesicht blieb ernst und nachdenklich.
Als deutlich wurde, dass er nichts mehr zu sagen hatte, hielt Hannah den Zeitpunkt für gekommen, das Gespräch zu beenden.
»Das haben Sie«, sagte sie und drückte ihre Zigarette aus. »Ganz sicher sogar.«

39

Es war nicht das erste Mal, dass Dr. Stefan Bartels sich fragte, in welchen der von Dante Alighieri beschriebenen sieben Höllenkreise er wohl hineingeraten war. Seit seinem Erwachen vor wenigen Stunden bemühte er sich, sein linkes Auge zu öffnen, doch es wollte ihm einfach nicht gelingen. Blut aus einer Platzwunde schien es verklebt zu haben. Alle Bemühungen, es durch Zwinkern oder Reiben an der Schulter zu öffnen, waren fehlgeschlagen. Seine Arme waren mit einem kräftigen Seil hinter einem Holzpflock zusammengebunden worden und ließen sich kaum bewegen. Jeder Versuch, sich zu befreien, hatte damit geendet, dass sich der Strick noch enger um seine Handgelenke gezogen hatte. Besonders beunruhigend waren die monotonen Gesänge, die von irgendwo jenseits des schwarzen Monolithen zu ihm herüberwehten. Der seltsame Stein war das Erste gewesen, was Stefan Bartels nach dem Erwachen aus seiner Ohnmacht vor einigen Stunden zu Gesicht bekommen hatte. Ein fettig glänzender Brocken, etwa vier Meter breit und einen Meter fünfzig hoch, der aus purer Schwärze zu bestehen schien. Über seine Beschaffenheit konnte Bartels nur Vermutungen anstellen, doch er tippte auf Obsidian, ein Silikat vulkanischen Ursprungs – schwarzes Glas, wenn man so wollte. Wie er in diese Höhle geraten war und zu welchem Zweck, das war eine Frage, gegen deren Antwort sich der Geist des Chemikers sträubte.

Seine zersplitterten Erinnerungen lasen sich wie Bruchstücke eines Fiebertraums. Man hatte versucht, die Scheibe zu stehlen. Er war misshandelt und entführt worden – von Wesen, die nicht menschlich waren. Die Erinnerung an ihre kalten Augen, ihre gelben Fangzähne und ihr stinkendes Fell ließ die Wunde an seinem Kopf pochen, als würde jemand mit einem Messer darin herumstochern. Sein Gedächtnis hatte Schaden genommen, so viel war klar. Er konnte sich jedoch noch erinnern, wie ihn die Wesen aus den Werkstätten hinaus und über den verschneiten Parkplatz zum Nordtor geschleift hatten. Hatte dort nicht ein weißer Transporter auf sie gewartet? Doch, so war es gewesen. Auf einen Wink des Schamanen hin hatten sich die Wolfswesen winselnd ins Innere des Fahrzeugs verdrückt, während er sich zu Bartels hinuntergebeugt und ihm ein bronzefarbenes Fläschchen zwischen die Lippen gedrückt hatte, aus dem irgendeine ölige, bittere Flüssigkeit in seinen Mund gesickert war. Danach folgte Schwärze. Eine zeitlose, gnädige Schwärze.

Der Durst war es gewesen, der ihn letztendlich aus seiner Ohnmacht geweckt hatte. Sein eigenes Stöhnen klang ihm noch in den Ohren. Er war wieder zu Bewusstsein gekommen, weil etwas in seinen Mund gesteckt wurde, ein Halm oder Schlauch. Vermutlich hatte sein Stöhnen die Entführer veranlasst, ihm etwas zu trinken zu geben. Zuerst wollte er sich wehren, doch dann schmeckte er kühles Wasser. Was für ein Labsal. Gierig hatte er an dem Schlauch gesaugt, bis sein Durst gestillt und der fürchterliche Nachgeschmack des Betäubungsmittels abgeklungen war. Das war vor einigen Stunden gewesen. Seither war er wach und beobachtete, was um ihn herum vorging.

Durch das halb geöffnete Lid seines rechten Auges sah er mehrere Schatten, die über die Höhlenwände tanzten. Aufs merkwürdigste verzerrt, wirkten sie, als wären sie völlig losgelöst von ihren Besitzern – gestaltlose Wesen in einem Traum aus Licht und Dunkelheit. Natürlich war Bartels sich bewusst, dass ihm seine Sinne einen Streich spielten, dass die Träger dieser Schatten sich auf der ihm abgewandten Seite des Blockes befinden mussten. Doch obwohl ihm klar war, dass die unwirkliche Umgebung in Verbindung mit den Nachwirkungen des Betäubungsmittels diesen Effekt hervorrief, war es schwer, sich davon zu befreien. Letztendlich aber war es seine Neugier, die ihm dabei half, Traum und Realität voneinander zu trennen. Was taten diese Gestalten? Warum rezitierten sie immer dieselben Formeln und vollführten immer dieselben Gesten? Und was um Himmels willen war das für eine merkwürdige Sprache? Bartels, der bereits viel herumgekommen war, hatte noch nie dergleichen gehört. Weder in Australien noch in Südostasien, weder in Russland noch in Afrika oder Südamerika, ja nicht einmal bei den Indianern Nordamerikas oder den Inuit Alaskas. Es war, als hörten seine Ohren eine Sprache, die seit Tausenden von Jahren nicht mehr gesprochen worden war. Die wichtigste Frage aber war, was das alles mit ihm zu tun hatte. Er war sich im Klaren darüber, dass ihm eine wichtige Rolle zugedacht war, vermutlich eine unangenehme. Merkwürdigerweise versetzte ihn der Gedanke nicht in Panik. Seine Sinne waren angespannt, aber frei von Angst. Vielleicht eine der Nebenwirkungen der Substanz, die er zu trinken bekommen hatte. Wie auch immer, er war dankbar dafür.

Endlich löste sich eine Figur aus dem Schatten jenseits des Felsblocks, eine weibliche Gestalt. In gebeugter Haltung durchkreuzte sie kurz sein Sichtfeld, ehe sie wieder im Blickschatten verschwand. Als Nächstes tauchte ein Mann auf. Hoch aufgerichtet stand er da und blickte zu dem Gefangenen herüber. Bartels lief ein Schauer über den Rücken, als er erkannte, dass es derselbe Mann war, der ihm vor dem Museum aufgelauert hatte. Der Mann mit dem Lieferwagen, der Scha-

mane. Unschwer zu erkennen an den Tierfellen und dem Rehgeweih auf seinem Kopf. Der Kerl war jünger, als er zunächst angenommen hatte, und recht muskulös. Seine hohen Schuhe verliehen ihm eine beachtliche Größe. Die Frau hingegen schien deutlich älter zu sein. Klein und gebeugt wirkte sie, als habe sie die sechzig bereits hinter sich gelassen. Die beiden bildeten einen merkwürdigen Kontrast, wie sie mit stummer Besessenheit ihre Rituale vollführten. Bartels zweifelte keine Sekunde daran, dass er einer Sekte von Wahnsinnigen in die Hände gefallen war, einem Schamanenzirkel, der sich irgendwelchen vorzeitlichen Riten verschrieben hatte. An welchem Ort sie sich hier befanden und warum ihm von einer solchen Vereinigung noch nichts zu Ohren gekommen war, konnte er sich beim besten Willen nicht erklären. Leute mit derart bizarren Praktiken konnten nicht lange im Verborgenen agieren. Ein solcher Kult wäre ein gefundenes Fressen für die Presse oder das Fernsehen gewesen. Abgesehen davon, dass es keinen Ort gab, an dem sie sich lange verstecken konnten. Nicht in Deutschland.
Bartels fühlte, wie seine Kopfverletzung wieder zu schmerzen begann. Das Ritual schien sich dem Ende zu nähern. Die Gesänge erstarben, die Bewegungen wurden langsamer und verebbten schließlich ganz. Stille kehrte ein.
Der Schamane und die Priesterin wichen langsam und mit respektvoller Haltung von dem Monolithen zurück. Ihre Augen fest auf den Stein geheftet und sich bei den Händen haltend, starrten sie auf den Block. Sie wirkten wie zwei Kinder, die ein Feuer entfacht hatten und mit überraschtem Blick dabei zusahen, wie die Flammen auf umliegende Büsche und Bäume übergriffen. Und tatsächlich: Stefan Bartels glaubte zu spüren, wie es merklich wärmer wurde. Eine unnatürliche Hitze stieg aus dem Boden. Bildete er sich das ein, oder fing die Luft um den Monolithen tatsächlich an zu flirren? Ein Effekt,

wie man ihn auf asphaltierten Straßen beobachten konnte, auf die die Mittagshitze knallte. Der Stein wirkte, als würden sich Pfützen auf seiner Oberfläche bilden, Tropfen von flüssigem Gold. Und als sei das noch nicht genug, begann es tief im Inneren des schwarzen Steins zu leuchten. Erst in einem tiefen Violett, dann stetig heller werdend. Als das Rot in ein Orange überging, wurde die Hitze so groß, dass sie den Schweiß auf Bartels' Stirn trieb.

Er atmete schwer.

Mit vor Entsetzen geweiteten Augen gewahrte er, dass der Schamane und die Priesterin verschwunden waren. Sie hatten sich in irgendeinen der vielen Stollen zurückgezogen und ihn seinem Schicksal überlassen. Er war allein. Oder etwa doch nicht? Die Helligkeit hatte zugenommen, so dass er in einer Nische auf der gegenüberliegenden Seite die Umrisse eines weiteren Gefangenen ausmachen konnte. Augenscheinlich eine Frau. Ihre Augen waren weit aufgerissen. Er versuchte zu rufen, doch seine Kehle war wie ausgetrocknet. Mehr als ein Krächzen brachte er nicht zustande. Er zerrte an dem Seil, vergeblich.

Im Block begann es zu knacken. Er sah jetzt nicht mehr aus wie ein Stein, sondern wie ein glühendes Stück Kohle. Die Hitze, die von ihm ausging, war mörderisch. Bartels glaubte zu spüren, wie die feinen Haare auf seiner Haut verdampften. Mit Entsetzen im Blick bemerkte er, wie sich aus den brennenden Luftschichten oberhalb des Blocks eine Form herausbildete. Zuerst war sie noch unförmig, doch mit der Zeit wurden Konturen sichtbar. Bartels meinte Spitzen zu erkennen, die feurig in die Luft stießen. Was in Gottes Namen war das? Ein Dreizack? Mit angehaltenem Atem verfolgte er, wie sich das Gebilde aus Luft und Feuer immer deutlicher manifestierte. Das war kein Dreizack, es war eine Klaue. Eine riesige, rotglühende, abscheuerregende Klaue. Ihre Finger zuckten in der

Glut, krümmten und wanden sich. Jetzt konnte er sogar den Arm erkennen. Mächtig, stark und muskulös schob er sich immer weiter aus dem Block. Bartels konnte nur mit Mühe einen Schrei unterdrücken. Etwas Uraltes und Mächtiges war im Begriff, in die Welt zu treten. Ein Wesen aus einer anderen Dimension.

Der Arm hatte jetzt beinahe die Höhlendecke erreicht. Die Finger der Klaue tasteten über die Oberfläche des Steins. Sie kratzten, scharrten, fühlten. Sie suchten etwas. Plötzlich hielten sie inne. Sie verharrten in der Luft, dann schossen sie nach unten, direkt in Bartels' Richtung.

Der Chemiker fühlte, wie ihn etwas mit der Wucht einer Dampframme traf. Glühende Finger bohrten sich in seine Brust, umschlossen sein Herz und ließen es aufglühen. Ein Feuer, das nicht von dieser Welt war, umhüllte seinen Körper, während die Klaue mit furchtbarer Entschlossenheit in ihn eindrang und ihm die Seele raubte.

Hoch über dem Berg erlosch das Licht.

40

Dienstag, 29. April

Karl Wolf erwachte mit einem stechenden Schmerz im Genick. Zuerst glaubte er, etwas habe ihn gestochen, doch seine Nachforschungen blieben ergebnislos. Nichts deutete auf einen Insektenstich hin. Abgesehen davon, dass es dafür noch viel zu früh im Jahr war, konnte er nirgendwo einen Hinweis auf die Anwesenheit eines Krabblers entdecken. Er richtete sich auf und griff sich an den Hals. Die Haut unterhalb seines Haaransatzes brannte wie Feuer. Sie war an dieser Stelle aufgewölbt und fühlte sich an, als wäre sie entzündet.
Er hob seine Beine aus dem Bett, stand mühsam auf und wankte zum Spiegel. Langsam tröpfelten die Erinnerungen zurück in sein vernebeltes Hirn. Die Erinnerung an den vorangegangenen Abend – an das Saufgelage, das er zusammen mit Cynthia anlässlich ihrer ersten Woche in Freiheit abgehalten hatte.
Der Blick in den Spiegel ließ ihn erschrocken zusammenfahren. Ein roter, hässlicher Fleck breitete sich über die gesamte Nackenpartie aus. Er tippte mit dem Finger darauf und konnte nur mit Mühe einen Schrei unterdrücken. Das Fleisch fühlte sich an, als wäre er mit einem Brandeisen traktiert worden. Die Verbrennung wirkte frisch, obwohl das gar nicht möglich war. Es war eine alte Narbe, und sie hatte ihm nie Probleme bereitet. Er hatte schon fast vergessen, dass es sie überhaupt gab. Hatte sie sich entzündet? War so etwas überhaupt möglich, nach all den Jahren?

»Cynthia?« Er drehte sich um. Erst jetzt bemerkte er, dass das Bett neben ihm leer war. Seine Freundin war nirgendwo zu sehen. Vielleicht war sie bereits aufgestanden und auf dem Weg zum Bäcker. Bei dem Gedanken an sie schwand der Schmerz. Eine Woche war es jetzt her, dass man sie entlassen hatte. Eine Woche, in der sie jede freie Minute miteinander verbracht hatten. Er konnte sich immer noch nicht erklären, was eigentlich geschehen war. Auf einmal war Cynthia in sein Leben getreten, und es war, als wäre sie niemals fort gewesen. All seine Wünsche und Sehnsüchte hatten sich mit einem Mal erfüllt. Sie war zu seiner Freundin geworden, zu seiner Vertrauten, zu seiner Geliebten. Bei ihr fühlte er sich geborgen, verstanden und gehalten – ganz abgesehen davon, dass der Sex mit ihr sensationell war. Nicht zum ersten Mal fragte er sich, warum aus ihnen damals eigentlich kein Paar geworden war. Gewiss, sie war damals mit Michael befreundet gewesen, aber war es wirklich nötig, dass sie beide durch die Hölle hatten gehen müssen, nur um sich am Ende des Weges wieder zu treffen? Nun, vielleicht war Heilung ohne Schmerz unmöglich. Vielleicht lag genau darin das Geheimnis.

Ein Geräusch drang von unten zu ihm herauf.

Er schob den Gedanken an die brennende Stelle beiseite, zog sich Hose und T-Shirt über und lief barfuß die Treppen hinunter. Cynthia stand an der Spüle und machte den Abwasch. Der belebende Geruch von frisch gebrühtem Kaffee stieg ihm in die Nase. Sie schien völlig versunken in ihre Arbeit, doch als er am untersten Treppenabsatz ankam, drehte sie sich zu ihm um. Ihr Gesicht drückte Besorgnis aus. Karl stutzte. Kein Kuss? Kein *Guten Morgen, mein Schatz?*

Besorgt fragte er: »Was machst du hier so früh?«

»Ich konnte nicht schlafen«, lautete die Antwort. »Ich dachte, ich lass dich in Ruhe und mache mich stattdessen hier nützlich.«

»Das hätten wir doch zusammen machen können. Komm, ich mach uns zwei Tassen Kaffee, und dann verkrümeln wir uns wieder ins Bett.«

Cynthia schüttelte den Kopf. »Nein. Es ist etwas dazwischengekommen. Michael hat angerufen.«

Karl runzelte die Stirn. Ein Anruf ihres alten Wohltäters zu so früher Stunde? Es war noch nicht mal sieben. Das Pochen seiner Narbe erinnerte ihn daran, warum er überhaupt aufgestanden war. Sollte er Cynthia davon erzählen? Er entschied sich dagegen.

»Wie schön«, sagte er mit gespielter Leichtigkeit. »Was erzählt er denn so?«

»Er sagt, dass wir sofort zu ihm kommen sollen. Er sagt, es sei von großer Wichtigkeit.«

»Heute? Unmöglich, ich habe zu tun. Ich muss diese Skulptur fertigbekommen. Ich bin ohnehin schon hoffnungslos im Rückstand.«

»Ich habe mir für heute freigenommen«, sagte Cynthia, und ein milder Vorwurf spielte in ihrer Stimme. »War ein hartes Stück Arbeit, meine Kollegin und den Bewährungshelfer davon zu überzeugen, dass es wichtig ist. Aber wenn es nicht wichtig wäre, hätte Michael uns nicht darum gebeten.«

»Hat er gesagt, worum es geht?«

»Das weißt du genau. Haben wir nicht bereits ein Dutzend Mal darüber gesprochen? Wie es scheint, hat sich endlich eine Möglichkeit ergeben, unseren Plan in die Tat umzusetzen.«

»Michaels Plan, nicht meiner«, erwiderte Karl hitzig. »Ich verspüre keine Lust, die alten Geschichten wieder aufzuwärmen.«

Sie hielt den Kopf schief. »Hast du nicht bei deinem letzten Besuch beteuert, wie wichtig es für dich wäre, der Sache auf den Grund zu gehen? Um mit der Vergangenheit endlich abzuschließen? War das alles nur hohles Gerede?«

»Seitdem sind zwei Jahre vergangen, Cyn. Zwei Jahre, in denen sich viel getan hat. Auf mich warten ein Job, Freunde und eine Zukunft. Endlich sehe ich mal einen Silberstreif am Horizont. Ich will mit der Vergangenheit nichts mehr zu tun haben.« Karl wusste, wie undankbar das klingen musste. Es war Michael gewesen, der ihm all das ermöglicht hatte. So irrational es auch sein mochte, aber bei dem Gedanken an seinen Freund spürte er Eifersucht in sich aufsteigen. Cynthias verschlossener Blick verstärkte dieses Gefühl.

»Du bist ihm etwas schuldig, erinnerst du dich?« Ihre Stimme hatte einen harten Klang. »Vor einer Woche sprachen wir noch davon, wie wir unsere Schuld am besten abtragen könnten. Jetzt ergibt sich mal eine Chance, und du kneifst? Ich hätte wirklich mehr von dir erwartet.«

»Ah, so ist das also. Der große Herr und Meister ruft, und wir kommen angekrochen. Scheint alles noch genauso zu sein wie damals.« Er schob die Tasse Kaffee von sich.

Cynthia sagte nichts, stand nur da, die Fäuste geballt, das Gesicht trotzig erhoben. Karls Erinnerungen an ihre harmonische Woche fielen in sich zusammen. Er hatte die alten Wunden fast vergessen, doch offenbar genügte ein einziger Anruf, um sie wieder aufbrechen zu lassen. Vielleicht hatte er sich geirrt. Vielleicht war die Sache zwischen ihm und Cynthia doch nur eine vorübergehende Episode gewesen – eine Illusion – auch wenn die Vorstellung weh tat.

»Ich möchte mich nicht mit dir streiten«, sagte er und schickte sich an, wieder ins Bett zu gehen.

Er hatte sich noch nicht ganz umgedreht, als er aus dem Augenwinkel heraus etwas sah. Es war unscheinbar, doch im Zusammenhang mit den Ereignissen dieses Morgens durchaus bedeutsam.

»Was hast du da?«, fragte er und deutete auf einen kleinen roten Fleck an ihrer rechten Nackenpartie.

»Das?« Sie drehte sich um und zeigte ihm die Stelle. »Das war der Grund, warum ich aufgewacht bin. Muss sich über Nacht wohl entzündet haben.«
Karl stand da, die Augen vor Schreck geweitet. Unterhalb von Cynthias Haaransatz war ein großer roter Fleck in Form einer gewundenen Schnecke zu sehen. Der Abdruck eines Brandeisens.
Karl griff sich an den Hals. Seine Narbe brannte wie Feuer.

41

Hannah lenkte ihren Wagen über die kiesbedeckte Auffahrt vor Michaels Haus. Über Nacht war es warm geworden. Der Frühling war zurückgekehrt. Die Vögel zwitscherten in den Bäumen, und erste Insekten surrten durch die Morgenluft. Der Schnee war bis auf ein paar schmutzige Reste zusammengeschmolzen, doch selbst die würden im Laufe des Vormittags verschwinden, wenn man den Aussagen des lokalen Wetterberichts Glauben schenken durfte. Auch das merkwürdige Leuchten über dem Berg hatte aufgehört, ein Phänomen, das die Meteorologen fast noch mehr in Erstaunen versetzte als sein plötzlicher Beginn. Alles schien so, wie es sich für die letzten Tage im April gehörte.

Doch Hannahs Laune war alles andere als frühlingshaft. Das Gespräch mit Pechstein hatte sie innerlich so aufgewühlt, dass sie in der Nacht kaum ein Auge zubekommen hatte. Sie fühlte sich gerädert, hatte einen knurrenden Magen und das unbestimmte Gefühl, zwischen ihr und Michael würde sich eine Katastrophe anbahnen. Schlechte Voraussetzungen für ein vernünftiges Gespräch. Sie schaltete den Motor ab, stieg aus und schlug die Tür hinter sich zu.

Michael öffnete, noch ehe sie überhaupt den Klingelknopf gedrückt hatte. Er machte ein ernstes Gesicht, wirkte aber so, als hätte er sie bereits erwartet. Mit einer einladenden Geste bat er sie, ins Haus zu kommen.

Hannah schnürte an ihm vorbei, ohne Handschlag, ohne Kuss und ohne ein Wort der Begrüßung. Sie ging direkt in die Küche und ließ sich dort auf einen Barhocker fallen, der neben der brusthohen Theke stand. Michael schien keinesfalls überrascht, sie in dieser Laune zu sehen. Er war die Ruhe selbst. »Darf ich dir einen Cappuccino anbieten? Du siehst aus, als hättest du noch nicht gefrühstückt. Einen Toast mit Eiern und Speck?«

Hannah widersprach nicht, und so machte er sich ans Werk. In Minutenschnelle zauberte er ein Frühstück, wie es jedem englischen B&B zur Ehre gereicht hätte. Das Rührei und der kross gebratene Speck rochen zu verführerisch, um sie stehenzulassen, und so begann sie zu essen. Es schmeckte genauso phantastisch, wie es aussah. Sie spürte, wie ihr Zorn mit jedem Bissen kleiner wurde. Dennoch reichte die Stärkung nicht aus, um sie vollständig zu besänftigen. Als Michael sich beiläufig nach ihrer Schottlandreise erkundigte, zuckte ihr Kopf hoch.

»Ich bin nicht hier, um über Schottland zu reden.«

»Ja, ich weiß«, sagte er und füllte ihr noch einmal Orangensaft nach. »Du möchtest etwas über mich erfahren, und das ist dein gutes Recht. Ich verspreche dir, nichts zu verheimlichen und nichts zu beschönigen, in Ordnung? Also. Wo fangen wir an?«

»Hast du etwas mit dem Einbruch im Museum zu tun?«

Ein schmales Lächeln tauchte auf seinem Gesicht auf. Es schien, als habe er die Frage erwartet. Ohne den Blick abzuwenden und ohne das geringste Anzeichen von Verunsicherung oder Verzögerung, sagte er: »Nein.«

Hannah hielt ihn etwa eine halbe Minute mit ihrem Blick gefangen. So lange, bis sie restlos überzeugt war, dass er die Wahrheit gesagt hatte. Sie versuchte, es sich nicht anmerken zu lassen, aber ihr fiel eine große Last von den Schultern. Sie nahm einen Schluck aus ihrer Cappuccinotasse.

»Dennoch«, sagte Michael, »fühle ich mich an dem, was geschehen ist, mitschuldig.«
»Wie meinst du das?«
Er griff in die Tasche, holte die kleine Hirschhornflasche heraus und nahm einen Schluck. Hannah erinnerte sich an ihre Wanderung auf dem Berg. Damals hatte sie geglaubt, es wäre etwas Hochprozentiges, aber vielleicht hatte sie sich geirrt, und es war eine Art Medizin.
»Die Polizei war gestern Vormittag bei mir«, sagte er. »Sie hat mich gründlich unter die Lupe genommen. Ein besonders hartnäckiger alter Knabe mit speckiger Lederjacke war dabei. Er hat damals die Ermittlungen im Entführungsfall geleitet.«
»Pechstein.«
»Du kennst ihn?«
»Allerdings. Wir hatten ein langes und sehr unerquickliches Gespräch.«
Michael nickte. »Dann weiß ich, woher der Wind weht. Pechstein hat mir nie über den Weg getraut. Er verfolgt mich bereits mein halbes Leben. Er ist besessen von dem Fall. Eigentlich hatte ich gehofft, er wäre mittlerweile im Ruhestand.«
»Ist er auch«, sagte Hannah. »Er wurde eigens für diesen Fall reaktiviert.«
»Verstehe.« Michael schenkte sich selbst ein Glas Orangensaft ein und trank es in einem Zug leer. »Wie auch immer«, sagte er, als er das Glas wieder abstellte, »ich habe bei dieser Gelegenheit einiges über den Einbruch erfahren. Den Ablauf, die Zusammenhänge und so weiter. Es war alles noch viel schlimmer, als ich gedacht hatte. Mitschuldig fühle ich mich deshalb, weil ich dich nicht nachdrücklicher auf die drohende Gefahr aufmerksam gemacht habe. Ich habe mich einlullen lassen von der Information, dass die Sicherheitsanlage demnächst erneuert werden soll.«
»Was hättest du mir sonst geraten?«

»Die Scheibe umgehend zu entfernen, sie auszutauschen, irgendetwas in der Art. So lange, bis Walpurgis vorüber ist.«
»Das haben mir schon andere geraten.« Hannah stemmte ihre Arme gegen den Tisch. Sie zögerte einen Moment, dann fragte sie: »*Du* bist die Verbindungsperson, von der Norman Stromberg sprach, nicht wahr?«
Michael warf ihr einen langen, schwer zu deutenden Blick zu. Dann stand er auf. »Komm«, sagte er und reichte ihr seine Hand. »Ich möchte dir etwas zeigen.«

Der Keller war größer, als man bei einem solchen Haus hätte erwarten können. Er schien zusätzlich zur Fläche des Hauses noch die Garage und einen Teil des Gartens zu umfassen. Der zentrale Raum war riesig, etwa sechzig Quadratmeter groß, mit einer Deckenhöhe von annähernd zwei Meter fünfzig. Kleiner hätte er auch nicht sein dürfen. Dicht an dicht standen Bücherregale, die auf den ersten Blick so ziemlich jedes wichtige Fachbuch enthielten, das jemals zum Thema Alte Geschichte, frühzeitliche Kunst und Archäologie geschrieben worden war. Einen besonderen Platz nahmen dabei die Bücher über die Bronzezeit und die Besiedelung des Harzes ein. Hannah überflog beim Vorübergehen die einzelnen Bände und pfiff durch die Zähne. Es mochten an die zehntausend Bücher sein, die Michael hier gesammelt hatte, einige, wie es schien, sehr selten und kostbar. Ein Vermögen.
»Beeindruckt?« Michael schenkte Hannah ein verschwörerisches Lächeln. »In diesem Raum fühle ich mich am wohlsten. Sogar Norman beneidet mich um diese Bibliothek.«
»Dann ist es also wahr.«
»Ich habe dir versprochen, ehrlich zu sein. Ja, ich bin Strombergs Kontaktmann. Ich bin derjenige, der ihn mit Informationen zur Himmelsscheibe versorgt. Dabei war er es, der den Kontakt hergestellt hat. Mir ging es damals ziemlich schlecht.

Ich wusste nicht, was ich machen wollte und was aus mir werden sollte. Mir war nur klar, dass ich wegmusste. Weg aus dieser Gegend, weg von meinen Freunden und meiner Familie.«
»Nur zu verständlich, nach dem, was dir und deinen Freunden widerfahren ist.«
»Dann bist du also bereits im Bilde? Umso besser, das erleichtert mein Herz. Ich wollte alles hinter mir lassen und ein neues Leben beginnen. Etwa ein Jahr lang war ich kreuz und quer durch die Welt gegondelt, als er mich ansprach. Ich war damals in Rio de Janeiro und schlug mich als Taxifahrer durch. Er lud mich zu sich nach Washington ein, und wir hatten ein sehr langes und intensives Gespräch. Er schien alles über mich zu wissen. Alles über meine Entführung, die Hintergründe und die Leute, die uns das angetan hatten. Er versorgte mich mit allem, wonach mein hungriges Herz damals verlangte, einschließlich dem Angebot, mein Studium zu finanzieren und mir die Rückkehr nach Deutschland zu ermöglichen.«
»Wie selbstlos.«
»Natürlich nicht selbstlos. Wir reden hier von Norman Stromberg. Was ihn an mir interessierte, war meine Beschreibung vom Inneren des Berges. Die Beschreibung der Zeremonie. Insbesondere der Opfergaben und Kultgegenstände, die ich gesehen hatte. Es war der Schatz, auf den er es abgesehen hatte und den er immer noch will. Mir hingegen geht es darum, diejenigen zu bestrafen, die damals ihr Unwesen getrieben haben, und sie daran zu hindern, noch mehr Unheil anzurichten. Die Entdeckung der Himmelsscheibe hat der Suche neuen Auftrieb gegeben. Wir stehen kurz davor, das Geheimnis zu lüften.«
»Das also war der Grund, warum du mich angesprochen hast? Warum du mit mir geflirtet hast und mit mir ins Bett gestiegen bist?« Ein zynisches Lachen kam über Hannahs Lippen. »Und

dann deine Heuchelei bei unserer Bergwanderung, wie überrascht du getan hast, als ich von der Scheibe erzählt habe. Mein Gott, was für eine schauspielerische Glanzleistung. Und alles nur, um an die Himmelsscheibe zu kommen.«
Michael schüttelte den Kopf. »Das ist nicht wahr. Zugegeben, mein Erstaunen über deinen Job war gespielt. Wie hätte ich sonst den Kontakt zu dir herstellen sollen? Mich als intimen Kenner der Materie outen, als jemanden, der dir nachstellt, weil er ein berufliches Interesse an dir hat? Ich wollte dich kennenlernen, Hannah, dich als Menschen erleben. Von Norman wusste ich über deine Vergangenheit Bescheid. Ich glaubte eine verwandte Seele in dir entdeckt zu haben. Vom ersten Tag an wusste ich, dass ich recht hatte. Wir beide sind Außenseiter, Menschen, die ohne Netz und doppelten Boden leben. Wir haben wenig Freunde, das Verhältnis zu unseren Familien ist getrübt, und beide haben wir uns mit Haut und Haar der Geschichte verschrieben. Du bist ein Einzelgänger, Hannah, genau wie ich. Du bist einsam, verletzlich und wunderschön. Glaub mir, es ist mir sehr ernst mit dem, was ich sage.«
Eine Pause entstand. Hannah hätte lügen müssen, hätte sie behauptet, dass Michaels Worte sie nicht berührten. Es stimmte, was er sagte. Wäre er auf sie zugetreten und hätte sie über die Scheibe ausgefragt, sie hätte dichtgemacht wie eine Auster.
Wortlos ging sie an ihm vorbei zum hintersten Teil des Raumes, wo allerlei Ordner standen. Einer der Ordner lag aufgeschlagen auf dem Tisch. Zeitungsausschnitte waren zu sehen, einer davon aus dem »Thüringischen Boten«, datiert vom 03.05.1988. Hannah überflog die Zeilen. »Entführte Jugendliche wieder zu Hause bei ihren Familien« hieß es in der Überschrift. Darunter war ein grob gerastertes Foto zu sehen, das drei Jugendliche zeigte, die von ernst dreinblickenden Volkspolizisten an ihre Familien übergeben werden. Einer der Jugend-

lichen, ein hochgewachsener Bursche mit dunklen Haaren, blickte direkt in die Kamera. Es war Michael. Seine Augen waren von dunklen Rändern gezeichnet, und unter dem rechten Auge war ein großes Pflaster zu sehen. Er wirkte hager und ausgemergelt. Dahinter Ludwig Pechstein, damals noch mit etwas mehr Haaren auf dem Kopf und seiner unverwechselbaren Lederjacke.

»Also gut«, sagte Hannah und wandte sich um. »Ich finde, es ist an der Zeit, dass du mich einweihst. Was weißt du über die Scheibe? Was kannst du mir über diesen geheimen Kult sagen, und was hat das alles mit dem Einbruch und den Entführungen zu tun? Ich bin hier, um Informationen zu bekommen, und ich werde nicht eher gehen, ehe ich sie erhalten habe.«

Michaels Augen hatten einen geheimnisvollen, grünen Schimmer. »Dann halt dich gut fest. Denn was ich dir gleich erzähle, wird dich umhauen.«

42

Drei Fotos. Dreimal die Scheibe, doch jedes Mal anders. Gestochen scharf leuchteten die goldenen Symbole auf dem dunkelgrünen Untergrund. Michael spürte die Erregung in sich aufsteigen. Wie jedes Mal, wenn er die Himmelsscheibe sah. »Die Scheibe wurde während ihrer Jahrhunderte andauernden Nutzung fünf Mal umgeschmiedet«, begann er. »Allerdings sind nur drei Veränderungen wirklich maßgebend. Die Phasen, in denen die Scheibe seitlich gelocht und der eine Horizontbogen wieder entfernt wurde, lasse ich mal außer Acht. In Ordnung, beginnen wir mit Phase eins: Fünfundzwanzig Sterne umkreisen die Plejaden, den Voll- und den Sichelmond.«

»Moment«, unterbrach ihn Hannah. »Woher willst du wissen, dass es sich nicht um ein Sonnensymbol handelt. Die Wissenschaftler sind sich in dieser Frage noch nicht einig.«

»Es ist ein Vollmond, ganz sicher.« Michael lächelte geheimnisvoll. »Nur Geduld. Du wirst schon sehen, worauf ich hinauswill. Phase zwei: Die Horizontbögen zur Bestimmung der Sonnenwenden werden angefügt. Und zuletzt Phase drei: Die Sonnenbarke kommt dazu. So weit sind wir uns einig?«

Sie verschränkte die Arme vor der Brust. »Bis auf die Bedeutung der großen Goldscheibe – ja.«

»Gut. Was mich immer beschäftigt hat, ist die erste Phase – der Ursprung. Sie ist für mich der Schlüssel zu dem Mysterium der

Himmelsscheibe. Was genau wurde hier abgebildet und warum? Hast du dir jemals über den Bedeutungswandel Gedanken gemacht, den die Scheibe zwischen der ersten und der zweiten Phase durchlaufen hat?«

Hannah runzelte die Stirn. »Was meinst du damit?«

»Gehen wir mal davon aus, dass ich recht habe und die große Goldscheibe den Vollmond symbolisiert, dann war die Himmelsscheibe in ihrem Ursprung eine Mondscheibe und keine Sonnenscheibe. Die Sonnenbarke sowie die Messbögen zur Bestimmung des Sonnenauf- beziehungsweise -untergangs wurden erst Jahrhunderte später hinzugefügt. Das hat viele Wissenschaftler zu der Annahme verleitet, die ursprüngliche Funktion der Scheibe sei gewesen, die Wanderung der Sonne und damit die Jahreswechsel zu dokumentieren. Gib zu, das war bis vor kurzem auch deine Überzeugung. Warum hätte dich deine Suche sonst zu den Ägyptern geführt?«

»Weil sie die Sonne angebetet haben.« Hannah runzelte die Stirn. »Dann glaubst du, die Urform war als reine Mondscheibe ausgelegt? Aber warum ...? Nein, das ist doch absurd.« Sie schüttelte den Kopf, aber Michael sah ihr an, dass ihre Ansichten ins Wanken geraten waren.

»Ist natürlich nur so eine Theorie, aber nehmen wir für einen Moment mal an, ich hätte recht«, fuhr er fort. »Welche Kultur fällt dir ein, die den Mond angebetet hat? In welcher Kultur ist der Mond mächtiger als die Sonne?«

Die Antwort kam mit einiger Verzögerung und recht leise. »Babylon.«

Michael nickte. »So ist es. In der Vorstellung der Babylonier wird der Tag aus der Nacht geboren, nicht umgekehrt. Die Nacht ist der Vater des Tages.«

Hannah sagte eine ganze Weile gar nichts. Und dann, als ob ihr jemand den Schleier von den Augen gezogen hatte, flüsterte sie: »Mesopotamien.«

»Das Zweistromland, ganz genau. Gelegen zwischen Euphrat und Tigris. Wenn mich nicht alles täuscht, liegt der Schlüssel zu dem Geheimnis im heutigen Irak. Hat Norman dir den Kopfstein gezeigt?«
»Allerdings.«
»Dann weißt du, was ich meine. Der Schlüssel zu den Geheimnissen der Himmelsscheibe liegt in Babylon und nirgendwo sonst. So gesehen, war es sinnlos, die Antwort auf deine Frage am Nil zu suchen. Die Ägypter verehrten die Sonne als obersten Gott, nicht den Mond.«
»Und die Plejaden ...?«
»Die Plejaden waren eines der wichtigsten Symbole im Zweistromland«, sagte Michael. »Sowohl die Sumerer als auch die Babylonier und Assyrer verehrten und fürchteten das Siebengestirn. In ihrer Vorstellung handelt es sich um Dämonen. Um die sieben Sturmwinde des alten Babylon: Asakku, Namtaru, Utukku, Alu, Etmmu, Gallu und Ilu. Es gibt ein viertausend Jahre altes babylonisches Beschwörungsrelief, auf dem die Dämonen beschrieben werden.« Er öffnete das Buch, das er extra für Hannah bereitgelegt hatte. »Hier ist es.«
Er deutete auf die alte Schwarzweißfotografie einer steinernen Grabplatte.
»Gegen den Menschen wüten sie, essen das Fleisch, lassen das Blut sich ergießen, trinken die Adern. Unablässige Blutsäufer sind sie. Asakku und Namtaru nahen sich dem Kopf, der böse Utukku naht sich dem Hals, der böse Alu naht sich seiner Brust, der böse Etmmu naht sich seiner Leibesmitte, der böse Gallu naht sich seiner Hand, der böse Ilu naht sich seinem Fuß.«
»Großer Gott.«
»Ja, allerdings«, stimmte Michael ihr zu. »Vielleicht erkennst du jetzt die wahre Bedeutung der Himmelsscheibe. Diese Dämonen waren gefürchtet. Sie allein besaßen die Fähigkeit, den Himmel

anzugreifen – den Herrschaftsbereich der Götter. So mächtig waren sie, dass sie dem Gott des Mondes trotzen und eine Mondfinsternis beschwören konnten. Sieh her.« Er blätterte ein paar Seiten weiter und zeigte eine andere Steinplatte.

Hannah las laut:
»*Dichte Wolken, die die Finsternis des Himmels herbeiführen sollen, sind sie.*« Sie hob den Kopf. »Was bedeutet das?«

»In manchen Überlieferungen werden diese sieben als ein einziger Dämon dargestellt. Als ein vom Gebirge herabfahrender, alles verheerender Westwind.«

»Pašušu!«

»Genau. Siehst du die Verbindung, Hannah? Die Bronze wurde bekanntermaßen nicht in Europa erfunden, sondern im Süden. Vermutlich im Zweistromland, wo es Erze wie das Stannit gibt. Ein Erz, in dem in natürlicher Form die Metalle Kupfer und Zinn enthalten sind. Allerdings in zu geringer Menge, um daraus wirklich Kapital zu schlagen. Über komplizierte Handelswege, entlang der großen Flüsse Donau, Rhein und Elbe, gelangten die Händler aus dem Süden bis in die Region des Harzes – und darüber hinaus bis in die Bretagne und zu den Britischen Inseln. Besonders dort lagen die Zinnvorkommen, die für die Herstellung großer Mengen von Bronze unerlässlich waren. Kupfer gab es reichlich auch im Alpenraum, zum Beispiel am Mitterberg, im Salzburger Land. Mächtige Handelsbeziehungen wurden geknüpft. Mit dem Technologietransfer ging ein kultureller Austausch einher. Dunkelhäutige Händler kamen, ließen sich hier nieder und gingen ihrem Handwerk nach. Das Schmieden der Bronze war für die spätsteinzeitlichen Kulturen hier im Norden wie ein Wunder. Es entstand ein Metall, so hart und widerstandsfähig, dass es sogar Steinklingen ebenbürtig war. Außerdem ließ es sich in jede gewünschte Form gießen oder schmieden – Zauberei. Menschen, die so etwas vollbringen konnten, wurden verehrt.

Schmiede wurden in den Stand von Göttern erhoben. Es bildete sich eine mächtige Priesterkaste. Und natürlich pflegten sie ihre alten Traditionen, glaubten an ihre alten Götter und Dämonen. Sie waren es, die die erste Himmelsscheibe schmiedeten, und sie waren es, die sie ihren Göttern und Dämonen – dem Mond und den bösen sieben – widmeten.«
»Und was ist mit den Menschenopfern?«
»Die hatte es bis zu jenem Zeitpunkt in diesen Breiten gar nicht gegeben. Sie kamen erst mit der Bronze aus dem Süden. Menschenopfer hängen ursächlich mit der Beschwörung von Dämonen zusammen – sie zählen zur sogenannten schwarzen Magie. Was auch immer damals geschehen ist, irgendwie muss es zu einer unheiligen Allianz zwischen der präkeltischen Naturmystik und dem mesopotamischen Dämonenkult gekommen sein. Die Auswüchse sind bis zum heutigen Tag spürbar. Denk nur an unsere Vorstellung vom Teufel.«
Hannahs Augen wurden groß. »Dann glaubst du also, dass das Bild, das uns die christliche Kirche vom Fürsten der Unterwelt lehrt, darauf beruhen könnte?«
Michael zog das Foto einer babylonischen Skulptur aus einem Umschlag und legte ihn auf das Buch. »Sieh ihn dir an und sag mir, dass ich unrecht habe.«
Hannah blickte schweigend auf das Foto. Michael wusste, dass er sie überzeugt hatte. Mit leiser Stimme sagte er: »In den späteren Jahren siedelten sich im Harz verschiedene Keltenstämme an, die einer Religion angehörten, die irgendwo zwischen nordischer Mystik und mesopotamischem Götterglauben lag. Sieh dir die keltischen Waffen und Schmuckstücke an. Ihre Ästhetik ist eindeutig von den Kulturen des Mittelmeerraums geprägt. Schwerter und Kelche, die der Ilias entsprungen sein könnten. Auf die Kelten folgten die Germanen, und immer noch hielt sich beharrlich der merkwürdige Glauben, der hier entstanden war. So lange, bis eine mächtigere Religion kam.«

»Das Christentum.«
»Die frühen Christen haben diese Religion verachtet, ja gehasst. Sie war ihnen ein Dorn im Auge, verkörperte sie doch so ziemlich alles, was ihnen verdammenswert und verabscheuungswürdig erschien. Freie Liebe, unzüchtige Rituale, die Frau als Ursprung allen Lebens, Magie, Zauberei und Naturgottheiten. Sie verfolgten, töteten oder zwangsmissionierten ihre Mitglieder, bis sie glaubten, den Glauben mit Stumpf und Stiel ausgerottet zu haben. Dann nahmen sie die Himmelsscheiben und versteckten sie an verschiedenen, weit voneinander entfernten Orten. Sie zu zerstören, trauten sie sich nicht, dafür erschienen sie ihnen zu mächtig. Die anderen keltischen Symbole hingegen wurden verbrannt, wo immer man sie fand, und die Versammlungsorte wurden zu Orten des Teufels erklärt. Frauen, die sich nicht beirren ließen – die sich auf die alten Traditionen wie Heilkunde und Geburtshilfe verstanden –, wurden zu Hexen erklärt und gnadenlos abgeschlachtet. 1720, annähernd dreihundert Jahre nach Beginn der Hexenprozesse, fand die letzte Verbrennung auf dem Richteberg statt. Danach glaubte man den heidnischen Aberglauben endgültig überwunden zu haben. Doch man hatte sich geirrt. Ein kleiner, im Verborgenen agierender Kern hatte alles überlebt. Seine Mitglieder versammelten sich in aller Heimlichkeit, pflegten ihre Rituale und kämpften für das Überleben ihres Glaubens.«
»Wenn man dich so reden hört, könnte man meinen, du verabscheust das Christentum genauso wie den Kult, der dir das alles angetan hat.«
Michael zögerte. »Religionen haben sich gegenüber Andersgläubigen seit jeher intolerant verhalten, bis hin zu blutigen Auseinandersetzungen. Es liegt in der Natur des Menschen, sich abzugrenzen und alles zu bekämpfen, was ihm fremd ist. Es sind schreckliche Dinge geschehen, auf beiden Seiten, und

es ist unmöglich, zu sagen, wer damals mit dem Morden angefangen hat. Aber eines ist sicher: Die Christen haben sich diesen Leuten gegenüber alles andere als untadelig verhalten, egal was in der Bibel steht. Jedoch sind es nicht die Christen, um die ich mir Sorgen mache, es ist diese Sekte. Ihre Wut ist verständlich, und sie wird ihre Mitglieder zu schrecklichen Dingen treiben, wenn man sie nicht aufhält. Über die Jahrhunderte hat ihr Zorn sogar noch zugenommen. Man suchte nach einem Weg, dem alten Glauben wieder Macht und Ansehen zu verleihen. Man will dem Christentum einen Schlag zufügen, den es nicht überlebt. Und endlich scheint man die Lösung gefunden zu haben. Der Schlüssel zum Erfolg liegt in der vierten Himmelsscheibe. Drei von ihnen hatte man bereits in früheren Jahrhunderten wiederentdeckt. Als das richtige Zeitfenster gekommen war, versuchte man, die Zeremonie ohne die vierte Scheibe durchzuführen. Doch irgendetwas ging schief. Ich war damals bei der Zeremonie anwesend, ich habe es mit angesehen. Offenbar war es nicht möglich, die Beschwörung ohne die vierte Scheibe durchzuführen. 1999 tauchte sie dann auf, elf Jahre nach meiner Gefangennahme. Noch einmal drei Jahre verstrichen bis zum Bekanntwerden des Fundes. Hätte die Sekte damals bereits alle vier Scheiben in ihrem Besitz gehabt, wir hätten die Nacht vermutlich nicht überlebt. Tatsache ist, dass seit dem Fund der letzten Scheibe die Probleme in dieser Gegend erst richtig angefangen haben. Wusstest du, dass im Harz mehr Menschen spurlos verschwinden als an jedem anderen Ort Deutschlands? Dass die Polizei diese Zahlen unter Verschluss hält, weil die Fremdenverkehrsbehörde es so will? Wir befinden uns in einem Krieg, Hannah, genau an diesem Ort. Einem Krieg, der seit über tausend Jahren im Verborgenen ausgetragen wird. Wenn es dich interessiert, ich habe schriftlich niedergelegt, was damals in der Höhle geschehen ist. Ich hoffe, du kannst danach besser ver-

stehen, was mich antreibt.« Er zog ein paar handgeschriebene Manuskriptseiten aus einem Ordner und reichte sie ihr.
Hannah sagte kein Wort, als sie die Zeilen überflog. Michael konnte nur hoffen, dass seine Worte bei Hannah die erwünschte Wirkung erzielten. Ohne ihre Hilfe war das, was er vorhatte, nicht realisierbar.
In diesem Moment ertönte von oben ein Klingeln. Michael blickte auf seine Armbanduhr. Es war kurz nach elf.
Sein Besuch war endlich eingetroffen.

43

Cynthia ließ Karls Hand los, als sich die Tür öffnete. Sie wusste selbst nicht, warum – es war ein Reflex.
Vor ihnen stand Michael. Diesmal nicht im steifen Anzug mit Aktentasche, sondern lässig gekleidet mit Sweatshirt und Jeans. Gut sah er aus, auch wenn seine Stirn von Sorgenfalten durchzogen war.
»Herzlich willkommen«, sagte er. Man sah ihm an, dass er versuchte, unbeschwert auszusehen, auch wenn ihm das nur bedingt gelang. Ein schwaches Lächeln spielte um seinen Mund.
»Schön, dass ihr da seid. Kommt rein, ich möchte euch jemanden vorstellen. Und bitte glaubt mir, ich hätte euch nicht hergebeten, wenn es nicht wirklich wichtig wäre.«
Er ging voran und führte sie in den Keller, in seine Höhle des Wissens, wie er ihn immer genannt hatte. Cynthia sah sich um. Ihr letzter Besuch bei Michael war Jahre her. Sie hatte damals ein paar Tage Ausgang bekommen und ihn besuchen dürfen.
Hier unten hatte sich nicht viel verändert, höchstens, dass die Zahl der Bücher noch zugenommen hatte. Vor einem der Regale stand eine Frau. Sie war um die vierzig, trug eine dreiviertellange olivfarbene Cargo-Hose und ein schwarzes Jeanshemd, das ihre rotbraunen Locken gut zur Geltung brachte. Als die Gruppe den Raum betrat, legte sie die losen Blätter, in denen sie gerade las, zur Seite und wandte sich ihnen zu. Michael nahm sie bei der Hand und führte sie zu ihnen herüber.

»Darf ich euch Hannah Peters vorstellen?«, sagte er mit einem strahlenden Lächeln. »*Doktor* Hannah Peters, um genau zu sein. Archäologin, Saharaexpertin und Leiterin der Forschungsabteilung Himmelsscheibe.«

»Hannah genügt völlig«, sagte die Frau und schüttelte ihnen die Hand.

»Das sind Cynthia Rode und Karl Wolf. Mit beiden verbindet mich eine lange Freundschaft«, sagte Michael.

»Und ein schreckliches Erlebnis, ich weiß«, sagte Hannah. »Ich habe es gerade gelesen.« Sie deutete auf die Ausdrucke. »Was für eine erschütternde Erfahrung. Ich bin sehr erfreut, Sie kennenzulernen. Es tut mir furchtbar leid, was Ihnen damals widerfahren ist.«

»Das liegt zum Glück schon lange zurück«, sagte Michael. »Wir alle haben über die Jahre gelernt, damit zu leben.«

Cynthia blickte zwischen den beiden hin und her. Sie spürte, dass zwischen Michael und Hannah etwas war. Hatten die beiden ein Verhältnis? Sie meinte Michael gut genug zu kennen, um zu wissen, dass Hannah trotz ihres Alters genau sein Typ war. Sie spürte einen Anflug von Eifersucht, konnte aber nicht umhin, die zurückhaltende und bescheidene Art der Archäologin sympathisch zu finden. Karl hingegen verschränkte die Arme vor der Brust. Er hatte Cynthia bereits die ganze Herfahrt über mit seiner schlechten Laune genervt. Seine Abwehrhaltung war unübersehbar.

»Warum sind wir hier?«, kam er denn auch gleich auf den Punkt. »Ich musste die Stadtverwaltung informieren, dass die Skulpturen nicht rechtzeitig fertig werden. Sie waren nicht erfreut, das kann ich euch sagen. Ich möchte wissen, was an diesem Termin so dringend ist, dass er sich nicht verschieben ließ.« Sein Ton war provozierend.

»Karl«, zischte Cynthia.

»Nein, lass ihn«, sagte Michael. »Er hat recht. Je eher ihr es erfahrt, umso besser. Falls ihr es in der Presse noch nicht gelesen habt, es hat einen Einbruchsversuch im Landesmuseum in Halle gegeben. Das Ziel war die Himmelsscheibe von Nebra. Nur einem glücklichen Umstand ist es zu verdanken, dass der Anschlag missglückt ist. Hannah hat die Videoaufzeichnungen gesehen, und was sie zu berichten weiß, ist sehr besorgniserregend. Magst du uns davon erzählen?«

»Ich weiß nicht, wie ich es beschreiben soll«, begann die Archäologin mit leiser Stimme. »Was ich gesehen habe, waren keine Menschen.« Sie zögerte. »Jedenfalls nicht auf den ersten Blick. Es waren wolfsartige Kreaturen, die von einem Mann, der wie ein Waldgeist gekleidet war, angeführt wurden. Das Ganze war so bizarr, dass es mir immer noch schwerfällt, zu glauben, was ich da gesehen habe. Mit äußerster Gewalt drangen sie in den Laborbereich ein und wollten die Scheibe aus dem Hochsicherheitsbereich stehlen. Um ein Haar wäre es ihnen gelungen. Ein guter Freund und Arbeitskollege wurde dabei misshandelt und anschließend entführt. Gott weiß, was sie mit ihm vorhaben. Bislang fehlt jede Spur von ihm.«

Cynthia glaubte ihren Ohren nicht zu trauen. »Das ist ja grauenvoll«, sagte sie. »Als ob sich der Alptraum wiederholen würde.«

»Ihr versteht jetzt vielleicht, warum ich euch habe kommen lassen«, sagte Michael. »Diese Tat steht in unmittelbarem Zusammenhang mit unserer Entführung. Wie es scheint, ist die Sekte wieder aktiv geworden. Sie wollen die Scheibe, und sie wollen sie jetzt. Daher ist Eile geboten. Beltane steht unmittelbar bevor. Es wird eine neue Anrufung stattfinden. Die Zeichen sind unübersehbar.«

Karl runzelte die Stirn. »Welche Zeichen?«

»Die Erdstöße, das Leuchten über dem Berg und der plötzliche Kälteeinbruch. Darf ich mal deinen Hals sehen, Karl?« Er ging zu seinem Freund hinüber und warf einen Blick auf dessen Nacken. »Dachte ich's mir doch. Und bei dir, Cyn?«

Ohne ein Wort zu sagen, hob sie ihre Haare, so dass alle die angeschwollene und entzündete Brandnarbe sehen konnten.

»Bei mir ist es dasselbe«, sagte Michael. Er strich sich das Haar zur Seite und ließ alle einen Blick auf seine eigene Narbe werfen. Das Schneckenmuster wirkte unnatürlich rot auf der hellen Kopfhaut. Fast so, als würde es brennen.

»Was ist das?«, fragte Hannah, als sie die Narbe mit leicht angewidertem Gesichtsausdruck betrachtete.

»Das ist unser *Mal*«, sagte Michael. »Es wurde uns am Tag unserer Opferung mit einem Brandeisen beigebracht. Wir sind Gezeichnete, Hannah. Wir stehen immer noch unter dem Bann, der vor zwanzig Jahren über uns gesprochen wurde.«

Die Archäologin schwieg. Offenbar war sie sich nicht sicher, was sie dazu sagen sollte. Cynthia vermutete, dass diese Geschichte für einen Außenstehenden wie eine haitianische Voodoosage klingen musste. Für sie selbst, Karl und Michael war sie bittere Realität.

»Nehmen wir mal an, du hast recht«, sagte Cynthia und nahm die Hände aus den Hosentaschen. »Nehmen wir mal für einen Augenblick an, es gibt wirklich einen Zusammenhang – dann stellt sich in meinen Augen nur eine Frage: Gibt es etwas, was wir tun können?«

»Du hast dich nicht verändert.« Michael schenkte ihr einen warmherzigen Blick. »Immer die Erste, wenn es darum geht, zuzupacken. Die Tatsache, dass sich unsere Brandmale alle zum selben Zeitpunkt bemerkbar gemacht haben, lässt nur einen Schluss zu: Es gab eine erste Beschwörung, und sie war erfolgreich.«

»Was? Wie denn?«, platzte Karl heraus.

»Ich habe keine Ahnung«, sagte Michael. »Nach meiner Information ist eine vollständige Anrufung ohne die fehlende Scheibe gar nicht möglich. Vielleicht ist ihnen nur eine Teilbeschwörung gelungen – bereits das wäre schlimm genug. Die

Polizei tappt, wie es scheint, völlig im Dunkeln. Es ist also an uns, den ersten Schritt zu tun. Wir müssen den Versammlungsort finden, und wir müssen versuchen, das Ritual zu unterbrechen. Entweder, indem wir sie um die Scheiben erleichtern, oder indem wir den ganzen Laden ausräuchern. Jedes dafür in Frage kommende Mittel soll mir recht sein.«
Karl wirkte immer noch skeptisch. Cynthia glaubte aber an ihm eine Veränderung festzustellen. Immerhin saß er zusammen mit ihr und Michael in einem Boot.
»Zuerst mal müssen wir überhaupt den Eingang finden«, sagte sie. »Wenn ich deiner Erinnerung auf die Sprünge helfen darf: Der Zugang, durch den wir damals geflohen sind, ist weg. Verschüttet, eingestürzt, gesprengt, was weiß ich. Auf jeden Fall ist er nicht mehr da. Was, wenn es keinen zweiten Eingang gibt?«
»Es gibt ihn, davon bin ich überzeugt«, sagte Michael. »Er ist gut versteckt, und es wird nicht leicht werden, ihn zu finden, aber er existiert.« Michael warf Hannah einen vielsagenden Blick zu. »Um ihn zu finden, werden wir die Scheibe benötigen. Die Originalscheibe, wohlgemerkt. Ohne sie geht es nicht.«
Hannah schwieg. Ihr Gesicht blieb ausdruckslos.
»Ich habe eine Theorie entwickelt«, fuhr Michael fort. »Eine Theorie, die ich nur unter freiem Himmel überprüfen kann. Mein Besuch in Halle hat mich in dieser Beziehung leider keinen Schritt weitergebracht, aber das ist jetzt egal. Eines ist jedoch gewiss: Die Scheibe kann uns den Weg weisen. Kommt mit. Am besten, ihr überzeugt euch selbst.«
Er ging voran in den hinteren Teil des Raumes, wo er seine technischen Geräte aufbewahrte. Er setzte einen Diaprojektor in Gang, der ein weißes Rechteck auf die gegenüberliegende Wand warf. Dann steckte er ein Dia in den Schlitz. Eine geographische Karte der Harzregion erschien, sehr detailliert und

mit vielen Höhenlinien versehen. Cynthia brauchte nur kurz, um den Brocken zu entdecken. Mit einem Blick erfasste sie die Stelle, an der ihnen damals die Flucht gelungen war.

»Also gut«, sagte Michael. »Schaut euch mal Folgendes an.« Er nahm ein zweites Dia und legte es über das erste. Schlagartig wurde es dunkler im Raum. Das Dia der Himmelsscheibe verdeckte einen Großteil der Karte. Es dauerte eine Weile, bis sich Cynthias Augen auf das schwache Licht eingestellt hatten. Einige Flecken auf der Karte leuchteten heller als die Umgebung. Es waren die Stellen, an denen sich die goldenen Sterne befanden. Überraschenderweise befanden sich überall dort markante Landschaftsmerkmale: Hügel, Berge, Höhlen. Schlagartig wurde Cynthia klar, worauf Michael hinauswollte.

»Eine Karte«, sagte sie leise.

Michael nickte. »Ich bin darauf gekommen, als ich den Ort unserer Entführung gesucht habe. Aus einer Eingebung heraus habe ich das Siebengestirn mit dem Brocken zur Deckung gebracht und diesen Stern hier unten mit der Höhle, aus der wir geflohen sind. Auf einmal fiel mir auf, dass sich ein Muster ergab.« Seine Augen leuchteten geheimnisvoll. »Jeder Stern markiert einen bestimmten Punkt in der Landschaft. Es können Hügel, besondere Felsen oder Höhlen sein. In den alten Schriften ist von Energiepunkten die Rede, an denen zu bestimmten Zeiten Opfer dargebracht werden müssen. Erst dann kann die böse Sieben zum Leben erweckt werden. Ich habe alle Punkte dieser Region besucht und bin tatsächlich fündig geworden. Getötete Vögel, zerfetzte Kaninchen, verbrannte Kräuter und zerstoßene Pilze. Eindeutige Hinweise, dass dort irgendwelche Rituale abgehalten worden sind.« Er wandte sich an die Archäologin. »Einen dieser Orte habe ich dir gezeigt.«

»Fafnirs Hort.« Hannah trat vor und nahm das Dia genauer in Augenschein. »Mein Freund John behauptet auch, dass es sich um eine Karte handelt. In diesem Punkt seid ihr euch einig.«

»Die Theorie hat er von mir«, erwiderte Michael, und in seiner Stimme war eine gewisse Schärfe zu hören. »Hat er das etwa vergessen zu erwähnen?«

»Vermutlich steckte keine böse Absicht dahinter«, sagte sie. »Er hat geschworen, deine Identität zu schützen. Er und Stromberg haben deinen Namen niemals erwähnt.«

Michael nickte. »Wenn wir mehr Zeit hätten, würde ich euch zu den Punkten führen. Leider ist die Zeit aber genau unser Problem. Wir müssen sie nutzen, um die alte mesopotamische Begräbnisstätte zu finden – und den Tempel.«

»Warum diese Eile?«, meldete sich Karl, der in den letzten Minuten sehr still gewesen war. »Wäre es nicht besser, erst genauere Erkundigungen einzuziehen, ehe wir uns auf ein solch waghalsiges Abenteuer einlassen?«

Michael schüttelte den Kopf. »Es sind nur noch wenige Tage bis zum Ende von Aiaru, dem zweiten babylonischen Monat. Der Vollmond ist beinahe überschritten. Laut der Legende verstärken die Dämonen und Hexen ab diesem Zeitpunkt ihr unheilvolles Treiben. Hinzu kommt eine weitere Besonderheit. Wer sich ein wenig für Astronomie interessiert, wird wissen, dass wir momentan eine merkwürdig lineare Konstellation der Planeten haben, wie es sie seit fünfhundert Jahren nicht gegeben hat. Dies und die Tatsache, dass es die fünfhundertste Walpurgisfeier ist, lassen nur einen Schluss zu: Es wird zu einer Anrufung kommen. Und diesmal wird sie erfolgreich sein.«

»Nicht ohne die Scheibe«, warf Cynthia ein.

»Das wissen wir nicht genau«, entgegnete Michael. »Vielleicht brauchen sie sie, vielleicht nicht. Möglicherweise haben sie inzwischen einen Weg gefunden, das Ritual auch ohne sie zu vollziehen. Denkt an eure Narben.«

Die Archäologin schien immer noch nicht überzeugt. »Glaubt ihr wirklich, sie planen, einen Dämon auf die Welt loszulas-

sen? Das ist doch alles Quatsch. Ich kann das nicht glauben – trotz eurer furchtbaren Vergangenheit und trotz der Dinge, die ich gesehen habe. Es ist einfach ... nicht möglich.«
»Verstehst du nicht, Hannah?«, sagte Michael. »Ich *weiß* es. Wir wissen es. Wir drei spüren es mit jeder Faser unserer Existenz. Wir stehen morgens mit diesem Wissen auf und schlafen abends mit ihm ein. Es ist ein Teil unseres Lebens geworden. Es hat uns zu dem gemacht, was wir heute sind.« Er deutete auf seine Freunde. »Damals ist etwas geschehen, was sich nicht mit Wissen und Erfahrung erklären lässt. Etwas, was unserem Glauben an die Naturwissenschaften diametral entgegensteht. Ich sage dir, Hannah: Es wird eine Anrufung geben, und sie wird erfolgreich sein, du wirst es selbst erleben. Doch dann ist es zu spät.«
Hannah sagte kein Wort mehr. Schweigend stand sie da, die Arme vor der Brust verschränkt, und starrte zu Boden.
Cynthia reckte ihr Kinn vor. »Was ist denn mit den Wolfswächtern? Hast du darüber etwas herausgefunden?«
Michael nickte grimmig. »Diese Wesen sind in der Tat interessant«, sagte er. »Ich habe einige Zeit damit verbracht, Hinweise über sie in Geschichtsbüchern und alten Dokumenten zu finden. Es ist erstaunlich, was man in normalen Büchern darüber so alles findet. Legenden über Menschen, die sich in Tiere verwandeln können, gibt es quer durch die gesamte Menschheitsgeschichte und rund um den gesamten Erdball. Nur mal ein Beispiel: Sagt euch der Begriff *Skinwalker* etwas?«
Karl runzelte die Stirn. »Skinwalker? Habe ich schon mal gehört. Ein indianischer Begriff, glaube ich.«
»Nach einer Legende der Hopi, Navajo und Mohawk sind Skinwalker Menschen, die die übernatürliche Fähigkeit besitzen, sich nach Belieben in Tiere verwandeln zu können, vorzugsweise in Wölfe. Ein anderes Beispiel: In der nordischen Mythologie tauchen ähnliche Wesen auf. Dort heißen sie *Ulf-*

heðnar, was man mit *Wolfsfelle* übersetzen kann. Manchmal verwandeln sie sich auch in Bären. Die norwegische Bezeichnung dafür lautet *Ber Sakur*, der Ursprung unseres Wortes *Berserker*. Was für uns aber am wichtigsten ist, ist ein Hinweis, den ich in Büchern über das versunkene Babylon gefunden habe.«

Er öffnete ein Buch mit vielen Abbildungen mesopotamischer Stelen und Reliefs. Auf einigen waren Geschöpfe zu sehen, die man mit viel Phantasie für Wölfe halten konnte. Bucklige, zerzauste Gestalten, die sich in der Nähe von Dämonen oder anderen dunklen Gottheiten aufhielten. »Das ist es, womit wir es zu tun haben«, sagte er und tippte auf das Papier. »In den alten Schriften werden sie als *Hyena* bezeichnet. Sie sind die Diener des obersten Winddämons. Halb Mensch, halb Tier, sind sie dazu verdammt, für alle Ewigkeit in einer Welt zwischen Tag und Nacht zu wandeln. Eine Art babylonisches Pendant zu unseren Werwölfen. Und genau damit scheinen wir es hier zu tun zu haben.« Er reckte sein Kinn vor. »Ich glaube, dass der Schamanenzirkel über das uralte Wissen verfügt, wie man Menschen in Tiere verwandelt.«

Die Archäologin nickte. »Vermutlich mittels Einnahme von Drogen. Die Polizei hat in dieser Richtung Laboruntersuchungen angeordnet. Pechstein vermutete, es könne sich um eine spezielle Pilzart handeln.«

Karls Kopf fuhr hoch. »*Ludwig* Pechstein?«

Michael nickte. »So ist es. Unser alter Freund ist wieder da. Die aktuellen Ereignisse scheinen sein Interesse neu entfacht zu haben. Ihr wisst, was er für ein zäher Bursche ist. Wir müssen also vorsichtig sein.«

Er sah einem nach dem anderen in die Augen, dann sagte er: »So sieht's aus. Das ist alles, was ich weiß. Jetzt liegt es an euch. Ihr seid meine ältesten und besten Freunde. Ich kann euch nicht zwingen, mir zu helfen, ich kann euch nur bitten.

Lasst uns den Eingang in die Unterwelt finden und diesem Treiben ein Ende machen.«

»Aber wie?« Karl deutete in die Runde. »Wir sind nur zu dritt; vier, wenn Hannah mitmacht. Wie sollen wir es mit einer ganzen Sekte aufnehmen, geschweige denn mit diesen Kreaturen?«

»Stromberg hat Leute, die für solche Einsätze ausgebildet wurden«, entgegnete Michael. »Er hat uns uneingeschränkte Hilfe zugesagt. Ich brauche nur eine bestimmte Nummerntaste auf dem Handy zu drücken, und ein paar Stunden später steht die Kavallerie vor der Tür. Alles, was wir zu tun haben, ist, den Eingang zu finden.«

»Was ist mit der Polizei?«, fragte Hannah. »Warum übergeben wir die Sache nicht den zuständigen Behörden? Ich habe die leitende Kommissarin Ida Benrath kennengelernt. Sie scheint eine vernünftige Frau zu sein.«

Michael schüttelte den Kopf. »Die steckt uns schneller wieder zurück in die Psychiatrie, als wir gucken können. Wer soll uns denn so eine Geschichte glauben? Abgesehen davon, geht es ja auch noch um etwas anderes: Wir wollen einen Schatz finden, erinnert ihr euch?« Seine Augen leuchteten. »Sobald das Land und die Behörden ihre Finger im Spiel haben, können wir die Sache vergessen. Dann wird niemand von uns je einen müden Cent zu sehen bekommen. Es ist sogar davon auszugehen, dass wir einen Prozess wegen Raubgräberei an den Hals bekommen. Ich bin lange genug im Geschäft, um zu wissen, wie so etwas läuft. Stromberg ist dafür der geeignete Mann, er hat das nötige Personal und die richtige Ausrüstung, um solch einen Coup unbemerkt über die Bühne zu bringen.«

»Hast du wenigstens ein paar einfache Waffen?«, fragte Karl. »Ich habe keine Lust, diesen Typen völlig unvorbereitet in die Arme zu laufen.«

»Was ich euch anbieten kann, sind Taser und CS-Gas. Nichts

Großartiges, aber es sollte ausreichen, uns zur Wehr zu setzen. Aber so weit wird es gar nicht kommen.«
Karl verschränkte seine Arme vor der Brust. »Wenn ich mitkomme, will ich, dass du mir eines versprichst.«
»Was denn?«
»Du lässt die Sache danach ein für alle Mal ruhen. Das ist das letzte Mal, dass du in meiner Gegenwart von unserer Entführung, von Kelten, Wölfen oder Himmelsscheiben redest.«
»Darauf hast du mein Wort.«
Karl zögerte kurz, dann sagte er: »Dann bin ich dabei.«
»Ich auch«, sagte Cynthia.
»Bleibst nur noch du, Hannah«, sagte Michael.
Die Archäologin war tief in Gedanken versunken. Cynthia ahnte, welch schwere Entscheidung sie zu treffen hatte. Sie musste einen Diebstahl begehen. Sie sollte ein Objekt stehlen, das unter höchster Sicherheit aufbewahrt wurde. Ein Objekt, das zu schützen und zu sichern sie sich verpflichtet hatte. Wenn sie dabei erwischt wurde, würde sie für Jahre hinter Gitter wandern. Abgesehen davon, dass sie vermutlich nirgendwo mehr eine Anstellung finden würde.
Nach einer Weile hob Hannah den Blick.
Sie schien eine Entscheidung getroffen zu haben.

44

Mittwoch, 30. April

Es war kurz nach halb sieben, als Hannah, den Koffer mit dem Duplikat der Scheibe an den Körper gepresst, aus ihrem Auto stieg. Über ihr ragten drohend die beiden steinernen Türme des Museums auf. Es war ein nebliger Morgen, der der Szenerie die Atmosphäre eines Edgar-Wallace-Films verlieh.

Wie hatte sie nur annehmen können, dass das hier gutgehen würde? Die Idee, die Himmelsscheibe von Nebra zu stehlen, kam ihr nach dem gestrigen Abend und der vergangenen Nacht doppelt unrealistisch vor. Nein, schlimmer. Es kam ihr vor wie ein Sakrileg, ein Verrat an der eigenen Sache. Wenn das hier rauskam, dann würde man einen Bann über sie verhängen, der weit über Deutschland hinaus reichte. Andererseits steckte sie jetzt schon so tief in der Sache drin, dass sie nun auch wissen wollte, wie es weiterging.

Ihre Erinnerung führte sie zurück an ihre gemeinsame Brockenwanderung. Michael hatte sie damals recht gut durchschaut. Sie betrieb Archäologie nicht des Geldes wegen. Auch nicht des Ruhmes, der Ehre und der Anerkennung wegen. Sie war nicht geboren für Archive und Studierstuben. Sie war Archäologin, weil sie Geheimnisse liebte, und hier bot sich eines, wie sie noch kein zweites gesehen hatte. Sie musste einfach herausfinden, was es mit Michaels Theorie auf sich hatte.

Links an dem wuchtigen Gebäude vorbeigehend, wurde ihr bewusst, wie lächerlich es aussehen musste, dass sie den Kof-

fer an die Brust drückte. Jeder halbwegs normale Mensch wäre sofort auf die Idee gekommen, dass sie etwas zu verbergen hatte. *Nur ruhig*, ermahnte sie sich, *ganz locker bleiben. Fix rein und fix raus, dann kann nichts schiefgehen.*
Sie nahm den Koffer in die rechte Hand, setzte eine geschäftsmäßige Miene auf und ging auf das Labor zu, dessen Umrisse sich hinter dem Museum aus dem Nebel schälten. Es war anzunehmen, dass das Gebäude immer noch von der Polizei bewacht wurde. Die meisten von ihnen kannte sie schon, außerdem hatte sie einen Berechtigungsausweis erhalten, der ihr ungehinderten Zutritt gewährte. Es dürfte demnach kein Problem geben. Trotzdem würde es das Beste sein, wenn sie sich kurz angebunden gab. *Keine Zeit für Geplauder, tut mir leid. Wichtige Termine, Sie wissen schon.* Großer Gott, sie spürte jetzt schon, wie ihr der Schweiß auf die Stirn trat. Hoffentlich konnte sie ihr Pokerface wahren, bis sie mit dem Diebesgut wieder draußen war. Sonst würde es eine Katastrophe geben.
Vor dem Eingang standen zwei Beamte. Einer von ihnen, ein junger Mann von vielleicht zwanzig Jahren, war ihr bereits zuvor aufgefallen, weil seine Dienstmütze die ohnehin leicht abstehenden Ohren zusätzlich nach außen drückte.
»Guten Morgen, Frau Dr. Peters«, sagte er. »Für Sie gibt es wohl auch keinen freien Tag, oder?«
»Überstunden gehören zum Geschäft«, erwiderte sie. »Im Gegensatz zu Ihnen werden wir nach Ergebnissen bezahlt, nicht nach Stunden. Sie ahnen gar nicht, wie sehr ich Sie manchmal darum beneide.«
»Trotzdem hätte man Ihnen etwas Ruhe gönnen können. Nach allem, was Sie durchgemacht haben.«
Hannah zuckte die Schultern. »Das war meine Entscheidung. Ein bisschen Arbeit lenkt mich wenigstens ab.«
»Verstehe.« Er deutete auf den Koffer. »Darf ich fragen, was Sie darin transportieren?« Und mit einem entschuldigenden

Lächeln fügte er hinzu: »Ich muss Sie das fragen, fürs Protokoll.«

»Hier drin? Nichts.« Sie ließ den Koffer aufschnappen, lange genug, damit sich beide Beamten überzeugen konnten, dass er leer war. Doch der Eindruck trog. Gut verborgen unter einer Einlage aus schwarzem Schaumstoff lag das Duplikat. Auf den ersten Blick war davon nichts zu erkennen. Einer genaueren Untersuchung hätte das Versteck allerdings nicht standgehalten. »Ich bin gekommen, um eine Reproduktion aus dem Safe zu holen und nach Washington ans Smithsonian Institute zu schicken.«

»Aha.« Der Beamte tat so, als wüsste er, wovon Hannah sprach, und wirkte zufrieden. »Na, dann gehen Sie mal. Ich bereite so lange den Entnahmeschein vor. Den unterzeichnen Sie mir dann beim Hinausgehen bitte noch.«

»Klar, mach ich.« Hannah lächelte kurz angebunden und ging an den beiden Beamten vorbei ins Innere.

Die erste Hürde war genommen. Erst jetzt spürte sie, wie trocken ihr Hals war. Je eher sie hier wieder weg war, umso besser. Sie bekam Beklemmungen bei dem Gedanken, was ihrem Kollegen vor wenigen Stunden in diesem Gebäude widerfahren war. Nachdem die Spurensicherung ihre Arbeit beendet hatte, waren die Räume zwar von den Folgen des Kampfes gereinigt worden, trotzdem: Die Erinnerung an diese Videobilder war noch sehr präsent.

Angespannt hastete sie weiter. Sie betrat den Aufzug und drückte die unterste Taste. Täuschte sie sich, oder war es hier drin wirklich so heiß? Sie lockerte ihren obersten Hemdknopf und fächelte sich Luft zu. Stickig war es hier, als wäre seit Ewigkeiten nicht gelüftet worden. Als sie glaubte, nicht mehr atmen zu können, hielt der Lift an und öffnete sich. Eine kühle, nach Desinfektionsmitteln und frischer Farbe riechende Brise wehte ihr entgegen. Sie verließ den engen Stahlkasten und blickte sich um. Die Maler hatten wahre Wunder vollbracht. Sämtliche Rückstände, die die Kreaturen bei ihrem Angriff zurückgelassen hatten, waren von den Wänden entfernt worden. *Abgekratzt* wäre wohl das treffendere Wort gewesen. Man hatte frisch tapeziert und den Gang in einem angenehmen Cremeweiß gestrichen. Er sah jetzt besser aus denn je. Trotzdem glaubte Hannah einen schwachen Geruch nach Exkrementen wahrzunehmen. Oder war das nur ihre Einbildung? Mit einem leichten Würgereiz durchquerte sie den Gang. Die alles überragende Frage lautete: War der Sicherheitscode seit dem Überfall verändert worden? Hatte Feldmann in dem ganzen Trubel überhaupt Zeit dazu gefunden? Nun, sie würde es bald genug herausfinden.

Hannah zog ihre Magnetkarte durch, wartete, bis sich das Display geöffnet hatte, dann tippte sie die achtstellige Ziffernfolge ein. Bange Sekunden verstrichen, dann erschien der ersehnte Schriftzug:

Please insert your key.

Hannahs Hände entspannten sich. Ihre Fingernägel hatten rote Abdrücke auf ihren Handflächen hinterlassen. Es hatte geklappt. So unglaublich es klingen mochte, aber Dr. Feldmann hatte den Code tatsächlich nicht verändert. Hannah atmete auf. Bis zu diesem Moment hatte sie nicht wirklich an das Gelingen dieses Unternehmens geglaubt. Erst jetzt, als die Tür zum Tresor langsam aufschwang, wurde ihr bewusst, dass der Plan tatsächlich funktionieren konnte. Nur noch eine einzige Hürde trennte sie davon, den größten archäologischen Diebstahl der letzten Jahre zu begehen.

45

Ida Benrath trank den letzten Tropfen aus ihrer Kaffeetasse, bündelte ihre Unterlagen und steckte sie in ihre Aktenmappe, dann stand sie auf. Sie verließ ihr Büro, ging vorbei am Getränkeautomaten und an der großen Yuccapalme, durch den gläsernen Gang und hinein ins Besprechungszimmer. Der Raum war erfüllt von Stimmengewirr, dem Rücken von Stühlen und dem Rascheln von Papier. Wie es aussah, waren die meisten bereits anwesend. Nur Steffen Werner und Gaspar Kaminski, der Leiter der Spurensicherung, fehlten noch. Steffen kam kurz nach ihr, und auch Kaminski betrat wenige Minuten später den Raum, das Gesicht in ernste Falten gelegt. Da er der Letzte war, schloss er die Tür hinter sich.
Ida blickte sich um, zählte im Geiste die Anwesenden und nickte dann zufrieden. Mit einem Griff holte sie ihre Unterlagen heraus und ließ sie mit einem Klatschen auf den Tisch fallen. Die Gespräche erstarben, als alle ihr den Kopf zuwandten.
»Wie es scheint, sind wir vollzählig«, sagte sie, die Stille ausnutzend. »Dann möchte ich Sie herzlich begrüßen und Sie bitten, Platz zu nehmen.«
Sie wartete einen Augenblick, bis das Herumrücken der Stühle abgeklungen war, dann sagte sie: »Meine Damen und Herren, Sie alle wissen, warum Sie hier sind. Ich habe Sie zu dieser außerordentlichen Sitzung gebeten, damit sich alle mit

den Fakten vertraut machen und sich auf den gleichen Kenntnisstand bringen können. Über den Tathergang in beiden Fällen wurden Sie bereits informiert. Die Einzelheiten finden Sie in den Dossiers auf Ihrem Tisch. Wir können uns die Zusammenfassung also sparen und direkt zu den Auswertungen der verschiedenen Laboruntersuchungen kommen. Ich würde vorschlagen, wir beginnen mit der gerichtsmedizinischen Untersuchung. Gaspar?«

»Ich habe hier den Bericht des biochemischen Instituts vorliegen.« Kaminski sprach mit leiser Stimme. »Wie die meisten von Ihnen ja schon wissen, haben wir in beiden Fällen aussagekräftiges DNA-Material gefunden. Das Labor kommt zu dem eindeutigen Ergebnis, dass die organischen Rückstände sowohl auf der Achtermannshöhe als auch im Archäologischen Museum Halle von denselben Personen stammen. Ich sage bewusst *Personen*, denn es handelt sich eindeutig um die Ausscheidungen von Menschen.« Er richtete seine blassblauen Augen in die Runde. »Wir dürfen also getrost von der Vorstellung ausgehen, dass sich unter den Wolfsfellen Menschen verbergen, auch wenn sie in höchstem Maße gefährlich sind. Ich komme gleich darauf zu sprechen. Was Ihnen neu sein dürfte, ist die Erkenntnis, dass die Ausscheidungen, die wir in beiden Fällen an Boden und Wänden der Gebäude gefunden haben, eine hohe Konzentration des anabolen Steroids Metandienon aufweisen.«

»Was bedeutet das?«, fragte Ida.

»Metandienon ist ein Derivat des Sexualhormons Testosteron«, erläuterte Kaminski. »Es ermöglicht eine enorme kurzzeitige Leistungssteigerung.«

»Gibt es Hinweise darauf, wie das Steroid in den Körper der Täter gelangt ist?«, fragte Ida.

»Da gibt es verschiedene Möglichkeiten. Normalerweise über spezielle Hormonpräparate. Da diese Medikamente aber nicht frei im Handel erhältlich sind und im Hinblick auf das psychologische Profil der Täter, tippe ich auf eine natürliche Quelle. Es könnten Pilze dafür in Frage kommen. Pilze, wie zum Beispiel der *Agaricus Blazei Murrill*, ein sogenannter Vitalpilz. Er stammt eigentlich aus dem brasilianischen Regenwald, kommt aber auch in unseren Breiten vor.« Kaminski strich sich das dünne Haar hinter die Ohren. »Überhaupt scheinen Pilze in diesem Fall eine besondere Rolle zu spielen. Wir fanden auch große Mengen von *Psilocybe azurescens*, einem sogenannten Zauberpilz.«

»Zauberpilz?« Ida runzelte die Stirn.

»Eine psychoaktive Pilzart, deren Wirkungskraft auf einer Kombination der Indolalkaloide *Psilocin* und *Psilobecyn* beruht. Sie führt zu Halluzinationen und Visionen ähnlich denen bei Einnahme von LSD. Die Ausscheidungen waren regelrecht damit gesättigt.«

»Was würden Sie über den Zustand der Täter nach Einnahme dieser Substanzen sagen?«

Kaminski blickte ernst. »Ich würde sagen, dass wir es hier kaum noch mit Menschen zu tun haben. Vielmehr stehen wir ausgesprochen gefährlichen Bestien gegenüber. Die erwähnten Substanzen sind hochgradig gefährlich und lösen häufig paranoide Schizophrenie aus.«

»Menschen also«, sagte Ida. »Wenn auch sehr spezielle. Vielen Dank, Gaspar.« Damit wandte sie sich an einen dunkelhaarigen Mann mit Pferdeschwanz, der links neben ihr saß. »Winston?«

Winston Grimes, der Spezialist von der pathologischen Rekonstruktion, erhob sich und tippte eine Taste auf seinem Notebook. Ein Beamer projizierte einige schematische Darstellungen an die Leinwand. »Meine Untersuchungen kommen zu demselben Ergebnis«, sagte er mit englischem Akzent. Grimes war gebürtiger Amerikaner, arbeitete schon seit ein paar Jah-

ren in der medizinischen Abteilung, war aber eigentlich Informatiker mit Abschluss in Berkeley. Eines seiner Programme ermöglichte es, fehlende Gewebeteile eines Opfers mittels Computeranimation zu rekonstruieren. Damit war es möglich, die Gesichter von Leichen im fortgeschrittenen Stadium der Verwesung wiederherzustellen. Besonders hilfreich war diese neue Technik bei der Identifizierung unbekannter Opfer. Grimes hatte versucht, anhand der Bewegungszyklen, die von den verschiedenen Videokameras aufgenommen worden waren, Rückschlüsse auf das Aussehen der Täter zu gewinnen. »Zuerst möchte ich Ihnen die Vorder- und Seitenansicht der Wesen zeigen, wie wir sie aufgrund des Bildmaterials rekonstruiert haben.« Er warf in schneller Folge einige Bilder an die Wand. Sie zeigten eine bucklige, irgendwie missgestaltete Kreatur, die entfernt an einen Wolf erinnerte. Dann war ein Bewegungszyklus zu sehen, in dem dasselbe Wesen auf allen vieren lief. Jedem im Raum waren diese Bilder vertraut. »Und jetzt passen Sie bitte auf«, sagte Grimes. »Ich werde jetzt das Programm veranlassen, die Fellschichten zu entfernen.«
Ida hörte, wie viele Luft holten. Auf der Wand erschien das Bild eines Menschen, der auf allen vieren lief. Er tat dies aber auf eine höchst ungewöhnliche Art. Der Bewegungszyklus erinnerte mehr an ein Tier als an ein humanoides Wesen.
»Sehe ich das richtig, oder sind die Arme verlängert?« Sie deutete auf die Animation.
Grimes lächelte verhalten. »Sie haben recht, Ida. Die Arme sind tatsächlich etwas länger als bei einem normalen Menschen. Auch die Muskulatur ist deutlich ausgeprägter. Überhaupt verfügen diese Personen über eine ungewöhnliche Anatomie. Sie sind größer und kräftiger als der normale Durchschnittsbürger. Um ein Vielfaches kräftiger sogar. Ich kann nur vermuten, dass sie bereits im Kindesalter entführt wurden und unter ungewöhnlichen, um nicht zu sagen *unmensch-*

lichen Bedingungen aufgewachsen sind. Bedingungen, die wir uns nicht mal ansatzweise vorzustellen vermögen.«
»Danke, Winston«, sagte Ida. »Nehmen wir den Schamanen hinzu, der ja, wie wir wissen, anatomisch betrachtet normal aussieht, sind dies also die Täter, mit denen wir es zu tun haben. Personen, die eigentlich im normalen Leben auffallen müssten. Könnte man meinen. Tatsächlich aber haben wir große Probleme, den Kreis einzugrenzen. Wir haben sämtliche mittelalterlichen und keltischen Folkloregruppen untersucht, sind jeder ortsansässigen Hexenvereinigung nachgegangen. Wir haben Faschingsvereine genauso unter die Lupe genommen wie Naturfreunde und Esoteriker – nichts. Abgesehen davon, dass in den meisten Fällen Alibis vorliegen, finden wir niemanden, der diesen anatomischen Besonderheiten entspricht. Die Täter scheinen anders organisiert zu sein. Wir wissen nicht, wie. Wenn sie völlig im Verborgenen lebten, wäre das wie die sprichwörtliche Suche im Heuhaufen. Sie sehen also: Wir stehen vor einem riesigen Berg von Problemen.«
Sie ordnete ihre Papiere. »Noch etwas habe ich hier vorliegen. Eine Meldung, die nicht unbedingt im Zusammenhang mit dem Fall stehen muss, die aber weitreichende Konsequenzen haben könnte. Steffen?«
Idas Assistent erhob sich und ging ebenfalls zu dem Notebook hinüber. »In den letzten vierundzwanzig Stunden sind in folgenden Gemeinden verstärkte Notrufe eingegangen«, ergriff er das Wort und projizierte eine Übersichtskarte vom Harz an die Wand. »Allrode, Altenbrak, Benneckenstein, Elend, Hasselfelde, Schierke, Sorge, Stiege, Tanne und Treseburg. Sie gehören alle zur Verwaltungsgemeinschaft Brocken-Hochharz. Wir haben Meldungen über Schlafstörungen erhalten, Paranoia, Verfolgungsängste, bis hin zu Anrufen von Menschen, die aus ihren eigenen Häusern flüchten, weil sie sich beobachtet füh-

len. Einzeln betrachtet, belanglos, doch in ihrer Gesamtheit sollten wir diesem Phänomen besondere Aufmerksamkeit schenken.«

Stimmen erhoben sich, hier und da wurde durcheinandergeredet. »Es ist Walpurgis, da fangen manche Leute eben an durchzudrehen«, kam ein Kommentar aus der Mitte. »Hat man die Häufigkeit der Anrufe mit denen der Vorjahre verglichen?«

»Ja, haben wir«, sagte Steffen. »Und das Ergebnis ist überaus aussagekräftig. Wir haben es hier mit einem Faktor von eins zu zehn zu tun. Man kann getrost von einer Massenhysterie sprechen. Ein Fieber scheint die Region erfasst zu haben. Ein Fieber, das immer weiter um sich greift.«

»Ja, aber was haben diese Anrufe mit unserem Fall zu tun?«, fragte eine Frau auf der linken Seite. »Ich sehe da keinen unmittelbaren Zusammenhang.«

»Und doch gibt es ihn«, sagte Ida gegen die allgemeine Unruhe. »Der Zusammenhang sind wir, die Ordnungshüter. Wir stehen zwischen zwei unabhängig voneinander existierenden Sicherheitsrisiken. Ein Fall für sich genommen würde schon ausreichen, sämtliche Sicherheitsorgane im Umkreis von fünfzig Kilometern in erhöhte Alarmbereitschaft zu versetzen. Bei zwei Fällen diesen Ausmaßes müssen wir die Möglichkeit in Betracht ziehen, die Region großräumig abzusperren.«

»Was heißt das?«

Ida lehnte sich zurück. »Das heißt, wir dürfen auf keinen Fall zulassen, dass Walpurgis dieses Jahr stattfindet.«

46

Hannah öffnete die Tür, holte tief Luft und trat ein. Ein kurzer Blick hinauf zur Videokamera sagte ihr, dass diese in Betrieb war und jede ihrer Bewegungen aufnahm. Sie konnte nur hoffen, dass ihr Plan gelingen würde.
Sie legte ihren Koffer auf den Ablagetisch, dann sperrte sie die Gittertür auf, ging hinüber zum Stahlschrank und entnahm ihm das Schubfach mit der Scheibe. Beim Zurückgehen achtete sie darauf, dass sie die Kamera im Rücken hatte. Sie legte das Schubfach ab und öffnete den Deckel des Koffers. Es war von entscheidender Bedeutung, dass sie jetzt keinen Fehler beging. Der Deckel ihres Koffers war zwar geöffnet, versperrte aber den Blick darauf, was sich im Inneren befand. Rasch entfernte sie die Schaumstoffabdeckung über dem zweiten Boden und holte das Duplikat aus seinem Versteck. Dann zog sie sich die Handschuhe über, öffnete das Schubfach und entnahm ihm das Original. Beide, Schubfach und Koffer, standen in einem toten Winkel zur Videokamera. Hannah, die sich während ihrer vielen Jahre in den Lagern der Tuareg einige Taschenspielertricks antrainiert hatte, vertauschte die beiden Scheiben mit einer fließenden Handbewegung. Für einen Außenstehenden musste es so aussehen, als habe sie sich die Originalscheibe nur kurz angesehen und sie dann wieder zurück in das Schubfach gelegt. Dass sie sie in Wirklichkeit vertauscht hatte, würde auf den unscharfen Videos nicht zu er-

kennen sein. Sie trug das Schubfach, in dem jetzt Strombergs Duplikat war, zurück und öffnete ein zweites Fach. Ihm entnahm sie das Werkstück, an dem Stefan Bartels zuletzt gearbeitet hatte. Es war für den Versand ins Smithsonian Institute in Washington gedacht, war jedoch noch nicht ganz fertig. Bei genauerer Betrachtung war die Lochung am Rand noch nicht perfekt. Auch die Verletzung, die der Scheibe bei ihrer Entdeckung von den Raubgräbern zugefügt worden war, hatte noch nicht ihre endgültige Form. Die Videokamera würde aus dieser Distanz diese Feinheiten nicht bemerken. Sie trug das Fach zum Tisch, nahm das Stück heraus und betrachtete es demonstrativ vor laufender Kamera. Dann wischte sie mit dem Handfeger noch einmal über das Metall. Sie warf einen letzten prüfenden Blick darauf, nickte zufrieden und legte die Kopie in das Geheimversteck unter dem Original, genau an den Platz, an dem zuvor Strombergs Duplikat gelegen hatte. Sie würde dieses Werkstück irgendwann in den nächsten Tagen zu Hause fertigstellen müssen, ehe sie es nach Washington schickte. Sie war zwar nicht ganz so gut wie Bartels, war sich aber sicher, dass die Amerikaner das nicht merken würden.

Hannah prüfte den Sitz beider Scheiben, atmete noch einmal tief durch und klappte den Koffer wieder zu. Sie trug das leere Schubfach zurück zum Stahlschrank, füllte noch rasch einen Belegzettel aus und legte ihn an die Stelle, an der zuvor Bartels' Scheibe gelegen hatte. Dann verschloss sie den Stahlschrank wieder und machte sich auf den Weg nach draußen. Ihre Anspannung erreichte einen vorläufigen Höhepunkt. Würde jemand anhand der Videoaufzeichnungen auf die Idee kommen, dass sie einen Diebstahl begangen hatte? So unwahrscheinlich es auch war, ganz auszuschließen war es nicht. Dieser Jemand müsste aber auf die Idee kommen, dass eine dritte Scheibe im Spiel war. Niemand wäre so vermessen. Niemand außer Feldmann.

Die Fahrt mit dem Aufzug kam ihr endlos vor. Überhaupt schien sich die Zeit wie im Schneckentempo hinzuziehen, als wäre sie in ein plötzliches Schwerefeld geraten. Als sich die Türen öffneten und sie den Ausgang erkennen konnte, spürte sie das Herz in ihrer Brust schlagen. Ihr Blick wanderte zu den Videokameras, die hier überall installiert waren. Jeden Moment erwartete sie das Klingeln der Alarmglocken, doch nichts geschah. *Nur ruhig*, ermahnte sie sich, *es ist beinahe geschafft. Nur noch nach draußen und ab zum Auto.*

Wie sehr sehnte sie sich danach, endlich im Auto zu sitzen, das Vibrieren des Motors zu spüren und das Poltern des Kopfsteinpflasters.

Gerade als sie das Gebäude verlassen und auf den Hof hinaustreten wollte, hörte sie hinter sich eine Stimme. »Frau Dr. Peters?«

Sie fuhr herum. Es war der junge Polizeibeamte. Der mit den Ohren.

»Haben Sie nicht etwas vergessen?«

Hannah stand wie festgefroren. »Vergessen?«

Er hielt ein Blatt Papier in die Höhe, das leicht im Wind flatterte.

»Na, der Entnahmeschein. Ohne den darf ich Sie nicht gehen lassen.«

Wie hatte sie diesen dämlichen Schein nur vergessen können? Hannahs Puls raste.

»Kommen Sie«, sagte der Beamte. »Wir erledigen das hier auf der Treppe. Sie scheinen ganz schön in Eile zu sein.«

»Ich will endlich Feierabend machen«, sagte Hannah in der Hoffnung, einen Ton zu treffen, den der Mann verstand. »Die Erinnerung an das, was kürzlich hier geschehen ist, war einfach zu viel für mich.«

»Aber klar doch«, sagte er. »Nur zu verständlich. Unterzeichnen Sie schnell das Papier, dann entlasse ich Sie.«

Hannah ergriff den Kugelschreiber, füllte den Schein aus und setzte ihren Namen unter das Dokument. Auch wenn der junge Polizist nur freundlich sein wollte, ihr war im Moment nicht zum Plaudern zumute. »Sonst noch etwas?«, fragte sie und gab ihm den Stift zurück.

»Im Moment nicht«, erwiderte er mit leichter Enttäuschung in der Stimme. »Schönen Tag noch.« Er tippte sich an die Mütze.

»Ihnen auch.« Hannah verzog den Mund zu einem Lächeln, dann drehte sie sich um und entfernte sich langsam. Sie spürte die Blicke des Polizisten in ihrem Rücken. *Jetzt schön langsam*, ermahnte sie sich. *Nur keine unnötige Hast. Tu so, als würdest du den Tag genießen.*

Langsam ging sie über den Hof, betrat den Gehweg und steuerte auf ihren Wagen zu. Mit jedem Schritt wurde ihr leichter ums Herz. Erst jetzt wurde ihr bewusst, dass sie es wirklich getan hatte. Sie hatte die Himmelsscheibe von Nebra gestohlen. Und wie es schien, würde sie damit durchkommen. Der Austausch würde selbst für einen Fachmann kaum zu erkennen sein. Die Duplikate waren so genau gearbeitet, dass man sie unters Elektronenmikroskop hätte legen müssen, um das Original von der Fälschung zu unterscheiden. Die Tatsache, dass die metallurgischen Untersuchungen abgeschlossen waren, ließ sie hoffen, dass ihr Geheimnis für eine Weile gewahrt blieb. Natürlich hatte sie vor, das Original irgendwann zurückzugeben. Nur wie und wann, darüber hatte sie sich noch keine Gedanken gemacht.

Sie öffnete die Beifahrertür ihres Wagens und wollte gerade den Koffer auf den Boden stellen, als sie Dr. Moritz Feldmann auf der obersten Treppenstufe gewahrte. Sie sah ihn, und – was noch viel schlimmer war – er sah sie.

Er zögerte, als müsse er erst kurz überlegen, ob er Hannah begegnen wollte, dann strich er sich über die grauen Stoppelhaare und kam zu ihr herüber.

Hannah erstarrte. Das hatte ihr gerade noch gefehlt.
Für den Bruchteil einer Sekunde überlegte sie, sich einfach ins Auto zu setzen und davonzufahren. Grund genug hatte sie ja. Doch ein solches Verhalten hätte nur sein Misstrauen angestachelt. Feldmann war im Moment der Einzige, der ihr gefährlich werden konnte.
Sie beschloss zu bleiben und sich ihm zu stellen.
»Guten Tag, Herr Dr. Feldmann«, sagte sie und hob ihr Kinn. Er sollte gleich sehen, dass seine Anwesenheit sie keinesfalls einschüchterte. »Auch schon so früh unterwegs?«
»So ist es«, sagte er mit schleppender Stimme. »Ich muss auch schon so früh raus. Die Arbeit frisst mich noch auf. Kein Tag, an dem nicht die Polizei vor der Tür steht und irgendetwas wissen will. Keine Ahnung, wie ich bei dem Stress meine täglichen Aufgaben erledigen soll. Ich bin froh, wenn das endlich vorbei ist.« Er schien müde zu sein. Seine geröteten Augen und der Schatten seiner Bartstoppeln sprachen eine deutliche Sprache. Mit einem Blick in den Himmel sagte er: »Komisches Wetter, finden Sie nicht? Hätten Sie gedacht, dass es Ende April schon so warm werden kann? Also ich nicht. Nicht nach all der Kälte und dem Schnee. Und jetzt noch der Nebel ... das versteh einer.«
Hannah fragte: »Gibt es was Neues von Bartels?«
Er schüttelte den Kopf. »Nichts. Nicht den kleinsten Anhaltspunkt. Man stelle sich das vor: Eine Hundertschaft Polizisten durchkämmt die ganze Gegend und findet nichts. Fast könnte man glauben, Bartels und die Täter hätten sich in Luft aufgelöst. Und Sie? Was machen Sie hier?« Er spähte an Hannah vorbei ins Auto. »Was ist denn das für ein Koffer?«
»Der?« Hannah griff ins Auto und holte ihn heraus. »Mein privater Werttransportkoffer. Ich dachte, sicher ist sicher.«
»Und was transportieren Sie damit, wenn ich fragen darf?«
Hannah hätte jetzt lange Erklärungen abgeben können, doch

sie war schon zu weit gegangen. Jetzt gab es kein Zurück mehr. Sie gab den Zahlencode ein, den sie von Stromberg erhalten hatte, und ließ das Sicherheitsschloss aufschnappen. Als sie den Deckel hob, breitete sich ungläubiges Staunen auf Dr. Feldmanns Gesicht aus.
»Ich verstehe nicht ...«
»Die Kopie für das Smithsonian. Bartels' letzte Arbeit. Ich dachte, ich nutze die Zeit und schicke sie heute noch mit FedEx nach Washington.«
Feldmann runzelte die Stirn. »Ich dachte, er wäre nicht mehr fertig geworden. Wieso sagt mir denn niemand was?« Feldmann griff in die Tasche seines Jacketts und nahm zwei Handschuhe heraus. Prüfend hob er die Scheibe heraus und betrachtete sie von allen Seiten. Hannah spürte, wie ihr der Schweiß aus allen Poren trat. Würde er das Original vom Duplikat unterscheiden können? Würde er bemerken, dass er die echte Himmelsscheibe in den Händen hielt?
Hannahs Herz raste.
Minutenlang herrschte Schweigen. Der Landesarchäologe betrachtete das Artefakt aus jedem erdenklichen Blickwinkel. Schließlich legte er es behutsam zurück in den Koffer. »Unfassbar«, sagte er, und ein Lächeln stahl sich auf sein Gesicht. »Unsere Duplikate werden tatsächlich immer besser. Was für eine hervorragende Arbeit. Wirklich ein Meisterstück. Für einen Moment lang habe ich geglaubt, es wäre die echte Scheibe.« Er klappte den Deckel des Koffers zu und reichte ihn Hannah. »Wenn Sie in den nächsten Tagen mal Zeit haben, würde ich mich freuen, wenn Sie mich besuchten. Ich bin sehr daran interessiert, zu erfahren, was Ihre Recherchen ergeben haben.« Er zog einen Timer aus seiner Jackentasche und warf einen Blick darauf.
»Würde Ihnen übermorgen, am Freitag, der zweite Mai, passen? So gegen zehn?«

»Ob ...? Aber natürlich.«

»Prima. Dann noch einen angenehmen Tag. Ach ja, und eine schöne Walpurgisnacht.« Feldmann hob die Hand zum Gruß, machte auf dem Absatz kehrt und ging zurück zum Hauptgebäude.

Hannah setzte sich hinters Lenkrad und startete den Motor. Die feinen Vibrationen des Motors übertrugen sich durch das Sitzpolster auf ihren Rücken. Ihre Hände hielten das Lenkrad umklammert, als handele es sich um die Reling eines sinkenden Schiffes. Als sie aufs Gaspedal trat, spürte sie, dass sie am ganzen Leib zitterte.

47

Das Handy klingelte. Ludwig Pechstein blickte auf das Display und verzog den Mund zu einem grimmigen Lächeln. Schon wieder Ida. Sie war wirklich hartnäckig, das musste man ihr lassen. Er hatte jedoch nicht vor, mit ihr zu sprechen. *Noch* nicht. Vermutlich brauchte sie Hilfe, steckte irgendwo in ihren Ermittlungen fest. Nun, das war vorauszusehen. Sie hatten es hier mit einem raffinierten Gegner zu tun, vermutlich dem raffiniertesten ihrer Karriere. Einem Gegner, der sich perfekt auf das Spiel der Täuschung verstand. Ida sollte seine Hilfe bekommen, aber nicht bruchstückhaft und unvollständig. Pechsteins Plan war, ihr den gesamten Fall zu übergeben, fix und fertig wie ein gelöstes Puzzle, mitsamt den Tätern, ihren Motiven, den Beweisen und einem rosa Schleifchen obendrauf. Das war er ihr schuldig.

Vorsichtig nahm er den Fuß vom Gas. Hannah Peters hatte den Blinker gesetzt und verließ die B 6 Richtung Bad Harzburg. Zwischen seinem und ihrem Fahrzeug fuhren drei Autos, gerade genug, um keinen Verdacht aufkommen zu lassen. Die Archäologin war vermutlich noch nicht mal auf den Gedanken gekommen, verfolgt zu werden, aber sicher war sicher.

Pechstein observierte sie, seit sie das Museum in Halle verlassen hatte. Was ihn besonders interessierte, war der Koffer, den sie bei sich trug. Es bedurfte keiner großen Phantasie, sich auszumalen, was sich darin befand. Warum tat sie das? Warum hatte sie sich mit diesem zwielichtigen von Stetten zusammengetan? Und wie um alles in der Welt war es ihr gelungen, Dr. Feldmann auszutricksen? Die Frau war ihm ein Rätsel.

Der dunkelblaue Polo fuhr ein kurzes Stück über die B 4, dann bog er links in die Goethestraße ab, eine der vornehmsten Wohngegenden der Stadt. Jetzt hieß es vorsichtig sein. Pechstein fuhr weiter geradeaus, bog ein paar Straßen später ab und gelangte über Umwege zurück zum Haus des Rechtsanwalts. Etwa dreihundert Meter entfernt stellte er den Wagen ab, schaltete den Motor aus und wartete. Hannah Peters war nicht mehr zu sehen. Vermutlich war sie bereits im Inneren des Hauses verschwunden.

Pechstein blickte auf die Uhr. Kurz nach zehn. Er durfte jetzt keine Zeit verlieren. Nach seiner kleinen schwarzen Notebooktasche greifend, verließ er seinen Wagen und lief hinüber zum nahe gelegenen Gehölz. Der Buchenwald rückte an einer Stelle bis auf wenige Meter an von Stettens Haus heran. Ideale Voraussetzungen für eine Observation.

Der Ex-Kommissar verließ den Weg und ging querfeldein, bis er sein Ziel erreicht hatte. Hier, durch Gestrüpp und Dickicht vor unbefugten Blicken verborgen, stand eine alte, wettergegerbte Waldarbeiterhütte, die Pechstein vor einiger Zeit gekauft und für seine Zwecke umfunktioniert hatte. Er hatte das Schloss ausgetauscht, Ritzen und Spalten ausgebessert und die Fenster von innen geschwärzt. Niemand sollte wissen, was er hier trieb.

Pechstein steckte den Schlüssel ins Schloss und öffnete die Tür. Der Innenraum roch nach Teer und Bitumen. Er trat ein, machte hinter sich wieder zu, stellte seine kleine Tasche auf einen Tisch und öffnete das Südfenster. Ein Schwall frischer Frühlingsluft kam herein. Im Innern des Raumes stand eine seltsame Apparatur, die lange Schatten auf den Boden warf.

Ein hölzernes Stativ, auf dessen Spitze etwas steckte, das wie eine Mischung aus Richtmikrofon und Laserkanone aussah. Eine hochmoderne elektronische Abhöranlage, die die empfangenen Signale auf das kleine Notebook übertrug, das er bei sich führte. Der Signalgeber war auf die gegenüberliegende Hausfront gerichtet. Hier befand sich ein schmales Fenster, direkt über dem Erdboden. Er vermutete, dass von Stetten hier seinen Arbeitsraum eingerichtet hatte. Das Abhörgerät sendete einen hoch gebündelten Strahl ultraviolettes Licht auf die Glasscheibe, die den Strahl reflektierte und zum Empfangsgerät zurücksendete. Wurde das Glas durch Schallwellen, wie es bei gesprochenen Worten, Musik oder anderen Geräuschen der Fall war, in Schwingung versetzt, konnte der Empfänger die Schwingungen registrieren und entschlüsseln. Eine ebenso einfache wie unsichtbare Form des Abhörens.
Ludwig Pechstein prüfte den Sitz des UV-Lasers und verband diesen dann mit seinem Notebook. Dann schaltete er ein. Ein summendes Geräusch erklang, während der Laser hochfuhr und sich langsam auf Betriebstemperatur brachte.

48

Hannah wurde am unteren Ende der Treppenstufen von Michael, Cynthia und Karl erwartet. Das schummerige Licht beleuchtete die drei von hinten, so dass sie ihre Gesichter nur undeutlich erkennen konnte. Hannah nahm die letzten Stufen und ging auf sie zu. Sie wollte gerade ansetzen, vom Erfolg ihrer Mission zu berichten, als sie verstummte.
Irgendetwas stimmte nicht.
Ihr Blick wurde in den hinteren Teil des Raumes gelenkt. Dort hinten, an einem der Bücherregale, sah sie den Umriss einer weiteren Person, einem Mann. Sein Gesicht war in tiefe Schatten gelegt.
Instinktiv drückte sie den Koffer vor ihre Brust.
»Wer ist das?«
»Ein Gast«, sagte Michael, der hinter ihr stand und seine Hand leicht auf ihre Schulter gelegt hatte. »Komm.«
Hannah rührte sich keinen Zentimeter.
»Kein Grund, alarmiert zu sein«, sagte er, als er an ihr vorbei auf den Fremden zuging. »Es ist ein alter Freund.«
Mit ihren Augen versuchte sie die Dunkelheit zu durchdringen. Das karierte Hemd und die verwaschene Jeans kamen ihr irgendwie bekannt vor.
Der Fremde trat aus dem Schatten und kam langsam zu ihnen herüber.
»Hallo Hannah.«

»*John.*«
Ein Lichtstrahl traf sein Gesicht und enthüllte ein entschuldigendes Lächeln. »Ich bin wie ein falscher Fünfziger, der immer wieder auftaucht.« Er zuckte die Schultern. »Ich weiß, ich bin der letzte Mensch, den du zu sehen wünschst, aber glaube mir, für mich ist das auch unangenehm. Tut mir leid, wenn ich dich schon wieder in Verlegenheit bringe, aber ich musste dich einfach wiedersehen.«
Hannahs Gesicht verfinsterte sich. Sie versuchte sich zu erinnern, an welchem Punkt sie ihm gegenüber unklar gewesen war. Ihr fiel nichts ein. Hatte sie ihm nicht eindeutig zu verstehen gegeben, dass sie keinen weiteren Kontakt wünschte? Dass sie diese Sache alleine durchziehen wollte? Hatte sie sich missverständlich ausgedrückt, oder wollte er es einfach nicht verstehen? Plötzlich kam ihr eine beunruhigende Idee. Ihre Gedanken setzten sich in Bewegung wie eine Kugel, die man auf eine schiefe Ebene legte. Unaufhaltsam und immer schneller werdend.
Vielleicht hatte Johns Erscheinen gar nicht unbedingt etwas mit ihr zu tun. Namen schwirrten ihr im Kopf herum. Stromberg, John, Michael. Eins führte zum anderen. Eine Verkettung von Kausalitäten, die mit der einzig logischen Erklärung enden musste. Ihre feuchten Hände glitten über den Koffer. »Die Scheibe«, flüsterte sie. »Das ist es, worum es euch geht. Wie konnte ich nur so dumm sein.«
John breitete die Hände aus. »Bitte zieh jetzt keine voreiligen Schlüsse. Es ist nicht so, wie es aussieht.«
Doch Hannah hörte schon gar nicht mehr zu. Mit dem festen Bestreben, dieses verdammte Haus so schnell wie möglich wieder zu verlassen, ging sie ein paar Schritte zurück. Warum hatte sie es nur so weit kommen lassen? Michael, der sie zu beruhigen versuchte, streckte ihr die Hand entgegen. Hannah packte sie und schleuderte sie zurück. »Fass mich nicht an«,

sagte sie mit kalter Stimme. Wenn Blicke töten könnten, wäre in diesem Moment nicht viel mehr als ein Häufchen Asche von ihm übrig geblieben. Doch leider war sie keine Göttin, und Michael blieb ein schnelles Ende erspart. »Strombergs Handlanger«, sagte sie mit Verachtung in der Stimme und blickte in die Runde. »Einer wie der andere. Ich habe endgültig genug von dieser Scharade.«

»Bitte beruhige dich«, sagte Michael. Sein Gesicht war von Sorge erfüllt. »Hör dir erst an, was wir zu sagen haben. Ich bin sicher, es handelt sich nur um ein Missverständnis.«

»Ein Missverständnis? Dass ich nicht lache. Ich hoffe, du hast eine gute Erklärung für ihn.« Immer noch den Koffer vor die Brust gepresst, funkelte sie giftig zu John hinüber.

Michael hob beschwichtigend die Hände. »Zuerst mal: Cynthia und Karl haben damit nichts zu tun«, sagte er. »Sie waren genauso überrascht wie du, als John vor der Tür stand. Ich war der Einzige, der von seinem Kommen wusste. Wenn du also deine Wut an irgendjemandem auslassen willst, dann an mir.«

»Und an mir«, sagte John. »Zu meiner Verteidigung kann ich nur vorbringen, dass Stromberg nichts mit der Sache zu tun hat. Er hat mir sogar abgeraten, dir zu folgen. Er sagte, das könne nur in einer Katastrophe enden.«

»Womit er absolut recht hat«, sagte Hannah.

»Ich war ebenso verblüfft wie du, als er einfach so vor meiner Tür stand«, sagte Michael mit ruhiger Stimme. »Aber nach einigem Nachdenken und nachdem wir eine Weile miteinander geredet haben, kam ich zu dem Schluss, dass es vielleicht doch ganz gut wäre, wenn er dabei ist. Wenn das, was wir vorhaben, funktioniert, dann könnte er für unsere kleine Gruppe äußerst nützlich sein. Seine Fähigkeit, astronomische Rätsel zu knacken, hat uns schon einmal geholfen, erinnerst du dich?«

Hannah dachte einen Moment lang nach, dann schüttelte sie den Kopf. »Ich kenne John lange genug. Lange genug, um zu wissen, dass das nur die halbe Wahrheit ist. Karten auf den Tisch: Warum bist du wirklich hier?«
Es gab eine kurze Pause, ehe er antwortete.
»Die Antwort könnte ein bisschen peinlich sein. Besonders hier, vor allen Anwesenden«, fügte er mit einem gequälten Lächeln hinzu. Wieder entstand eine Pause. Täuschte Hannah sich, oder musste er Mut tanken?
»Na gut, was soll's?«, sagte er. »Ich bin hier, weil ich dich immer noch liebe. Ich sorge mich um dich, Hannah. Ich glaube, du und die anderen, ihr begebt euch in große Gefahr. Größer, als Stromberg uns glauben machen wollte. Du hattest recht, Hannah: Die Risiken sind wirklich nicht kalkulierbar. Wenn es nur mich betreffen würde, könnte ich das ertragen, aber es betrifft euch alle und vor allem dich. Ich habe dich schon einmal in eine solche Situation gebracht – damals in der Wüste –, und ich würde es mir nie verzeihen, wenn das noch einmal geschieht.« Er blickte der Reihe nach in ihre Gesichter. »Ich weiß, ich kann euch nicht umstimmen. Ich kann euch nur bitten, mich mitzunehmen. Lass mich an deiner Seite sein, Hannah – als Kollege, als Freund, als dein persönlicher Bodyguard, nenn es, wie du willst. Ich werde bestimmt nicht im Weg herumstehen, und wenn die Sache durchgestanden ist, bin ich verschwunden, ehe du bis zehn gezählt hast.«
Eine peinliche Stille entstand. Alle warteten darauf, was Hannah wohl antworten würde. Doch sie stand nur da und presste die Lippen aufeinander.

Ludwig Pechstein drückte die Lautsprecher seines Kopfhörers an die Ohren. Fünf Personen waren im Keller versammelt. Cynthia Rode, Karl Wolf, Michael von Stetten und Hannah Peters. Schleierhaft war ihm, wer dieser fünfte Mann war. Auf

seinen Notizblock hatte er John Evans geschrieben. Evans? Den Namen hatte er doch schon mal gehört. Ihm wollte nur beim besten Willen nicht einfallen, wo das gewesen war. Wie es schien, ein Gefolgsmann von Norman Stromberg. Der Name dieses industriellen Schwergewichts war ihm früher schon zu Ohren gekommen. Nicht nur, weil er von Zeit zu Zeit durch die Presse geisterte, sondern in erster Linie wegen seiner Verbindung zu Michael von Stetten. Stromberg war derjenige gewesen, der den jungen Anwalt seinerzeit unter seine Fittiche genommen hatte. Er erinnerte sich, wie schwierig es gewesen war, handfeste Informationen über den Großindustriellen zu erlangen. Stromberg war ein Mann, der größten Wert auf seine Privatsphäre legte. Pechstein hatte sich immer schon gewundert, welches Interesse er an von Stetten haben könnte. Langsam bekam er eine Ahnung, worum es bei dieser Partnerschaft ging. Pechstein umkreiste den Namen John Evans mehrfach mit seinem Kugelschreiber.
Mit einem seltsamen Kribbeln im Bauch setzte er seine Observation fort. Wie es schien, war das Puzzle doch größer, als er vermutet hatte.

Hannah hob überrascht die Augenbrauen.
Sie glaubte, sich verhört zu haben. Hatte John soeben vor versammelter Mannschaft gestanden, dass er sie liebte? Das entsprach gar nicht seinem Stil. Gewiss, ihr gegenüber hatte er aus seinen Gefühlen nie einen Hehl gemacht. In den wenigen Stunden, die sie zu zweit verbracht hatten, war er immer zärtlich und aufmerksam gewesen. Ein Liebhaber, wie man ihn sich nur wünschen konnte. Ganz anders, wenn Dritte dabei waren. Dann gab er sich betont kumpelhaft und unzugänglich. Ihre Beziehung hatte er wie ein sorgsam gehütetes kleines Geheimnis behandelt, so wie er das auch mit seinen Aufträgen zu tun pflegte. Immerzu Stillschweigen, bloß nie etwas

nach außen dringen lassen. Vielleicht lag das ja in seiner Natur, aber Hannah hatte es nie wirklich verstanden. Sie wusste nur, dass sie davon mächtig genervt war. Es war einer der Punkte gewesen, warum sie sich von ihm getrennt hatte.
Sollte er sich in dieser Beziehung geändert haben? Die Vorstellung war immerhin neu und erregend.
Sie sah ihn direkt an. John erwiderte den Blick, ohne mit der Wimper zu zucken. Nach einer Weile musste sie weggucken.
»Du musst mir glauben«, sagte er. »Habe ich dich jemals angelogen?«
Nein, das hatte er nicht. Er hatte ihr zwar niemals alles gesagt, aber gelogen? Nein. Trotzdem: Sie durfte sich jetzt nicht von Emotionen leiten lassen. Ihr Gefühlsleben war momentan ohnehin ein einziges Chaos. Zuneigung rang mit Ablehnung, Misstrauen mit Hoffnung. Wie sollte sie da eine klare Entscheidung treffen? Noch einmal suchte sie seine Augen. In ihnen war nicht das geringste Fünkchen Unehrlichkeit zu finden. Es schien ihm wirklich nur um sie zu gehen. Und wie verhielt es sich, wenn man es auf den Fall übertrug? John brachte ein paar Fähigkeiten mit, die sehr nützlich waren, sollte die Situation gefährlich werden. Sie wusste, dass er stets eine Waffe bei sich trug. So gesehen, würde er das Team tatsächlich gut ergänzen.
Sie seufzte. »Na schön«, sagte sie. »Von mir aus. Wenn alle einverstanden sind, dann bin ich das auch. Demokratische Entscheidung.«
Wohlwollendes Gemurmel erfüllte den Raum.
»Danke.« John wirkte sichtlich entspannter. Er trat mit einem Lächeln auf sie zu. Was sollte das denn werden? Dankbarkeitsbekundungen? Hannah hielt ihn mit einer abweisenden Handbewegung auf Abstand.
»Was nicht bedeuten soll, dass sich zwischen uns etwas geändert hat«, sagte sie und trat demonstrativ einen Schritt zurück.

»Ich schlage vor, wir betrachten es als eine rein geschäftliche Beziehung, zumindest so lange, bis wir gefunden haben, was wir suchen. Danach können wir über alles reden.«
»Das halte ich für eine sehr gute Idee«, sagte Cynthia. »Männer neigen viel zu oft dazu, Privates mit Geschäftlichem zu vermischen.« Sie warf Michael einen kurzen, strafenden Blick zu, dann deutete sie auf den Koffer. »Spann uns nicht länger auf die Folter, Hannah. Zeig uns, was du mitgebracht hast. Hast du sie bekommen?«
Statt einer Antwort stellte Hannah den Koffer auf den Tisch und ließ die Schlösser aufschnappen. Die Gruppe hielt den Atem an.

49

Ludwig Pechstein schaltete die Abhöreinrichtung ab. Das Gespräch, das da im Keller geführt worden war und das sich nun auf der Festplatte seines Notebooks befand, hatte so viele Verdachtsmomente bestätigt, dass es für ein Dutzend Verhaftungen gereicht hätte.

Er nahm den Kopfhörer ab und schüttelte im Stillen den Kopf. Jetzt war alles klar. Es fühlte sich an, als wäre eine tonnenschwere Last von seinen Schultern genommen worden. Es war genauso, wie er vermutet hatte. Was für eine tragische Verkettung der Umstände. Einst hatte er sich noch für die Belange der drei Jugendlichen eingesetzt, hatte für sie gefochten und ihre Interessen gegenüber seinen Vorgesetzten vertreten, nur um jetzt herauszufinden, dass sie trotz aller Bemühungen auf die schiefe Bahn geraten waren. Sie hatten sich eines Kapitalverbrechens schuldig gemacht, das war unbestreitbar. Sie hatten die Himmelsscheibe in ihrem Besitz und waren drauf und dran, dieses wertvolle Kulturgut für irgendein dubioses Experiment zu missbrauchen. Wie er es verstanden hatte, ging es darum, den verborgenen Tempel ausfindig zu machen und sich die dort lagernden Schätze unter den Nagel zu reißen. Natürlich vorbei an den zuständigen Behörden und dem rechtmäßigen Besitzer, dem Land Sachsen-Anhalt. Wie es schien, ging es um Kunstraub im großen Stil. Hinter alldem steckte Norman Stromberg, da war Pechstein sich sicher. Doch an ihn

ranzukommen, würde schwer werden. Von Stetten jedoch hatte er im Sack. Dass der Anwalt seine ehemaligen Leidensgenossen mit in diese Sache reinzog, erfüllte Pechstein mit Wut und Abscheu. Cynthia Rode war eben erst wieder auf freiem Fuß, und Karl Wolf hatte endlich Erfolg mit dem, was er tat. Beiden würde eine Haftstrafe endgültig den Boden unter den Füßen wegziehen. Sie waren Schachfiguren in diesem Spiel, kleine Fische. Doch sie waren aus freiem Willen zu ihm gekommen, und das würde ihnen das Genick brechen. Vermutlich würden sie es nie wieder schaffen, auf die Beine zu kommen.
Er geriet ins Grübeln. Sollte er es wirklich tun? Sollte er sie alle ans Messer liefern?
Es war eine Entscheidung, über die er lange und ausführlich nachgedacht hatte. Ja, er würde es tun.
Resigniert zog er sein Handy heraus. Idas Nummer war die oberste. Alles, was er zu tun brauchte, war, den Knopf zu drücken und ihr zu sagen, wo sie zuschlagen sollte. Das Nest der Kunsträuber auszuheben, würde er ihr überlassen. Alltägliche Polizeiarbeit, die ihn nicht interessierte. Außerdem war er nicht der Typ, der sich in den Vordergrund drängelte. Und auf die traurigen Gesichter von Cynthia und Karl konnte er erst recht verzichten. Nur eines erfüllte ihn mit Genugtuung: seinen Verdacht in Bezug auf den windigen Anwalt bestätigt zu sehen. Ob und wie dieser Raubzug mit dem Einbruch im Museum und der Entführung auf der Achtermannshöhe in Beziehung stand, das herauszufinden, würde er Ida überlassen. Darin war sie sehr gut.
Sein Finger glitt über die Wahltaste. Er wollte sie gerade drücken, als er stutzte. Ein unangenehmer Geruch stieg ihm in die Nase. Roch es hier nicht irgendwie faulig? Irgendwie nach Stinkmorcheln. Wo hatte er diesen Gestank nur das letzte Mal gerochen? Natürlich, *im Museum*.

In seinem Kopf läuteten sämtliche Alarmglocken.

Mit einer fließenden Handbewegung zog er seine alte Dienstpistole aus dem Köcher, eine neun Millimeter Makarov aus seiner Zeit bei der Volkspolizei. Eigentlich hätte er die Waffe ja abgeben müssen, aber er war noch nie gut im Befolgen von Anweisungen gewesen. Was standen einem nicht alles für Möglichkeiten offen, wenn man Mitglied im Schützenverein war.

Lautlos legte er das Handy auf den Tisch, hob die Pistole in Vorhalteposition und ging langsam zur Tür. Vorsichtig löste er den Balken und trat einen Schritt zur Seite. Er zählte im Geiste bis drei, hielt den Atem an und versetzte der Tür einen kleinen Tritt mit der Fußspitze. Die alten Scharniere knarrten, und die Tür schwang auf. Grüngefärbtes Sonnenlicht flutete herein und warf einen rechteckigen Schatten auf den Boden. Von draußen war kein Laut zu hören. Es war still. *Zu* still, dachte er. Nichts war zu hören, kein Rascheln, kein Vogelgezwitscher, ja nicht einmal das Rauschen der Baumwipfel. Es war, als würde der ganze Wald die Luft anhalten.

Zentimeterweise schob sich der Kommissar an die offene Tür heran. Er sicherte erst nach rechts, dann nach links. Niemand da. Trotzdem: Irgendetwas stimmte nicht. Der Gestank hing über dem Wald wie ein Leichentuch. Vorsichtig schob er den Kopf zur Tür hinaus und sah sich um. Wohin er auch blickte, nur helles, frühlingshaftes Grün. Durch die Äste und Zweige des Unterholzes konnte er mehrere Meter weit sehen. Weit genug, um vor einem Überraschungsangriff gefeit zu sein. Er trat einen Schritt vor, drehte sich blitzschnell um und riss seine Waffe hoch. Er war zu clever, um sich durch einen feigen Angriff von oben überrumpeln zu lassen. Doch das Dach war verlassen. Pechstein umrundete die Hütte und vergewisserte sich noch mal.

Nichts.

Mit mulmigem Gefühl ging er ein paar Schritte in den Wald. Wo kam nur dieser verdammte Gestank her? So, wie das hier roch, müsste er eigentlich knietief in Stinkmorcheln waten. Aber es war kein einziger Pilz zu sehen. Wie auch, es war ja Frühling. Einzelne Sonnenstrahlen fielen durch das dichte Blätterdach und warfen sich zu Treppen aus Licht auf. Ein paar Insekten taumelten durch die Helligkeit und verschwanden wieder im Dunkel des Waldes.
Er blieb stehen. Er hatte das Gefühl, als würde die feuchte Schwüle ihm die Kehle zuschnüren. Den obersten Kragenknopf lockernd, sah er sich um. Der Wald war verlassen. Außer ihm war niemand hier.
Er beschloss zurückzugehen, seine Sachen zusammenzupacken und, so schnell es ging, von hier zu verschwinden. Den Anruf konnte er auch von unterwegs erledigen.
Er war noch nicht weit gekommen, als sich ein Schatten aus den Wipfeln der Bäume auf ihn herabsenkte. Aus dem Augenwinkel heraus sah er eine große dunkle Form über den Boden rasen, genau auf ihn zu. Er drehte sich zur Seite und feuerte. Einmal, zweimal. Die Schüsse zerrissen die Stille. Zu spät begriff er, dass es nur ein Schatten war, auf den er gefeuert hatte. Der Angriff selbst erfolgte aus einem der dichtbelaubten Bäume. Pechstein wurde von oben getroffen.
Hart.
Er spürte, wie das Gewicht ihm die Luft aus der Lunge quetschte. So heftig wurde er nach unten gedrückt, dass seine Beine unter dem plötzlichen Gewicht nachgaben. Mit dem Kopf voran stürzte er auf die Erde. Der Waldboden war weich und gab nach. Das war sein Glück, er hätte den Stoß sonst nicht überlebt. Eine Woge von Gestank hüllte ihn ein und drohte ihm die Sinne zu rauben. Aus einem blinden Reflex heraus bäumte er sich auf und rollte nach links. Der Angreifer hatte mit diesem Ausbruch offenbar nicht gerechnet. Ein kurzer Augenblick des

Zögerns, dann griff er wieder an. Pechstein lag jetzt zwar auf dem Rücken, aber sein rechter Arm war frei. Blitzschnell zog er den Abzug durch. Drei kurz hintereinander abgefeuerte Schüsse lösten sich aus der Makarov. Jaulend wurde der Angreifer zurückgeschleudert. Blut spritzte aus einer Wunde nahe am Hals. Pechstein hob die Pistole ein zweites Mal, doch diesmal hatte der Angreifer die Aktion vorausgesehen. Mit einer brutalen Bewegung schlug er dem Kommissar die Waffe aus der Hand. Dann richtete er sich drohend auf. Pechstein stöhnte vor Entsetzen. War das ein Mensch? Er kannte die Berichte, hatte alle Untersuchungsergebnisse gelesen und war über die Ergebnisse bestens informiert. Und doch war er nicht fähig, die Worte auf dem Papier mit dem Wesen in Einklang zu bringen, das da vor ihm stand. Groß war es – an die zwei Meter – und bepackt mit Muskeln. Bläulich schimmernde Adern und Sehnen traten unter der dreckverkrusteten und narbenübersäten Haut hervor. Das war ein Gegner, mit dem er es ohne Waffe nicht aufnehmen konnte. Ein unheilvolles Heulen kam aus dem zahnbewehrten Maul.

Einer plötzlichen Eingebung folgend, drehte Pechstein sich um und humpelte los. Er lief, so schnell er konnte. Äste und Zweige schlugen ihm ins Gesicht. Mehr als einmal blieb er an irgendeiner Wurzel hängen. Sein rechtes Bein schien bei dem Angriff etwas abbekommen zu haben. Jeder Schritt wurde von einem dumpfen Schmerz in seinem Knie quittiert. Das Adrenalin, das durch seine Adern pumpte, half ihm, den Schmerz zu unterdrücken. Atemlos arbeitete er sich weiter durchs Unterholz. Nach einer Weile blieb er stehen und lauschte. Das Wesen schien ihn nicht zu verfolgen. Vielleicht hatte er es doch schwerer verletzt, als er geglaubt hatte. Ein Hoffnungsschimmer keimte auf. Zu dumm nur, dass er bei seiner Flucht in die falsche Richtung gelaufen war. Statt hinaus ans Licht und zu den Häusern hatten ihn seine Füße tiefer in den Wald

hineingetragen. Gehetzt blickte er sich um, dann rannte er weiter. Er spürte, wie seine Lunge brannte. Verdammte Qualmerei. Ihm war immer klar gewesen, dass sich das eines Tages rächen würde. Sein Atem ging stoßweise. Plötzlich sah er in einiger Entfernung einen hellen Fleck schimmern. Keuchend stolperte er weiter.
Nach einer Weile lichteten sich die Reihen der Bäume. Er erkannte einen Zaun und dahinter ein weites Feld. Nur noch ein kleines Stück, dann hatte er es geschafft.
Ein plötzlicher Stoß warf ihn zu Boden. Eine Wolke von Stinkmorcheln hüllte ihn ein. Dann verlor er das Bewusstsein.

50

»Habt ihr das gehört?« John spitzte die Ohren. »Klang nach Schüssen.«
»Stimmt«, sagte Michael. »Mindestens zwei.«
»Vielleicht Knallkörper«, sagte Cynthia.
»Nein«, erwiderte Michael. »Das klang eher wie etwas Kleinkalibriges. Bleibt hier, ich werde nachsehen.«
»Ich komme mit«, erwiderte John und tastete nach seiner Pistole. Sie befand sich da, wo sie hingehörte, in einem Holster, unsichtbar unter seiner linken Schulter verborgen. Die beiden Männer hasteten die Stufen hinauf und hinaus zur Tür. In der Nachbarschaft war alles ruhig. Außer ihnen schien niemand die Schüsse gehört zu haben.
»Hier drüben«, sagte Michael und deutete auf den Wald. »Ich bin sicher, es kam von dieser Seite.«
Ein kurzes Stück durch den Garten, dann tauchten sie in das dunkle Grün des Waldes. Stickig war es hier. Die plötzliche Wärme hatte die letzten Schneereste schmelzen lassen und die Luft mit Feuchtigkeit gesättigt. »Scheißwetter«, fluchte er halblaut vor sich hin und wedelte sich einige Mücken aus dem Gesicht. »Erst diese Kälte und jetzt das.«
»Noch haben wir April«, erwiderte Michael trocken.
John entgegnete nichts. Mit beiden Händen bahnte er sich einen Weg durchs Unterholz. Dann blieb er stehen.
»Wo lang?«

»Ganz in der Nähe ist eine Waldarbeiterhütte«, sagte Michael und deutete nach links. »Lass uns zuerst da nachsehen.«
John nickte und zog seine Waffe heraus. Seite an Seite arbeiteten sich die beiden durch das Gestrüpp. Es dauerte nicht lange, da schälte sich eine dunkle Form aus dem Wald. Die Hütte.
Michael hob den Zeigefinger an die Lippen. »Leise jetzt.«
Die Tür stand offen. Nicht der geringste Laut war zu hören. Das alte, baufällige Haus schien verlassen. Ein fauliger Geruch lag über der Szene. John hielt die Nase in die Luft. »Pilze«, murmelte er. Michael deutete auf den Boden. Überall waren Fußabdrücke. John schlich zu der offenstehenden Tür und spähte hinein. »Scheint niemand drin zu sein«, flüsterte er. »Warte einen Augenblick, ich seh mal nach.« Wie ein Schatten schlüpfte er in die Hütte. Es dauerte keine Minute, da hörte John von drinnen einen unterdrückten Fluch.
»Was ist?«
»Sieh dir das an.«
John trat in das Halbdunkel. Es dauerte einige Sekunden, ehe sich seine Augen an das Dämmerlicht gewöhnt hatten. Nun entdeckte er allerlei Gerätschaften, die er in einer solch primitiven Hütte nicht vermutet hätte. Ein Notebook, Kabel und eine Apparatur, die auf einem Stativ stehend aus dem geöffneten Fenster gerichtet war. Durch eine Lücke im Laub sah er das Haus des Anwalts.
»Eine Abhöranlage«, zischte Michael und tippte etwas in die Tastatur. Dann drehte er den Computer herum. Auf dem Monitor waren elektronische Muster zu erkennen. Als John näher heranging, hörte er Hannahs Stimme. Sie schien Karl und Cynthia etwas über die Symbolik der Himmelsscheibe zu erklären.
»Himmel noch mal«, murmelte er. »Ein Spracherkennungsprogramm. Scheint wirklich eine Abhöranlage zu sein. Aber warum? Und wieso ist das Ding auf dein Haus gerichtet?«

»Keine Zeit jetzt für lange Überlegungen«, zischte Michael. »Schnappen wir uns den Computer und dann nichts wie weg. Das Schlimmste hast du noch gar nicht gesehen.« Michael deutete auf ein Handy, das angeschaltet auf dem Tisch lag. Ein Name war auf dem Display zu lesen. *Ida B.*

»Wir müssen hier verschwinden«, sagte John, kaum dass sie zum Rest des Teams zurückgekehrt waren. »Sofort.«
»Was ist passiert?«, fragte Hannah.
»Wir sind überwacht worden. Michael und ich haben eine Abhöranlage entdeckt, genau auf dieses Fenster gerichtet.« Er deutete auf den schmalen Lichtschlitz in der hinteren linken Ecke des Raumes. »Keine Ahnung, wie lange die da schon steht, aber wir müssen davon ausgehen, dass jedes einzelne Wort aufgezeichnet wurde. Wer immer dafür verantwortlich ist, er weiß jetzt genau, dass wir die Scheibe gestohlen haben. Vermutlich ist es Pechstein. Vermutlich wollte er gerade eine gewisse *Ida B.* anrufen.«
»Die Kommissarin?« Hannah überkam ein schrecklicher Verdacht. Pechstein hatte sie als Lockvogel benutzt und war ihr gefolgt.
»Scheiße«, fluchte sie. »Dann sind wir geliefert.«
»Noch nicht«, sagte Michael mit einem grimmigen Lächeln. »Die Nummer wurde noch nicht gewählt. Wie es aussieht, wurde Pechstein bei seinem Anruf gestört.«
Cynthia zog die Augenbrauen zusammen. »Und wo war er? Habt ihr ihn gesehen?«
»Nein. Keine Spur von ihm. Die Hütte war verlassen. Wir haben den Computer mitgehen lassen. Zumindest hat er jetzt kein Beweismaterial gegen uns. Ich denke sowieso, dass diese Abhöraktion nicht genehmigt war.«
»Und die Schüsse?«
»Keine Ahnung.« Michael fing an, Kartenmaterial und GPS-

Empfänger in seinen Rucksack zu stopfen. »Kommt schon, macht euch nützlich. Füllt die Wasserflaschen, überprüft die Taschenlampen und stellt euer Marschgepäck zusammen. Die Sachen liegen im Regal hinten rechts. Vergesst auch den Spaten und die Brechstangen nicht. Könnte sein, dass wir sie heute noch brauchen. John, du kümmerst dich um die Waffen. Die Truhe unter dem Fenster.« Er warf John einen kleinen Schlüssel zu und fuhr fort, seinen Rucksack zu packen. »Als Erstes müssen wir hinauf zur Brockenspitze und die Nacht abwarten«, sagte er. »Wenn ich recht habe, wird uns die Scheibe den Eingang zum unterirdischen Tempel weisen.«

»Und wenn nicht?«

Er schwieg.

51

Es war halb zwölf, als Ida Benrath aus der windschiefen Waldarbeiterhütte trat. Mit einem Taschentuch wischte sie sich den Schweiß von der Stirn. Ludwig Pechstein hatte auf keinen ihrer Anrufe reagiert, also war sie seiner Spur nachgegangen. Sie hatte sein Handy per Satellit ansteuern lassen und festgestellt, dass er sich ganz in der Nähe des Hauses von Michael von Stetten aufhielt. In Windeseile hatte sie ein Team zusammengestellt und war in Richtung Bad Harzburg aufgebrochen. Keinen Augenblick zu früh, wie sie jetzt entsetzt feststellen musste. Angewidert blickte sie auf die Geräte, die hier überall herumstanden. Alles deutete auf einen eigenmächtigen und unbefugten Lauschangriff hin. Sie presste die Lippen aufeinander. Ludwig schien das alles von langer Hand geplant zu haben. Er war geradezu besessen. Diese Aktion konnte sie noch alle in Schwierigkeiten bringen. Was war nur in ihn gefahren, dass er sie nicht in seine Pläne eingeweiht hatte? Stolz? Verletzte Eitelkeit? War sie vielleicht selbst schuld, weil sie seinen Geschichten zu wenig Bedeutung beigemessen hatte?

Nein, entschied sie. Das war wieder typisch für sie, dass sie die Schuld zuerst bei sich suchte. So dachten nur Frauen. Die wahren Schuldigen waren Pechstein und Polizeipräsident Treptow. Schließlich hatten die beiden diese Aktion zu verantworten. Sie selbst konnte sich höchstens den Vorwurf machen, zu weichherzig gewesen zu sein. Sie hätte gleich ihrem ersten Gefühl vertrauen und Pechstein abblitzen lassen sollen. Solche Mauscheleien gingen niemals gut. Sie hätte wissen müssen, dass er auf Teufel komm raus versuchen würde, den Fall allein zu lösen. Die Abhöranlage sprach eine deutliche Sprache. Sie musste Ludwig finden, eher er noch mehr Unheil anrichtete.

»Irgendeine Spur von seinem Notebook?«

Der junge Beamte an ihrer Seite schüttelte den Kopf. »Nichts. Ich habe hier alles durchsucht.«

»Verdammt«, fluchte sie leise und verließ die Hütte. Während sie noch darüber grübelte, wo das Gerät geblieben sein könnte, sah sie Steffen durch das Unterholz auf sie zukommen, die Haare voller Blätter.

»Ausgeflogen«, lautete sein Kommentar. »Von Stettens Auto ist fort.«

»Hat vermutlich bemerkt, dass er abgehört wurde«, sagte Ida und deutete auf den Waldboden. »Die Spuren hier sind frisch.«

Steffen hob die Augenbrauen. »Das kann uns aber eine Menge Ärger einbringen.«

»Ärger ist gar kein Ausdruck. Ich verstehe nicht, warum er mich nicht verständigt hat«, sagte Ida mit einem Kopfschütteln. »Ich verstehe es einfach nicht.«

»Wie es aussieht, war er gerade dabei, genau das zu tun. Deine Nummer ist die oberste auf der Liste.«

Idas Gesichtsausdruck verfinsterte sich. »Es hilft nichts. Ohne weitere Anhaltspunkte tappen wir im Dunkeln. Sucht Ludwig und findet mir diesen von Stetten. Ich muss mit beiden reden. Und räumt diesen Abhörkram in mein Auto. Ich will nichts mehr davon sehen.«

In diesem Moment erklang von links ein Ruf.

»Frau Kommissarin! Hier herüber. Ich habe etwas gefunden.«

Ein junger Bursche mit hochrotem Kopf kam aus dem Unterholz. Stolz präsentierte er ihr seinen Fund. Ida erkannte sofort Pechsteins Waffe, die alte Makarov. Hatte er die etwa immer noch? Die Sache wurde von Minute zu Minute schlimmer. Erst die unerlaubte Beschattung der Archäologin, dann die Abhöraktion und jetzt das.

»Wo genau haben Sie die gefunden?«

»Gleich hier drüben.« Der junge Beamte führte Ida und Steffen zu einer Stelle im Wald, die aussah, als habe hier ein Kampf stattgefunden. Überall abgeknickte Äste und Fußabdrücke. An einer Stelle war eine tiefe Kuhle, als ob etwas Schweres zu Boden gestürzt war. Und da war noch etwas anderes. Ida beugte sich vor und tippte auf einen dunklen Tropfen auf einem der Blätter. Sie zerrieb ihn zwischen Daumen und Zeigefinger.

»Blut«, murmelte sie.

Steffen deutete nach rechts. »Hier drüben ist noch mehr.«

Ida sah sich die Stelle genauer an. Der Boden war gesprenkelt mit roten Tropfen. »Scheiße«, murmelte sie.

»Am besten, wir nehmen eine Probe und bringen sie zum Labor.« Sie richtete sich an den jungen Beamten, der die Pistole gefunden hatte. »Gute Arbeit. Tüten Sie die Waffe ein, und schicken Sie etwas von dem Blut ins Labor. Die sollen es analysieren. Ich will wissen, zu wem das gehört.«

»Jawohl«, sagte er, und ein Anflug von Rot war auf seinen Ohren zu sehen. »Die Spuren führen übrigens noch weiter. Dort hinüber.« Er deutete nach Norden.

Ida nickte. »Danke. Wir kümmern uns darum.«

Kaum war der Bursche weg, nahmen Ida und Steffen die Spur auf. Sie sprachen kein Wort, während sie Ludwig Pechsteins Fährte tiefer in den Wald folgten. Bisher war nicht zu erkennen, wovor er eigentlich davongelaufen war. Außer seinen eigenen gab es hier keine anderen Spuren. Der Fall wurde immer mysteriöser.

Nach einer Weile lichtete sich der Wald. Kurz ehe die Bäume endeten und den Blick auf ein weites Feld freigaben, blieb sie stehen.
»Riechst du das?«
Steffen hob prüfend die Nase. Er nickte. »Und ob. Verfaulte Pilze. Das riecht genau wie ... *Himmel*, sieh dir das an!« Er deutete auf den Boden.
Genau neben ihnen, nur etwa zwei Meter weiter rechts, war ein aufgewühltes Stück Erde zu sehen. Der Waldboden war an dieser Stelle so weich, dass man jeden Fußabdruck erkennen konnte.
Neben dem Profil eines Herrenschuhs war noch etwas anderes zu sehen. Der Abdruck klauenartiger Hände.

52

Die Glocke des nahe gelegenen Magdeburger Doms schlug vierzehn Uhr, als Ida beim Ratskeller in der Keplerstraße, schräg gegenüber des Staatsministeriums, eintraf. Das Gasthaus am Ufer der Schlein, das aufgrund seiner Lage und seiner langen Tradition zu den ersten Adressen Magdeburgs gehörte, war das Lieblingsrestaurant des Polizeipräsidenten. Ein Nobelrestaurant, zu dem nur Zugang hatte, wer über ein dickes Portemonnaie und gute Kontakte verfügte. Georg Treptow galt als ein Mann, der auf Privatsphäre großen Wert legte. Doch die Sache war von höchster Dringlichkeit.
Ida blickte auf die Uhr. Fünf Minuten waren verstrichen und noch immer kein Lebenszeichen von ihm. Würde er sich zu ihr hinausbequemen? Der Polizeipräsident war bekannt dafür, dass er Untergebenen gern die kalte Schulter zeigte, besonders wenn er der Meinung war, man würde ihn mit Nichtigkeiten belästigen. Ida, die ihm den Stand der Dinge während der Fahrt per Mail von ihrem Notebook aus zugeschickt hatte, konnte nur hoffen, dass ihre Ausführungen genug Eindruck gemacht hatten, um bei ihm die Alarmglocken klingeln zu lassen.
Unruhig ging sie auf und ab, während sie einen erneuten Blick auf ihre Uhr warf. Beinahe zehn Minuten. Die Chancen, dass er sie empfangen würde, wurden mit jeder Minute geringer. Steffen, der wusste, dass man sie in dieser gereizten Stimmung

besser in Ruhe ließ, lehnte an ihrem Wagen und rauchte eine Zigarette. Plötzlich nahm er sie aus dem Mund, warf sie zu Boden und trat sie aus. »Ida.« Er deutete auf den Eingang. Die Tür öffnete sich, und heraus trat Treptow in Begleitung eines Sicherheitsmannes. Der Polizeipräsident war ein gertenschlanker, großgewachsener Mann, dessen Gesicht von einer Brille und zwei stechend blauen Augen beherrscht wurde. Sein Ausdruck war alles andere als freundlich. Er sah sich um, dann schickte er seinen Bodyguard zurück ins Gebäude und ging auf die Kommissarin zu. Als er vor ihr stand, überragte er sie um mehr als Hauptesglänge.
»Frau Benrath«, sagte er mit der für ihn typischen Knappheit. »Sie wollten mich sprechen.«
Ida schüttelte ihm die Hand. »Danke, dass Sie es einrichten konnten.« Sie holte tief Luft. »Ich bin hier, weil ich Sie dringend ersuchen möchte, die Walpurgisfeierlichkeiten rund um den Berg aufzulösen. Eine Perimetrie von zwanzig Kilometern sollte ausreichen. Betroffen wären die Orte Bad Harzburg, Schierke, Elend, Braunlage, Elbingerode, Wernigerode, Hasserode, Ilsenburg und Drübeck. Das zentrale Fest in Thale könnte stattfinden. Ich weiß, es ist verdammt knapp, aber ich sehe keine andere Möglichkeit.«
Treptows Gesicht war wie versteinert. »Sind Sie wahnsinnig geworden? Wissen Sie, was Sie da von mir verlangen?«
»Ich wäre nicht hier, wenn ich es nicht genau wüsste. Haben Sie meinen Bericht gelesen?«
»Habe ich.«
»Dann wissen Sie über die Hysterie Bescheid, die derzeit dort oben herrscht. Die Dinge geraten außer Kontrolle. Wir haben Fälle von schweren Depressionen und Verfolgungswahn bis hin zu Nervenzusammenbrüchen und Paranoia. Die Gegend ist ein Pulverfass, und es genügt ein Funke, um eine Katastrophe auszulösen.«

»Haben Sie etwas über den Verbleib von Pechstein herausgefunden?«

Ida schüttelte den Kopf. »Bisher keine Spur von ihm. Genau wie bei den anderen Fällen. Das Blut im Wald vor Bad Harzburg stammt aber eindeutig von einem der Täter, die schon am Einbruch in Halle beteiligt waren. Zusammen mit Pechstein sind es jetzt drei Vermisste. Alle Entführungen haben mit einer unbekannten Sekte zu tun, und alle drehen sich um den verdammten Berg. Ich möchte Sie noch einmal bitten: Lassen Sie mich den Brocken sperren.«

Treptows Blick verfinsterte sich.

»Nein«, sagte er. »Ich kann aufgrund solcher vagen Verdachtsmomente kein Fest absagen, das zum Jahreshöhepunkt dieser Region gehört. Das wissen Sie genauso gut wie ich. Als wäre es nicht schon wichtig genug, handelt es sich dieses Jahr auch noch um die 500-Jahr-Feier. Wissen Sie, was die Leute von der Tourismus-Initiative mir erzählen, wenn ihnen dadurch Millionen durch die Lappen gehen? Wissen Sie, wie viel Arbeit und Mühen die lokalen Veranstalter investiert haben? Nein, jetzt ist es zu spät dafür. In einigen Orten wie zum Beispiel Schierke haben die Feierlichkeiten bereits begonnen. Alles ist aufgebaut, und die Menschen drängen sich bereits auf den Straßen. Wollen Sie die alle wieder nach Hause schicken? Wie wollen Sie das anstellen? Das Verkehrschaos würde sich vermutlich bis in die Abendstunden ziehen.« Er schüttelte den Kopf. »Unmöglich.«

»Aber ...«

»Wissen Sie, mit wem ich gerade zu Tisch sitze?« Treptow deutete mit dem Daumen in Richtung Ratskeller. »Der Chef der Staatskanzlei hat heute keine besonders gute Laune. Was glauben Sie, was der mir sagt, wenn ich mit der Botschaft zurückkehre, dass Sie vorhaben, Walpurgis in letzter Sekunde ausfallen zu lassen? Dass dieser Vorschlag aus Ihrem Munde

– dem Mund einer Frau – kommt, macht alles noch schlimmer. Seine Gattin hat ihm vor einer knappen Woche den Laufpass gegeben. Sie können sich vorstellen, dass er auf das weibliche Geschlecht momentan nicht eben gut zu sprechen ist.«
»Heißt das, Sie weisen mein Anliegen ab, weil ich eine Frau bin?«
»Aber, aber, liebe Frau Benrath. Sie sollten das nicht persönlich nehmen. Wissen Sie was? Warum erhöhen Sie nicht das Polizeiaufkommen an den Brennpunkten? Lassen Sie die Muskeln spielen, das hilft in den meisten Fällen. Potenzielle Gewalttäter lassen sich durch so etwas leicht abschrecken. Und wenn ich Ihnen einen Rat geben darf: Lassen Sie sich von der Hysterie nicht anstecken. Wir haben Vollmond, da neigen die Menschen dazu, komische Dinge zu tun. Morgen ist erster Mai, das Wetter soll schön werden, und alle werden sich wieder beruhigen. Wenn alle etwas entspannter sind, werden sich die Vermisstenfälle sicher aufklären. Der Brockengeist verliert seinen Schrecken, Sie werden sehen.« Er blickte auf die Uhr. »So, ich muss wieder zurück. Es tut mir leid, wenn ich Ihnen nicht helfen konnte. Ich hatte gehofft, Sie würden mir neue Informationen bringen, dann hätte ich mir die Sache vielleicht noch einmal überlegt. So aber ist meine Entscheidung unumstößlich.«
Er schickte sich an zu gehen, blieb dann aber noch einmal kurz stehen. »Es tut mir leid um Ludwig. Sie werden mich doch auf dem Laufenden halten ...?«
»Sein Verschwinden war nur der Tropfen, der das Fass zum Überlaufen gebracht hat«, sagte Ida, und ihre Stimme wurde gefährlich leise. »Er ist mein Freund.« Sie spürte, dass der Augenblick gekommen war, in dem ihre Verzweiflung in kalte Wut umschlug.
Treptow reckte trotzig sein Kinn vor. »Ludwig Pechstein ist

auch mein Freund. Ich kenne ihn seit über zwanzig Jahren. Vermutlich länger als Sie. Sie können mir glauben, die Meldung von seinem Verschwinden hat mich hart getroffen.«
»Dann verstehe ich nicht, wie Sie so gleichgültig reagieren können. Was mit ihm geschehen ist, haben Sie zu verantworten. Er hätte zu diesem Fall überhaupt nicht hinzugezogen werden dürfen.«
»Jetzt beruhigen Sie sich mal wieder ...«
»Wussten Sie, dass er Dokumente vor mir zurückgehalten hat? Dass er ohne meine Erlaubnis mit Zeugen über den Fall geredet und unbefugte Abhöraktionen durchgeführt hat? Ich habe Ludwig viel zu verdanken, aber in diesem Fall ist er zu weit gegangen. Und *Sie* auch. Als ob ich nicht schon genug zu tun hätte, muss ich jetzt auch noch zusehen, dass nichts davon an die Öffentlichkeit dringt. Ich kann Ihnen gar nicht sagen, wie ich es hasse, den Dreck anderer Leute unter den Teppich zu kehren.«
»Frau Benrath, Sie vergreifen sich im Ton.«
»Ich habe noch gar nicht richtig angefangen. Möchten Sie erleben, wie es ist, wenn man mich reizt? Möchten Sie das?«
Der Polizeipräsident wich einen Schritt zurück.
»Sie können mich abmahnen oder mir kündigen, das ist mir egal«, fauchte die Kommissarin. »Im Moment geht es nur darum, weiteren Schaden zu vermeiden. Was ist? Kann ich jetzt auf Ihre Mithilfe zählen oder nicht?«
Treptow sagte kein Wort. Mit zornrotem Gesicht blieb er noch einige Sekunden stehen, dann wandte er sich um und verschwand wieder im Ratskeller.
»Scheiße!«
Ida trat nach einem Stein, der vor ihr auf dem Gehweg lag. Am liebsten hätte sie auch etwas zerbrochen, aber es war nichts Greifbares in der Nähe.
Wutentbrannt ging sie zurück zu ihrem Auto.

Sie bemerkte Steffen erst, als sie direkt vor ihm stand.
»Was hat er gesagt?«
Ida vergrub die Hände in ihren Hosentaschen. »Wenn ich Pech habe, bin ich morgen meinen Job los.« Mit einem knappen Blick aus dem Augenwinkel fügte sie hinzu: »Es ist so, wie es immer ist, Steffen. Wenn's brenzlig wird, bist du ganz auf dich allein gestellt.«

53

Es war Nachmittag, als Hannahs Team auf der Brockenspitze ankam. Die Vorbereitungen für die Veranstaltung im Brockenhotel liefen auf vollen Touren. Lastwagen waren vorgefahren, die die Musikanlage für die Rockoper transportierten, und im Hotel wimmelte es vor Technikern und Hilfspersonal. Nur noch wenige Stunden, dann würden die ersten Gäste eintreffen.

Alle hatten sie sich etwas zu essen besorgt und sich dann etwas seitlich auf einer Holzbank niedergelassen. Dort warteten sie und beobachteten, wie die Dämmerung sich herabsenkte und die Welt unter ihnen in Dunkelheit bettete. Ringsumher flammten Lichter auf, wie ein Meer von Glühwürmchen. Der Vollmond war bereits als volle Scheibe hinter dem Horizont aufgestiegen, und erste Sterne begannen am Firmament zu leuchten. Die Sonne war hinter den Wolken im Westen verschwunden. Das bernsteinfarbene Lichtspiel wirkte wie ein letzter Gruß auf dem gläsernen Giebel des *Brockenhotels* und ließ ihn in einem Feuerwerk aus Rot- und Gelbtönen aufflammen. Eine sanfte Brise strich über die ausgedorrten Gräser und struppigen Heidebüsche.

Hannah begann sich zu fragen, ob das wirklich derselbe Berg war, auf dem sie vor einer Woche gewesen war, mit seinen eiskalten Temperaturen, dem immerwährenden Wind und den Horden von Tagesausflüglern. Wie anders heute alles war.

Michael warf einen prüfenden Blick in den Himmel. »Ich denke, jetzt könnte es klappen«, sagte er. »Es ist dunkel genug.«
Nur langsam kam Bewegung in die Gruppe. Alle standen auf, gähnten und streckten ihre Glieder. Hannah war so erfüllt vom Zauber des Abends, dass sie fast vergessen hatte, weshalb sie eigentlich hier waren. Sie nahm den Koffer, legte ihn auf einen der hüfthohen Findlinge und öffnete die Verschlüsse. Dann zog sie ihre weißen Stoffhandschuhe über und entfernte die schützende Luftpolsterfolie. Die Himmelsscheibe lag nun offen unter dem Himmel.
»Der Augenblick der Wahrheit«, sagte John.
Der Mond zauberte ein geheimnisvolles Licht auf die metallische Oberfläche. Sterne spiegelten sich auf den Goldapplikationen, während die oxidierte Bronze in tausend Schattierungen schimmerte. Die Scheibe sah auf einmal völlig anders aus als unter dem kalten Licht der Laborlampen.
Wie lange mochte es her sein, dass sie das letzte Mal so unter dem nächtlichen Firmament gelegen hatte? Dreitausendsechshundert Jahre?
Hannahs Augen wanderten über die winzigen Erhebungen, die kleinen Risse und goldenen Einlegearbeiten. Die Zeit schien stillzustehen. Kein Laut war zu hören. Selbst der Wind schien den Atem anzuhalten.
Sie spürte eine Erregung, die bis in die Fingerspitzen kribbelte. Kam es ihr nur so vor, oder leuchtete die Scheibe intensiver als zuvor? Besonders der eine Goldpunkt im oberen Drittel der Plejaden stach unnatürlich hell heraus. Und was war das für ein merkwürdig geschwungenes Symbol, das sie dort zu sehen glaubte? Sie wollte sich die Augen reiben, doch in diesem Augenblick hörte sie, wie Cynthia einen überraschten Laut ausstieß.
Mit dem Finger deutete sie auf die seltsame Form. »Seht ihr das?«

»Unglaublich«, flüsterte Karl. »Da leuchtet etwas. Ist das eine Schlange? Der Stern darüber sieht fast aus wie ihr Auge.«
»Mein Gott, ihr habt recht«, sagte John. »Das war vorher noch nicht da. Sieht wirklich aus wie eine Schlange.«
Hannah, die glaubte, sich getäuscht zu haben, betrachtete das Symbol aus jedem Blickwinkel. Kein Zweifel, das Muster hob sich deutlich vom Untergrund ab. »Ich verstehe das nicht«, murmelte sie und blickte zum Mond empor. Das Licht war so hell, dass sie die Augen zusammenkneifen musste. »Eigentlich ist das unmöglich.«
»Wieso?«
»Wir haben die Scheibe verschiedenster Strahlung ausgesetzt, nie ist uns irgendein Symbol oder eine Markierung aufgefallen. Das dürfte eigentlich gar nicht da sein.«
»Und doch ist es so«, sagte Michael. »Wir alle können es sehen.« Ein triumphierendes Lächeln lag auf seinem Gesicht, als er die Teammitglieder der Reihe nach anblickte. »Ich hätte niemals zu hoffen gewagt, dass das Muster so klar hervortreten würde. Und vor allem so eindeutig.«
»Das klingt ja, als hättest du eine solche Reaktion erwartet«, sagte Hannah. »Was genau meinst du mit *eindeutig*?«
»Damit meine ich, dass ich dieses Zeichen schon einmal gesehen habe. Und du auch, Hannah.«
»Was? Wo denn?«
»Erinnerst du dich an unseren kleinen Ausflug in die Höhle?«
»Wie könnte ich den vergessen?« Sie versuchte sich zu erinnern. Der seltsame Raum – die Gravuren entlang der Wände. Langsam dämmerte es ihr. »Fafnirs Hort«, flüsterte sie. »*Die Schlange.*«
»Schlange?«, fragte John. »Ich verstehe kein Wort.«
Statt einer Antwort griff Michael in die Innentasche seiner Jacke. Er holte einen sorgfältig gefalteten Zettel heraus, auf dem allerlei Symbole zu sehen waren. Echsen, Drachen, Streit-

wagen, Schwerter, Luren und Kelche, daneben allerlei Fabelwesen, die Hannah noch nie zuvor gesehen hatte. Ergänzt wurden die Bilder durch Reihen von Zahlen. Das Ganze erinnerte an einen kryptischen Verschlüsselungscode.

»Das, meine Freunde, ist der Schlüssel.« Michaels Stimme schwang vor Erregung. »Ich habe euch ja bereits erzählt, dass jeder Stern auf der Scheibe einem bestimmten Punkt auf der Landkarte entspricht. Es handelt sich dabei um Energiepunkte, die für die Priester eine besondere Bedeutung hatten. Geheime Orte, an denen Opfer gebracht und Beschwörungen abgehalten wurden. Ich habe alle diese Punkte besucht. Überall fanden sich Markierungen. Ritzungen, Gravuren, kleine Symbole. Die Verwitterung hat sie beinahe bis zur Unkenntlichkeit zerstört. Hätte ich nicht gezielt danach gesucht, wären sie mir nicht aufgefallen. Da ich aber wusste, wonach ich suchte, war es kein Problem. Hier sind sie.« Er hielt das Blatt in die Höhe. »Zweiunddreißig Symbole für zweiunddreißig Energiepunkte. Die Zahlen daneben stehen für die genauen Ortsangaben, unterteilt in Längen- und Breitengrade, Minuten und Sekunden. Jedem geheimen Ort steht ein besonderes Symbol gegenüber. Den sieben Punkten hier auf dem Brocken kommt dabei eine besondere Bedeutung zu.« Er deutete auf sein Blatt. »Während die anderen Punkte durch konventionelle Symbole wie Musikinstrumente, Waffen oder Schmuck repräsentiert werden, finden sich hier auf dem Brocken nur Darstellungen von Dämonen. Die Chimäre, der Basilisk, die Hydra, der Salamander, der Mantikor, der Zerberus und die Schlange. Vermutlich finden sich in den alten babylonischen Schrifttafeln entsprechende Hinweise auf die sieben dämonischen Winde. Vier von ihnen, nämlich der West-, Ost-, Süd- und Nordwind, sind besonders mächtig. Fürsten sozusagen. Sie werden durch vier Echsen symbolisiert: der Basilisk, die Hydra, der Salamander und die Schlange. Die Höhle, in der wir das Symbol gefunden haben, liegt gar nicht weit von hier.« Er deutete mit dem Finger auf den Stern aus Blattgold.

Hannah zog die Stirn in Falten. »Warte mal einen Augenblick. Hast du nicht erwähnt, ihr hättet damals an dem Opferstein vier Einbuchtungen gesehen?«

»Ganz recht«, sagte Karl. »Für jede dieser Einbuchtungen war eine Scheibe vorgesehen. Sozusagen wie die Räder eines himmlischen Wagens.«

»Vier Scheiben, vier Räder, *vier Eingänge*«, folgerte Hannah. »Könnte es nicht sein, dass jede dieser Scheiben wie eine Sicherung zu einem dieser geheimen Eingänge funktioniert? Wie eine Art Siegel?«

»Ein Siegel, sagst du?« Michael war tief in Gedanken versunken. »Ein Siegel. Wenn das stimmt ... Mein Gott, ich glaube, du könntest recht haben!«

»Was meinst du?«

Michael hob ihr Kinn und gab ihr einen zärtlichen Kuss auf den Mund. Ehe sie noch protestieren konnte, sagte er: »Verstehst du denn nicht? Ich glaube, du hast soeben die Lösung des Rätsels gefunden.« In seinen grünen Augen spiegelte sich das Sternenlicht. »Kommt. Packt alles zusammen. Wir werden Fafnirs Hort noch mal einen Besuch abstatten. Die Höhle liegt gleich unterhalb dieses Vorsprungs dort drüben. Holt lieber eure Taschenlampen raus, der Weg ist etwas holperig.«

54

Karl hatte die Veränderung an Cynthia sofort bemerkt. War sie in den letzten Tagen noch auffällig oft an Michaels Seite zu sehen gewesen, schien sie nun wie ausgewechselt. Es war, als habe der Kuss, den er der Archäologin gegeben hatte, etwas in ihr verändert. Sie ging ihm aus dem Weg, vermied direkten Blickkontakt und war ihm gegenüber sehr einsilbig geworden.

Während sie zur Höhle hinabstiegen, blieb sie an Karls Seite und suchte, wann immer sich die Gelegenheit bot, die Wärme seiner Hand.

Ihm konnte das nur recht sein. Die Augenblicke mit ihr gehörten zu den schönsten in seinem Leben. Ihm war klargeworden, dass er sein Leben mit ihr verbringen wollte – vorausgesetzt, es war auch ihr Wunsch.

Das Licht der Taschenlampen zuckte unruhig über den Boden, während die Gruppe langsam dem Weg folgte. Niemand sprach ein Wort. Nur das Knirschen des Gerölls unter ihren Schuhen war zu hören. Ab und an löste sich ein einzelner Stein und kullerte den Hang hinunter. Die Pausen, die dem Aufprall in der Tiefe vorausgingen, ließen ahnen, wie tief der Abgrund an ihrer Seite war, der in der Dämmerung nur als dunkle Kluft zu sehen war. Karl spürte die Wärme von Cynthias Hand und ihren weichen Druck. Er wollte ihr ein aufmunterndes Lächeln schenken, doch ihr Gesicht war in der Dunkelheit nicht zu erkennen. Nur ihre Augen leuchteten wie zwei violette Edelsteine.

Nach etwa zehn Minuten blieb Michael stehen.

»Da drüben ist es«, sagte er und deutete auf ein dunkles Waldstück links des Weges. »Ab hier müsst ihr besonders vorsichtig sein. Es gibt keinen Weg. Folgt mir einfach und passt auf, wo ihr hintretet.«

Er tauchte ein in die Finsternis und war nach wenigen Sekunden nur noch am zuckenden Schein der Lampe zu erkennen.

»Nimm du die Lampe«, sagte Karl zu Cynthia. »Ich folge euch als Letzter.«

Sie hauchte ihm einen Kuss auf die Wange und ging an ihm vorbei.

Das letzte Stück war wirklich schwierig. Überall ragten Findlinge aus dem moosigen Boden, und der Weg war mit Ästen und umgefallenen Bäumen verbarrikadiert. Wer sich hier nicht auskannte, konnte in Teufels Küche geraten. Überall taten sich Spalten und steile Felsabbrüche auf, die das Gehen zusätzlich erschwerten.

Karl wunderte sich, woher Michael diesen Weg kannte. In den offiziellen Wanderführern war er ganz sicher nicht vermerkt. Aber es gab so einiges, was er an seinem ehemaligen Freund nicht verstand. Angefangen von seinem spurlosen Verschwinden bis hin zu seinem plötzlichen Auftauchen, die Taschen voller Geld.

»Wir sind da«, hörte er seine Stimme durch das Dickicht dringen. Der Entfernung nach zu urteilen, war er etwa fünfzig Meter vor ihm. Er und Cynthia mussten sich beeilen, den Anschluss nicht zu verlieren.

Der Wald lichtete sich und gab den Blick auf ein mondbeschienenes Plateau frei. Hastig erklommen sie die letzten Meter und gesellten sich zu der Gruppe, die sich unterhalb eines steilen Felsabbruchs versammelt hatte. Unter sich eine weite

Ebene und hinter sich die hoch aufragende Felswand, besaß dieser Ort etwas wahrhaft Magisches.

»Alle beisammen? Gut. Hier geht's zur Höhle.« Michael deutete auf ein kleines dunkles Loch am unteren Ende der Steilwand. Das schwache Geräusch von tropfendem Wasser drang aus der Tiefe. Karl spürte einen Schauer über seinen Rücken laufen. So lange hatte er versucht, die Erinnerung an jene Nacht aus seinem Bewusstsein zu verdrängen, nur um jetzt feststellen zu müssen, dass der Anblick eines kleinen Fleckens bodenloser Schwärze ausreichte, um die ganze Vergangenheit vor seinem geistigen Auge wiederauferstehen zu lassen. Michael hatte recht gehabt. Er hatte nie wirklich versucht, seinen Dämon zu besiegen.

»Ist das wirklich nötig?«, murmelte Karl. »Ich will da nicht rein.« Noch während er die Worte aussprach, schämte er sich seiner Angst. In den Ohren der anderen musste er wie ein trotziges Kind klingen, das bockig darauf bestand, beim Schlafengehen das Licht anzulassen.

»Das musst du auch nicht«, versicherte Michael. »Niemand muss. Ich will euch nichts vormachen: Es wird nicht leicht, aber es könnte euch helfen, euch euren Ängsten zu stellen. Mir hat es geholfen.«

»Ich bin dabei.« Cynthia hob ihr Kinn und warf Karl einen herausfordernden Blick zu. »Und du auch.«

Karl hob die Augenbrauen, dann lächelte er zaghaft. »Bist du dir deiner Sache sicher?«

»Darauf kannst du wetten.«

Er zuckte die Schultern. »Na schön. Aber wenn es zu heftig wird, gehe ich zurück.«

Ein Grinsen stahl sich auf Michaels Gesicht, dann gab er ihnen beiden einen Klaps. »Ich bin stolz auf euch«, sagte er. »Folgt mir.«

55

In dem Moment, als die Felsen näher rückten, spürte John, was Michael gemeint hatte, als er von Ängsten gesprochen hatte.

Er war schon in viele Höhlen gekrochen, doch diese hier war besonders unangenehm. Sie war stickig, glitschig und verdammt niedrig. Außerdem war die Luft derart mit Feuchtigkeit gesättigt, dass das Licht der Taschenlampen sie kaum zu durchdringen vermochte. Die Strahlen tasteten wie Geisterfinger durch die Dunkelheit. Blind, kraftlos und schwach. John bewunderte den Mut und die Überwindungskraft von Cynthia und Karl. Nur wer schon einmal unter Klaustrophobie gelitten hatte, konnte ermessen, was die beiden gerade durchmachen mussten.

Nach ein paar Metern wurde es besser. Die Decke hob sich auf ein erträgliches Maß, und ein Schwall frischer Luft drang in die Höhle. Mondlicht fiel von oben herab und spiegelte sich in einer Pfütze. Es sah aus, als wäre ein Edelstein vom Himmel gefallen.

»Geht's nur mir so, oder ist euch auch so warm?«, fragte Karl, als sie sich alle in der Mitte des seltsamen Raumes versammelt hatten.

John legte seine Hand auf einen Felsen. »Merkwürdig, die Wärme scheint direkt aus dem Stein zu kommen.«

Alle legten ihre Hände an den Fels.

»Das ist allerdings sehr ungewöhnlich«, sagte Hannah. »Irgendwie gespenstisch. Sitzen wir auf einem Vulkan oder was?«
Michael schüttelte den Kopf. »Der Brocken besteht aus purem Granit. Es ist ein einziger mächtiger Pluton, der vor beinahe dreihundert Millionen Jahren aus dem Erdinneren aufgestiegen und dann erkaltet ist. Es gibt keinen wirklich triftigen Grund für die Wärme unter unseren Füßen.«
»Hier ist es heiß wie in einer Sauna«, sagte Karl. »Ich hab 'ne Scheißangst. Lasst uns zusehen, dass wir hier wegkommen.«
»Nur keine Panik.« Michael hob die Hände. »Hannah, zeig den anderen mal das Schlangensymbol.«
»Hier.« Sie leuchtete mit ihrer Lampe in einen entfernten Winkel der Höhle.
John, der zunächst nichts erkennen konnte, trat näher und betrachtete das Gestein. Nach einer Weile erkannte er die Muster. Eine tellergroße Vertiefung mit einem seltsam scharfkantigen Rand, darin das Symbol einer Schlange.
»Mich trifft der Schlag«, flüsterte er und strich mit seinen Fingern über das rauhe Gestein. »Dasselbe Symbol wie auf der Scheibe.« Er tastete über den Stein. »Aber wie soll uns das weiterbringen? Die Höhle endet hier. Keine Spur von einem Eingang.«
»Abwarten«, sagte Michael. »Hannah, würdest du mir für einen Moment die Scheibe überlassen?«
Die Archäologin zögerte. »Was hast du vor?«
»Nur eine vage Idee. Wenn ich es dir sage, würdest du mich wahrscheinlich für verrückt halten.«
»Ich muss ja nicht erwähnen, wie viel sie wert ist«, sagte Hannah. »Also Vorsicht bitte.«
»Vertrau mir einfach.«
Sie stellte den Koffer auf dem Boden ab und hob den Deckel. Dann reichte sie Michael die Handschuhe. Er streifte sie über und lächelte verlegen in die Runde. »Ich kann mir kaum vor-

stellen, dass das hier klappt. Aber ich muss es einfach versuchen.«

Wie ein rohes Ei nahm er die Himmelsscheibe heraus und trug sie in die Mitte der Höhle, dorthin, wo der Mondstrahl durch den Spalt in der Decke fiel. Das Licht traf auf die metallene Oberfläche und brachte sie zum Strahlen, genau wie vorhin oben auf dem Brocken. Wieder begann das Schlangensymbol unnatürlich hell zu leuchten. Selbst als Michael die Scheibe aus dem Licht nahm und damit zu der Vertiefung in der Wand ging, leuchtete das Schlangensymbol in der Dunkelheit.

Hannah schüttelte den Kopf. »Es ist mir ein Rätsel, wodurch dieser Effekt ausgelöst wird. Bei keiner unserer Bestrahlungen hat sie so reagiert.«

»Habt ihr es je mit Mondlicht versucht?« Michael hob die Scheibe auf Augenhöhe und näherte sich damit der Vertiefung in der Wand.

»Was soll das für einen Unterschied machen?«, sagte Hannah.

»Wissenschaftlich betrachtet ist Mondlicht doch nichts weiter als reflektiertes Sonnenlicht. Es gibt keinen vernünftigen Grund, weshalb ...« Die beiden Schlangen hatten sich jetzt einander so weit genähert, dass der grünliche Lichtschimmer von der Scheibe auf sein Gegenüber an der Wand traf. Für einen Moment war ein kurzes Aufblitzen zu sehen.

Ein Knacken ertönte.

Dann ein Rumpeln.

John verstummte. Es war ein Geräusch, als wäre irgendwo etwas zerbrochen. Er sah sich nach den anderen um. Alle hatten es gesehen, und alle hatten es gehört.

Etwas Unerhörtes war hier im Gange.

»Geh mal mit der Taschenlampe an die Stelle«, bat er Hannah. »Beleuchte das Schlangensymbol.« Und dann, nach einer Weile: »Da, seht ihr?«

Der Lichtstrahl enthüllte einen Riss in der Vertiefung, einen

senkrechten, schnurgeraden Spalt, der den Fels auf einer Länge von beinahe zwei Metern durchzog. Unter der Decke angekommen, machte er einen scharfen Knick und wanderte dann etwa neunzig Zentimeter nach links.
»Hol mich der Teufel«, flüsterte er. »Das ist eine Tür.«

56

Eine halbe Stunde später ...

Der Stollen vor ihren Füßen öffnete sich wie ein gewaltiger Schlund, der hinab in die Unterwelt führte. Ein Gang, der vor Urzeiten aus dem harten Granit gehauen worden war. Wie viele Hände und wie viele Jahre es gebraucht hatte, um solch eine Leistung zu vollbringen, war kaum zu ermessen.

Hannah hockte neben den anderen auf der Erde. Keuchend und völlig verschwitzt. Das war wirklich ein hartes Stück Arbeit gewesen. Nur mit vereinten Kräften und unter Zuhilfenahme der Brechstangen war es ihnen gelungen, die Tür zu öffnen. Ehe sie allerdings überhaupt daran denken konnten, die Brecheisen in dem hauchfeinen Spalt zu verkeilen und die schwere Felsplatte millimeterweise aufzustemmen, hatten sie den Boden von Schutt und Geröll befreien müssen. Nach einer schier endlosen Zeitspanne hatten sie die Felsplatte so weit bewegt, dass sie sich einer nach dem anderen hindurchzwängen konnten. Karl hatte dabei die meisten Probleme gehabt – mit seinen knapp zwei Metern Körpergröße und seinem athletischen Körperbau. Sie hatten die Tür um weitere fünf Zentimeter aufhebeln müssen, ehe er hindurchpasste.

Doch jetzt war es geschafft. Schwitzend und keuchend standen sie da und blickten in die bodenlose Schwärze, die sich vor ihnen auftat.

Hannah fand, dass die Luft überraschend frisch war. Sie hatte eigentlich eine modrige Kälte erwartet. Ein leichter Wind wehte ihr entgegen, der den Geruch von Holzkohle mit sich führte.

Cynthia nahm einen Schluck aus der Wasserflasche und wischte sich über den Mund. »So weit, so gut«, sagte sie. »Und was jetzt?«

»Was für eine Frage«, sagte Michael. »Wir gehen natürlich weiter.«

»Das war aber nicht ausgemacht«, sagte Karl. »Wenn ich dich daran erinnern darf: Wir haben vereinbart, so weit vorzustoßen, bis wir den Eingang gefunden haben, und uns dann Hilfe zu holen. Ich denke, niemand von uns zweifelt daran, dass das der Stollen ist, der uns zu dem unterirdischen Tempel führt.«

»Karl hat recht«, stimmte Cynthia ihm zu. »Wir sollten darüber abstimmen, was wir jetzt tun. Geben wir den Fall in die Hände der zuständigen Behörden, oder melden wir uns bei Stromberg?«

»Ich höre wohl nicht recht.« Michael stemmte die Hände in die Hüften. »Wollt ihr allen Ernstes vorschlagen, jetzt umzukehren? Lasst uns doch wenigstens ein kleines Stück weitergehen und sehen, was uns dort erwartet.«

»Das hat uns schon letztes Mal fast das Leben gekostet«, wandte Karl ein.

Michael schüttelte den Kopf. »Damals waren wir jung, dumm und unvorbereitet. Die Situation ist heute eine völlig andere. Heute haben wir das Überraschungsmoment auf unserer Seite.«

Die anderen blieben stumm.

»Leute, die Lösung des Rätsels liegt praktisch vor unseren Füßen. Wir brauchen uns nur danach zu bücken. Ich kann nicht glauben, dass ihr jetzt kneifen wollt.«

»Das hat mit Kneifen nichts zu tun«, sagte Karl. »Wir reden nur davon, was wir vereinbart haben. Es war nie die Rede davon

gewesen, weiter als bis zu diesem Punkt zu gehen. Wenn wir etwas anderes beschließen wollen, gut. Aber dann müssen *alle* darüber abstimmen. Dass ein Einzelner hier die Entscheidungen trifft, finde ich nicht in Ordnung.«
»Darf ich dich daran erinnern, dass es dieser *Einzelne* war, der dich die ganzen letzten Jahre über Wasser gehalten hat?«, fauchte Michael. »Ohne mich wärst du doch untergegangen wie ein Stein in einem Plumpsklo. Dass du heute hier stehen und so kühne Reden schwingen kannst, hast du einzig und allein der Tatsache zu verdanken, dass ich dich finanziell über Wasser gehalten habe. Und zwar ohne jemals eine Gegenleistung dafür zu verlangen.« Er entspannte sich etwas. »Kommt schon. Wir alle haben schwer an unserer Vergangenheit zu tragen. Ich gebe euch die Möglichkeit, den Fluch, der uns verfolgt, abzuschütteln, und was tut ihr? Ihr stellt mich hin, als wäre ich ein gottverdammter Despot.«
»Diese Scheiße muss ich mir nicht länger anhören«, sagte Karl. »Stimmen wir jetzt ab oder nicht? Wenn nicht, verschwinde ich.«
»Karl hat recht«, sagte Hannah. »Bitte begreif doch: Gegen diesen Kult haben wir allein keine Chance. Ich bin dafür, die Polizei zu verständigen. Oben auf dem Brocken haben unsere Handys Empfang. Ein anonymer Tipp, und eine halbe Stunde später sind sie hier. Zeit genug, uns aus dem Staub zu machen.«
»Und was ist mit dem Schatz?« Es war John, der diese Frage stellte. Mit einem halben Schritt trat er an Michaels Seite. »Ich finde nicht, dass wir so kurz vor dem Ziel umdrehen sollten. Auf uns wartet möglicherweise der Fund des Jahrhunderts. Lasst uns zumindest ein kleines Stück weit hineingehen und nachschauen. Wenn es brenzlig wird, können wir immer noch abhauen.« Dann fügte er hinzu: »Notfalls wäre ich auch bereit, mit Michael allein loszuziehen.«

Er hatte kaum zu Ende gesprochen, als tief unter ihren Füßen ein durchdringendes Heulen ertönte. Es begann leise, zog sich ein paar Sekunden und brach dann unvermittelt ab. Der Hall strich durch die Gänge und löste sich in einem vielfachen Echo auf.

»Was war das?«, flüsterte Hannah.

»Vielleicht der Wind«, sagte Michael.

»Das war kein Wind«, sagte Cynthia.

»Nein.« John zog seine Waffe. »Das klang wie das Heulen eines Wolfs.« Und dann: »Raus hier!«

Hannah spürte, wie sich ihr die Nackenhaare aufstellten. Waren sie etwa entdeckt worden? Hatten ihre Stimmen sie verraten oder ihr Geruch? Eigentlich unmöglich, der Wind wehte ihnen entgegen. Doch es war müßig, jetzt darüber nachzudenken; sie mussten verschwinden, und zwar so schnell wie möglich.

Einer nach dem anderen zwängten sie sich zurück durch den Spalt. Hannah ließ Karl den Vortritt und half ihm an der Engstelle. Wie zu erwarten, hatte er Probleme beim Passieren der Barriere. Panik stieg in ihr auf. »Beeil dich«, zischte sie und drückte mit ihrer ganzen Kraft gegen seine Schulter. Warum hatte sie sich nur zu dieser Sache überreden lassen? Sie hatten ihre Nase viel zu tief in Dinge gesteckt, die sie nichts angingen.

Endlich war Karl durch. Hannah beeilte sich, ihm zu folgen. Sie schob den Koffer durch und schickte sich gerade an, den schmalen Spalt zu passieren, als etwas Seltsames geschah. Hinter ihr erklang erneutes Heulen, diesmal näher. Dann ein unterdrückter Schrei, gefolgt von einem leisen Knall. Ein Ruf ertönte, dann hörte sie einen dumpfen Aufprall. Es knallte noch einmal, Stimmen riefen durcheinander, dann wurde es still.

»John?«

Keine Antwort.
Sie zwängte sich durch den Spalt und sah sich um. Die Höhle vor ihr war in gespenstisches Dunkel getaucht. Nur der Mond schien durch das Loch in der Decke. Ein seltsamer Geruch hing in der Luft.
»Michael? Karl? Cynthia?«
Sie atmete schwer.
»Warum habt ihr die Lampen ausgemacht?«
Angst schnürte ihr die Kehle zu. Vorsichtig ging sie vorwärts. Vor ihr, in der mondhellen Pfütze, lag ein Körper. Beim Näherkommen erkannte sie eine Hand, in der sich noch eine Schusswaffe befand.
»Großer Gott«, flüsterte sie. Es war John. Sein Gesicht lag im Wasser. Seine reglosen Augen waren vor Entsetzen weit aufgerissen.
Plötzlich bemerkte sie eine Bewegung zu ihrer Rechten. Das Wasser reflektierte das Mondlicht und beleuchtete einen schmalen Streifen zotteliges Fell. Sie wollte schreien, doch dazu kam es nicht mehr, denn auf einmal hörte sie einen Knall. Es klang, als würde etwas platzen. Eine Wolke aus feinem Staub hüllte sie ein, drang in ihre Augen, ihren Mund, ihre Nase. Sie spürte, wie sich der Staub einem Schatten gleich auf ihre Lunge legte. Ihre Kehle war wie zugeschnürt. Alles drehte sich, dann spürte sie nichts mehr.

57

Es war kurz nach zwanzig Uhr, als in Schierke das offizielle Abendprogramm eingeläutet wurde. Die Luft erzitterte unter dem akustischen Ansturm dreier Live-Bands und den Ansagen etlicher Schausteller, die sich gegenseitig akustisch zu überbieten versuchten. Neben einem bekannten und bewährten Entertainer, der sich auf Wolfgang-Petry- und Peter-Maffay-Imitationen spezialisiert hatte, waren zum ersten Mal die kölsche Bluesband *Querbeet* und das keltische Rockensemble *Institoris* vertreten, beide mit verblüffend großen Lautsprechertürmen. Dumpfes Dröhnen erfüllte den Talkessel. Das schöne Wetter und die großangelegte Werbekampagne hatten in diesem Jahr zehntausend Menschen in den verschlafenen Kurort gelockt.
Zu viele, wie Steffen Werner fand.
Nach dem Treffen in Magdeburg hatte Ida ihn abkommandiert, die Sondereinheit Schierke zu leiten und das zu tun, was der Polizeipräsident ihnen geraten hatte: Präsenz zu zeigen. Etwas anderes blieb ihnen auch nicht übrig. Immerhin war dies Steffens erster eigener Einsatz, ein Auftrag, der große Verantwortung, aber auch die Möglichkeit einer lobenden Erwähnung barg.
Steffen wartete schon lange auf eine solche Chance. Während Ida sich mit ihrem mobilen Einsatzteam ständig in Bewegung befand, durfte er stationär arbeiten, eine Aufgabe, die ihm

schon allein wegen Idas kriminellem Fahrstil sehr entgegenkam.

Trotzdem durfte er die Aufgabe nicht auf die leichte Schulter nehmen. Das Verkehrsaufkommen am Ortseingang von Schierke war bereits am frühen Nachmittag so groß gewesen, dass etliche Fahrzeuge wegen chronischer Überfüllung der Parkplätze abgewiesen werden mussten. Eine Maßnahme, die von den betreffenden Gästen mit Protestgeheul und hochroten Köpfen quittiert worden war. Schierke platzte aus allen Nähten. Er war froh, dass sich die Einsatzzentrale in der Jugendherberge am ruhigen Nordende des Ortes befand. Trotzdem war es auch hier schon zu Zusammenstößen zwischen der Polizei und einigen betrunkenen Randalierern gekommen. Fliegende Flaschen, Blutergüsse und ein paar geprellte Rippen waren die traurige Bilanz. Er hatte die kleine Gruppe Jugendlicher schnell zusammentreiben lassen, isoliert und in einer grünen Minna Richtung Braunlage zur Verwahrung geschickt. Dort konnten sie ihren Suff über Nacht auskurieren.

Steffen, der nach dem Einsatz die Zentrale verlassen hatte und einen kleinen Fußmarsch zum nahe gelegenen Rathaus antrat, ließ seinen Blick über die tanzende und johlende Menschenmenge schweifen. Mochte der Himmel wissen, was das alles noch mit Hexen und Dämonen zu tun hatte. Immerhin waren ein paar sehr hübsche Frauen unterwegs, die wegen der angenehmen Temperaturen nur leicht bekleidet waren. Ein Anblick, den er genoss.

In diesem Augenblick knackte sein Funkgerät.

»Kommissar Werner? Hier Meissner.«

»Was gibt es?«

»Wir haben hier wieder eine Meldung aus dem Brockenstübchen. Der Besoffene ist wieder da.«

»Das ist ein Scherz, oder?«

»Nein, der Wirt sagt, er wäre gerade eben wieder zur Tür rein-

spaziert und hätte behauptet, wir hätten ihm erlaubt, sich noch ein Bier zu bestellen.«
»*Wir?*«
»Ja. Wörtlich hat er gesagt: ›Meine Kollegen‹.«
»Bin gleich da.«
Steffen informierte die Bereitschaftspolizisten kurz über die Situation, dann machte er sich auf den Weg hinüber zum Brockenstübchen. Der Typ war wirklich hartnäckig. Ein beinahe zwei Meter großer, langhaariger Mann, der steif und fest behauptete, als verdeckter Ermittler für die Kripo Kiel zu arbeiten. Eine Behauptung, die natürlich völlig haltlos war. Er hatte wie wild mit einem Ausweispapier herumgewedelt, das sich bei näherer Betrachtung als Führerschein erwiesen hatte. Sein Glück, dass er nur zu Fuß unterwegs war. Wäre der Mann nicht so einsichtig gewesen, hätte Steffen ihn mitsamt den Jugendlichen gleich nach Braunlage geschickt. Dass er jetzt wieder aufgetaucht war, änderte die Lage. Diesmal würde er ihn nicht wieder ziehen lassen.
Steffen bahnte sich seinen Weg durch die wogenden Massen, dann überquerte er die Straße und ging zur Gastwirtschaft hinüber.

Im Goethesaal hatten sich hundertfünfzig geladene Gäste versammelt, unter ihnen allerlei Prominenz aus dem Film-, Fernseh- und Musikgeschäft. Mit Spannung erwarteten sie den Beginn der Rockoper *Faust*, die seit einigen Jahren mit großem Erfolg an Walpurgis lief und den Ruf einer Kultveranstaltung genoss. Danach wartete im Brockenhotel ein großes Büfett auf die Gäste, die um elf Uhr hierher zurückkehren und mit Live-Musik in den ersten Mai tanzen würden. Wer kein Zimmer gebucht hatte, den würde die Brockenbahn in einer eigens anberaumten Sonderfahrt um zwei Uhr nachts wieder ins Tal bringen.

Hotelmanager Bertram Renz blickte auf die Uhr. Kurz vor halb neun. Hinter der Bühne liefen die letzten Vorbereitungen, und es sah so aus, als könnten sie pünktlich anfangen. Er wurde hier nicht mehr gebraucht. Lächelnd verabschiedete er sich und ging hinaus. Er wollte die Ruhe vor dem Sturm nutzen, um sich kurz die Beine zu vertreten und etwas Luft zu schnappen.
Ein milder Wind empfing ihn draußen.
Was für ein Abend. Viel zu schön, um ihn dichtgedrängt und auf unbequemen Stühlen sitzend im Goethesaal zu verbringen.
Renz liebte diese Momente, wenn die Sonne hinter dem Horizont versank und das Land zu seinen Füßen in flüssiges Gold verwandelte. Dann wusste er wieder, warum er sich für dieses Hotel entschieden hatte.
Eine kleine Gruppe von Wanderern kam die Brockenstraße herauf. Offenbar Naturfreunde, die die späten Abendstunden bevorzugten. Hoffentlich hatten sie daran gedacht, sich für den Abstieg mit Taschenlampen zu versorgen. Es hatte schon Fälle gegeben, in denen verirrte Wanderer müde, verdreckt und unterkühlt am nächsten Morgen aufgegriffen worden waren und ärztlich versorgt werden mussten.
Die Wanderer waren jetzt nahe genug, so dass Renz sie genauer in Augenschein nehmen konnte. Seine Miene verdüsterte sich. Er erkannte Schlafsäcke, Lederjacken und Rastafrisuren. Zwei von den Typen trugen längliche Stangen auf ihren Schultern, die sich bei näherem Hinsehen als Didgeridoos, australische Blasinstrumente, entpuppten. Hinter der ersten Gruppe tauchte jetzt eine zweite auf. Diesmal waren es fünf zumeist jugendliche Frauen, die mit allerlei Ketten und langen Ohrringen geschmückt waren. Die beiden Gruppen, die vermutlich zusammengehörten, machten den Eindruck, als wollten sie hier oben eine wilde Party feiern. Ein zerlumpter Hau-

fen von Esoterik-Jüngern, wie es schien, der sich vorgenommen hatte, die Nacht zum ersten Mai mit Rauschgift, Sex und Tanz über dem Feuer zu zelebrieren.
Bertram Renz' gute Laune war schlagartig verflogen. Er würde diese Veranstaltung im Keim ersticken. Abgesehen davon, dass hier oben freies Kampieren und offenes Feuer streng verboten waren, hatte er keine Lust, dass sein Hotel in die Schlagzeilen geriet. *Drogenexzesse und Hexenorgien am Brocken,* das hatte ihm gerade noch gefehlt. Was dachten denn die Leute, wo sie hier waren?
Er griff zum Handy und tippte die Nummer des Sicherheitsdienstes ein. Die Jungs würden diesen verlausten Freaks schon zeigen, wo es langging.
Während er die Wähltaste drückte und darauf wartete, dass sich jemand auf der anderen Seite meldete, wanderte sein Blick hoch zum Himmel.
Was er dort sah, ließ ihn fasziniert innehalten. Er sah Sternschnuppen. Nicht eine oder zwei. Ganze Kaskaden von ihnen stürzten vom Himmel und erfüllten die Nacht mit einem magischen Leuchten.

58

Rintrah grollt und schüttelt seine Feuer
In der drückenden Luft.
Hungrige Wolken hängen über der Tiefe.
Demütig und auf gefährlichem Pfad,
Folgte der Gerechte einst seinem Weg
Durch das Tal des Todes.
Dort wo Dornen wachsen, sind Rosen gepflanzt,
Und auf öder Heide
Singen die Honigbienen.

Dann war der gefährliche Pfad bepflanzt
Und ein Bach, eine Quelle
Auf jedem Fels, jedem Grab
Und über bleichen Knochen
War rote Erde geboren;

Bis der Gemeine die sorglosen Pfade verließ,
Um auf gefährliche Pfade sich zu begeben
Und den Gerechten in öde Himmelsstriche zu treiben.

Nun kriecht die feige Schlange
In sanfter Demut,
Und der Gerechte rast in der Wildnis,
Wo Löwen umherstreichen.

Rintrah grollt und schüttelt seine Feuer
In der drückenden Luft.
Hungrige Wolken hängen über der Tiefe.

Ein Donnern dringt aus der Tiefe der Welt.
Dunkles Grollen steigt in Wellen empor
Und erschüttert die Erde.
Sterne regnen vom Himmel,
Entfachen das Firmament und senden blutigen Regen
Zur Erde.

Der letzte Tag der alten Welt neigt sein müdes Haupt.

Hungrige Wolken hängen über der Tiefe.
Über ...
der ...
Tiefe.

Hannah erwachte. Sie schien ohnmächtig geworden zu sein. Langsam hoben sich ihre Lider. Worte geisterten in ihrem Kopf herum – Echos einer vergangenen Zeit. Verse. Ein Gedicht von William Blake: *Die Hochzeit von Himmel und Hölle*. Sie schüttelte den Kopf. Warum musste sie gerade jetzt daran denken? Wie lange war sie bewusstlos gewesen? Eine Stunde oder zwei? Sie zermarterte ihr Hirn, gab es dann jedoch wieder auf. Die Suche nach einer Antwort strengte sie viel zu sehr an. Sie ertappte sich dabei, wie ihre Augen wieder zufielen. Gott, war sie müde. Sie versuchte den Kopf zu heben. Nur mit Mühe gelang es ihr, sich gegen das gewaltige Gewicht zu stemmen, das von oben auf sie drückte. Wo war sie hier überhaupt? Was war das für ein Ort?
Die Bilder wirkten fremdartig, als gehörten sie zu einem Traum. Sie befand sich in einem Saal, besser gesagt: in einer

Kaverne. Zu allen Seiten erhoben sich kathedralenartig hohe Felswände. Über ihr, auf einer Höhe von vielleicht zwanzig Metern, formten sie ein makellos gerundetes Dach. An einigen Stellen waren Öffnungen zu sehen, Gänge, die zu anderen Höhlen führen mochten. Die buckligen, teils von Erosion, teils von Menschenhand geformten und bearbeiteten Wände wurden von sieben Schalen beleuchtet, die in einem Kreis aufgestellt waren und in denen Licht brannte. Die Zahl Sieben, dachte Hannah mit einem schwachen Lächeln. Die böse Sieben. Ihr Kopf sank auf die Brust.

Das Bewusstsein kehrte langsam zurück. Rauch trübte die Luft. Gespenstisch aussehende Schatten flackerten über den Granit, dessen kristalline Strukturen die Wände wie Rubin schimmern ließen. In der Mitte der Höhle ragte ein mächtiger Fels auf. Schwarz und glänzend hob er sich von dem umgebenden Gestein ab. Ein Fremdkörper, der eigentlich nicht hierhergehörte. Das Licht der Flammen spiegelte sich auf seiner Oberfläche und erzeugte verwirrende Muster. Massive goldene Ketten hingen von ihm herab, und an den Seiten war er mit Inschriften und Runen verziert. Ein Opferblock, so viel war klar.
John, der nur wenige Meter entfernt an einen Pflock gebunden war, hing vornübergebeugt und gab ein leises Murmeln von sich. Sein Hemd hing zerfetzt von seinen Schultern, und seine Haut war mit Schrammen und Blutergüssen übersät. Sein Haar fiel ihm in Strähnen über die Augen. Augenscheinlich war auch er ohnmächtig. Sie wollte ihm die Hand reichen, doch irgendetwas hielt sie zurück. Erst jetzt bemerkte sie, dass sie festgebunden war. Angst kroch in ihr hoch. Wo war sie hier nur hineingeraten? Noch einmal schüttelte sie den Kopf. Sie musste endlich wieder zur Besinnung kommen. Hinter John sah sie weitere Gefangene. Sie erkannte Karl und Cyn-

thia. Die Körper nach vorn gekippt, wurden sie nur von ihren gefesselten Händen gehalten. Ihr Blick wanderte weiter. Waren da noch weitere Gefangene? Sie konnte es nicht sagen.
»Oh, mein Kopf.«
John war erwacht.
Er richtete sich auf und lehnte den Kopf an den Pfosten. Seine geöffneten Augen glänzten fiebrig im Schein der Flammen.
»Ich fühle mich, als wäre ich von einem Güterzug überfahren worden.«
»Nicht nur du«, sagte Hannah.
»Betäubungsmittel«, murmelte John und fuhr sich mit der Zunge über die Lippen. »Irgendetwas in der Luft.«
Bei seinen Worten fiel Hannah das Ereignis in der Höhle wieder ein. Sie erinnerte sich, wie sie sich durch den engen Spalt gequetscht hatte, an den seltsamen Knall und die Rufe ihrer Freunde. Sie erinnerte sich an Johns reglosen Körper in der Pfütze, an seine Hände, die immer noch die Pistole umklammert hielten. Plötzlich fiel ihr alles wieder ein. Sie war nicht allein gewesen. Vor ihr hatte ein Wesen gestanden, das mit Fellen bedeckt gewesen war. Nicht diese Wölfe – die hätte sie an ihrem Geruch erkannt. Es war etwas anderes. Sie meinte sich an zwei Augen zu erinnern. Die Augen einer Frau. In ihren Händen hatte sie eine seltsame weiße Kugel gehalten. Die Kugel war explodiert und hatte ihr eine Wolke weißen Staub entgegengeschleudert.
»Pilze«, sagte Hannah. »Ich glaube, es waren Pilze.«
»Pilze?«
»Groß, kugelförmig und weiß. Vielleicht eine Art Bovist.«
»Egal, ich hab jedenfalls einen höllischen Kater.«
»Eine Falle«, sagte Hannah. Je länger sie darüber nachdachte, desto überzeugter war sie davon. »Irgendwie wussten die, dass wir kommen würden. Die haben uns ins offene Messer rennen lassen. Es passt alles zusammen.«

»Wer sind *die*?«
»Schamanen, Dämonenbeschwörer, Hexenanbeter. Was weiß ich!«
John hustete und spuckte vor sich auf den Boden. »Welchen Sinn hätte unsere Gefangennahme? Ich bekomme das nicht zusammen.«
»Ist das nicht offensichtlich?« Hannah schämte sich, wie leicht sie sich hatte überrumpeln lassen. »Sie wollen natürlich die Scheibe.«
Ein langgezogener Ton erklang.
Ein klagendes Heulen, das aus einem der Tunnels jenseits des schwarzen Steins kam.
»Mist, was war das?«
»Keine Ahnung«, sagte Hannah.
»Ich kenne diesen Ton«, sagte eine Stimme von links. Karl blickte sie aus blutunterlaufenen Augen an. »Gott weiß, dass ich ihn kenne. Und ich habe gebetet, ihn nie wieder hören zu müssen.«
Das Heulen kam näher. Es klang anders als das, was sie am oberen Eingang gehört hatten. Kein schrilles Wolfsgeheul. Eher wie der Versuch, einer Tuba möglichst grauenvolle Laute zu entlocken. Hannah lief es kalt den Rücken hinunter. Echos rollten durch die Gänge, brachen sich in Wellen an den Felsen. Die Luft schien zu beben. Cynthia war in diesem Moment erwacht. Das Entsetzen auf ihrem Gesicht ließ keinen Zweifel daran, dass auch sie sich erinnerte. Hannah fragte sich, was wohl in den Köpfen der drei jetzt vorgehen mochte? Wie mochte Michael sich jetzt fühlen? War er überhaupt schon wach? Hannah konnte ihn nicht sehen. Vermutlich war er auf der anderen Seite des Felsens festgebunden. Verdammt, es war zwar seine Idee gewesen, nach diesem Tempel zu suchen, aber man konnte ihm deswegen keinen Vorwurf machen. Sie alle hatten sich von ihrer Gier und der Faszination des Unbekann-

ten in Versuchung führen lassen. Sie alle hatten gewusst, was sie taten, und sie alle würden teuer dafür bezahlen müssen.
Auf der anderen Seite der Höhle krochen zwei Kreaturen aus den Gängen. Hannah hielt den Atem an. Kein Zweifel, das waren sie. Die Wesen von den Videobändern. Sie waren wesentlich größer als vermutet. Selbst auf allen vieren reichten sie noch bis knapp unter Hannahs Kinn. Sie verströmten eine bedrohliche Aura, die mit Händen zu greifen war. In allen Sprachen und allen Kulturen wären sie als Inbegriff des Bösen durchgegangen. Der Gestank, den sie verströmten, war bestialisch. Waren das wirklich Menschen? Ihre Gesichter waren von Wolfsschädeln verdeckt, die Arme und Beine waren völlig verdreckt, die Haut war mit Narben und schwärenden Wunden übersät. Ihre Bewegungen waren kraftvoll, aber ungelenk, als wären sie gerade erst zur Welt gekommen. Ausgeburten des Teufels. Zwitterwesen, halb Mensch und halb Tier, gefangen in einer Welt zwischen Realität und Alptraum.
Eines der Wesen kam auf sie zu. Hannah hörte es atmen. Es klang wie eine quietschende Tür. Näher und näher kam es. Manchmal blieb es stehen, zuckte ein wenig zurück, nur um seinen Weg dann wieder fortzusetzen. Das Wesen verhielt sich merkwürdig. Fast so, als habe es Angst vor Hannah. Als es kaum mehr eine Armlänge von ihr entfernt war, hielt es an, sog die Luft ein. Hannah schloss die Augen. Jeden Moment rechnete sie damit, Zähne in ihrem Genick zu spüren, das Knirschen ihrer eigenen Knochen zu hören. Doch nichts geschah. Mit einem keuchenden Laut riss das Wesen seinen Kopf hoch und galoppierte zurück zu seinem Artgenossen. Es dauerte eine ganze Weile, ehe Hannah wagte, ihre Augen wieder zu öffnen. Ihr Herz raste. Das waren keine Menschen, entschied sie. Bei allem, was Pechstein ihr erzählt hatte, bei allem, was sie bereit war zu glauben.
Hier hatte er sich geirrt.

Hilfesuchend blickte sie zu John, doch der starrte nur in die Richtung, in die die beiden Wesen verschwunden waren. Er sah aus, als habe er ein Gespenst gesehen. Sie folgte seinem Blick und erstarrte.
Was sie dort im hinteren Teil der Höhle sah, verschlug ihr die Sprache.

59

»Der Schamane«, flüsterte Hannah.
Der Mann war hochgewachsen und schlank, soweit sie das unter der Schicht aus Fellen und Leder beurteilen konnte. Sein Gesicht war mit schwarzer und blauer Farbe bemalt, sein Kopf von einem Bärenschädel mit den Hörnern eines Rehbocks gekrönt. Arme und Beine waren mit ledernen Bändern umwickelt. Die Füße steckten in Schuhen aus Birkenrinde, deren hohe Sohlen dem Mann eine Körpergröße von annähernd zwei Metern verliehen. Mit seinen breiten Schultern und dem massigen Eichenstab in der Rechten war er eine imposante Erscheinung. Im Gegensatz zu den Wolfswesen war er definitiv ein Mensch.
Langsam, mit schweren Schritten, den Körper auf seinen Stab gestützt, kam er zu ihnen herüber. Er sagte kein Wort, ging nur an ihnen vorbei und betrachtete jeden Einzelnen von ihnen aufmerksam. Aus seinen Augen war keine Gefühlsregung herauszulesen. Weder schien er wütend zu sein, noch ließ er irgendein Zeichen von Erbarmen oder Mitleid erkennen. Es schien, als betrachte er sie ohne jede Regung – nüchtern und wertneutral, wie ein Wissenschaftler seine Versuchsobjekte.
Als er ein zweites Mal an ihr vorbeiging, blieb er stehen. *Ausgerechnet.* Was fanden nur alle an ihr, dass sie ihr diese besondere Aufmerksamkeit schenkten? Hannah spürte erneut Panik in sich aufsteigen. Der Schamane beugte sich zu ihr vor, bis

seine Augen nur noch einen halben Meter von ihr entfernt waren.
»Fürchte dich nicht.«
Überrascht hob sie den Kopf.
Sie kannte diese Stimme.
Und jetzt erkannte sie auch die Augen. Inmitten des schwarzbemalten Gesichtes wirkten sie heller als gewöhnlich.
»Du brauchst keine Angst zu haben«, sagte er.
»*Michael.*«
Der Mann deutete ein Nicken an. Ein Lächeln umspielte seinen Mund. Er zog eine Klinge und trat hinter sie. Die Fesseln spannten sich kurz, dann war sie frei. Sie blickte auf ihre Hände, als könnten ihr diese eine Erklärung für das liefern, was sich gerade abspielte. Die roten Striemen an ihren Handgelenken massierend, blickte sie zu ihm auf.
»Es war nicht leicht, die Seherin davon zu überzeugen, dass ihr die Auserwählten seid.«
Hannah schüttelte verwirrt den Kopf. Sie kroch von ihm weg, dann stand sie auf. *Die Auserwählten?* Was in Gottes Namen spielte sich hier ab? War das wirklich Michael? Erst jetzt bemerkte sie, dass es noch weitere Gefangene gab. Eine Frau und zwei Männer. Die Frau kannte sie nicht, die Männer dafür umso besser. Ludwig Pechsteins Gesicht war von einer Wunde schrecklich entstellt. Seine Lederjacke wies mehrere tiefe Schnittwunden auf. Obwohl seine Augen geöffnet waren, schien er ohnmächtig zu sein. Hannah wandte sich dem anderen Gefangenen zu. Der alte Mann hatte seine Augen in die Ferne gerichtet. Ein Speichelfaden rann aus seinem Mundwinkel.
»Stefan!« Sie eilte zu ihm hinüber. »Ich bin's, Hannah.« Sie packte ihn bei den Schultern und schüttelte ihn. Die Reaktion war gleich null.
»Stefan, sag doch etwas.«

Er erkannte sie nicht, genauso wenig wie Pechstein. Beide Männer wirkten wie Hüllen, leer und ausgebrannt, als hätte man ihnen die Seele geraubt.

Hannah ließ Bartels los. Auf einmal wusste sie, dass dies keine Einbildung war, dass sie sich nicht getäuscht hatte. Sie blickte zu ihrem Entführer. Seine Art der Bewegung, die Stimme, seine Augen ... es war Michael – und irgendwie doch nicht.

Ihr ehemaliger Freund war mittlerweile hinter Karl und Cynthia getreten und hatte auch ihnen die Fesseln abgenommen.

»Kommt«, sagte er und deutete auf einen Seiteneingang.

Karl und Cynthia rieben sich die Handgelenke. Hannah trat vor ihren Entführer. »Was ist mit den anderen, was ist mit John?«

Der Schamane drehte sich kurz um und schüttelte den Kopf. »Sie werden noch heute Nacht brennen. Ein Opfer zur Ankunft des Königs.«

Als ob sie seinen Worten Nachdruck verleihen wollten, näherten sich die zwei Wolfskreaturen aus dem rückwärtigen Teil der Höhle. Sie schienen zu spüren, dass es zu Spannungen kommen konnte.

»Beeilt euch«, sagte der Schamane und wedelte ungeduldig mit der Hand. »Sie stehen unter *ihrer* Kontrolle. Wenn ihr nicht tut, was ich euch sage, kann ich euch nicht mehr helfen.« Er reichte Cynthia seinen Stab und zog sie auf die Beine. Karl lehnte jede Hilfe ab und stemmte sich selbst hoch. Er ächzte vor Schmerz. Hannah war wie betäubt. Tausend Gedanken rasten durch ihren Kopf, angefangen von der Vorstellung, ihren ehemaligen Geliebten zu überwältigen, bis hin zu dem Plan, eine wilde Flucht zu inszenieren. Ein scharfes Knurren ermahnte sie, dass es besser war, den Anweisungen des Schamanen Folge zu leisten. Widerwillig setzte sie sich in Bewegung. Schritt für Schritt folgte sie den anderen, als sie unter der Führung ihres unheimlichen Begleiters in einem Seitengang verschwanden.

Das Letzte, was sie sah, als sie sich noch einmal umdrehte, war der hilfesuchende Ausdruck in Johns Augen.

In der einen Hand seinen Stab, in der anderen eine Fackel haltend, führte der Schamane die drei Gefangenen durch ein Labyrinth von Gängen. Es waren Scherklüfte im Granit, die sich während der Jahrmillionen vergrößert hatten und an manchen Stellen von menschlicher Hand verbreitert worden waren. Niemals hätte Hannah vermutet, dass der Brocken in seinem Innern so zerklüftet war. Das Gestein war feucht und glitschig, überall waren Pfützen. Unablässig tropfte es von der Decke, und ein kleines Rinnsal lief plätschernd vor ihren Füßen her. Der Geruch nach Pilzen war allgegenwärtig. Hannah sah sie überall in den Ecken und Winkeln dieser merkwürdigen Unterwelt wuchern. Riesige, farblose Schwämme, die von innen heraus zu leuchten schienen. Nach einer Weile veränderte sich das Bild. Die kugelförmigen Blässlinge wurden von plattenartig geschichteten Pilzen verdrängt, die ihr Myzel in Form von Fäden, Adern und Wurzeln über den Granit verteilten, als wollten sie sich in den Stein selbst bohren. Vermutlich war genau das der Fall. Der Bewuchs wurde dichter und dichter. Alles war voll von ihnen, die Luft geschwängert von ihren Sporen. Sie ließen sich auf ihren Haaren nieder, ihrer Kleidung, ihrer Haut. Hier unten war kein Wind mehr zu spüren. Die Luft stand, und es war schwül wie in einem Tropenhaus. Hannah wischte mit ihrer Hand übers Gesicht und betrachtete die schimmernde Substanz. Sie musste niesen. Der weiße Puder hatte einen seltsamen Effekt. Sie fühlte sich aufgeladen und nervös.
»Wir müssen uns beeilen«, sagte der Schamane. »Diese Pilze haben eine bewusstseinsverändernde Wirkung. Es ist die Nahrung der Wächter.«
»Wohin führst du uns?«, fragte Hannah.

»Zum Herzen dieser Anlage, dem Ort, nach dem ihr die ganze Zeit gesucht habt. Dem alten Grabmal. Es liegt unten, in den tieferen Bereichen des Tempels.«
Hannah öffnete den Mund zu einer weiteren Frage, schwieg dann aber. Sie musste sich immer wieder einreden, dass dies nicht Michael war. Jedenfalls nicht der Michael, den sie zu kennen geglaubt hatte. Der Mann vor ihr war ein völlig anderer. Nicht nur kriminell, sondern offenbar völlig wahnsinnig. Ein religiöser Fanatiker. Sie musste jetzt sehr vorsichtig sein.
Ein paar Meter nur noch, und sie waren am Ziel. Der Schamane schob seinen Arm in eine Öffnung in der Wand und zog einen Hebel. Ein tiefes Rumpeln ertönte, dann schob sich vor ihnen eine Felswand zur Seite.

60

Ein Luftzug wehte ihr entgegen und führte frischen Sauerstoff mit sich. Sie holte ein paarmal tief Luft, dann verschwand das merkwürdige Gefühl in ihrem Kopf.
Der Schamane betrat den Saal und entzündete zwei Fackeln rechts und links der Tür. Der Raum, den sie beleuchteten, mochte etwa zehn auf zehn Meter groß sein. Seine Deckenhöhe ließ sich nur schwer ermessen. Vielleicht sechs Meter, vielleicht mehr.
Vor ihr stand ein gewaltiger Schrein aus Alabaster. Er war von oben bis unten bedeckt mit Schmuck, Tellern und Kelchen. Rechts und links davon standen weitere Schreine, neun insgesamt, alle mit denselben filigranen Reliefs verziert und auch sie bedeckt mit Schätzen. Die gesamte Kammer war mit gelben, blauen und türkisfarbig glasierten Ziegeln ausgeschmückt, über denen kunstvolle Wandteppiche hingen. An manchen Stellen waren die Ziegel mit prächtigen Malereien verziert. Stiere, Streitwagen und Fabelwesen, halb Mensch und halb Löwe. Linker Hand war eine Szene zu bewundern, in der ein Wagen von galoppierenden Pferden gezogen wurde. Der Fahrer hielt die Zügel und trieb die Pferde an, während ein zweiter Mann hinter ihm stand, vollständig in eine Rüstung aus Metallschuppen gekleidet und einen gespannten Bogen haltend. Sein Schwert steckte in der Scheide, deren Enden mit den Figuren von zwei Löwen verziert war. Von Pfeilen getrof-

fene Krieger sanken vor dem Gespann in den Staub. Das Relief auf der anderen Seite war nicht minder prächtig. Dargestellt waren die Astralgötter der vier Weltecken: Nergal als Flügellöwe, Marduk als geflügelter Stier, Nebo als Mensch und Nintura als Adler. Direkt vor ihr war das größte Relief zu sehen. Derselbe Mann, der auch auf dem Streitwagen abgebildet war, diesmal jedoch in ein reich besticktes, traditionelles Gewand gekleidet. Er trug einen konischen Hut, und sein Bart war zu kunstvollen Zöpfen geflochten. In seinen Händen hielt er vier Scheiben, bronzene Scheiben, über und über mit Sternen verziert. Überall schimmerte blankes Gold, in dem sich das warme Licht der Flammen spiegelte.

Hannah hatte sich immer gefragt, was wohl tatsächlich hinter dem ominösen Schatz steckte, von dem sie immerzu gehört hatte. Niemals hatte sie damit gerechnet, dass er tatsächlich existierte, geschweige denn, dass er so groß war. Langsam begann sie zu verstehen. Das war keine gewöhnliche Grabkammer. Dies war etwas weitaus Bedeutenderes.

»Ganz recht«, sagte Michael, der sie aus den Augenwinkeln heraus beobachtet hatte. »Es ist ein Königsgrab. Aber nicht das Grab irgendeines Königs. Hier liegt der Sohn der Göttin Ninsun und des Halbgottes Lugalbanda.«

Hannah glaubte sich verhört zu haben. »Was sagst du da? Du behauptest, dies sei das Grab des Gilgamesch?«

»So ist es.« Michaels Zähne schimmerten weiß in seinem schwarzen Gesicht. »Bezwinger des Chumbaba, Herrscher von Uruk und Erbauer der großen Mauer.« Er drehte sich zu Cynthia und Karl. »Versteht ihr? Der Brocken ist in Wahrheit eine Art Zikkurat, ein Himmelshügel, Gilgameschs ureigenster Götterberg. Und dies ist sein letzter Ruheort.«

Er wandte sich den Sarkophagen zu, legte seine Finger kurz auf Lippen und Stirn und verneigte er sich vor dem größten der neun Schreine.

Niemand sagte ein Wort.

Michael, den das Schweigen mit Genugtuung zu erfüllen schien, deutete der Reihe nach auf die Sarkophage. »Dies sind die Ruhestätten seiner engsten Vertrauten. Seiner Frau Ishtar, seines Leibarztes und seines Hofmathematikers, seines obersten Baumeisters, seines Astronomen, seines Meisterschmieds, seines Magiers und zuletzt seines obersten Leibdieners. Es war Tradition, dass sie am Tag seines Todes freiwillig aus dem Leben schieden.«

»Aber Gilgamesch ist nur ein Mythos«, sagte Hannah leise. »Ein Heldenmärchen, ähnlich der Legende von König Artus. Es gibt keinen Hinweis darauf, dass er tatsächlich gelebt hat.«

»Da täuschst du dich«, erwiderte Michael. »Die Geschichte ist zwar mit den Jahrtausenden zu einem Epos angewachsen, sie besitzt aber einen wahren Kern. Die Reise des Königs auf der Suche nach seinem Urahnen Utnapischtim und der Quelle des Lebens.« Er erhob seine Stimme, und es klang, als würde er einen alten Text rezitieren. »Die Reise führte den König bis hoch in den Norden, weit weg von den Steppen seiner Heimat. Was er fand, war ein Land, das fruchtbar und blühend war, wie der Garten Eden. So schön war das Land, dass er sich dort ansiedelte und einen Staat gründete. Die Einheimischen waren wild und unzivilisiert, doch sie verehrten die Neuankömmlinge wie Götter. Zehn Jahre lebte Gilgamesch in diesem Land, und er ließ einen mächtigen Tempel erbauen. Doch als es Zeit war, heimzukehren, spürte der große König, dass ihn die Kälte und Feuchtigkeit dieses Landes geschwächt hatten. Alt war er geworden, alt und krank. Er spürte sein Ende nahen. Sein letzter Wille war es, hier bestattet zu werden, in seinem Tempel auf der Spitze des Berges, auf dass er geschützt wäre vor der zweiten Sintflut. Er kehrte niemals mehr in seine Heimat zurück.« Michael verstummte, tief in Gedanken versunken.

Hannah beobachtete ihn unter gesenkten Wimpern. Die Art, wie er sprach und wie er sich bewegte, jagte ihr einen Schauer über den Rücken. Ganz ohne Zweifel glaubte er, was er sagte. Schlimmer noch: Sein ganzes Auftreten deutete darauf hin, dass er sich selbst für einen Nachfahren des Gilgamesch hielt – für jemanden, dessen Aufgabe es war, die Traditionen und Rituale seines Vorfahren fortzuführen.
Sie musste jetzt ganz vorsichtig sein, wollte sie jemals wieder das Tageslicht erblicken.
»Was willst du von uns?«, fragte Hannah mit sanfter Stimme, weiter den Blick gesenkt haltend.
»Was ich will?« Sein trockenes Lachen hallte von den Wänden. »Ich will, dass ihr euch mir anschließt. Ich will, dass ihr mir helft, den König zurück ins Leben zu rufen.« Er nickte, als er den Unglauben in Hannahs Gesicht sah. »Ganz recht. Du bist die Hüterin der Scheibe. Das vierte und letzte Siegel wird von einer Frau überbracht werden – von einer Frau mit besonderen Fähigkeiten –, so wurde es geweissagt. Du bist die neue Seherin, Hannah, es steht so geschrieben. Und ihr«, und damit wandte er sich an Cynthia und Karl, »ihr seid seit unserer Brandmarkung meine Blutsgeschwister. Wir sind verbunden, nicht nur äußerlich.« Seine Stimme bekam einen beschwörenden Klang. »Wisst ihr denn nicht, welch hohe Ehre euch damit zuteilwird? Heute Nacht werden wir den rächenden Geist Gilgameschs auf die Erde zurückrufen. Wir werden Pašušu anrufen, den Dämon der Winde, auf dass er aufsteigen möge aus den Tiefen der Welt. Möge er die Jahre der Folter und Unterdrückung rächen und unsere Feinde vom Antlitz dieser Welt fegen.« Er hob die Arme in einer Geste der Beschwörung. »Heute Nacht werden wir die Pforten zur Unterwelt öffnen. Gilgamesch selbst wird erscheinen, unser Volk befreien und der Welt das Licht zurückgeben.« Seine Augen leuchteten. »Ich lade euch ein, an meiner Seite zu stehen, wenn

es so weit ist. Cynthia und Karl, meine alten Weggefährten, und auch du, Hannah, meine neue Priesterin.« Er betrachtete sie eindringlich. »Es wird eine Nacht, wie es keine zweite je geben wird.«
Stille kehrte ein.
Cynthia und Karl schienen von der Wandlung, die ihr einstiger Freund offenbarte, tief erschüttert zu sein. Vielleicht war es auch nur die Vorsicht, die sie daran hinderte, voreilig zu reagieren.
Hannah war dankbar dafür, dass sie ihn nicht provozierten. Er war in einer Verfassung, in der Wohlwollen leicht zu Hass werden konnte. Trotzdem gab es Fragen, die keinen Aufschub duldeten.
»Warum du, Michael? Wie bist du in die Sache hineingeraten? Bitte hilf uns, zu verstehen. Wenn wir dir vertrauen sollen, muss es uns erlaubt sein, ein paar Fragen zu stellen.«
Der Schamane lächelte überlegen. Offenbar hatte er die Frage erwartet. »Sagen wir, ich wurde erleuchtet. Es hat Jahre gedauert, bis ich die Wahrheit erkannte. Verwirrt, wie ich war, trug ich damals einen Berg an Wissen zusammen. Ich wollte verstehen, wollte begreifen, was mit uns während unserer Entführung geschehen war. Norman Stromberg war mir eine große Hilfe bei der Suche. Die Aussicht auf den Schatz ließ ihn jedoch unvorsichtig werden. Er versorgte mich mit Material, stellte mich seinen Fachleuten vor und öffnete seine Archive für mich. Sehr bald schon wusste ich mehr über die Bronzezeit und die Himmelsscheibe als er selbst. Mehr noch: Ich fand die Spur der Schamanen, fand heraus, wo ihre Versammlungsorte lagen und was sie dort taten.«
Hannah hob ihr Kinn. »Und das war dann der Augenblick, in dem du entdeckt wurdest.«
Michael zögerte. Ein Flattern war in seinen Augen zu sehen. »Du weißt davon?«

»Bin ich nicht deine neue Seherin? Sollte ich solche Dinge nicht erkennen?«

Einen Augenblick lang überschattete Misstrauen sein Gesicht, doch dann entspannten sich seine Züge. »Ja«, sagte er. »Ja, du hast recht.« Er zog die aus Hirschhorn geschnitzte Flasche heraus, setzte sie an die Lippen und trank einen Schluck. Ein Tropfen dunkelbrauner Flüssigkeit rann über seinen Mundwinkel. »Sie fanden mich«, sagte er. »Ich war unvorsichtig. Ohne Einladung darf sich niemand dem Kreis nähern. Sie entdeckten das Mal auf meinem Nacken. Sie nahmen mich mit und brachten mich in eine Höhle. Dort wurde ich mit dem Kopf nach unten ans Kreuz geschlagen.«

Hannahs Blick fiel auf seine vernarbten Hände. »Was geschah weiter?«

»Ich sollte sterben.« Er lächelte. »Aber ich starb nicht. Drei Tage und drei Nächte hing ich so, mit dem Kopf nach unten. Als die Seherin mich aufsuchte, war ich mehr tot als lebendig. Doch etwas an mir schien ihr zu gefallen. War es mein Aussehen, war es mein Wille, zu leben? Ich wusste es nicht. Sie ließ mich vom Kreuz nehmen und versorgte mich. Ich erinnere mich an dunkle Nächte voller Beschwörungen und Magie. Sie gab mir zu trinken und zu essen, und ich fühlte, wie meine Kräfte zurückkehrten. Nicht lange danach erhielt ich die Initiation. Ich wurde zum jüngsten Schamanen erwählt, den es in der Geschichte der Himmelsscheibe jemals gegeben hat.« Sein Gesicht glühte vor Stolz. »Es war wie ein Ritterschlag. Ich wurde zum Sohn des Gilgamesch. Ein Amt, das nicht nur Macht und Ansehen, sondern auch gewaltige Verpflichtungen mit sich brachte. Je tiefer ich in die Mysterien eindrang, desto faszinierter war ich. Ich war wie geläutert. Aus meinem Wunsch nach Vergeltung wurde Faszination. Aus der Faszination Begeisterung. Ich sah Dinge, die ich mir in meinen kühnsten Träumen nicht auszumalen wagte, Geheimnisse, die die

Grundfesten unserer Welt erschüttern konnten. Und ich sah Macht – grenzenlose Macht.« Sein Blick war in weite Ferne gerichtet. »Ihr ahnt gar nicht, wozu diese Scheiben in der Lage sind.«

»Dann hatte der alte Nietzsche also doch recht«, sagte Karl, und seine Stimme triefte vor Ironie. Michael wirkte, als erwachte er aus einem Tagtraum. »Was meinst du, lieber Freund?«

»Wenn du lange in einen Abgrund blickst, blickt der Abgrund auch in dich hinein. Sagt dir das irgendetwas?«

Hannah schickte einen warnenden Blick in Karls Richtung. Bemerkungen wie diese konnten sie den Kopf kosten.

»Törichtes Geschwätz«, sagte Michael. »Im Gegensatz zu dir habe ich die Angst überwunden. Ich habe auf die andere Seite gesehen. Jenseits des Schreckens liegt die Macht. Der Blick in den Abgrund hat mich stärker gemacht. Und er hat mich zu Hannah geführt. Sie ist der Schlüssel zum Erfolg.«

»Warum ich?«, fragte sie mit leiser Stimme.

»Es war so prophezeit. *Eine Frau wird kommen, die uns das fehlende Siegel bringen wird,* hieß es. *Aus der Wüste wird sie kommen, das Werk zu vollenden.* Du hast uns die letzte Scheibe gebracht, Hannah. Du bist die Auserwählte.« Seine Stimme wurde leiser. »Die Tage der alten Seherin sind gezählt. Sie lebt jetzt schon weit über ihr natürliches Alter hinaus. Sie hat ihren Tod vorausgesehen. Es ist der Lauf der Dinge. Sei unbesorgt; nach ihrem Tod werde ich dich in alle Mysterien einweihen.«

»Und die anderen Scheiben?«, fragte Cynthia. »Was wurde aus ihnen?«

»Annähernd tausend Jahre nach dem Tod des Gilgamesch zerfiel das Reich. Es wurde von innen heraus vernichtet, durch Verrat und Intrigen. Von Menschen, deren Ehrgeiz darin bestand, die Macht der Scheiben zu eigenen Zwecken zu missbrauchen. Die Scheiben wurden gestohlen, umgearbeitet und anschließend vergraben. Sie zu zerstören, traute man sich nicht. Über dreitausend Jahre hat der Zirkel der Schamanen nach ihnen gesucht. Drei von ihnen fand man im letzten Jahrhundert, doch die vierte blieb verschollen. Bis zum Jahr neunundneunzig, ein Jahr vor der Jahrtausendwende. Dass sie zu so einem bedeutsamen Datum gefunden wurde, kann kein Zufall sein. Und jetzt hast du sie uns gebracht. Es fügt sich alles zusammen, erkennst du das nicht?«

»Von *bringen* kann keine Rede sein«, sagte Hannah mit unterdrücktem Zorn. »Du hast uns hierhergelockt. Warum hast du die Scheibe nicht an dich genommen, als du es konntest? Damals im Safe des Museums. Wir waren allein. Warum der Einbruch in Begleitung der Wölfe, warum die Entführung von Bartels?«

»Ein Ablenkungsmanöver. Es sollte den Verdacht von meiner Person ablenken und dich zu der Überzeugung bringen, dass die Scheibe im Safe nicht länger sicher ist. Verstehst du nicht? In der Prophezeiung steht nichts von gewaltsamem Raub, sondern davon, dass uns das Siegel *gebracht* wird. Das ist wichtig, verstehst du? Hättet ihr mir misstraut, ihr wärt mir nie gefolgt. Außerdem war Pechstein mir immer noch auf den Fersen und kontrollierte jede meiner Bewegungen. Hätte ich die Scheibe damals an mich genommen, ich wäre fünf Minuten später von der Polizei verhaftet worden. Pechstein war, das muss ich leider sagen, der Einzige, der mir gefährlich werden konnte. Er wusste zu viel über mich.«

»Ein Wissen, das ihn das Leben kosten wird«, sagte Karl.

Michael reckte das Kinn vor. »Er wird ein Opfer des Windgottes. Eine große Ehre. Aber genug geredet. Der Zeitpunkt der Beschwörung rückt näher. Wie lautet eure Antwort?«

»Wir müssen darüber nachdenken«, sagte Hannah. »Es ist keine einfache Entscheidung. Du musst verstehen, wie überraschend das alles für uns ist.«

»Ja«, sagte auch Cynthia. »Bitte gib uns etwas Bedenkzeit.«
Michaels Augen verengten sich. Aus zwei Schlitzen blickte er sie misstrauisch an.
»Eine halbe Stunde. Mehr ist nicht möglich. Das Ritual erlaubt keine Verzögerung.«
Damit drehte er sich um und verließ die Grabkammer. Die Steintür glitt rumpelnd zurück an ihren Platz.

61

Karl krallte seine Finger in die steinerne Tür und zog mit aller Kraft. Seine Muskeln zeichneten sich unter dem Hemd ab, und die Sehnen an seinen Armen traten hervor. Er keuchte und schwitzte, doch die Platte gab keinen Millimeter nach. Nach einer Weile trat er fluchend gegen die Tür.
»Nichts zu machen«, keuchte er. »Sitzt bombenfest.« Er wischte sich den Schweiß mit dem Ärmel von der Stirn.
»Der Hebel draußen diente wohl als Sicherung«, sagte Cynthia. »Ein alter Mechanismus, der immer noch tadellos funktioniert. Wir sitzen in der Falle – wie die Kaninchen.«
»Nicht unbedingt«, sagte Hannah. Sie steckte den Finger in den Mund und hielt ihn in die Höhe. »Spürt ihr das?«
»Ich spüre im Moment nur meine Arme«, sagte Karl, der seine Muskeln massierte. »Fühlen sich an wie frisch von der Streckbank.«
Hannah nahm eine der Fackeln aus der Halterung und begann die Wände abzuschreiten. Immer wieder hielt sie die Flamme in die Höhe.
»Was haltet ihr von dieser Gilgamesch-Geschichte?«, fragte Cynthia. »Gruselig, oder?«
»Religiöser Fanatismus«, murmelte Hannah. »Hokuspokus, Scharlatanerie. Wie ich es hasse, immer wieder dagegen ankämpfen zu müssen. Ich sage euch, die Menschheit wird sich irgendwann selbst aufreiben, wenn sie nicht aufhört, an übernatürliche Wesen zu glauben, die ihre Geschicke leiten.«

»Und das Grab? Zumindest das ist echt.«

»Dass es sich wirklich um Gilgamesch handelt, wage ich zu bezweifeln«, sagte Hannah. »Das hieße, dieses Grab wäre viel älter als bisher angenommen.« Sie seufzte. »Um Genaueres zu wissen, müsste man erst mal die beschrifteten Tonscherben lesen, die hier überall herumliegen. Dafür haben wir aber keine Zeit. Wir müssen raus hier, und zwar schnell.«

»Hätte ich doch nur meinem Instinkt vertraut«, sagte Karl. »Als ich Michael vor ein paar Tagen getroffen habe, hatte ich gleich so ein komisches Gefühl. Die Art, wie er redete, dieses Funkeln in seinen Augen. Als wäre er von irgendetwas besessen.«

»Ich dachte anfangs wirklich, es ginge ihm nur um den Schatz«, sagte Cynthia. »Er hat immer davon geredet, er wolle das Nest unserer Entführer ausheben und sie um ihre Reichtümer erleichtern. Dass er in der Zwischenzeit die Seiten gewechselt hat, daran hätte ich nicht im Traum gedacht.«

»Wenn sich jemand Vorwürfe machen muss, dann ich«, sagte Hannah. »Ich habe mich wie ein Idiot benommen. Aber seine Tarnung war perfekt. Menschen wie er sind es gewohnt, ein Doppelleben zu führen. Was mich aber am meisten erschüttert hat, ist das, was er uns am Schluss erzählt hat. Vermutlich hat man ihn einer Art von Gehirnwäsche unterzogen. Ist euch aufgefallen, dass er immerzu dieses braune Zeug trinkt? Ich bin sicher, es ist diese Droge, die bei ihm zu einer Form von gespaltener Persönlichkeit geführt hat. Niemand kann längere Zeit ein solches Doppelleben führen, ohne wahnsinnig zu werden.«

Cynthia blickte sie neugierig an. »Hast du mit ihm geschlafen?« In ihren Augen lag kein Vorwurf und kein Neid.

»Ja«, sagte Hannah. »Ich habe mich sogar in ihn verliebt.« Sie schüttelte den Kopf. »Ich habe lange allein gelebt, für mich war er eine Versuchung, der ich nicht widerstehen konnte. Mein Gott, war ich naiv.«

»Du brauchst dir keine Vorwürfe zu machen«, sagte Cynthia.
»Er hat uns alle hinters Licht geführt.«
»Ein Beweis dafür, wie gut seine Tarnung wirklich war«, sagte Hannah. Sie blieb stehen und hob den Kopf. »Hier, halt mal kurz.« Sie gab ihr die Fackel und erklomm einen der Alabaster-Sarkophage. Mit einer kraftvollen Bewegung riss sie einen der Wandbehänge herunter. Eine Wolke aus Staub rieselte auf sie herab. In einer Höhe von etwa vier Metern zeichnete sich ein Loch in der Wand ab. Eine dunkle, etwa fünfzig Zentimeter breite quadratische Öffnung.
»Volltreffer«, rief Hannah.
»Was ist das?« Karl äugte misstrauisch zu dem winzig scheinenden Loch hinauf.
»Ist euch nicht der Luftzug beim Betreten der Kammer aufgefallen? Ich habe sofort vermutet, dass es hier irgendwo einen Belüftungsschacht geben muss.« Kritisch blickte sie nach oben. »Vermutlich unsere einzige Chance, hier wieder rauszukommen – wenn wir Glück haben.«
»Und wenn nicht?«
»Es könnte natürlich auch ein Seelenkorridor sein, ähnlich denen in der großen Pyramide. Das würde bedeuten, dass er irgendwo endet und ich wie eine Maus in der Falle stecke.«
Cynthias Augen wurden größer. »Du hast doch nicht etwa vor, dort hineinzukriechen?«
Hannah begann ihre Jacke auszuziehen. »Ich habe den ganzen Saal abgeschritten. Dies scheint der einzige Ausgang zu sein, und die Zeit läuft uns davon. Wenn ihr eine bessere Idee habt, nur zu.«
»Ziemlich hoch«, sagte Karl. »Wie willst du da hinauf?«
»Wie wär's mit einer Räuberleiter?«, sagte Hannah und lächelte. »Vorausgesetzt, du trägst das Gewicht von zwei Frauen.«
Karl gab ein abfälliges Schnauben von sich. Er ging an die Wand, lehnte sich mit dem Rücken dagegen und faltete die

Hände. Cynthia kletterte auf seine Schulter und griff nach oben. Es gelang ihr gerade so, die Kante der Öffnung zu erreichen. Sich mit beiden Händen festhaltend, rief sie: »Jetzt du.« Hannah gab Karl eine der beiden Fackeln, stieg erst auf den Sarkophag und anschließend auf seine Schultern. Dann begann sie über Cynthias Rücken nach oben zu klettern. Nach einer wackeligen Hängepartie, bei der sie mehr als einmal glaubte, Karl würde unter ihnen zusammenbrechen, war sie oben angelangt. Sie ließ sich die Fackel nach oben reichen.
»Kannst du etwas erkennen?«, keuchte Cynthia unter ihr.
»Der Schacht scheint frei zu sein«, sagte Hannah. Sie leuchtete so weit in den Gang hinein, wie sie nur konnte. »Kein Geröll oder sonstige Barrikaden. Ich mach mich dann mal auf den Weg. Drückt mir die Daumen.« Mit einer letzten Anstrengung zog sie sich hoch und kroch in den Schacht.
Der Gang war so eng, dass sie gerade hineinpasste.
Die Fackel flackerte nervös, als Hannah sich Meter um Meter nach vorn schob. Sie sandte ein Stoßgebet zum Himmel. Nicht auszudenken, was geschah, wenn sie erlosch. Sie hatte weder Streichhölzer noch ein Feuerzeug dabei, von einer Taschenlampe ganz zu schweigen. Die hatte man ihnen bei ihrer Gefangennahme abgenommen.
Während sie vorwärtskroch, ging sie in Gedanken noch einmal die letzten Tage durch. Man hatte ihnen wirklich übel mitgespielt. Wie übel, das wurde ihr erst jetzt in diesem miesen kleinen Gang bewusst. Was für ein perfider Plan, um an die Scheibe zu gelangen. Alles war inszeniert gewesen, von dem Moment an, als Michael ihr in der Buchhandlung aufgelauert hatte. Der Abend im Schloss, die Wanderung, selbst ihre Liebesnacht. Wie konnte er ernsthaft hoffen, dass sie sich auf seine Seite schlagen würde, nachdem er sie so belogen und betrogen hatte? Nur Menschen mit schwerer seelischer Schieflage können glauben, dass Macht alles bedeute. Wie waren

doch seine Worte gewesen? *Jenseits des Schreckens liegt die Macht.* Genau das hatte er gesagt. Überhaupt schien *Macht* das Schlüsselwort in dieser Auseinandersetzung zu sein.
Etwas in diesen Worten brachte eine dunkle Saite in ihr zum Klingen. Etwas, das sie zuletzt gespürt hatte, als sie den Tempel in der Sahara entdeckt hatte. Damals war sie nur dank ihrer besonderen Fähigkeiten am Leben geblieben. Die Fähigkeit, den tieferen Sinn hinter den Dingen zu erkennen. Sie spürte, dass sie diese Kraft immer noch besaß. Was, wenn sie den Spruch auf sich selbst anwendete? Jenseits des Schreckens liegt die Macht. Ja, dachte sie, aber nicht nur die Macht, Böses zu tun, sondern auch Gutes.
Der Schacht machte einen Knick und endete dann überraschend. Aber nicht an einem toten Ende, wie sie befürchtet hatte, sondern in einem grob behauenen Stollen, der tief in den Berg zu führen schien.
Ein Ausgang. Sie atmete erleichtert auf.
Sollte sie zurückkriechen und die beiden informieren? Nein, dachte sie. Cynthia und Karl würden es ohnehin nicht durch diesen engen Korridor schaffen. Sie musste einen anderen Weg finden. Die Fackel auf Kopfhöhe haltend, lief sie in gebückter Haltung weiter. Die Decke senkte sich an einigen Stellen auf unter einen Meter ab, so dass sie auf allen vieren kriechen musste. Eine zentimeterhohe Schmierschicht bedeckte den Boden. Sie wies keinerlei Fußabdrücke oder andere Spuren auf. Hier war seit ewigen Zeiten niemand mehr gewesen. Immer noch glaubte sie einen schwachen Luftzug wahrzunehmen, auch wenn die frische Luft langsam, aber sicher von dem Gestank nach alten Pilzen überdeckt wurde. Sie musste den Zugang zur Oberfläche finden. Die Fackel bereitete ihr Sorge. Die Flamme war merklich kleiner geworden. Ein Windstoß würde genügen, um sie vollends auszublasen. Die Aussicht, hier unten in völliger Finsternis eingesperrt zu sein, trieb sie

unbarmherzig weiter. Je tiefer sie kam, umso stärker stank es nach Pilzen. Sie musste sich ungefähr auf der Höhe des unteren Eingangs befinden. Aber hier gab es keine Abzweigungen, keine Gabelungen, nichts. Der Gang führte stur geradeaus. Als sie an eine neue Engstelle geriet, rutschte sie aus. Sie fiel hin und landete mit ihrer Hand in einem faulig riechenden Myzel. Es war eines der Gewächse, die ihr schon auf dem Weg zur Grabkammer unangenehm aufgefallen waren. Eine Wolke brauner Sporen schoss ihr ins Gesicht. Mit einem Aufschrei ließ sie die Fackel fallen und wischte sich über Augen, Nase und Mund. Das Zeug brannte wie Feuer. Hustend und keuchend robbte sie aus der Gefahrenzone, die Augen fest geschlossen. Tränen drangen unter ihren Lidern hervor, und ihre Lunge fühlte sich an, als hätte sie Pfefferspray eingeatmet.

Es dauerte eine Weile, ehe der Schmerz nachließ. Als sie die Augen öffnete, durchfuhr sie ein eisiger Schrecken.

Die Fackel war erloschen.

62

Cynthia blickte auf die Uhr. Es war kurz nach dreiundzwanzig Uhr. Knapp eine halbe Stunde war seit Hannahs Flucht vergangen, und noch immer gab es kein Zeichen von ihr. Entweder sie hatte es nicht geschafft, oder sie war geflohen. Beide Varianten waren wenig erfreulich. Michael würde jeden Moment kommen, und er würde eine Antwort verlangen. Sie wusste nicht, wie sie ihm Hannahs Verschwinden erklären sollte. Eines war jedenfalls klar: Der Moment der Wahrheit würde ein verdammt unangenehmer Augenblick werden.
Ein Kratzen an der Tür ließ sie aufhorchen. Sie hörte ein Klicken und kurz darauf das vertraute Rumpeln.
»Karl?«, sagte sie leise. »Ich glaube, es ist so weit.« Die Angst schnürte ihr die Kehle zu. Die Tür glitt auf. Doch es war nicht Michael, es war ...
»Hannah!« Cynthia schrak zurück. Die Archäologin war von oben bis unten verdreckt. Ihre Haare hingen in Strähnen vom Kopf, und ihre Augen funkelten bedrohlich. »Raus hier«, keuchte sie, »schnell!«
Cynthia brauchte einen Moment, um sich von dem Schrecken zu erholen, dann winkte sie Karl: »Nichts wie weg hier.«
»Einen Moment noch«, entgegnete er und zog eines der Schwerter, die zu Dutzenden in der Grabkammer lagen, aus einem Haufen. Er steckte die Klinge in seinen Gürtel. »Kann sein, dass wir das noch brauchen werden.«

Cynthia nickte und wollte sich die verbliebene Fackel nehmen, doch Hannah schüttelte den Kopf. »Kein Feuer. Das brauchen wir nicht. Außerdem würde es uns nur verraten. Fasst euch an den Händen und folgt mir.«
Cynthia ergriff Karls Hand und zog ihn hinter sich her. Hannah führte die beiden aus dem Königsgrab heraus und bog in den Tunnel ein, der nach rechts abzweigte.
»Das ist nicht die Richtung, aus der wir gekommen sind«, sagte Cynthia, als sie hinter der Archäologin in die Dunkelheit stolperte.
»Wollt ihr, dass wir unserem Entführer geradewegs in die Arme laufen? Wir müssen einen anderen Weg nehmen.«
»Kennst du dich denn hier aus? Wo warst du überhaupt so lange?«
»Keine Zeit zum Reden jetzt«, zischte Hannah, während sie vorwärtseilte. Irgendetwas in ihrem Verhalten war seltsam, aber jetzt war nicht die Zeit, sich darüber Gedanken zu machen.
Sie waren etwa hundert Meter weit gekommen, als sie stehen blieb und Cynthia etwas matschig Weiches in die Hand drückte. »Hier, iss das. Und gib Karl auch davon.«
Cynthia roch an der seltsamen Substanz und rümpfte die Nase. »Igitt! Was ist das?«
»Ein Pilz. Und jetzt hab dich nicht so. Es kann sein, dass unser Überleben davon abhängt. Hört auf, Fragen zu stellen, und tut einfach, was ich euch sage.«
Cynthia wunderte sich über den schroffen Tonfall, den die Archäologin anschlug. So unfreundlich war sie ihnen gegenüber bisher noch nie gewesen. Trotzdem spürte sie, dass Eile geboten war und dass es besser war, das zu tun, was man von ihnen verlangte. Sie teilte den Klumpen in zwei Teile und drückte einen davon Karl in die Hand. Als sie ihn in den Mund steckte, hatte sie das Gefühl, sie würde in verschimmeltes Brot

beißen. »Pfui Teufel«, stöhnte sie und zwang sich, den Würgereiz zu unterdrücken. Es war widerlich. Nur mit größter Willensanstrengung gelang es ihr, den Brocken runterzuschlucken. Es schmeckte nicht nur moderig, sondern war außerdem ätzend scharf. Keuchend blieb sie stehen, stützte die Hände auf die Knie und rang nach Atem. »Was in Gottes Namen hast du uns da gegeben? Hoffentlich nichts Giftiges.«
»Wenn es giftig wäre, hätte ich es kaum zu euch geschafft. Wie ich schon sagte: Es ist ein Pilz, aber kein gewöhnlicher. Seht euch mal um.«
Cynthia hob den Kopf. Zunächst war alles unverändert. Sie konnte nichts erkennen außer einem schwachen Widerschein der Fackel in der Kammer hinter sich – kaum mehr als Glimmen in der Nacht. Doch je länger sie in den Tunnel blickte, desto heller wurde das Leuchten. Zunächst glaubte sie, jemand hätte die Fackel aus ihrer Halterung genommen und würde sich nähern, doch dann bemerkte sie, dass ihre Augen sich an die Dunkelheit zu gewöhnen schienen. Mehr als das: Sie durchdrangen die Dunkelheit, machten die Nacht zum Tage. Nicht mal eine halbe Minute später, und Cynthia glaubte, dass die steinernen Wände rings um sie herum glühten. Sie trat näher und rieb mit dem Daumen darüber. Eine dünne, leuchtende Schicht blieb daran haften.
»Lumineszierende Bakterien«, sagte Hannah. »Die Gänge sind voll davon. Normalerweise ist ihre Leuchtkraft zu schwach, um von unseren Augen bemerkt zu werden, aber der Pilz, den ich euch zu essen gegeben habe, steigert unsere Wahrnehmungsfähigkeit. Ich bin durch Zufall auf seine Wirkung aufmerksam geworden. Michaels Bemerkung, dass sie das Zeug den Wächtern zu fressen geben, hat mich auf die Idee gebracht. Und jetzt seht euch selbst an.«
Cynthia blickte in die Richtung, in der sie Karl vermutete, und tatsächlich: Eine schimmernde Gestalt stand vor ihr, ganz

schwach, aber deutlich sichtbar. Karl und Hannah wirkten wie Geister in der Dunkelheit.

»Wir selbst sind bereits mit einer dünnen Schicht dieser Bakterien bedeckt«, sagte Hannah. »Die Luft ist voll davon. Sie sind überall.«

»Ich fühle aber noch etwas anderes«, sagte Karl. »Vorhin, in der Kammer, konnte ich mich vor Müdigkeit und Schwäche kaum noch bewegen, doch jetzt ...«, er streckte seine Arme, »... verdammt, ich fühle mich fabelhaft. Was ist in dem Zeug drin?«

»Vermutlich Steroide«, sagte Hannah. »Wir wissen nicht, was es sonst noch bewirkt, also vorsichtig damit.«

In diesem Moment hörten sie Schritte aus der Richtung, aus der sie gerade gekommen waren. Es gab keinen Zweifel, wer das war. Und er war nicht allein. Sie alle hörten ein drohendes Knurren und seltsam rasselnde Atemlaute.

63

»Verdammt!«, sagte Karl. »Weg hier!«
So schnell es ging, entfernten sie sich von den näher kommenden Geräuschen – die beiden Frauen voraus, Karl hinterher. Er war der Einzige, der eine Waffe besaß.
Alle liefen so leise wie möglich und gerade so schnell, dass ihre Schritte sie nicht verrieten. Der Boden unter den Füßen war dank der Wunderdroge gut zu erkennen. Wie ein Teppich aus grünen und gelben Lichtpunkten, der alle Unebenheiten markierte und verhinderte, dass sie stolperten oder gegen die teilweise mannshohen Felsbrocken liefen. Karl war in Sorge. Anfangs hatte er noch geglaubt, Hannah würde sich hier unten auskennen, doch schon bei der ersten Kreuzung wurde ihm klar, dass sie keine Ahnung hatte, wo es eigentlich hingehen sollte. Nachdem sie stehen geblieben war und überlegt hatte, deutete sie auf den Pfad zu ihrer Linken. »Die Luft hier riecht frischer, und der Weg führt leicht bergan. Sollen wir es mal versuchen, was meint ihr?«
»Heißt das, du weißt gar nicht, wo es hier rausgeht?« In Cynthias Stimme schwang Panik mit.
»Das habe ich nie behauptet«, zischte die Archäologin. »Ich wollte erst mal Abstand zwischen uns und unsere Verfolger bringen. Also, was ist jetzt? Nehmen wir diesen Gang oder nicht?«
»Ja«, sagte Karl. »Lass es uns versuchen. Er ist genauso gut wie

alle anderen.« Er legte Cynthia beruhigend den Arm um die Schulter. Er konnte fühlen, wie sie zitterte. »Lass gut sein«, flüsterte er. »Es wird schon alles gut werden.«

In diesem Moment gellte ein wütender Schrei durch den Tunnel. Der Schamane hatte ihre Flucht entdeckt. Einen Moment lang war es still, dann hörten sie ein Knurren, gefolgt von einem Heulen. Michael hatte seinen Höllenhund von der Leine gelassen, die Jagd hatte begonnen. Karl zog das Schwert aus seinem Gürtel. Die Klinge war gut ausbalanciert und lag angenehm leicht in seiner Hand.

»Lauft!«, befahl er.

Cynthia drehte sich erschrocken um. »Was hast du vor?«

»Wonach sieht das wohl aus? Ich bleibe hier und bringe dieses Vieh zur Strecke.«

»Aber allein hast du keine Chance. Wir bleiben bei dir.«

»Unsinn«, schnaubte Karl. »Ihr seid unbewaffnet und würdet mir nur im Weg stehen. Lauft den Gang weiter. Ich bleibe hier an der Abzweigung und verstecke mich in einem Seitengang. Mit etwas Glück folgt er eurer Spur, und dann falle ich ihm in den Rücken. Es ist unsere einzige Chance.«

»Du bist ja wahnsinnig«, sagte Cynthia mit Verzweiflung in der Stimme. »Das kann nie und nimmer gutgehen. Hast du vergessen, wie stark diese Wesen sind?«

»Ich habe eine Idee«, sagte Hannah. »Vielleicht lässt sich das Vieh ja täuschen.« Sie reichte Karl eine Handvoll matschiger Pilze. »Hier, reib dich damit ein. Das überdeckt den Körpergeruch.«

»Schnell jetzt, verschwindet.«

»Alles Gute«, sagte sie. »Wir treffen uns wieder, wenn alles überstanden ist.« Damit nahm sie Cynthia bei der Hand und zog sie hinter sich her. Karl überlegte kurz, dann legte er die Waffe zu Boden. Mit beiden Händen rieb er sich die fauligen Pilzkulturen über den Körper. Der Gestank war so atemberaubend, dass ihm übel wurde. Er unterdrückte das Würgen und machte weiter, bis der Vorrat aufgebraucht war. Eines war sicher: Nach sich selbst roch er jetzt gewiss nicht mehr. Er hob das Schwert wieder auf und eilte in den gegenüberliegenden Tunnel. Nur ein paar Meter hinter der Öffnung blieb er stehen und kauerte sich auf den Boden.

Der Wächter folgte der Spur der Flüchtlinge. Ihr Geruch strahlte wie ein Leuchtfeuer in der Nacht. Das war ein Glück. Seit es im Berg so warm geworden war, unterschied sich die Temperatur des Gesteins kaum noch von der lebender Wesen. Sein Wärmeempfinden, einer seiner wichtigsten Sinne, war damit verlorengegangen. Was blieb, waren sein feines Gehör und sein ausgezeichneter Geruchssinn. Mehr war auch nicht nötig, um diese armseligen Kreaturen zur Strecke zu bringen. Die Fremden rochen nach Angst – ein Geruch, den er liebte. Er drang aus jeder Pore, sickerte aus jedem Fußabdruck. Angst machte ihn wütend, schärfte seine Sinne. Angst brachte ihn zur Raserei. Flüssiges Feuer pumpte durch seine Venen. Nicht lange, und er hörte Geräusche. Er vernahm die Stimmen zweier Frauen. Unterdrücktes Flüstern. Ha! Als ob sie glaubten, sich vor ihm verstecken zu können. Er hörte ihre Schritte, er hörte, wie sie atmeten. Ihr Flüstern drang wie ein Peitschenknall in seine feinen Ohren. Merkwürdig war nur, dass er den Mann nicht hörte. Ein solches Exemplar, so groß und muskulös, müsste eigentlich viel lauter sein als die zierlichen Frauen. Vielleicht war er schon vorgelaufen, befand sich bereits weiter oben im Gang. Nun, es würde ihm nichts nützen. Er würde ihn auf jeden Fall stellen, ehe er den Ausgang erreichte.
Der Wächter kam an eine Stelle, an der der Weg sich gabelte. Schnüffelnd hielt er seine Nase in den Wind. Rechts roch es nach einem frischen Beet von Pilzen. Die Fremden hingegen waren in den linken Tunnel gelaufen.

Er wollte ihnen folgen, doch etwas hielt ihn zurück. Seine innere Stimme sagte ihm, dass etwas nicht stimmte.
Er lauschte.

Karl sah das Wesen nur wenige Meter vor sich in der Dunkelheit. In diesem Zwielicht aus glimmenden Punkten und fluoreszierenden Massen wirkte der Wächter riesig. Mit seiner geduckten Haltung und dem vorgeschobenen Kopf sah er aus wie eine riesige, leuchtende Spinne. Röchelnd war er stehen geblieben und blickte in den Tunnel, in dem Cynthia und Hannah verschwunden waren. Warum setzte er ihnen nicht nach? Karl hatte vorgehabt, ihm das Schwert zwischen die Schulterblätter zu stoßen, sobald er den Tunnel betrat, aber irgendetwas ließ das Wesen zögern. Hatte es ihn vielleicht doch gerochen? Karl schluckte seine Angst herunter und hob das Schwert. Endlich folgte der Wächter den Frauen. Erst langsam und vorsichtig einen Fuß vor den anderen setzend, dann etwas schneller. Der Moment, auf den Karl gewartet hatte. Er holte noch einmal tief Luft, dann rannte er dem Verfolger hinterher.

Der Wächter fühlte, wie etwas sich von hinten näherte. Eine flüchtige Ahnung, eine minimale Kräuselung der Luftschichten, das Geräusch von hastigen Schritten und singendem Metall. Seine Instinkte ließen ihn herumfahren. Nicht schnell genug, wie sich herausstellte. Ein wütender Schrei, ein Aufblitzen von Metall, dann spürte er einen stechenden Schmerz in seiner linken Flanke. Er war getroffen.
Er taumelte ein paar Schritte zur Seite. Wie es schien, war es nur eine Fleischwunde. Schmerzhaft zwar, aber nicht lebensgefährlich. Wenn der Angreifer geglaubt hatte, einen Todesstich gelandet zu haben, so sah er sich getäuscht. Seine Reflexe hatten dem Wächter das Leben gerettet. Mit einem

gewaltigen Satz sprang er aus der Gefahrenzone, dann drehte er sich um. Er nahm den Angreifer in Augenschein. Es war der vermisste Mann. Grün leuchtend hob sich seine Silhouette vor dem Hintergrund des Ganges ab. Wie war es ihm nur gelungen, sich so schnell von hinten zu nähern? Unter normalen Umständen ein Ding der Unmöglichkeit. Doch der Angriff war lautlos und blitzschnell erfolgt, als hätte einer seiner Artgenossen ihn ausgeführt. Jetzt erst fiel dem Wächter der fehlende Eigengeruch des Mannes auf. Statt nach Angst und Schweiß zu riechen, roch er nach Pilzen. Nach *heiligen* Pilzen.
Respekt! So viel Raffinesse hatte er dieser tumben Kreatur gar nicht zugetraut. Der Fremde hatte sich offensichtlich damit eingerieben, um seinen Geruch zu überdecken. Hatte er vielleicht sogar davon gegessen? Der Wächter lächelte. Das würde die Chancen zwischen ihnen etwas ausgleichen.
Mit einem Knurren machte er sich sprungbereit.

Karl hob das Schwert. Das Überraschungsmoment war dahin. Wie das Wesen geahnt haben konnte, dass er sich von hinten näherte, blieb ihm ein Rätsel. Es schien über unglaublich feine Sinne zu verfügen. Normalerweise hätte sein Gegner jetzt mit durchbohrtem Herzen am Boden liegen müssen, das Schwert bis zum Heft im Rücken steckend. Stattdessen stand es ihm jetzt gegenüber, sprungbereit und – abgesehen von einer kleinen Stichwunde – bei bester Gesundheit.
Sein Überraschungsangriff war gescheitert, doch Karl spürte, dass er es mit diesem Wesen aufnehmen konnte. Seine Bewegungen waren fast so schnell wie die seines Kontrahenten. Abgesehen davon: Jeder Augenblick, den er hier kämpfend verbrachte, verschaffte seiner Geliebten einen Vorsprung.
»Na, was ist?«, blaffte er das Wesen an. »Greif an, ich warte.«
Als ob es ihn verstanden hätte, drückte sich der Wächter mit seinen Pranken vom Boden ab. Karl sah eine grünlich leuch-

tende Masse auf sich zusegeln, dann sah er lange Klauen aufblitzen. Sie leuchteten wie Messerklingen in der Dunkelheit. Blitzschnell ließ Karl sich zu Boden fallen, rollte sich ab und stand wieder auf den Beinen. Doch die Krallen hatten ihn getroffen und blutige Striemen auf seiner Schulter hinterlassen. Sein Hemd hing in Fetzen vom Leib.
»War das etwa schon alles?«, brüllte er. »Mehr hast du nicht drauf? Komm her, dann wirst du Bekanntschaft mit meiner Klinge machen.«
Mit einem Knurren setzte der Wächter erneut zum Angriff an. Diesmal jedoch vorsichtiger und nicht so ungestüm. Ihm schien klargeworden zu sein, dass seine plumpe Strategie angesichts von Karls ausgezeichneten Reflexen sinnlos war. Er hatte es nicht mit einer verängstigten Beute zu tun, sondern mit einem ebenbürtigen Gegner.
Karl umfasste den Griff seines Schwertes mit leichter Hand. Die Spitze wippte erwartungsvoll auf und ab. Was für ein elegantes Metall Bronze doch war. Leicht und trotzdem hart. Warum nur hatte er immer mit Stahl gearbeitet? Er würde das ändern, sobald er wieder daheim in seiner Werkstatt war. *Wenn* er seine Werkstatt jemals wiedersehen würde.
Der nächste Angriff war nicht so leicht zu parieren. Der Wächter wagte einen Ausfallschritt nach rechts, nur um dann sein Gewicht unerwartet auf die linke Seite zu verlagern. Karls Schwert sauste ins Leere. Seines Fehlers bewusst, riss er seinen Arm nach oben. Keine Sekunde zu früh, denn in diesem Moment zischte eine Klaue durch die Luft, nur wenige Zentimeter entfernt. Hätte sie getroffen, sie hätte ihm vermutlich die Schulter ausgekugelt. So aber lag die Flanke des Wesens für den Bruchteil einer Sekunde frei. Karl legte seine ganze Kraft in den Hieb und stieß zu. Der Stich traf eine Rippe. Knochen brachen, und Blut spritzte. Der Wächter stieß einen markerschütternden Schrei aus. Da war sie, die Chance, auf die Karl

gewartet hatte. Mit einem Gefühl von Triumph wollte er noch einmal nachsetzen und vernachlässigte dabei seine Deckung. Die Pranke des Wesens traf ihn frontal vor der Brust und fegte ihn von den Beinen. Er wurde zurückgeschleudert und krachte gegen die Wand. Der Aufprall raubte ihm den Atem. Sterne flimmerten vor seinen Augen. Er spürte, wie das Schwert seiner Hand entglitt. Kopfschüttelnd versuchte er, bei Bewusstsein zu bleiben. Mit seinem vernebelten Verstand konnte er schwach erkennen, wie sich das Wesen von der Höhlenwand abdrückte, auf die gegenüberliegende Seite flog, von dort erneut absprang und geradewegs auf ihn zuflog. Ein unglaublicher Sprung. Ihm blieb gerade noch genug Zeit, das Schwert hochzureißen, als ihn die mächtigen Pranken trafen. Der Stoß war mörderisch. Es fühlte sich an, als ob alles in seinem Körper zerbrach. Zähne gruben sich in seinen Hals, quetschten das Leben aus ihm heraus. Blut und Gestank hüllten ihn ein, rangen ihn nieder und drückten ihn zu Boden. Der Wächter, so versessen darauf, ihn zu töten, stürzte sich auf ihn und rammte sich dabei das Schwert mit seinem eigenen Körpergewicht in den Leib. Bis zum Heft fuhr die Klinge in die Brust. Das Wesen stieß ein letztes Röcheln aus, dann erstarrte es.

64

Cynthia hörte den Schrei in der Dunkelheit. Abrupt blieb sie stehen.
»Hast du das gehört?«
Hannah schüttelte den Kopf. »Keine Zeit jetzt. Weiter.«
»*Nein.*«
»Was soll das heißen?«
»Ich kann nicht.«
»Kannst was nicht?«
»Ihn zurücklassen. Ich muss ihm helfen.«
»Nein«, antwortete Hannah. »Er wollte es so. Wenn du jetzt zurückrennst, war alles umsonst. Dann opfern wir alles, wofür er sein Leben riskiert hat.«
Cynthia schüttelte den Kopf, drehte sich um und lief den Gang zurück.
Hannah versuchte, sie zu packen, aber sie war schon weg.
»*Bleib stehen!*«
Cynthia reagierte nicht auf die Rufe der Archäologin. Wie von selbst trugen ihre Beine sie zu dem Ort, an dem sie Karl verlassen hatte. Die Wunderdroge verfehlte auch bei ihr nicht ihre Wirkung. Leichtfüßig wie eine Gazelle sprang sie über Erdspalten und Steinbrocken. Sie hätte Karl niemals verlassen dürfen. Sie würde sich nie verzeihen können, wenn ihm etwas zustieß. Der Gedanke an ihn erfüllte sie mit Wärme und Hoffnung. Im Geiste sah sie sein offenes Gesicht, fühlte seine star-

ken Arme und hörte sein herzliches Lachen. Sie spürte, wie ihre Augen sich mit Tränen zu füllen begannen. Trotzig wischte sie sich mit dem Ärmel übers Gesicht und rannte weiter. Kaum eine Minute später erreichte sie die Gabelung. Wie angewurzelt blieb sie stehen. Ihre schlimmsten Befürchtungen schienen sich zu bewahrheiten.

Karl saß gegen die Wand gelehnt, die Augen geöffnet. Über seinen Beinen lag die Kreatur, das Schwert bis zum Heft in der Brust steckend. Cynthia eilte zu ihrem Freund und untersuchte ihn. Er hatte schreckliche Verletzungen davongetragen. Aus den Wunden sickerte Blut. Seine Finger fühlten sich ganz warm an, und als sie sie berührte, glaubte sie ein Zucken zu spüren. Von einem Hoffnungsschimmer erfüllt, hockte sie sich neben ihn und streichelte ihm das Gesicht. Eine einzelne Träne rollte ihm über die Wange. Der Mund war zu einem schmalen Lächeln verzogen.

»Karl.«

Sein Kopf fiel zur Seite.

Hannah sah Cynthia und Karl zusammengekauert am Boden sitzen. Ihr schwante Unheil. Der Wächter war tot. Er hatte den letzten Rest seiner grauenvollen Existenz zusammen mit seinem nach Pestilenz stinkenden Atem ausgehaucht. Aber wie es schien, hatten die beiden einen hohen Preis dafür zahlen müssen. Betroffen hockte sie sich neben die beiden. Sie legte ihre Hand auf Cynthias Unterarm, doch die dunkelhaarige Frau zog ihn weg. Ihr Gesicht war tränenüberströmt. Sie gab keinen Laut von sich, kein Weinen, kein Wimmern, kein Schluchzen. Sie saß nur da und blickte mit glasigen Augen ins Leere. Hannah konnte nicht ermessen, welche Gedanken ihr gerade durch den Kopf gehen mochten, welche Qualen sie durchlitt. Die Hoffnung auf ein normales Leben und auf eine Liebe an der Seite ihres langjährigen Freundes. Alles, was gut und schön gewesen war in ihrem Leben, lag nun tot vor ihren Füßen. Wenn auch nur ein Funken Hoffnung auf künftiges Glück in ihr gekeimt hatte, so war er vermutlich jetzt erloschen. In diesem Moment kam ihr John in den Sinn. Ob er wohl noch am Leben war? Und wenn ja, wie musste er sich jetzt fühlen, so allein und hilflos?

Cynthia hob ihren Kopf. Ihre Augen waren auf Hannah gerichtet, hielten sie gefangen. »Ich werde zurückgehen«, sagte sie. »Ich werde dem Treiben ein Ende machen.« Mit einer hasserfüllten Bewegung zog sie dem Wächter das Schwert aus der Brust. Die bluttriefende Klinge schimmerte in der Dunkelheit.

Hannah deutete ein Nicken an.

»Ja«, sagte sie. »Du hast recht. Wir sind lange genug weggelaufen. Lass uns ein zweites Schwert holen und dann los. Ich kann nur hoffen, dass wir nicht zu spät kommen.«

»Wie viele von den Pilzen hast du noch?«

»Genug, um uns zu Tieren werden zu lassen.«

Auf Cynthias Gesicht stahl sich ein grausames Lächeln.

»Her damit!«

65

In der Höhle hatten sich schätzungsweise dreißig Gestalten versammelt. Frauen, Männer, bunt gemischt. Alle waren sie kostbar gekleidet, mit langen bestickten Gewändern aus schweren Stoffen. An ihren Füßen trugen sie seltsame, gebogene Schuhe aus Holz, an denen Glöckchen befestigt waren, die beim Gehen leise klingelten.
John blickte mit Verwunderung auf die seltsamen Gestalten. Ihre Gesichter, in denen sich Erwartung und Ehrfurcht spiegelten, waren bei weitem nicht so exotisch wie ihre Kleidung. Es waren Menschen, wie man sie im Alltag zu Dutzenden traf. Angestellte, Handwerker, Hausfrauen. Menschen, die, genau wie Michael, ein Doppelleben führten.
Ihre Gesichter waren ernst und würdevoll. Niemand lachte, niemand sprach ein Wort. Alle hatten sich um den Opferstein gruppiert, als ob dieser das heilige Zentrum ihres Glaubens war. Dass es sich um eine spezielle Form von Ritual handeln musste, stand außer Frage. Spätestens als die neue Person eintraf, konnte diesbezüglich keine Unklarheit mehr bestehen. Es war eine Frau, aber eine, wie John sie noch nie zuvor gesehen hatte.
Im Gegensatz zum Rest der Anwesenden war sie bis auf einen prächtigen Hüftgurt nackt. Sie mochte so um die sechzig Jahre alt sein, und ihre Haut glänzte im Schein der Fackeln. Vielleicht war sie in früheren Jahren einmal schön gewesen, doch

jetzt sah sie zum Fürchten aus. Ihre Augen leuchteten aus einem dicken Streifen schwarzer Farbe hervor, der sich, einer Maske gleich, von der Nase ausgehend bis zu den Ohren zog. Die Lippen waren ebenfalls schwarz bemalt und ließen ihre Zähne außergewöhnlich lang erscheinen. Auf ihrem Kopf trug sie eine Tiara, die mit Efeu und Beeren verziert war. Die Symbole der Fruchtbarkeit standen in merkwürdigem Kontrast zu der totengleichen Gesichtsbemalung. Sie schien Fruchtbarkeits- und Totengöttin in einem zu sein, eine Kombination, die sich eigentlich ausschloss. In der Person dieser nackten Frau aber schien sich beides auf eine beunruhigende Weise zu ergänzen. An ihrer Seite kauerte der zweite Wächter.
Musik setzte ein. Eine Mischung aus Hörnern und Schlaginstrumenten. Erst langsam, dann immer schneller werdend, schwollen die Töne an. Die Menge wich ehrfürchtig zur Seite, als die Hexe begann, ihre Arme zum Rhythmus zu bewegen. Dann nahmen auch ihre Füße den Takt auf, erst wippend, dann stampfend. John musste mit Verwunderung feststellen, dass die Frau für ihr Alter bemerkenswert beweglich war. Immer geschmeidiger wurden ihre Bewegungen, als sie sich vorwärtsbewegte und schlangengleich um den Opferstein zu tanzen begann. Die Art, wie sie sich bewegte, hatte etwas Hypnotisches. John beobachtete, wie der Tanz im Einklang mit der Musik immer ekstatischer wurde. Das Licht der Flammen ließ ihren schweißnassen Körper wie flüssiges Gold erscheinen. Ihr Tanz führte sie bis auf eine Armlänge an ihn heran. Schweißtropfen flogen durch die Luft und landeten auf seinem Gesicht. Ihre Füße hüpften und tanzten jetzt mit einer unglaublichen Gewandtheit über den steinigen Untergrund. Die kleinen Glöckchen, die an ihren Gelenken befestigt waren, gaben ein leises Klingeln von sich. Schleier feinen Staubes wirbelten empor und trübten die Luft, während die Farbe des Lichts sich immer mehr in ein blutiges Rot verwandelte. Der

Tanz erreichte seinen Höhepunkt. In eindeutiger Pose schmiegte die Frau ihren Körper an den schwarzen Felsen, als ob sie sich mit ihm vereinigen wollte. Alles an ihr war Verführung. Sie keuchte. Sie stöhnte. Sie strahlte eine Energie aus, der John sich selbst in dieser unheimlichen Atmosphäre nicht entziehen konnte. Mit einem orgiastischen Schrei endete der Tanz.

Schwer atmend stand die Frau da, die Hände in die Hüften gestützt und nach Luft ringend. In den Augen der Versammelten leuchtete Verehrung auf. Viele nickten ihr ehrfürchtig zu. Nicht wenige von ihnen schienen durch den Tanz selbst in einen Zustand der Erregung versetzt worden zu sein. In diesem Augenblick kehrte der Schamane zurück. Seine Gestalt schien das Licht der Flammen zu schlucken. Obwohl seine Augen im Dunklen lagen, glaubte John einen ärgerlichen, um nicht zu sagen wutentbrannten Ausdruck in ihnen zu bemerken. Irgendetwas war schiefgegangen, das spürte er. Weder Hannah noch Karl und Cynthia waren zu sehen. Auch von dem zweiten Wächter fehlte jede Spur. War das ein gutes oder ein schlechtes Zeichen?

Mit aller Kraft zog und zerrte John an seinen Schlaufen. Das Leder ächzte und knarrte, gab jedoch keinen Millimeter nach. Verdammte Fesseln. Mit zusammengepressten Lippen musste er sich eingestehen, dass er so nicht weiterkam. Er hob seinen Kopf und erstarrte. Michaels dunkle Augen blickten genau in seine Richtung. Ein kalter, erbarmungsloser Glanz lag in ihnen. Sofort verwarf er jeden weiteren Versuch, sich zu befreien. Der Schamane nickte, drehte sich um und klatschte in die Hände. Die Menge wich auseinander, und zu sehen waren vier junge Mädchen. Sie waren in weiße Kleider gehüllt, und auf ihren Köpfen ruhten Stirnreifen aus Laub. Jede von ihnen trug etwas in der Hand. John hielt den Atem an.

Die Himmelsscheiben.

Der Schamane nahm die erste und brachte sie in einer der seitlichen Vertiefungen am Opferstein an. Dann nahm er die zweite und legte auch sie in eine Vertiefung. John nickte grimmig. Die Ketten auf der Oberseite sowie die Ornamente und Symbole entlang des Steins – es war ein Wagen. Genau, wie sie vermutet hatten. Ein vierrädriger Streitwagen, dessen feurige Pferde das Gefährt über das Firmament zogen.

Als alle vier Scheiben in ihren Halterungen saßen und die Mädchen wieder verschwunden waren, klatschte der Schamane erneut in die Hände. Diesmal erschien ein Knabe, gehüllt in eine goldene Rüstung. Seine Füße steckten in Sandalen, die Arme und Beine waren mit verzierten Schienen geschützt. Er sah aus wie der junge Achill. In seinen Händen hielt er einen mit Juwelen besetzten Dolch. John reckte den Hals und versuchte, einen Blick darauf zu erhaschen. Diese Waffe war außergewöhnlich. Wie es schien, war die gekrümmte Schneide selbst aus Bronze, der Parierstab und der Griff aber aus purem Gold. Die grünliche Oxidationsschicht der Klinge deutete auf ihr hohes Alter hin. Möglicherweise waren die Scheiben und der Dolch gleich alt, möglicherweise sogar aus der Hand des gleichen Meisters. Er erinnerte sich, diesen Dolch auch auf der Abbildung des Duncansby Head, dem Kopfstein von Duncansby, gesehen zu haben. Die Waffe schien in einer besonderen Beziehung zu den Himmelsscheiben zu stehen.

Der Schamane nahm die Klinge mit einer ehrfürchtigen Verbeugung in Empfang und hob sie in die Luft. Die Menge folgte schweigend jeder seiner Bewegungen. Als er so dastand, den Dolch in die Luft gereckt, geschah etwas Seltsames. Ein hohes Sirren erklang, als würde die Luft von Myriaden winziger Flügel in Schwingung versetzt. Das Sirren war so grell, dass es ihm in den Ohren schmerzte. John sah sich um. Was in Gottes Namen war das? Es klang, als würde sich jemand mit einem Steinschneider durch Marmor arbeiten.

Plötzlich glaubte er eine Veränderung am Opferstein wahrzunehmen. Eine partielle Unschärfe, die aussah, als würde der Stein vibrieren. Er musste mehrmals genau hinsehen, um sicherzugehen, dass er sich nicht täuschte. Kein Zweifel: Der Felsblock wurde durchscheinend, an manchen Stellen sogar transparent. Das Geräusch hatte eindeutig damit zu tun. Etwas ging mit diesem Stein vor sich. Etwas, das in höchstem Maße ungewöhnlich war.
Er war so abgelenkt, dass er beinahe übersehen hätte, wie der Schamane auf die gegenüberliegende Seite der Höhle gegangen war und einen der Gefangenen losschnitt. Es war die Frau. Ihre Haare hingen in Strähnen vom Kopf. Ihren Bewegungen nach zu urteilen, war sie mehr tot als lebendig, eine willenlose Puppe. John hatte weder sie noch die beiden Männer je zuvor gesehen. Er fragte sich, welches Schicksal sie wohl auserkoren hatte, seine Mitopfer zu sein. Vermutlich würde ihm keine Zeit mehr bleiben, darauf eine Antwort zu erhalten.
Eigentlich hatte er damit gerechnet, als Erster auf den Block geschnallt zu werden, immerhin war er Michaels Nebenbuhler. Doch wie es schien, hatte der Schamane andere Pläne. Welche, das war John schleierhaft. Leichter zu deuten war hingegen der Ablauf, mit dem diese Zeremonie vonstattengehen würde. Vier Himmelsrichtungen – vier Scheiben – vier Opfer. Welch simple Symbolik!
Die Frau war inzwischen mit Hilfe einiger starker Hände auf den Opferstein getragen worden. Ihre schlaffen Gliedmaßen wurden mit Ketten befestigt. Als ob das noch nötig gewesen wäre. Die Frau bekam nichts mehr von dem mit, was um sie herum geschah. Die Augen geöffnet, ihren Blick starr zur Decke gerichtet, wirkte sie, als ob ihre Seele bereits in weite Ferne entschwunden war. Vielleicht war das auch gut so. Was nun folgte, würde alles andere als angenehm werden.
Die Hohepriesterin, die nach ihrem schweißtreibenden Tanz

kurz aus dem Blickfeld verschwunden war, tauchte wieder auf. Ihr Körper war ganz und gar in schwarze Rabenfedern gehüllt. Sie sah aus wie ein riesiger Vogel, der geradewegs aus der Unterwelt emporgestiegen war. Mit einer Haltung, die ihr wahres Alter nicht länger verbergen konnte, trat sie vor die Menge und hob die Arme. Die Flügel rauschten, dann erstarb jedes weitere Geräusch.

»*Lemuutti urušu itené eppuus umišamma.*« Ihre Stimme hallte durch die Höhle wie ein böser Wind.

»*Meššu ina abašaani la taapšuúhti ùhalliiq kulatsiin.*«

John runzelte die Stirn. Was in Gottes Namen war das für eine Sprache? Sumerisch? Akkadisch? Babylonisch? So etwas hatte er noch nie zuvor vernommen. Die Worte klangen dunkel und unheilverkündend.

Das Opfer war rundum angekettet worden und konnte sich nicht rühren. Der Schamane, der seit der Ankunft der Hohepriesterin ganz damit beschäftigt war, seinen Dolch mit rätselhaften Beschwörungen zu besprechen, hob seinen Kopf und richtete sich an die Menge.

»*Anaku kuraàs!*«

Er reckte den Dolch in die Höhe, und die Menschen senkten ehrfürchtig ihre Häupter. »*Lugal kiššat lugal gal lugal dannu lugal.*«

Er drehte sich um und ging zum Opferstein. Langsam, wie ein Raubtier, umkreiste er den Block.

»*Lugal kur šumeri ù akkadi kibraati erbéeti.*«

Der erste Schnitt verlief über das Handgelenk der Frau. John sah mit Grauen, wie Blut aus der Wunde trat und an ihren Fingern herabzutropfen begann.

»*Dumu kaambuziia lugal gal lugal uru anšaan dumu.*«

Der zweite Schnitt erfolgte knapp über dem rechten Fußknöchel.

»*Dumu kuraaš lugal gal lugal.*«

Ein weiterer Schnitt oberhalb des linken Fußgelenks.
»Uru anšaan šá bal.«
Und der letzte Schnitt am linken Handknöchel.
Das Blut lief in schmalen Rinnsalen am Stein herab und sammelte sich in den Vertiefungen, in denen die Scheiben ruhten. Wieder war dieses sirrende Geräusch zu hören, und wieder wurde der Stein in Schwingung versetzt, doch diesmal stärker als zuvor. Johns Mund blieb vor Staunen offen stehen. Es war unübersehbar: Der Block wurde an manchen Stellen regelrecht durchsichtig. Mehr noch: Er schien von innen heraus zu glühen. Das Leuchten war dort am stärksten, wo die Scheiben aufsaßen. Feurige Linien zogen sich entlang ihrer Basis, breiteten sich entlang der Runen und Ornamente über den ganzen Altarstein aus. Eines war gewiss: Scharlatanerie war das nicht. Hier war etwas Unerhörtes im Gange.
Über den schwarzen Felsen wanderten dämonische Zeichen, verbotene Worte, deren Sinn sich nur den Eingeweihten erschloss. Der ganze Felsblock war von einem teuflischen Feuer erfasst worden. Mit glühender Macht erwachten die vier Himmelsscheiben zum Leben. Die Sterne auf ihrer Oberseite brannten wie glühende Kohlen. John spürte, welche Kraft ihnen innewohnte.
Ein Lichtstrahl brach durch die Dunkelheit, eine Säule gebündelter, ungefilterter Energie. Er durchstieß den steinernen Felsblock, die Brust der Frau und das Deckengewölbe über ihren Köpfen. John hielt den Atem an. Der Höhepunkt der Zeremonie war gekommen. Der Schweiß glänzte auf den Gesichtern der Anwesenden. In Michaels Augen loderte Besessenheit, sein Gesicht war zu einer Maske des Wahnsinns verzerrt. Mit einem Mal verstand John, warum Hannah eine solch tiefe Abneigung gegen religiösen Fanatismus entwickelt hatte. Er brachte nur das Schlechte im Menschen zur Geltung. Seine niederen Instinkte, seine animalische Seite, seine bis über die

Selbstzerstörung hinausgehende Energie. Eine Energie, die keinen Halt machte vor dem Körper, vor der Seele, vor der Schöpfung. Sie war wie ein alles verzehrendes Feuer.
Mit einem Blick, der einem die Angst in die Glieder treiben konnte, richtete der Schamane seinen Dolch auf die Brust des Opfers. Der Lichtstrahl bog und krümmte sich. Fast schien es, als wäre er lebendig. John kniff die Augen zusammen. Irrte er sich, oder hatte er die Form einer Klaue angenommen? Einer gigantischen, feurigen Klaue mit gekrümmten Nägeln und knochigen Gelenken. Unnatürlich lange Finger krümmten und streckten sich, als könnten sie gar nicht erwarten, der unschuldigen Frau die Seele aus dem Körper zu reißen.
In diesem Moment erklang ein Ruf. Eine klare helle Frauenstimme schallte durch die Höhle.
»*Michael!*«
Der Schamane fuhr herum. Ebenso die Seherin, der verbliebene Wächter und sämtliche Anwesenden. In ihren Augen spiegelte sich Unglauben, gefolgt von Wut. Wer konnte es wagen, die heilige Zeremonie zu stören? Aus dem Seitengang, in den Michael vor einer Stunde mit seinen Gefangenen verschwunden war, waren zwei Frauen getreten. John glaubte, sein Herz würde aussetzen. Es waren Hannah und Cynthia. Sie waren am Leben, doch ihr Anblick war erschreckend. Ihre Kleidung war zerrissen und völlig verdreckt, Arme und Beine waren mit Blut verschmiert. Ein unheimliches Funkeln loderte in ihren Augen. Zwei Furien, die soeben das Tor zur Hölle durchschritten hatten. Mit erhobenen Köpfen traten sie aus dem Dunkel, zu allem entschlossen. Die blitzenden Schwerter in ihren Händen unterstrichen diesen Eindruck. Wo war Karl? Keine Spur von ihm. Genauso wenig wie von dem zweiten Wächter.
Während John sich noch fragte, was dort unten wohl geschehen sein mochte, trat Hannah vor, hob ihren Arm und deutete mit ihrem Schwert auf Michael. »Lass sie frei.« Ihre Stimme

war laut, aber dennoch von einer unumstößlichen Gewissheit. »Lass sie frei, oder ich werde dich töten, das schwör ich dir!« Michaels Augen flackerten. Er sah aus, als könne er selbst nicht glauben, was er gerade gehört hatte. Einen Moment lang huschte ein Ausdruck von Furcht über sein Gesicht. Doch genauso schnell, wie er aufgetaucht war, verschwand er auch wieder. Zurück blieb die kalte, undurchdringliche Maske eines Besessenen. Mit einem höhnischen Lachen hob er den Dolch und ließ ihn mit aller Kraft in die Brust seines Opfers fahren. Es gab ein Knirschen, dann schoss ein Blitz aus der Klinge. Blendende, gleißende Helligkeit erfüllte den Raum. Ein Donner wie von tausend Kanonen ließ den Boden unter ihren Füßen erzittern. Eine Druckwelle aus heißer, schwefelhaltiger Luft fegte durch die Höhle und riss alle von den Füßen, die sich nicht irgendwo festhielten. Glühender Sand fegte ihnen ins Gesicht und brannte auf der Haut wie hundert Nadelstiche. John, der die Augen vor Schmerz und Entsetzen schloss, glaubte, die Pforten der Hölle hätten sich aufgetan.

Hundert Meter über ihren Köpfen, direkt oberhalb der Brockenspitze, stieg ein gleißender Feuerball in den Himmel. Lodernde Schwingen entfalteten sich und brachten die Luft zum Kochen.
Das Portal hatte sich geöffnet.

66

Hotelmanager Bertram Renz hob sein Mikrofon über die tanzende, schwitzende Menschenmenge. Auf der Bühne des Goethesaals stehend, zählte er laut die letzten Sekunden bis Mitternacht herunter. Die Musik hatte für einen Moment ausgesetzt, und die hundertfünfzig Gäste, die nach dem Musical, dem Büfett und dem anschließenden Tanz bereits mächtig in Partystimmung waren, zählten lauthals mit.
»Fünf ...vier ... drei ... zwei ... EINS!«
Ein Donnerschlag erschütterte den Festsaal. Durch die Scheiben drang orangerotes Licht. Die Menschen schrien auf vor Überraschung. Sekunden atemloser Stille folgten, dann begannen alle zu jubeln und zu applaudieren. Champagner spritzte. Viele riefen »Hurra!« oder »Heißa Walpurgisnacht!«. Die Menschen fielen sich in die Arme und küssten einander, ehe sie damit begannen, sich nach draußen zu drängen. Ein Feuerwerk, das war etwas, womit niemand gerechnet hatte. Am wenigsten Bertram Renz.
Mit offenem Mund, das Mikrofon immer noch über die Menge haltend, blickte er hinaus zu dem rot-gelben Licht. Das war nun schon die zweite Überraschung an diesem Abend. Erst der spektakuläre Schwarm von Sternschnuppen und jetzt das. Er benötigte einige Sekunden, um sich von dem Schreck zu erholen. Dann warf er das Mikrofon in die Ecke und stürmte wutentbrannt an den Menschen vorbei zum Ausgang. Das war

unerhört. Welcher Idiot zündete denn da draußen Feuerwerkskörper an? Wie es aussah, schien es sich nicht um ein paar harmlose Raketen zu handeln, sondern um eine gewaltige Batterie von Kaskaden und Schwärmern. Die Brockenspitze war Brandschutzzone. Obwohl hier oben an dreihundert Tagen im Jahr Nebel und Wolken regierten, war das empfindliche Ökosystem trocken wie Zunder. Ein Funke, angefacht von den heftigen Winden, konnte unglaubliche Schäden anrichten. Wer immer für dieses überraschende Feuerwerk verantwortlich war, er würde teuer dafür bezahlen müssen.

»Darf ich mal vorbei? Entschuldigung!« Die Menge hatte sich vor der Tür zu einem unentwirrbaren Knäuel verdichtet. »Verzeihung! Lassen Sie mich bitte mal durch!« Der Hotelmanager zog sein Handy heraus und drückte den Rufknopf für den Sicherheitsdienst. Die Jungs hatten bei der Beseitigung der Esoterik-Freaks gute Arbeit geleistet. Wie es schien, würden sie heute Nacht noch einmal zu Werke gehen müssen. Sofort hörte er das vertraute Knacken in der Leitung.

»Hier Renz ... was?« Die Stimme am anderen Ende war kaum zu verstehen. »Sprechen Sie lauter ... ich ... ja, ich habe es auch gesehen. Wo sind Sie? Gut, und das Feuerwerk?« Das Telefon ans Ohr pressend, drückte er sich durch das Gewühl. »Über der Brockenuhr, sagen Sie? In Ordnung, dann sehen wir uns dort. Bis gleich.« Er steckte das Handy zurück in die Hemdtasche und drängte zum Ausgang. Die Brockenuhr war eine gigantische Windrose an der höchsten Stelle des Berges. Sie war erst vor wenigen Jahren angelegt worden und zeigte die Entfernungen zu den nächsten größeren Städten. Ein freier Platz, ideal für ein Feuerwerk.

Ein warmer Wind wehte ihm durch die geöffnete Tür entgegen. Vor dem Eingang hatte sich eine Menschentraube gebildet. Statt weiterzugehen, waren die Gäste stehen geblieben und starrten mit erschrockenen Gesichtern in Richtung des

Feuers. Renz folgte ihrem Blick und erstarrte. Die Flammensäule war riesig. Vielleicht zwanzig Meter im Durchmesser und an die fünfzig Meter hoch. Annähernd so hoch wie der Sendemast. Blitze zuckten durch die Luft, und schwarzer Rauch stieg in den Himmel. Die Hitze war bis hierher zu spüren. Ein Knistern und Knacken wie von tausend Hochspannungsleitungen drang an sein Ohr. Die Luft war gesättigt mit Ascheflocken. Täuschte er sich, oder waren das zwei gigantische Flügel, die da rechts und links aus den Flammen herausragten? Das Feuer war in ständiger Bewegung. Es war unmöglich, etwas Genaues zu erkennen. Der Hotelmanager kniff die Augen zusammen. Im Bruchteil einer Sekunde erkannte er, dass er sich geirrt hatte. Sie alle hatten sich geirrt. Das war kein Feuerwerk, es war auch kein genial konzipiertes und ausgeführtes Laserspektakel. Das hier war etwas anderes.
Er sah einen länglichen Kopf, einen gebeugten Rücken, kurze Beine und zwei absurd lange Arme, die an dem tonnenförmigen Leib hingen. Es sah aus wie der leibhaftige Satan, Herr der Unterwelt. Eine Stimme war zu hören. Tief, verzerrt und aus einer unendlichen Tiefe kommend. *»Ummanišu rapšaati šaikma mee!«*
Der Kopf zwischen den flammenden Schultern wandte sich ihnen zu. Zwei kalte, gleißende Augen hefteten sich auf sie. Dann schwang das Wesen seinen Leib herum und begann in ihre Richtung zu marschieren.
Bertram Renz schrie.

Ida Benrath befand sich gerade auf der B 4 zwischen Torfhaus und Braunlage, als sie den Flammenball zwischen den Wipfeln der Fichten emporsteigen sah. Mit quietschenden Reifen hielt sie auf dem Seitenstreifen an. Sie zog ihr Fernglas aus dem Handschuhfach und stürmte aus dem Wagen. Der Himmel war dunkelrot erleuchtet. Die gesamte Bergspitze schien

in Flammen zu stehen, einschließlich des Brockenhotels und des Urians. Was in Gottes Namen war da oben los? Es sah aus, als wären zahlreiche Gasbehälter explodiert. Vielleicht ein Unfall in einer der Küchen, auch wenn das Feuer dafür eigentlich zu groß war. Hatten die sowjetischen Besatzungstruppen dort vielleicht Sprengstoff gelagert, von dem niemand etwas wusste, oder handelte es sich gar um einen gezielten Anschlag? Idas Gedanken rasten. Die Flammen griffen bereits auf die umstehenden Baumwipfel über. Da oben herrschte ein einziges Inferno.
Ida riss ihr Funkgerät heraus.
»Einsatzzentrale? Hier Benrath. Ich melde ein Feuer auf der Brockenspitze. Ja ... ziemlich groß. Wie ...? Ja, dann sehen Sie doch mal aus dem Fenster.« Es entstand eine kurze Pause. Als sich die Dame von der Zentrale zurückmeldete, klang sie deutlich überzeugter. »Nein, ich habe auch keine Ahnung, was da passiert ist«, antwortete Ida auf ihre Frage. »Schicken Sie Löschfahrzeuge Richtung Schierke. Genau ... alles, was Sie haben. Und schicken Sie mir einen Hubschrauber. Ich will zu jedem Zeitpunkt informiert sein, in welche Richtung sich das Feuer ausbreitet. Beeilen Sie sich, es sieht nach einer verdammten Katastrophe aus! Benrath aus.«
Sie beendete das Gespräch und wählte Steffen an. Es dauerte ein paar Sekunden, dann knackte es in der Leitung.
Seine Stimme war wegen der lauten Musik im Hintergrund kaum zu hören.
»Steffen, hier ist Ida. Ich habe hier ... du hast es auch gesehen? Umso besser. Sieht verdammt ernst aus. Ja, ich habe die Notfallzentrale schon verständigt. Du musst die Veranstaltung abbrechen. *Sofort*, verstehst du? Die Löschfahrzeuge brauchen eine Gasse. Was ...? ... ist mir egal, was ihr mit den Bühnen macht. Verschiebt sie, reißt sie ab, macht sie dem Erdboden gleich, Hauptsache, die Straße ist frei. Und sieh zu, dass du die

Leute ins Tal geschafft bekommst, nach Unterschierke oder in den Kurpark, egal wohin, nur weg von der Straße. Ich werde zusehen, dass ich Busse organisieren kann, mit denen wir die Leute evakuieren. Nicht die Autos, nein, die verstopfen uns nur die Straßen. Was ...? Warum diese Eile?« Sie blickte auf die Brockenspitze und auf die immer weiter um sich greifenden Flammen. Sie hatten die Richtung geändert und begannen jetzt, den Berg abwärtszuwandern. Ida erschauerte. »Weil da eine verfluchte Feuerwalze auf euch zurollt, darum.«

Steffen schaltete sein Funkgerät ab und blickte in Richtung Bergspitze. *Himmel*, Ida hatte recht. Wo eben noch ein rotes Schimmern hinter den Baumwipfeln zu sehen war, erblickte er jetzt lodernde Flammen, die augenscheinlich rasch näher kamen. Wie konnte das sein, es wehte doch überhaupt kein Wind? Bei der Geschwindigkeit, mit der sich die Flammenwand durch den Wald fraß, würde sie in einer halben Stunde Schierke erreicht haben. Nie und nimmer würde er es in dieser Zeit schaffen, die Bühnen abräumen zu lassen und die Leute von der Straße zu bekommen. Er musste sich etwas einfallen lassen. Von seiner Position aus konnte er das schwache Schimmern der Waldstraße auf der anderen Seite des Baches erkennen. Wenn es ihnen gelänge, die Einsatzfahrzeuge über die schmale Brücke am Ortseingang zu leiten, könnten sie es vielleicht schaffen. Vorausgesetzt, die Äste der umliegenden Bäume hingen nicht zu tief. Er spürte, dass er nur diese eine Option hatte. Steffen nahm seine Beine in die Hand und rannte die Straße zurück zur Einsatzzentrale.

67

Hannah erhob sich mit zitternden Knien. Ihre Augen brannten vom Widerschein der mächtigen Flammen. Ihr Kopf schwirrte, und Übelkeit stieg in ihr auf. Die Druckwelle hatte sie mehrere Meter weit zurückgeworfen und sie gegen eine große tönerne Vase geschleudert. Hannah glaubte, jeden einzelnen Knochen in ihrem Körper zu spüren. So wie ihr schien es vielen anderen in der Höhle auch ergangen zu sein. Unweit der Stelle, an der sie eben noch gestanden hatte, lag der in Federn gehüllte Körper der Hohepriesterin. Sie rührte sich nicht mehr. Ob sie bewusstlos war oder tot, ließ sich nicht feststellen. Was um alles in der Welt war geschehen? Was war das für eine Explosion gewesen, woher waren der Blitz und der Donner gekommen? Michael war gewillt, jeden Einzelnen von ihnen umzubringen, so viel war klar, aber wie weit würde er tatsächlich gehen? Ihr Verstand weigerte sich immer noch, die letzte Konsequenz aus dem Gesehenen zu ziehen. Was eben geschehen war, konnte genauso gut das Ergebnis einer geschickten pyrotechnischen Darbietung gewesen sein, auch wenn es dafür eines enormen technischen Aufwands bedurft hätte. Eine mittelgroße Sprengladung, ein wenig Blitzpulver – Dinge, mit denen die Menschen seit Jahrhunderten hinters Licht geführt wurden. Einem Wahnsinnigen wie Michael war durchaus zuzutrauen, dass er mit solchen Tricks arbeitete. Niemand schien jedoch mit der Heftigkeit der Inkarnation ge-

rechnet zu haben – am wenigsten Michael selbst. Hannah sah, wie er sich mühsam aufrappelte, blind nach dem Dolch tastend. Über ihm, auf dem Monolithen, lag der Körper der getöteten Frau. Ihr fiel das Bild auf der Steintafel wieder ein, dem Duncansby Head. Keine Ahnung, warum sie jetzt gerade daran denken musste, aber die Ähnlichkeit zwischen Michael und dem Priester auf jener Abbildung war verblüffend. Vor allem wegen dieses Dolches. Er schien eine große Bedeutung zu haben. Wenn sie nur wüsste, welche.
Ein Ruf von links riss sie aus ihren Gedanken. Es war Cynthia. Mit zitternder Hand deutete sie auf die Gefangenen. »John. Schneid ihn los. Beeil dich!«
Hannah klaubte das Schwert aus dem Staub und wankte vorwärts. Immer noch spürte sie die Wirkung des Wunderpilzes in sich.
John war nur noch wenige Meter von ihr entfernt. Sie sah, wie er den Kopf schüttelte und Schleim in den Staub hustete. Seine Haut war stark gerötet. Kein Wunder, hatte er doch nur wenige Meter vom Opferstein entfernt gestanden. Er drehte seinen Kopf in ihre Richtung, und ein Lächeln erschien auf seinem Gesicht. In seinen Augen lag so viel Vertrauen, dass es Hannah einen Stich ins Herz versetzte. Wie konnte er sie nur immer noch lieben, nach allem, was sie ihm angetan hatte?
Sie hob das Schwert, um seine Fesseln zu durchtrennen, als seine Augen sich vor Schrecken weiteten. »Vorsicht, Hannah!« Doch es war schon zu spät. Ein heftiger Schlag fegte sie von den Beinen. Das Schwert entglitt ihren Händen, als sie von einer unbarmherzigen Gewalt zu Boden gedrückt wurde.
Einhundert Kilo durchtrainierte Muskulatur, scharfe Fingernägel und zottiges Fell pressten ihr die Luft aus dem Leib. Eine Wolke von faulig riechenden Pilzen hüllte sie ein. Sie wusste genau, was dieser Geruch bedeutete.
Die Erinnerung an Karls geschundenen Körper blitzte in ihren

Gedanken auf. Das gab ihr Kraft. Eine Kraft, wie sie sie noch nie zuvor gespürt hatte. Mit einer Woge unbändiger Energie bäumte sie sich auf. Ein Schrei kam über ihre Lippen. So heftig, dass der Angreifer für einen Moment lang verblüfft von ihr abließ. So viel Gegenwehr hatte er von seiner Beute wohl nicht erwartet. Die zum Schlag erhobene Pranke verharrte in der Luft. Hannah nutzte die Sekunde und rollte zur Seite. Als die Krallen niedersausten, verfehlten sie Hannah um eine knappe Armlänge. Der Wächter, sich seines Fehlers bewusst werdend, gab einen keuchenden Laut von sich. Mit einem bösartigen Fauchen drehte er sich um, stieß sich ab und hechtete auf sie zu. Hannah, immer noch auf dem Rücken liegend, sah den gewaltigen Leib auf sich zukommen.

Der Aufprall war mörderisch. Arme und Beine fingen den Stoß ab. Ihre Sehnen dehnten sich zum Zerreißen, und ihre Muskeln zitterten vor Anspannung. Wie sie es schaffte, den Gegner auf Abstand zu halten, grenzte schon fast an ein Wunder. Mit beiden Händen hielt sie die mächtigen Arme gepackt, während ihre Beine sich in den Unterleib des Wesens stemmten. Was sie jedoch nicht verhindern konnte, war, dass der schreckliche Kopf nach vorne schoss. Speichel lief aus dem Maul, benetzte ihre Brust, während die zugespitzten Zähne, nur wenige Zentimeter von ihrem Gesicht entfernt, zuschnappten wie eine Stahlfalle. Im Bruchteil einer Sekunde berechnete Hannah ihre Chancen. Ihre Arme und Beine würden diesem Angriff nicht mehr lange standhalten. Nur noch wenige Augenblicke, und das Gewicht des Angreifers würde sie erdrücken.

68

Ida sah das Feuer, noch ehe sie das Ortsschild von Schierke passiert hatte. Gelbrot loderten die Flammen auf der gegenüberliegenden Seite des Tals. Mit viel zu hoher Geschwindigkeit fegte sie um die nächste Kurve und bemerkte dabei zu spät, dass eine Absperrung quer über die Fahrbahn gespannt worden war. Geistesgegenwärtig riss sie das Lenkrad herum und trat auf die Bremse. Der Wagen hinterließ einen breiten Streifen abgeriebenes Gummi auf der Straße, dann blieb er stehen. Ida stieß einen leisen Fluch aus. Ein junger Polizist eilte auf sie zu, im Gesicht eine Mischung aus Sorge und Tadel.
»Sind Sie noch zu retten?«, rief er. »Haben Sie denn das Ortsschild nicht gesehen? Innerhalb geschlossener Ortschaften beträgt die Höchstgeschwindigkeit …«
»Halten Sie den Mund«, unterbrach Ida ihn und wedelte mit ihrem Ausweis vor seiner Nase herum. Während der Mann das Dokument gewissenhaft studierte, erlaubte sie sich einen Rundblick. Von den angeforderten Löschfahrzeugen war keine Spur zu sehen. Wieso dauerte denn das so lange?
»Lassen Sie mich durch«, sagte sie. »Ich muss zum Einsatzleiter.«
Der Beamte zögerte. Ida konnte förmlich hören, wie die Gedanken durch seine Gehirnwindungen kullerten. Endlich schien er begriffen zu haben, dass es besser war, zu tun, was sie verlangte.

»Kommissar Werner ist in der Zentrale, auf der anderen Seite des Ortes«, stieß er hervor. »Sie finden ihn in der Jugendherberge.«
»Das weiß ich. Wie komme ich da am schnellsten hin.«
»Nicht mit dem Auto. Die Hauptstraße ist gesperrt. Abgesehen von den Bühnen, ist dort alles voller Menschen.«
»Ja, ist denn da noch nicht geräumt worden? Ich habe doch ausdrücklichen Befehl gegeben, die Straße frei zu machen.«
»Offenbar hat Kommissar Werner die Anweisung geändert. Soweit ich weiß, sollen die Löschfahrzeuge über die Waldstraße zum Hochtal geleitet werden.«
»Komme ich dort mit meinem Auto durch?«
»Eigentlich darf ich niemanden ...« Er sah in Idas Augen und erstarrte. »Ja natürlich, sofort. Aber geben Sie acht, das Feuer ist an manchen Stellen schon sehr nah an die Straße herangekommen.« Er entfernte die Absperrung. Ida nickte ihm kurz zu, dann gab sie Gas.
Die Straße nach Unterschierke zweigte kurz hinter der Absperrung nach links ab. Nach ein paar Kurven und einer schmalen Brücke ging es hinüber zu den Besucherparkplätzen. Obwohl dieser Teil eigentlich für die Löschfahrzeuge frei gehalten werden sollte, liefen hier überall Menschen herum. Ein Blick in ihre Gesichter genügte, um zu sehen, dass sie kurz vor einer Panik standen. Wieso waren hier keine Polizisten, die die Leute beruhigten? Ida drückte auf die Hupe und fuhr weiter. Am Ende des Parkplatzes öffnete sich ein schmaler Weg, der Richtung Norden führte. Das musste die Waldstraße sein. Rauchschwaden drangen durch das Dickicht und erfüllten die Luft mit beißendem Gestank. Ida fuhr vorsichtig, nicht zuletzt, damit ihr X5 auf der holperigen Strecke nicht aufsaß. Aber wenn der 4x4-Antrieb die Strecke nicht schaffte, schafften es die Löschfahrzeuge auch nicht. Der Rauch war hier so dicht, dass man jeden Moment damit rechnen musste, einer Flammen-

wand oder einem umgestürzten Baum gegenüberzustehen. Hustend und nach Atem ringend, fuhr sie weiter. Die einzige Devise hieß: Augen zu und durch.

Nach einem knappen Kilometer tauchte plötzlich das hohe Gebäude der Jugendherberge aus dem Qualm auf. Hustend und nach Atem ringend, parkte sie den Wagen vor dem Eingang. Über sich hörte sie das Dröhnen von Rotoren. Der Hubschrauber war da.

Wenigstens etwas.

69

John streckte seine Finger, so weit es ging. Das Schwert, das Hannah fallen gelassen hatte, lag nur eine halbe Armlänge von ihm entfernt. Könnte er doch nur seine Hände etwas weiter strecken. Aus den Augenwinkeln sah er, dass hinter seinem Rücken gekämpft wurde. Hannah rang mit einem der Wächter. Cynthia, die von der Wucht der Explosion nach hinten geschleudert worden war, schien betäubt zu sein. Blut lief aus einem ihrer Ohren. Und Hannah brauchte Unterstützung. Allein würde sie dem übermächtigen Gegner auf Dauer unterliegen. Er musste etwas tun.

Die meisten der Anwesenden waren geflohen oder lagen, wie die Hohepriesterin, am Boden. Michael schien der Einzige zu sein, der in all dem Chaos den Überblick bewahrt hatte. Doch der Schamane war momentan keine Gefahr. Mit halb geschlossenen Lidern, den Opferdolch auf Augenhöhe haltend, murmelte er irgendwelche Beschwörungen. So verrückt das auch klingen mochte, aber es sah aus, als würde er mit dem verdammten Ding *reden*.

Niemand achtete auf John, und es war klar, dass dies vielleicht seine letzte Chance war, freizukommen. Noch einmal streckte er seine Hände nach dem rettenden Schwert aus. Er ignorierte den Schmerz und bog und wand seine Finger, bis er glaubte, sie würden ihm abfallen. Die Lederfesseln schnitten in sein Fleisch. Er zog, er riss und streckte sich. Nichts. Er stand kurz davor, aufzugeben, als das Unglaubliche geschah. Sein linker Mittelfinger berührte Metall. Er drehte den Kopf und hielt die Luft an. Seine Bemühungen hatten die Lederschlaufen offenbar so weit gedehnt, dass seine Hände einen größeren Spielraum hatten. Von neuer Hoffnung beflügelt, machte er weiter. Mit äußerster Anstrengung gelang es ihm, auch noch den Zeigefinger auf die Schneide zu bekommen. Er krümmte die Finger so lange, bis seine Nägel Halt in einer der scharfkantigen Gravuren fanden. Langsam und mit äußerster Konzentration zog er seine Finger zurück, hoffend, dass seine Nägel nicht brachen. Millimeter um Millimeter gelang es ihm, das Schwert so nahe heranzuziehen, dass er es mit beiden Händen packen konnte. Vorsichtig richtete er es auf, so dass die Schneide nach oben zeigte. Dann drückte er die Lederriemen darauf. Langsam und mit unendlicher Vorsicht begann er, seine Hände hin und her zu bewegen. Ein Schnappen signalisierte ihm, dass der erste Riemen bereits durchschnitten war. Voller Eifer machte er weiter, als sein Blick auf Michael fiel. Der Schamane hatte seine Beschwörung beendet und sah ihn direkt an. Schlimmer noch: Er lächelte. Sein Mund war zu einem langen, schmalen Schlitz verzogen, der so aussah, als wäre er mit einem Messer ins Gesicht geschnitten worden. John spürte, wie es ihm eiskalt den Rücken herunterlief. Dieses Lächeln konnte nichts Gutes bedeuten. Er spürte, dass dieser Mann etwas Schreckliches im Schilde führte. Sie mussten das hier beenden. Ganz schnell.

Das Wunder, auf das Hannah gehofft hatte, trat ein.
Der Druck, mit dem der Wächter ihre Arme am Boden hielt, ließ plötzlich nach. Er riss seinen Kopf hoch und stieß einen markerschütternden Schrei aus. Den Kopf hin und her werfend, sah er aus, als würde etwas ihm unerträgliche Schmerzen bereiten. Ehe Hannah dahinterkam, was hier eigentlich

vor sich ging, ließ er vollends von ihr ab und drehte sich um. Von einer auf die andere Sekunde war die Archäologin frei. Hannah runzelte die Stirn – und verstand. Die Spitze eines Schwertes ragte aus seinem Rücken. Blut quoll aus der Wunde und tropfte auf die Archäologin. Als sie Cynthias Kopf hinter dem Wächter auftauchen sah, fügten sich die Abläufe zusammen. Die Frau musste dem Angreifer ihr Schwert in den ungeschützten Rücken gerammt haben, während dieser damit beschäftigt war, Hannah zu Boden zu drücken. Eine mutige Aktion, die allerdings nicht ohne Folgen bleiben würde. Denn noch war der Wächter nicht tot. Mit einem leichten Humpeln ging er zum Angriff über.

Hannah wurde klar, dass er nur von ihr abgelassen hatte, um sich der unbewaffneten Cynthia zuzuwenden. So weit durfte es nicht kommen. Während der Wächter sich sprungbereit machte, trat sie hinter ihn, packte das Schwert und zog es mit aller Kraft aus der Wunde. Noch ehe das Biest reagieren konnte, stieß sie erneut zu. Das Metall fühlte sich an, als würde es in zähes Leder fahren.

Der Wächter stieß einen röchelnden Schrei aus und sackte zusammen. Seine Augen wurden starr.

70

Ida hatte gerade ihre Hand auf die Türklinke der Einsatzzentrale gelegt, als ein Leuchten am Rande ihres Gesichtsfeldes sie innehalten ließ. Sie drehte sich um. Keine hundert Meter von ihr entfernt schlugen die ersten Flammen aus dem Wald. Die Flammenwand hatte Schierke erreicht.

Mit einem Fluch auf den Lippen öffnete sie die Tür und stürmte hinein. In der Zentrale ging es zu wie in einem Bienenstock. Sie entdeckte Steffen inmitten einiger Kollegen, die sich um eine Karte geschart hatten und heftig debattierten. Es ging zu wie in einem Tollhaus.

Steffen, der gerade irgendwelche Befehle in ein Handy brüllte, hob die Hand. Hastig beendete er das Gespräch und kam zu ihr herüber.

»Ida!« Seine Erleichterung war nicht zu übersehen. »Mein Gott, bin ich froh, dich zu sehen. Wie bist du hergekommen?«

»Über die Waldstraße. Dein Kollege am Ortseingang hat mir alles erzählt. Ich gebe zu, zuerst war ich wütend, dass du meinen Befehl einfach ignoriert hast, aber rückwirkend betrachtet, hattest du recht. Du solltest allerdings ein paar Leute zu den unteren Parkplätzen schicken. Da laufen überall Leute herum, die kurz vor einer Panik stehen. Einige von ihnen haben sich in ihren Autos verbarrikadiert.«

»Ich werde mich gleich darum kümmern.«

»Und wo bleiben die Löschfahrzeuge?«

»Ich habe gerade mit ihnen telefoniert«, sagte Steffen. »In wenigen Minuten werden sie hier sein.«
»Wenn das mal reicht.«
»Wie meinst du das?«
»Hast du in den letzten Minuten mal einen Blick ins Tal geworfen?«
Er öffnete den Mund, um etwas zu sagen, schloss ihn dann aber wieder. Mit sorgenvollem Blick eilte er an der Kommissarin vorbei nach draußen. Als Ida ihn erreichte, starrte er in die Flammenwand, die Hand gegen die plötzliche Helligkeit erhoben. Das Feuer war in der Zwischenzeit bis auf etwa fünfzig Meter an das Gebäude herangekommen. Die Hitze war mörderisch. Ein starker Wind hatte eingesetzt und wehte ihnen ins Gesicht. Er schien dem Zentrum des Feuers zu entspringen.
»Eigenartig«, rief Ida ihrem Assistenten zu.
»Was denn?«
»Der Wind. Er weht uns entgegen. Eigentlich dürfte das gar nicht der Fall sein. Eigentlich weht der Wind immer *zum* Feuer hin und nicht umgekehrt.« Sie deutete auf einen weißglühenden Bereich, in dem es unablässig zuckte und rumorte. Voller Verwunderung starrte die Kommissarin in das Feuer. Die Flammen nahmen immer neue Formen an. Mal sahen sie aus wie Arme, die sich in den Himmel reckten, dann wieder wie gewaltige Flügel, die die Luft durchpflügten und Funken in die Luft peitschten. Glühende Asche wurde in den rot erleuchteten Himmel gewirbelt. Ida konnte sich nicht erinnern, jemals ein solch apokalyptisches Szenario erlebt zu haben. Sie war so versunken, dass sie aufschrak, als Steffens Funkgerät sich meldete.
»Hallo? Ja, am Apparat.« Der Blick des jungen Kommissars wanderte zu Ida, während er das Gerät ans Ohr presste. Ein besorgter Ausdruck war auf seinem Gesicht erschienen. »Ich ...

ich verstehe Sie nicht. Sie haben was ...? Wiederholen Sie das noch mal!«

»Was ist denn los?« Ida hielt es nicht mehr aus und griff sich den Apparat. »Kriminalhauptkommissarin Benrath hier. Ja, persönlich. Was geht bei Ihnen vor? Sind die Löschfahrzeuge endlich eingetroffen?«

Die Stimme am anderen Ende war aufgrund des Lärms kaum zu verstehen. »Hier herrscht das reinste Chaos«, schepperte die Stimme des Hubschrauberpiloten über das Dröhnen der Rotoren hinweg aus dem Lautsprecher. »Einige Dutzend Menschen haben versucht, mit ihren Autos den Ort zu verlassen. Dabei ist es an der schmalsten Stelle, dort wo die Straße nach Unterschierke abzweigt, zu einem Unfall gekommen. Drei Fahrzeuge haben sich ineinander verkeilt. Auf der einen Seite haben wir jetzt einen Riesenstau. Von der anderen Seite sind soeben die Löschfahrzeuge eingetroffen, die aber nicht mehr vorbeikommen. Es geht weder vor noch zurück. Was soll ich den Einsatzkräften sagen?« Aus der Stimme des Piloten klang der pure Frust. Ida biss sich auf die Unterlippe. Ihre Gedanken rasten. Mit einem Blick auf die immer höher lodernden Flammen antwortete sie: »Geben Sie Befehl an die Beamten raus, dass sie die Leute aussteigen und zu Fuß laufen lassen sollen. Wir können hier nichts mehr für sie tun. Sagen Sie ihnen, sie sollen aufpassen, dass sich die Leute in ihrer Panik nicht selbst über den Haufen rennen. Und dann machen Sie, dass Sie selbst von hier wegkommen. Es gibt hier nichts mehr für Sie zu retten. Rausholen können Sie uns bei den Turbulenzen ohnehin nicht. Wir werden Ihnen folgen, sobald wir den Rest des Teams verständigt haben. Benrath Ende.«

»Verstanden.« Der Pilot unterbrach die Verbindung.

Einen Anflug von Panik unterdrückend, blickte sie zu dem davonfliegenden Hubschrauber und den sich emporwindenden Flammen hinauf. Das Schlimmste, was passieren konnte, war eingetreten. So sah es also aus, wenn man es mit einem WCS zu tun hatte, einem *worst case szenario*. Etwas, was jeder Absolvent der Polizeischule gelernt hatte, auf das aber niemand vorbereitet war, wenn es tatsächlich eintrat. Dies hier war so ein Fall. Auf der einen Seite ein immer stärker werdendes Feuer, auf der anderen Seite ein Haufen panischer Menschen, die sich selbst im Wege standen. Dazwischen sie.

71

Michael von Stetten spürte die Mächte des Windes und des Feuers durch seine Adern strömen. Er konnte spüren, wie die Jahrtausende zu einem Augenblick verschmolzen, wie Himmel und Hölle ihre Pforten öffneten und das Universum neu entstehen ließen. *Sein* Universum. Ein Ort, an dem die Welt wieder zu ihrer alten Ordnung zurückfinden würde.
Dank seiner Tat würden die Menschen wieder zum wahren Glauben finden. Sie würden lernen, zu dienen und Ehrfurcht vor der Schöpfung zu empfinden. Schluss mit Scharlatanerie und Aberglauben. Schluss mit vollgefressenen Kirchendienern und ihren selbstherrlichen Anführern. Er würde sie aus ihren Palästen jagen und ihre Tempel niederbrennen.
Es war Zeit, zu beweisen, was wahre Macht bedeutete.
Die Kräfte in ihm waren so übermächtig, dass sie ihn fast zu zerreißen drohten. Hätte er sich nicht jahrelang auf diesen Augenblick vorbereitet, seine Seele hätte den Mächten vermutlich nicht standgehalten. Doch dank seiner Gebete war er in der Lage, die enormen Energieströme, die durch ihn hindurchflossen, zu bändigen und zu kontrollieren. Ein Lächeln stahl sich auf sein Gesicht. Nach all den Jahren hatte er es tatsächlich geschafft. Er war Beherrscher des Pašušu, des Fürsten der Dämonen. Sein Wille war Befehl. Ein einziges Wort von ihm konnte Tod und Verderben bringen.
Den ersten Schlag hatte er bereits geführt. Er hatte den Dämon

auf das *Brockenhotel* losgelassen, jenen Schandfleck, der seit über fünfzig Jahren den Gipfel des heiligen Bergs verunstaltete. Von dem einstmals so imposanten Gebäude dürften kaum mehr als rauchende Trümmer übrig geblieben sein. Der zweite Schlag würde ins Herz der Walpurgisfeiern treffen. Seit Jahren schon war ihm diese Ansammlung von Kirmesbuden und Diskotheken ein Dorn im Auge. Was unter dem Zeichen von Beltane in Ortschaften wie Schierke jedes Jahr veranstaltet wurde, war reinste Blasphemie. Ein Frevel an dem einstmals so schönen und reinen Fest. Eine Sünde, die mit Worten kaum zu beschreiben war. Er würde dem Fruchtbarkeitsfest wieder zu seiner einstigen Blüte verhelfen, es wieder zu dem machen, das es einst war. Einem Festtag, frei von Sorgen, Ängsten und Unterdrückung. Das Schandmal des Völkermordes und der Hexenverbrennung würde ein für alle Mal getilgt werden. Feuer gegen Feuer, so lautete sein Richtspruch. Reinigung durch Flammen. Schierke würde brennen und seine Ruinen aller Welt als mahnendes Zeichen dienen. Der Dämon war bereits bis an die Randbezirke vorgerückt und versetzte dort alles in Angst und Schrecken. Wie gern hätte er der Stadt jetzt den Todesstoß versetzt, doch zu seinem Missfallen musste er den Angriff unterbrechen. Das Eintreffen von Hannah und Cynthia nötigte ihn, seine Pläne zu ändern. Beide schienen es sich in den Kopf gesetzt zu haben, ihn ausschalten zu wollen. Es war höchste Zeit, die Dinge auf den Punkt zu bringen.
Er rief den Dämon zurück.

»*Šu šeribi ana qéerbi mahazišuun umišaam mahar.*«
Die Stimme erklang mit umwerfender Gewalt. John hätte niemals geahnt, dass einfache Worte eine solche Macht ausstrahlen konnten.
»*En ù nà ša araku uia litamuú!*«
Ein Donnern fuhr durch die Höhle. Ein Grollen, das aus den

Tiefen der Welt zu stammen schien. Er warf einen Blick auf den Schamanen und sah, wie dieser den Dolch mit beiden Händen fest umklammert hielt, die Augen unentwegt auf den rubinfarbenen Knauf gerichtet. Er schien in eine Art Trance gefallen zu sein und entfernte sich Schritt für Schritt von dem Opferstein. John ahnte, was das bedeutete. Mit einem Riesensatz brachte er sich in Sicherheit. Keinen Augenblick zu früh, denn in diesem Moment entsprang dem Altar eine Säule aus rauchendem Licht. Flammende Schwingen entfalteten sich, und Arme aus brennendem Plasma zerteilten die Luft. John verschlug es die Sprache.

Eine Woge unerträglicher Hitze flirrte durch die Höhle. Er spürte, wie die Härchen auf seiner Hautoberfläche sich aufrichteten und dann zu Asche verdampften. Der Opferstein begann rot zu leuchten. Mit angstfüllten Schreien flohen die Menschen aus der Höhle. Der Leichnam der Frau auf dem Altar bäumte sich auf und fing dann Feuer. Ihre Kleidung verdampfte, danach die Haare, die Haut, das Fleisch und die Knochen. Ein ekelhaftes Zischen erklang, als der Leib zerfiel. Es war, als würde man in einen rot leuchtenden Röntgenschirm blicken. Nach wenigen Sekunden war nichts mehr übrig. Doch wenn John geglaubt hatte, dass dies schon alles war, sah er sich getäuscht. Aus blauen Augen blickte das geflügelte Wesen auf den Schamanen, während es auf weitere Befehle seines Meisters wartete. Der Boden unter seinen Füßen begann zu brennen.

»Hannah!«

Michael zeigte mit ausgestrecktem Arm auf die Archäologin.

»Komm zu mir.«

Als ob die Vereinigung mit dem Dämon ihm übermenschliche Kräfte verleihen würde, veränderte sich seine Stimme. Sie klang nun wesentlich tiefer und durchdringender.

»Ich will, dass du zu mir kommst.«

Die Stimme war von solcher Kraft, dass Hannah tatsächlich ihren schützenden Platz nahe des Tunnels verließ und sich auf den Weg in seine Richtung machte.

»Hannah, tu das bitte nicht«, zischte John ihr zu, als sie an ihm vorüberging. Doch die Archäologin wirkte, als wäre sie in Trance. Willenlos wie ein verschüchtertes Kind ging sie auf den Dämon und seinen Meister zu. Michael lächelte. Den Kopf erhoben und das Kinn vorgereckt, wartete er, bis sie nahe genug gekommen war, und hob dann die Hand.

»*Halt!*«

Er betrachtete sie herausfordernd. »Obwohl du es gewagt hast, dich gegen mich zu erheben, bin ich bereit, dir zu verzeihen. Unter einer Bedingung.«

»Was wünschst du?« Mit unergründlichem Gesichtsausdruck stand sie vor ihm. John spürte, dass sie sich verschlossen hatte. Er kannte diesen Ausdruck, er wusste um die Kräfte, die sie beherrschte. Hannah war kein normaler Mensch. Sie verfügte über eine Gabe, die ihm selbst fremd war. Eine Art geistiger Disziplin, die es ihr ermöglichte, sich in sich selbst zurückzuziehen und ihre Gedanken zu fokussieren. Eine Technik, die weit über das hinausging, was einfache Menschen zu leisten imstande waren. Hätte man diese Gedankenkraft einfangen können, man hätte damit ein Loch in eine Metallplatte brennen können. Der Schamane, der nichts von dieser Eigenschaft wissen konnte, deutete ihre Zurückhaltung als Zustimmung.

»Ich will, dass du meine Frau wirst. Ich will, dass du meine Priesterin wirst und meine Göttin. Gemeinsam werden wir eine Dynastie von Priestern gründen. Ein neues Zeitalter wird beginnen, ein Zeitalter der spirituellen Erneuerung, so, wie es in den alten Schriften geweissagt wurde. Es ist deine Bestimmung.«

»Warum sollte ich das tun?« Hannahs Stimme war klar und hell. Sie war von einer solchen Ausgeglichenheit, dass es John den Atem verschlug. Hannah erstrahlte in diesem Moment in geradezu überirdischer Schönheit. Kein normaler Mensch hätte im Angesicht eines leibhaftigen Dämons eine solche Ruhe bewahren können.

»Habe ich dir nicht schon genug geboten?« Michael hob den Kopf. »Nun, lass dir gesagt sein, dass du als meine Priesterin gleichzeitig die Herrin über Leben und Tod sein wirst. Es steht dir frei, die Gefangenen zu verschonen. Ich werde sie ziehen lassen, wenn du das wünschst.« Ein verschlagenes Lächeln deutete sich in seinem Gesicht an. »Es könnte sich sogar als nützlich erweisen. Kaum jemand dürfte geeigneter sein, die Botschaft unter das Volk zu bringen, als sie, die sie Augenzeugen dieses Wunders waren, findest du nicht? Also? Wie lautet deine Antwort?«

»Niemals.«

»*Hannah ...*«

»Niemals.«

Michael sah sie schweigend an. Funken schienen aus seinen Augen zu sprühen. »Wie du willst.«

Mit einer Bewegung seiner Hand lenkte er die Aufmerksamkeit des Dämons auf die beiden gefesselten Männer. Es geschah so schnell, dass John zuerst gar nicht begriff, was vor sich ging. Bis er die Schreie hörte. Flammen hüllten die beiden Männer ein, während der Dämon sich ihnen näherte. John sah, wie Hannah sich auf Michael stürzte. Er wollte ihr zu Hilfe eilen, doch er konnte nicht. Mit Schrecken sah er, dass die beiden Gefangenen in einem Flammenmeer verschwanden und von der Hitze verzehrt wurden. Furcht und Entsetzen lähmten ihn, saugten jegliche Energie aus seinem geschwächten Körper. Er musste etwas unternehmen, doch der Anblick der brennenden Körper war so entsetzlich, dass er nicht anders konnte, als seine Augen zu schließen. Es war, als würde das Grauen sich in sein Inneres fressen und jeden Gedanken auf Hoffnung auslöschen. Es gab keine Rettung. Der Dämon würde sie alle verzehren. Er würde über die Welt herfallen wie am Tag des Jüngsten Gerichts und eine Spur der Verwüstung hinter sich herziehen, die nur vergleichbar wäre mit den verheerenden Auswirkungen der letzten großen Kriege. Es gab kein Entkommen vor dieser Urgewalt, war sie erst einmal losgelassen. Der einzige Moment, daran noch etwas zu ändern, war jetzt. Hier.

In diesem Moment tiefster Verzweiflung spürte John eine Veränderung in sich. Es war, als würde sich tief in seinem Inneren ein Knoten lösen. Das Band der Angst, das seinen Willen mit eiserner Faust gefangen hielt, lockerte sich. War es die Ausweglosigkeit ihrer Situation, die ihm neue Kraft gab, oder sein tief verwurzelter Glaube an das Gute? Er wusste es nicht. Er wusste nur, dass Hannah ihn brauchte. Wenn schon sterben, dann wenigstens kämpfend.

Er sprang auf und rannte los.

Die Luft kochte. Cynthia hielt die Hände schützend gegen die unerträgliche Helligkeit erhoben. Sie konnte nicht erkennen, was vor sich ging, aber augenscheinlich gab es einen Kampf. Hannah rang mit Michael. John war ebenfalls aufgesprungen und eilte der Archäologin zu Hilfe. Cynthia hatte sich gerade entschlossen, den beiden ebenfalls zu helfen, als etwas sie am Knöchel berührte. Der Wächter, der bis jetzt ruhig zu ihren Füßen gelegen hatte, bog und krümmte sich. Unter seinem zottigen Fell bewegten sich die Muskeln. Ein Zittern lief über seinen Rücken, ganz so, als würde er frieren. Der letzte Schlag hatte ihn zwar besiegt, aber offenbar nicht getötet. Unvorstellbar. Selbst Hannahs wohlgezielter Stich war nicht in der Lage gewesen, ihn zur Strecke zu bringen. Diese Kreatur war nicht von dieser Welt. Einen Moment lang schwankte Cynthia, was sie tun sollte, doch dann entschied sie sich zu bleiben. Sie erinnerte sich nur zu gut daran, was diese Wesen Karl angetan hatten. Sie würde nicht zulassen, dass so etwas noch einmal geschah. Den Fuß auf seinen Rücken gestemmt, zog sie die Klinge aus dem Körper des Wächters, bereit, sie dem Wesen noch einmal in den Leib zu rammen. Sie hob das Metall über ihren Kopf und zielte genau auf sein Herz, als sie aus dem Augenwinkel eine Bewegung bemerkte. Eine flüchtige Bewegung nur, doch sie reichte aus, um sie für einen Moment abzulenken. Die Umrisse eines großen schwarzen Vogels. Mit weit gespreizten Schwingen stand die Erscheinung vor dem hell leuchtenden Feuer und warf einen riesigen Schatten gegen die Wand. Zu spät bemerkte Cynthia, dass der Vogel nur eine Illusion war, ein Trugbild, heraufbeschworen von der vermeintlich ohnmächtigen Hohepriesterin. Zu spät erkannte sie den knorrig verdrehten Stab in der Hand der am Boden liegenden Frau, der genau auf den Wächter gerichtet war. Und zu spät wurde sie sich bewusst, dass das Wesen zu ihren Füßen sich nur bewegte, weil die Hexe ihm *befahl*, sich zu erheben. Eine messerscharfe Klaue fuhr empor und bohrte sich unter Cynthias Rippenbogen.

Michaels linke Hand schloss sich wie ein Schraubstock um Hannahs Hals. In der Rechten immer noch den Dolch haltend, drückte er zu.
Ihr Blick fiel auf die gelblich glänzende Klinge, deren Spitze bedrohlich vor ihren Augen stand. Sie erwartete den tödlichen Stoß, als sie eine schnelle Bewegung von der rechten Seite bemerkte, gefolgt von einem trockenen Schlag. John rammte dem Schamanen seinen Ellenbogen gegen die Schläfe. Der Würgegriff lockerte sich, dann ließ die Hand sie gänzlich los. Nach Luft ringend, sackte Hannah auf die Knie, während die beiden Männer miteinander rangen. Sie blickte auf und sah, dass John Michael von hinten gepackt hielt und ihm die Luft

abdrückte. Michael hob die Hand mit dem Dolch, um seinen Widersacher damit zu treffen, doch es schien, als habe John genau darauf gewartet. Mit einem wuchtigen Hieb gegen das Handgelenk des Schamanen schlug er ihm die Waffe aus der Hand. Der Dolch landete im Staub vor Hannahs Knien. »Nimm ihn«, rief er. »Schnell!«
Den wütenden Schreien des Schamanen zum Trotz griff Hannah nach der Klinge. Dann stand sie auf. Ihre Beine zitterten immer noch. »Was soll ich damit?«, fragte sie benommen.
»Gib ihn mir zurück«, stieß Michael zwischen seinen zusammengepressten Zähnen hervor. »Er nützt dir ja doch nichts.«
»Du musst ein Blutopfer bringen«, rief John, der größte Mühe zu haben schien, den tobenden Schamanen festzuhalten. »Nur so kannst du den Dämon kontrollieren.«
»Das wird dir nicht gelingen«, keuchte Michael. »Du wirst verbrennen, genau wie all die anderen Frevler, die das Ritual unvorbereitet ausführen wollten. Gib mir den Dolch zurück!« Als er erkannte, dass seine Worte bei Hannah wirkungslos waren, fing er an, geheimnisvolle babylonische Formeln herzubeten. Vermutlich ein letzter verzweifelter Akt, den Dämon wieder unter Kontrolle zu bringen. Doch die Worte verpufften wirkungslos ohne die Macht des Dolches. Das Flammenwesen hielt sich im hinteren Teil der Höhle auf und rührte sich nicht vom Fleck. Der Dolch schien der Dreh- und Angelpunkt der Beschwörung zu sein.
In diesem Moment hörte Hannah einen Schrei von der linken Seite. Sie drehte sich um. Cynthia stand da und blickte zu ihnen herüber. Irgendetwas schien nicht zu stimmen. Das Schwert war ihren Fingern entglitten. Die Augen der jungen Frau waren weit aufgerissen, als sie die Hände auf den Bauch gepresst hielt. Hannah sah, wie sich ein dunkelroter Fleck auf ihrer Hose ausbreitete. Cynthia taumelte ein paar Schritte vorwärts, dann stürzte sie zu Boden. Ehe Hannah sich noch recht

besinnen konnte, war eine Bewegung neben ihr zu erkennen.
Der Wächter.
Seine Muskeln spannten sich. Mit unnatürlichen Bewegungen, zitternd und taumelnd wie eine defekte Marionette, richtete er sich auf. Was für eine teuflische Konstitution musste dieses Wesen haben. Hannah hätte schwören können, dass der letzte Hieb tödlich gewesen war. Doch was auch immer geschehen war, eines war sicher: Cynthia schwebte in höchster Gefahr.
So schnell es ihr möglich war, ließ Hannah John und den Schamanen zurück und eilte ihr zu Hilfe.
Der Aufprall mit dem Wächter war so hart, dass sie beide zu Boden gingen. Hannah war zuerst wieder auf den Beinen und führte einen geschwungenen Hieb gegen die Kehle des Monsters. Blut spritzte durch die Luft und landete klatschend auf dem nackten Fels. Der Wächter taumelte und stürzte dann erneut zu Boden. Was immer ihn am Leben hielt, es war offenbar zu schwach für eine wirksame Gegenwehr.
Hannah ging zu der Hohepriesterin hinüber und entwand ihren Fingern den knorrigen Stab. Dann schlug sie zu. Ein blauer Blitz löste sich aus der Spitze des Stabes. Mit einem Schluchzen brach die alte Frau zusammen. Die Federn verbrannten, während die Haut darunter verschrumpelte und schließlich zerfiel. Binnen weniger Sekunden war von der alten Hexe nichts mehr übrig. Es schien, als sei sie nur noch von der Magie am Leben gehalten worden.
Ohne die Macht seiner Herrin brach auch der Wächter zusammen. Taumelnd stolperte er einige Schritte, dann fiel sein Körper in den Staub. Seine Kräfte waren mit dem Leben seiner Herrin erloschen. Ohne ihn aus den Augen zu lassen, ging Hannah zu Cynthia und hockte sich neben sie. Zwar war sie noch am Leben, doch die Wunde in ihrem Unterleib sah schlimm aus. Mit sanfter Hand streichelte die Archäologin über ihre flattern-

den Augenlider. Hannah kannte sich mit Verletzungen dieser Größenordnung nicht aus, sie spürte aber, dass es verdammt ernst war. In diesem Moment fielen ihr Johns Worte wieder ein.
Du musst ein Blutopfer bringen.
Sie blickte auf den röchelnden, fellbedeckten Wächter. Ihre Augen verengten sich zu Schlitzen. Wenn der Dämon ein Opfer wollte, sollte er es bekommen.

72

Cynthia erwachte in einem Meer aus Schmerz. Ihr Bauch brannte, als würde sich jemand mit einem Schneidbrenner daran zu schaffen machen. Sie rollte zur Seite und blickte an sich nach unten. Die Verletzungen sahen erschreckend aus. Die messerscharfen Krallen des Wächters hatten vier sichelförmige Einstiche hinterlassen. Um die Ränder herum hatte sich das Gewebe bläulich verfärbt, und schwarzes Blut quoll aus der Wunde. Sie verfluchte sich innerlich, dass sie so unachtsam gewesen war. Nur einen Moment der Ablenkung, und schon war es geschehen. Der Wächter, wo war der überhaupt? Sie rollte sich auf die andere Seite und versuchte sich zu orientieren. Der Schmerz trieb ihr die Tränen in die Augen. Ihr Blick war wie verschleiert. Sie hatte Schwierigkeiten, Dinge zu erkennen, die weiter als zwei Meter entfernt waren, und rieb sich übers Gesicht. War das Hannah? Und was schleifte sie da in Richtung Opferstein? Sah aus wie der Körper des Wolfsmenschen. Aber was wollte sie mit ihm? Sie bemerkte den gekrümmten Dolch, der seitlich am Gürtel der Archäologin steckte, der Opferdolch. Wie kam er in ihren Besitz? Ihr Blick wanderte zwischen dem Opferstein und der sich abmühenden Archäologin hin und her. Der Dolch ... der Stein ... der Wächter. Langsam begann sie zu verstehen. Hannah wollte das Ritual ausführen. Hatte sie etwa vor, den Dämon unter Kontrolle zu bringen? Aber das war doch Wahnsinn.

Ihr Blick wurde klarer, und sie sah Michael, der von John im Würgegriff gehalten wurde.

An der Heftigkeit seiner Gegenwehr ließ sich erkennen, was er von Hannahs Plan hielt. Sollte es tatsächlich möglich sein? Doch allein würde Hannah es kaum schaffen. Der Körper des Wächters war verdammt schwer.

Cynthia richtete sich auf. Der Schmerz ließ sie beinahe ohnmächtig werden, doch sie zwang sich, nicht das Bewusstsein zu verlieren. Die Hände auf die Wunde gepresst, taumelte sie hinter der Archäologin her.

Hannahs Gesicht war eine Maske des Erstaunens. »Was tust du?«, rief sie. Augenblicklich ließ sie den Wolfskörper los und eilte zu ihr. »Bist du verrückt geworden? Leg dich sofort wieder hin.«

Cynthia schüttelte den Kopf. Irgendetwas war mit ihrem linken Ohr. »Der Wächter ... helfen, ihn auf den Altar zu legen.«

»Das kommt nicht in Frage. Du musst dich ruhig verhalten. Deine Verletzungen sind lebensgefährlich.«

»Sag ... nicht, was ich zu tun habe. Wirst es allein nicht schaffen.« Cynthia schob Hannah beiseite, griff ins Fell des Wesens und schleifte es ein Stück weiter. Die Schmerzen pochten in ihrem Körper. Doch ihr unerschütterlicher Wille zwang sie weiterzumachen. Hannah, die erkannte, dass sie sie mit Worten nicht umstimmen konnte, schüttelte den Kopf und packte mit an.

Ziehend und stemmend gelang es ihnen, den schweren Körper hochzuhieven. Endlich lag der Wächter auf dem Stein.

Cynthia war am Ende ihrer Kräfte. Diese Anstrengung war zu viel für sie gewesen. Am Fuße des Felsblocks brach sie zusammen. Trotz der enormen Hitze spürte sie, wie die Kälte ihre Beine emporkroch. Ihre Füße waren bereits so taub, dass sie sie kaum noch spürte. Wenn das der Tod war, dann sollte es eben so sein. Umso eher würde sie wieder in Karls Armen liegen. Mit einem gequälten Lächeln blickte sie hoch zu Hannah. »Mach schon«, sagte sie. »Bring die Sache zu Ende.«

Hannah wusste, dass Cynthia recht hatte. Jetzt oder nie. Mit grimmigem Gesichtsausdruck setzte sie die Opferklinge unterhalb des linken Rippenbogens an und drückte zu. Mehr als ein Flattern unter den Lidern des Wächters war nicht zu erkennen, dann tat er seinen letzten Atemzug. Blut strömte aus der Wunde und lief die Rinnen entlang bis zu den Vertiefungen, in denen die Scheiben ruhten. Hannah schloss die Augen. Jetzt würde es jeden Moment so weit sein. Innerlich bereitete sie sich darauf vor, dem Dämon zu begegnen, seine Macht durch ihre Adern strömen zu lassen.
Nichts geschah.
Ein schrilles Gelächter riss sie aus ihrer Trance.
»Ich habe dir gesagt, dass es so nicht funktioniert!« Michaels Gesicht war zu einer Maske des Triumphes verzerrt. »Du wirst ihn niemals beherrschen. *Niemals!*«
Hannah hob die Klinge und stach ein zweites Mal zu. Und noch mal und noch mal. Nichts geschah.
Da hörte sie eine Stimme neben sich. »Es muss ein unschuldiges Opfer sein.« Hannah drehte sich um. Cynthia hatte sich am Stein hochgezogen. Auf wackeligen Beinen kam sie zu ihr herüber.
»Mein Gott, Cyn, leg dich wieder hin. Du musst dich ruhig verhalten.«
Cynthia schüttelte den Kopf. Ihre Gesichtsfarbe hatte sich von einem blassen Grün zu einem stumpfen Grau gewandelt.
»Ein unschuldiges ... Opfer.«
»Was sagst du?«
»Wie im Märchen, weißt du? Die Jungfrau und der Drache.«
»Cynthia, nein.«
Trotz Hannahs Ermahnung begann sie, auf den Opferstein zu klettern. »Der Wächter ist ... verseucht. Böses Blut.«

»Was tust du?« Hannah konnte kaum glauben, was sie sah.
»Hilf mir.« Mit einem wütenden Tritt beförderte Cynthia den leblosen Körper des Wächters vom Opferstein. Dann ergriff sie Hannahs Hand und zog sich hoch.
Die Archäologin blickte ungläubig. »Was hast du vor?«
Cynthia legte sich nieder auf den Altar, dorthin, wo soeben noch der Wächter gewesen war. Dann nahm sie Hannahs Hand und setzte sich den Dolch auf die Brust.
»Nein.«
»... musst das Ritual ausführen.«
Hannah schüttelte den Kopf.
»Sterbe ... sowieso. Nichts kann das noch verhindern.«
»Das kannst du nicht von mir verlangen.«
»Schnell ... Zeit drängt.« Die Augen der jungen Frau hatten einen so flehenden Ausdruck, dass es Hannah das Herz brach.
»Kann nicht mehr länger ... bring mich zu Karl. *Bitte.*«
Hannah blickte auf den Dolch. Die Klinge schimmerte im Licht der Flammen. Sie betrachtete die feinen Verzierungen und fuhr mit dem Daumen über die scharfe Klinge. Wieder schüttelte sie den Kopf. »Ich kann das nicht. Ich weiß, dass ich dich hier rausbringen kann und dass du wieder gesund wirst. Lass es mich versuchen.«
Mit eiskalten Fingern führte Cynthia den Dolch an eine Stelle oberhalb ihres Herzens. »Das ist keine Frage des Wissens, sondern des Glaubens. Lass mich nicht umsonst sterben.« Sie nahm Hannahs andere Hand und führte sie zum Knauf.
»Bitte.«
Sie schenkte der Archäologin ein letztes aufmunterndes Lächeln, dann spürte Hannah einen sanften Druck.
Die Klinge schien wie von selbst in Cynthias Brust zu verschwinden. So leicht glitt sie nach unten, dass Hannah glaubte, sich getäuscht zu haben. In diesem Moment hörte sie einen Schrei von Michael. Sie blickte nach unten und sah, dass nur

noch der lederumwundene Griff aus Cynthias Körper ragte. Vorsichtig zog sie den Dolch heraus. Das Metall pulsierte in einem tiefen Rot. Blut trat aus der Wunde, tropfte auf den schwarzen Stein und lief durch die Rinnen auf die Himmelsscheiben zu. Cynthia lächelte immer noch, doch ihre Augen waren starr. Es war nicht zu übersehen, dass sie einen schnellen Tod gestorben war.
Hannahs Blick verschwamm hinter einem Vorhang aus Tränen. Alles war ... verkehrt. Oben war unten und unten oben. Gutes war falsch und Falsches gut. Sie fuhr sich mit der Hand über die Stirn. Sie konnte es nicht fassen, was sie soeben getan hatte. War sie tatsächlich schuld am Tod eines Menschen? Einer Freundin? Hatte sie sich soeben des schrecklichsten Verbrechens schuldig gemacht, zu dem Menschen überhaupt fähig waren? Oder war es der Dolch selbst gewesen?
Sie wusste es nicht.
Während sie über Cyns Gesicht strich und ihr die Augen schloss, sprach sie ein stilles Gebet. Möge der Wunsch der jungen Frau sich erfüllen und der Tod sie an die Seite ihres Geliebten bringen. Mögen ihrer beider Seelen Ruhe finden.
Mit zusammengefalteten Händen saß Hannah da und starrte stumm auf den Dolch.
Der Raum um sie herum schien zu verblassen. Alles trat in den Hintergrund: der Opferstein, John und Michael, die Überreste der Hohepriesterin und die sieben Schalen mit dem brennenden Öl. Es war, als habe sich ein Schleier über die Szene gelegt. Zuerst glaubte Hannah, dass ihre Sinne ihr einen Streich spielten, dass ihre Trauer sie übermannt habe. Doch nach einer Weile war sie davon überzeugt, dass etwas anderes vor sich ging. Die einzigen Dinge, die sie deutlich erkennen konnte, waren der Dolch in ihren Händen und der Dämon auf der anderen Seite der Höhle. Eigenartigerweise sah er überhaupt nicht mehr erschreckend aus. Die Flammen um ihn herum

waren fast gänzlich verschwunden. Zu sehen war ein junger Mann mit schlanken Gliedmaßen und einem länglichen, beinahe traurig anmutenden Gesicht. Er war immer noch viel größer als ein normaler Mensch, und auch seine Augen wirkten fremdartig – die Pupillen waren länglich wie bei Raubkatzen –, doch schien von ihm keine Bedrohung auszugehen. Dann sprach er zu ihr. Seine Stimme war sanft und leise und voller Anmut. Er sprach zu ihr in einer alten Sprache, deren Sinn Hannah jedoch sofort begriff. Sie antwortete in derselben Sprache, und es war, als habe sie nie etwas anderes gesprochen.

Mit einer Mischung aus Entsetzen und Bewunderung blickte John auf den Altar. Der Dämon hatte seinen Platz am hinteren Ende der Höhle verlassen und ging gemessenen Schrittes auf Hannah zu. Trotz der Hitze machte die Archäologin keine Anstalten, ihren Platz auf dem Opferstein zu verlassen. Als der Dämon nur noch wenige Meter von ihr entfernt war, ertrug John die Hitze nicht länger und taumelte einige Schritte zurück. Michael nutzte die Gelegenheit und befreite sich aus dem Klammergriff. Es war unübersehbar, dass er Todesängste durchlitt. Hustend und nach Luft ringend, stolperte er die Höhlenwand entlang zum Ausgang. John sah, wie er mit einem Aufschrei in einem der Seitentunnel verschwand. Welch ein schmachvoller Augenblick: Michael von Stetten – ein Flüchtling im eigenen Reich. Nicht nur, dass seine Hoffnung auf Weltherrschaft sich im Nichts aufgelöst hatte, auch hatte sich seine letzte Trumpfkarte als wirkungslos erwiesen: Die Hoffnung, Hannah würde bei der Kontrolle über das Flammenwesen einen qualvollen Tod sterben, war dahin. Das genaue Gegenteil war der Fall. Der Dämon war jetzt so nahe, dass Hannah eigentlich zu Asche hätte zerfallen müssen. Dort, wo sie stand, musste die Hitze mehrere tausend Grad betra-

gen. Kniend und immer noch den Dolch in den Händen haltend, wirkte sie, als würde sie meditieren. Das Einzige, was sich bewegte, waren ihre Haare, die im heißen Glutwind hin und her flatterten. John spürte, dass er recht gehabt hatte. Wer den Dolch kontrollierte, kontrollierte auch den Dämon. Ein uralter Pakt zwischen Menschen und Unterirdischen. Als Gebieterin über den Dolch drohte Hannah keine Gefahr.
Der Dämon schien auf Befehle zu warten. Er kauerte da, die blauen Augen auf Hannah gerichtet. Die Luft in der Höhle war kaum noch zu atmen. Das Feuer schien ihr jeglichen Sauerstoff geraubt zu haben. John spürte die Ohnmacht herannahen, als Hannah ihren Arm bewegte. Mit einer wütenden Geste deutete sie in den Tunnel, in dem Michael verschwunden war. Der Dämon warf den Kopf in den Nacken und gab ein triumphierendes Heulen von sich. Dann schrumpfte er zu einem gleißenden Ball zusammen und verschwand in dem steinernen Labyrinth.

73

Ida stand auf dem Dach der Jugendherberge und blickte fassungslos über die glühenden Spitzen der Fichten hinweg auf den Brocken. Das Feuer war verschwunden.
Zwar flackerten hier und da noch Brandnester im Höhenwald, doch der Großteil der Flammen war erloschen. Der hell leuchtende Kern, von dem aus die Flammen in alle Richtungen geschossen waren, hatte sich buchstäblich von der einen zur anderen Sekunde in Rauch aufgelöst. Ida konnte sich nicht erklären, wie das geschehen war. Es schien, als habe das Feuer genug von seinem Vernichtungsfeldzug und sei zu dem Entschluss gekommen, sich fünfzig Meter vor der Einsatzzentrale einfach aufzulösen.
Wie so etwas möglich war und welche physikalischen oder meteorologischen Gesetzmäßigkeiten dahinterstecken mochten, entzog sich Idas Vorstellungsvermögen. Für sie war es einfach nur ein Wunder. Steffen schien es nicht anders zu gehen. Seit über fünf Minuten hatte er kein Wort gesagt – ein neuer Rekord. Doch endlich erwachte er aus seiner Lethargie und griff zu seinem Funkgerät. Er tippte auf den Sendeknopf und wartete darauf, dass das Gespräch entgegengenommen wurde. Ein Knacken war zu hören, dann die vertraute Stimme des Piloten.
»Helikopter hier. Kommissar Werner, sind Sie das?«
»So ist es«, antwortete Steffen. »Ich stehe zusammen mit der Einsatzleiterin auf dem Dach der Jugendherberge. Wir haben

hier einen guten Blick über die angrenzenden Wälder rund um Schierke. Sieht aus, als wäre das Feuer zurückgegangen. Können Sie das bestätigen?«

Ida hörte aus weiter Ferne das Knattern der Rotoren.

»... kann ich bestätigen«, kam die Stimme aus dem Lautsprecher. »Habe gerade meine Runde um den Berg beendet. Die Brandherde scheinen überall gleichzeitig erloschen zu sein. Fragen Sie mich nicht, wie so etwas möglich ist.«

»Was ist mit der Brockenspitze? Konnten Sie erkennen, was den Brand ausgelöst haben könnte?«

»Negativ. Bei der Größe der Fläche kann es sich eigentlich nur um riesige Mengen ausgelaufenen Benzins gehandelt haben, aber das ist reine Spekulation.«

»Was ist mit den Menschen? Es haben sich über hundert Personen im Hotel aufgehalten, als die Explosion erfolgte. Konnten Sie irgendwelche Überlebenden entdecken?«

Ein kurzzeitiges Rauschen beeinträchtigte die Funkverbindung, dann war die Stimme des Piloten wieder zu verstehen.

»... positiv. Sicht ist durch den Rauch zwar getrübt, aber soweit ich erkennen kann, haben sich die Menschen entlang der Nordseite in Sicherheit bringen können.«

Ida spürte, wie ihr eine gewaltige Last von den Schultern genommen wurde. Ihre Gebete waren erhört worden.

»Die Kuppe allerdings ist ein Raub der Flammen geworden«, sagte der Pilot. »Das Hotel ist abgebrannt, einschließlich aller angrenzenden Gebäude. Hier steht kein Stein mehr auf dem anderen. Soweit das Auge reicht, sieht man bloß noch schwarze, glänzende Asche. Ich habe so etwas überhaupt noch nicht gesehen. Sieht aus wie nach einer Atomexplosion.«

Steffen wischte sich mit der Hand über das rußverschmierte Gesicht. »Und der Unfall? Was ist mit den Löschfahrzeugen?«

»Da gibt es Gutes zu berichten«, ertönte die Stimme aus dem Lautsprecher. »Es ist den Helfern gelungen, die Fahrzeuge zu

trennen und aus dem Weg zu schaffen. Wie es von hier oben aussieht, helfen alle mit, eine Gasse für die Feuerwehr zu schaffen. Wird nicht mehr lange dauern, bis die Fahrzeuge bei Ihnen eintreffen.«
»Gott sei Dank«, sagte Steffen. »Halten Sie mich auf dem Laufenden. Werner Ende.«
Ida nickte stumm in Richtung ihres Assistenten, als Zeichen, dass sie alles verstanden hatte. Sie spürte einen Anflug von Tränen, als sie zur Brockenspitze emporblickte. Ihr war gerade nicht nach Reden zumute. Ihre Kehle fühlte sich an wie zugeschnürt. Was für eine schwarze Nacht.
Sie spürte, wie Steffen sie an der Schulter berührte. Als sie sich umdrehte, sah sie von Süden her etwas auf sich zukommen. Zwischen den Wipfeln der Fichten hindurch war ein Meer von blinkenden blauen Lichtern zu erkennen, die auf der Waldstraße langsam näher kamen.
Jede Nacht, und mag sie auch noch so furchtbar sein, endet irgendwann.

74

Hannah öffnete die Augen. Es war vorbei. Der Dämon hatte sein Werk vollbracht. Michael und die übrigen Mitglieder des unseligen Schamanenzirkels waren tot. Sie hatten sich ins Grabmal des Gilgamesch geflüchtet, sich der irrigen Vorstellung hingebend, dass Hannahs Macht sie dort nicht erreichen konnte. Vielleicht hatten sie die Hoffnung gehegt, die massive Steintür könne ein Hindernis gegen die Wut der Flammen darstellen. Welch grundlegender Irrtum. Der letzte in einer Kette von Irrtümern. Offenbar hatten weder Michael noch die Hohepriesterin jemals ganz verstanden, welche Macht sie da heraufbeschworen hatten. Hannah sah noch immer Michaels entsetzten Ausdruck vor ihrem geistigen Auge, als der Dämon durch die löchrige Materie der Steintür gefahren war wie ein Lichtstrahl durch Glas. Sie konnte noch immer das entsetzte Aufstöhnen der Flüchtlinge hören, als sie dem Wesen befahl, seine Kräfte zu entfesseln. Im Bruchteil einer Sekunde war der Dämon zur Sonne geworden. Haut, Knochen, Stoff, Holz, Gold und Alabaster, alles wurde gleichermaßen in seine elementaren Bestandteile verdampft. Nichts blieb mehr übrig als rotglühende Schlacke und eine Wolke von Staub, die wie schwarzer Schnee zu Boden sank. Hannah hatte all das miterlebt, als wäre sie selbst dabei gewesen.
Doch jetzt war es vorbei.
Hannah trennte ihren Geist von dem des Dämons und kletter-

te vom Opferstein herab. Eines blieb noch zu tun. Den Dolch fest in der Hand haltend, trat sie langsam zurück. Mit einer letzten Willensanstrengung befahl sie den Dämon zu sich. Sosehr sie sich auch vor diesem Augenblick fürchtete, es war unumgänglich. Als seine flammende Gestalt über dem Opferstein erschien, spürte sie, wie angegriffen ihre Nerven waren. Die Verschmelzung hatte sie übermenschliche Kraft gekostet. Lange würde sie die Brücke nicht aufrechterhalten können.
Die Hände wie zum Gebet erhoben, reckte sie den Dolch in die Höhe. »Flammender?«
»Herrin?«
Die Stimme ließ den Saal erzittern. Es war das erste Mal, dass Hannah den Dämon sprechen hörte. Seine Tonlage schien sich über mehrere Oktaven gleichzeitig zu erstrecken, als ob viele verschiedene Stimmen zeitgleich dasselbe sagten. *Vermutlich sind es sieben*, ging es ihr durch den Kopf. *Die sieben Stimmen der Winddämonen.*
»Ich möchte, dass du dorthin zurückkehrst, wo du hergekommen bist. Fahre zurück in den Schoß der Erde und kehre nie wieder. Ich gebe dich frei. Die vier Siegel der Beschwörung sind dein, verfahre mit ihnen, wie du willst. Wenn ich diesen Ort verlassen habe, verschließe ihn, auf dass kein Mensch ihn jemals wieder betreten möge. Dies ist mein letzter Befehl an dich.«
Der Dämon nickte.
Mit vielstimmigem Gelächter erhob sich die flammende Erscheinung in die Luft und breitete ihre Schwingen aus. Der Opferstein begann von innen heraus zu glühen. Erst rot, dann gelb und schließlich in einem grellen Weiß. Die Himmelsscheiben fingen Feuer, zerschmolzen zu Bächen aus flüssigem Metall und versanken dann zusammen mit dem Obsidian in einem Teich aus Lava. Millionenwerte, zerstört in einem Augenblick. Doch es war nötig. Sie bargen viel zu viel Macht in

sich. Es gab ein letztes Aufglühen, als der Dämon seine Schwingen zusammenfaltete, dann stürzte er kopfüber in die Tiefe. Das Licht erlosch. Der Teich aus flüssigem Gestein begann sich abzukühlen, und eine dünne Kruste erschien auf seiner Oberfläche. Langsam wurde es wieder dunkel in der Höhle, die nur mehr von den sieben Ölfeuern erhellt wurde. Nach wenigen Minuten war dort, wo eben noch der Opferstein gestanden hatte, eine flache Senke aus frisch erkalteter Lava. Hannah atmete auf und ging langsam zu John hinüber. Sie sah ihn zusammengekauert an der Felswand sitzen. Sein Gesicht hinter den Händen verborgen haltend, wirkte er wie ein verschrecktes Tier, das am liebsten in einem Erdloch verschwunden wäre. Konnte es sein, dass er sich vor ihr fürchtete?
Sie hockte sich neben ihn und legte ihren Arm um ihn. Ein Zittern lief durch seinen Körper. »Es ist alles gut«, flüsterte sie leise und begann, seinen Nacken zu massieren. »Der Spuk ist vorbei. Ich bin wieder da.« Nach einer Weile ließ John die Hände sinken und drehte seinen Kopf zu ihr. Sein Gesicht war schweißbedeckt, und seine Augen glänzten wie bei einem Fieberkranken. Sie beugte sich zu ihm und küsste ihn behutsam. Seine Lippen fühlten sich rissig an, als wäre er kurz vorm Verdursten. Der Bann des Dolches schien sie vor der Hitze geschützt zu haben. John hingegen war ihr schutzlos ausgeliefert gewesen. Sie empfand Mitleid mit ihm. Mitleid und noch etwas anderes. Liebe? Es zerriss ihr das Herz, ihn so leiden zu sehen. Höchste Zeit, von hier zu verschwinden.
»Wie sieht's aus?«, fragte sie. »Kannst du gehen?«
Er blickte an seinen Beinen hinab, versuchte sie ein wenig zu belasten, dann nickte er.
»Gut«, sagte sie. »Dann lass uns hier verschwinden. Ich weiß nicht, wie es dir geht, aber ich habe von diesem Ort die Schnauze gestrichen voll.«

John blickte sie mit großen Augen an.
»Was ist?«, fragte sie unsicher. »Hab ich was Falsches gesagt?«
»Etwas Falsches?« Er schüttelte den Kopf. Die Besorgnis in seinem Gesicht wich mehr und mehr einem zaghaften Grinsen.
»Oh nein«, sagte er. »Ganz im Gegenteil.«

75

Zwei Wochen später ...

Dienstag, der dreizehnte Mai. Die Ausstellungsräume im zweiten Stock des Urzeitmuseums in Halle waren überfüllt mit Menschen, die sich drängelnd und schiebend in Richtung des Südwest-Flügels bewegten, dorthin, wo vor einem Jahr die Abteilung *frühe Bronzezeit* ihre Pforten geöffnet hatte. Türsteher standen vor jedem Eingang und achteten peinlich genau darauf, dass nur Personen eingelassen wurden, die über einen gültigen Presseausweis verfügten. Das Volk musste draußen bleiben. Trotzdem ließen viele Menschen es sich nicht nehmen, dem Ereignis zumindest aus der Ferne beizuwohnen.
Grund für die Aufregung war eine Meldung, die wenige Tage zuvor die Runde durch sämtliche Medien gemacht hatte. In ihr sprach man von der archäologischen Sensation des einundzwanzigsten Jahrhunderts, der Entdeckung zweier Funde, die in direktem Zusammenhang mit der Himmelsscheibe von Nebra standen. Direktor Dr. Moritz Feldmann, Landesarchivar und oberster Archäologe des Landes Sachsen-Anhalt, hatte es sich nicht nehmen lassen, anlässlich der Neuzugänge eine Pressekonferenz einzuberufen. Einhundertfünfzig Zeitungen, Rundfunk und Fernsehsender waren angeschrieben worden, verbunden mit der Einladung, dem Augenblick beizuwohnen, wenn die Funde der Öffentlichkeit zugänglich gemacht wurden. Und alle waren sie gekommen. Wohin man auch blickte, es wimmelte von Fernsehteams aus aller Welt. Ein Stimmen-

gewirr, das man nur als *babylonisch* beschreiben konnte, beherrschte den Raum. Über der Menschenmenge thronte Dr. Feldmann, der die Aufregung sichtlich genoss. Er stand auf einer Bühne, auf deren Rückseite sich ein riesiges Banner mit einer Abbildung der Himmelsscheibe befand. Rechts und links von ihm, in zwei Vitrinen aus Panzerglas, befanden sich die Pièces de résistance, die Herzstücke der neuen Ausstellung: ein bronzener Dolch mit goldenem Griff und juwelenbesetztem Knauf, auf dessen Schneide unzweifelhaft die Himmelsscheibe abgebildet war, und ein ebenso aussagekräftiger grauer Brocken aus Kalkstein, der den Namen *Duncansby Head* trug. Beiden Fundstücken war unzweifelhafte Echtheit bescheinigt worden, und beiden wurde nachgesagt, in direktem Zusammenhang mit der sagenumwobenen Himmelsscheibe zu stehen. Das Sensationelle an diesen Funden war weniger, dass die Scheibe damit zum ersten Mal und für alle sichtbar in einem archäologischen Kontext stand, sondern vielmehr, dass die Funde den Archäologen eine Richtung wiesen, in der sie künftig forschen würden. Ein Wegweiser, auf dem groß und deutlich *Zweistromland* stand.

Während Dr. Feldmann in seinem Vortrag unermüdlich auf die Einzigartigkeit der beiden Objekte einging und sich nun anschickte, einen längeren Vortrag über die Schlüsselstellung der altorientalischen Reiche bei der Erfindung der Bronze zu halten, nutzte Hannah die Gelegenheit, sich still und leise von der Bühne zu entfernen. Dieser Medienrummel war nichts für sie. Sie hasste Menschenaufläufe, und Kameraobjektive waren ihr ein Greuel. Vor diesem Hintergrund war es sogar verzeihlich, dass Feldmann das Recht an der Entdeckung der Funde für sich selbst in Anspruch nahm, während Hannah von ihm als kleines Rädchen einer gut geölten Maschinerie beschrieben wurde, deren Aufgabe darin bestand, die Rätsel der Vergangenheit aufzuklären. Mochten andere ob dieser Ungerechtigkeit aus der Haut fahren, Hannah konnte darüber nur mit den Schultern zucken. Es erleichterte ihr eine Entscheidung, die ohnehin schon lange überfällig war.

Sie wühlte sich zwischen den Presseleuten hindurch zum hinteren Teil des Saales, in dem sie John in Begleitung eines korpulenten kleinen Mannes mit Halbglatze entdeckt hatte. Der Hut, der falsche Spitzbart und die Sonnenbrille konnten nicht darüber hinwegtäuschen, wen sie vor sich hatte.

»Ich grüße Sie, Mr. McClune«, sagte Hannah mit einem Augenzwinkern. »Ich freue mich, dass Sie Zeit gefunden haben, an unserer kleinen Zeremonie teilzunehmen. Wenn auch inkognito.«

Norman Stromberg räusperte sich verhalten. »Das ließ sich nicht vermeiden. Um nichts in der Welt hätte ich Ihren Auftritt verpassen wollen. Auch wenn Sie, wie mir scheint, in beleidigender Weise übergangen wurden. Ich kann es kaum erwarten, diesem aufgeblasenen Feldmann die Geldzuweisungen zu kürzen, die ich ihm seit einigen Jahren regelmäßig zukommen lasse.«

»Bitte tun Sie das nicht«, sagte Hannah. »Er hat nur das Wohl des Museums im Sinn, und vor diesem Hintergrund ist es absolut angebracht, dass er alle Aufmerksamkeit auf seine Person vereinigt. Ich selbst mache mir nicht viel aus Publicity, wie Sie wissen. Abgesehen davon, könnte er Verdacht schöpfen, dass Sie nicht der sind, der Sie zu sein vorgeben – jetzt, wo der Kopfstein von Duncansby dank Ihrer großzügigen Spende in den Besitz des Museums übergegangen ist. Lassen Sie am besten alles so weiterlaufen wie bisher.«

Stromberg schüttelte den Kopf. »Sie sind zu großherzig«, sagte er. »Ich fürchte, mit dieser Einstellung werden Sie auch in Zukunft immer wieder auf Menschen stoßen, die Sie ausnutzen werden.« Lächelnd fügte er hinzu: »Aber Sie haben natürlich recht.« Er zog die Sonnenbrille ein Stück herunter, so dass ihre

Augen sich trafen. »Sie wissen, dass ich Sie immer noch gern in meinem Team hätte. Sie und John sind ein phantastisches Paar.«

Hannah sah zu John hinüber und ergriff seine Hand. Sie setzte zu einer Erwiderung an, doch dann verwarf sie den Gedanken und hielt lieber den Mund. Manchmal war es besser, zu schweigen.

Eine halbe Stunde später endete die Vorstellung. Die Presse verschwand, die Absperrungen wurden entfernt, und endlich durften die Museumsbesucher den Raum betreten und die neuen Funde selbst in Augenschein nehmen. Dr. Feldmann, der die Aufgabe, die geschichtlichen Hintergründe zu erklären, an seine Spezialisten delegiert hatte, kam zu ihnen herüber. Auf seiner Stirn glänzte der Schweiß, aber das Strahlen in seinen Augen zeugte davon, wie sehr er die Veranstaltung genoss. »Mister McClune«, sagte er, ergriff Strombergs Hand und schüttelte sie freudestrahlend. »Ich kann Ihnen gar nicht sagen, wie sehr ich mich freue, dass Sie und Ihr Assistent es einrichten konnten, unserer kleinen Veranstaltung beizuwohnen. Als Spender werden Sie am heutigen Tag natürlich mein Ehrengast sein. Ich würde mich freuen, wenn ich Sie nachher ein wenig durchs Museum führen dürfte, ehe wir dann gemeinsam zu Mittag essen werden. Sie müssen mir alles erzählen. Ich bin so gespannt, die Geschichte des Steins zu erfahren. Am liebsten würde ich alle Termine absagen und direkt mit Ihnen nach Schottland fliegen. Doch leider ...«, er deutete auf die Menschenmenge. »Sie sehen ja selbst.«

»Leider werde ich Ihr großzügiges Angebot nicht annehmen können«, antwortete Stromberg mit perfektem schottischen Akzent. Hannah war erstaunt, wie wandlungsfähig der Mann war. Vermutlich seine jahrelange Übung, ein Doppelleben zu führen.

»So leid es mir tut, aber ich werde mich in einer Stunde zu meinem Privatjet begeben und nach Hause zurückkehren«, sagte er. »Geschäfte, Sie verstehen.«
»Oh, wie schade.« Die Enttäuschung war Dr. Feldmann anzusehen.
»Aber betrachten Sie sich jederzeit als herzlich eingeladen«, fuhr Stromberg fort. »Der Fundort in John o'Groats steht Ihnen jederzeit zur Verfügung. Besichtigen und examinieren Sie ihn, sooft Sie wollen. Ich werde vermutlich nicht zugegen sein, weil meine Geschäfte in Südamerika mich gerade sehr in Anspruch nehmen. Meine Leute werden Ihnen in allen Dingen behilflich sein.«
»Das freut mich sehr, aber sind Sie sicher, dass Sie nicht vielleicht doch noch ein paar Minuten Zeit hätten ...?«
»Ganz sicher nicht. I'm sorry.«
»Nun ja, das lässt sich nicht ändern. Aber *Sie* werden mich doch bestimmt begleiten, Dr. Peters, nicht wahr?«
»Ich fürchte, ich muss ebenfalls passen«, sagte Hannah. »Meine Eltern und meine Schwester sind extra aus Hamburg angereist, und ich habe ihnen versprochen, mich um sie zu kümmern. Tut mir leid.«
Im Gegensatz zu vorhin hatte Hannah das Gefühl, dass Feldmann diesmal erleichtert war. Ihr Verhältnis zueinander hatte von Anfang an unter keinem guten Stern gestanden. Nach Hannahs Weigerung, ihm etwas über die Herkunft des Dolches zu verraten, waren sie übereingekommen, ihr Vertragsverhältnis zu beenden. Feldmann hatte seine Sensation bekommen, und Hannah wollte weit weg sein, wenn herauskam, dass die Scheibe nur eine Reproduktion war – angefertigt in den eigenen Werkstätten. Ob es jedoch überhaupt dazu kommen würde, war fraglich. Alle Tests an der Scheibe waren abgeschlossen, und es gab keinen ersichtlichen Grund, warum irgendjemand sie jemals wieder unter ein Mikroskop legen sollte.

Mal abgesehen davon, dass alle Blicke sich in den nächsten Jahrzehnten auf den Dolch und den Stein konzentrieren würden. Zwei Objekte, die unzweifelhaft echt waren.
Nein, die Akte Himmelsscheibe war für sie nun geschlossen.
»Nun ja«, sagte Feldmann. »Was sich nicht ändern lässt, lässt sich nicht ändern. Ich habe unsere Zusammenarbeit immer genossen. Was werden Sie tun, jetzt, da Sie wieder frei sind.«
»Ich weiß noch nicht«, sagte Hannah und fügte dann mit einem vielsagenden Blick zu Norman Stromberg hinzu: »Ich habe ein sehr interessantes Angebot erhalten, das ich mir in den nächsten Tagen gründlich durch den Kopf gehen lassen werde. Aber zuerst mal werde ich einige Tage mit meiner Familie verbringen. John und ich sind angewiesen worden, uns zur Verfügung zu halten. Kommissarin Benrath hat nach dem Rücktritt des amtierenden Polizeipräsidenten dessen Amtsgeschäfte übernommen. Sie versucht gerade herauszufinden, was genau in der Unglücksnacht am Brocken geschehen ist. Ein undurchdringliches Gestrüpp aus Mythen, Legenden und Halbwahrheiten. Ein gefundenes Fressen für die Medien. Es gibt Hunderte Zeugenaussagen, die behaupten, ein riesiges geflügeltes Wesen gesehen zu haben, was natürlich völliger Unsinn ist. Nach wie vor gibt es keine triftigen Anhaltspunkte für das Flächenfeuer, und es werden immer noch etwa ein Dutzend Personen vermisst. Ich beneide Frau Benrath wirklich nicht um ihren Job.«
»Ja«, sagte Feldmann. »Die Ereignisse belasten uns alle sehr. Ich selbst muss mich auch noch einigen Verhören unterziehen. Beten wir, dass das alles bald vorbei sein möge und wir mit unserer Arbeit fortfahren können. In diesem Sinne. Leben Sie wohl.«
Er schüttelte allen noch einmal die Hand und tauchte dann ab zu einem wohltuenden Bad in der Menge. Norman Stromberg sah ihm kopfschüttelnd hinterher. Was er in diesem Augen-

blick dachte, behielt er für sich. Dann wandte er sich an Hannah. »Ich werde jetzt ebenfalls gehen«, sagte er. »Lange Abschiede sind nicht mein Ding, außerdem juckt der Bart. Wenn Sie mir versprechen, sich mein Angebot durch den Kopf gehen zu lassen, würde mir der Abschied leichter fallen.«
»Das Versprechen gebe ich Ihnen gern«, sagte Hannah, »und meinen herzlichsten Dank dafür.«
»Dank?«
»Für die großzügige Spende«, sie deutete in Richtung des Steins, »und für die Unterstützung. Ohne Sie hätte ich es niemals geschafft.«
Stromberg winkte ab. »Ohne mich wären Sie in den Schlamassel überhaupt nicht erst hineingeraten. Nein, nein, ich bin es, der zu danken hat. Was Sie entdeckt haben, wird die Wissenschaft über Jahre hinweg mit neuen Erkenntnissen versorgen. Ich freue mich jetzt schon darauf, wie Feldmann sich an dem Dolch die Zähne ausbeißen wird. Würde mich nicht wundern, wenn er eines Tages bei Ihnen an die Tür klopft und Sie um Hilfe bittet. Und außerdem: Besser ein Ende mit Schrecken als ein Schrecken ohne Ende. Das Portal wurde geschlossen, ein für alle Mal. Es ist besser so für alle.« Er tippte an die Krempe seines Hutes. »Au revoir.«
Mit diesen Worten verschwand er durch den Hinterausgang.
Eine Weile standen Hannah und John schweigend nebeneinander, Hand in Hand. Wenn diese Geschichte ein Gutes hatte, dann das, dass sie beide wieder zueinandergefunden hatten.
»Sie warten«, sagte John und drückte ihre Hand. »Ich glaube, es ist an der Zeit, dass du sie begrüßt.«
»Ja«, sagte Hannah mit einem Kloß im Hals. »Du hast recht.«
John nahm sie in den Arm und gemeinsam gingen sie zu den beiden Vitrinen. »Du hast mir immer noch nicht erklärt, warum du dich nach zwanzig Jahren entschieden hast, wieder Verbindung mit ihnen aufzunehmen. Abgesehen davon, dass

ich nie ganz verstanden habe, warum ihr euch überhaupt entzweit habt. Aber jetzt? Ihr kennt euch doch kaum noch. Deine Mutter trägt mittlerweile eine Brille, die man als Mikroskop verwenden könnte, dein Vater hatte vor drei Jahren einen Schlaganfall, und deine Schwester ist zum dritten Mal schwanger. Ihr seid euch fremd geworden. Wieso diese Versöhnung und wieso jetzt?«
»Besser spät als nie, findest du nicht?«
»Du weichst mir aus, Hannah.«
»Nun, wenn du es unbedingt wissen willst: Es ist wegen dir.«
»Wie bitte?«
»Wegen dir und Cynthia und Karl. Sogar wegen Stromberg. Ihr seid wie eine Familie für mich gewesen – jemand, dem man vertrauen kann. Durch euch ist mir bewusst geworden, was ich die ganzen Jahre über vermisst habe.« Sie seufzte. »Es wird Zeit, dass ich mein Einzelgängerdasein aufgebe und zu meinen Wurzeln zurückkehre.«
Mit einem Mal gingen ihr Cynthias letzte Worte durch den Sinn. *Es ist keine Frage des Wissens, sondern des Glaubens.* Ja, allerdings. Religiöser Fanatismus mochte ein Übel sein, doch ganz ohne Glauben ging es auch nicht. Denn ohne ihn war die Welt nicht mehr als eine leere Hülle, bloß dazu bestimmt, zu existieren.
Hannahs Wissen hatte ihr bei diesem Abenteuer mehr geschadet als genutzt. Wie sehr es sie auf eine falsche Fährte gelockt hatte, war erst aus der Distanz zu erkennen. Ihre nüchterne, nur auf Fakten ausgerichtete Denkweise hatte verhindert, die Dinge in ihrer wahren Dimension zu ermessen. Und sei es nur, dass es sie gehindert hatte, sich vorzustellen, wie weit manche Menschen zu gehen bereit waren.
Glaube also als erweiterte Form der Erkenntnis? Das war eine Sichtweise, die über reines Verstehen hinausging. Der Gedanke war neu und interessant und bot viel Raum zur Interpreta-

tion. So gesehen, stellte sich nämlich die Frage: Was ist eine Glaubensgemeinschaft anderes als eine Familie?
Die Reihen vor ihr lichteten sich und gaben den Blick frei auf eine kleine Gruppe von Menschen. Sie wirkten ein bisschen verloren, während sie sich neugierig nach allen Seiten umsahen. Als ihr Blick auf Hannah fiel, ging ein Lächeln über ihre Gesichter.
John klopfte ihr auf die Schulter. »Ab hier gehst du am besten allein weiter. Ich würde da nur stören.«
Hannah nickte. »Danke für alles, John. Ich habe in der Vergangenheit viele Fehler gemacht, die ich gern aus der Welt schaffen würde. Wenn du möchtest, werden wir uns wiedersehen.«
»Die Antwort darauf kennst du«, sagte er. »Du weißt, wo du mich findest. Und jetzt geh. Du wirst erwartet.«
Sie gab ihm einen zärtlichen Kuss auf den Mund, dann drehte sie sich um und ging mit klopfendem Herzen auf ihre Familie zu.

Dank

Wie immer an dieser Stelle spreche ich all jenen, die mir bei der Vollendung dieses Romans geholfen haben, meinen tiefempfundenen Dank aus.
Allen voran meiner Frau Bruni für ihre Geduld, ihr Verständnis und ihren kritischen Blick;
Frau Dr. Stoll-Tucker und Herrn Dr. Reichenberger vom Landesmuseum für Vorgeschichte in Halle;
meinen Lektoren Carolin Graehl und Jürgen Bolz für ihre ausgezeichnete Arbeit;
Nina Blazon und Wulf Dorn für ihre konstruktive Kritik
sowie dem Rest des Clubs der fetten Dichter für die Steaks und das Adrenalin.
Last but not least einen herzlichen Dank an Martina Kunrath, die diesem Roman den letzten Schliff gegeben hat.